독한수능
독학논술

김태희 지음

지상사 Jisangsa

수능과 논술은 글 읽기 능력을 측정하는 시험

공부에는 두 가지가 있습니다. 진리 탐구를 위한 공부와 자격을 가르기 위해 어쩔 수 없이 성적을 내야 하는 공부가 그것입니다. 학생들이 그토록 바라는 대학에 가기 위해 하는 공부는 후자에 해당하는데, 이런 식의 공부는 재미도 없고 또 어떤 것을 어떻게 공부해야 할지도 잘 모르는 경우가 일반적입니다.

그렇게 해서 정작 학습의 당사자인 학생들은 물색없이 공부하게 됩니다. 그저 시키는 대로 마지못해서, 아니면 자기가 왜 공부해야 하는지조차 모르는 채 정신없이 학교와 학원을 쳇바퀴 돌고 있을 뿐입니다. 그 결과, 학생들은 공부한 만큼 점수가 나오지 않는 것에 적잖이 당황하게 됩니다. 어떻게 해야 할까요? 도대체 무엇이 문제일까요?

물론 학생에 따라 다르겠지만, 다음 두 가지가 크게 문제가 됩니다. 무엇보다 자신의 공부 방법에 뭔가 문제가 있지는 않은지 의문을 품어 봐야 합니다. 학원의 주입식 공부에 치이고 있는 많은 학생들의 경우에는, 학생 스스로 문제와 맞닥뜨려 생각하고 고민하고 해결을 모색하려 들지 않습니다. 그저 꽉 짜인 틀 안에서 강의를 듣고 문제를 풀고 답을 구하려 드는데, 그렇게 해서 공부한 것이 온전히 자신의 실력으로 돌아갈 리 만무합니다.

그렇게 해서 학생들은 그저 습관적으로 문제를 풀고, 습관적으로 문제를 찍고, 그러고는 습관적으로 문제지를 구석에 처박아 놓습니다. 자신이 맞힌 답을 왜 어떤 근거로 맞혔는지도 모르고, 또 틀린 답은 왜 무슨 이유로 틀렸는지도 모르는 채, 그저 대학가는 데 필요한 한 과정을 넘어가고 있다고 애써 의미를 부여할 뿐입니다.

이런 식으로 공부해서 과연 실력이 늘기는 하는 걸까요? 공부의 주체인 학생들은 물론 공부를 지원하고 후원하는 학부모들이 분명하게 알아야 할 것은, 이런 식의 수동적인 공부로는 절대 기대한 만큼의 실력을 쌓을 수 없다는 사실입니다. 지금 학생들의 도를 넘는 몰입식 공부는 역설적으로 깊게 생각하고 스스로 고민하며 문제를 해결하는 데 필요한 모든 것들을 빼앗아갈 뿐이기 때문입니다.

그래서 학생들에게 진정으로 부탁하니, 어디까지나 자기주도 학습에 매진하길 바랍니다. 학원에 가지 말라는 얘기가 아닙니다. 학원에 전적으로 의존하지 말고, 학원에서 시키는 대로 아무 생각 없이 따라가는 학습을 하지 말고, 제발 생각을 해가며 공부해달라는 주문입니다. 어쩔 수 없이 학원에 의존하더라도, 그것이 공부의 전부가 되어서는 안 되며, 반드시 자기 스스로 피드백 하는 과정을 거치며 공부해야 합니다. 이것이 제가 학생들에게 주문하는 첫 번째 실천 과제입니다.

이와 함께, 공부의 효율성을 생각하며 공부해야 합니다. 학생들은 자기가 잘하고 또 자신 있는 과목에 더 많은 시간을 배분하는데, 이것이 바로 비효율적인 공부 방법입니다. 수능 시험으로 달랑 다섯 과목을 치르면서 과목별로 편차를 크게 한다면, 절대 바라는 대학에 합격할 수 없습니다. 오히려 자신 없는 과목일수록 더욱 집중해서 매달려야 합니다.

특히 지금처럼 수능, 논술, 학생부라는 세 가지 요건을 모두 충족시켜야 하는 상황에서는 효율적인 공부의 중요성은 아무리 강조해도 지나침이 없습니다. 더군다나 수능 국어과목이나 대입 논술 모두 언어의 이해력을 묻는 시험이란 점에 비춰볼 때, 이 셋은 결코 분리될 수 없는 하나입니다. 따라서 기왕에 공부할 거라면 함께, 동시에 공부해나가야 효율성을 크게 높일 수 있습니다.

예를 들어, 수능 국어 지문과 논술 지문은 별반 다르지 않습니다. 전자는 지문과 선택지 대답과의 내용 일치와 추론을 묻는 객관식 선다형 문제고, 후자는 이것을 주관식 서술형으로 묻는 것일 뿐, 내용적으로는 하등 다를 바 없습니다. 그런 점에서는 영어 역시 마찬가지인데, 특히 학생들이 가장 어려워하는 '빈칸 추론' 문제 역시 선택지 대답을 지문 안으로 끌어들인 것일 뿐, 국어 문제와 별반 다르지 않습니다. 사정이 이러한데도 불구하고 셋을 따로 구분해 공부하는 것은 그만큼 비효율적이라는 말밖에는 달리 표현할 방법이 없습니다.

이것을 확인하는 것은 그리 어렵지 않습니다. 수능 국어 비문학 지문은 정말이지 다양한 분야에서 발췌된 것으로, 그 안에는 많은 개념적인 설명을 담고 있습니다. 그런데 논술을 공부하는 학생들에게 그 개념에 대한 이해는 둘째 치고, 용어에 대해 한번쯤 들어본 적이 있느냐고 물으면, 한결같이 "아니요, 몰라요."라는 말로 되돌아옵니다. 이쯤 되면, 학생들은 시험문제를 풀 때 그저 지문과 선택지를 오가며 답을 찍는다고밖에 다른 말로 표현할 수 없습니다.

무릇 공부는 쉽게 해야 합니다. 어려운 공부일수록 그 핵심만을 추려내 이를 단순화해서 공부해야 성적도 올리고 공부의 효율성도 높일 수 있는데, 학생들은 이를 그저 '편하고 안이하게'라는 개념으로 받아들이는 것이 문제입니다. 그리고 그 해결을 학원에서 구하려 드는 것, 이것이 지금 학생들의 공부가 극도의 비효율을 보이는 한 단면이기도 합니다.

실제, 수능 비문학 지문과 논술을 연계해가며 공부했을 경우 성과가 크게 향상되는 것을 수업을 통해 거듭 확인하게 됩니다. 비문학 지문을 좀 더 충실하고 세밀하게 읽어가며 공부해나감으로써 수능 성적도 향상되고, 그 과정에서의 논증 글쓰기가 논술 공부로 이어지면서 실력이 배가되는 것을 학생 스스로 느낌은 물론, 그 만족감도 상당합니다. 그렇기에 수능 비문학 공부와 논술 공부는 따로 할 것이 아니라 함께 병행할 때 그 시너지가 증폭되고, 그것이 곧 공부의 효율성을 높이는 지름길이 됩니다.

이 책은 바로 이런 목적을 갖고 쓴 책입니다. 수능 비문학 문제와 영어 빈칸 추론 문제와 논술 문제를 함께 공부할 수 있도록 서로 유기적으로 연결해 놓은 책입니다. 그 핵심은 올바른 글 읽기 능력의 습득에 있는데, 이것에 대한 방법적인 해결책을 자세히 설명함은 물론, 그것을 떠어 넘어 논술 공부로 연결할 수 있도록 그 핵심만을 추려 담았습니다.

따라서 이 책으로 공부하는 학생들은 책에 수록된 해설과 풍부한 예시, 그리고 연습문제를 통해 고도의 효율적인 공부를 해나갈 수 있을 거라 확신합니다. 단, 어디까지나 진지하게 공부해나갈 것을 부탁합니다. 문제를 얼마만큼 많이 푸느냐가 중요한 게 아니라, 하나를 풀더라도 제대로 풀어야 합니다. 그렇게 공부해야만 다른 어떠한 유사한 문제와 맞닥뜨리더라도 당황하지 않고 올바로 문제를 풀어나갈 수 있을 것입니다.

한 가지 덧붙이자면, 이 책에는 시중 논술학원에서 그토록 강조하는 첨삭과 관련한 부분을 생략했습니다. 따지고 보면 논술 공부에서 '첨삭'과 '첨삭 지도'란 것은 학원의 상술로 인해 그 중요성이 부풀려진 감이 없지 않습니다. 이 책으로 공부하면서 느끼게 되겠지만, 논술 공부가 제대로 농익지 않은 상태, 좀 더 자세히 말한다면 '논증 글쓰기'가 제대로 숙달되지 않은 상태에서 섣부르게 첨삭을 하다가는 자칫 득보다 해가 될 수 있음을 분명하게 밝힙니다. 그럼에도 불구하고 논술학원에서 이를 그토록 강조하는 것은, 역설적으로 그것밖에는 달리 소구할 점이 없다는 것, 이것이 지금의 논술시장을 둘러싼 불편한 진실임을 학생들은 이해하고 있어야 합니다. 어디까지나, 직접 고민하고 생각하며 글을 읽고 써나가는 동안, 첨삭과 관련한 많은 부분은 자동적으로 해결될 수 있으며, 반드시 그렇습니다. 그럼에도 첨삭과 관련한 내용을 좀 더 알고 싶으면, 필자의 저서『대입 통합논술』제3장을 참조하시기 바랍니다.

　모쪼록 이 책으로 공부하는 학생 모두가 목적한 소기의 성과를 이루기를 기원합니다.

저자 김태희

논증 글쓰기 연습

논술 문제풀이의 핵심

부록
01

연습문제

1. 연습문제 풀이에 앞서

부록
02

연습문제 해설

01
PART

수능과 논술을
함께 공부해야 하는
이유

1. 논술과 수능, 그 유사점과 차이점

(1) 유사점① : 평가영역이 같다

논술은 교과과정에 기반을 둔 글쓰기다. 그 글쓰기에는 생각이 담겼다. 그 생각이란 교과학습 경험과 독서 경험 그리고 일상의 체험 등이 망라된 개인이 습득한 일체의 경험으로부터 얻어진 결과들을 말한다. 당연히 경험이 풍부하면 풍부할수록 그에 비례해서 사고력은 높아진다. 물론 여기서의 사고력은 논리적 사고력을 말한다.

따라서 이렇게 생각하면 된다. 생각과 글쓰기가 결합된 것이 논술로, 높은 사고력과 글쓰기 기술이 결합되면 당연히 논술을 잘할 수밖에 없다. 뒤에 자세히 설명하겠지만, 논리적 사고란 거창한 그 무엇이 아니다. 단지 논리적으로 생각하는 능력이자 생각의 기술일 뿐이다.

중요한 것은 글쓰기보다는 생각, 특히 논리적 사고가 우선한다는 것이다. 이는 글쓰기에 앞서 글을 읽는 능력부터 길러야 한다는 뜻과 같다. 글을 읽되 논리적으로 치밀하게 읽어야 한다. 특히 글을 읽어가며 글의 **'부분-전체'의 구조를 단번에 파악할 수 있는 능력**을 길러야만 논술은 물론이고 수능성적을 끌어올릴 수 있는데, 그 생각의 힘이자 생각하는 기술이 바로 논리적 사고력이다.

현행 대입 논술이 교과서를 기반으로 한 통합교과형 시험을 지향하는 점에서 볼 때 특히 그렇다. 통합교과형 논술은 '분석적 이해-비판적 평가-창의적 적용' 능력을 중점적으로 묻는데, 이는 대입 논술에서 요구하는 사고 능력이자 수능시험에서 요구하는 평가영역이기도 하다. 다만 대입 논술이 수능에 비해 비판적 사고력, 과정 중심, 영역 전이와 관련한 부분을 좀 더 세분해서 심층적으로 묻는 점에서 차이 날 뿐, 근본적으로는 논리적 사고력을 측정하는 점에서 같다.

즉 대입 논술이나 수능이나 둘 다 언어 이해를 기반으로 한 사고력 테스트로, 수능에서 묻는 언어 이해의 인지활동 영역인 분석적 이해·추론적 이해·비판적 이해·창의적 이해는 논술시험에서 묻는 '분석적 이해-비판적 평가-창의적 적용' 영역과 그대로 합치된다. 그리고 이 모두가 근본적으로는 논리적 사고에 해당되는 것임을 명심해야 한다. 수능과 논술을 동시에, 함께 공부해야 하는 가장 큰 이유가 이 때문이다.

분석적 이해+추론적 이해(=분석적 이해), 비판적 이해(=비판적 평가), 창의적 이해(=창의적 적용)

(2) 유사점② : 사고력을 측정하는 시험이다

수능 비문학의 경우, 교과서 안의 지문을 그대로 끌어와 출제하는 경우는 드물다. 교과과정 범위 내에서 출제하되, 교과서 밖의 글을 끌어들여 지문을 구성하고 문제로 출제한다. 물론 최근에는 EBS 교재와 연계하여 출제되기에 그 지문을 그대로 출제하는 빈도가 높아졌지만, 그렇더라도 그것 역시 교과서 밖에서 따온 지문이란 점에서는 마찬가지다.

이는 중요한 의미를 갖는다. 대입 수능시험이 말 그대로 대학에 들어와 수학할 능력이 있는지를 묻고 측정하는 시험인 점을 고려할 때, 수능시험은 단순히 학생들이 습득한 지식(knowledge)이 얼마만큼인지를 묻는 게 아니라, 이해력·분석력·논증력 등에 대한 역량(competence), 즉 **사고력**을 따져 묻고 측정하는 시험임을 분명하게 보여주기 때문이다.

이런 이유로 수능 언어의 평가영역 역시 논술시험에서 묻는 '분석적 이해-비판적 평가-창의적 적용' 능력을 묻는 것과 내용적으로 그대로 일치하되, 다만 문제가 주관식의 서술형이 아닌 객관식의 선다형으로 출제되는 점에서 차이를 보일 뿐이다. 이쯤 되면 대입 논술은 수능의 연장이라고 볼 수 있다. 즉 수능시험이든 논술시험이든 지적 사고 능력을 묻는다는 점에서는 매한가지임을 알 수 있는데, 결국 그 밑바탕에는 **지식을 체계화할 줄 아는 능력으로서의 논리적 사고력**이 관건이 됨을 확인할 수 있다.

다시 말해, 학생들이 학교 교과과정의 학습을 통해 그리고 풍부한 독서활동을 통해 축적된 지식을 올바르게 활용하고 적용할 수 있는 지적 사고 능력을 평가하기 위해서는, 관련한 지식을 얼마만큼 체계적으로 파악하고(수능시험에서 묻는다) 정리할 수 있는지(논술시험에서 묻는다)를 평가하는 것이 가장 효과적인 방법이라는 것이 지금의 대학입시 관계자들의 생각이다.

이처럼 현행 수능시험이나 논술시험 모두, 이를테면 미국 대입시험의 하나인 에세이(Essay) 쓰기처럼, 사고력 측정을 지향함에도 불구하고 현실의 공부는 이와는 반대로 가고 있는 게 문제다. 즉 현행 학교수업이나 학원수업은 철저하게 주입식 교육으로 일관하고 있는데, 그렇게 해서 학생들은 관련한 지식을 줄기차게 외우는 데 열중하게 된다. 이것이 가져오게 되는 비효율은 둘째 치고, 학생들은 생각 없이 무작정 외우려고만 드는데, 그렇게 해서 사고력을 동원해 문제를 푸는 것이 아니라 축적한 지식을 사용하여 감각적·기계적으로 문제를 풀게 된다. 한마디로 별 생각 없이 습관적으로 문제를 풀게 되며, 그렇게 해서 맞힌 문제를 온전히 자기 실력으로 여기게 된다. 하지만 이는 착각일 뿐이다.

실제 이것을 확인하는 것은 그리 어렵지 않다. EBS의 지문을 그대로 끌어들여 문제를 출제했음에도 불구하고, 질문의 내용을 조금 비틀기만 해도 여지없이 틀리고 마는 학생들이 적지 않으며, 특히 문제의 난이도를 조금이라도 높이게 되면 그런 현상은 더욱 커진다. 이것이 의미하는 바가 뭘까? 바로 생각 없이 공부하고, 생각 없이 문제를 풀고, 생각 없이 답을 찾음을 의미한다.

(3) 유사점③ : 독해력이 절대적이다

언어 이해는 기본적으로 독해력에 달렸다. 독해력이란 제시된 글을 읽고 이해하는 능력이다. 독해력은 평소 읽기 연습에서 비롯된다. 즉 독해력은 독서력을 통해 연마된다. 평소 꾸준한 독서활동을 통해 글을 이해하는 능력을 길러야 한다.

수능이나 논술 모두 독해력을 측정하기 위해 제시지문의 길이를 상당히 길게 가져간다. 그렇기에 지문을 보자마자 덮어놓고 당황부터 하는 학생들이 의외로 많다. 이것을 뛰어넘을 수 있어야 하는데, 이것만큼은 온전히 학생 몫이다.

그렇게 해서 제시지문을 읽고 그것에 담긴 **주제와 논리 구조를 파악**할 수 있어야 한다. 또한 문제를 푸는 데 **도움이 되는 정보와 부적절한 정보를 분리**할 수 있어야 한다. 이것만 제대로 해내면 논술이든 수능이든 관계없이 문제 해결에 큰 어려움이 없다.

제시지문은 다음의 네 가지 영역과 주제 범위 중에서 주로 발췌된다. 어느 분야든 수능 언어영역과 논술에 출제되는 지문은 같으며, 따라서 관련한 다양한 영역의 지문을 읽고 그 해석 능력을 길러나가야 한다.

■ 사회과학 – 교과과목과 일치하는 경우가 많아 학생들에게 친숙한 내용일 가능성이 많지만, 그렇더라도 주의할 것이 있다. 어설픈 사전지식으로 문제를 풀어서는 안 된다. 정확한 개념 이해를 근거로 제시지문 안에 담긴 내용만을 가지고 그 핵심을 해석해낼 수 있어야 한다.

- **인문 · 철학** – 철학에서 쓰는 단어와 개념 이해에 대한 어려움과 맞닿아 있기에, 학생들이 지문의 논리 구조, 특히 글을 이해하는 데 중심이 되는 전체 구조가 낯설게 느껴짐은 당연하다. 그러나 이 역시 당황할 필요는 없으며, 오직 제시지문에 진술되어 있거나 함축되어 있는 것을 근거로 해석해내야 한다.
- **자연과학** – 특정 주제에 초점을 맞추고 있고, 또 그것에 대한 충분한 사전지식을 가지고 있지 않은 경우가 대부분이다. 더군다나 대부분의 제시지문에는 특정 과학 분야에서 쓰는 전문용어들이 필시 등장하기에 글을 읽기도 전에 기피하는 경우가 많은데, 이 역시 겁먹을 필요 없다. 지문을 읽고 충분히 미루어 짐작할 수 있는 내용을 담게 마련이기 때문에 오히려 독해하기 쉬운 경우가 많다.
- **문학 · 예술** – 예술을 담은 지문의 경우에는 심층적인 철학적 주제가 담겨 있을 수 있지만, 그것에 대한 기초 개념 역시 지문 안에 담겨 있을 수 있기에 그만큼 정밀히 독해를 해야 한다. 문학작품의 경우에는 전체의 일부가 지문으로 출제됨으로써, 전체 주제와는 방향을 달리할 수 있다. 따라서 이 부분에 특히 주의해서 읽어야 하는데, 이런 이유로 작품에 대한 일체의 선입견부터 배제하고 접근해야 한다.

글은 목표 지향적으로 읽어야 한다. 중요하다고 확신하는 정보만을 찾아 자세히 꼼꼼히 읽어야 한다. 실제 이 부분을 가려낼 수 있는 능력이 독해력의 핵심이라고 할 수 있는데, 이 역시 논리적으로 생각하는 훈련이 선행되어야 한다. 수능이나 논술이나 모두 생각하는 능력을 측정하는 시험이란 점에서 일치하기 때문이다.

(4) 차이점① : 제시지문, 이것이 같고 이것이 다르다

수능 언어영역 비문학 지문과 논술 지문은 비슷하면서 다르다. 둘 다 인문 · 사회 · 과학 · 예술 등 폭넓고 다양한 영역에서 지문을 발췌하여 출제한다는 점에서 공통적이지만, 다음 면에서 차이를 보인다.

먼저 수능 비문학 지문을 살피면 다음과 같다. 무엇보다 수능에 출제되는 지문은 '**완결성**'을 지향한다. 즉 글의 구성이 '서론-본론-결론' 혹은 '기-승-전-결'의 형식을 띠는 등으로 글의 구조가 뚜렷하다. 또한 문단의 전개, 즉 단락과 단락이 명확하게 구분되어 있어 그만큼 주제 파악은 물론 내용적인 이해가 쉽다. 이는 그만큼 출제자가 글을 보정하고 교열하는 작업, 즉 **윤문**(潤文) 과정을 거쳐 어지러운 문장을 바로잡고, 어려운 용어를 풀어쓰는 등 최대한 학생들이 이해하기 쉽게 바꾸어 작성함을 의미한다. 그 과정에서 글이 추가 또는 삭제되기도 하고 적절한 사례를 새로이 집어넣기도 하는데, 그에 따라 글의 내용은 더욱 선명해지고 주제 또한 분명하게 드러나게 된다.

덧붙여, 수능 문제는 사실적 판단력을 묻는 문제가 많기에 **설명글**이 주종을 이루며, 그에 따라 구체적이면서도 다양한 사례를 들어가며 자세히 설명하는 경우가 일반적이다. 한 지문 안에 이론과 **사례** 모두를 담아야 하기에 지문은 길어질 수밖에 없다. 따라서 지문을 효율적·효과적으로 읽어내는 요령이 중요하다.

논술 제시지문은 이와 반대라고 보면 된다. **원문**을 발췌하여 그대로 출제하기에 그만큼 글이 자유분방하고 형식에 얽매이지 않는다. 이는 독해와 요약 능력을 평가하기 위한 대학의 의도에 따른 것이기도 한데, 학생들이 이런 날것 그대로의 글을 해석하는 것은 결코 쉽지 않다. 또한 아래의 예에서 알 수 있듯이, 논술 지문은 출제자의 출제 의도에 맞춰 원문의 필요한 부분만을 끌어와 각색한 것이기에 그만큼 **중략**이 많다. 이 때문에 글의 흐름이 자주 끊기면서 내용적인 이해를 더욱 어렵게 만든다.

최근 논술시험이 너무 어렵다는 지적이 잇따르면서 교과과정 내에서 지문을 출제하는 비율이 높아졌는데, 그에 따라 수능으로 출제되는 지문과 논술 지문 간의 차이가 엷어졌다. 설령 지문은 다르더라도 그 내용적인 부분을 중복해가며 출제하는 경향이 높아졌기에, 수능과 논술 공부를 병행해야 할 당위성은 더욱 커졌다.

> ■ 서강대 2012 인문 수시 지문(나)
> 사람들은 그토록 숱하게 욕조에 들어가면서도 몸을 담글 때 수면이 높아지는 것을 중요하게 생각하지 않았다. 물질의 비중이 배수량과 관련 있음을 간파한 사람은 수학자 아르키메데스였다. …(중략)… 사람들은 수없이 하늘을 쳐다보았지만 하늘이 왜 파란지에 대해선 누구도 의문을 제기하지 않았다. 여기에 의문을 가졌던 최초의 인물은 18세기 물리학자 존 틴달이었고, 그는 하늘의 색깔이 대기 중의 먼지나 다른 입자들과 부닞져 산란하는 햇빛에 의해 결정된다는 것을 밝혀냈다. …(중략)…
> 무용가 애너 할프린은 "누구든 동작을 통해 의사전달을 할 수 있는 사람은 무용수다"라고 말했다. 마크 모리스는 일상의 동작, 예를 들어 껌을 씹거나, 으쓱대며 걷거나, 농구장에서 십대 소년들이 공을 다루는 동작을 이용해 춤을 만들어 왔다. …(중략)…
> 마르셀 뒤샹의 기성품들은 눈을 치우는 삽이나 변기처럼 변형을 가하지 않은 오브제들인데, 이는 보다 충격적인 미술의 재관찰이라 할 수 있다. 그가 찾아낸 오브제들은 관람객들을 향해 이렇게 말을 건다. "당신이 보고 있는 것들에 대해 생각해보라. 당신이 가장 생각을 하지 않는 것들에 대해 가장 많이 생각해보라."
>
> — 로버트 루트번스타인·미셸 루트번스타인, 『생각의 탄생』

(5) 차이점② : 주제 피악과 논제 분석

앞서 언어 이해를 위해 제일 먼저 가다듬어야 할 능력은 독해력이고, 이를 기반으로 제시지문을 읽고 핵심 정보를 파악하는 능력, 주어진 정보를 바탕으로 논리적으로 추론하는 능력을 길러야 한다고 했다. 따라서 제시지문에 담긴 핵심 내용을 파악하고 해석하는 능력은 곧 독해력이라고 봐도 무방한데, 그 독해력은 바로 글의 주제를 정확하게 파악하는 기술이라고 보면 된다.

글의 주제를 파악하는 능력은 특히 수능 국어시험에서 요구되는 항목이다. 지문의 핵심 단어를 이용한 주제 파악, 주제 문장을 이용한 주제 파악, 글의 구조를 이용한 주제 파악 등을 중점적으로 묻고 출제하는 것이 바로 수능 국어시험이기 때문이다.

수능 국어시험 문제풀이는 문제에 대한 정확한 이해와 출제자의 의도 파악이 중요하다. 문제에 대한 인식이 선행되어야 하고, 문제 해결을 위한 배경지식을 끌어와야 하며, 또한 사실 판단으로서의 관련 정보를 효율적으로 처리하는 절차를 밟아야 한다. 그리고 이 모든 과정은 부단한 연습을 통해 숙지되어야 하는데, 그 핵심은 하나의 지문을 꼼꼼하게 독해하여 그 안에 담긴 글쓴이의 생각이자 글의 **주제를 정확하게 파악하는 능력**이다.

대입 논술은 이보다는 훨씬 복잡하다. 논술의 가장 큰 특징은 공통 주제를 담은 다수의 제시지문이 주어진다는 점으로, 그 공통 주제를 문제에 담아 출제하는 경우가 많다. 이는 주제가 중요한 게 아니라, 그 주제에 담긴 논쟁점들 가운데 가장 핵심이 되는 사안을 명확하게 밝히는 데 논술 평가의 진정한 가치와 의미를 두기 때문이다. 그만큼 논제 분석이 중요하며, 또 문제 해결의 위한 핵심 관건이 된다. 논제 분석이란 주제에 대한 문제의식과 그 주제에 담긴 쟁점 · 관점에 대한 일련의 해결 방안까지도 함께 논쟁할 것을 주문하는 것이라고 보면 된다.

이런 이유로 논제 분석은 곧 출제 의도를 파악하는 것이기도 한데, 이는 제시지문 독해, 정확히는 제시지문 간의 연관관계의 파악에 있다. 즉 제시지문 간에는 필연적으로 공통 주제가 지향하는 특정 관점 · 쟁점을 담기 마련인데, 지문을 읽고 이것을 파악한 후 논제 서술 유형에 맞춰 서술해야 한다.

따라서 논제 분석력은 수능 국어는 물론 영어 과목의 '**내용 일치**' 및 '추론'과 관련한 문제를 해결하는 데 더할 나위 없이 도움이 된다. 수능 국어 · 영어의 내용 일치 문제가 지문 내용과 선택지 문항 간의 일치 · 불일치 관계를 묻는 것이라면, 논술은 지문과 지문 간의 연관관계를 묻는 점에서 차이를 보일 뿐, 근본적인 면에서는 같다.

수능이나 논술 모두 교과과정에서 습득한 지식을 문제 상황에 적용할 수 있는 사고력을 평가하는 데 그 목적이 있음을 고려할 때, 수능과 논술을 함께 공부하면 주제 찾기, 내용 일치, 추론 등 핵심 평가영역별 공부를 빠짐없이 해나갈 수 있다. 그리고 그 과정에서 논리적 사고력을 높임으로써 공부의 시너지효과가 일게 된다.

정리하면, 수능 국어시험은 단일 지문을 통해 글과 글, 단락과 단락 간의 구조와 구성을 분석하여 그 핵심 주제를 파악하는 데 중점을 둔다. 반면, 논술은 지문과 지문 간의 논리적 연관관계를 파악하는 논제 분석에 중점을 둔다. 그렇더라도 둘은 내용은 물론 풀이과정 면에서 분리될 수 없는 하나이며, 지문 독해력이 문제 해결의 관건이자 핵심 해결 과제라는 점에서 공통된다.

2. 논술과 수능을 동시에, 한꺼번에 잡아라

(1) 비문학 지문으로 공부한다

"저는 고1때 학교 우수반에서 강남 최고 학원인 ○○학원 선생님이 일주일에 한번 씩 오셔서 논술수업을 하는 것을 들었거든요. 정말 소위 말발이 장난이 아니고, 나는 생각지도 못한 해석을 하고, 정말 멋있었지요. 그리고 2, 3학년이 되어서 수능 국어를 공부하는 자세(글을 정말 글답게 대하며 읽는)나 논술에 대해 이것저것 알고 배워가면서 1학년 때 선생님이 하셨던 수업이 어쩌면 잘못된 것일 수도 있겠다는 생각을 했어요. 이제 수능이 끝나고 결과를 기다리는 입장이 되니 후회되는 것이 한두 가지가 아니지만, **가장 후회되는 것 중 하나는 '글을 읽는 것을 왜 제대로 알지 못했을까' 하는 거네요.** 1학년 때 논술 선생님의 수업을 들으며 '와! 멋있다.'라는 생각을 했었듯이, **그냥 수업하는 대로 알려주는 대로 따라가기만 했을 뿐, 스스로 생각하는 것이 부족했다는 생각이 듭니다.** 국어든 논술이든 심지어는 영어든 간에 다 글인데, 그냥 문제만 풀려고 했는데, 이것이 잘못되었음을 수능시험이 끝나고 뒤늦게 깨닫게 됩니다."

해마다 대입 논술시험이 끝나면 필자가 운영하는 논술카페에 이런 식으로 하소연하는 글이 올라온다. 도대체 뭐가 문제일까?

앞서 대입 수능시험과 논술시험은 그 평가기준과 방법에서 본질적으로 방향을 같이한다고 말했다. 그렇기에 수능 국어성적과 논증 글쓰기 능력은 거의 정확하게 비례하여 나타난다. 다른 부분은 제쳐놓고 논증 글쓰기와 관련한 부분만을 살펴 생각할 때 특히 그렇다. 이는 다음의 중요한 의미를 내포한다.

첫째, 논증 글쓰기에 앞서 **글 읽기** 능력의 중요성이 새삼 강조된다. 무슨 뜻인가 하면, 잘 된 논증글을 쓰려면 지문을 읽고 그 안에 담긴 핵심 내용, 즉 '중심 주장글'과 그것을 '뒷받침하는 글(전제에 해당하는 부분)을 제대로 찾아낼 수 있어야 하는데, 논리적 사고력이 떨어지면 그만큼 어떤 글이 이에 해당하는지 사리분별이 안 된다. 추론이 필요한 경우에는 특히 그런데, 그렇게 해서 주변부의 글을 잔뜩 긁어모아 글을 쓰는 경우가 허다하다.

둘째, 이 점에서는 수능 국어 · 영어 추론형 문제 역시 마찬가지다. 선택지 내의 적절하지 않은 답안을 선택하는 것은 지문과 선택지 간의 논리적 연관관계가 없는 답안을 에둘러 찍는 것과 다를 바 없다. 이것 역시 글의 핵심을 제대로 짚어내지 못한 데 따른 당연한 귀결로, 글쓰기에 앞서 **올바른 글 읽기**가 선행되지 않았기 때문이다.

그럼에도 불구하고, 수능 및 논술 공부의 가장 기초이자 내용적인 근간이 되는 글 읽기는 외면하고, 오로지 형식적인 글 읽기와 쓰기에만 몰두하는 것이 지금 학생들의 공부 방법이기도 하다. 그 기초이자 근간이 바로 글의 내용적인 핵심을 꿰뚫는 올바르고 정확한 글 읽기다.

따라서 부단한 논술 공부의 결과가 필연적으로 수능성적의 향상을 동반하는 방향으로 공부해나갈 필요가 있는데, 이를 위해서는 수능 비교과 지문과 논술 기출지문의 공통되는 부분을 집중적으로 읽고 생각하고 요약하는 훈련을 해나가야 한다. 실제 이것만 제대로 해도 수능과 논술 두 마리 토끼를 잡는 것은 어렵지 않다.

(2) 왜 동시에, 한꺼번에 공부해야 하나

대입 논술, 국어 비문학 추론 문제, 영어 빈칸 채우기 추론 문제의 공통점은 다음과 같다.

첫째, 대입 논술은 물론, 수능에서 반드시 극복해야 할 3점짜리 고난이도 문제다. 따라서 이것을 해결하지 않고서는 절대 1등급을 받기 어렵다.

둘째, 독해와 추론 능력을 요구하는 문제여서 이에 대한 체계적인 공부가 따라야 한다. 즉 글을 읽고 그 안에 담긴 핵심 내용을 뽑아낼 수 있는 능력, 그리고 그 내용을 바탕으로 추론하는 능력을 길러야만 제대로 정답을 찾아 밝힐 수 있다.

따라서 이렇게 생각하면 된다. 적어도 현행 수능의 국어 · 영어 추론 문제나 논술 문제로 출제되는 제시지문은 같은 개념과 이론을 놓고 그것을 선택형으로 묻느냐 서술형으로 묻느냐의 차이만 있을 뿐, 그 사고력의 측정 영역은 근본적으로 같다.

이는 매우 중요한 의미를 갖는다. 왜냐하면 현행 교과과정 속의 다방면의 관련된 지문을 읽고 이를 통합해서 해석하고 요약하고 심층적으로 사고하는 과정에서, 그만큼 문제 해결에 한 발 더 다가갈 수 있기 때문이다. 말하자면, 단순한 찍기 식의 공부가 아닌, 제대로 된 공부를 해나가게 된다.

대입 논술시험의 가장 중요한 관건인 논제 분석이 제시지문 간의 연관관계 파악에 있음을 고려할 때 역시 그렇다. 논술로 출제되는 공통 주제를 다양한 관점에서 다룬 글들을 읽어 통섭할 수 있어야만 제대로 된 논술 공부를 하는 것이다. 또한 수능의 부족한 점을 보완하고자 하는 논술시험의 취지와도 부합되기에, 그만큼 목적 지향적으로 공부하는 결과를 낳는다.

특히 무려 70% 이상이 EBS 지문과 연계되어 출제되는 현행 수능시험에서 문제의 내용을 조금만 비틀어 출제하더라도 학생들이 느끼는 체감 난이도는 상당하다. 그에 따라 답안을 틀리는 경우가 비일비재한데, 이것을 해결하는 데 이것만큼 효과적인 방법도 없다. 더군다나 앞으로의 논술시험이 교과서와 EBS 교재를 중심으로 지문을 뽑아 출제된다는 점에 비춰 생각할 때, 수능 비문학의 독해 실력을 늘리고, 영어 빈칸 추론형 에세이 지문의 독해 능력을 기르고, 이것을 그대로 논술 문제풀이와 글쓰기까지 연결할 경우, 그 시너지효과는 크다.

더군다나 앞으로의 대입 논술 출제 방향을 보면, 수능과 논술의 연계학습이 얼마나 중요한지 가늠할 수 있을 것이다. 지난 대입 논술에서 드러난 특징 중의 하나는 이른바 **'수능의 주관식 출제'**다. 즉 수능시험의 핵심 평가 문제인 '내용 일치' 문제와 '사례 추론' 문제 등을 그대로 따와 서술형으로 답할 것을 요구했다. 이는 특히 숭실대와 국민대 등 중위권 대학에서 두드러졌다. 예를 들어 숭실대의 경우에는 한 지문에는 다양한 개념을 주고 다른 지문에는 그것에 대한 사례를 담아 출제했는데, 그에 따라 학생들은 지문과 지문을 연결해서 핵심 내용을 일치시켜 서술해야 했다. 국민대의 경우에는 가격결정 과정에서의 수요 · 공급곡선과 거래량을 그래프에 표시하고 설명할 것을 요구하는 문제가 출제됐는데, 이것 역시 수능 경제 관련 지문 해석의 연장선상에 있다고 보면 틀림없다.

상위권 대학 역시 교과과정 내에서의 지문 출제로 지문 난이도가 쉬워지는 상황에서, 학생의 심층 사고력을 정확히 판단하기 위해 새로운 유형의 문제를 개발할 필요성을 느끼고 있음은 물론이다. 그에 따라 고정된 기출문제 형식에서 벗어나서 다양한 유형의 문제가 출제될 것으로 보이는데, 그렇더라도 이 역시 수능 평가영역의 연장선상에서 출제되는 문제이지 결코 이를 벗어날 수 없을 것으로 보인다.

이런 이유로 수능 언어 영역 비문학 공부와 영어 공부, 그리고 논술 공부를 따로 할 게 아니라 **중첩된 부분을 뽑아 함께 공부**해나가는 것이 학생들에게 가장 최적화된 공부다. 무릇 오랜 시간이 걸리는 어려운 공부일수록 충분한 시간을 두고 그 핵심만을 차근차근 해나가야 한다. 수능과 논술을 병행하는 공부가 바로 그런 공부다.

(3) 논술과 수능 영어 · 국어의 평가영역과 그 합치 관계

'논술–수능 영어–수능 국어'의 핵심 평가영역과 그 합치 관계(중점적으로 공부해야 할 내용)
- 논술 : **개념** 정의 – 영어 : **주제** 찾기(주제 · 제목 찾기, 요지 · 주장 찾기) – 국어 : 주제 파악(주제 찾기)
- 논술 : **논증** 구성– 영어 : 논리 **추론**(지칭 추론, 빈칸 추론) – 국어 : 추론(유추적 사례 적용)
- 논술 : **논거** 제시– 영어 : **내용** 일치(글의 순서 배열, 관계없는 문장 고르기) – 국어 : 내용 일치(내용 이해)

만약에 수능 공부를 열심히 해도 점수가 오르지 않는다면 한번쯤 공부습관을 살펴볼 필요가 있다. 문제를 풀긴 풀었는데 그것이 왜 틀렸는지, 왜 자신이 선택한 답이 다른 것들보다 적절한지 그렇지 않은지에 대한 정확한 인지조차 따르지 않는다면, 이는 문제를 푼 게 아니다. 논리적 사고력을 기반으로 사실적으로 인식하고 판단하기보다는, 자기만의 가치관 혹은 선입견에 따라 지레짐작으로 문제를 푼 것이다. 특히 선택지 두 개를 놓고 고민하다가 선택한 답이 오답일 경우가 많다면, 이는 십중팔구 틀림없다. 어떻게 해야 할까?

결론부터 말한다면, 수능 공부나 논술 공부나 결국 독해가 관건이 되며, 그 중심에는 논리적 사고력이 크게 작용한다. 따라서 다음과 관련한 부분에 특히 주목해서 공부해 나간다면, 그것도 논술과 수능 공부를 병행할 경우에 논리적 사고력은 배가될 것이며, 당연히 성적은 향상될 것이다.

다음은 수능과 논술의 핵심 평가영역별 사례인데, 각각의 시험이 얼마나 같은 차원에서 출제되고 있는지를 확인할 수 있을 것이다. 그 부분만큼은 중점적으로 병행해 공부해야 좋은 결과를 기대할 수 있다.

① 주제 찾기

논술의 핵심(1) : 개념 이해와 개념 정의 – **핵심 단어(주제어)** 파악 – 수능의 핵심(1) : 주제어 찾기와 주제 파악

글에는 핵심 개념을 담기 마련이다. 그리고 그 핵심 개념은 핵심 단어나 용어로 표현된다. 핵심어는 주어진 글에서 가장 중요한 단어로, 글을 이해하는 키워드가 된다. 따라서 핵심어를 이용해 글 전체를 이해하고 핵심 개념으로서의 주제를 파악하는 것은 아주 중요하다.

핵심어(핵심 내용을 담은 술어를 포함)를 찾는 방법은 의외로 간단하다. 지문에 빈번하게 나오는 단어가 핵심어일 가능성이 높기 때문이다. 특히 수능에 출제되는 지문은 완결적인 내용을 담기에 글에서 중요한 내용은 반복되기 마련이고, 그것도 핵심어로 표현될 수밖에 없다. 오히려 지문 안에 핵심어로 보이는 단어들이 너무 많은 것처럼 보이는 게 문제인데, 이에 대한 변별력을 기르는 것이 지문 독해의 또 다른 관건이 된다.

수능 국어의 경우, 이것을 해결하는 요령이 있다. 선다형으로 주어진 선택지를 참고하면 된다. 즉 선택지의 내용들은 지문 안의 핵심 주장이나 주제를 이리저리 비틀거나 또는 자세히 풀어 서술한 것이 대부분이기에, 이것과 지문을 맞추어가며 추론하면 된다. 수능 국어시험의 경우에는, 특별한 경우를 제외하고, 핵심어를 파악하면 그것을 통해 글 전체에 담긴 의미를 파악하는 것이 그리 어렵지 않다. 그리고 이는 지문에 쉽게 드러나 있는 것이 일반적이다.

하지만 논술의 경우에는 핵심어만 갖고서는 지문의 주제를 단번에 파악하기가 쉽지 않다. 따라서 핵심어를 담은 문장에 밑줄을 그어 전체와의 관계를 살펴야 한다. 만약에 그것이 주제를 담은 '중심 주장글'이라면, 이는 전체의 결론(주장)이 된다. 만약에 그것이 중심 주장글을 '뒷받침하는 글'이라면, 이는 전체의 전제(근거)가 된다. 그리고 이것을 논리적으로 정리하면 그것이 곧 논증(주장과 근거)을 담은 요약글이 된다. 요약글에는 핵심어 · 주제 · 근거 · 요지가 다 담겨있게 마련이다.

지문이 여러 난락으로 구성된 경우, 주제 단락을 찾아내면 그 안에 중심 주장글, 즉 결론(주장) 부분이 담겨 있다. 나머지 단락의 중심 주장글은 그 결론의 전제(근거)가 되는 것이 일반적이다. 따라서 주제 단락의 내용을 중심으로 다른 단락들과의 관계를 생각하며 제시지문 전체의 구조와 내용을 파악하면 전체를 다 이해하는 것이다.

이런 이유로 수능 국어문제와 영어문제를 풀 때, 단지 답을 맞히는 데 급급하기보다는 핵심 단락을 찾고, 중심 주장글을 찾고, 그것의 전제가 되는 글을 찾고, 이렇게 해서 전체를 요약해나가는 연습을 병행할 필요가 있다. 이렇게 연습하는 동안에 글의 핵심을 정확하게 파악하는 법과 글을 올바르게 읽고 쓰는 방법 등 논술의 기본이 되는 '독해와 요약'을 함께 깨우칠 수 있다.

【사례 1-1】 다음 물음에 답하시오. (2013 고3 6월 국어 평가원 모의 문제 30번)

(가) 성현의 경전을 읽고 자기를 돌이켜 보아서 환히 이해되지 않는 곳이 있거든, 모름지기 성인이 준 가르침이란 반드시 사람이 알 수 있고 행할 수도 있는 것에 대하여 말한 것임을 생각하라. 성현의 말과 나의 소견이 다르다면 이것은 내가 힘쓴 노력이 **철저하지 못한** 까닭이다. 성현이 어찌 알기 어렵고 행하기 어려운 것으로 나를 속이겠는가. 성현의 말을 더욱 믿어서 딴 생각이 없이 간절히 찾으면 장차 얻는 바가 있을 것이다.

– 이황, 「독서」 –

(나) 『사기』의 「자객열전」을 읽다가 "조(祖)를 마치고 길에 올랐다."라는 구절을 보게 되었다고 하자. "조(祖)가 무엇인가요?"라고 물으면 스승께서는 "떠나보낼 때 건강을 기원하는 제사다."라고 하실 것이다. 다시 "하필 그것을 '할아버지 조(祖)'로 쓰는 것은 무엇 때문인지요?" 하면, "그것은 확실하지 않다."라고 하실 것이다. 그러면 나중에 집에 돌아와서 자전(字典)*을 꺼내 '조(祖)'의 본뜻을 알아보아라. 그리고 자전을 바탕으로 다른 책으로 나아가 그 책의 주석과 풀이를 살피면서 **그 뿌리의 끝을 캐고** 가지와 잎까지 줍도록 하여라.

– 정약용, 「둘째 아들에게 부침」 –

문제30. (가), (나)에서 **공통적**으로 강조하는 **독서 태도**로 가장 적절한 것은?
① 책의 내용을 올바르게 파악하고 그것을 삶에서 실천하려는 자세로 읽는다.
② 책을 읽다가 의문이 생기면 자신의 소견으로 성현의 말씀을 헤아리며 읽는다.
③ 책을 읽다가 알기 어려운 부분이 있으면 **철저히 이해하기 위해 노력하며** 읽는다.
④ 책을 읽다가 낯선 단어가 나오면 관련 자료를 활용하여 그 의미를 파악하며 읽는다.
⑤ 책을 읽다가 동의하지 않는 부분이 생기면 비판의 근거로 삼을 만한 책을 찾아 읽는다.

정답: ③

• 지문에 공통적으로 담긴 핵심 내용을 찾으라는 요구로, '공통 주제'를 찾는 것과 다를 바 없다.

→ '**중심 주장글**'을 찾고, 그것에 담긴 내용과 선택지를 비교하면 적절한 답이 드러난다. 글의 공통 주제는 정독(精讀), 즉 **세밀하게** 따져 의미를 파악하며 읽는 방법의 중요성이다.

【사례 1-2】 [가]에서 **주제**가 드러나는 문구를 찾고, 그런 입장이 왜 필요한지 간략히 **설명**하시오. (단국대 2013 인문 수시 논술 문제1-1, 300자 내외)

[가] 세종 때 사람 황희는 인품이 원만하고 청렴하기로 소문이 난 정승으로 오늘날에도 공무원의 사표로 추앙을 받고 있는 터이나, 젊은 날의 그는 남에게 너그럽고 원만했던 인물은 아니다. 그 역시 혈기 왕성한 젊은이로서 남의 허물을 따지기 좋아하고, 남의 생각을 비판하기를 서슴지 않았던 터이다.

그러던 그가 한번은 시골길을 가다가 흑황(黑黃)의 두 마리 소를 몰고 밭갈이하고 있는 농부를 보고 두 마리 가운데 어느 소가 일을 더 잘하는가를 물었던 일이 있었다. 이때 농부는 일손을 멈추고, 황희에게 다가와 귓속의 말로 아무 소가 더 일을 잘한다고 귀띔을 하였다. 아무리 사람의 말을 못 알아듣는 미물인 짐승이라도 자기가 남보다 못하다는 소리를 듣고 좋아할 까닭이 없을 것이라는 것이 늙은 농부의 변이었다. 이 말에 크게 깨달은 황희는 그 동안의 자신의 처신을 깊이 반성하고 <u>남의 처지가 되어 관용을 베푸는 것의 중요성</u>을 알게 되었다.

그가 나라 일을 맡아보고 있을 때, 제각기 찾아와 갑이 을을, 을이 갑을 헐뜯어 이야기하면 으레 갑과 을에게 똑같이 <u>"당신의 말이 지당하오이다."하고 시비하는 일을 하지 않았다. 이로 말미암아 대사를 그르치거나, 말을 옮겨 두 사람 사이에 시비가 일어나게 하는 일은 결코 없었다.</u>

필자 예시답안

[가]의 주제가 드러나는 문구는 '남의 처지가 되어 관용을 베푸는 것의 중요성'이다. 황희 정승 역시 젊었을 때 남의 허물을 따지고 비판하기를 서슴지 않았으나, 시골길에서 만난 늙은 농부가 소를 대하는 태도를 보고 그동안의 자신의 처신을 깊이 반성하여 깨닫고, 이후부터는 나라의 일을 공명정내하게 저리하여 시비가 일어나는 일이 결코 없었다. 이처럼 우리가 타인의 처지에 서서 타인을 배려하는 태도가 필요한 이유는, <u>이것이 나아 타자의 상호 이해 부족으로 일어날 수 있는 시비를 애조부터 차단할 뿐만 아니라, 더 나아가 더 큰 일을 그르치거나 분쟁이 일어날 수 있는 소지를 미연에 방지할 수 있기 때문이다.</u>

• (가)의 주제 '남의 처지가 되어 관용을 베푸는 것의 중요성'을 견지하는 입장이 왜 필요한가(주장이자 이 글의 **주제**), 이러한 입장이 필요한 이유는(**근거**)?

→ '**타자의 윤리**'에 대한 개념을 주제로 하여 이를 개념 정의하여 서술할 것을 요구하는 문제로, 그 서술의 근거가 되는 논증 형식(주장과 근거)을 문제 안에서 이미 친절하게 밝혔다. 따라서 지문을 읽고 이것을 찾아 그대로 일치시켜 서술하면 답이 된다. **독해**의 중요성이 강조되는 아주 기초적인 문제다.

② 내용 일치

논술의 핵심(2) : 논거(합당한 근거) 제시 – **독해와 요약** – 수능의 핵심(2) : 내용 일치

주제를 파악하는 유형의 문제가 글의 전체적인 이해를 묻는 문제라면, 내용 일치 유형

의 문제는 글의 세부적인 정보를 파악했는지를 묻는 문제다. 즉 내용 일치는 지문이나 자료에서 필요한 정보를 파악하는 데 주안점을 둔다. 주어진 정보를 주어진 그대로 받아들였나를 확인하는 것이 바로 내용 일치 문제로, 더불어 주어진 정보를 제대로 해석하고 있는지를 묻는다. 따라서 가장 기초적인 읽기 훈련만으로도 능히 문제를 해결할 수 있다.

수능 내용 일치 유형의 문제를 해결하기 위해서는 선택지에서 주어진 내용을 지문의 구절과 정확히 연결시키는 매칭의 기술이 포인트인데, 이때 관건이 되는 것이 비교적 긴 제시지문을 어떻게 읽어 관련한 내용들과 비교·대조해나가느냐다.

이를 위해서는 먼저 글의 전체적인 개요부터 파악해야 한다. 글의 전체적인 흐름과 대략을 알면 선택지에 제시된 내용이 어디쯤에 있는지 파악하기 쉬워지며, 그에 따라 글을 전부 읽어 매칭하지 않고 그 부분만을 집중적으로 살필 수 있다. 따라서 전체적인 맥락에서 세부적인 내용을 이해할 수 있도록 연습해나가야 한다.

이때 주의할 것은, 선택지에 해당하는 구절을 지문에서 찾았다 하더라도 모두 끝난 것이 아니라는 점이다. 지문에 주어진 말을 그대로 똑같이 써놓은 선택지는 거의 없기 때문에, 선택지의 글과 지문의 글이 같은 뜻인지 비교·대조해서 판단해야 한다. 단어와 용어에 집착하기보다는, 전체적인 의미를 이해해서 그 뜻하는 바가 같은지를 거듭 확인해야 한다.

최근 중위권 대학의 논술시험에서 자주 출제되는 문제 유형의 하나가 바로 내용 일치 문제인데, 이는 수능의 연장선상에서 출제되는 문제의 전형을 보여준다. 그만큼 글의 핵심을 파악하고 요약할 수 있는 능력으로서의 기초적인 독해력을 중시하고 있음을 여실히 드러낸다. 그리고 그 핵심은 논리적 사고를 기반으로 한 내용 이해와 그에 따른 각각의 내용을 논증 형식(전제와 결론)에 맞춰 서술하는 것이다.

따라서 수능 국어 내용 일치 유형의 문제를 공부할 때 그저 지문과 선택지를 훑어가며 대충대충 읽어 답을 찾기보다는, 매칭이 되는 부분에 밑줄을 그어 찾아낸 후, 미세한 부분까지 비교·대조해가며 꼼꼼하게 살펴야 한다. 실제 이것만 제대로 연습해도 글 읽기 실력과 논증 글쓰기 실력을 충분하게 끌어올릴 수 있다.

【사례 2-1】 다음 글을 읽고 물음에 답하시오. (2013 수능 국어 문제 25번)

전통적 의미에서 영화적 재현과 만화적 재현의 큰 차이점 중 하나는 움직임의 유무일 것이다. ① 영화는 사진에 결여되었던 **사물의 운동**, 즉 시간을 재현한 예술 장르이다. 반면 만화는 공간이라는 차원만을 알고 있다. 정지된 그림이 의도된 순서에 따라 공간적으로 나열된 것이 만화이기 때문이다. 만일 만화에도 시간이 존재한다면 그것은 읽기의 과정에서 독자에 의해 사후에 생성된 것이다. 독자는 정지된 이미지에서 상상을 통해 움직임을 끌어낸다. 그리고 인물이나 물체의 주변에 그어져 속도감을 암시하는 효과선은 독자의 상상을 더욱 부추긴다.

② 만화는 **물리적 시간의 부재**를 공간의 유연함으로 극복한다. 영화 화면의 테두리인 프레임과는 달리, 만화의 칸은 그 크기와 모양이 다양하다. 또한 만화에는 한 칸 내부에 그림뿐 아니라, 말풍선과 인물의 심리나 작중 상황을 드러내는 언어적비·언어적 정보를 모두 담을 수 있는 자유로움이 있다. 그리고 그것이 독자의 읽기 시간에 변화를 주게 된다. 하지만 ③ 영화에서는 이미지를 영사하는 **속도가 일정하여** 감상의 속도가 강제된다.

영화와 만화는 그 이미지의 성격에서도 대조적이다. 영화가 촬영된 이미지라면 만화는 수작업으로 만들어진 이미지이다. ④ 빛이 렌즈를 통과하여 필름에 착상되는 **사진적 원리에 따른 영화의 이미지 생산 과정**은 기술적으로 자동화되어 있다. 그렇기에 영화 이미지 내에서 감독의 채취를 발견하기란 쉽지 않다. 그에 비해 만화는 수작업의 과정에서 자연스럽게 세계에 대한 작가의 개인적인 해석을 드러내게 된다. 이것은 그림의 스타일과 터치 등으로 나타난다. 그래서 만화 이미지는 서명된 이미지이다.

촬영된 이미지와 수작업에 따른 이미지는 영화와 만화가 현실과 맺는 관계를 다르게 규정한다. 영화는 실제 대상과 이미지가 인과 관계로 맺어져 있어 ⑤ 본질적으로 사물에 대한 **사실적인 기록**이 된다. 이 기록의 과정에는 촬영장의 상황이나 촬영 여건과 같은 제약이 따른다. 그러나 최근에는 촬영된 이미지들을 컴퓨터상에서 합성하거나 그래픽 이미지를 활용하는 디지털 특수 효과의 도움을 받는 사례가 늘고 있는데, 이를 통해 만화에서와 마찬가지로 실재하지 않는 대상이나 장소도 만들어낼 수 있게 된다.

만화의 경우에는 구상을 실행으로 옮기는 단계가 현실을 매개로 하지 않는다. 따라서 만화 이미지는 그 제작 단계가 작가의 통제에 포섭되어 있는 이미지이다. 이 점은 만화적 상상력의 동력으로 작용한다. 현실과 직접적으로 대면하지 않기에 작가의 상상력에 이끌려 만화적 현실로 향할 수 있는 것이다.

문제25. 윗글의 내용과 일치하는 것은?
① 영화는 사물의 움직임을 재현하는 예술이다.
② 만화는 물리적 시간 재현이 영화보다 충실하다.
③ 영화에서 이미지를 영사하는 속도는 일정하지 않다.
④ 만화 이미지는 사진적 원리에 따라 만들어진다.
⑤ 만화는 사물을 영화보다 더 사실적으로 기록한다.

정답: ①

• 위의 예에서 알 수 있듯 대개의 경우 선택지는 지문에 배열된 글의 순서와 유사하게 배열되어 있기 때문에, 선택지를 따라 글을 순차적으로 읽되, 필요한 부분을 집중적으로 찾아 읽으면 된다. 이때 그 필요한 부분은 핵심 단어나 개념어를 담고 있는 경우가 일반적인데, 이것을 집중적으로 살피면 된다.

→ 지문의 핵심 개념은 '시간 vs. 공간', '사실적 기록 vs. 상상력'으로, 이것을 중심으로 글을 요약하면 논술에서 요구하는 **사실적 글쓰기**, 즉 개념 정의가 된다.

【사례 2-2】 제시문 (가), (나), (다)를 통괄하여 '귀납법'과 '가설 · 연역법'을 비교 · 대조하되, '관찰', '실험', '가설'을 중심으로 비교 · 대조하시오. (아주대 2014 인문 모의 논술 문제1~2, 400±50자)

(다) 한편 가설 · 연역법은 포퍼가 1934년에 출판한 『과학적 발견의 논리(The Logic of Scientific Discovery)』에서 귀납법의 문제점을 해결하기 위한 대안으로 제시한 방법이다. 포퍼는 **귀납법**은 과학지식의 성립 과정에는 결코 적용되지 않으며, 과학지식은 절대적이고 확실한 것이 아니고 잠정적이고 가설적이라고 주장했다. **가설 · 연역법**은 인식된 문제 해결을 위해서는 귀납에 의해서가 아니라 창조적 과정에 의해 가설을 설정하고, 잘 고안된 합리적 방법을 통해 이 가설을 검증하여 새로운 지식을 획득하는 것이다. **가설**을 검증하고 논박하기 위하여 **실험**과 **관찰**을 한다. 가설에 맞지 않는 실험 결과가 나오면 처음의 가설은 폐기되거나 새로운 가설로 대체되어야 한다. 가설의 검증 과정에서 얻은 결론도 일단 가설로 제시될 수 있으며, 이에 따라 새로운 실험과 관찰, 가설의 검증, 그리고 결론의 유도의 과정이 반복된다. 결론이 확실시 될 때에 비로소 보편적 개념의 새로운 법칙이 발견되는 것이다. 가설·연역법에 의한 과학적 기식은 가설에 부합되는 가설적 지식이과, 그 가설적 지식은 과거의 지식을 대치하거나 새로운 지식으로 축적된다. 가설 · 연역법에서 **실험**은 가설을 입증하기 위한 것이라기보다는 가설을 논박하기 위한 것으로 볼 수 있다. 이러한 탓에 현대 과학의 탐구와 과학 법칙의 유도 과정에서 귀납법은 그 방법상의 한계 때문에 사용이 제한되고, 가설 · 연역법이 보편적인 과학적 탐구의 논리와 방법으로 사용된 이런 관점에서 사려 깊은 과학자는 연구 중인 가설들을 '증명하였다'는 표현 대신에 실험적 발견과 관찰이 가설과 '부합된다.' 또는 '부합되지 않는다.'라고 말한다. 사회과학에서의 설문조사를 포함한 실험에서는 실험 대상의 현상과 성질에 대한 어떤 인자의 영향을 주로 보게 된다. 이때 그 인자가 존재하거나 영향을 나타내도록 한 것(실험 군)과 그렇지 않은 것(대조 군)을 비교해야 하는 것이 반드시 필요하다. 물론 '실험 군'과 '대조 군'은 검토 대상인 인자 외에는 모든 것이 같아야 한다. '대조 군'이 없는 실험은 그 결론의 객관성을 인정받기가 어려우며, 잘 고안된 대조 실험은 과학 연구의 가장 기본적인 요소로 간주된다.

필자 예시답안
(가), (나), (다)는 일련의 과학적 지식을 도출하기 위해 가설을 세우고 실험하고 관찰하여 일련의 결론을 도출한다는 측면에서 유사하지만, 그 세부 방법에서는 다음과 같은 차이를 보인다. 귀납법은 자료수집을 통해 일정한 유형을 발견한 후 이를 바탕으로 가설을 세우고 이론을 확정하는 반면, 가설 · 연역법은 먼저 가설부터 설정한 후 자료수집을 통해 가설을 합리적인 방법으로 검증하여 새로운 지식을 획득한다. 귀납법은 부분적

이고 특수한 사례로부터 일반적인 결론을 이끌어내기 위해 관찰과 실험을 하는 반면, 가설 · 연역법은 가설을 검증하고 논박하기 위해 실험과 관찰을 한다. 즉 귀납법은 개개의 구체적인 사실이나 현상에 대한 관찰로 얻어진 인식을 전체에 적용되는 일반적인 법칙으로 이끌기 위해 실험을 한다. 반면 가설 · 연역법은 가설을 입증하기 위한 것이라기보다는 가설을 논박하기 위해 실험을 하며, 실험과 관찰이 가설과 부합되어 확실한 결론을 얻게 되면 보편적 개념을 갖는 새로운 법칙이 된다.

• (가)의 '귀납법'과 (나)의 '가설 · 연역법'의 개념 이해와 개념 정의를 바탕으로, 이를 (다)의 사례에 적용하되 각각을 '관찰', '실험', '가설'을 중심으로 비교 · 대조하면서 **내용을 일치**시키라는 문제다.

→ 논리적 사고를 기반으로 한 **내용 이해**와 그에 따른 각각의 내용을 **논증 형식(전제와 결론)에 맞춰 서술**하라는 요구로, 결국 독해로 귀결된다. 이때 (가), (나), (다)의 귀납법과 연역법에 대한 개념적 차이는 논증의 결론(주장)이며, (다)의 그것에 대한 내용적 설명은 각각의 전제(근거)에 해당된다.

③ 논리 추론
논술의 핵심(3) : 논증(주장+근거) 구성 – **논리적 사고력** – 수능의 핵심(3) : 내용 추론

추론은 논증하는 방법에 따라 '귀납 추론', '연역 추론', '유비 추론(유추)' 등으로 구분된다. 또한 추론의 결과에 대한 개연성 측면에서 볼 때 '논리 추론'과 '화용(話用) 추론(말하기의 쓰임에 따라 의미가 달라지는 맥락적 · 상황적인 해석 또는 판단)'으로 나뉜다. 논리 추론은 내용들 간의 연관관계 또는 인과관계를 기초로 어떠한 사실을 이끌어내는 것을 말하고, 화용 추론은 그것이 일어난 상황을 기초로 어떠한 사실을 이끌어내는 것을 말한다. 예를 들어, '철수는 벽을 향해 컵을 던졌다.'는 문장이 있을 때, 컵이 깨졌을 것이라고 생각하는 것은 화용 추론이라 할 수 있다.

대입 논술시험의 논증 글쓰기는 논리적 추론 능력을 묻는 것이지만, 수능시험에서 선택지를 읽어 오답으로 이끄는 추론 문제는 바로 **화용 추론**과 관련된 것이다. 무슨 뜻인가 하면, 추론은 주어진 정보 외에 평소 가졌던 생각과 경험을 바탕으로 이루어지는데, 이것이 자칫 **선입견**으로 작용하여 논리적 추론을 방해한다는 것이다. 그만큼 지레짐작하여 **답안을 선택**한다는 것이자, 말 그대로 답안 찍기에 치중한다는 얘기로, 논술의 '자의적 해석'과 다를 바 없다.

그렇기에 수능 비문학과 대입 논술의 경우에는, 어설픈 화용 추론에 빠져서는 결코 정답을 맞히거나 올바르게 서술해나갈 수 없다. 화용 추론을 통해 제시되는 명제는 지문

에 드러난 정보를 통해 직접적으로 밝혀진 것이라기보다는 암시된 것에 불과하며, 그렇기에 상황과 맥락에 따라 의미가 달라질 수 있음은 물론, 심지어는 왜곡될 수 있다. 출제자는 이것을 노리고 선택지에 화용 추론과 관련한 내용을 마치 정답인 것처럼 함정을 파놓고 있는 것이다. 다음의 예를 보자.

유리컵이 바닥에 떨어졌다. → ㈎**컵은 깨졌을 것이다.**
　　　　　　　　　　　　　　 → ㈏**컵에 중력이 작용했다.**

㈎는 화용 추론으로, "유리컵이 바닥에 떨어졌다."는 정보에서 반드시 이끌어낼 수 있는 정보가 아니다. 반면 ㈏는 이 지구상 어디라도 중력이 미치지 않는 곳이 없기 때문에, 충분히 원인으로 이끌어낼 수 있는 추론이며, 그것도 논리적으로 참이 되는 추론이다. 하지만 많은 학생들은 이를 논리적으로 따져보지 않고 그저 지레짐작하여 ㈎가 더 옳을 거라고 생각하기 마련이다.

이는 중요한 의미를 갖는다. 수능 비문학 문제나 논술 문제는 오로지 **사실적 판단**을 근거로 답을 찾거나 서술해야 하기에, 지레짐작의 화용 추론이 비집고 들어설 틈은 없다. 어디까지나 상식선에서 추론을 전개하고, 상식적인 전제를 가진 것만을 논리적으로 추론해내야 한다. 다시 말해 모든 판단의 근거를 지문 안에서 찾고 구해야 한다는 것인데, 대입 논술에서 논거의 설득력과 타당성을 그토록 강조하는 이유가 이 때문이다.

추론 문제 해결방법은 내용 일치 문제풀이 과정과 대부분이 일치하지만, 다만 한 가지 강조할 것은 이것이다. 추론과 관련한 문제는 내용 일치처럼 그 구절이 지문 안에 그대로 드러나는 것이 아니기에, 제시지문을 읽고 추론의 실마리가 되는 해당 구절을 찾아낸 후, 전후를 살펴가며 맥락으로 이해해야 한다. 그렇기에 추론 문제는 무엇보다 내용의 이해가 선행되어야 하며, 그만큼 유추 능력으로서의 복합적인 사고력을 필요로 한다.

거듭 강조할 것은, 추론 문제의 핵심은 **논리적 추론과 화용 추론을 적절하게 구별**할 수 있어야 하며, 따라서 자기만의 사고에 갇혀서 문제를 풀려고 들지 말고 논리적 사고를 습득하기 위해 노력해야 한다. 그리고 **모든 문제의 답은 제시지문에 있음을 깨달아야** 한다. 아무리 지문에 드러나지 않는 문장이나 사실이라 하더라도 결국에는 지문의 내용을 따라가다 보면 만나게 되는 내용들이기에 지문을 거듭해서 읽어 그 내용을 전체적으로 이해하고 파악해야 한다.

일반적으로 볼 때 올바른 추론을 방해하는 요인은 다음과 같다.

㈎선입견이나 배경지식에 의존하는 진술

원래 알고 있는 배경지식이나 사실이 문제풀이에 방해가 될 수 있는데, 만약에 지문의 내용과 자신이 알고 있는 지식의 내용이 다르다면, 지문이 먼저다. 오직 지문의 내용을 근거로 논리적으로 추론해내야 한다.

㈏가치판단이 들어간 진술

지문 안에 가치판단의 근거가 될 수 있는 진술이 담겨있을 경우, 이것을 지레짐작해 가치판단하면 안 된다. 오직 사실판단을 근거로 내용을 파악해야 한다.

㈐인과관계가 잘못 연결된 진술

원인과 결과의 혼돈, 우연과 원인의 혼돈, 공통 원인의 무시 등 인과관계가 잘못 연결되어 논리적 오류가 따른다면 이를 바로잡아야 한다.

㈑개연성은 높지만 필연성은 떨어지는 진술

개연성이 높다는 것은 그만큼 사실일 가능성이 높다는 의미이지만, 그렇더라도 개연성이 높다고 해서 반드시 사실로서의 필연성을 갖는 것은 아니다. 사실처럼 보여서 오히려 헷갈리기 쉬운 개연성은 기각되어야 한다.

【사례 3-1】 다음 빈칸에 들어갈 말로 가장 적절한 것을 고르시오. (2012 수능 영어 문제 27번)

The truth is that everyone has a story. Every person we meet has a story that can, in some way, inform us and help us as we live the story of our own lives. When we acknowledge this truth and begin to look at others as _____ _____, we open ourselves up to new possibilities in our lives. In reality, the people who are most different from us probably have the most to teach us. The more we surround ourselves with people who are the same as we are, who hold the same views, and who share the same values, the greater the likelihood that we will shrink as human beings rather than grow.

① rivals competing against us
② reliable guidelines for conformity
③ potential sources of valuable information
④ members of the same interest group
⑤ attentive listeners of our life stories

정답: ③

지문 해석

모든 사람들은 저마다의 이야기를 가지고 있다. 우리가 만나는 개개인들은 모두, 우리가 각자의 삶에 대한 이야기를 갖고 살아가는 데 어떤 식으로든 정보와 도움을 주게 마련이다. 다른 사람들이 우리에게 <u>값진 정보를 제공해 주는 잠재적인 원천</u>으로 인식할 때, 우리의 삶에 새로운 가능성이 활짝 열린다. 실제, 우리와는 전혀 관련 없을 것이라고 생각되는 사람들이 우리에게 많은 가르침을 줄 가능성이 높다. 우리와 같은 생각을 하고 또 공통적인 가치관을 공유하는 그런 사람들과 함께하면 할수록, 성숙된 인격체로 성장하기보다는 오히려 퇴보할 가능성이 더욱 커진다.

① rivals competing against us... 다른 사람들을 우리의 경쟁자로 인식할 때
② reliable guidelines for conformity... 다른 사람들을 신뢰할 수 있는 타자로 인식할 때
③ potential sources of valuable information... 다른 사람들을 정보 제공의 잠재적인 원천으로 인식할 때
④ members of the same interest group... 다른 사람들을 우리와 이해관계를 같이하는 사람들로 생각할 때
⑤ attentive listeners of our life stories... 우리의 삶을 귀담아들어주는 궁극적인 조력자로 인식할 때

글의 구조 파악

The truth is that everyone has a story. (Every person we meet has a story that can, in some way, **inform** us and help us as we live the story of our own lives.)...(전제) (When we acknowledge this truth and begin to look at others as potential sources of **valuable information**, we open ourselves up to new possibilities in our lives)...(결론) (In reality, the people who are most different from us probably have the most to teach us. The more we surround ourselves with people who are the same as we are, who hold the same views, and who share the same values, the greater the likelihood that we will shrink as human beings rather than grow.)...(해설)

전제_ 다른 사람들은 우리의 삶에 어떤 식으로든 **정보와 도움**을 준다.
결론_ 다른 사람들이 우리에게 주는 **정보와 도움**은 우리의 삶의 지평을 넓혀주는 잠재적 원천이다.
(함축: 숨은 결론)_ 우리와 이해관계가 없는 다른 사람들과도 활발하게 교류함으로써 정보와 도움을 받아야 한다... 오답률이 높은 ④가 적절하지 않은 이유가 분명해진다.

• **문제풀이 요령**

　지문을 읽고 해석하여 결론(주장)과 그 결론을 뒷받침하는 전제(근거)를 찾아내면, 각각에는 **공통된 핵심 단어나 용어**가 반드시 들어있게 마련이다. 만약에 빈칸 추론 부분이 전제 또는 결론부에 해당할 경우, 그 핵심 단어가 들어간 선택지를 찾아 좀 더 심층적으로 해석하면, 그것이 그대로 적정한 답안으로 이어지는 경우가 많다. 지문과 선택지를 보면, 각각에 드러나는 'inform', 'valuable information'이 그것이다.

　참고로, 이는 다음의 사례에서 확인할 수 있듯이, 마치 삼단논법에서 '매개념(M)'이 갖는 의미와도 일맥상통한다. 굳이 상세히 설명할 필요는 없기에 생략하지만, 이는 그만큼 수능에서 출제되는 지문이 형식적인 완결성과 내용적인 충실성을 지향하기 때문으로 볼 수 있다. 좀 더 부연하면, 지문에 빈번하게 등장하는 단어 또는 그 단어와 유사한 단어나 이를 풀어쓴 구문이 전제와 결론부에 공통적으로 포함되어 있다면, 그 핵심 단어에 반드시 주목해야 한다. 그리고 이를 선택지에 담긴 내용(대답)과 맞추어가며 확인해야 한다.

대전제 – 모든 **사람**은 죽는다..................... (M–P)

소전제 – 소크라테스는 **사람**이다............. (S–M)

결론 – 그러므로 소크라테스는 죽는다... (S–P)

【사례 3-2】 (가)에 찬성 또는 반대하는 글을 쓰되, ㉠과 ㉡에 대한 자신의 견해를 포함하도록 하시오. (한양대 2014 인문 모의1차 논술 문제1, 600자)

(가) 진(秦)의 치수 사업을 맡고 있던 정국(鄭國)이 한(韓)에서 파견된 첩자임이 밝혀지자 진시황은 모든 외국 국적의 관리들을 추방하도록 명을 내렸다. 이에 대해 초(楚)나라 출신의 관리로서 추방될 운명에 처해진 이사(李斯)가 간언하기 위해 쓴 글이 아래의 '간축객서'이다.

물 항아리를 치고 질장구를 두드리며 쟁을 퉁기고 넓적다리를 치면서 소리를 높여 노래를 불러 귀와 눈을 즐겁게 하는 것이 진나라의 참 음악입니다. 정·위·상·간·소·우·무·상은 모두 다른 나라의 음악입니다. 그런데도 지금 진나라에서 물 항아리를 치고 질장구를 두들기는 것을 버리고 정나라와 위나라의 음악을 취하며, 쟁을 퉁기는 것을 물리치고 소·우의 음악을 연주합니다. 이것은 무슨 이유 때문입니까? 그것이 곧 현실적으로 마음을 즐겁게 하고, 귀에 듣기 좋은 소리이기 때문입니다.

그런데 지금 사람을 뽑아 등용하는 일만은 그렇지 않습니다. 그 사람됨과 능력이 옳은지 그른지도 묻지 않고 성품이 굽었는지 곧은지도 말하지 않은 채, 진나라 사람이 아니라는 이유만으로 물리치고 다른 나라에서 온 인재들을 내쫓으려고 하십니다. ㉠ 그렇다면 진나라가 소중히 여기는 것은 음악일 뿐, 인물은 아니라는 이야기가 되고 맙니다. 이것은 천하 위에 군림하며 제후들을 제압할 수 있는 방법이 될 수 없습니다.

신은 '땅이 넓으면 곡식이 많이 나오고, 나라가 넓으면 사람도 많고, 군대가 강하면 병사 역시 용감하다.'라고 들었습니다. 태산은 한 움큼의 흙도 소홀히 하지 않아야 높은 산을 이룰 수 있고, 큰 강과 바다는 작은 물줄기의 냇물이라도 가리지 않고 받아들여야만 깊어질 수 있으며, 왕자(王者)는 어떠한 백성도 뿌리치지 않아야 자신의 덕을 천하에 밝힐 수 있습니다. 이 때문에 왕자가 있는 땅은 온 천하가 구분이 없고, 백성들은 다른 나라 사람이라고 차별을 받지 않습니다. 그래서 사계절은 조화를 이루어 아름다움으로 가득 차고, 하늘과 땅의 신령들께서도 태평성대를 칭찬하고 복을 내리게 됩니다. 이것이 바로 오제(五帝)와 삼왕(三王)에게는 적이 없었던 이유라고 할 수 있습니다.

그런데 지금 진나라에서는 백성들을 돌보지 않고 내쫓아 적국(敵國)을 이롭게 합니다. 외국에서 온 빈객을 물리쳐 다른 나라의 제후들을 도와 공을 세우도록 합니다. 천하의 선비들을 물러가게 하여 서쪽 진나라로 오지 못하도록 하고 있습니다. ㉡ 한마디로 '원수에게 군대를 빌려 주고, 도적에게 양식을 내주는' 격입니다.

무릇 진나라에서 생산되지 않는 물건도 보배로 삼을 것이 많고, 진나라에서 태어나지 않은 선비들 중에도 진나라에 대해 충성을 바치고자 하는 사람이 많습니다. 이제 외국에서 온 빈객을 내쫓아 적국을 이롭게 하고 밖으로는 제후들한테 원망을 산다면, 나라가 위태로움에 빠지지 않기를 바란들 어떻게 무사할 수 있겠습니까?

필자 예시답안_찬성 글

(가)는 외국 국적 관리에 대한 추방 명령을 내린 진시황에게 그 부당함을 간언한 글로, 외국인 출신 관리들을 차별 없이 등용해야 한다고 주장한다. (가)의 주장은 다음 면에서 지지된다. 문화가 다양성을 기초로 확대되고 발전하듯이, 인적자원에 대한 다양성의 확대는 국가 발전의 시금석이다. 특히 (가)의 춘추전국 시대처럼 무한경쟁 시대를 살아가는 오늘날, 국내외의 다양한 인적자원의 폭넓고 다양한 활용은 국가의 실질적인 경쟁력으로 이어진다. 그렇기에 고려 광종은 초기 고려의 발전을 다지기 위해 중국인 쌍기를 귀화시키면서까지 관료로 중용한 것이며, 이것이 국가발전에 결정적인 역할을 한 것임을 우리는 역사를 통해 배웠다. 이런 이유로 ㉠처럼 사람됨과 능력의 옳고 그름을 묻고 따지지 않은 채 단지 다른 나라 사람이라는 이유만으로 배척하는 것은 옳지 않으며, 누구든지 예외 없이 등용되어야 한다. 더군다나 인적자원은 국가발전과 지속 성장에 결정적 역할을 하는 가장 중요한 전략적 자원임을 고려할 때, 더군다나 글로벌 경쟁이 갈수록 치열해지고 있는 현실에서 외국의 유능한 인재를 추방하는 것은 오히려 ㉡처럼 국가를 위태롭게 하고 외국을 이롭게 하는 행위가 된다. 그렇기에 설령 (가)처럼 '첩자'라는 의심이 들더라도 그들을 무조건적으로 배척하기보다는 관용과 아량으로 흡수·동화시키는 한편, 관리·감독 체계를 강화하는 등으로 현실적인 해결 방안 및 보완 대책을 모색하는 게 더 적절하다.

• 지문 (가)에 담긴 내용을 읽고 추론하여, 이를 자신의 견해에 맞춰 풀어내라는 문제다.

→ 추론 문제는 **내용의 이해**가 선행되어야 하는데, 해당 구절을 찾아 읽으며 이해를 병행해야 한다. 그만큼 글의 **맥락적인 이해**가 중요하다.

(4) 수능 답안을 고를 때의 요령

객관식 선다형의 선택지에 들어있는 내용은 어떤 식으로든 지문의 내용과 관련이 있다. 그렇기에 정답으로 고려했던 것들 중에 거의 모두는 어느 정도로든 문제가 요구하는 것과 관련이 있다. 따라서 정답의 범위를 벗어나는 선택지를 잘 분별해낼 수 있다면 당연히 점수는 올라간다.

그런데 문제는, 정답과 관계가 있거나 또는 관계없는 선택지의 일부는 지문에 나오는 용어와 개념을 바꿔가며 교란시켜 놓은 것이기에, 그만큼 학생들을 헷갈리게 만든다는 점이다. 이때 선택지가 5개라면, 대개의 경우 3개는 정답과는 확실하게 차이를 보이는 내용인 반면, 꼭 두 선택지가 학생들을 아리송하게 만든다.

따라서 선택지와 지문 내용과의 **관계성** 혹은 **적절성**을 점검할 필요가 있는데(앞서 화용 추론을 예로 들어가며 강조했다), 가장 좋은 방법은 그 헷갈리는 선택지 두 개를 놓고서 "그래서 어떻다는 거야?"라고 '자문자답'하는 것이다. 물론, 먼저 다른 세 개의 선택지부터 제거한 이후의 일이다. 다음의 논리적 추론을 예로 들어보자.

"철수는 분명히 무능한 학원 강사다. 그는 지난 1년 동안 학원 내의 어떤 다른 강사들보다 학생을 적게 배정받았으며, 게다가 학생들로부터의 평가도 그리 좋지 않았다."

다음의 어느 것이 만일 참이라면, 위의 논증을 가장 약화시키는(다시 말해, 논리적으로 타당하지 않은) 선택지는 어떤 것인가? 논증을 약화시키기 위해서는 결론이 참으로 또는 참일 것으로 만들지 않는 것이어야 한다. 틀린 선택지, 즉 정답이 아닌 선택지는 결론과 관계가 없을 것이 분명하기 때문이다.

㉮학원 관계자는 철수를 가장 유능한 강사로 간주하기 때문에 철수에게 가장 성적이 낮은 학생들을 배정한다.
→ 지문에서 제공한 유일한 증거, 즉 철수가 학생들을 적게 배정받고 또 학생들로부터 좋은 평가도 따르지 않는 것을 통해 알 수 있기에, 논증을 약화시키는 선택지임을 알 수 있다. 따라서 정답이다.

㉯철수는 학원 강사가 되었기 때문에 학생들을 잘 가르치는 강사이며, 당연히 학생들이 좋아하는 유능한 강사다.
→ 이것은 오답이다. 철수를 학생들이 좋아하고 있다는 사실은 그의 능력과는 **관련성이 없다**.

㉰철수가 일하는 학원의 다른 동료 강사들은 성적이 뛰어난 학생들을 배정받는다.
→ 이것은 오답이다. 왜냐하면 학원 내의 다른 동료 강사들이 성적이 뛰어난 학생들을 배정받는다는 사실은 철수의 능력과는 **아무런 관계를 맺지 않기 때문**이다.

㉱철수는 전에 다른 학원의 강사였고, 5년 동안 거기에서 일했으며, 소수의 뛰어난 학생들만 가르쳤다.
→ 이것은 오답이다. 다른 학원에서의 철수의 성공은 지금 근무하는 학원에서의 유능성의 증거인지 **아닌지에 아무런 도움이 되지 않기 때문**이다.

㉲철수가 일하는 학원의 많은 다른 강사들이 지난 5년 내에 고용되었거나 높은 수입을 올렸다.
→ 이 선택지도 틀렸다. 왜냐하면 철수의 동료 강사들과 관련한 부분과 그의 유능함과는 **밀접하게 관계하지 않기 때문**이다.

이상에서 알 수 있듯이, 지문의 내용과는 **관계없는** 모든 선택지들을 신속하고 효율적으로 제거해나가는 것이 수능 문제를 풀 때의 가장 중요한 요령이 된다. 따라서 이 부분에 대한 집중적인 훈련이 따라야만 고득점을 받을 수 있다.

특히 염두에 둔 것은, 대부분의 틀린 선택지들은 **무관계**하기 때문에 틀린 것임을 기억할 필요가 있다. 만일 부적절한 선택지들을 모두 제거하고서도 여전히 하나 이상의 선택지가 남아 있다면, 그 중에서 **최선의 대답**을 골라내면 그것으로 충분함을 기억하고 완벽한 선택지를 찾으려고 시간낭비 하지 말아야 한다. 여기까지를 정리하면, 수능 답안을 고를 때 다음과 같은 일련의 방법적인 요령을 생각할 수 있다.

㈎선택지와 제시지문 내용의 일치 또는 불일치 간에 어떠한 관련성을 갖지 않는 내용이 들어있다면 오답일 확률이 높으며, 따라서 이것부터 먼저 제거한다. 그것들은 대부분 완전히 틀렸거나 아니면 출제자가 수험생들을 혼란시키기 위해 장치해놓은 것들이기 때문이다.

㈏그렇게 해서 두 개의 헷갈리는 선택지가 남았다면, 이후부터는 선택지와 제시지문 내용과의 적절성 여부를 집중해서 살펴야 한다. "최선의 답을 고르라"든가 "가장 적합한 답을 고르라"와 같은 유형의 문제일수록 그런데, 이때 염두에 두어야 할 것은 최선의 답을 고르는 것이지, 정답을 고르는 것이 아니라는 점이다. 물론 이때 역시 그 적절성의 판단 기준은 어디까지나 제시지문에 담긴 사실적 진술을 기초로 해야 함은 물론이다.

02
PART

논리와
논리적 사고

1. 논리적 사고란 무엇인가

(1) 논리적 사고란

【문제】 다음 중에서 가장 논리적인 사고를 하고 있는 사람은?
(가)나는 그 친구가 이유 없이 싫어.
(나)다음 올림픽 개최지는 브라질 리우데자네이루임에 틀림없어. 내가 신문에서 봤거든.
(다)나는 인터넷에서 영화표를 예매했다. 그리고 친구와 함께 영화를 봤다.

일반적으로 다음의 경우에 논리적 사고가 필요하다.
① 자신의 의견을 주장할 때, 그리고 이를 말과 글로 표현하는 경우
② 글을 통해 글쓴이의 의견을 읽는 경우
③ 자료 해석을 바탕으로 결론을 내려야 할 경우

(가)의 경우, 결론의 주장을 뒷받침할 만한 확실한 근거를 제시해야 한다. 즉 근거가 명확한 결론을 이끌어내야 한다.
(나)의 경우, 주장을 뒷받침하는 근거의 확실성을 판별해내야 하다.
(다)의 경우, 주어진 자료에서 올바른 결론을 노출해내야 한다.

이상을 통해 결론에 해당하는 어떠한 **주장**을 받아들이거나 거부할 만한 충분한 **이유**와 **근거**가 있는지를 신중하게 생각하여 판단하는 것이 곧 '논리적 사고'임을 알 수 있다. 즉 논리적 사고는 주장에 대한 근거를 찾는 과정이자, 그 주장에 대해 적절한 이유를 찾고 물어보는 생각의 힘이다.

따라서 논리적 사고를 습득하기 위해서는 '결론(주장)'과 '결론을 뒷받침하는 전제(근거, 이유)'의 관계를 정확히 이해해야 한다. 이때 '논리가 타당하지 않다'는 것은 주장과 근거, 곧 결론과 전제를 연결하는 요소(즉 논리) 그 자체가 부당하며, 그에 따라 논리적 상관관계(양방향적인 관계성)가 설득적이지 않음을 의미한다. 다시 말해, 결론의 기초가 되는 판단 근거인 '**전제' 자체를 잘못 내세움으로써***, 논증이 설득력과 타당성을 잃은 경우를 일컫는다.

한편, '논리적이지 않다'는 말은 논증 구조를 이루는 요소가 올바르게 구성되어 있지 않다는 의미로, 그로 인해 논리적 인과관계(일방적인 관계성)가 타당하지 않음을 일컫는다. 즉 결론과 전제 어느 한 쪽에 오류가 발생함으로써, 결론과 전제를 포함한 주장인 논증이 성립되지 않는 경우다.

> 답 : (나)로, 주장과 그 주장에 대한 나름대로의 정당한 근거를 갖추고 있다.
> - (가)는 주장만 있고, 그 주장에 대한 근거가 없다.
> - (다)는 주장을 하고 있는 것이 아니라 관찰된 사실을 단순히 서술하고 있다.

> ☞앞으로의 논술 공부를 위해서는 *의 '전제 자체를 잘못 내세움으로써'에 특히 주목해야 한다.

(2) '논리적으로 타당하다'의 의미

다음은 단순한 연역적 추론의 예다.

전제1_ 포유류는 육지에 산다.
전제2_ 고래는 포유류다.
결론_ 고래는 육지에 산다.

이 논리는 타당한가? 물론 타당하다. 그러나 결론은 잘못됐는데, 그 이유는 무엇일까? 전제가 잘못 되었기 때문이다. 연역 추론에서 잘못된 전제, 즉 전제의 오류는 참된 결론을 뒷받침할 수 없다. 따라서 사례는 '논리가 타당하다'고 해서 반드시 '논리적'인 것은 아님을 보여준다.

논술에서 말하는 '논리가 타당하다'와 일상적으로 사용하는 '논리적이다'란 말의 의미에는 차이가 있다. 우리가 일반적으로 사용하는 '논리적'이란 말은 전제의 타당성만으로는 성립되지 않으며, 반드시 건전해야 한다. 즉 전제가 참이어야만 한다. 하지만 실제 일상생활에서 다루어지는 쟁점들은 그 전제의 옳고 그름을 판단하기 어려운 경우가 많다. '전제가 옳은 것 같은 느낌'과 '전제가 결론을 뒷받침하고 있다는 느낌'이 '전제의 옳고 그름'을 대신하는 경우가 일반적이며, 그에 따라 논리의 건전성이나 논증의 강함이 평가된다.

이는 실제 논술 공부에서 중요한 의미를 갖는다. 논술에서 '논리가 타당하다'는 의미는 전제의 진위 여부로서의 '논리적이다'란 의미가 아니라, 전제가 '이치에 맞을 것 같은 느낌'으로서의 그 무엇이라고 할 수 있다. 즉 전제가 사실처럼 느껴지는 이유나 증거, 결론을 뒷받침하고 있는 전제가 갖는 충분한 근거가 그것이다. 그만큼 주관성을 배제할 수 없다는 의미로, 이것을 사실적 근거에 맞춰 이치에 합당하도록 객관화시킬 수 있어야 올바른 논증으로 이어진다.

따라서 논술에서 말하는 '논리가 타당하다'는 의미로서의 논리적 사고는 곧 **'이치에 맞게'** 생각하고 판단한다는 의미와도 같다. 그만큼 논증을 이끌어가는 생각의 힘으로서의 **논리적 분석력**을 요구하는데, 그렇기에 이는 '있는 그대로를 무턱대고 받아들이지 않는' **비판적 사고**로 연결된다. 즉 비판적 사고는 스스로 생각하는 힘으로, 결론이 타당한지 전제가 올바른지(참, 거짓 여부가 아니다), 이 두 가지를 끊임없이 되물어가며 생각하는 논리적 분석 능력이자 사고 능력이다.

결국 논리적으로 타당하다는 의미는 **결론의 타당성**과 그 결론을 뒷받침하는 근거로서의 **전제의 충실성**을 의미하며, 이를 비판적 사고를 통해 올바르게 구현함을 의미한다. 즉 비판적 사고는 '비판적으로 생각할 줄 아는 이해 능력을 기르는 사고 훈련의 한 영역'으로서 논리적 추론과 그 범주를 같이 한다. 따라서 다음과 같이 정리될 수 있다.

논리적 사고 = 논리적으로 이치에 맞게 생각하는 힘 = 논리적 분석력+비판적 사고력

(3) 논리적 사고력을 기르기 위해서는

글이 조금만 어려워져도 학생들이 당혹감을 느끼는 이유는 논리적인 사고력이 부족하기 때문이다. 논술을 어려워하는 것도 같은 이유다. 글을 읽는다는 것은 **글쓴이의 의도**를 읽는 것으로, 글쓴이의 의도를 알면 글은 다 이해된 것이다. 글쓴이의 생각을 읽는 훈련을 하는 것이 곧 논리적으로 생각하는 훈련으로, 그 대표적인 것이 언어교육이다. 논술은 언어교육의 연장으로, 언어에 대한 기본적인 이해를 바탕으로 부단한 글 읽기를 해나가야 논리적 사고력으로서의 생각의 기술이 는다.

대입 논술은 물론이고 수능 언어 독해 부분에서 논리적 추론 능력 및 비판적 사고 능력을 평가하기 위한 문제가 많이 출제되고 있는 이유가 이 때문이다. 따라서 수능은 물론 논술을 잘하기 위해서는 논리적으로 생각하는 훈련이 선행되어야 하며, 이는 부단한 연습과정을 통해 얼마든지 향상될 수 있다.

논리적 사고는 논리와 관련한 이론적 지식의 단순한 습득보다는, 그 지식을 어떻게 실례에 적용하고 활용할 것인가 하는 기술적인 측면이 더 중요하다. 이런 이유로 논리·논술과 관련한 책을 아무리 많이 읽는다고 한들 논리적 사고력이 나아진다는 보장 또한 없다.

오히려 이론적 지식이 축적되면 될수록 이것이 자칫 우리의 사고를 제한하고 통제하는 방향으로 나아갈 수 있다. 더군다나 기존의 많은 논리·논술 서적에 수록된 관련한 지식의 대부분은 형식논리학을 따르는 것이어서 그만큼 자유로운 사고를 방해할 수 있다. 논리학적 지식은 주로 언어적 인과관계에 따른 논리적 진위 여부를 따지는 등의 형식적인 측면이 강조되기에, 현행 대입 논술에서 추구하는 논증 구조의 파악과 이를 통한 타당성 분석이라는 내용적인 면과는 상당 부분 배치된다.

예를 들어 논리학에서 절대적인 비중을 차지하는 귀납적 논증과 연역적 논증은 모두 진리의 참·거짓을 증명하고 오류를 논박하는 측면에서 중요한 역할을 한다. 하지만 대입 논술시험에서 묻는 명제(주제와 논제에 담긴 개념, 이론, 쟁점, 주제어 등)는 모두 참된 진리를 전제하되 그에 따른 판단의 관점을 논리적으로 답할 것을 묻는 것이기에 굳이 진위 여부를 따져가며 살필 필요가 없으며, 오히려 그 과정에서 혼란만 가중시킬 뿐이다. 앞서 말했듯이, 논리의 진위 여부를 따지기보다는 논리의 타당성과 충실성을 올바르게 곧추세우는 데 힘을 쏟아야 한다.

따라서 형식논리학에서 강조하는 오류와 모순을 지적하고 밝히는 데 치우쳐 형식적인 측면에서의 나쁜 논증을 찾는 데 힘을 쏟기보다는, 글에 담긴 주장과 그 주장을 이끌어내는 타당한 근거(전제)에 대한 맥락적인 이해를 통해 내용적인 측면에서 한층 **좋은 논증**을 찾기 위해 노력하는 것이 더 바람직하다. 잘된 논리적 사고에서 특히 중요한 것은 각 주장들 사이에 차이가 있는지, 그리고 있다면 어느 주장이 옳은지 평가할 기준을 정하고 적용하는 것인데, 이는 잘된 논리적 사고의 실례를 많이 보고 스스로 논리적으로 사고하는 연습을 꾸준히 해나감으로써 가능해진다.

이런 이유로 대입 통합논술이 지향하는 논리적 사고를 기르기 위해서는 먼저 필요한 최소한의 논리학적 개념만을 학습하되, 이것을 부단히 습득하고 익혀 생각의 힘을 뒷받침하는 기술로 거듭나게 만들어야 한다. 그렇더라도 논리학적 지식을 배우는 것보다 그 지식에 담긴 원리를 적용하는 게 중요하므로, 관련한 이론을 공부하되 이를 적용하는 연습에 중점을 두어야 한다. 그렇게 해서 남들을 진정으로 설득할 수 있고, 스스로 자신 있게 내세울 수 있는 논증을 구성해야 한다. 결국, 논술 실력은 머리보다는 이해를 통한 단련의 산물이다.

(4) 지식과 논리적 사고

논리적인 사고를 기르는 데 **지식**이 커다란 역할을 한다는 사실은 굉장히 중요하다. 지식은 무엇을 어떻게 생각해야 할지를 결정하는 논리적 사고 과정에 끊임없이 관여할 뿐만 아니라, 그 논리의 내용과 수준, 깊이를 결정하는 데 그만큼 절대적이기 때문이다. "많이 알아야 많은 것을 말할 수 있다."는 말이 있듯이, 다양하고 풍부한 지식은 말과 글의 내용을 논리적이게 하는 필수 항목이다.

논리의 힘, 즉 논리적 사고력은 우리와 마주한 세계를 깊이 있게 분석해낼 수 있는 축적된 지식으로부터 나온다. 즉 많이 안다는 것은 그만큼 많이 읽고 쓰고 생각했다는 것으로, 당연히 이에 병행해서 논리적 사고력도 길러진다. 물론 다 그런 것은 아니지만, 일반적으로 고등학생이 중학생보다, 대학생이 고등학생보다 더 논리적인 이유가 이 때문이다.

특히 현행 대입 논술시험이 인문과학, 사회과학, 자연과학 등을 통합하여 다각적 · 다면적인 관점에서 사고하도록 출제되고 있으며, 이에 따라 한 가지 교과 영역에 국한되지 않고 다방면의 광범위한 배경지식을 필요로 하는 점에 비춰 생각할 때 그렇다. 통합교과의 다양한 시각과 풍부한 지식은 그만큼 논리적 사고를 필요로 하는데, 교과과목을 넘나들 수 있는 다면사고형의 통합교과 학습이 논리적 사고를 기르는 가장 중요한 연습이 된다는 평범한 진리는 아무리 강조해도 지나침이 없다.

이런 이유로 많이 알면 논리적이 되고 모르면 비논리적이 된다. 논리적인 사고는 다방면의 많은 지식을 쌓는 과정에서 부지불식간에 생기는 것이기 때문이다. 더군다나 논술 주제가 묻고자 하는 핵심 개념 · 이론 및 쟁점 · 관점이 함축하는 의미를 명확히 해야만 문제 해결의 가닥을 잡을 수 있는데, 이 역시 배경지식의 습득을 통해 자연스럽게 해결된다.

특히 염두에 둘 것은, 많은 학생들이 교과서에 나오는 주요 **단어**와 핵심 **개념**을 쉽게 지나치는데, 이는 옳지 않다. 쉬운 단어와 개념이라고 생각해도 막상 대답하기 어려우며, 또한 이는 실제 논술시험에서 다루는 주제이자 개념이기에, 이것을 모르고서는 절대 올바른 답을 구할 수 없다. 따라서 이 부분 만큼은 반드시 공부해야 논증 분석에 필요한 최소한의 논리적 개념 이해는 물론, 제대로 된 논증 글쓰기를 할 수 있다. 논술 공부를 위해서는 교과서에 실린 핵심 개념 및 관련한 주제어·개념어의 개략적인 내용을 이해하고 있어야 한다.

2. 논리적 사고력을 키워야 하는 이유

(1) 잘 쓴 논술 답안에 나타나는 특징

【사례1】 한양대 2014 모의 논술시험에서 고득점을 받은 학생의 우수답안

(가)는 외국 국적 관리들을 축출해 내려는 진시황을 비판하는 글로, 외국 출신 관리들을 차별 없이 등용해야 한다고 주장한다. 이러한 (가)의 입장을 찬성한다.

우선, 국가에 필요한 훌륭한 인재를 얻을 기회의 폭이 넓어진다. 오늘날의 글로벌 기업들과 같이 국경을 넘어 인재를 등용한다면 국가가 필요로 하는 인재들을 더욱 많이 얻을 수 있을 것이다. **또한** 그러한 타국 출신의 관리들은 국내 출신 관리들에 비해 <u>좀 더 다양한 가치관과 다면적 시각으로 국가의 중대한 의사결정에 도움을 줄 수 있다</u>. ㉠**에서 말한 바와 같이** 타국의 좋은 것을 수용하는 태도는 인재 등용에서도 예외 없이 적용되어야 한다는 것이다.

국가 간 대립이 많았던 당시에는 유능한 관리는 국가의 안위를 지켜내는 것에 아주 중요한 역할을 수행했다. 그러한 가운데 <u>유능한 인재를 다른 국가로 보내는 것은 국가의 손해이다</u>. **더욱이** 강제로 추방된 관리들은 추방한 국가에 적개심이 생겨 국가의 안보를 위협할 수 있다. ㉡**에서처럼** 자국의 피해를 자초하는 일이 된다는 것이다.

물론 타국에서 의도적으로 파견한 첩자가 등용이 되면 큰 부작용을 낳을 수 있겠지만, 그렇다고 이점이 많은 제도 자체를 부정하고 폐지하는 것은 모순적이다. <u>내부 감시 및 관리의 강화 등 다른 해결방안을 모색하는 것이 더 적절한 대처이다.</u>

※ [문제 1번] (가)에 찬성 또는 반대하는 글을 쓰되, ㉠과 ㉡에 대한 자신의 견해를 포함하도록 하시오. (한양대 2014 인문 모의, 600자, 40점)

위 사례는 2014 한양대 인문논술 모의고사 이후 대학이 발표한 학생 우수답안으로, 40점 만점에 무려 39점을 받았으며, 다음과 같은 심사평을 들었다.

"문제 상황을 정확하게 파악하고, 그 해결책을 다양하고 입체적인 시각에서 고안할 줄 알며, 정확한 단어와 문장을 구사하여 논리적으로 서술할 줄 아는, 한마디로 논술의 기본기가 충실한 글이다. 사고의 면에서나 표현의 면에서 모두 흡족한 글이라 하겠다."

한 마디로, 논술 모범답안으로 손색없는 글이라는 얘긴데, 실제로도 그렇다. 굳이 제시지문을 읽지 않더라도 글의 내용면에서나 형식면에서 어디 하나 흠잡을 데가 없음을 알 수 있다. 물론, 이 답안 하나만을 가지고는 쉽사리 변별력을 가늠하기 어렵지만, 그렇더라도 '적절한 단어와 문구를 적절한 위치에' 배열하여 서술함으로써 글이 깔끔하고 논리적으로 잘 쓴 글임을 단박에 확인할 수 있을 것이다.

이 학생 답안은 대학에서 학생들에게 어떠한 논술 답안을 요구하며, 또한 학생들은 어떤 식으로 글을 써야 하는지를 가늠하는 척도가 된다. 따라서 지금 이 글을 읽고 있는 학생들은 앞의 우수답안을 통해 잘 쓴 논술 답안은 어떤 특징이 있는지를 깨달아야 함은 물론, 대학이 학생들에게 어떤 글, 어떤 답안을 요구하고 있는지 잘 이해하고 이에 맞춰 연습해나가야 한다.

잘 쓴 논술 답안의 특징
- 글이 **압축적**이다. → 독해와 요약을 잘한다. (**독서+연습**)
- 글이 **체계적**이다. → 논증 글쓰기에 뛰어나다. (논리적 **사고력**_논리적 분석력+비판적 사고력)
- 글의 **완성도**가 뛰어나다. → 문장 표현력과 지문 구성력이 뛰어나다. (**새능+어휘력+논증력**)

(2) 논술 잘하는 학생에게서 나타나는 특성

논술 잘하는 학생에게서 나타나는 일반적인 특성은 다음과 같다.

첫째, **공부 잘하는 학생**들이 대입 논술시험에서 요구하는 논증 글을 잘 쓰는 것은 충분한 개연성이 있으며 또 그만큼 설득력이 있다. 비판적 사고력과 창의적 사고력을 묻고 따지는 대입 논술시험의 경우에는 특히 그런데, 그만큼 논리적 사고를 담당하며 분석적인 판단을 내리는 '좌뇌'의 기능이 뛰어나기 때문이기도 하다. 즉 수능 성적과 논술 실력은 대체적으로 비례한다.

둘째, 논술전형을 뚫고 대학에 들어간 학생들이나 뛰어난 수능 성적으로 명문대에 합격한 학생들에게서 나타나는 공통점의 하나는 바로 **어휘력**이 뛰어나다는 사실이다. 어휘력이 뛰어나면 전반적으로 사고력이 높고 교과과정에 대한 이해가 빠르기 때문에 공부를 잘하는 것은 지극히 당연하다. 또한 어휘력이 뛰어나면 읽기 · 쓰기 · 말하기를 잘하고, 자신의 생각을 정확하게 표현할 수 있다. 때문에 논술에 소질이 있는 것 또한 지극히 당연하다.

셋째, 논술 잘하는 학생들에게서 나타나는 가장 큰 특징은, **논리적 사고력**이 매우 뛰어나다는 사실이다. 한마디로 글을 읽고 제대로 소화하여 이를 자기 글로 올바르게 표현해낼 수 있는 능력을 갖췄다. 이런 학생들의 글은 논리가 제대로 잡혀있기에 당연히 논리의 흐름이 체계적이고, 글을 제대로 이해하여 핵심만을 정리하니까 당연히 글이 압축적이고, 그렇게 해서 완성도가 뛰어난 글을 쓰는 것은 지극히 당연하다.

여기서 생각해야 할 것이 있다. 만약에 학생이 수능 국어 성적과 수학 성적 간에 심각한 불일치를 보인다면, 이는 다음 두 가지로 귀결된다. 국어 실력이 뛰어남에도 불구하고 수학 성적이 이에 미치지 못한다면, 논리적 사고력으로서의 추론 능력을 의심해봐야 한다. 반대로 수학 성적이 뛰어남에도 국어 실력이 그렇지 않을 경우, 논리적 사고력으로서의 비판적 사고력을 되짚어봐야 한다. 어느 경우든 사고의 불일치에 따른 것일 수 있는데, 만약에 학생이 어휘력도 풍부하고 이것저것 주워들은 풍월이 많음에도 불구하고 국어 성적이 신통치 않다면, 논리적 사고력에 문제가 있을 수도 있음을 반드시 되물어 확인해야 한다. 이것, 중요하다.

논술 잘하는 학생에게서 나타나는 특성
• **글을 잘 쓴다.** → 글 잘 쓰는 아이가 일반적으로 공부도 잘한다. (글쓰기≒**재능**≒공부머리)
• **어휘력**이 풍부하다. → 어렸을 때부터 **독서습관**을 길러왔다. (세상 이치에 대해 많이 안다. 이런 학생에게서 일반적으로 나타나는 특징은 특히 **국어**를 잘한다는 점이다).
• **논리적 사고력**이 뛰어나다. → **지식을 체계화**할 줄 안다. (개념을 이해하고, 정의내리고, 서로 연결하여 논리적으로 유추하고, 생각으로 정리하여 논리적으로 서술하는 능력이 뛰어나다. 대개의 경우 **수학**을 잘한다)

(3) 지식을 체계화할 수 있는 능력

대학에서 논술시험을 통해 학생들에게 묻고자 하는 것은 얼마만큼 지식을 현실적이고 구체적이며 체계적으로 구성할 것인가 하는 사고 능력이다. 논술 잘하는 학생에게서 나타나는 가장 큰 특징이자 대학이 논술시험을 통해 학생들을 탐색하는 핵심 포인트는 바로, 제시지문 안에 담긴 **지식을 체계적으로 요약·정리하여 서술하는 능력**이다.

이는 그만큼 학생들이 지식을 닥치는 대로 집어삼킬 줄만 알았지, 그것을 되새김질하며 자기 것으로 소화하지 못하고 있음을 대학이 너무나도 잘 알고 있기 때문에, 이를 평가하는 것이 학생들의 지적 능력을 살피는 데 효과적이라고 판단했기 때문이다. 그렇기에 대학은 체계적으로 잘 쓴 논술 답안을 통해 분석적 이해력, 비판적 사고력, 창의적 문제해결 능력 등 일련의 논리적 사고력을 확인하려는 것이고, 실제로도 이것만큼 확실한 평가방법도 달리 없는 것 같다.

그런데 앞서 글을 잘 쓰는 것은 일종의 재능과 같기에 공부머리와도 상당한 인과관계가 있고, 게다가 어렸을 때부터 평소 독서습관을 통해 어휘력을 차근차근 길러온 학생들이 글을 잘 쓰는 것은 당연한 이치며, 그렇게 해서(물론, 이 둘의 선천적 · 후천적인 능력이 서로 시너지효과를 발휘하여 상승작용하면서) 논리적 사고력을 길러 온 학생들은 당연히 글의 질적 · 내용적 수준이 상당하다고 말했다. 앞서 예로 든 〈사례1〉의 학생이 그 중 한 명이다.

이쯤 되면, 논술 공부해서 대학가야 하는 게 옳은지, 아니면 수능에 전념하는 게 더 나은 선택이 될지 도무지 분별이 안 된다. 그렇더라도 이것에 크게 마음 둘 이유는 하등 없다. 실제 그런 자질을 갖춘 학생들은 그리 많지 않으며, 대부분의 경우에는 차근차근 또박또박 공부해나간 학생들에게 합격의 기회가 주어지는 게 일반적이다. 적어도 대입 논술시험에서만큼은 토끼와 거북이의 경주와 흡사하며, 그 핵심은 바로 **논리적 사고를 기반으로 한 체계적인 글쓰기**에 있다.

그렇기에 대학이 논술시험을 통해 학생들에게 평가하려는 항목에 주파수를 맞춰 공부하면 그다지 어렵지 않게 합격할 수 있는 게 또한 지금의 대입 논술시험이다. 즉 현행 대입 논술시험은 흡사 국가자격시험 본고사와도 같기에, 시험에서 일등 하는 게 중요한 게 아니라 합격자 평균 점수만큼만 올린다고 생각하고 공부해나가면 훨씬 마음 편하고 또 내용적으로도 실속 있다.

덧붙여 생각해야 할 것이 있다. 지금처럼 교과과정 안에서 지문을 발췌하여 논술시험이 치러지고 있는 현실에서, 게다가 수능 국어 · 영어의 추론 문제와 논술 문제 둘 다 논리적 사고력을 묻고 측정하는 시험임을 고려할 때, 수능과 논술은 결코 분리될 수 없는 하나이며, 더불어 공부해나가야 함이 마땅하다. 어느 것이든 같은 지문을 갖고서 다른 방식으로 묻는 시험에 불과할 뿐이기에 그렇다. 논리적 사고를 기반으로 한 체계적인 논증 글쓰기에 앞서, 분석적인 글 읽기가 강조되는 이유가 또한 이 때문이다.

03
PART

글의 핵심을
파악하는
읽기 훈련

1. 글 읽기의 일반 원칙

(1) 적극적인 독서, 기술적인 독서

글을 읽는 것은 일종의 정신 활동이자 신체적 행위다. 따라서 글을 읽는 것은, 비록 정도 차이는 있겠지만, 어느 정도의 적극적인 성격을 띤다. 적극적으로 읽으면 읽을수록 더 잘 읽을 수 있다. 똑같은 읽을거리를 주었더라도 어떤 학생은 다른 학생보다 더 잘 읽는다. 왜일까?

물론 여기에는 많은 이유가 붙겠지만, 크게 두 가지 이유 때문일 것이다. 남들보다 더 적극적으로 집중해서 읽고, 게다가 읽는 행위를 좀 더 기술적으로 하기 때문이다. 글을 읽는다는 것은 쓰는 것만큼 복잡한 행위로, 적극적인 행위와 기술적인 접근이 함께 이뤄져야 훨씬 더 잘 읽을 수 있다.

독서 기술은 외부의 도움 없이 오로지 독자 자신의 지적 능력만을 가지고서 책을 읽고, 그 과정에서 정신을 향상시키는 것이다. 책을 읽으면서 이해가 부족한 것을 자신의 지적 노력을 통해 향상시키는 것은 혼자 힘으로 일어서는 것과 같다. 다시 말해, 독서 기술은 특별한 게 아니라, 오로지 자기 힘으로 밀고 나가야 하는 고도의 정신 활동이다. 그렇기에 아주 힘이 드는 일이며, 자신의 노력을 통해 스스로 이해력을 높여나가야 하는 기술적 접근이 요구된다.

그렇다면 이해력을 높이는 독서를 위해서는 어떤 조건이 붙을까? 당연한 얘기겠지만, 글을 읽는 독자와 글을 쓴 저자 간에는 이해 측면에서 근본적인 수준 차이가 있어야 한다. 쉽게 말해, 작가의 척박한 지적 수준이 드러나는 책을 피해 가려 읽으라는 말이다. 우리는 자신보다 더 나은 사람을 통해 배울 수 있다. 우리는 누가 자신보다 더 나은 사람이며, 그 사람에게서 무엇을 어떻게 배울 것인지에 대한 분명한 목적의식을 갖고 있어야 한다.

따라서 단순히 정보를 얻기 위한 독서와 이해력을 높이기 위한 독서를 구분할 수 있어야 한다. 이해력을 높이기 위한 독서, 깨달음을 얻기 위한 독서를 해야 한다. 닥치는 대로 읽는 것은 잘 읽지 않는 것과 다를 바 없다. 깨달음이나 이해를 얻기 위해 책을 읽을 경우에는 적극적인 자세가 필요하다. 아무 생각도 하지 않고 적극적인 독서를 할 수는 없다.

책을 읽으면서 끊임없이 생각하라. 그리고 집중하라. 생각하는 것은 깨달음을 얻는 배움의 일부분이다. 독서의 기술은 아무 도움 없이 혼자 글을 읽고 깨달을 때 필요한 기술들이 모두 포함된다. 예리한 관찰력, 풍부한 상상력, 명민한 기억력 등 논리적인 분석과 깊은 성찰을 위한 지적 훈련을 망라한다. 본질적으로 이해를 깊게 하는 독서는 결국 깨달음을 얻는 것이기 때문이다.

글을 읽어 이해할 수 있는 부분은 주의를 기울여 읽고, 금방 이해가 안 되는 부분은 처음에는 그냥 넘어가도 좋다. 아무리 이해하기 어려워도 계속 읽다보면 곧 이해할 수 있는 부분이 나타나기 마련이다. 그러면 다시 그 부분에 집중해서 읽으면 된다. 그래도 이해가 안 된다면, 거듭 읽으며 끊임없이 생각하고 또 생각하라.

글을 잘 읽기 위해서는 능동적으로 열심히 읽어야 한다. 능동적으로 읽는다는 것은 스스로 답을 찾고 또 질문을 던지며 읽는 것이다. 전반적으로 무엇을 주제로 한 글이고, 무엇을 어떻게 자세히 다루고 있으며, 저자가 글을 통해 전달하려고 하는 메시지는 무엇인지 등을 끊임없이 되물어가며 살펴 읽어야 한다. 적극적·능동적 글 읽기는 그렇게 읽으려는 의지와 노력이 따라야 한다. 결국 기술적인 독서는 적극적이고 능동적인 글 읽기다.

(2) 책을 내 것으로 만드는 방법

질문을 던지면서 읽는 습관을 지니게 되면 그렇지 않은 사람들보다 책을 더 잘 읽을 수 있다. 이때 단순히 질문을 던지는 데 그치고 말 것이 아니라, 그 질문에 스스로 답하려고 노력해야 한다. 이를 위해서는 책을 세게 다뤄야 한다. 책을 더럽히라는 얘기가 아니고, 책에 흔적을 남기라는 것이다.

책을 소유하는 것은 그것에 담긴 내용을 소화하여 내 것으로 만드는 것이다. 그 가장 좋은 방법은 책에, 지문에 표시나 메모를 하는 것이다. 책에 밑줄을 치며 읽고 뭔가를 적는다는 것은 그만큼 의식이 깨어있다는 것이고, 능동적으로 책을 읽으며 생각한다는 것이고, 자신의 느낌이나 생각을 표현한다는 것이다.

그렇기에 글을 읽어가며 책에 **표시**나 **메모**를 하는 것은 곧 저자와 대화하는 것과 같다. 저자와는 다르게 생각하는 점이나 동의하는 핵심 내용에 대한 자기 견해를 책에 분명하게 표시하는 것은, 글쓴이를 존중하고 서로 소통하려는 적극적인 의사표현이다. 글을 이해한다는 것은 그만큼 상호성을 갖는다.

다음은 필자가 즐겨 사용하는 **표시**와 **메모**법이다.

책에 표시나 메모하는 방법
- 밑줄 긋기_ 요점, 중요하거나 강조하는 문장에 밑줄을 친다. 연필, 만년필, 형광펜 세 종류 모두 사용한다.
- 옆줄 긋기_ 밑줄 칠 부분이 너무 길 때 그 옆에 수직으로 줄을 쳐 표시한다.
- 중요 표시_ 중요한 부분이나 강조할 부분에 별표(★)를 해둔다. 또 포스트잇을 붙인다. 나중에 책을 다시 꺼내 볼 때 그 부분을 중점적으로 살피면, 예전의 기억들이 새록새록 떠오르게 된다.
- 내용 연결_ 다른 책이나 그 책의 서로 연관되는 부분에 'OO 참조', 'OO 비고' 등으로 표시한다.
- 동그라미 치기_ 주제어나 핵심 개념에 동그라미를 치거나 형광펜으로 굵게 칠한다.
- 여백에 내용 적기_ 책을 읽다가 떠오른 생각이나 질문, 요약 등을 페이지의 빈 부분에 적는다.

중요한 부분을 잘 표시해두는 습관은 글 읽기의 집중력을 위해서도 무척 긴요하다. 책에다 뭔가를 적는다는 것은 그만큼 글을 읽고 이해하고 있다는 뜻이자, 글에 집중하고 글을 분석하고 있다는 의미기 때문이다. 그리고 그만큼 지혜롭고 효과적인 글 읽기를 하고 있음을 보여주는 증표이기도 하다.

(3) 저자의 의도를 찾아가며 읽어라

저자가 글을 사려 깊게 잘 쓰는 기술과 독자가 책을 신중하게 잘 읽는 기술은 서로 밀접한 관련이 있다. 책을 잘 읽고 글을 잘 쓰는 데는 똑같은 원리와 원칙이 바탕이 되기 때문이다. 책을 읽어 이해한다는 것은 곧 독자의 지적 수준을 저자의 지적 수준에 필적할 수 있도록 만들어가는 과정이며, 글을 분석하며 올바르게 읽고 있음을 보여주는 것이다.

글의 내용을 구조적으로 이해하고 깊게 사고하는 방법을 비판적 사고력이라고 하는데, 그 핵심은 저자가 글을 통해 밝히려는 **주제의식**을 간파하는 데 있다. 책을 능동적이고 적극적으로 읽어야 하는 이유가 이 때문인데, 책을 능동적으로 읽는 학생은 단어와 자구에 함몰되지 않는다. 문장이나 문단은 물론 글의 전체에도 신경을 쓰며 읽는다. 그래야만 저자가 책을 통해 전달하고자 하는 의미나 주제, 개념을 파악할 수 있다.

그렇기에 단 한 권을 읽더라도 제대로 읽어야 한다. 글을 읽어 주제를 찾아내고, 저자가 어떻게 부제와 세부적인 내용을 통해 그 주제를 논리정연하게 전개해나가고 있는지 파악하며 읽어야 한다. 많은 학생이 책을 읽고 관련한 적절한 답변을 하지 못하는 경우가 의외로 많은데, 분명하게 설명하지 못하면 이해하지 못한 것이다. 이해를 하면 당연히 설명이 가능해야 한다.

아무리 어려운 지문을 읽더라도 그 이면에 담긴 뜻을 정확하게 살피려고 노력한다면, 그 지문의 본질은 매우 상식적이고 보편적임을 깨닫게 된다. 책에 담긴 단어와 문장을 좀 더 깊게 탐구해보면, 저자의 문제의식은 상식적이라는 것을 알게 된다. 다만 그들이 사용하는 언어가 학생 수준에서 조금 어렵다는 것이 문제인데, 이는 그만큼 개념을 축약해 하나의 문장으로 정리하고자 하는 저자의 의지가 담겼기 때문이다. 따라서 그 언어에 담긴 뜻을 정확하게만 알면 내용은 어렵지 않게 이해된다.

따라서 글을 읽는 동안에 끊임없이 "왜?"라는 의문을 가지고 스스로에게 질문도 하고 또 저자의 입장에서 생각하는 등으로 살펴 읽어야 한다. 그 과정에서 논리적 사고는 결단코 늘게 되어 있으며, 글의 핵심을 파악하는 능력도 향상된다.

글의 핵심을 파악하기 위해서는 단어 · 문장 · 문단의 독해, 글 전체의 독해, 비판적 글 읽기 등 일련의 독서 방법을 터득할 필요가 있는데, 그 일반적인 방법은 다음과 같다.

글의 핵심 내용을 파악하기 위한 읽기 방법

- 제목이나 소제목이 있는 경우 글의 중심 내용을 파악하는 데 필요한 단서를 얻을 수 있으며, 따라서 이를 바탕으로 글의 주요 내용을 예측하는 등으로 좀 더 적극적이고 능동적인 글 읽기를 해나간다.
- 단어를 많이 안다는 것은 단순한 사전적 의미를 넘어선다. 이미 알고 있는 단어를 통해 모르는 단어의 뜻을 유추해내는 능력도 커지며, 지시적 · 맥락적 · 비유적 의미를 이해하는 능력도 배가된다. 단어의 의미를 아는 것은 글 읽기의 가장 기본적인 요건이다. 자구적으로는 해석되지 않는 단어나 관용적 표현을 정확하게 파악할 필요가 있는데, 이를 위해서는 사전을 찾아 그 의미를 정확하게 이해하거나 전후 문맥을 살핌으로써 의미를 짐작할 수 있도록 훈련할 필요가 있다.
- 글은 문장과 문장, 단락과 단락이 유기적으로 긴밀하게 결합되면서 전개된다. 따라서 그 다양한 관계를 이해함으로써 글 전체의 논지나 주제를 좀 더 명확하게 파악하고, 글 전체의 짜임을 이해해야 한다. 이를 위해서는 글의 구조를 이루고 있는 요소들, 즉 문장과 문단의 의미와 기능을 올바르게 이해하면서 글을 읽어야 한다.
- 글의 내용을 파악하고, 그 전개 방식과 구조적 특성을 이해하는 글 전체의 독해 역시 중요하다. 글 전체의 독해란 글에 제시된 세부 정보를 이해하여 이를 핵심 정보와 부차적 정보로 나누어 궁극적으로 글 전체의 요지와 주제를 파악하는 것을 말한다. 글쓴이는 글 전체의 논지나 주제를 효과적으로 드러내는 전략을 사용하여 자신의 글을 쓰게 마련인데, 이것을 찾아낸다면 글 전체의 내용을 쉽게 이해할 수 있다. 즉 한편의 글을 읽으면서 글쓴이의 주장과 근거를 찾아내거나 중심 생각을 효과적으로 뒷받침하기 위해 동원된 서술 방식, 사례, 전개 방식 등을 찾아 이를 구조화해가며 이해하는 것이 중요한데, 실제 이것이 대입 논술과 수능을 위한 글 읽기의 핵심이다.

(4) 맥락으로 읽어라

혼히들 많은 학생들이 '논술=글 잘 쓰는 능력'이라고들 생각하는데, 이는 잘못됐다. 글을 잘 쓰는 것 이상으로 중요한 것이 바로 글을 잘 읽는 것이다. 엄밀히 말하자면, 글쓰기는 별도로 독립된 영역이 아니라, 읽고 생각하고 표현하는 역량이 결합되어 나타나는 일련의 종합적 판단 능력이다.

그렇기에 읽기는 쓰기의 전제조건이 된다. 즉 좋은 글에는 반드시 많은 글을 꾸준히 읽고 생각하고 고민한 흔적이 짙게 묻어나기 마련이다. 우리가 흔히 말하는 고전과 명저가 그 대표적인 결과물들이다. 이런 글들의 주제나 내용을 충실하게 분석하면 그 안에 담긴 주요 쟁점이나 기본적인 의견들을 파악할 수 있게 된다. 그것도 핵심 지문을 중심으로 압축해서 말이다. 나머지 부분은 그것에 대한 다양한 사례나 증거일 뿐이다. 발췌 독해가 중요한 이유가 이 때문인데, 이것을 읽어가면서 다양한 쟁점을 찾아내고 어느 한쪽으로 치우치지 않는 사고를 길러나간다면, 이것이 곧 올바른 논술 공부로 연결된다.

글을 맥락으로 이해하는 것은 곧 통합교과형의 다면적 사고를 지향한다는 의미다. 그리고 그에 따른 생각의 기술은 글쓴이가 말하고자 하는 바를 정확하게 이해하는 것이다. 이것을 파악하는 것은 간단하다. 예를 들어 논술 제시지문을 읽고 글의 공통된 주제와 관점을 써보아라. 그리고 에시답안과 비교하라. 이때 공통 주제와 대립하는 쟁점을 잘 파악하지 못한다면 이는 틀림없이 글을 제대로 읽지 못한 것이며, 그것도 맥락적인 이해가 부족했기 때문이다.

논술 공부에서 맥락적인 글 읽기는 매우 중요한데, 실제 이것만 제대로 되면 단어와 단어가 관계하는 맥락적인 이해는 물론, 그것을 문장으로 구성하여 펼쳐놓은 주제를 찾고 요약하는 능력은 저절로 따라붙는다. 즉 올바른 글 읽기만 이뤄진다면, 곧바로 제대로 된 글쓰기로 이어진다. 글쓰기에는 그만큼 글의 형식적인 면보다 내용적인 면이 중요하며, 그것도 글의 이해를 돕는 맥락적인 글 읽기가 선행되어야 가능하다.

그렇다면 맥락적인 글 읽기의 핵심은 무엇일까? 바로 전체를 일관되게 파악하는 **통일성**과 '**전체-부분의 구조'를 구분**해서 파악할 줄 아는 능력이다. 이 둘만 견지하면서 읽으면 글의 전체 윤곽을 단번에 파악할 수 있음은 물론, 세부 내용까지도 무리 없이 어림잡을 수 있다. 결국 통일성은 수능시험 평가항목인 '주제 찾기'와 관계되고, '전체-부분의 구조 파악'은 '내용 일치'와 어느 정도 부합된다. 그리고 이 둘을 맥락으로 파악하고 이해할 때 이는 '논리적 추론'과 맞닿는다. 그리고 그 중심에 맥락을 따라 읽는 글 읽기가 있다.

글은 맥락으로 읽어야지 구절마다 끊어 단절시키면서 읽어서는 안 된다. 앞 문장과 뒤 문장이 꼬리에 꼬리를 무는 게 곧 글이다. 그렇기에 어쭙잖게 문장 구조에 따라 어떠 어떠한 식으로 읽어야 한다는 습관화된 글 읽기는 맥락의 흐름을 단절시키고, 결국에는 글을 제대로 파악하기 어렵게 만든다.

맥락을 알려면 높은 데서 바라봐야 한다. 글이 한눈에 들어와야 한다. 전체가 한눈에 들어오려면 여러 번 되풀이해서 지문을 통째로 살펴야지, 구절과 구절, 단락과 단락을 쪼개서 나누려들면 안 된다. 먼저 전체가 한눈에 들어와야 이어서 세부 내용도 따라 들어오게 된다. 글을 끊어가며 파악하는 것은 오직 '주장-근거-해설'로 이어지는 전체 논증 구조를 분명히 밝힐 때뿐이다. 그것으로 충분하다.

(5) 글의 용도와 목적에 맞게 읽어라

모든 책을 똑같이 일반적인 방법으로 읽을 수는 없으며 또 그럴 필요도 없다. 예를 들어 시나 소설 등 문학작품을 읽을 때는 일반교양 서적이나 전문 서적과는 달리 글의 구조를 파악하기가 어렵다. 그만큼 저자가 상상력을 동원해서 자유롭게 쓴 글이 주종을 이루기 때문이다. 다시 말해, 문학작품의 내용은 기본적으로 논리와는 거리가 멀고, 지식을 전달하는 책들과는 다른 특수한 상황을 담고 있다.

이에 비해 인문 · 사회과학 서적의 경우에는 그것에 담긴 내용과 그 글이 만들어진 목적에 맞게 읽어야 한다. 책을 읽을 때 저자의 핵심 사상과 개념, 주제의식이 그 책에서 다루는 문제의 본질로, 어떤 분야적인 특성을 가지고 있는지 파악하며 읽어야 한다. 그런데 저자가 사용하는 용어나 개념의 의미를 파악하는 것이 어렵기 때문에, 독자는 '무엇에 관한 글인가?'라는 질문에 끊임없이 답해가며 읽어야 한다.

인문 · 사회과학 서적을 읽을 때 겪게 되는 어려움의 하나는, 그 분야의 서적들이 순수하게 한 가지 분야를 담은 것이기보다는 여러 분야가 혼합되어 있기 때문에 그만큼 넓은 시각에서 글을 읽어야 할 필요가 있다는 점이다. 인문 · 사회과학 서적은 철학 · 과학 · 역사, 심지어는 소설적 요소까지 다양하게 뒤섞여 있기에, 한 권의 책을 읽는 동안에도 내용적으로 구분해 읽기가 쉽지 않다.

한 가지 주제로 여러 권의 책 또는 지문을 읽을 때는 분석적인 글 읽기는 더욱 어려워진다. 현행 대입 통합논술을 공부하기 위한 글 읽기가 그런데, 이것 역시 개념과 용어에 집중해서 글을 읽어야 함은 물론이다. 아울러 공통된 주제를 이해할 수 있도록 질문과 쟁점을 정리하고 내용을 분석하는 글 읽기를 해나가야 한다.

글을 읽는 과정을 글과 독자의 상호작용으로 본다면, 효율적인 독서를 위해서는 먼저 글을 읽는 목적을 고려하면서 읽어야 한다. 글을 읽는 목적이 무엇이냐에 따라 글을 읽는 방법과 글에서 파악해야 할 내용이 달라지기 때문이다. 또한 글의 종류와 용도, 형식 및 내용 구조를 잘 활용할 수 있어야 함은 물론, 그 내용과 관련된 지식과 경험을 바탕으로 글에 나타나지 않은 내용을 추리하고 사유하는 등 글을 비판적으로 읽어야 한다. 이런 식으로 능동적이고 적극적으로 독서 과정에 참여함으로써 능숙한 독자로 거듭나게 된다.

(6) 이해가 될 때까지 거듭 읽어라

글을 읽으면서도 글의 내용이 한눈에 파악되지 않을 때가 있고, 글을 다 읽은 후에도 무엇을 읽었는지 잘 모를 때도 많다. 먼저 책을 읽기 전에 '왜 읽고, 무엇을 읽을 것이지'에 대한 방향부터 올바르게 설정해야 한다. 그리고 글을 읽어 나가면서 끊임없이 머릿속에서 글의 내용에 대한 질문을 되물어 확인해야 한다.

실제, 글 읽기는 대단히 주의를 요구하는 행위다. 자칫하다가는 아직 생각의 깊이가 여물지 않은 학생들에게 어려운 사상 서적을, 그것도 통권으로 읽게 함으로써, 결과적으로 크나 큰 스트레스를 지우게 된다. 그리고 이것이 이후에도 계속해서 책을 읽는 데 많은 심적 압박으로 작용하면서 글 읽기를 기피하는 행동으로 이어질 수 있음은 물론이다. 실제 이런 학생들, 여럿 된다.

어떤 의미에서 볼 때 제대로 된 글 읽기는 효율적인 논술 공부의 가장 핵심이 되는데, 이를 위해서는 먼저 불필요한 글 읽기부터 배제시켜야 한다. 다시 말해, 글 읽기의 방법부터 바꿔야 할 필요가 있다. 논술이 지향하는 가장 기본적인 요소가 바로 독서 능력이지만, 그렇더라도 이것 때문에 다른 공부까지 심하게 방해를 받거나 억지춘향 식의 글 읽기가 되어서는 안 된다.

글을 읽되, 제대로 읽어야 한다. 그리고 이해될 때까지 거듭해서 읽고 생각해야 한다. 이를 위해서라도 불필요한 글 읽기부터 없애나가야 한다. 이해하기 어려운 책을 붙들고 씨름을 한다고 한들 그 내용적인 이해가 따르지 않을뿐더러, 글을 읽는 동안에 앞에서 읽은 것을 뒤에서 까먹는 등 그저 눈만 따라가며 읽을 뿐이다. 이런 비효율이 어디 있겠는가.

(7) 수험생에게 바람직한 독서

그렇다면 바람직하고 효율적인 글 읽기란 과연 어떤 것일까. 논술시험은 사고력, 특히 비판적 사고력을 평가하는 시험이다. 따라서 생각하는 능력을 키워야 함은 물론인데, 그렇더라도 앞서 말한 것처럼 논술시험을 위해 별도의 사고력을 키우기 위한 공부에 골몰할 필요는 없다. 왜냐하면 사고(생각)의 폭이 얼마나 크고 넓은가를 묻고자 하는 게 아니라, 사고를 어떻게 조직화하여 이를 논리적으로 구성하고 표현할 수 있는가를 묻는 게 바로 논술시험이기 때문이다. 오직 논제를 분석하고 제시지문 간의 연관관계를 파악하여 이를 답안으로 해결하는 능력을 보고자 할 뿐이다. 이런 이유로 단순히 사고력을 기르는 게 곧 사고의 폭을 넓히는 것이고, 사고의 폭을 넓히는 게 바로 지식을 많이 습득하는 것이라고 판단하여 막연히 독서를 많이 해야 한다는 생각은 적절하지 않다.

물론 논술 공부를 위해 평소에 독서를 습관화하는 게 가장 바람직하기는 하다. 그렇더라도 단순한 장문의 책 읽기는 그다지 도움이 되지 않는다. 책을 읽는 동안에 집중력이 떨어져 자칫 읽는 것 자체에만 의미를 두게 될 뿐이다. 특히 논술 필독서로 시중에 회자되는 고전과 명저의 경우가 그러한데, 대부분의 책들이 지은이의 철학적 사고를 담고 있어 난해하기가 그지없으며, 이런 책을 열심히 읽어 독파한들 내용을 제대로 이해하기 어렵다. 따라서 깊은 사고력을 요구하는 두꺼운 책을 통째로 읽는 것은 될 수 있으면 피하는 게 좋다. 이런 책을 논술 준비를 위해 억지로 읽는다고 한들 책의 재미를 찾지 못하고 점점 더 독서습관에서 멀어질 뿐이다. 책 한 권을 시간과 힘을 들여가며 읽더라도 이것이 무슨 내용을 담고 있는지 제대로 파악하지 못한다면, 이처럼 비효율적인 독서법도 없을 것이다.

그보다는 다양한 분야의 많은 글을 읽는 게 독서력을 키우는 핵심이다. 물론 끝까지 다 읽을 필요는 없으며, 가볍게 읽을 수 있는 책을 택해 읽는 것도 좋다. 중요한 것은, 매일 조금씩이라도 꾸준하게 읽는 것이다. 단, 어디까지나 집중해서 읽어야 한다. 이때 염두에 둬야 할 것이 책의 중요한 부분, 좋은 문장을 골라서 읽고 확실하게 이해하는 과정이다. 명저나 고전 등 논술시험의 필독서라고 불리는 책의 경우가 특히 그러한데, 왜냐하면 실제 이 부분이 논술 문제의 제시지문으로 반복해서 출제되기 때문이다.

이것을 '발췌 독서(選讀)'라고 하는데, 실제 이렇게 읽는 방법은 논술 공부에 매우 효과적이다. 단순히 책을 많이 읽는다는 사실보다 더욱 중요한 것이, 단 한 권의 책을 읽더라도 그 한 권에서 자신에게 도움이 되는 내용을 얼마만큼 많이 뽑아 자신의 것으로 완벽하게 흡수하느냐 이기 때문이다.

그러한 발췌 글은 그동안의 대입 논술 기출문제와 수능 문제를 통해 풍부하게 쌓여 있으므로, 이것을 읽어가며 공부하면 된다. 여기에 더해 고등학교 독서 교과서 몇 종을 구입해서 그 안에 실린 지문을 읽어나가면 그것으로 충분하다. 그렇게 되면 다양한 분야의 좋은 글을 읽게 됨은 물론, 논제와 제시지문 간의 관계를 염두에 두고 읽게 되기에 따로 논술 공부를 할 필요가 없게 된다. 이때 논술 기출지문은 문제로 출제한 논제에 의거하여, 수능 지문은 주제를 파악하며 읽어야 더 효과적이다.

따라서 이렇게 정리해서 생각하면 된다. 논술 글 읽기는 기출문제에 실린 제시지문과 교과서에 담긴 기본 개념과 이론을 중심으로 해나가되, 그 과정에서 관련한 내용을 글과 함께 메모해 생각의 폭을 넓히고, 또한 이것을 베껴 써보는 연습을 하는 등으로 완전하게 자기 것으로 만들어야 한다.

요약이 자기 글로 상대방의 생각을 옮겨오는 매력적인 의사소통 과정임을 생각할 때, 평소 글을 읽고 요약·정리하기를 습관화하는 것은 대단히 중요하다. 자기의 입장에서 상대방의 생각을 해석하는 능력이 그 과정에서 자연스럽게 생겨나기 때문이다. 이것이 제대로 된 독해와 요약의 과정이다.

(8) 어떤 글 읽기를 피해야 하나

신문이나 요약본은 논술시험을 위한 글 읽기에 그다지 효과적이지 않다. 오늘날의 신문은 가치 편파적이어서 일방적인 시각만을 강요하고 있기에, 학생들에게 자칫 잘못된 사고와 가치관을 심어줄 수 있어 위험하다. 게다가 신문에 실린 글들은 이미 상당 부분이 압축·요약된 글이어서 독해력을 향상시키는 데도 그다지 도움이 되지 않는다. 그

점에서는 요약본 역시 마찬가지다.

신문이 논술 공부에 그다지 도움을 주지 못하는 또 다른 이유는, 여기에 실린 글의 대부분이 설명글의 형식을 띠기 때문이다. 신문에 실린 설명글은 어느 일방의 주장만을 장황하게 나열할 뿐이기에 학생들의 가치판단에 결코 도움이 되지 않으며, 더군다나 학생들이 이해하기 어려운 전문용어가 난무해서 제대로 읽기조차 어렵다. 특히 논평이나 사설은 가급적 읽지 않는 게 좋다. 특정 집단, 특정 이해당사자의 주장만을 지나치게 강하게 제기하는 경우가 대부분이며, 그 표현 방법에서도 지나치게 극단적인 용어를 사용함으로써 객관성을 무너뜨린다.

따라서 주관성이 강한 논평이나 사설보다는 비교적 중립적인 관점에서 썼고 내용의 풍부함과 논리의 충실성까지 갖춘 논단이나 시평 등의 칼럼을 읽는 게 바람직하다. 이 경우, 가급적 대학교수가 쓴 칼럼을, 그것도 자신이 지원하려는 대학의 교수가 쓴 글을 중심으로 읽는 게 좋다. 혹여나 그 교수의 글이 논술 문제의 출제 의도와 맞아떨어질 가능성도 배제할 수는 없기 때문이다.

혹자는 논술시험이란 게 지금의 우리 사회가 안고 있는 당면한 문제에 대한 학생들의 견해를 묻는 것이어서, 작금의 돌아가는 시사적인 이슈를 알고 배우기 위해서는 반드시 신문 읽기가 필요하다고 주장한다. 하지만 반드시 그렇다고 단정할 근거는 없다. 이런 내용일수록 신문마다 입장 차이가 워낙 크기 때문에 각 신문에 실린 기사를 제대로 선별하고 종합할 수 있어야 한다. 하지만 아직 지적 수준이 덜 여물고 또 갈 길 바쁜 학생들에게는 이것이 버겁기만 하다.

그럼에도 최근의 시사 이슈가 논술 문제로 출제되는 경향 역시 간과할 수 없는데, 이런 이유를 들어 굳이 신문을 통해 공부하려 한다면 어떻게 해야 할까? 이 경우, 찬반 주장이나 논거가 뚜렷한 글을 골라 읽거나, 아니면 대립되는 논조를 견지하는 둘 이상의 신문을 택해 읽음으로써 균형감을 잃지 않는 게 중요하다. 최근 각 신문의 논술과 관련한 지문을 들여다보면 시사 이슈 찬반토론과 관련한 글이 들어있는데, 이것을 골라 읽는 것도 효과적이다. 단, 이것 역시 어디까지나 교과 내용 중 기본 개념을 벗어나지 않는 범위 내로 한정해서 읽는 게 좋다.

'중고생이 읽어야 할 …' 부류의 고전이나 사상 전집이라든가, '하룻밤에 끝내는 …' 부류의 요약서 역시 학생들에게 오히려 더 큰 폐해만을 가져올 뿐이다. 이런 책들은 학생 스스로 책을 선택할 기회를 박탈할뿐더러, 학생들로부터 책을 읽는 즐거움을 빼앗아 결과적으로 책으로부터 더욱 멀어지게 할 뿐이다. 그리고 무엇보다 읽는 데 비효율적이다. 글을 읽되, 가려 읽어라.

2. 교과서 공부, 교과서 읽기의 중요성

(1) 대입 논술시험의 특징

교과서 글 읽기의 중요성을 설명하기에 앞서 먼저 살펴야 할 것이 있다. 바로 우리나라 대입 논술시험만이 갖는 특징이다. 이것을 설명하려면 대학에서 통합교과형의 논술로 전환하면서 교과 영역 간의 전이를 꾀하게 된 근본적인 이유부터 따져 물어야 한다. 특히 객관적인 평가가 가능하도록 정답의 기준이 분명한 문제 유형을 개발할 필요가 있었다는 점에 주목할 필요가 있다.

즉 대입 논술은 각 대학별로 신입생을 공정하게 선발하기 위한 수단의 일환으로 실시하는 시험이기는 수능과 마찬가지기 때문에, 이것 역시 객관적인 평가 기준을 토대로 출제함을 원칙으로 한다. 그리고 이는 출제자가 문제와 제시지문 안에 최소한의 정답 '기준'을 숨겨 놓을 수밖에 없음을 의미한다. 따라서 이를 역으로 수험생 입장에서 생각할 경우, '정답의 기준'이 되는 포인트만 짚어낼 수 있다면 논술 답안을 작성하는 데 그다지 큰 어려움이 없으며, 또한 그렇게 해서 작성한 답안이 높은 평가를 받을 수 있다는 중요한 사실을 내포한다.

그렇다면 그것이 뭘까? 바로 논제가 묻고자 하는 핵심 개념('주제의식'이라고도 볼 수 있다)과 그것이 지향하는 해결 과제로서의 관점(논점 · 쟁점)에 대한 정확한 이해. 실제, 이것만 제대로 파악하게 되면, 이후부터는 일사천리로 답안을 작성해나갈 수 있다.

즉 현행 대입 논술시험은 문제와 제시지문을 읽고 논의하고자 하는 중심 주제이자 따져 밝혀야 할 핵심 과제인 논제를 분석한 후, 그것에 맞춰 답안을 작성할 것을 요구한다. 따라서 대입 논술시험 문제에는 필연적으로 제시지문을 관통하는 공통된 주제와 그 주제가 지향하는 핵심 쟁점을 담게 되는데, 이것을 이해하고 정의한 후 적절한 개념어 혹은 주제어로 표현할 수 있어야 제대로 된 논증 형식의 답안을 작성할 수 있게 된다. 이 각각의 개념어와 주제어는 마치 서술형 수학 문제풀이의 공식과도 같은, 논술시험 정답의 기준이 되는 가늠자라고 보면 된다. 이런 이유로 대입 논술시험은 수능의 연장선에서 수능을 심화하여 치르는 대입 본고사라고 보는 편이 더 적절할 듯싶다.

대입 논술시험은 서술형 수학 문제를 푸는 것과 매우 흡사하다. 수학 문제는 관련한 공식을 잘 숙지하고 있어야 함은 물론, 그것을 응용하여 효과적으로 서술해나가야 답을 찾거나 올바르게 서술할 수 있다. 대입 논술시험 역시 답을 유도하는 일련의 장치를 마치 수학 공식처럼 문제와 제시지문 곳곳에 배치해 놓고, 그것을 찾아낸 후 이를 논제의 물음에 맞춰 논리적·체계적으로 서술하도록 유도한다. 당연히 그 답안은 그만큼 개념어와 주제어를 중심으로 체계적으로 구성되고 논리적·논증적으로 서술된다.

따라서 이렇게 생각하면 된다. 만약에 논술 시험지를 받아들고 문제와 제시지문을 뚫어지게 읽어가며 살폈음에도 불구하고 논제가 묻는 개념어나 관련한 적절한 용어를 찾아낼 수 없다면, 이는 그야말로 수학 공식을 모른 채 문제를 풀려고 드는 것과 다를 바 없다. 그 결과가 어떠할 것인지는 굳이 말하지 않더라도 짐작할 수 있을 것이다.

그런데 만약에 대학에서 그 공식을 어렵게 쥐어줌은 물론, 그것도 제시지문 안에 깊숙이 숨겨두었다면, 그것을 찾아내야 하는 수험생의 입장에서는 어떠할까? 설상가상으로 제시지문이 교과과목을 위주로 출제하려다 보니 기존의 비문학에 더해 시·소설·산문·희곡 등의 문학작품은 물론, 도표·자료·그림 등의 다양한 형태로 구성되고 있음을 생각해보라. 평소 글쓰기 연습이 제대로 되어 있지 않은 학생들이 이것을 논술시험에 맞춰 논증 형식으로 서술하기가 무척 어려운 것이 최근의 대입 논술시험이다. 즉 지문의 난이도가 예전보다 훨씬 쉬워졌음에도 불구하고 오히려 논제를 더 까다롭게 묻고, 또 교과서 구석구석에서 지문을 발췌하여 출제하는 탓에, 교과서 공부를 절대 등한시할 수 없는 것이 지금의 대입 논술시험 공부다. 더군다나 2014학년도부터 고교 정규 교육과정에 논술이 포함되는 점을 생각할 때, 교과서 공부의 중요성은 더욱 커질 수밖에 없다. 당연히 이에 발맞춰 정규 교과과목은 물론 고등학교 독서과목 등 교과서 공부와 교과서 읽기의 폭을 넓힐 필요가 있다.

(2) 왜 통합논술인가

오늘날의 사회가 단순한 지식의 축적에서 벗어나 좀 더 다양한 지식을 통합·활용하는 방향으로 흘러감에 따라, 대입 논술 역시 이러한 변화를 반영하는 통합논술 형태로 진행되었다. 통합논술은 학문간 융합이라는 기본적인 문제의식을 토대로, 특정 학문 분야에 한정된 지식을 묻기보다는 학문의 경계를 넘나드는 종합적인 사고력을 묻고자 한다.

그 결과 통합논술은 문제에서 묻고자 하는 지식이 개별 교과과목에 한정된 게 아닌, 이들 과목 간에 연계성을 갖는 형태로 출제된다. 즉 하나의 주제를 선택해 이를 여러 교과과목에 공통적으로 실린 기본 개념과 연계하되, 이것을 다양하게 논제로 만들어 제시한다.

이처럼 하나의 개념을 여러 분야에 적용하거나, 하나의 주제에 대해 다각적인 설명을 요구하는 것이 통합논술이다. 이를테면 경제 과목에서 다루는 게릿 하딘의 '공유의 비극'이란 개념의 경우, 이것이 단순히 '공공성'의 강조라는 경제학적 관점에서만 적용되는 것이 아니다. '인간의 본성'이라는 인문학적 관점, 현대 사회문제의 주된 쟁점이 되고 있는 '협력과 갈등' 문제를 묻는 등 다양한 시각에서 고찰된다. 따라서 인문사회 통합논술의 경우, 인문사회·철학·언어·문학·경제·과학·예술 등 다양한 분야에서 제시 지문이 선정되며, 이를 통해 한 분야의 지식을 묻기보다는 여러 학문 분야의 지식이 통합적으로 적용될 수 있는 문제들로 구성하고 출제한다.

대학이 이렇게 출제하는 이유는, 통합논술의 목적이 단순히 지식을 얼마만큼 습득했는지를 평가하는 데 있지 않기 때문이다. 이보다는 다양한 지식에 대한 이해력, 학문의 경계를 넘나드는 통합적인 사고력, 체계화된 지식을 논리적으로 재구성하는 능력 등을 종합적으로 평가하려는 데 있다. 그렇기에 어느 한 영역만을 잘한다고 해서 문제를 제대로 해결해낼 수는 없다. 대입 통합논술은 영역별 논제를 지향하기보다는 교과 지식의 제반 영역을 통섭하는 방향으로 진행되고 있다.

따라서 수험생들은 여러 학문 분야의 지식을 연결시켜 사고하고, 이를 논리적으로 기술하는 연습을 해나가야만 한다. 이것이 곧 대입 통합논술 공부인데, 그 핵심은 고등학교 교과 내용의 '통합과 영역 전이'에 있다. 예를 들어 문학과 예술과 철학이 결합하여 새로운 논제를 만들어내는 식이다.

이상을 통해 효율적인 논술 공부를 위한 방법으로 다음의 두 가지 중요한 단서를 끄집어낼 수 있다. 그리고 결국에는 그 단서를 기초로 통합논술 문제 출제의 기본 방향을 제대로 이해하고, 여기에 맞춰 꾸준히 연습하는 게 논술 공부의 효율성을 높이는 핵심이 된다.

(3) 통합논술 공부, 교과서 읽기가 기본

첫째, 통합논술은 다양한 영역에서 논의를 가져오고 활용하기 때문에 공부 역시 어디까지나 통합교과의 차원에서 접근해야 한다. 한마디로 교과서를 배제하고서는 문제가 해결되지 않는다는 말이다. 더군다나 통합논술은 대학입시를 위한 평가방법에 그치지 않고, 고등학교 공교육 과정의 내실화에 기여하고자 하는 교육적 의미를 지니고 있기에 그 중요성은 갈수록 더해간다.

즉 통합논술에 필요한 능력, 이를테면 개별적인 지식보다는 제시된 자료와 증거들을 어떻게 통합적으로 추론하고 이를 얼마나 논리적으로 표현해낼 수 있는가 하는 능력, 단순한 지식의 암기보다는 지식을 통합하여 문제를 해결해낼 수 있는 능력, 그리고 이를 토대로 논리적이면서도 창의적으로 표현해낼 수 있는 능력들이 고등학교 공교육 과정에서 요구하는 기본적인 학습 능력이자 통합논술의 지향점이다.

교과서를 갖고서 이를 통합하며 공부해야 하는 근본적인 이유는 또 있다. 대입 논술시험에서 묻고자 하는 주제와 논제, 그리고 출제되는 제시지문이 워낙에 방대하고 다양한 영역을 넘나드는지라, 그만큼 수험생들이 벅차고 힘들어 한다는 것을 대학에서 익히 알고 있기 때문이다. 그에 따라 대학은 수험생들에게 학습 내용에 대한 일련의 준거를 제공하지 않으면 안 되게 되었는데, 그것이 바로 교과 내용이다.

이런 이유로 대학은 교과 수준의 공부만으로도 논제와 제시지문을 충분히 이해하고 해결 가능한 내용을 논술 문제에 담아 출제하려 하고, 실제 문제에서 묻는 논제 역시 고등학교 교과과정에 나오는 기본 개념과 이론을 중심으로 구성된다. 이렇게 출제하는 것만으로도 얼마든지 뛰어난 수험생들을 가려낼 수 있다는 것이 대학 측의 생각이다. 따라서 수험생들은 어디까지나 교과서에 실린 기본 개념과 핵심 이론을 중심으로, 이를 통합하여 읽고 생각하고 표현하는 연습에 힘을 쏟아야 한다. 이것에 더해 논술시험에서 제시지문으로 자주 출제되는 주요 고전이나 명저의 발췌문을 읽고 이를 정확히 이해하는 연습, 비언어적 수치 및 통계자료 등을 해석하는 연습을 쌓아나가면 된다.

둘째, 통합논술은 하나의 공통된 주제 및 그것과 관련되는 논제를 교과서에 실린 다양한 개념·이론과 연계하여 출제한다. 즉 출제되는 문제 전체를 관통하는 공통 주제와 제시지문 간에 논의되어 따져 밝혀야 할 사안인 논제 간에는 교과 내용을 기초로 한 기본 개념과 이론 및 서로 견해를 달리하는 핵심 쟁점과 관점을 담게 마련이다. 당연히 논제 분석 등 일련의 문제 해결 과정 역시 통합교과의 차원에서 살펴야 한다.

그럼에도 불구하고 지문을 읽고 논제를 분석하기 쉽지 않은 이유는 뭘까? 논술 문제의 출제 의도가 쉽게 드러나지 않아 논제 자체를 분석하기 어려운 것도 한 이유겠지만, 그보다는 특정 주제와 논제, 논점을 문제와 제시지문을 갖고서 복잡하게 보이도록 잔뜩 비틀어놓았기 때문이다. 논술 답안 작성의 핵심이 되는 게 바로 '논제 분석'과 '제시지문의 독해와 요약'임을 생각할 때, 제시지문을 통합적으로 이해하고 파악하기 어렵다는 것은 그만큼 논제 분석을 어렵게 하는 방향으로 출제했음을 의미한다.

그렇기에 주목해야 할 것이, 정확한 논제 분석에 앞서 반드시 해결되어야 하는 선결과제로서의 제시지문 분석(즉 제시지문의 독해와 요약)이다. 만약에 제시지문의 정확한 독해와 요약이 이뤄졌다면 논제 분석은 어렵지 않게 해결된다. 그런데 제시지문의 분석은 교과 내용에 담긴 기본 개념과 이론을 충분히 인지하고 있어야 제대로 해결되며, 논제 분석 역시 분석한 제시지문의 내용을 통합하여 상호 연관관계를 파악할 때만이 한층 정확해진다.

따라서 '논제에 대한 이해→제시지문 간의 연관관계 파악→제시지문의 정확한 독해와 요약→교과서에 실린 기본 개념의 통합과 영역 전이를 통한 심층적·다각적 이해→다시 논제 분석'이라는 일련의 구조적인 학습 패턴으로 귀결된다. 이를 통해 볼 때, 결국 논제 분석 역시 통합교과 공부를 기반으로 한 통섭적인 글 읽기에 달렸음을 알 수 있다.

(4) 배경지식은 교과과정 내 기본 개념의 심화학습

논술 공부에서 배경지식은 일종의 필요악과도 같다. 하지만 이 부분은 정확한 이해를 필요로 한다. 즉 논술 공부와 관련한 배경지식을 억지로 암기하지 말라는 것이지, 배경지식을 공부하지 말라는 얘기가 아니다. 대학에서 누누이 강조하듯이, 논술 답안을 작성함에 암기식 글쓰기는 더 이상 통하지 않으며, 또 그렇게 해서 공부한 학생들에게는 불이익이 돌아갈 뿐이다. 다시 말해, 배경지식을 암기해서 판에 박힌 듯이 풀어낸 답안은 싸잡아서 감점처리 하겠다는 것이 대학의 확고한 방침이다.

논제 자체를 단순히 배경지식을 암기해서 풀 수 없는 것이 지금의 통합논술로, 배경지식 역시 제시지문 내에서 대부분 해결된다. 요점은 이것을 어떻게 효과적으로 통합하여 주어진 논제에 맞게 풀어내느냐지, 어쭙잖은 배경지식을 잔뜩 쌓은 것만으로는 문제를 올바르게 풀이할 수 없다는 것이 대학 측의 생각이다.

이 부분을 좀 더 설명하면 이렇다. 기본적으로 대입 논술시험은 통합교과형의 주관식 서술형 문제로 출제된다. 이는 수험생들이 교과과정에서 배운 지식을 통합하여 주어진 논제를 풀어낼 수 있는 능력을 보겠다는 뜻이다. 따라서 이는 교과과정을 통해 배운 다양한 개념과 이론을 논술 문제의 주제로 채택하여 논제와 제시지문에 구체화시킨다는 의미와도 같음을 어렵지 않게 짐작할 수 있다. 즉 현대 사회에서 나타나는 여러 문제점과 당면한 과제에 대해, 수험생들이 고등학교 교과과정을 통해 배운 다양한 지식을 동원하여 무엇을 고민해야 하고 또 어떻게 해결해야 하는지 묻는 게 곧 대입 논술이다. 따라서 주어진 논제와 각 제시지문에 담긴 공통된 주제에 대한 기본적인 개념과 이론을 제대로 이해하고 알고 있으면 그것으로 충분히 답을 써나갈 수 있다.

이런 이유로 논술시험 공부에서 수험생들이 알고 있어야 하는 배경지식은 논제와 제시지문에서 묻는 가장 핵심적이고도 기본이 되는 개념과 이론에 집중된다. 교과서에 들어 있는 주된 기본 개념과 이론이 곧 수험생들이 반드시 알고 이해해야만 하는 핵심 배경지식이 되는 이유가 이 때문이다.

그렇더라도 배경지식의 습득은 어디까지나 논제 분석의 실마리를 얻기 위함이며, 이것이 문제 해결을 위한 전부가 될 수는 없다. 대입 논술시험이 통합논술로 전환됨에 따라 단순히 배경지식을 외워 해결할 수 있는 수준의 문제는 더 이상 출제되지 않기 때문이다. 이를테면, 바칼로레아식으로 하나의 주제를 놓고 장문의 답안을 작성하라는 문제는 더 이상 출제되지 않는다. 그렇기에 오히려 배경지식을 머릿속에 너무 많이 집어넣을 경우, 이것이 생각의 폭을 제한하는 요인으로 작용하여 자칫 문제 해결에 방해가 될 수 있다. 교과 내용의 핵심 개념을 배경지식으로 하여 이해를 구하되, 절대 외우려고 들어서는 안 되는 이유가 이 때문이다.

이 모든 것을 고려해도 일정 수준의 배경지식을 습득하는 게 논술 문제를 푸는 데 플러스 요인으로 작용하는 것은 분명한 사실이다. 왜냐하면, 논술시험에서 수험생들이 가장 어려워하는 부분이 바로 논제 분석인데, 교과서의 주된 개념과 이론을 제대로 이해하고 있으면 논제에서 묻는 것을 해결하기가 한결 쉬워지기 때문이다. 실제, 대학교수들이 논술 문제를 출제하려고 할 때 가장 먼저 살피는 것이 바로 출제하고자 하는 주제와 논제가 교과서에 제대로 실려 있느냐다.

이런 이유로 제시지문에 담긴 주제를 파악하고 논제를 해결하는 데 필요한 최소한의 배경지식을 공부할 필요가 있는데, 그것이 바로 교과과목의 내용을 체계적으로 정리하여 습득하는 것이다. 즉 도덕, 윤리, 사회·문화, 경제 등 각 교과과목에 담긴 핵심 내용과 개념·이론을 읽고 정리하면 그것으로 충분하다. 실제 이런 식의 교과서 공부는 대단히 중요하다. 교과과정에 나오는 핵심 내용을 논술시험의 주제로 뽑아내는 것도 그렇거니와, 제시지문을 교과과목에서 그대로 발췌하여 출제하는 경우도 많기 때문이다.

논제 역시 교과과목에서 직접적으로 끌어오거나 힌트가 되는 경우가 많은데, 각 대학에서 이구동성으로 '고교 전 과목을 공부하면서 자연스럽게 준비'한 학생이라면 누구든지 문제를 풀 수 있다고 말하는 이유가 이 때문이다. 실제 논술학원에 다니지 않은 지방의 고등학생 중에 논술시험으로 대학에 합격한 경우 또한 심심치 않은데, 이것 역시 교과 중심의 학교수업에 충실했기 때문이라고 생각하면 된다.

(5) 교과서에 실린 기본 개념과 이론에 집중해 공부하라

하지만 그럼에도 불구하고 많은 학생들이 논술 문제를 풀면서 어려움을 겪고 있는 것 또한 현실이다. 이는 다음의 두 가지 이유 때문이다. 실제 출제되는 주제와 논제, 제시지문이 교과서에 담긴 기본 개념에서 더 깊고 더 넓게 들어감으로써 수험생들이 겪게 되는 어려움이 하나고, 교과과목에 담긴 내용을 어떻게 통합해서 공부해야 하는가 하는 방법론적인 문제가 둘이다. 교과서를 어떤 식으로 통합해서 공부해야 하는지에 대해서는 뒤에 자세히 살피기로 하고, 그에 앞서 그 문제점부터 설명하면 다음과 같다.

교과서는 공부의 효율성을 높이기 위해 다양한 분야를 포괄해서 다루어야 하므로 가장 본질적인 내용과 핵심적인 사항을 담게 된다. 하지만 그렇기 때문에 교과서는 깊이 있는 내용 대신에 최대한 넓은 영역을 다루게 되며, 당연히 완성된 지식 체계를 정리하여 나열하는 형태를 취할 수밖에 없다. 이런 이유로 교과서에 실린 지식을 그대로 적용해서 출제하는 것이 아니라, 교과과정에서 배운 지식을 통합해서 활용할 수 있는 능력을 측정하는 통합논술 방식으로 전환된 것이다. 당연히 논술시험의 논제와 제시지문은 어디까지나 교과서에 실린 내용을 기초로 하되, 좀 더 깊숙하고 넓은 영역까지 건드릴 수밖에 없다. 이를테면 존재론·인식론·가치론·미학 등 철학의 주된 탐구 영역이 그것이다.

바로 이것 때문에 수험생들이 힘들어하는 것이다. 즉 교과서는 논술시험에 출제되는 핵심 개념에 대한 압축된 지식만을 나열함으로써 다각적이고도 풍부한 이해가 뒤따르지 못하기 때문이다. 그럼에도 불구하고 교과서에 실린 핵심 개념을 제대로 파악하고 이해하는 것만으로도 논술시험에서 다루는 주제와 논제를 파악하는 데 크게 도움이 된다. 그만큼 교과 내용은 논술시험을 풀어나가는 데 해결의 실마리를 제공하며, 이를 토대로 논제와 제시지문 간의 연관관계를 분석하는 데 많은 도움을 준다.

따라서 이렇게 공부하면 된다. 어디까지나 교과서에 실린 핵심 개념과 기본 이론을 중심으로 공부해나가되, 여기에 더해 논술시험에 자주 출제되는 주요 개념에 대한 철학적·인문과학적인 생각의 깊이를 살짝 더하면 된다. 이를 위해서는 교과 내용에 대한 과감한 선택과 집중, 즉 논술시험에 빈번하게 출제되는 핵심 주제와 개념어를 중심으로 살피는 게 한층 효율적인 학습법이 된다.

(6) 교과서는 읽고, 생각하고, 쓰는 공부의 결정판

교과서 공부가 중요한 이유는 또 있다. 교과과목 내에 있는 '탐구과제'의 경우, 이는 논술시험에서 추구하는 '생각하기'를 그대로 구현한 것으로, 논술시험을 위한 읽기, 쓰기, 토론학습에 더할 나위 없이 좋은 주제이자 중심 논제가 된다. 따라서 교과서를 충분히 읽고, 탐구과제에서 요구하는 과제를 착실히 수행하는 것만으로도 논술시험에 어느 정도는 대비할 수 있다. 또한 교과서에는 기본 개념뿐만 아니라 많은 문제의식들이 담겨있고, 문제 해결을 위한 여러 단서들이 들어 있다. 그러므로 이를 실마리로 하여 현실에 대한 다양한 문제의식을 확대하고 심화하는 학습을 병행함으로써 비판적이고 창의적인 사고를 기를 수 있다.

그렇기에 교과서를 통한 폭넓은 학습을 통해 다양한 주제의 글들을 주체적으로 읽고, 논리적이면서 비판적으로 대응하는 연습을 꾸준히 해나갈 수 있다. 즉 각 교과서의 기본 개념을 충분히 숙지하고, 그 개념들의 인문학적·사회과학적·자연과학적 맥락을 파악하는 것이 논술 공부의 기본이다.

통합논술은 실제로 이런 기본 개념과 이론을 기초로 그 맥락적인 이해 및 새로운 적용과 관련되는 일련의 지적 학습활동이기도 하다. 따라서 이것에 더해 다양한 자료들을 읽고 해석하는 과정을 보탬으로써 한층 창의적이고 논리적인 글로 자기표현을 하는 연습을 해나갈 수 있다. 그렇기에 교과서는 교과서답게 공부해야 한다. 단순히 문제를 푸는 요령 위주의 공부는 논술 공부에 절대 도움이 되지 않는다. 탐구과제, 심화학습, 읽어보기 등 교과서에 실린 세세한 내용들까지 빼먹지 말고 공부함으로써, 많이 생각하고 고민하여 스스로 답을 찾아내려고 노력해야 한다.

교과서 공부는 읽고 생각하는 공부에 효과적일 뿐만 아니라, 글쓰기 연습에도 크게 도움이 된다. 교과서 글은 교수와 교사 등 많은 뛰어난 연구진들이 오랜 시간을 들여 다듬고 체계화한 것이기에, 그야말로 군더더기 하나 없는 훌륭한 글이다. 따라서 논술과 관련한 글쓰기의 샘플이라고 봐도 전혀 무리가 없다. 이런 이유로 교과서 글은 논술 글쓰기가 서투른 학생들이 모방하면서 연습하기에 그야말로 안성맞춤이다. 교과서의 핵심 내용을 직접 쓰고 요약해나가는 동안에 글 솜씨는 저절로 늘게 되어 있다. 따라서 논술 기출문제를 풀이할 때 교과서 내용을 참고하여 이를 중심으로 답안을 작성하는 연습을 해나간다면, 대학에서 요구하는 논술 관련 글쓰기의 질적 · 양적 수준은 어렵지 않게 충족될 것이다.

그렇다고 해서 좀 더 많은 배경지식과 이해를 구한답시고 참고서를 가지고 공부하는 것은 옳지 않다. 참고서는 오히려 너무 많은 내용을 친절하게 주워 담았기에 역설적으로 비효율적이다. 대부분의 참고서는 시중에 깔린 교과서의 모든 내용을 한데 모아 이를 단편적인 지식으로 요약했거나, 배경지식을 이것저것 주어 담아 나열함으로써 정해진 모든 답을 제공할 수 있다고 자부한다. 바로 이 때문에 참고서는 학생 스스로 고민하고 해결해나가는 능력을 원천적으로 봉쇄해 놨을 뿐만 아니라, 글을 읽어도 도대체 무엇이 중요한지 제대로 파악하기 어렵게 만들어 놨다. 중요한 것은 요약을 하든 배경지식을 찾든, 이 모든 것들은 학생 스스로 힘과 노력을 들여 해나가야 한다는 것이다. 하지만 참고서의 과잉 친절은 이것을 가로막는다. 따라서 참고서를 통한 무차별적인 배경지식 학습은 절대 삼가는 게 좋다. 교과과목의 여러 교과서를 읽되, 이를 통합해서 생각하는 능력을 키우기 위해서는 오히려 교과서에 실린 중요한 핵심 개념만을 선별해서 제대로 이해하는 게 훨씬 더 효과적이다.

(7) 교과서로 논술과 수능 공부를 병행하라

교과서 내용을 더해가며 논술 공부를 해나가는 게 바람직한 근원적인 이유는, 이를 통해 논술은 물론 수능 실력까지 함께 끌어올릴 수 있기 때문이다. 그만큼 교과서 공부와 논술 공부 간에는 유사점이 많다. 특히 언어영역 비문학의 경우에는 출제되는 지문의 내용은 물론, 측정하고자 하는 사고의 영역까지도 통합논술과 유사하다. 왜냐하면 양쪽 모두 인문학적 주제와 사고를 근거로 하되, 다만 그 논리적 인과관계를 풀어가는 방법론적 이해에서 차이를 보일 뿐이기 때문이다. 즉 통합논술이 제시지문 간의 논리적 연관관계를 찾아 답을 구하려는 데 비해, 언어영역의 비문학은 주로 언어의 구조적 논리관계를 묻는다. 이런 이유로 통합논술이 서로 대립되는 관점을 갖는 다수의 제시지문으로 답을 묻는 반면, 언어영역 비문학의 경우에는 단일 지문과 보기를 주어가며 출제된다.

그 결과, 비문학에서 측정하고자 하는 사실적 이해 · 분석적 이해 · 추론적 이해 · 비판적 이해 · 창의적 이해는 논술시험에서 각각 요약 · 분석 · 비교 · 비판 · 견해 쓰기로 구체화된다. 당연히 비문학에서 다루는 지문은 논술시험의 제시지문과 상당 부분 일치한다. 참고로, 언어영역 비문학에서 다루는 주요 내용은 다음과 같은데, 이 역시 현행 통합논술 시험에서 묻고자 하는 내용과 같다.

언어영역 비문학과 통합논술에서 묻는 내용
- 사실적 이해_ 제시지문 독해(핵심어, 주제 문장, 구조를 이용한 주제 파악)
- 분석적 이해_ 주제 찾기(핵심 내용 및 지문의 중심 내용 파악), 내용의 정확한 이해, 내용 일치
- 추론적 이해_ 추리(언어추리, 수리추리), 논증(분석 및 재구성, 비교 및 비판, 판단 및 평가)
- 비판적 이해_ 관점 파악, 중심 논지 반박, 글에 대한 평가
- 창의적 이해_ 적용 및 통합 능력, 해결 방안 및 대안 가설 제시

이쯤 되면 앞서 말한 것처럼 논술시험은 언어영역 비문학의 주관식 서술형 문제라고 해도 과언이 아니다. 언어영역 비문학의 경우, 주로 분석철학(언어철학)에 해당하는 분야를 중점적으로 다루고 있는 점에서 차이가 날 뿐이다. 물론 이때의 분석철학은 논리적 사고의 근간이 되는 방법론적인 프레임이라고 봐도 무방한데, 실제 논술시험에서 언

어철학과 관련한 문제가 자주 출제되는 것만 봐도 둘 사이의 상관성이 어떠한지를 어렵지 않게 가늠할 수 있을 것이다.

따라서 언어영역의 비문학 지문을 제대로 풀이할 수 있는 정도의 독해력을 가진 학생이라면 논술에서 충분히 좋은 성적을 낼 수 있다. 당연히 학생 스스로 다양한 분야의 글을 읽는 연습을 하는 데도 언어영역의 비문학 지문만큼 좋은 게 없다. 비문학 지문을 여러 번 읽고 분석하고 문제를 푸는 과정에서 독해력은 자연스럽게 길러지며, 수능시험에서도 고득점을 받을 수 있다.

이런 이유로 수능 비문학 지문을 가지고 독해 실력을 쌓는 데 힘쓰되, 단지 객관식의 수능 문제를 푸는 데 그칠 게 아니라, 그 독해력을 논술 답안을 서술하는 데까지 연결시켜나가야 한다. 실제 논술시험에서는 비문학 지문보다 더 어려운 제시지문도 출제되기에 이를 잘 읽고 요약할 수 있어야 하지만, 그렇더라도 논리적으로 잘 짜인 비문학 지문을 읽고 요약하는 과정을 통해 논술에서 요구하는 독해력과 논증력을 충분히, 얼마든지 향상시킬 수 있다.

비문학 지문 읽기 연습은 실제 수능 공부에서도 매우 중요하지만, 그렇더라도 해석 방법에는 어느 정도 차이가 있다. 전체적인 맥락 관계를 큰 틀에서 이해해야 하는 논술 시험에 비해, 비문학에서는 하나의 지문을 읽고 이를 꼼꼼하게 해석하는 게 중요하다.

그럼에도 수능 비문학 지문은 일반적으로 장문으로 출제되기에, 한정된 시간 내에 많은 문제를 풀어야 하는 수험생들에게는 큰 부담으로 작용한다. 이것을 이유로 일부 학원에서 언어영역의 지문 해석 방법에 어떠한 원리원칙이 있는 양 이를 부호화해서 가르치려 드는데, 이는 참으로 위험천만하다. 특히 학생들의 지문 이해력이 미숙한 상태에서 이런 식으로 문제풀이 스킬만을 강조하여 가르칠 경우에, 학생들은 여기에 쉽게 젖어들어 지문을 고민하면서 읽지 않은 채 그저 부호화해서 답안을 찾아내려고만 든다. 이때 학생들은 문제가 요구하는 것을 제대로 알고서 푸는 것이 아니라, 그저 습관적으로 답을 찍어 문제를 풀게 된다.

대입 논술에서 지문 독해라는 것은 문제 유형에 따라 어떠한 패턴으로 구조화해서 풀어낼 수 있는 성질의 것이 아니다. 같은 지문이라도 논제를 조금만 비틀게 되면 전혀 다른 성질의 질문과 대답으로 전환되기 때문에, 정확한 지문 독해 없이 단순히 문제풀이 경험을 많이 쌓았나고 해서 답안을 제대로 풀어낼 수는 없다.

수능시험 또한 선택지에 주어진 오지선다형의 질문에 대한 각각의 논리적 인과관계를 지문에서 찾아 따져가며 답을 선별해야 하는 것이지, 결코 지문을 도식화·부호화해 풀어낼 수 있는 성질의 것이 아니다. 다시 말해, 지문에 대한 어쭙잖은 도식화·부호화를 통해서가 아니라, 오직 정확한 독해를 통해서만 문제가 요구하는 답안을 제대로 가려낼 수 있다.

비교과 지문을 통한 독해와 요약 연습은 실제 수능시험 성적을 올리는 데에도 크게 영향을 미친다. 독해와 요약 연습을 해나가는 동안에 빠르고 정확히 글을 읽고 이해하는 습관이 길러질 뿐만 아니라, 쓸데없이 지문을 도식화·부호화하여 막무가내로 문제를 풀어대는 폐해를 막을 수 있기 때문이다.

사탐 과목 역시 마찬가지다. 어떤 의미에서 보면, 논술의 기본적인 주제들은 사탐 교과서의 구석구석에 숨어있는데, 그렇기에 사탐 교과서는 통합논술을 공부하는 데 그만큼 절대적이다. 따라서 사탐 과목을 제대로 공부하지 않으면서 논술 공부를 하는 것은 그만큼 비효율적이다. 사탐 중에서도 특히 윤리·사회문화·경제 과목은 논술 공부에 아주 중요하다. 논술 문제로 자주 출제되는 철학적·윤리적 문제와 경제 및 사회현상에 대한 중요한 부분을 많이 담고 있기 때문이다.

그러므로 기왕에 논술시험을 뚫고 상위권 대학에 진학하고자 한다면, 수능 사탐 과목을 선택해서 공부하는 게 바람직하다. 혹자는 높은 수능 점수를 의식해서 이들 과목을 선택하기를 회피하려 드는데, 이는 옳지 않다. 예를 들어 경제 과목의 경우에 수험생들이 용어의 낯설음으로 인해 어렵다고 느끼겠지만, 그렇더라도 실제 출제되는 문제의 난이도는 그다지 높지 않다. 다른 과목과의 균형을 유지해야 하기 때문에 상대적으로 쉬운 문제 위주로 출제되는 경향을 보인다. 따라서 논술시험을 위해 반드시 공부해야 하는 과목을 선택해 그 핵심 내용을 읽어 정리하고, 이를 사회문제와 연계시켜 글을 써보는 연습을 해나가는 것이 좋다. 그리고 그 과정을 통해 논술과 수능시험 공부는 동시에 해결된다.

(8) 교과서에서 중요한 부분은 이것

교과서에는 논술 공부에 필요한 읽고 생각하고 쓰는 모든 것이 담겨져 있다. 다만, 수험생들이 이를 흘려 지나치거나 제대로 파악하여 공부하려고 하지 않을 뿐이다. 왜일까?

　그 가장 큰 이유는 학생들이 교과서를 하찮게 생각하고, 이것으로 공부하는 게 마치 수준 떨어지는 학생들에게나 해당되는 것처럼 은근히 비하하는 심리를 갖고 있기 때문이다. 또한, 학교는 학교대로 학원은 학원대로 대부분의 수업을 요약집이나 참고서를 가지고 하기 때문에, 학생들은 갈수록 교과서 공부를 멀리하려 든다. 이를 지켜보고 있자면 참으로 어리석고 안타깝다. 생각해보라. 교과서처럼 많은 저명한 집필진이 공을 들여 만든 책이 어디 또 있을까. 더군다나 수능, 심층면접, 논술 등 대학입시 전형을 위한 기본 교과 내용이 골고루 빠짐없이 포함되어 있는 게 바로 교과서이기에, 이것만 제대로 활용해 공부하더라도 크게 유용할 텐데도 말이다.

　이것이 왜 그런지 하나하나 찾아 살펴본 후, 이어서 교과서를 어떻게 활용해야 통합 논술 공부를 효과적으로 해나갈 수 있는지 실제 사례를 들어 설명해보자.

　교과서에는 현행 교과과정을 효과적으로 이수하기 위한 다양한 학습 주제와 세부 실천항목이 들어있다. 단원안내, 본문 읽기 자료, 탐구과제, 참고자료, 생각 넓히기 등이 그것이다. 특히 주목해야 할 것이 단원안내 · 탐구과제 · 참고자료 · 찾아보기인데, 각각이 왜 중요한지를 설명하면 다음과 같다.

　첫째, '이 단원의 공부를 위하여', '학습 길잡이' 등으로 소개되는 '단원안내'는 대단원에서 학습하게 될 내용을 전체적으로 살펴볼 수 있도록 소개하고, 특히 역점을 두어야 할 공부 내용을 강조하는 부분이다. 이 부분은 많은 학생들이 간과하고 지나쳐버리지만, 적어도 논술 공부에서는 교과서에서 가장 중요한 부분이다. 그 단원의 학습목표와 교육과정의 핵심 사항을 요약해서 담은 것이기에, 이것을 읽고 배워야 할 학습목표를 분명히 알고 있어야 본문의 내용에 제대로 접근할 수 있다. 이는 마치 먼저 전체 숲을 본 이후에 각각의 나무를 보아야 하는 이치와도 같다. 따라서 교과서를 읽을 때 항상 단원안내에 실린 핵심 주제와 학습목표부터 살핀 다음에 본문을 읽고, 다 읽은 이후에는 다시 단원안내로 돌아와서 그 주제와 학습목표를 제대로 이해했는지를 되물어 확인해야 한다.

　만약에 그 결과가 미흡하다면, 이는 교과서 글을 읽고서도 그 내용을 제대로 파악해내지 못했다는 뜻이며, 그만큼 집중해서 글을 읽지 않았다는 의미다. 다시 말해, 뚜렷한 목적 없이 그저 눈이 가는대로 글을 읽었을 뿐으로, 한마디로 산만한 글 읽기에 지나지 않았음을 드러내는 것이다. 이런 이유로, 글을 읽을 때는 내가 무엇을 왜 읽어야 하는지 항상 생각하면서 임해야 한다. 그리고 자신이 읽은 내용을 반드시 되물어 확인해야 하는데, 이때 효과적인 지침을 제공하는 것이 바로 이 '단원안내'다.

실제, 이런 식으로 공부하게 되면 본문 글의 이해에 상당한 효과를 얻을 수 있으며, 이때 읽은 내용을 단원안내에 나와 있는 학습목표와 핵심 주제에 되물어 글로 정리해내는 것이 곧 요약이다. 이처럼 교과서를 가지고 스스로 독해와 요약 연습을 해나갈 수 있는데, 이때 방향을 제공하는 것이 바로 단원안내와 학습 길잡이다. 만약 단원 정리 코너가 있는 교과서라면, 이것과 비교함으로써 핵심 내용을 제대로 요약해냈는지 스스로 평가하고 첨삭할 수 있다.

둘째, 독서 · 토론 · 논술 능력을 함양할 수 있도록 마련된 탐구활동 · 자료탐구 등의 '탐구과제' 부분 역시 놓쳐서는 안 된다. 탐구과제에는 소단원 주제나 쟁점을 심층적으로 탐구해볼 수 있도록 문학작품이나 동서양의 윤리, 고전 및 학술 저서, 역사적 사건, 통계자료 등이 제시되어 있다. 학생들은 이를 통해 본문 내용의 이해도를 측정할 수 있음은 물론, 제시되는 물음에 대답하는 과정에서 스스로 과제 해결 능력을 키울 수 있게 된다. 특히 일상생활에서 발생하는 갈등 상황이나 사회적으로 논란이 되고 있는 핵심 쟁점 등 논쟁적인 주제에 대해 학생들이 함께 토론하고 논술함으로써 자연스럽게 생각의 폭을 넓힐 수 있다.

이처럼 탐구과제는 학생들이 자기 주도적으로 학습할 수 있는 핵심 부분으로, 이것을 가지고 교과서에 실린 주요 개념 및 이론과 연계시켜 공부해나가면 논술 공부의 효과를 배가할 수 있다. 또한, 탐구과제는 관련한 내용을 묻고 대답하는 식으로 구성되어 있기 때문에, 이를 해결하는 과정에서 자연스럽게 논증 글쓰기 공부까지도 향상되는 효과를 얻게 된다. 사례 쓰기, 견해 들기, 해결책 쓰기 등 논술 공부에 필요한 배경지식 역시 탐구과제를 통해 얻고, 그것을 논술시험에 활용할 수 있게 된다. 이처럼 탐구과제 공부의 중요성은 아무리 강조해도 부족함이 없다.

셋째, 참고자료, 사진 · 그림 자료, 읽기 자료 등 본문 구석구석에 위치한 조그마한 내용들까지도 빼먹지 말고 읽어야 한다. 이는 심화 · 보충자료의 성격을 띠는데, 본문의 내용 설명이 부족하거나 깊이 있는 설명이 요구되는 경우에 적절한 주제를 선정하여 설명함으로써 생각의 폭을 넓혀 준다. 실제로 논술시험에서 출제되는 제시지문의 많은 것들이 이러한 심화·보충자료에서 모티브를 얻거나, 그 내용이 확장·연계된 경우가 많다. 따라서 논술 공부를 위한 배경지식은 바로 이 부분을 어떻게 넓혀나갈 것인가가 관건이 된다.

여기서 한 가지를 덧붙이자면, 할 수만 있다면 교과서에 등장하는 주요 개념어와 핵심 주제어를 한자사전을 찾아가며 살펴 그 의미를 이해하려고 노력할 필요가 있다. 왜냐하면 이것들의 대부분이 한자의 의미를 차용해서 만들어진 것이기 때문에, 그만큼 복합적으로 학습하는 효과를 얻는다. 따라서 그것만 제대로 이해해도 논술 공부는 물론 학업성취도가 저절로 높아질 것이다. 그만큼 의미에 대한 내용적 이해가 중요하다는 얘기다.

다음은 교과서에 실린 서로 대립·양립하는 핵심 개념 및 쟁점으로, 대입 통합논술 시험의 주제로 해마다 반복해서 출제된다.

교과서에 실린, 반드시 비교하여 공부해야 할 핵심 개념 및 쟁점
- **자유의지와 결정론(유전자결정론과 환경결정론)**_ 도덕, I-1.자유와 자율(천재교육)
- **소극적 자유와 적극적 자유**_ 도덕, I-1.자유와 자율(천재교육)
- **자유의 역설과 자유로부터의 도피**_ 도덕, I-1.자유와 자율(천재교육, 비상교육)
- **타율적 도덕과 자율적 도덕**_ 도덕, I-1.자유와 자율(천재교육)
- **도덕 판단_ 사실 판단, 가치 판단, 도덕 판단**_ 도덕, I-2.도덕 판단의 과정(천재교육)
- **동양과 서양의 정의관**_ 도덕, II-1.사회세노와 정의(전재교육)
- **형식적 정의와 실질적 정의, 절차적 정의와 공정으로서의 정의**_ 도덕, II-1.사회제도와 정의(천재교육)
- **공정한 기회균등의 원칙과 차등의 원칙**_ 도덕, II-2.사회윤리의 제 문제(천재교육)
- **세계화와 민족 정체성**_ 도덕, III-2.민족과 윤리(천재교육)
- **자민족 중심주의와 세계주의**_ 도덕, III-2.민족과 윤리(천재교육)
- **상생과 갈등**_ 도덕, IV-1.평화로운 삶의 추구(천재교육)
- **동양의 이상적 인간상과 서양의 이상적 인간상, 동서양의 이상사회**_ 도덕, IV-2.이상적인 인간과 사회(천재교육)
- **목적론적 윤리설(결과주의)과 의무론적 윤리설(동기주의)**_ 도덕, I-2.도덕적 판단의 과정(비상교육)
- **개인윤리와 사회윤리, 개인의 권리와 시민의 책무**_ 도덕, II-2.사회윤리의 제 문제(비상교육)
- **예술의 본질_ 모방론과 표현론**_ 시민윤리, II-4. 문화·예술, 종교와 윤리(교육부)
- **자문화 중심주의와 문화 사대주의, 문화 상대주의**_ 시민윤리, IV-3. 민족 문화와 민족 정체성(교육부)
- **전통윤리와 서양윤리**_ 전통윤리, I-3·4.전통윤리의 의의와 기본정신(교육부)
- **현대 사회사상의 쟁점_ 자유 민주주의, 자본주의, 민족주의, 신자유주의**_ 윤리와 사상, III-3. 현대 사회사상의 쟁점(교육부)
- **사회이론_ 사회기능론과 사회갈등론, 사회명목론과 사회실재론**_ 사회문화, I-1.탐구대상으로서의 사회·문화 현상(천재교육)
- **개인과 사회_ 공동사회와 이익사회, 1차집단과 2차집단**_ 사회문화, II-2.집단과 조직생활의 이해(천재

교육)
- **문화변동_ 문화융합, 문화수용, 문화지체_** Ⅳ-3. 문화변동과 민족문화의 발전(천재교육)
- **사회문제를 보는 시각_ 사회 병리론자, 사회 해체론자, 가치 갈등론자, 일탈 행위론자, 낙인론자_** 사회문화, Ⅴ-2.현대 사회문제와 대책(천재교육)
- **정보사회의 전망_ 낙관론과 비관론_** 사회문화, Ⅵ-1.정보사회의 전개와 대응(천재교육)
- **경제 주체의 상호관계_ 가계, 기업, 정부, 외국_** 경제, Ⅰ-1.경제생활의 의미(천재교육)
- **경제적 선택_ 기회비용, 비용과 편익_** 경제, Ⅰ-2.경제 문제의 해결 방법(천재교육)
- **시장의 균형과 불균형_** 경제, Ⅱ-2.시장가격의 결정과 변동(천재교육)
- **시장실패의 원인, 시장실패와 정부실패_** 불완전 경쟁, 외부효과(외부경제와 외부불경제), 공공재_ 경제, Ⅱ-3.시장 기능의 한계와 보완 대책(천재교육)
- **잘못된 소비 유형_과시소비와 모방소비_** 경제, Ⅲ-1.바람직한 소비 선택(천재교육)
- **경제적 불평등 정도 측정 방법_ 로렌츠 곡선, 지니계수, 10분위 분배율_** 경제, Ⅳ-1.국민경제의 흐름(천재교육)
- **경제적 효율성과 사회적 형평성의 갈등_** 경제, Ⅳ-1.국민경제의 흐름(천재교육)

(9) 어떤 식으로 교과서를 통합해서 공부해야 할까

끝으로 교과서 맨 뒤에 실린 '찾아보기'는 통합논술 공부를 어떻게 해나갈 것인가에 대한 단서를 제공하는 아주 중요한 부분이다. 논술 공부를 위해서는 무엇보다 교과서에 실린 핵심 개념과 주제어, 특히 서로 상반되는 쟁점을 갖는 개념이나 이론에 대한 정확한 이해가 반드시 선결되어야만 한다.

그렇다면 어느 것이 중요한 핵심 개념 및 주제어가 될까? 다름 아닌 각 교과서의 찾아보기를 통해 살펴보면 된다. 즉 교과서의 찾아보기에서 여러 페이지에 걸쳐 있는 단어가 곧 핵심 주제어이자 기본적인 개념·개념어다. 예를 들어 도덕 교과서의 찾아보기에 여러 페이지에 걸쳐 있는 '갈등', '공감', '공동체', '국가', '도덕 판단', '민족', '민족정체성', '배려', '분배정의', '빈부격차', '사회정의', '세계화', '소수자', '양심', '이상사회', '이성', '자유', '정의', '인간의 존엄성' 등등의 주제어가 그것인데, 하나같이 논술시험의 주제로 자주 취급되는 개념임을 알 수 있다.

여기서 좀 더 나아가 보자. 윤리, 사회문화, 경제 등 각 교과서 내의 찾아보기에 공통적으로, 그것도 여러 페이지에 걸쳐 실려 있는 개념어의 경우에는 어떠할까. 바로 이러한 개념어를 주제로 해서 교과과목의 영역을 넘나들면서 출제하면, 이것이 바로 통합교과형의 논술 문제가 된다.

이를 각 교과서에 실린 '공공재'의 개념을 예로 들고, 이어서 이 주제어가 통합교과형의 문제로 어떻게 출제됐는지를 대입 논술 기출문제를 통해 살펴보면 다음과 같다.

주요 교과서에 실린, '공공재' 개념어를 담은 교과 내용
- 국가의 역할(시민윤리, 204p)
- 시장실패의 원인과 결과_ 외부효과, 정부규제, 공유의 비극의 예 (경제_천재교육, 69, 100, 104, 166, 168, 180p)
- 사회갈등의 원인과 쟁점_환경보존이냐, 개발이냐(도덕_비상교육, 167p)

위의 교과 내용을 통해 '공공재'에 대한 개념을 통합적으로 파악할 수 있다. 즉 ①공유의 비극의 사례를 통해 알 수 있듯이, 외부불경제 등의 시장실패를 가져와 정부규제가 불가피함을 보여주며(경제교과서), ②이는 한강 하구 철새보호구역 지정과 관련한 사례를 통해 환경보존이 우선이냐 개발 논리가 우선이냐 라는 사회갈등의 쟁점이 되고 있으며(도덕교과서), ③그렇기에 공동체의 공유자원인 강물의 오염을 막기 위한 국가의 역할이 강조됨을(시민윤리), 교과 내용을 통합해가며 공부해나갈 수 있다. 이것이 바로 교과 내용의 '통합과 영역 전이'다. 각 교과서의 찾아보기를 따라가며 그 개념적인 내용을 통합해서 공부해나가다 보면, 핵심 개념 및 관련되는 쟁점과 사례, 해결 과제 등 전체를 꿰뚫어 이해할 수 있게 된다.

실제 논술시험에서 위의 개념이 어떤 식으로 통합되어 출제되고 있는지 아래의 〈한양대 2010 인문 수시 문제2〉의 사례를 통해 살펴보면 이해하기 쉬울 것이다. 물론, 지면 관계상 통합적인 내용을 자세히 설명할 수는 없겠지만, 그렇더라도 교과서 내에서 다루는 '공공재' 문제에 따른 시장의 실패를 해결하기 위해 국가가 어떤 역할을 담당해야 하는지를 위의 교과서 통합의 사례와 비교하여 살핌으로써 통합논술 시험이 어떤 식으로 출제되는지 미루어 짐작할 수 있을 것이다.

【사례】 한양대 2010 인문 수시 문제2

[문제] 아래 주어진 1, 2, 3, 4의 요구를 충족시켜서, 글 〈가〉의 주장과 근거를 비판하고 글 〈다〉의 '경우 (1)'이 추구될 수 있는 방안에 대해 논술하시오. (1300~1500자, 70점)
1. 서론, 본론, 결론으로 구성되는 논술문을 작성하시오.
2. 글 〈가〉와 〈나〉의 핵심 내용과 그 관계를 요약하시오.
3. 글 〈다〉의 세 가지 경우를 분석하여 그 결과에 대한 의미를 해석하시오.
4. 글 〈라〉의 두 가지 문제에 대한 해결책을 제시하시오.

제시지문 〈라〉

시장은 만들어지고 다듬어져야 하며, 다양한 한계와 엄밀한 환경을 조성하기 위해 국가가
그 규칙을 강제해야 한다. 이러한 점을 충족하기 위해서는 다음 두 가지 기본 문제에 대한
이해와 그 해결을 위한 세밀한 실행 방안이 필수적이다. 첫째, 농작물을 옆집에서 훔칠 수
있다면, 누가 스스로 농사를 짓겠는가? 둘째, 합의한 노동이나 용역의 가격을 누군가가
맘대로 변경할 수 있다면, 누가 노동이나 용역을 제공하겠는가? 시장의 자유를 신봉하면
서 철두철미하게 그것에 잘 적응하는 사람들의 자동차는 종국에 브레이크가 고장 날 수밖
에 없다. 진정한 의미의 진화체계는 브레이크가 없는 자동차를 운전하는 사람들에게까지
질서나 환경을 제공하지는 않는다. 우리 인간은 외부 요인 탓만 하면서 개인으로든 집단
으로든 자기 불행의 입안자라는 사실을 무시한다.

〈사례〉는 경쟁을 기본 원리로 하는 자유시장경제 체제의 문제점을 비판(조건2)하고, 경
쟁을 통한 자원 배분의 효율성을 도모하기 위한 방안 마련(조건3)과, 이에 따른 시장의 실
패를 극복하기 위한 해결책을 제시(조건4)하라는 다면사고형의 고난이도 문제다. 게다가
윤리적인 고찰, 공유의 비극 사례 등 관련한 지식 역시 까다롭다.
이처럼 문제가 요구하는 논제가 지나치게 복잡하므로, 이해를 돕기 위해 관점을 좁혀 '4번
째 요구조건'에 국한해서 문제 해결의 포인트를 설명하면 아래와 같다. 실제, 위의 문제는
제시지문 〈라〉의 밑줄 친 부분의 두 가지 문제에 대한 해결책을 제시하는 게 전체 답안
작성에서 가장 큰 어려움으로 작용한다.

제시지문 〈라〉는 지나친 경쟁으로 인해 시장이 효율적인 자원 배분을 달성하지 못하는
'시장의 실패'에 따른 문제점을 해결하기 위한 의식적 · 규범적 차원의 대책을 요구한다. 첫
번째 문제는 '무임승차' 등으로 인한 공공재의 부족 현상과 외부불경제 등의 외부효과가
발생할 경우를, 두 번째 문제는 독과점의 발생 등으로 인한 불완전시장이 나타날 경우를
일컫는다.

[사례]의 제시지문 〈라〉의 밑줄 친 두 가지 문제점은 경제교과서에 실린 내용을 제
시지문에서 변형시켜 물은 것이다. 따라서 만약에 경제교과서를 읽고 관련한 지식을 제
대로 이해하지 못했을 경우에는 위의 제시지문을 읽고 그것이 '무임승차에 따른 공공재
문제와 외부불경제 효과에 따른 시장실패임'을 선뜻 간파해내기는 그리 쉽지 않을 것이
다.

분명한 것은 이것이다. 교과서에 실린 핵심 개념과 이론을 통합해서 생각하되, 이것을
배경지식으로 숙지하더라도 그 개념적 이해가 제대로 따르지 않았을 경우에는, 그만큼
논술 문제를 올바르게 풀어내기 어렵다는 것이다. 따라서 논술 공부를 위한 가장 좋은

방법은 사탐 교과서를 통합하여 관련한 핵심 배경지식을 공부하되, 여기에 더해 이것을 대입 논술 기출문제와 연계해서 풀어나감으로써 논술 공부에 직접적으로 활용할 수 있도록 하는 것이다.

(10) 수능 기출지문과 논술 기출문제를 교과서와 연계하여 공부한다

논술 기출문제를 가지고 공부할 때 생각해야 할 또 한 가지가 있다. 앞서 예로 든 한양대 수시 문제에서 확인할 수 있듯이, 문제 해결의 실마리는 어디까지나 교과서 안에 들어있다는 지극히 평범한 진리를 깨달아야 한다.

대학교수들이 논술 문제를 출제할 때 반드시 참고함은 물론, 논제와의 연계성을 갖는 내용 또한 교과서에 실린 지문을 중심으로 묻는 경우가 일반적이다. 실제 기출문제를 풀다보면, 문제 해결의 실마리를 제공하는 주된 개념과 이론은 말할 것도 없고, 답안 글 역시 교과서 내용을 끌어와서 해결할 수 있다. 이는 그만큼 교과서를 배제하고는 기출문제를 제대로 풀이하기 어려움을 뜻한다.

따라서 기출문제를 풀어가며 공부할 때 그 문제에서 제기되는 핵심 주제어나 개념을 각 교과서 맨 뒤에 있는 '찾아보기'를 찾아가며 탐구할 경우, 논제 분석과 제시지문 독해는 물론 배경지식, 문제 해결 방안까지도 한꺼번에 공부하는 효과를 얻는다. 이때 기출문제의 주제별, 기본 개념별로 교과서 내용을 통합해서 요약·정리하면, 논술 공부에 꼭 필요한 기본적인 배경지식을 어렵지 않게 쌓을 수 있다.

이런 이유로 논술 공부의 처음 단계에서부터 특정 대학의 기출문제 위주로 편중해서 풀기보다는, 각 대학에서 출제한 다양한 기출문제 중에서 가장 기본이 되는 개념과 이론을 담은 것들을 위주로 빠뜨림 없이 공부해나가는 게 훨씬 더 효과적이다. 각 대학에서 만들어낸 기출문제는 그 수준과 난이도 면에서 그다지 차이가 나지 않으면서도 뛰어난 문제들로 구성되어 있다. 그만큼 대학교수라는 집단지성이 만든 뛰어난 결과물이기에, 각 대학의 기출문제를 고르게 공부하는 과정에서 많은 핵심 주제를 두루 섭렵할 수 있음은 물론, 그 주제가 어떻게 논제로 이어져 문제로 만들어지는지에 대한 새로운 시각을 깨우칠 수 있다. 여기에 더해 다양한 출제 유형까지도 접할 수 있어 효과적인데, 이 모든 것들이 실전에 아주 유용하게 쓰일 수 있음은 물론이다.

그렇더라도 학생들이 기출문제를 공부해나감에 어려움은 여전하다. 실제로 학생들이 겪는 가장 큰 어려움이 바로 제시지문을 독해하고 요약하는 연습에 결정적인 도움을 제공하는 '예시 요약 글'이 없다는 것이다. 답안 작성에서 각 제시지문의 요약은 너무나도 중요한데, 실제 이것을 여하히 주어진 논제에 맞춰 연결시켜 써나갈 수 있는지가 답안의 질적 수준을 좌우한다고 해도 과언이 아닐 정도다.

올바른 요약 예시 글이 없을 경우, 학생들은 기출문제를 풀면서도 자신이 제대로 지문을 이해하고 있는지 좀처럼 확인할 길이 없다. 논제 분석이란 게 제시지문을 정확히 해석하고 올바르게 요약해야만 더욱 뚜렷해지는데, 설령 논제 분석을 제대로 해냈다고 한들 정확한 해석과 요약 없이는 답안을 제대로 쓸 리 만무하다.

덧붙여서 강조할 것은, 수능 기출지문과 모의지문, EBS 기출지문 등 수능 비문학과 관련한 주요 지문을 함께 읽으면서 공부해야 할 중요성이 커졌다는 사실이다. 앞으로 각 대학에서 출제되는 제시지문은 대부분 고등학교 교과과정 내에서 출제될 것이기에, 당연히 이것을 읽고 요약하며 공부해야 함은 물론이다. 그런데 학생들은 왜 이를 등한시하는 걸까? 시험을 끝내자마자 시험지를 그대로 내팽개치는 행동을 보이는 건 왜일까?

그동안의 수능시험과 모의시험을 보면, 그것도 전 학년을 통틀어서 볼 때, 같은 유형 같은 수준의 문제가 지문 내용과 선택지의 질문만 조금씩 그것도 아주 조금씩 바뀌가며 출제되고 있다. 예를 들어, '독서의 방법'과 관련한 문제가 매번, 심지어는 모의고사에도 매회 끊임없이 반복해서 출제되고 있음에도 불구하고, 그렇게 해서 지문만 돌려가며 출제하고 있음에도 불구하고, 학생들이 그때마다 새로워하는 이유는 뭘까?

이것이 모든 것을 말해준다. 학생들은 지문을 제대로 읽지 않고 문제를 풀어 습관적으로 답을 고른 다음, 언제 그 지문을 읽었냐는 듯이 시험이 끝나면 잊어버린다. 그리고는 다음 번 시험에 비슷한 문제가 출제됐을 때에도 똑같이 습관적으로 문제를 푼다. 결국 지문에 무슨 내용이 담겼는지, 또 어떤 개념을 담아 출제하고 있는지 분별하지 못한다.

이것을 확인하는 방법은 간단하다. 수능 비문학 지문에는 대입 논술시험 지문과 마찬가지로 많은 개념어와 주제어를 담고 있는데, 학생들에게 이를 물어보면 그것들을 들어봤다는 얘기조차 없이 전적으로 새로워한다. 실제 수능 비문학으로 출제되는 지문과 대입 논술 제시지문 간에는 중복되는 내용이 많다. 다만 수능 비문학 지문이 좀 더 쉽게 윤문하여 제시될 뿐이며, 그렇기에 학생들이 이해하기가 훨씬 더 쉽다. 그럼에도 학생들은 그런 개념어와 주제어들을 들어본 적이 없다고들 이구동성으로 말한다. 그 개념적 이해는 고사하고 말이다.

논술 문제풀이에서 중요한 과정의 하나가 개념 이해와 개념 정의에 있음을 생각할 때, 평소 수능 공부 시에 그리고 문제를 푼 다음에 중요한 몇몇 지문만이라도 거듭 읽고 그 내용을 파악하는 과정을 해나간다면, 수능 성적도 논술 실력도 더불어 향상시킬 수 있다. 둘 다 같은 지문 같은 내용을 갖고 출제하고 있는데, 그것을 왜 번번이 틀려야 하고 왜 이해하지 못해야 한단 말인가?

사정이 그러한데도 학생들은 아직도 역주행하는 공부를 하고 있다. 이를테면 앞서 말한 '독서의 방법'을 다시 거론해서 설명한다면, 학생들은 지문을 읽으려 들지 않고 그저 '통독(通讀)'은 어떻고, '정독(精讀)'은 어떻고, '다독(多讀)'은 어떻고, '선독(選讀)'은 어떻고 해가며 단순히 내용을 암기하는 데 골몰하고 있다. 세상에, 학력평가 방법이 암기에서 이해로 바뀐 지가 언제인데도 말이다. 이것은 또 과연 누구의 책임인가?

수능은 지문 안에 개념적인 설명까지도 다 밝힌다. 그렇기에 중요한 것은 그 내용의 파악과 맥락의 이해다. 그리고 그 점에서는 논술시험과 궤를 같이한다. 게다가 수능으로 출제되는 지문은 반복을 거듭하되 다만 선택지의 내용만 바꿔 묻는다는 점을 생각한다면, 수능을 치른 이후에 지문을 다시 읽고 해석해가며 공부해나가야 하는 것은 지극히 당연하다.

따라서 이제부터 수능과 논술로 빈번하게 출제되는 지문을 어떻게 읽을 것인가에 대한 방법적인 해결책을 모색할 필요가 있는데, 이를 위해서는 먼저 글의 내용 구조를 파악하기 위한 올바른 읽기 훈련부터 시작하기로 한다. 거듭 얘기하는 것이지만, 지문 읽기의 중요성은 아무리 강조해도 모자람이 없다.

3. 글의 구조를 파악하는 훈련 : 접속표현 연습

(1) 접속표현의 중요성

논리란 사실 판단의 옳고 그름을 따지는 도구적 힘이다. 이는 논리가 올바른 판단 및 인식을 위한 사고 작용의 법칙과 형식을 규정함을 뜻한다. 이렇게 볼 때 논리는 곧 (말과) 글의 짜임새로, (말과 말), 글과 글, 문장과 문장, 문단과 문단의 관계 속에서 모습을 드러내고 전개된다. 그리고 이를 연결하는 것이 바로 접속표현이기 때문에 논리는 접속표현으로 명시된다고 해도 과언이 아니다.

하지만 논술을 공부하는 학생의 상당수는 뜻밖에도 접속표현에 서투르고, 이로 인해 글의 전체 흐름이 깨지고 읽기에 거슬리는 경우가 다반사다. 이는 학생들이 요약된 글만을 접한 까닭에 완결된 글을 읽고 써보지 못했기 때문이다. 접속사 없이 두서없게 글을 읽고 쓰다 보니 글의 짜임새가 떨어지고, 문장과 문장의 관계는 제각각으로 제자리를 못 찾아 뒤죽박죽이 되고 만다.

이런 이유로 논리를 전개하는 과정에서 논리의 정합성이 특히 문제가 되는데, 그 주된 원인의 하나가 바로 접속표현의 구사가 적절하지 않아 문장과 문장의 관계가 뒤죽박죽인 경우다. 따라서 논리적인 글을 쓰고자 할 때는 무엇보다 접속표현을 분명하고 정확하게 구사해야 하며, 논리적인 글을 읽을 때도 사용되는 접속표현에 주목하되 생략된 부분은 찾아 채워가며 읽어야 한다.

접속표현의 정확한 사용은 논증 구조의 정확한 분석과 파악을 위해서도 중요하다. 논리의 결여, 논리적 비약, 논점 이탈 등으로 논리적 오류와 모순이 발생할 경우에 논리력, 즉 논리적 사고는 힘을 잃고 마는데, 이를 검증하는 데 유용하게 사용되는 것 역시 접속표현이기 때문이다.

이처럼 논리력이란 사고력 그 자체라기보다는 사고를 표현하는 힘, 표현된 사고를 제대로 읽어내는 힘, 글을 자유자재로 다루는 힘으로, 결국 그 힘은 접속표현의 정확한 구사에서 나온다. 즉 논리적인 힘은 접속표현으로 표시되며, 따라서 논술 공부는 접속표현 연습에서부터 시작된다.

(2) 접속표현 테스트

【문제1】 다음 ①~⑦의 문장 앞에 [　] 안에 제시된 접속표현을 한번 씩만 삽입하여, 전체 문장을 논리적으로 연결하라. [그러나, 즉, 그리고, 그러므로, 단, 예를 들면, 왜냐하면]

　①논술 공부에서 중요한 것은 좋은 글을 많이 읽는 것이다.
[　]②다양한 접속표현에 주의하면서 읽는 것이다.

〔 〕③논리란 글과 글의 짜임새 관계이며, 그 관계를 명시하는 것이 접속표현이다.

〔 〕④'그러나'라는 접속사는 많은 경우 '전환'을 나타낸다.

〔 〕⑤'그러나' 앞뒤에서 주장의 근거가 바뀌었을 가능성이 높다.

〔 〕⑥논의의 흐름을 놓치지 않기 위해서는 '그러나'라는 접속사에 주의해서 읽어야 한다.

〔 〕⑦접속사는 생략되는 경우가 많은데, 그 경우에는 문장 앞에 이를 ( )로 보충해서 읽어야 한다.

〔 〕⑧접속표현의 생략이 글의 논리를 약화시키는 것은 아니다.

[문제1]을 설명하면 다음과 같다.

①의 "좋은 글을 읽어라"와 ②의 "접속표현에 주의하며 읽어라", 이 둘은 독립된 논점으로 양립 가능한 주장이다. 이러한 관계를 그 주장에 대한 **부가**라고 한다. 따라서 접속표현은 부가적인 표현을 나타내는 [ ]을(를) 사용하면 된다. … ① [ ] ②

③의 접속표현에 대한 설명은 ②의 "접속표현에 주의하며 읽어라"는 주장에 대한 당위성을 규정짓는다. 이러한 접속 관계를 '**이유**'라고 하는데, 따라서 [ ]을 사용하여 접속하면 된다. … ② [ ] ③

④⑤⑥은 한 덩어리를 이뤄 전환의 접속사에 대해 구체적으로 서술하고 있는데, '그러나'는 '전환'의 접속표현으로, 주장의 방향을 변화시킨다. 그 결과 ④⑤⑥은 궁극적으로는 ②의 "접속표현에 주의하라"는 주장에 대한 이유를 구체적으로 보여준다. 이처럼 주장에 대한 이유와 근거를 설명하기 위해 덧붙이는 접속관계를 '**예시**'라고 하는데, 즉 ④~⑥의 한 묶음이 접속표현이 곧 예시와 관련한 접속표현이다. … ② [ ] (④~⑥)

여기서 ④~⑥은 다시 다음과 같은 다양한 접속표현으로 세분화될 수 있다. 먼저 ④의 '그러나'와 ⑤의 '그러나' 문장은 병렬의 관계를 갖는데, 이에 개입하는 접속관계를 '**부연**' 또는 '**예시**'라고 한다. 부연은 덧붙여 설명하는 것을 말하며, 예시는 예를 들어 설명하는 것으로 모두 '**해설**'과 관련한 접속표현이다. 그렇기에 위의 ② [ ] (④~⑥)의 **예시**를 나타내는 접속표현은 곧 **해설**의 접속표현이기도 하다. 이처럼 해설(예시)과 관련한 접속표현은 여러 개가 있을 수 있기에, 문맥에 맞게 골라 다양하게 사용하면 된다. 따라서 주어진 선택지에서 고른다면 다음과 같다. … ④ [ ] ⑤

⑥은 ④와 ⑤의 결과물로, 즉 "④⑤가 설명하는 '그러나' 부분에서 주장이 변화하므로 ⑥에서 논의의 흐름을 놓치지 않기 위해서는 특히 '그러나'에 주의하라"고 설명한다. 이 접속관계를 '**결과(귀결)**'라고 하는데, 이 역시 관련한 접속표현은 여러 개(예를 들어 '따라서' 등)가 있을 수 있기에, 문맥에 맞게 골라 다양하게 사용하면 된다. … (④~⑤) [ ] ⑥

⑦은 전체 주장 속에서 부차적인 설명을 하는 것이어서, ②에서 ⑥까지의 논의를 보충한 것으

로 파악되는데, 이 접속관계를 '**보충**'이라고 한다. … (②~⑥) [   ] ⑦

⑧은 주장의 방향을 변화시키는 것이기에 '**전환**'을 나타내는 접속표현을 사용하면 되지만, 그렇더라도 전체 글의 주장과 근거에 영향을 미치지는 않는다. 따라서 바뀐 뒤의 주장은 어디까지나 부차적일 수밖에 없으며, 이런 이유로 어디까지나 보충적 의미로서의 전환으로 보면 된다. … (①~⑦) [   ] ⑧

위의 설명을 토대로 사용되는 접속표현을 살펴보면 순서대로 [그리고, 왜냐하면, 예를 들면, 즉, 그러므로, 단, 그러나]가 되며, 각각의 접속관계를 나타내는 용어는 [부가, 이유, 예시, 해설, 결과, 보충, 전환]이다. 그것들을 사용하여 다음과 같이 문장을 연결할 수 있다.

답
논술 공부에서 중요한 것은 좋은 글을 많이 읽는 것이다. **그리고** 다양한 접속표현에 주의하면서 읽는 것이다. **왜냐하면** 논리란 글과 글의 짜임새 관계이며, 그 관계를 명시하는 것이 접속표현이기 때문이다. **예를 들면**, '그러나'라는 접속사는 많은 경우 '전환'을 나타낸다. **즉** '그러나' 앞뒤에서 주장의 근거가 바뀌었을 가능성이 높다. **그러므로** 논의의 흐름을 놓치지 않기 위해서는 '그러나'라는 접속사에 주의해서 읽어야 한다. **단**, 접속사는 생략되는 경우가 많은데, 그 경우에는 문장의 앞에 이를 보충하면서 읽어야 한다. **그러나** 접속표현의 생략이 글의 논리를 약화시키는 것은 아니다.

다음은 [문제1]에 대해 학생들이 작성한 답안이다. 굵은 글씨로 표시한 접속표현은 위의 답과는 다른 접속표현을 사용한 결과를 나타내는데, 이를 통해 논리적 관점에서 각각의 글의 무엇이 문제인지 검토해보자.

㉠ **A학생의 답안**
논술 공부에서 중요한 것은 좋은 글을 많이 읽는 것이다. **단**, 다양한 접속표현에 주의하면서 읽는 것이다. **그리고** 논리란 글과 글의 짜임새 관계이며, 그 관계를 명시하는 것이 접속표현이다. 예를 들면, '그러나'라는 접속사는 많은 경우 '전환'을 나타낸다. **그러므로** '그러나' 앞뒤에서 주장의 근거가 바뀌었을 가능성이 높다. 즉, 논의의 흐름을 놓치지 않기 위해서는 '그러나'라는 접속사에 주의해서 읽어야 한다. **왜냐하면**, 접속사는 생략되는 경우가 많은데, 그 경우에는 문장의 앞에 이를 보충해서 읽어야 하기 때문이다. 그러나 접속표현의 생략이 글의 논리를 약화시키는 것은 아니다.

㉡ **B학생의 답안**
논술 공부에서 중요한 것은 좋은 글을 많이 읽는 것이다. **단**, 다양한 접속표현에 주의하면서 읽는 것이다. 왜냐하면 논리란 글과 글의 짜임새 관계이며, 그 관계를 명시하는 것이 접속표현이기 때문이다. 예를 들면, '그러나'라는 접속사는 많은 경우 '전환'을 나타낸다. **그리고** '그러나' 앞뒤에서 주장의 근거가 바뀌었을 가능성이 높다. **즉**, 논의의 흐름을 놓치지 않기 위해서는 '그러나'라는 접속사에 주의해서 읽어야 한다. **그러므로** 접속사는 생략되는 경우가 많은데, 그 경우에는 문장의 앞에 이를 보충해서 읽어야 한다. 그러나 접속표현의 생략이 글의 논리를 약화시키는 것은 아니다.

㉢ **C학생의 답안**
논술 공부에서 중요한 것은 좋은 글을 많이 읽는 것이다. **단**, 다양한 접속표현에 주의하면서 읽는 것이다. 왜냐하면 논리란 글과 글의 짜임새 관계이며, 그 관계를 명시하는 것이 접속표현이기 때문이다. 예를 들면, '그러

나'라는 접속사는 많은 경우 '전환'을 나타낸다. 즉, '그러나' 앞뒤에서 주장의 근거가 바뀌었을 가능성이 높다. 그러므로 논의의 흐름을 놓치지 않기 위해서는 '그러나'라는 접속사에 주의해서 읽어야 한다. **그리고** 접속사는 생략되는 경우가 많은데, 그 경우에는 문장의 앞에 이를 보충해서 읽어야 한다. 그러나 접속표현의 생략이 글의 논리를 약화시키는 것은 아니다.

㉣ D학생의 답안

논술 공부에서 중요한 것은 좋은 글을 많이 읽는 것이다. 그리고 다양한 접속표현에 주의하면서 읽는 것이다. 왜냐하면 논리란 글과 글의 짜임새 관계이며, 그 관계를 명시하는 것이 접속표현이기 때문이다. 예를 들면, '그러나'라는 접속사는 많은 경우 '전환'을 나타낸다. 즉, '그러나' 앞뒤에서 주장의 근거가 바뀌었을 가능성이 높다. 그러므로 논의의 흐름을 놓치지 않기 위해서는 '그러나'라는 접속사에 주의해서 읽어야 한다. **그러나** 접속사는 생략되는 경우가 많은데, 그 경우에는 문장의 앞에 이를 보충해서 읽어야 한다. **단,** 접속표현의 생략이 글의 논리를 약화시키는 것은 아니다.

먼저 ㉠㉡은 접속표현이 적절하지 않아 글의 짜임새가 어딘지 모르게 어설픈데, ㉠의 경우가 특히 그렇다. 물론 글의 논리가 모순되어 비논리적이라는 것은 아니다. 하지만 전체 문장에서 주장 글이 어느 것인지 쉽사리 찾아내기가 어려운데, 이는 그만큼 글의 방향이 제각각으로 따로 놀기 때문이다. 이처럼 글에서 말하고자 하는 주장의 방향이 따로 노는 가장 큰 이유가 바로 접속표현을 부적절하게 사용했기 때문으로, 이것을 두고서 논리가 결여되었다고 표현한다.

㉢㉣은 비교적 올바르게 접속표현을 사용한 경우다. ㉢의 '단'과 '그리고'나 ㉣의 '그러나'와 '단'은 연결되는 두 문장에 담긴 맥락적인 의미만을 고려할 경우, 접속표현을 달리해도 논리적으로는 그다지 문제될 게 없다. 하지만 ㉢㉣은 처음 두 문장 사이에 들어가는 접속표현을 '단'과 '그리고' 중 어느 것으로 끼워 넣느냐에 따라 중심이 되는 주장 글이 달라지게 된다. 즉 ㉢의 경우에는 뒤 문장인 "다양한 접속표현에 주의하면서 읽는 것이다"는 앞 문장 "논술 공부에서 중요한 것은 좋은 글을 많이 읽는 것이다"의 보충, 즉 부차적인 주장 글이 된다. 이에 비해 ㉣의 경우에는 두 문장이 부가적인 관계여서 글의 주장이 바뀌지 않으며, 그렇게 해서 뒤의 문장에 좀 더 무게가 실리게 된다.

이렇게 해서 전체 글에서 가장 중심이 되는 주장 글이 무엇인지를 파악할 수 있는데, 이렇듯 접속표현을 잘 사용할 줄 알아야 논의의 골격을 제대로 파악할 수 있다. 논리적으로 글을 읽고 쓰는 힘은 이처럼 접속표현을 정확히, 올바르게 구사할 수 있는 것에서부터 출발한다. 그렇기 때문에 논리적인 글을 쓰고자 할 때는 의식적으로 접속표현을 사용하려고 노력해야 한다. 또한 글을 읽을 때도 거기에 사용되고 있는 접속표현에 주목해서 읽어야 함은 물론, 글에 접속표현이 생략된 경우에는 의식적으로 집어넣어 읽는 습관을 길러야 한다.

(3) 기본적인 접속표현 ① : 부가 · 전환

【문제2】 다음 ⓐ, ⓑ에 적절한 접속표현을 골라라. (홍익대 2012 인문 수시)

오늘날의 과학 기술은 공간을 축소했다. 교통과 대중 매체의 발달, 도시화로 인한 밀집 상태는 사람과 지구, 사람과 사람, 사람과 사물의 거리를 좁게 만들었다. 이것은 또한 사람이 사는 환경의 반영인 사람의 마음에서도 공간을 좁혔다. 가속화되는 소비문화는 소비되고 쓰레기가 되는 물건의 쉴 새 없는 회전으로 우리 삶의 공간과 함께 우리 마음에 물건의 과포화 상태를 만들어 냈다. 끊임없는 공간의 이동, 사물의 순환, 작업의 능률화를 위하여 빈틈없이 짜여 진 시간과 공간과 함께 밀집 상태가 되어 반성과 관조의 시간을 허용하지 않는다. 사람들은 오늘의 세계를 정보의 세계라 하고 이것이 커다란 인지 발달의 증표이며 도구인 양 이야기한다.

ⓐ[그리고, 그러나, 단] 정보화의 효과는 우리의 내면 공간을 파괴한다. 참다운 지적 작용, 정신 작용 또는 감정 작용은 다른 모든 인간 활동과 마찬가지로 일정한 행동 공간을 필요로 한다. 빠른 속도로 공급되고 사라지는 정보는 참다운 생각과 느낌을 갖도록 하기보다는 우리에게 빠른 반응만을 허용하고 또 그렇게 하도록 계획된 것이다. ⓑ[그리고, 그러나, 단] 우리의 반응은 알 수 없는 조종의 전략에 의하여 지배된다. 사람이 정보 교환 속에서 자기를 느꼈을 때, 즉각적으로 반응해야 하는 숨은 게임의 한 파트너로서 자기를 인식하는 것일 뿐이다. 우리에게는 자기로 돌아가서 자신을 되돌아 볼 여유가 주어지지 않는다.

선택지에 있는 [그리고, 그러나, 단]은 각각 [부가, 전환, 보충]의 접속표현으로, 이는 다음과 같이 도식화될 수 있다.

- 접속표현 전후 주장의 방향이 바뀌지 않는다 ————————→ 부가
- 주장의 방향이 바뀐다 / 바뀐 뒤의 주장이 더 강조된다 ————→ 전환
　　　　　　　　　 ＼ 바뀐 뒤의 주장이 부차적이다 ————→ 보충

이것을 염두에 두고 먼저 ⓐ를 보면, 그 앞 단락에서는 사람들이 정보화를 발전의 지표인 것처럼 인식하지만, 뒤 단락에서 이는 인간의 내면을 파괴할 뿐이라고 비판한다. 따라서 주장의 방향이 바뀌고 있다. 그렇다면 이는 '부가'의 접속관계가 아니다. 또 앞 단락과 뒤 단락 중 어느 쪽이 더 강조되는가 하면, 정보화는 인간성을 파괴할 뿐이라고 하여 뒤 단락을 좀 더 강조한다. 그렇다면 이는 '보충'이 아닌 **전환**의 접속관계다.

다음으로 ⓑ의 앞뒤 문맥을 보면, 여기에는 다음 두 가지 주장이 연결되고 있다. 즉 앞은 '정보화는 인간의 내면을 파괴한다'고 하고 뒤는 '인간은 정보에 의해 지배된다'고 하여, 주장의 방향은 동일하다. 따라서 둘은 '부가'의 접속관계다. 참고로, 이렇게 주장을 단순히 부가하는 것은 논리적으로 약한 관계이기 때문에, 뚜렷한 접속표현 없이(즉 접속어를 생략하고) 글을 이어가는 경우가 일반적이다.

▶답 : [ⓐ그러나 ⓑ그리고]

【문제3】 다음 ⓐ, ⓑ에 적절한 접속표현을 골라라.

인생이라는 것은 장기를 두는 행위와 비슷하다. ⓐ[그리고, 그러나, 단] 이렇게 두면 저렇게 될 것이란 대강의 짐작이 있어야만 장기라는 유희가 성립된다. ⓑ[그리고, 그러나, 단] 이렇게 두면 꼭 저렇게 된다고 짐작한 대로 되어서는 장기란 유희는 성립될 수가 없다. 인생이란 것은 이처럼 무지 사이의 방황이다. (게오르그 짐멜, 『생의 철학』)

ⓐ의 앞 문장에서 인생은 장기 두는 행위와 같다고 했는데, 이는 뒤 문장에서 대강의 짐작이 있어야 성립된다는 단서가 붙었다. 따라서 '**보충**' 관계다. 이어서 단서에서 바뀐 방향을 ⓑ를 사용해서 전환하여 바뀐 뒤의 주장을 더욱 강조하고 있다. 따라서 '**전환**' 관계다. 또한 맨 마지막 문장 앞에는 '그러므로', '그렇기에', '따라서'라는 귀결(결과)의 접속표현으로 이어지며, 이 문장에 무게가 실린다. 따라서 맨 뒤 문장이 주장 글이 된다.

▶답 : [ⓐ단 ⓑ그러나]

이상을 통해 [부가·전환]의 접속관계를 갖는 전후 문장(또는 단락) 중 어느 하나에는 전체 글의 가장 핵심이 되는 주장 글을 담고 있음을 알 수 있는데, 이는 다음 두 가지 포인트를 통해 판단을 내릴 수 있다.

- 주장의 방향을 확인한다.
- 주장의 무게를 판단한다.

접속표현으로 이어지는 두 문장(또는 단락)의 주장 방향이 바뀌지 않을 경우에는 둘은 부가관계가 되어 각각에 주장을 담게 된다. 그렇더라도 둘의 무게를 따져 좀 더 힘이 실린 주장을 파악하면 그것이 곧 중심 주장 글(문장·단락)이 되며, 다른 한 주장은 그 중심 주장을 뒷받침하는 글(문장·단락)이 된다.

　접속표현으로 이어지는 두 문장(또는 단락)의 주장 방향이 바뀌는 경우에는 다음 둘로 나눠서 생각할 수 있다. 먼저 바뀐 뒤의 주장이 더 강조되면 전환관계가 되므로, 이어지는 문장(또는 단락)에 중심 주장 글이 들어 있게 된다. 반면, 바뀐 뒤의 주장이 부차적일 경우에는 앞의 문장(또는 단락)에 중심 주장 글을 담는다.

　그렇더라도 여러 단락으로 구성된 장문의 글일 경우에는 논의의 구조가 상당히 복잡하게 얽혀 글의 주장을 제대로 파악하기가 까다롭다. 각 단락마다 중심 문장과 뒷받침 문장으로 구성되고, 또 단락 안에서도 복수의 접속표현이 들어가 있는 경우가 일반적이어서, 그만큼 논의를 정리해가면서 파악해야 하기 때문이다. 실제 이 부분이 앞으로 설명하는 논증 구조 파악의 핵심으로, 뒤에 자세히 설명한다. 이상의 내용을 염두에 두고 [문제1]을 다시 살펴보면, 전체 글에서 주장에 해당하는 부분은 다음과 같은데, 이때 중심 주장 글은 '그리고' 이후가 된다. 왜냐하면 이후에 오는 해설 및 보충과 관련한 글들은 하나같이 '접속표현'의 중요성을 강조하는 것이어서, 뒤 문장에 좀 더 무게가 실리기 때문이다.

논술 공부에서 중요한 것은 좋은 글을 많이 읽는 것이다. 그리고 다양한 접속표현에 주의하면서 읽는 것이다.

　따라서 이를 "논술 공부를 위해서는 좋은 글을 많이 읽되, 다양한 접속표현에 주의해서 읽어야 한다."로 한층 매끄럽게 가다듬을 수 있는데, 이렇게 하면 좀 더 강한 어조로 주장을 강조할 수 있게 된다. 만약 ⓒ의 경우처럼 앞 문장을 중심 주장 글로 판단하고 요약할 경우에는 글의 논리가 불투명하게 되는데, 이것이 곧 논리의 모호성으로 인한 논리적 비약 혹은 논리의 결여다.

　이제 [문제1]의 학생 답안 글 중 어느 것이 접속표현을 사용해서 가장 논리적인 글로 바뀌었는지, 또 어떤 학생이 논리적으로 글을 읽어 해석하고 있는지를 확인할 수 있을 것이다. 또한 [문제1]은 접속표현의 적절한 사용이 중심 주장 글을 파악하는 데에도 매우 효과적임을 보여주는 좋은 실례가 된다.

(4) 기본적인 접속표현 ② : 이유 · 결과

【문제4】 다음 ⓐ, ⓑ에 적절한 접속표현을 골라라. (덕성여대 2009 사회 수시)

모든 자원을 통제할 자격을 가지고 있는 사람이나 집단이 있어 자원들이 어떻게 나뉘어져야 하는가를 함께 결정하는 중앙 분배는 존재하지 않는다. ⓐ[왜냐하면, 그러므로, 단, 즉] 각각의 사람이 얻는 것은 자신이 다른 사람과 어떤 것을 교환함으로써 얻는 것이거나 타인이 자신에게 선물로 주는 것이다. ⓑ[그리고, 그러나, 단] 자유사회에서는 다양한 사람들이 각기 다른 자원을 통제하고 있고, 새로운 소유물은 사람들 사이의 자발적인 교환과 행위로부터 생겨난다. ⓒ[왜냐하면, 그러므로, 단, 즉] 사람들이 자신의 결혼 상대자를 선택하는 사회에서는 배우자를 분배하는 일이 없는 것처럼 이 과정에서도 분배 행위나 몫의 분배란 존재하지 않는다. ⓓ[예를 들어, 즉, 단] 전체 결과는 스스로 취할 수 있는 자격을 가진, 분배에 관여하고 있는 각각의 사람들이 내리는 많은 결정에 의해 생긴 것이다.

▶답 : [ⓐ왜냐하면(이유) ⓑ그리고(부가), ⓒ그러므로(결과), ⓓ즉(부연)]

ⓐ의 뒤 문장은 앞글의 주장에 대한 당위성을 규정짓는 것이기에 '이유'의 접속관계다. ⓑ의 앞 단락과 뒤 단락은 양립 가능한 주장이기에 '부가'의 접속관계다. 그리고 ⓒ의 뒤 문장은 바로 앞 글의 주장에 대한 결과물이기에 '결과'의 접속관계다. 또한 ⓓ는 ⓑⓒ에 덧붙여 설명하는 것이기에 '부연'의 접속관계다. 따라서 ⓐ와 ⓒ는 각각의 주장에 대한 **'근거'**를 나타내는 접속관계임을 알 수 있다.

'이유'와 '결과', 즉 '근거'를 나타내는 접속관계는 논의의 골격을 파악하는 데 매우 중요한데, 왜냐하면 이것이 주장과의 인과관계를 나타내는 접속표현이기 때문이다. 다시 말해, '근거'를 나타내는 접속표현의 앞 또는 뒤에 주장이 실린 글이 위치하며, 그 주장은 '부가'와 '전환'을 나타내는 접속표현을 포괄한다. 그렇기에 그 근거가 중심 문장을 지지하는가, 뒷받침 문장을 지지하는가는 전적으로 '부가'와 '전환'의 방향과 무게에 달렸다.

이해를 돕기 위해 이를 [문제1]과 [문제4]를 예로 들어 비교하여 설명하면 다음과 같다. [문제4]는 앞 두 문장과 뒤 세 문장이 각각 양립되는 주장과 근거라는 논증 구조로 이루어져 있는데, 그렇더라도 둘의 무게를 따지면 후자의 주장이 더욱 강조됨을 알 수 있다. 따라서 이를 주장과 근거 형식으로 다음과 같이 연결하여 적절하게 재구성하면 글 전체의 요약이 된다.

사적 소유물은 자발적인 교환 행위로부터 생겨나는 것이기에 분배의 대상이 될 수 없으며, 이런 이유로 스스로 취할 수 있는 자격을 갖춘 자만이 결과를 향유할 수 있다.

반면, [문제1]의 '결과'를 나타내는 접속표현인 '그러므로'는 앞의 '부가'의 접속관계에 따라 중심 문장을 지지하는 근거가 아닌, 어디까지나 '왜냐하면' 이하의 '예시'를 나타내는 접속관계에 지배를 받는 뒷받침 문장을 지지하는 묶음 내에서의 근거다. 그렇기에 [문제1]에서 주장과 근거 형식으로 연결시켜 재구성한 다음의 요약 글에는 포함되지 않는다.

글의 짜임새인 논리는 접속표현으로 표시되기에, 논술 공부를 위해서는 다양한 접속표현에 주의해서 읽어야 한다.

참고로, [문제4]의 제시지문은 접속표현이 모두 생략된 채 출제되었는데, 그에 따라 수험생들은 이렇듯 해석하기 쉬운 제시지문임에도 불구하고 어느 문장이 주장을 담고 있으며, 또 어느 문장이 그 주장에 대한 근거를 담은 것인지 파악하기가 생각보다 까다롭다. 그만큼 글의 논증 구조를 파악하기가 쉽지 않아 요약 글을 제대로 쓰기 어려울 수밖에 없는데, 그렇기에 제시지문의 올바른 독해와 요약을 위해서는 무엇보다 접속표현의 정확한 이해와 활용이 요구된다.

【문제5】 다음 ⓑ, ⓒ에 적절한 접속표현을 골라라. (중앙대 2012 인문 수시)

플라톤이 모방론을 거론한 것은 예술의 공통적 특성으로서의 모방의 신비를 친절히 설명하고자 하는 목적에서는 아니었다. 모방은 두 가지 사실 사이에 어떤 관계를 설정한다. 즉 모방의 대상과 결과는 성질상 서로 다를 수밖에 없다. 문제는 그 둘의 관계인 것이다. 모방의 이론이 그 관계를 설명하는 일을 그 최대의 과제로 삼을 것임은 두말할 것도 없다. 모방의 대상이 통상적 의미의 훌륭한 것일 때 그것의 모방의 결과는 (잘만 모방한다면) 역시 '훌륭한 것'이 될 수도 있을 것이다.
ⓐ[그리고, 그러나, 단] 플라톤은 문학적 모방의 대상은 훌륭한 것이 못된다는, 따라서 그 모방의 결과도 결코 훌륭한 것이 될 수 없다는 결론을 내렸다. 이 결론은 그의 인식론 내지 형이상학의 기본 전제에서 필연적으로 나올 성질의 것이다. 누구나 잘 알고 있듯이, 그의 형이상학은 관념을 기본으로 하고 있다. 무상하고 무질서하고 복잡다단한 이 감각의 세계를 초월하여, 영원불변하고 절대적 질서와 조화가 실현된 관념의 세계가 존재한다. 관념은 곧 진리이다. 불변의 관념의 세계, 곧 진리의 세계는 철학, 특히 플라톤 식의 기하학적 철학으로써만 간혹 도달할 수 있을 뿐이고, 눈에 보이는 이 세상 만물은 그 진리의 모습의 타락된 환영에 지나지 않는다.

ⓑ[왜냐하면, 그러므로, 즉] 예술은 불행히도 철학이 못되기 때문에 진리에 절대로 도달할 수 없다. 그것은 단지 감각의 세계를 다루는 정도에 그치며, 그것도 제대로 그 세계를 다룰 수 있는 기술을 가졌다기보다는 단지 흉내를 낼 수 있을 따름이다. 예술적 모방은 진리로부터 사람의 정신을 멀어지게 만들며, 따라서 순전히 사람의 감각 기능을 교묘히 현혹시켜 어리숙한 사람의 경탄을 자아낼 뿐이다. 그러한 모방이 진리로 받아들여지기도 한다니 한심하다는 것이다.

먼저 ⓐ를 보면, 그 앞 단락에서는 모방의 대상이 좋으면 그에 따른 결과도 좋을 수 있다고 하고, 뒤 단락에서는 모방의 대상은 결코 진리가 될 수 없기에 결과 역시 훌륭하지 않다고 하여 상반된 관점을 보이고 있다. 따라서 주장의 방향이 바뀌고 있다. 그렇다면 이는 '부가'의 접속관계가 아니다. 또 앞 단락과 뒤 단락 중 어느 쪽이 더 강조되는가 하면, 모방은 형이상학적 관점에서 결코 진리가 될 수 없다고 하여 뒤 단락을 좀 더 강조한다. 그렇다면 이는 '보충'이 아닌 '전환'의 접속관계다.

다음으로 ⓑ를 보면, 여기에는 다음 두 가지 주장이 연결되고 있다. 즉 두 번째 단락과 세 번째 단락에는 각각 '눈에 보이는 세계는 진리를 모방한 타락한 환영에 불과'하며, '예술적 모방은 그 세계의 환영을 다시금 모방함으로써 더욱 더 진리로부터 멀어지게 만들 뿐'이라고 하여, 주장의 방향은 동일하다. 그렇더라도 두 번째 단락보다 세 번째 단락에 좀 더 무게가 실리는데, 왜냐하면 두 번째 단락은 세 번째 단락의 주장에 도달하기 위한 이유와 근거이기 때문이다. 따라서 둘은 '결과'의 접속관계다.

결국 세 번째 단락은 앞 두 단락의 결과물인 '귀결(결과)'의 접속관계가 되며, 따라서 가장 중심이 되는 주장 글은 세 번째 단락에 들어 있다. 이렇게 해서 전체 글을 요약하면 다음과 같다.

절대적인 관념으로서의 진리를 추구하는 플라톤의 이데아론에 따를 경우, 눈에 보이는 세계는 진리를 모방한 타락한 환영에 불과하며, 더군다나 예술적 모방은 그 세계의 환영을 다시금 모방함으로써 더욱 더 진리로부터 멀어지게 만들 뿐이다.

▶답 : ①그러나 ②그러므로

(5) 접속표현 연습

접속표현은 글을 읽을 때와 글을 쓸 때를 구분하여 달리 사용해야 한다. 즉 글을 읽을 때는 그 글에 담긴 논증 구조를 파악하기 위해 생략된 접속표현을 찾아 괄호로 삽입해가면서 읽어야 한다. 반면, 글을 쓸 때는 글의 논증 구조를 뚜렷하게 부각시키기 위해 접속표현을 문장과 문장, 단락과 단락 사이에 집어넣되, 꼭 필요한 접속어만을 사용토록 한다.

접속어는 글의 논리적인 인과관계를 분명하게 하지만, 이는 또한 자연스러운 글의 흐름을 방해하는 요인이 되기도 한다. 그렇기에 모든 문장을 덧붙일 때마다 접속어를 글 가운데 드러낼 필요는 없고, 꼭 필요한 곳에만 표면화시키면 된다. 이런 이유로 접속어를 가리고도 자연스럽게 읽힌다면 굳이 사용할 필요가 없으며, 가능한 한 최소한의 접속어만 쓰는 게 바람직하다. 그렇더라도 논술 글은 곧 논증적 글쓰기이란 점을 고려할 때, 글의 논증 구조가 부각될 수 있도록 접속어를 적절하게 사용하며 쓰는 것이 오히려 더 효과적일 수 있다.

따라서 글을 써나갈 때 다음의 다양한 접속표현을 적절하게 바꿔가며 사용한다면 자연스러운 글의 흐름을 통해 의사전달력을 높일 수 있음은 물론, 글의 논리적인 인과관계를 명확히 함으로써 좀 더 논증적인 글로 거듭나게 된다.

논증적 글쓰기를 위한 다양한 접속표현

- 해설_ 곧, 즉, 다시 말하면, 바꾸어 말하면, 다른 말로 하면, 내용인즉, 사실인즉
- 예시_ 예를 들어, 이를테면, 가령, 예컨대
- 이유_ 왜냐하면, 그 까닭은, 그 이유는, 그 원인은
- 결과_ 그러므로, 따라서, 이런 이유로, 그렇기에, 결국, 결론적으로, 그래서, 그렇다면
- 부가_ 그리고, 또한, 더구나, 게다가, 뿐더러, 아울러, 그 위에
- 전환_ 그러나, 그런데, 그렇지만, 하지만, 반면, 어쨌든, 아무튼, 한편, 다음으로, 돌이켜보건데
- 보충_ 단, 다만, 특히, 뿐더러, 만약, 만일

이제 이것을 염두에 두고 기본적인 접속관계를 연습해보자.

【문제6】 적절한 접속표현을 사용하여 '①〔　〕, ②〔　〕, ③'이 되도록 문장을 완성하라. 단, 내용을 바꾸지 않을 정도의 연결어미 수정은 가능하다. (고등학교 도덕, 천재교육)

① 인간다운 삶을 살아가는 데 핵심적인 역할을 하는 도덕에는 인간의 자유의지가 전제된다.
② 인간이 자유의지 없이 행위 한다면 그 행위에 대해 옳고 그름을 판단하여 책임을 묻기 어려우며, 그 행위는 도덕적 의미를 갖지 못한다.

③인간은 자율적으로 도덕을 실천할 때 진정한 의미의 도덕적 인간이 된다.

②는 ①의 이유를 부여하고, ③은 ②와 결과의 관계를 이룬다. 따라서 '(① 왜냐하면 ②), 결국 ③'이 되며, '결국'의 접속어 대신 '그러므로'나 '따라서' 등을 사용해도 된다. 참고로, ②를 ①의 귀결로 보고 '그러므로'라는 접속표현을 사용하는 게 더 적절하지 않냐고 의문을 제기할 수 있을 것이다. 하지만 그렇게 되면 ③ 앞에 전환의 접속관계인 '그러나'를 놓아야 하기에 글 전체의 문맥이 어수선하게 된다. 따라서 이유의 접속표현이 더 적절하며, 이렇게 해야 주장 글이 더욱 명료해진다. 이처럼 접속표현은 전체 맥락에서 파악해야 하며, 그래야 주장 글을 찾는 데 더 효과적이다.

▶답: ①왜냐하면 ②결국
인간다운 삶을 살아가는 데 핵심적인 역할을 하는 도덕에는 인간의 자유의지가 전제된다. 왜냐하면 인간이 자유의지 없이 행위 한다면 그 행위에 대해 옳고 그름을 판단하여 책임을 묻기 어려우며, 그 행위는 도덕적 의미를 갖지 못하기 때문이다. 결국, 인간은 자율적으로 도덕을 실천할 때 진정한 의미의 도덕적 인간이 되는 것이다.

【문제7】 다음 빈칸에 가장 적절한 접속표현을 넣어라. (강신택, '개념, 정의 및 개념 형성', 고등학교 독서, 중앙교육)

하나의 개념(槪念)에는 진(眞)도 위(僞)도 없으며 오직 명제(命題)만이 진위를 가진다. 하나의 개념은 타당한 것도 부당한 것도 아니요 오직 논의(論議)에 대해서만 타당한지 아닌지를 따질 수 있다. ①[____] 정의(正義)된 기술적 개념 중에는 '좋은 것'과 '나쁜 것' 간에 구별이 있다. 이것에 이름을 붙이기 위해서 나는 '하나의 개념이 의의(意義)가 있다'거나 '의의가 없다'고 말할 것이다. 만일 하나의 개념이 우리가 진실이라고 믿을 만한 법칙적 언명(言明) 속에서 다른 개념들과 함께 사용되고 있다면 그러한 경우에 한해서 그 개념은 의의가 있다. ②[____] 좀 모호한 표현이기는 하지만, 어떤 개념은 다른 개념보다 더 의의가 있다. 예를 들면 한두 개의 외떨어진 법칙에서만 사용되는 개념은 훨씬 범위가 넓은 덜 정립(定立)된 이론에서 사용되는 개념보다는 의의가 적다. 그뿐만 아니라 오늘날 의의가 없던 개념이 앞으로 의의가 있는 개념이 될 수도 있다는 것이다.

문제에는 3개의 주장이 포함되어 있다. 이를 정리하면 다음과 같다.

A. 개념은 옳고 그름을 따질 수 있는 성질의 것이 아니며, 개념적 타당성만 논의될 뿐

이다.

B. 정의된 개념은 의의를 갖거나 의의가 없는 것으로 구분할 수 있다.

C. 어떤 개념은 다른 개념보다 더 의의가 있다.

A와 B는 서로 다른 방향이다. 그러므로 B 앞에는 '전환'의 접속표현인 '그러나(또는 하지만)'가 놓인다. 그리고 C는 B의 '결과'이므로 '그러므로(그렇기에)'를 사용하면 된다. 따라서 A, B, C 세 주장 중에 중심이 되는 주장 글은 가장 무게가 실린 C다. 이때 이어지는 "오늘날 의의가 없던 개념이 앞으로 의의가 있는 개념이 될 수 있다"는 주장과는 '부가'의 접속관계가 된다.

▶답 : ①그러나(하지만) ②그러므로(그렇기에)

【문제8】 다음 ①, ②에 가장 적절한 접속표현을 골라라. (단국대 2011 인문 모의)

우리나라 형법은 임신한 부녀의 자기 낙태죄(1년 이하의 징역 또는 200만 원 이하의 벌금)뿐만 아니라 그 동의를 받아 행한 의사 및 비의사의 낙태죄도 모두 처벌한다. ①[그러나, 다만] 모자보건법에서 본인 또는 배우자가 우생학적·유전학적 정신장애나 신체질환, 전염성 질환이 있는 경우, 강간 또는 준 강간에 의하거나 근친 간 임신의 경우, 임신의 지속이 모체의 건강을 심히 해하는 경우에는 임신한 날로부터 28주일 이내에 한하여 의사에 의한 임신중절수술을 제한적으로 허용하고 있다. ②[그러나, 다만] 보건복지부 통계에 따를 경우 연 34만여 건 낙태 중 95.6%가 모자보건법의 허용 범위를 넘어서는 불법(대부분 임신 12주 이내)이라고 한다. 이와 같은 법규범과 현실과의 괴리는 우리나라만의 문제가 아니고, 세계 각국에서도 논란 끝에 입법으로 그 허용 범위를 넓게 되었다.

①의 앞 단락에서 낙태죄는 모두 처벌함이 원칙이지만, 뒤 단락에서 일정 조건 하에 제한적으로 허용한다는 단서가 붙었다. 따라서 '보충'의 관계다. 물론 각각에 처벌과 제한적 허용이라는 상반된 주장을 담고 있기에 '전환'의 접속관계로도 볼 수 있지만, 이것이 이후의 ②에서 다시 '전환'의 접속관계로 이어지고 있기 때문에 '보충'의 접속관계로 보는 게 더 적절하다. 이렇게 해서 접속관계의 방향과 무게를 따지면 맨 뒤 문장에 담긴 "법 규범의 괴리에도 불구하고 낙태의 허용 범위를 넓히게 되었다"가 중심 주장 글이 된다.

▶답: ①다만 ②그러나

【문제9】 적절한 접속표현을 골라라. (리처드 도킨스, 『이기적 유전자』, 동국대 2011 인문 모의)

우리가 사후에 남길 수 있는 것은 두 가지이다. 즉 유전자와 밈이다. 우리는 유전자를 전하기 위해 만들어진 유전자 기계이다. ①[그러나, 그리고, 즉] 유전자 기계로서의 우리는 3세대 정도가 경과하면 잊혀지고 말 것이다. 물론 자식이나 또는 손자도 우리와 어딘가 닮은 점을 가지고 있을 것이다. 예컨대 얼굴의 모양새가 닮았을지 모른다. 음악적 재능이 닮았을지도 모른다. 또는 머리칼색이 닮았을지도 모른다. ②[그러나, 그리고, 즉] 한 세대가 지날 때마다 우리의 유전자의 기여는 반감해 간다. 그 기여도는 머지않아 무시할 정도가 될 것이다. 유전자 자체는 불멸일지 몰라도 우리 각자 자신의 유전자의 집합은 사라질 운명에 있다. 엘리자베스 2세는 정복왕 윌리엄 1세 대왕의 직계 자손이다. ③[그러나, 그리고, 즉] 그녀가 그 대왕의 유전자를 하나도 가지고 있지 못할 가능성은 많이 있다. 우리는 번식이라는 과정 속에서 불멸을 구할 수는 없다.

④[그러나, 그리고, 즉] 만일 우리가 세계 문화에 무언가 기여할 수 있다면, 예컨대 좋은 아이디어를 내거나, 음악을 작곡하거나, 점화플러그를 발명하거나, 시를 쓰거나 하면 그것들은 우리의 유전자가 공통의 유전자 풀 속에 용해되어 버린 후에도 온전히 생존할지 모른다. 윌리엄스가 지적한 대로 소크라테스의 유전자 중에서 현재 세계에 살아남아 있는 것이 과연 하나라도 있는지 어떤지는 알 수 없다. ⑤[그러나, 그리고, 즉] 누가 그런 것에 관심을 두고 있을 것인가. 하지만 소크라테스, 레오나르도 다 빈치, 코페르니쿠스, 그리고 마르코니 등등의 밈 복합체는 아직도 건재하지 않은가.

먼저 첫 번째 단락 내의 접속관계를 보면, 인간은 생물학적 유전자와 문화적 유전자 밈을 통해 세대로 이어진다는 주장과, 그럼더라도 생물학적 유전자는 세대의 흐름과 함께 점차 사라진다는 주장이 ①의 '전환'관계로 접속한다. 그리고 후자의 주장은 ①②③의 접속관계로 진행되면서 강화되고 있다. 따라서 당연히 '보충'이나 '해설'의 접속관계로 이어져야 한다. 즉 글이 전형적인 귀납적 논증 구조를 이룬다. 그렇더라도 주의해야 할 것은, ②와 ③의 접속관계 앞 문장에 '하지만'이라는 전환의 접속표현이 직간접적으로 명기되어 있기에 다시 또 한 번 다음과 같이 전환의 접속관계를 갖는다는 점이다.

• 물론('물론'은 해설, 보충, 부가, 전환 등의 다양한 의미를 담은 접속표현으로, 이어지는 뒤 문장이 '그렇더라도', '그럼에도 불구하고' 등과 같은 '전환'의 접속표현이 이어지는 경우가 일반적이다. 여기서는 '하지만'의 의미로 해석된다) 자식이나 손자도 ... ②그러나 한 세대가 지날 때마다 ...
• ... (하지만) 엘리자베스 2세는 ... 직계자손이기에 (유전자가 사라진다는 말은 설득력이 떨어진다). ③ 그러나 그녀가 그 대왕의 ... (그러므로) 우리는 번식이라는 ... 구할 수는 없다.

이어서 첫 번째 단락과 두 번째 단락의 인과관계에 따라 ④의 접속표현이 정해지게 되는데, 이때 두 번째 단락에서 첫 번째 단락의 주장을 반박하고 있으므로 '전환'의 접속관계를 사용한다. 그리고 ⑤ 역시 앞서 말한 것처럼 '하지만'이라는 전환의 접속관계가 숨어 있으므로 다시 '그러나'의 접속관계로 이어질 수 있다.

• (하지만) 소크라테스 유전자 중에서 ... ⑤그러나 누가 그런 것에 ...

이렇게 하여 접속관계의 방향과 무게를 따지면 글 전체의 중심 주장 글은 맨 마지막 문장의 "밈 복합체는 아직도 건재하지 않은가"가 됨을 알 수 있다. 따라서 이것을 중심으로 앞의 문장에서 핵심어를 담아 요약하면 다음과 같다.

세대가 거듭될수록 개인의 재능을 나타내는 인자인 유전자의 기여는 줄어드는 반면, 우리의 정신문화에 기여하는 인자인 밈은 세대를 뛰어넘어 생생하게 살아 영향을 미친다.

▶답 : ①~⑤ 전부 '그러나'

【문제10】 다음 문장 중에 부적절한 접속표현이 한 군데 있다. 그 부분을 지적하고 적절한 접속표현으로 수정하라. (숙명여대 2010 인문 수시)

오리엔탈리즘이란 서양인이 오리엔트 곧 동양에 관계하는 방식으로서, 그들의 경험 속에 동양이 차지하는 특별한 지위에 근거한 개념이다. 동양은 단지 유럽에 인접되어 있다는 것만이 아니라, 유럽의 식민지 중에서도 가장 광대하고 풍요하며 오래된 식민지였던 토지이고, 유럽의 문명과 언어의 연원이었으며, 유럽 문화의 호적수였고 또 유럽인의 마음 속 가장 깊은 곳으로부터 반복되어 나타나는 타자의 이미지이기도 했다. 나아가 동양은 유럽, 곧 서양이 스스로를 동양과 대조가 되는 이미지, 관념, 성격, 경험을 갖는 것으로 정의하는 데 도움이 되었다. 더구나 이러한 동양은 단순히 상상 속의 존재에 그친 것은 아니다. 그것은 유럽의 실질적인 문명과 문화의 구성 부분을 형성했다. 곧 오리엔탈리즘은 동양을 문화적으로 또는 이데올로기적으로 하나의 모습을 갖는 이야기로서 표현하고 표상한다. 그러한 이야기는 제도, 어휘, 학문, 이미지, 주의·주장, 나아가 식민지의 관료 제도나 식민지적 스타일로 구성된다.

문제 안의 접속표현이 많지 않기에 답을 찾는 것은 그다지 어렵지 않을 것이다. 이 문제에서 강조하고자 하는 포인트는, 접속표현을 통해 글 전체에서 주장하는 '중심 글 묶음'이 어디에 있으며, 또 그 가운데 '중심 글'이 어떤 것인지를 찾아내야만 전체 요약 글을 효과적으로 구성할 수 있다는 점이다. 이때 만약에 글 중반의 '더구나'를 '부가'의 접속표현으로 인식하고 해석할 경우, 이는 단순히 글 전반부의 오리엔탈리즘에 대한 개념 규정에 치중하게 된다. 그에 따라 오리엔탈리즘은 단순히 서구와 대비되는 개념 규정으로 축소 해석됨으로써 비판적인 글 읽기가 되지 못하며, 당연히 올바른 요약 글을 써나가기가 어렵게 된다. 더군다나 글의 전체를 이해하고 핵심 개념에 담긴 사상을 추론해 가면서 독해하고 요약해야 하는 점에 비춰볼 때 그렇다.

따라서 '더군다나'는 전환의 접속관계인 '그러나'로 바꿔 뒤 단락이 좀 더 강조되어야 제대로 된 독해와 추론, 그리고 이를 통한 요약 글을 써나갈 수가 있다. 이때 글 전체의 중심 글은 "유럽의 실질적인 문명과 문화의 구성 부분을 형성했다"며, 이를 이어지는 보충관계인 "곧 오리엔탈리즘은 … 식민지 스타일로 구성된다"와 연결하여 서구가 오리엔탈리즘이라는 정치적·문화적 이데올로기를 이용하여 동양을 억압하고 효과적으로 통제했음을 미루어 파악할 수 있어야 한다. 이렇게 해서 요약 글을 작성하면 다음과 같다. 참고로 제시지문은 추론이 필요한데, 이는 뒤에 자세히 설명한다.

> 오리엔탈리즘은 서양인들이 동양을 타자화하기 위해 규정한 일종의 정치적·문화적 관념이다. 서구는 이를 통해 제도, 학문, 식민지적 이미지 등 동양적 가치의 전반을 획일화하고 유럽 문명과 문화의 한 구성 부분으로 종속시킴으로써 동양을 억압하고 효과적으로 통제해야 할 대상으로 인식했다.

▶답 : '더군다나'→ '그러나'

【문제11】 [   ] 안의 접속사를 각각 한번씩, 다음의 네 곳에 적절히 삽입하라. (홍익대 2011 인문 모의)

[그러나, 즉, 결국, 왜냐하면]

①오직 법률상의 재판관만이 범죄 사실을 확정해야만 한다고 해야 할 이유는 전혀 없다. ②이 문제는 일반적 교양을 갖춘 사람이라면 누구라도 관여할 수 있는 사안이어서 결코 법률적인 지식을 구비한 사람에게만 가능한 것은 아니기 때문이다. ③범죄를 구성하는 사실을 평가하는 것은 일차적으로는 경험적인 정황이나 범죄행위에 관한 증언 및 이와 유사한 목격자의 진술에서 출발한다. ④다시 범죄행위를 추정할 수 있게 하거나 또는 범죄행위의 진위를 가질 수 있게 해주는 간접적인 사실도 포함할 수 있다. ⑤이들로부터 법관은 일종의 확신, 확실성을 얻어야 하지만 이것이 결코 어떤 영원한 것과도 같은 고차원적인 의미에서의 진리라는 의미는 아니다. ⑥여기에서의 확신이란 곧 주관적 신념이며 양심이라고 할 수 있다. ⑦문제가 되는 것은 바로 이 확신이 법정에서 과연 어떠한 형식을 띠고 나타나야만 할 것인가이다.

①앞에 접속사를 집어넣는 바보는 없다.

②는 ①의 이유

③은 부가의 접속관계

④는 전환의 접속관계

⑤는 결과의 접속관계이면서, 동시에 전환의 접속관계

⑥은 ⑤의 해설

⑦은 ④⑤⑥에 대한 결론이자, ①④⑤의 주장보다 무게가 실린다.

따라서 중심 주장 글은 ⑦

이것을 요약글로 작성하면 다음과 같다.

재판관은 자신의 주관적 신념과 양심에 따른 확신 하에 범죄 사실에 대한 법률적 판단을 내리기에, 그 판단 결과는 결코 절대적 진리가 될 수 없다. 따라서 그 확신이 보편타당한 진리로서의 객관성을 확보할 수 있도록 하는 일련의 재판 형식의 전환이 법정에서 이뤄져야 한다(→즉 절차적 형식이 아닌 실질로서의 형식적 전환이 이뤄지되, 이를테면 일반적인 교양을 갖춘 사람이 배심원으로 참여하고 관여함으로써 판결의 객관성을 높여야 한다).

답

오직 법률상의 재판관만이 범죄 사실을 확정해야만 한다고 해야 할 이유는 전혀 없다. **왜냐하면** 이 문제는 일반적 교양을 갖춘 사람이라면 누구라도 관여할 수 있는 사안이어서 결코 법률적인 지식을 구비한 사람에게만 가능한 것은 아니기 때문이다. 범죄를 구성하는 사실을 평가하는 것은 일차적으로는 경험적인 정황이나 범죄행위에 관한 증언 및 이와 유사한 목격자의 진술에서 출발한다. **그러나** 다시 범죄행위를 추정할 수 있게 하거나 또는 범죄행위의 진위를 가질 수 있게 해주는 간접적인 사실도 포함할 수 있다. 이렇게 하여 이들로부터 법관은 일종의 확신, 확실성을 얻어야 하지만 이것이 결코 어떤 영원한 것과도 같은 고차원적인 의미에서의 진리라는 의미는 아니다. **즉** 여기에서의 확신이란 곧 주관적 신념이며 양심이라고 할 수 있다. **결국** 문제가 되는 것은 바로 이 확신이 법정에서 과연 어떠한 형식을 띠고 나타나야만 할 것인가이다.

【문제12】 다음 빈칸에 적절한 접속표현을 넣어라.

사람은 기본적인 인권을 가지고 태어난다. 불란서 혁명 이후 이 천부적 인권사상은 근대 민주국가의 근본이념이 되고 있다. 독재국가들에서는 이 기본권을 짓밟아 온 사례가 있으나, 그런 행위가 끊임없는 저항과 온 세계인의 지탄을 받아 왔다. 이러한 사실은 인권이 얼마만큼 신성불가침의 것인지를 반증하는 것이다. 그런데 여기서 말하는 사람에는 예외가 없다. 선한 사람이건 악한 사람이건 차별이 있을 수 없다. [   ] 일시적으로 나쁜 짓을 한 사람이라고 해서, 감옥에 있는 사람이라고 해서, 또는 아직 어린 사람이라고 해서 그 인권을 함부로 침해받을 수는 결코 없는 것이다.

[문제12]를 접속표현을 사용하면 다음과 같이 연결된다.

①사람은 기본적인 인권을 가지고 태어난다. ②(이런 이유로) 불란서 혁명 이후 이 천부적 인권사상은 근대 민주국가의 근본이념이 되고 있다. ③(다만), 독재국가들에서는 이 기본권을 짓밟아 온 사례가 있으나, (그럼에도) 그런 행위가 끊임없는 저항과 온 세계인의 지탄을 받아 왔다. ④(그렇기에) 이러한 사실은 인권이 얼마만큼 신성불가침의 것인지를 반증하는 것이다. ⑤그런데 여기서 말하는 사람에는 예외가 없다. ⑥(즉) 선한 사람이건 악한 사람이건 차별이 있을 수 없다. ⑦**그러므로** 일시적으로 나쁜 짓을 한 사람이라고 해서, 감옥에 있는 사람이라고 해서, 또는 아직 어린 사람이라고 해서 그 인권을 함부로 침해받을 수는 결코 없는 것이다.

각각의 접속관계를 살피면 다음과 같다.
②③④는 ①의 해설(③④는 ②의 보충)
⑤는 전환의 접속관계이며, ⑥은 ⑤의 보충
⑦은 주장 ①⑤의 귀결로, 따라서 ⑦이 중심 주장 글이 된다.
따라서 주장의 흐름을 짚어나가면 다음과 같다.

⑺**사람은 기본적인 인권을 가지고 태어난다** ················대전제
⒯**여기서 말하는 사람에는 예외가 없다** ···················소전제
⒟**어떤 사람이라도 인권을 함부로 침해받을 수 없다** ······결론

이와 같이 정리하면 논증 구조가 뚜렷하게 보이게 된다. 이것을 소위 삼단논법이라고 하는데, 이를 설명하면 다음과 같다.

위 글의 첫 문장은 대전제를 나타내고, 그 뒤의 세 문장은 그것을 해설하여 뒷받침하고 있다. '그런데'로 시작하는 문장은 소전제이며, 그 뒤 문장이 이를 밝히고 있다. 이 소전제는 '그러므로'로 시작되는 결론을 자연스럽게 유도하는 구실을 하고 있다. 이렇게 해서 위의 글은 대전제, 소전제, 결론의 삼단논법으로 구성된다.

이처럼 연역적 · 귀납적 추론의 기본이 되는 논리적 사고 유형으로서의 삼단논법 역시 각각의 명제(즉 주장 글)를 전제로 하여 결론(즉 중심 주장 글)을 찾아내는 것으로, 논증 구조를 살피는 한 방법이다. 하지만 이러한 삼단논법에 의한 논리적 추론은 각각의 주장 글을 찾아내 이를 명세로 구성하고 판단해낼 수 있는 고도의 독해 능력이 따라야 하는 점, 더군다나 실제의 많은 글들이 연역적 추론을 요구하는 글이 아니어서 그만큼 형식적 논리로 구성되기가 어렵다는 점에 비춰볼 때, 현행 대입 통합논술에서는 그다지 효과적이지 못하다.

따라서 이보다는 먼저 적절한 접속표현을 사용하여 주장 글을 찾아내고, 이후 각각의 주장 글의 우열관계와 인과관계 등을 파악하여 중심 주장 글을 찾아내고, 나머지 주장 글을 그 중심 주장 글의 전제 또는 해설로 파악하는 것이 독해의 이해력을 좀 더 쉽게 한다. 이는 뒤에 다시 설명한다.

▶답 : '그러므로'

4. 논증 구조를 파악하는 훈련 : 주장 글 찾기 연습

(1) 논증 구조를 정리하는 틀 : 부가 · 전환 · 해설 · 근거

앞 장에서 [부가, 전환, 해설, 예시, 이유, 결과, 보충]의 일곱 가지 접속관계를 살펴보았다. 여기서 '예시'는 '해설'에 포함하고, '이유'와 '결과(귀결)'는 통합하여 '근거'로 일원화하고, '보충'은 글의 논의의 중심에서 벗어나므로 일단은 잘라내도록 한다. 이렇게 하면 **[부가, 전환, 해설, 근거]**라는 네 가지 접속관계로 거듭 정리된다. 각각의 접속관계는 다음 기호를 사용하여 나타내기로 한다.

해설 : A = B (A 즉 B)
근거 : A → B (A 그러므로 B)
부가 : A + B (A 그리고 B)
전환 : A ～ B (A 그러나 B)

이제 문장과 문장, 단락과 단락은 [부가, 전환, 해설, 근거]라는 접속관계를 통해 논리적 인과관계를 갖는데, 그에 따라 글 전체에서 논의되는 핵심 내용이 어디에 위치하고 있는지가 규정된다. 그리고 그 핵심 내용은 **'주장'**과 **'근거'** 또는 **'결론'**과 **'전제'**라는 논증 구조를 이룬다. 그렇기에 전체 글을 통해 이 넷의 관계를 살피면 논술시험에 출제되는 제시지문에 담긴 논증 구조를 효과적으로 파악할 수 있게 된다.

하지만 글의 구조가 워낙에 복잡하게 얽혀있고 글의 논리 역시 변화무쌍하게 전개되기에, 논증 구조를 정확히 파악해내기란 여간 어려운 일이 아니다. 이런 이유로 글에 담긴 논의의 짜임새, 즉 논증 구조를 올바로 파악하기 위해서는 [부가, 전환, 해설, 근거]의 접속관계를 사용하여 논의를 효과적으로 정리해나갈 필요가 있다. 즉 논의의 줄기를 먼저 집어내고, 이어서 가지와 잎을 붙여나가야 제대로 된 나무 모양이 나오지, 이와 반대로 되어서는 결코 논증 구조를 제대로 파악할 수 없다. 따라서 먼저 글의 논증을 구성하는 중심 부분과 곁가지 부분을 정확히 구분해낼 수 있어야 한다. 이를 위해서는 먼저 중심을 이루는 '주장 글'부터 찾아야 하는데, 이는 다음 과정을 통해 살피면 된다.

① 해설과 근거부터 찾아 정리하여 '주장 글'만을 따로 표시한다.
② 표시한 '주장 글'을 '부가' 또는 '전환' 관계로 접속한다.

논증을 구성하는 문장은 하나 또는 다수의 문장으로 구성되어 있으며, 여러 문장으로 만들어진 글 묶음이 하나의 주장을 이루게 된다. 편의상 이를 '주장 글 묶음'이라고 하고, 그 중심이 되는 문장을 '**주장 글**'이라고 하자. 한편, 전체 글이 여러 단락으로 구성된 경우에는 단락별로 '주장 글'이 있을 수 있는데, 이때 역시 앞의 두 과정을 통해 우열을 가려 연결하면 된다. 이때 '주장 글'에 밑줄을 그어 표시하고, 해설이나 근거에 해당하는 부분을 괄호로 묶으면 글의 논의가 정리되고 논증 구조가 드러나게 된다. 이렇게 해서 '주장 글 묶음'을 가지고 다음 세 가지 방법으로 '주장 글'을 알아낼 수 있다.

①주장 글 묶음 내의 주장 A와 B가 부가(A+B)의 관계일 때, 그것은 내용적으로는 한 묶음이 된다. 이때 A와 B 중에 내용을 더 압축적이면서도 정확하게 표현하고 있는 쪽을 '주장 글'로 한다.
②주장 글 묶음 내의 주장 A와 B가 전환의 관계이되 귀납적 관계에 놓일 때(A→B, 그러므로), 기본적으로 주장하고 싶은 것은 B고, A는 그 정당화를 위해 사용되고 있다. 따라서 '주장 글'은 B다.
③주장 글 묶음 내의 주장 A와 B가 전환의 관계이되 연역적 관계에 놓일 때(A←B, 왜냐하면), 기본적으로 주장하고 싶은 것은 A고, B는 그 정당화를 위해 사용되고 있다. 따라서 '주장 글'은 A다.

이를 앞 단원의 [문제1]을 통해 살피면 좀 더 이해하기 쉬울 것이다.

〔논술 공부에서 중요한 것은 좋은 글을 많이 읽는 것이다. (그리고) 다양한 접속표현에 주의하면서 읽는 것이다.〕...(**주장**) 〔왜냐하면 논리란 글과 글의 짜임새 관계이며, 그 관계를 명시하는 것이 접속표현이기 때문이다.〕...(**근거**) 〔예를 들면, '그러나'라는 접속사는 많은 경우 '전환'을 나타낸다. 즉, '그러나' 앞뒤에서 주장의 근거가 바뀌었을 가능성이 높다. 그러므로 논의의 흐름을 놓치지 않기 위해서는 '그러나'라는 접속사에 주의해서 읽어야 한다. 단, 접속사는 생략되는 경우가 많은데, 그 경우에는 문장의 앞에 이를 보충하면서 읽어야 한다. 그러나 접속표현의 생략이 글의 논리를 약화시키는 것은 아니다.〕...(**해설+보충**)

(2) 주장 글 찾기 연습

그러면 '주장 글'을 찾아내는 연습을 해보자.

【문제1】 다음 문장의 중심 '주장 글'을 찾아내라. (숭실대 2013 인문 모의)

㉠15~18세기에 사람들이 먹는 기본음식은 주로 식물성 음식이었다. ㉡이것은 콜럼버스 발견 이전의 아메리카나 블랙 아프리카에서는 자명한 진리였으며, 벼를 재배하는 아시아 문명권의 경우에는 과거에는 물론 현재에도 명백한 사실이다. ㉢극동지방에서 일찍이 인구가 크게 증가하게 된 것도 육식을 아주 조금밖에 하지 않았기 때문이다. ㉣그 이유는 아주 단순하다. 단지 칼로리 수치만을 기준으로 하여 경제적 결정을 한다면 똑같은 면적의 땅에서 농사를 짓는 것이 목축보다 월등히 유리하기 때문이다. ㉤곡물 경작은 목축보다도 10~20배나 많은 사람들을 먹여 살릴 수 있다. ㉥몽테스키외는 벼를 재배하는 나라에 대해서 "다른 곳에서는 동물을 먹이는 데 쓰이는 땅이 여기에서는 직접 사람을 먹이는데 쓰인다."고 말한 바 있다. 그러나 ㉦어떤 수준 이상으로 인구가 증가할 때마다 식물성 음식에 크게 의존하게 되는 것은 15~18세기만의 일이 아니라 어느 시대에나 있는 일이다. ㉧곡물이냐 고기냐의 선택은 인구수에 달린 것이다. ㉨이것이 물질문명의 중요한 기준 중의 하나이다.

먼저 해설 관계에 주의하면서 [문제1]의 문장을 정리하면 다음과 같다.

㉠15~18세기 사람들이 먹는 기본 음식은 식물성이다.
㉡㉢은 ㉠의 해설.
㉣㉤은 ㉠의 근거.
㉥은 ㉠의 예시(부연)
㉦은 ㉠에 대한 반박이지만, 동시에 ㉧의 근거다.
㉧식물성 음식을 먹느냐 동물성 음식을 먹느냐의 선택은 인구수에 따른 경제적 선택의 결과다.
㉨이는 물질문명의 중요한 기준 가운데 하나다.

전체는 【{[㉠=(㉡㉢+㉣㉤㉥)] ∿ ㉦} → (㉧+㉨)】의 관계, 즉 ㉠~㉥(해설), ㉦(근거), ㉧~㉨(주장)의 세 묶음으로 나눌 수 있다. 따라서 해설과 근거 부분을 괄호에 넣고, '주장 글'을 드러내면 답은 다음과 같다.

▶답 : ㉧, ㉨(둘은 부가의 관계다. ㉠ 역시 주장 글이지만, 해설 글 묶음에 대한 주장 글이므로 제외해도 무방하다)

【문제2】 다음 문장에서 '주장 글'을 모두 찾아내라. (성신여대 2012 인문 수시)

㉠텔레비전 프로그램의 국가 간 유통에는 경제적, 정치적, 문화적 요인이 영향을 미칠 수 있다. ㉡지금까지 문화상품의 국제적 유통은 <u>주로 경제적 요인을 중심으로 분석되었는데, 이 시각에서는 각국의 문화시장 크기가 프로그램의 흐름을 결정짓는 중요한 요인으로 부각된다.</u> ㉢미시경제학적 유통모델을 연구하는 학자들에 의하면 미국은 영국, 프랑스, 독일, 이탈리아, 일본보다 월등히 큰 자국 시장을 소유하고 있기 때문에 더 많은 예산을 프로그램 제작에 투입하며, 제작된 프로그램은 작은 시장을 소유한 국가로 유통된다고 주장된다. ㉣즉 자국 시장이 큰 나라가 주로 프로그램의 수출국이 된다.

하지만 ㉤문화상품의 국제적 유통에는 경제적 요인뿐만 아니라, <u>국가 간의 문화적 유사성과 같은 문화적 요인도 영향을 미친다.</u> ㉥수입 텔레비전 프로그램에 대한 시청자의 반응을 살펴보면, 시청자의 언어, 인종, 문화적 특성과 비교적 유사한 지역에서 제작된 텔레비전 프로그램이 타 지역의 프로그램보다 더욱 선호되는 경향을 발견할 수 있다. 예를 들어 ㉪아시아 국가들은 서구의 텔레비전 프로그램보다는 아시아 지역의 텔레비전 프로그램을 더 많이 수입하는데, 이는 수용자들이 아시아인인 자신의 삶과 근접하고, 아시아적 규범과 감수성을 보여주는 프로그램을 선호하기 때문이다. ㉭대만에서는 수입된 텔레비전 드라마의 경우 인접 국가, 특히 일본에서 제작된 드라마의 인기가 높다. ㉬대만의 수용자는 드라마에 재현된 일본인의 삶의 방식과 자신이 현실적으로 맺고 있는 인간관계가 서로 닮았으며, 유사한 근대화 과정으로 인한 친숙한 역사적·문화적 배경 때문에 일본 드라마를 선호하고 있었다. 또한 ㉠동북아시아 지역의 가장 큰 국가인 중국에서도 지리·문화적인 요인이 수입 드라마의 인기에 큰 영향을 미치는 것으로 나타났다. ㉡중국에서 높은 인기를 얻은 대만 드라마는 신의, 충성, 절제 등의 전통적 가치를 다루어 중국 수용자에게 공감을 얻었으며, 한국의「사랑이 뭐길래」도 중국의 전통적 가치에 부합하여 큰 성공을 거둔 사례나.

㉢수용자들이 문화적 유사성이 높은 제작국의 프로그램을 보다 더 선호하는 현상을 설명하기 위하여 학자들은 <u>문화적 할인(cultural discount)이라는 개념을 도입한다.</u> ㉣이들은 "프로그램이란 제작국의 문화에 기반을 두므로 그 문화 내에서는 호소력을 지닐 수 있지만 그 밖의 문화권에 노출될 경우 프로그램이 지니는 특정 스타일, 가치, 신념, 행동과 수용자와의 동일시가 어렵기 때문에 매력이 감소된다. ㉮즉 문화적 할인효과가 발생한다."고 설명한다. ⓐ문화상품은 타 문화권에 노출될 경우 프로그램의 이용 가치나 호소력이 감소하게 된다. ⓑ<u>결국 문화적 할인효과는 프로그램의 전 세계적 확대를 저해하는 요인으로 작용한다.</u>

먼저 첫 번째 단락을 살펴보면,

㉠은 ㉡의 전제.

㉡문화상품의 국제적 유통은 각국의 문화시장 크기라는 경제적 요인을 중심으로 이뤄진다.

ⓒⓓ은 ⓛ의 해설.

이어서 두 번째 단락을 살펴보면,

ⓜ문화상품의 국제적 유통에는 경제적 요인뿐만 아니라, 문화적 요인도 영향을 미친다.

ⓑ은 ⓜ의 근거.

ⓢⓞⓩⓒⓚ은 ⓑ의 예시.

마지막으로 세 번째 단락을 살펴보면,

ⓣ은 ⓑ의 근거

ⓟⓗⓐ는 ⓣ의 해설

ⓑ문화적 할인효과는 프로그램의 전 세계적 확대를 저해하는 요인으로 작용한다.

이상으로부터 두 번째 단락과 세 번째 단락이 한 묶음을 이루고, '주장 글'은 세 번째 문장의 ⓑ를 내놓을 수 있다. 그리고 주장 글을 전체 구조로 나타내면 [ⓛ ~ (ⓜ+ⓑ)]이 되는데, 따라서 둘째 단락의 앞에는 '그러나(하지만)', 셋째 단락의 앞에는 '그리고'라는 접속표현을 삽입하면 논증 구조가 뚜렷하게 부각된다. 여기서 ⓜ과 ⓑ가 전환(그러나)의 접속관계라고도 생각할 수 있겠지만, ⓜ의 문화적 요인에 ⓑ의 문화적 할인효과의 개념이 더해져 프로그램의 이용 가치나 호소력을 감소시킨다고 봐야 하기에, 부가의 접속관계로 보는 게 더 적절하다.

참고로 각각의 단락은 중심 문장과 뒷받침 문장으로 구분되는데, 중심 문장에는 핵심 주장 글을, 뒷받침 문장에는 그 주장 글의 근거를 담게 되어, 각각을 연결하면 다시 '주장과 근거', '결론과 전제'로 연결되는 논증 글, 즉 전체의 요약 글이 된다. 이는 뒤에 자세히 설명한다.

ⓛ문화상품의 국제적 유통은 각국의 문화시장 크기라는 경제적 요인을 중심으로 이뤄진다. ⋯ 근거1(전제)
ⓜ문화상품의 국제적 유통에는 경제적 요인뿐만 아니라, 문화적 요인도 영향을 미친다. ⋯ 근거2(전제)
ⓑ문화적 할인효과는 프로그램의 전 세계적 확대를 저해하는 요인으로 작용한다. ⋯ 주장(결론)

문화상품의 국제적 유통은 각국의 문화시장 크기라는 경제적 요인뿐만 아니라 문화적 요인도 영향을 미치기에, 문화적 할인효과는 자칫 프로그램의 전 세계적 확대를 저해하는 요인으로 작용한다. ⋯ 전체 요약

▶답: ⓒ, ⓓ, ⓕ (ⓒ과 ⓓ은 전환의 관계, ⓓ과 ⓕ는 부가의 관계로, ⓕ에 무게가 실린다)

【문제3】 다음 글 중 중심적 주장을 제시한 문장은 어느 것인가? (경희대 2011 인문 모의)

①데카르트는 그의 저서인『사색(Meditations)』에서 정신과 물질의 관계에 대한 실체 이원론(substance dualism)을 제안하였다. ②그는 실체에는 근본적으로 두 가지 종류가 있다고 역설하였다. ③그 하나는 **물질**인데 공간적 연장(spatial extension)을 본질적으로 가지고 있는 (즉, 물리적 공간에서 어떤 장소를 차지하고 있는) 한편, 다른 하나는 **정신**인데 그것은 본질적으로 사유하는 존재이다. ④여기서 정신과 물질은 서로 존재론적으로 독립적인 실체로 이해되고, 이런 점에서 데카르트의 견해는 실체 이원론의 한 전형으로 여겨진다. ⑤데카르트는 물질에 대하여 기계론적인 입장을 취하면서 인간의 신체를 포함한 모든 물질은 법칙에 따라서 움직이는 기계라고 생각하였다. 또 다른 실체인 정신과 상호작용을 하지 않는 한, 그들은 결정론적으로 움직이는 기계라는 것이다. ⑥한편 정신은 공간적 외연을 갖지 않고 그들의 운동은 어떤 법칙에 의해서도 지배되지 않는다. ⑦이러한 데카르트의 견해에서 인간은 사고, 의지, 느낌과 같은 심적 속성을 갖는 비물질적인 정신과 크기, 위치, 모양, 질량, 운동과 같은 물리적 속성을 갖는 물질적인 신체의 결합으로 간주되었다. ⑧이처럼 정신과 신체는 서로 모두 이질적인 성격을 갖지만 그럼에도 그들이 완전히 단절되어 있지 않다고 데카르트는 강조한다. ⑨나의 믿음, 욕구, 감정과 같은 정신상태가 내가 어떤 행동을 할지에 대하여 영향을 미친다는 것을 부정하기엔 힘들기에, 데카르트는 정신과 신체가 어떤 방식으로든 서로 상호작용한다는 것을 인정한다. ⑩구체적으로 데카르트는 정신은 신체라는 기계에 작동하는 '지렛대'와 같은 역할을 하는 것으로 간주한다.

논의의 흐름을 확인해보자.

①데카르트는 정신과 물체에 대한 실체이원론을 제안했다.

②③실체는 물질과 정신으로 이뤄진다.

④물질과 정신은 독립적으로 존재한다.

⑤데카르트는 물질을 정신의 명령에 따라 움직이는 기계로 인식했다.

⑥정신은 어떤 법칙에도 지배되지 않는다.

⑦인간은 비물질적 정신과 물질적 신체의 결합이다.

⑧이 둘은 완전히 단절된 것은 아니다.

⑨정신과 물질은 상호작용한다.

⑩정신은 신체를 움직이는 지렛대 역할을 한다.

④⑨⑩은 주장 글이며, 나머지는 각 주장에 대한 해설이다. 따라서 이를 도식화하면

다음과 같이 논증 구조가 뚜렷하게 부각된다. 그 결과, 중심 주장 글은 ⑩임을 알 수 있으며, 전체 요약 글은 아래와 같이 정리된다.

　노파심에서 하는 얘기지만, ⑩의 '지렛대'가 함축하는 의미를 이해하지 못한다면 이 문장이 중심 주장 글이 되는 이유를 파악하지 못하게 되는데, 적어도 논술 공부를 하는 학생이 그럴 리는 없을 거라 굳게 믿는다(설령 그 의미를 이해하지 못했다 하더라도 '움직이는'이라는 단어를 가지고 미루어 유추할 수 있을 것이다).

[④=(①~③)]+[⑨=(⑤~⑧)]→⑩

인간의 정신과 신체는 <u>서로 독립적인 실체로 존재</u>하지만, 그럼에도 이 둘은 완전히 단절되어 있지 않고 <u>서로 상호작용</u>을 한다. 그에 따라 (…이유로…) 정신은 신체를 움직이는 지렛대 역할을 한다. … 전체 요약

▶답: ⑩

【문제4】 다음 글에서 ㉠~㉤의 논리적 관계를 바르게 말한 것은? (95 수능)

한 민족의 전통은 고유한 것이다. 그러나
㉠고유하다 고유하지 않다는 것도 상대적인 개념이다.
㉡어느 민족의 어느 사상도 완전히 동일한 것은 없다는 점에서 모두가 다 고유하다고 할 수 있다.
㉢한 종교나 사상이나 정치제도가 다른 나라에 도입된다 하더라도, 꼭 동일한 양상으로 발전되는 법은 없으며, 문화, 예술은 물론이고 과학기술조차 완전히 동일한 발전을 한다고 볼 수 없다.
㉣이런 점에서는, 조상으로부터 물려받은 모든 유산이 다 고유하다고 할 수 있다.
㉤그러나 또 한편, 한 민족이 창조하고 계승한 문화나 관습이나 물건이 완전히 고유하며, 다른 민족의 문화 내지 전통과 유사점을 전혀 찾을 수가 없고, 상호의 영향이 전연 없는 그런 독특한 것은, 극히 원시 시대의 몇몇 관습 이외에는 없다고 할 것이다.

① ㉠은 ㉡의 근거다.
② ㉡은 ㉢의 근거다.
③ ㉢은 ㉣의 근거다.
④ ㉣은 ㉤의 근거다.
⑤ ㉤은 논증의 결론이다.

ⒷⒸ은 Ⓓ의 근거(Ⓓ은 ⒷⒸ의 결론이자, Ⓐ의 전제)다.

Ⓔ은 Ⓑ~Ⓓ과는 상반되는 내용을 규정하는 전환의 접속관계로, Ⓔ에 무게가 실린다. 따라서 Ⓔ은 Ⓐ의 보충이 되는 전제가 된다.

Ⓑ~Ⓔ은 Ⓐ의 해설, 따라서 Ⓐ은 Ⓑ~Ⓔ의 결론이자, 중심 주장 글이다.

▶답: ③

한 민족의 전통은 고유한 것이지만, 그렇더라도 이는 어디까지나 상대적인 관점에서 규정된 개념일 뿐이기에 섣불리 단정 지을 근거 또한 없다. … 요약

5. 제시지문 읽는 법 : 분석적·통합적 글 읽기

(1) 글의 내용 면에서의 구조 파악이 중요

앞 장에서 접속표현을 통해 글의 내용 면에서의 구조를 살피는 연습과 이어서 '중심 주장 글'을 찾고 글의 논증 구조를 파악하는 훈련을 했다. 그것이 어느 정도 이뤄졌다면 (특히 수능 비문학과 논술 지문의 주종을 이루는 설명문과 논술문에서의), 글이 어떤 식으로 구성되어 있는지를 개략적으로나마 가늠할 수 있을 것이다.

요점은 적어도 대학 입시에서 다루는 비문학 지문의 해석에서는 '서론-본론-결론' 혹은 '두괄식' 또는 '미괄식'이라는 글의 형식적인 구조와 구성이 중요한 게 아니라는 점이다. 글쓴이가 어떤 목적이나 전제를 갖고 글을 썼으며, 또 글에 담긴 핵심 사상이나 주장이 무엇이냐 하는 내용 면에서의 구조 파악이 중요하다.

물론 글의 결론부나 도입부에 글쓴이가 말하고자 하는 핵심 내용이 중점적으로 들어 있는 게 일반적이다. 하지만 이는 글 전체를 놓고 봤을 때 그렇다는 것이지, 시험에 출제되는 지문처럼 어느 한 부분을 발췌하는 경우에는 그렇지가 않다. 만약에 그 발췌 글이 전체의 결론부에 해당하는 것이라면, 그 안에서 또 한 번 글의 구조를 파악하여 내용의 핵심만을 찾아 밝혀야 한다.

실제 대입 논술로 출제되는 제시지문의 대부분은 책에서 핵심을 이루는 부분을 따온 것이기에, 오히려 그것을 읽고 핵심 내용을 찾아내기가 더 어렵다. 핵심 내용은 곧 글의 논증, 즉 '주장과 근거'를 이루는 부분인데, 지문을 읽고 이를 구분해내기가 까다롭다.

왜일까?

무엇보다 글의 핵심 부분에서 발췌될수록 전체의 중심 주장이나 사상적 기반을 집중적으로 담게 마련인데, 이때 그 지문에는 글쓴이가 주장하려는 내용에 대한 타당성 또는 설득력을 담보하기 위해 갖가지 근거와 증거, 사례를 담게 된다. 그렇게 해서 단어나 용어를 폭넓게 사용하며 같은 내용을 이리 쓰고 또 저리 쓰는 등 어지럽게 배열되기 마련이다. 물론 수능으로 출제되는 지문은 윤문(글 세탁) 과정을 거쳐 어느 정도 정리되지만, 고전이나 명저에서 그대로 발췌된 경우에는 그 어지러운 정도가 상당하다. 다음 글을 보자.

【사례】 서강대 2012 인문 수시 문제1 지문(가)

'**사실**'은 '느낌'의 죽음과 더불어 시작된다. …(중략)… '**사실**'의 세계는 고름이나 패총처럼 '느낌'의 잔해이다. 일상적 **삶**은 '느낌'에서 '**사실**'로, '위험'에서 '안정'으로의 끊임없는 이행이다. **예술**이 진정한 **삶**을 복원하기 위한 시도라면, **예술**은 일상적 **삶**과는 반대방향으로 진행할 것이다. 즉 사실에서 느낌으로, 안전에서 위험으로. **예술** — '느낌'의 잔해인 '사실'로부터 '느낌'을 되살려내는 일. 즉 패총으로부터 옛날 조개를, 고름으로부터 흰피톨을 되살리는 일. 요컨대 죽은 나무에서 꽃을 피우는 일. 그러므로 **예술**은 본질적으로 무모하고 어리석다. (이성복, 「네 고통은 나뭇잎 하나 푸르게 하지 못한다」)

해설
우리가 어떠한 실체를 인식하여 그것을 하나의 객관화된 사실로 받아들인다는 것은, 그 실체에 대해 우리가 느끼는 다양한 주관적 인식을 보편화함으로써 이를 하나의 고정된 관념으로 이미지화한 것이다. 우리는 우리가 알고 느끼고 있는 것들을 기꺼이 사실로 받아들이려 하는데, 왜냐하면 그렇게 함으로써 우리의 일상적인 삶이 좀 더 안정된 방향으로 나아가기를 바라기 때문이다. 예술이 진정한 삶을 일깨우기 위한 시도라면, 이는 이렇듯 일상생활에서 고정화되고 화석화되어버린 사실들로부터 벗어나 우리가 느끼는 그대로의 생각, 즉 예술적 창의성을 일깨울 수 있어야만 한다. 그 결과 예술은 본질적으로 우리의 안정적인 삶에 대한 일탈을 추구하기에, 그만큼 모험적이고 도전적이다.

핵심 요약
안정적인 삶으로의 지향을 거부하고, 고정된 기성 관념으로부터 벗어나려는 것에서부터 예술의 창의성은 시작된다.

위 [사례]의 글은 비유와 은유의 다발로 이루어진 전형적인 '묘사' 글인데, 지문보다 필자의 해설이 더 길다. 그만큼 내용적인 이해가 어렵다는 말이지만, 그렇더라도 겁먹을 필요는 없다. 앞으로 한동안은 이런 어려운 지문은 출제되지 않을 것이기 때문이다. 그런데 이 글을 읽고 문장 구성이 어떻고 문장의 종류가 어떻고 해가며 살핀다고 한들, 글의 주제와 의미를 쉽게 파악할 수 있을까?

지문을 보면, '사실-느낌-삶-예술'이라는 단어가 꼬리에 꼬리를 물고 이어진다. 이것만을 연결해서 심층적으로 되물어도 글의 주제가 '일상에 느낌을 주는 치열한 사실적 삶으로서의 예술의 본질'이라는 것을 어렴풋이 짐작할 수 있을 것이다.

물론 글을 읽어 이렇게 생각하기까지는 많은 훈련과 노력이 필요하지만, 그렇더라도 글을 읽고 전체의 중심 주장 글이 "예술—'느낌'의 잔해인 '사실'로부터 '느낌'을 되살려내는 일"임을 찾아낼 수 있을 것이다. 하지만 문제는 이것을 찾아냈더라도 그 속뜻을 헤아리기는 쉽지 않다는 것이다. 그렇더라도 지문에 자주 반복되는 단어를 가지고 이를 얼마든지 유추해낼 수 있다.

(2) 글에 대한 이해 : 설명과 논증

글쓰기는 그 성격에 따라 다음 세 가지로 구분된다. 창작적 글쓰기, 설명적 글쓰기, 비판적 글쓰기가 그것인데, 시나 소설 등의 문학작품, 설명문, 해설문·논설문이 각각의 글쓰기에 해당된다. 여기서 설명문이나 논설문의 차이는 뚜렷하다. 설명문은 주장이나 논증을 포함하지 않는 반면, 논설문은 주장과 그 주장을 정당화하는 근거를 포함하는 논증 구조를 갖는다.

이에 비해 해설문은 설명문과 논설문의 중간에 위치하며, 주로 인과적 설명('거짓 논증 글'로 보면 된다)이나 연역 법칙적 설명의 형태를 띤다(둘 다 몰라도 된다). 그렇더라도 해설문은 논설문과는 쉽게 구별되지 않는데, 왜냐하면 설명문과는 달리 해설문은 논설문과 마찬가지로 추론을 기초로 한 논리적인 사고를 요구하는 글쓰기이기 때문이다. 즉 해설문과 논설문은 그 특성상 기본적으로 밑바탕에 '왜냐하면 …때문이다'라는 표현으로 이뤄지기에, 그만큼 둘을 구별해내기는 쉽지 않다.

논리적 서술을 근간으로 하는 논술은 추론을 기반으로 한다는 점에서 논설문이나 해설문의 형태를 띠며, 부수적으로 개념적인 이해를 돕기 위한 설명문의 형태를 띠게 된다. 이 점에서 본다면 논술은 논증을 담은 **비판적 글쓰기**와 그 논증에 대한 개념적 이해를 돕고 논증의 정당한 이유이자 타당한 근거를 보충하는 **설명적 글쓰기**를 아우르는 형태의 글쓰기라고 할 수 있다. 즉 어떤 주장을 제기하고(이때 그 주장에 대한 사실적 근거를 개념 정의하는 설명적 글쓰기가 동원된다) 왜 그 주장이 정당한지에 대해 논증하거나(이때 논증을 구성하고 논박하는 비판적 글쓰기를 해나간다), 사회적인 제 현상에 대해 이를 어떻게 해석하고 설명하고 예측할 것인지를 논의하는 글쓰기라 할 수 있다.

따라서 논술에서는 창작적 글쓰기(창의적 글쓰기가 아니다)를 제외한 설명적 글쓰기와 비판적 글쓰기를 통해 문제의 요구조건과 논제의 서술 유형에 부합시켜 써나갈 수 있어야 한다. 즉 논증을 '요약하라', '설명하라', '비교하라', '비판하라' 등의 논제 서술 유형에 맞춰 적절하고도 효과적으로 써나가야 한다.

제시지문을 읽는 방법에 대해 설명하다가 이렇듯 논증 글쓰기에 대해 설명하는 이유가 뭘까? 학생들이 수능이나 논술로 맞닥뜨리게 되는 제시지문은 **설명**과 **논증**을 담은 글들로, 지문을 읽어 이것을 구분하고 찾아낼 수 있어야만 글을 제대로 이해한 것이자, 내용 면에서의 구조를 올바르게 파악한 것임을 강조하기 위함이다.

이해를 돕기 위해 좀 더 상세히 설명하면 이렇다. 제시지문을 읽고 이해하는 핵심은 그 안에 담긴 설명과 논증 부분을 찾고, 구분하고, 주제(수능시험)와 논제(논술시험)에 맞춰 체계적으로 정리하는 데 있다. 논증이 글의 전체 구조의 핵심으로서의 '주장-근거' 부분에 해당된다면, 설명은 논증의 근거를 뒷받침하는 **사실적 진술**과 관련하여 지문의 상당 부분을 구성한다.

설명의 방법에는 **정의 · 예시 · 비교 · 대조 · 분석 · 분류 · 인용 · 묘사 · 서사** 등이 있는데, 지문에 등장하는 각각의 단락은 이 아홉 가지 방법적 유형 가운데 어느 하나가 중심이 되거나, 혹은 뒤섞여 글에 참여하게 된다. 그리고 그 가운데 가장 중심이 되는 문장이나 단락 또는 그것과는 독립된 단락에 전체의 '중심 주장 글'이, 나머지 단락에 그 중심 주장 글을 뒷받침하는 글이 담겨 있다고 보면 된다. 그리고 중심 주장 글이 들어간 중심 단락을 제외한 나머지 단락은 전적으로 설명의 방법을 동원해 서술한 단락이라고 보면 된다. 물론 설명이 바로 논증을 대신할 수도 있다.

따라서 각각의 단락에서 중심 주장 글과 뒷받침 글을 찾아내 거기에 밑줄을 긋고, 각각을 전체의 맥락에 맞춰 연결시키면, 그것이 바로 제시지문을 요약한 글이자 글의 핵심 논증을 담은 글이 된다. 만약 지문이 하나의 단락으로 이루어진 단문이라면, 그 지문 안에 모든 것이 다 담겨 있다고 보면 된다.

다소 이해하기 어렵겠지만, 중요한 내용이므로 다음 예시를 들어 거듭 설명한다. 참고로 아래 사례의 지문은 '언어와 사고와의 관계'에 대해 설명하면서, 침묵과 상상을 예로 들어 비교와 예시, 그리고 대조 중심의 서술을 해나가고 있다. 그에 따라 논증은 비교와 대조 중심의 귀납적이면서도 다소는 변증법적인 논리를 따르고 있는데, 그 핵심 주장은 '언어가 배제된 사고는 불가능하다. 즉 언어가 사고를 결정한다'는 것이다.

【사례】 언어와 사고와의 관계 (출전: 고등학교 국어, 건국대 2014 인문 수시 문제1 지문(가))

【(1)언어의 부재가 곧 사고의 부재라는 주장이 있다. (2)그러나 참으로 그러한지 생각해볼 필요가 있다. (3)우선 언어의 부재는 침묵을 의미한다. (4)언어가 끊길 때 침묵만이 깃들 뿐이다. (5)그러나 우리가 침묵하고 있다고 해서 우리의 의식 세계에서 언어 작용이 중단되었다고 볼 수는 없다. (6)침묵은 다만 소리가 나는 언어 행위의 부재를 뜻할 따름이다. 그러한 침묵 속에서도 언어 행위는 수행될 수 있다. (7)말없이 생각을 할 때도 그러한 생각은 언어의 형태를 취하지 않는가. (8)눈을 감고 내가 깊은 상념에 잠겨 있다고 하자. 이때 나의 머리를 스치는 생각은 소리는 없지만 분명 말들의 연속일 것이다. (9)우리가 무슨 생각을 하고 있는데, 그것에 적합한 말이 얼른 떠오르지 않는 경우가 있다는 반론이 있을 수 있다. (10)그렇다고 이러한 사례가 비언어적인 수단에 의한 생각의 가능성을 증명하는 것일까? (11)오히려 말이 떠오르기 전까지는 내가 생각하는 것의 정체가 과연 무엇인지 나 자신도 모르는 상태에 있다고 할 수 있지 않을까?】…① 【(12)<u>어떤 생각을 하고 있다는 느낌만 가지고 있다는 것은 아직 그것을 명료하게 생각하지 않은 상태에 있음을 뜻한다. (13)생각이 안개처럼 모호한 것이다.</u>】…② 【(14)<u>따라서 생각하는 느낌이 있다고 해서 이를 언어 없이 사고가 수행되는 사례로 보는 것은 온당하지 못하다.</u>】…③

■ **설명의 방법에 따라 문장과 문장 간의 구성 관계를 살피면**
(1)은 언어와 사고가 서로 관계한다는 주장에 대한 부분 정의
(2)~(8)은 그러한 주장과의 대조(반론)와 그에 대한 예시
(9)는 이를 다시 예시를 들어가며 대조(재반론)
(10)~(11)은 다시 비교를 들어가며 대조(재재반론)
(12)~(14)는 그 재재반론에 대한 정의(따라서 설명의 방법 중 하나인 '정의'를 중심으로 논증이 이뤄졌다)

■ **논증의 방법에 따라 지문 전체의 논리 구조를 분석하면**
③은 결론(주장), ②는 전제(근거), ①은 설명(해설)

위 사례를 통해 반드시 알고 있어야 할 중요한 것은 이것이다. 설명의 방법과 논증의 방법(방식이라는 표현이 더 적절하다)을 혼동하면 안 된다. 설명의 방법으로는 앞서 말한 아홉 가지 서술 방법이 있으며, 논증의 방식으로는 연역, 귀납, 논리적 구성, 유추(유비추론), 심지어는 변증법적 추론 등 여러 추론 방법이 있다. 이때 논술에서 따져 밝혀야

할 것은 논증이지, 결코 설명의 방법을 동원해 글의 구조와 구성을 밝히는 데 있지 않다. 수능과 논술이 갈라서는 지점이 바로 이 부분이다. 논술 공부에서는 설명의 방법을 구분하는 데 연연해서는 안 된다. 오직 논증 분석만이 중요할 뿐이다.

　설명글은 **사실적 진술**을 근거로 하는 반면, 논증 글은 **논리적 추론**을 근거로 한다. 각각의 논술 제시지문 안에는 글쓴이의 의견이나 주장하고자 하는 명제(즉 논제가 묻는 핵심 개념)에 대한 주장과 근거와 보충설명이 함께 들어 있다. 이때 그 주장과 근거를 입증하기 위해 추가적으로 사용되는 글이 바로 설명글로, 그 핵심 내용은 대부분 근거를 뒷받침하는 세부 근거로서의 해설 부분이 된다. 즉 설명글은 주장보다는 **사실적 근거**를 진술하고 아울러 그 이유나 원인을 보충하기 위해 쓴 것이고, 논증 글은 그 사실적 판단을 근거로 전체 내용의 **주장**과 그 **근거**를 밝혀 발라낸 부분이다. 이렇게 놓고 보면 논증은 글의 뼈대고, 설명은 그 뼈대에 붙은 곁가지(이를테면 글의 배열과 구성, 느낌을 달리하는 문체)가 된다.

　이는 대단히 중요한 의미를 갖는다. 글을 읽어 그 핵심과 지엽, 뼈대와 곁가지를 뒤바꿔서 또는 뒤섞어 생각한다면 어떻게 되겠는가? 결코 올바른 논증이 될 수 없을뿐더러, 사실적인 판단 역시 정확하지 않게 된다. 이것을 강조하기 위해 지금까지 이렇듯 거듭 자세하게 설명한 것이다. 중요하고 또 중요한데, 이는 이어지는 [사례2]의 수능 영어 문제를 통해 확인할 수 있을 것이다. 따라서 이제까지의 장황한 설명은 잊더라도, 글을 읽어 그 핵심을 정확하게 파악해야만 올바른 논증 글쓰기가 된다는 것을 반드시 기억해야 한다.

　이렇게 놓고 보면, 지문 읽기의 기초이자 핵심은 결국 분석적 글 읽기를 통해 글쓴이의 사상적 기반을 논리정연하게 추적하는 과정이라고 할 수 있다. 결국 관건은 **논리적 사고력**, 즉 글의 내용적인 옳고 그름을 이치를 따져가며 판단할 수 있는 생각의 힘에 달렸다.

　따라서 이렇게 정리될 수 있겠다. 제시지문을 분석하며 읽는 것은 곧 지문에 담긴 '**주장-근거-해설(설명)**' 부분을 찾아 구분하고, 각각을 논증 형식에 맞춰 재구성할 수 있는 능력을 키우는 것이다. 이것이 곧 대입 논술시험에서 묻는 지문 독해의 핵심이자 논증 글쓰기의 전부다.

　다만 수능의 경우에는 다양한 종류의 설명글을 읽고 그것에 담긴 핵심 내용을 선택지와 맞춰가며 답할 것을 요구하는 점에서 차이가 난다. 하지만 이 역시 논술 문제풀이의 핵심 가운데 하나인 개념 이해와 개념 정의의 측면에서 볼 때, 둘 다 **사실적 진술**에 대한 올바른 해석 여부를 판단하는 점에서는 같다. 수능과 논술의 합치되는 부분이 이것으로, 어느 것이든 제시지문의 정확한 독해를 강조하는 이유가 이 때문이다. 이때 논술시험에서 개념 정의와 관련한 부분만큼은 반드시 지문 안에 담긴 사실적 진술을 근거로 객관적으로 서술해야 한다.

글에 대한 이해를 가능케 하는 일련의 글의 구조 파악 훈련을 앞 장에서 공부했다. 따라서 이제부터는 그 방법적인 요령에 대해 알아보기로 한다. 참고로 '설명'을 구성하는 각각의 방법에 대해서는 또 다른 많은 설명이 필요하므로 생략하고, 다만 논증 글쓰기와 관련한 중요한 부분만을 따로 떼어 예시를 들어가며 자세히 설명한다.

(3) 수능 제시지문 읽는 법

수능 국어시험의 경우, 하나의 문제는 지시문, 제시지문, 문항, 선택지로 구성되어 있다. 논술시험 또한 마찬가지며, 다만 선택지만 없을 뿐이다. 무엇부터 먼저 읽어야 할까? 먼저 수능부터 살펴보자.

수능은 결국 문제를 풀어 맞히는 데 목적이 있다. 문장을 읽고 그 내용을 통해 지식과 가르침을 받기 위해 읽는 것이 아니다. 게다가 정해진 시간에 많은 문제를 풀려면 그만큼 지문을 빠르게 읽어 내려가야 한다. 따라서 일반적으로 다음과 같이 읽게 된다.

먼저 문제의 질문부터 읽고 이어서 제시지문을 한 번 훑어본 다음, 이어서 문제와 선택지를 빠르게 읽어 내려간다. 이때 선택지의 문항을 기억하려고 애쓰지 말고 그냥 쉽게 읽고 가야 한다. 제시지문을 읽으며 대강의 내용을 알아차릴 수 있도록 그냥 빠르게 읽어 내려간다. 그러면서 핵심 단어와 용어를 파악하고 이것에 동그라미를 친다. 이것들을 파악하기 위해서는 질문부터 먼저 보고 가는 것이 필수적이다. 문제부터 먼저 읽어라.

이런 식으로 아래의 사례를 빠르게 읽어 보자.

【사례1】 다음 글을 읽고 물음에 답하시오. (수능 특강 국어B형 p150~151, EBS)
모든 것이 자본주의적 '문화 상품'으로 변모하는 시대의 흐름과 함께, 미술에서는 이전의 내면적이고 초월적인 회화에 대한 반동으로 객관적인 경향의 미술이 발전한다. 이런 경향 중의 하나로 시뮬라크르의 예술을 들 수 있다.

시뮬라크르는 ㉠플라톤이 이데아와 반대되는 개념으로 제시한 것으로 현실의 복제물, 다시 말하면 **허상, 순간적인 것, 혹은 사라지는 것**을 의미했다. 하지만 미디어의 발달로 복제에 대한 다양한 철학적 의미가 부여되면서, 시뮬라크르의 의미는 원본의 지위를 흔드는 복제, 원본보다 더 실제적인 복제, 원본이 없는 복제 등 다양한 의미로 분화하였다.

시뮬라크르를 원본의 지위를 약화시키는 복제로 해석한 ㉡벤야민은 복제는 그저 원작을 베끼는 수준을 넘어 그것의 의미와 가치를 약화시키는 일, 더 나아가 원본의 아우라(예술 작품에서 흉내낼 수 없는 고고한 분위기)를 사라지게 하는 것으로 해석하였다.

시뮬라크르를 원본보다 더 실제적인 복제로 해석한 ㉢보드리야르는 오늘날을 시뮬라크르가 원본을 압도하는 시대로 본다. 다시 말하면 미디어의 발달로 인해, 원본과 복제의 구별이 사라지고 복제가 원본보다 더 중요하게 여겨지는 현상이 발생한 것이다.

이러한 흐름 속에서 시뮬라크르는 ㉣르네 마그리트에 의해 예술의 방법론으로 차용된다. 그의 작품 세계는 '유사'가 아니라 '상사'를 지향하고 있다. 현실에 실재하는 대상을 재현하는 전통적인 예술은 유사성의 원리를 따른다. 이에 반해 마그리트의 작품들은 상사성의 원리, 즉 **원본을 전제하지 않은** 복제들 사이의 서로 닮음을 지향하는 원리를 따르는 것이다.

상사성의 예술은 ㉤앤디 워홀에 의해 팝 아트의 주요한 예술적 방법으로 발전한다. 그의 작품들은 전통적인 예술 소재 대신 일상의 소재를 바탕으로 **끊임없는 복제를 반복**한다. 전혀 새로울 것 없는 통조림, 콜라병, 전화기 등 일상의 소재를 복제함으로써 거기에 뭔가 새로운 것이 있을 것 같은 느낌을 자아내지만, 거기에는 전통적 예술에서의 고상함 같은 **새로운 것들은 들어 있지 않다.** 숱하게 반복되는 그의 작품 속 이미지들은 현대 산업사회의 허상을 냉담하고 무미건조하게 비추어 주고 있을 뿐이다. 그는 이러한 방식으로 예술의 독창성, 고상함 등을 비웃으면서 **원본이 지닌 아우라를 무너뜨렸다.** 모든 아우라가 사라지는 현대 사회의 기계성, 상품성, 일상성 등을 예술화하고 있는 것이다.

※문제. '원본-복제'와 관련하여 ㉠~㉤의 견해와 서로 **통하는** 것은?
① ㉠ ⇒ "원본은 복제를 **영속적**으로 존재하게 한다."
② ㉡ ⇒ "원본의 **아우라까지도** 복제가 가능하다."
③ ㉢ ⇒ "복제를 원본보다 못한 것으로 **경시하는** 것은 온당하지 않다."
④ ㉣ ⇒ "**원본 없이는** 복제도 존재할 수 없다."
⑤ ㉤ ⇒ "복제는 원본을 **지향하고**, 원본 또한 복제를 **지향한다.**"

정답: ③

핵심1 : 키워드를 찾아라 – 핵심 주제어의 파악과 핵심 주장 골라내기

[사례1]의 지문을 읽어 핵심 개념어가 '시뮬라크르'인 것을 파악하는 것은 어렵지 않다. 그런데 도대체 이 개념어에 담긴 의미가 무엇일까? 이것부터 파악해야 글 전체에 담

긴 의미를 읽고, 그 개념어와 선택지에 담긴 각각의 의미 관계를 제대로 해석해낼 수 있게 된다.

이것을 파악하는 것은 어렵지 않다. 지문 안에 그것을 담은 문장이 반드시 그것도 여러 문장 안에 들어 있기 때문이다. 사례 지문의 둘째 단락을 보면 "시뮬라크르의 의미는 원본의 지위를 흔드는 복제, 원본보다 더 실제적인 복제, 원본이 없는 복제 등 다양한 의미로 분화하였다."고 분명하게 명시되어 있다. 따라서 시뮬라크르는 '원본 없는 모방, 복제의 복제'로서의 의미를 갖는 그 무엇이라고 생각하면 되겠다.

그렇게 해서 그 개념적 의미에 대한 깊이 있는 이해는 차치하더라도, 지문을 읽고 "이 개념어를 놓고서 많은 철학자와 예술가들이 서로 대립되는 어떠한 관점을 지향하고 있으며, 그것이 현대 예술과 문화 분야에서 다양한 방식으로 표출되고 있구나." 하고 파악하면, 그것으로 전체의 개략적인 의미 파악은 충분하다. 수능 시험 질문의 주종을 이루는 것이 곧 지문과 선택지 간의 의미 관계에 대한 사실적 판단 여부이기 때문에, 심오한 철학적 의미가 담긴 개념 이해에 골몰할 이유는 하등 없다.

중요한 것은, 글의 핵심 주장을 담은 키워드(주제어나 개념어)를 찾고 그것에 담긴 의미를 생각하지 않은 채 지문을 읽어서는 안 된다는 것이다. 이는 마치 전체를 파악하지 못한 채 부분에 함몰되는 경우와 다를 바 없기 때문이다. 글을 읽어 그 의미를 파악하지 못하는 가장 큰 이유가 이 때문인데, 우리가 생각 없이 글을 읽는다고 할 때 일긋는 의미가 바로 이것이다.

글쓴이는 어떤 특정한 단어를 특정한 의미로 사용하며 서술해나가는 경우가 일반적이며, 그것도 다소 이해하기 어려운 단어(이것을 '개념어'라고 한다)를 사용하는 경우가 많다. 글쓴이의 사고나 주요 개념을 표현하는 소수의 단어들은 그 글쓴이가 사용하는 특정 단어라고 할 수 있는데, 글쓴이는 그 단어들을 사용해서 주제의식을 담아 표출하고 논의를 전개해나가는 등 매우 특별하게 사용한다. 따라서 글을 읽으며 그 단어에 동그라미를 둘러 표시를 했다면, 그것은 바로 글쓴이가 특별한 의미로 사용하고 있는 단어를 찾았다는 의미이며, 저자가 가장 중요하게 사용하는 단어이자 다른 단어와는 달리 특별히 강조하는 그런 단어를 찾았다는 뜻과 같다. 즉 주제어이자 그 주제를 포괄하는 의미를 담은 핵심 개념어를 찾아낸 것이다.

그러한 단어는 특정한 **고유명사**를 사용해서 저자가 글을 통해 직간접적으로 드러내며, 그것도 그 단어가 의미하는 것을 문장으로 구성하여 서술하게 되는데, 이것이 곧 그 단어를 정의내리는 핵심 문장이다. 중요한 것은 이 모든 것들이 지문 안에 다 주어진다는 점이다. 따라서 학생들은 그 단어들을 중심으로 글을 읽으며 내용을 분석을 하거나 논점을 압축해나가면 문제의 반은 해결한 셈이다.

핵심2 : 중요한 단어와 용어를 찾아 어떤 의미로 사용되고 있는지 파악한다 – 단어와 용어의 구분을 통해 세부 의미를 파악

글의 주제를 모른 채 글을 읽는 것은 목적 없이 길을 나서는 것과 다를 바 없다. 글은 철저하게 그 안에 담긴 주제의식을 근거로 읽어야 한다. 그렇게 함으로써 문장과 문장, 단락과 단락의 전체 내용 구조와 그것에 담긴 의미의 대강을 파악할 수 있게 된다.

핵심 주제어를 담은 중요한 단어를 찾고 그것이 의미하는 바를 파악했다는 것은 곧 **전체의 의미 파악**을 위한 기본 전제를 충족했음을 뜻한다. 그에 따라 글의 내용 가운데 어느 곳을 잘 읽어야 할지를 빠르고 쉽게 찾아낼 수 있다. 따라서 이제 그것을 근거로 선택지 각각의 내용(대답)과 관련되는 중심 문장을 지문에서 찾아내는 일이 남았다.

이때 문장 안에 담긴 다른 중요한 단어(술어를 포함)들을 살피고, 글쓴이가 그 단어들을 어떻게 사용하고 있는지 파악하는 것이 문제풀이의 핵심이다. 그것을 기초로 정답을 알려주는 정보를 본문에서 찾은 후, 그것과 선택지의 내용을 비교해 확실한 연관관계를 갖지 않는 것부터 지워나간다. 그것들은 대부분 틀린 오답이거나 출제자가 수험생을 혼란시키기 위해 고의로 모호하게 서술한 것이다. 고의로 모호하게 서술했다는 점을 반드시 기억해야 당황하지 않게 된다.

이 경우의 포인트는 단어와 용어의 구분이다. 단어는 문법적인 면과 관계있고, 논리적인 면은 그 의미, 정확히 말해 용어와 관계가 있다. 문법은 생각이 담겨 있는 언어를 파악하는 기능이고, 논리는 언어가 전달하는 생각을 파악하는 기능이다. '한 가지' 단어는 '여러 가지 뜻'을 가질 수 있고, '한 가지 용어'는 '여러 가지' 단어로 표현될 수 있다. 이를 뒤집어 말하면, 여러 가지 단어가 같거나 유사한 의미를 가질 수 있으며, 여러 유사 또는 다른 의미를 갖는 단어를 사용해서 하나의 의미를 갖는 용어를 만들어낼 수 있다는 것이다. 정확한 비유는 아니지만, 영어의 단어와 숙어와의 관계 또는 한자의 사자성어를 생각하면 이해하기 쉬울 것이다.

수험생들이 답을 고를 때, 특히 선택지들을 고의로 모호하게 서술해놨을 때, 지문과 매칭해가며 관련한 정보를 찾아냈음에도 불구하고 답을 틀리는 경우가 종종 있는데, 이 경우가 바로 앞에서 말한 단어와 용어의 정확한 구분과 의미 파악을 못했기 때문이다. 이를 [사례1]을 통해 설명하면 다음과 같다.

[사례1]의 선택지 ①②③④에 담긴 내용을 각각의 지문에서 찾아 그 단어(서술어를 포함)를 매칭하면, 밑줄 친 굵은 글씨의 '허상, 순간적인, 사라지는 ≠ 영속적으로', '아우라를 사라지게 ≠ 아우라까지도 복제하게', '더 중요하게 = 경시하는 것은 옳지 않다', '원본을 전제하지 않은 ≠ 원본 없이는'이 되어 그 정답과 오답 여부를 쉽게 구분할 수 있다. 이렇게 놓고 보면 답을 고르기 참 쉬운데, 요령만 터득하면 실제로도 그렇다.

하지만 ⑤의 경우에는 간단치가 않다. 왜냐하면 선택지의 '… 원본을 지향하고,… 복제를 지향한다'는 양방향적인 의미를 갖는 내용을 담은 문장을 지문에서 다 찾아내고, 이것을 서로 꿰맞춰 유추해내야 하기 때문이다. 지문 안의 '끊임없는 복제를 반복한다', '복제한 것에는 원본의 고상함 같은 새로운 것들이 들어있지 않다', '복제품이 원본이 지닌 아우라를 무너뜨렸다'는 주장을 종합하여, '복제가 원본을 전제하거나 원본을 지향하지 않고 그저 독립적으로 존재할 뿐'이라는 결론을 유추할 수 있어야 한다. 즉 각각의 의미를 갖는 여러 가지 단어를 사용해서 그것을 종합하는 하나의 용어가 갖는 의미를 논리적으로 유추해내야 한다. 그 용어가 '양방향을 지향한다'임을 굳이 밝히지 않아도 짐작할 수 있을 것이다.

중요하기에 좀 더 자세히 설명하면 이렇다. 선택지가 묻는 내용(대답)이 지문 내의 여러 단어를 조합해서 하나의 유의미한 결과를 이끌어낼 것을 요구한다거나, 반대로 지문 내에서 여러 의미를 갖는 단어가 선택지의 내용과 서로 어떤 연관관계가 있는지를 알아내야 하는 경우, 이를 어떻게 파악할 것인가가 관건이 된다.

그에 대한 답은 문맥 속에 있는 다른 단어들의 의미를 사용해서 이해하라는 것이다. 글쓴이는 자신의 생각을 좀 더 명확하게 나타내고 싶을 때 이를 하나의 단어보다는 여러 단어를 담은 문구나 문장으로, 그것도 다발적으로 표현하고자 한다. 그렇게 해서 자세히 풀어 쓴 글에는 비록 다른 여러 단어들이 들어있지만 궁극적으로는 같은 의미를 담게 마련이다. 글의 맥락적인 이해가 필요한 이유가 이 때문인데, 특히 주제에 대한 개념 정의를 위해 동원된 난어들을 잘 파악하면, 이를 둘러싸고 있는 낯익은 단어들이 문맥이 되어 해석을 돕게 된다.

따라서 다시 문제로 돌아와서, 글의 주제인 '원본과 복제의 관계'를 놓고 생각해보자. 선택지 ⑤의 "서로가 서로를 지향한다."는 의미와 제시지문의 해당 단락에 들어 있는 여러 단어(서술어)들과의 관계, 즉 단락에 담긴 단어 전체의 맥락이 '상호성을 갖는가' 아니면 '일방향적인가'를 파악했다면, 그것으로 충분히 선택지의 오답 여부를 파악할 수 있을 것이다.

실제 수능 국어 문제에서 학생들에게 요구하는 추론 능력은 이 정도 수준이며, 따라서 단어들이 정확히 어떤 의미로 사용되고 있는지를 파악하는 것만으로도 얼마든지 정답을 맞힐 수 있다. 대입 논술의 경우에도 마찬가지겠지만, 평소의 독서습관을 통해 어휘력을 풍부하게 쌓은 학생들이 문제를 푸는 능력이 뛰어남은 불문가지다.

지문을 읽는 방법은 수능 영어시험의 경우 역시 마찬가지인데, 특히 영어 과목의 경우에는 단어에 대한 이해가 문제풀이에 절대적임을 모르는 학생들은 없다. 이것이 의미하는 바가 무엇이겠는가. 그만큼 단어에 대한 의미 파악과 이해가 중요한데, 특히 다음 두 가지에 집중된다.

하나는 다른 단어들과 구별되는 **중요한 단어를 찾아내는**(특히 영어시험의 경우) 일이며, 다른 하나는 그 단어들이 정확하게 **어떤 의미로 사용되고** 있으며 또 **선택지에 드러난 단어와 어떤 연관관계를 갖고** 있는가를 파악해내는(특히 국어시험의 경우) 것이다. 실제 이것만 제대로 하더라도 지문 읽기와 답 맞히기는 문제없다. 이때 더불어 중요한 것은, 제시지문을 읽고 해석할 때 그리고 단어에 담긴 의미를 파악할 때, 어디까지나 **지문에 담긴 주제이자 핵심 주장을 파악하고 그것을 근거로** 읽는 것이다. 중요하다.

이제까지의 설명을 정리하는 의미로, 다음의 [사례2] 빈칸 추론 문제를 풀어보자.

【사례2】 2011 수능 영어 25번 문제

One of the little understood paradoxes in communication is that the more difficult the word, the shorter the explanation. The more meaning you can pack into a single word, the fewer words are needed to get the idea across. Big words are resented by persons who don"t understand them and, of course, very often they are used to confuse and impress rather than clarify. But this is not the fault of language; it is the arrogance of the individual who misuses the tools of commu-

126

nication. The best reason for acquiring a large vocabulary is that _____

_____.

A genuinely educated person can express himself tersely and trimly. For example, if you don"t know, or use, the word "imbricate," you have to say to someone, "having the edges overlapping in a regular arrangement like tiles on a roof, scales on a fish, or sepals on a plant." More than 20 words to say what can be said in one.

① it keeps you from being long-winded
② you can avoid critical misunderstandings
③ it enables you to hide your true intentions
④ it makes you express yourself more impressively
⑤ you can use an easy word instead of a difficult one

정답: ①

지문 해석

의사소통에서 이해하기 어려운 역설의 하나는, **단어의 의미가 어려울수록(즉 내용적으로 많은 내용을 포괄하고 함축할수록) 설명은 오히려 더 짧아진다는 것이다.** 즉 한 단어에 많은 의미를 담아 전달할수록, 의사소통에 필요한 단어 수는 그만큼 줄어든다. 하지만 그러한 함축어들(Big words)은 그 의미를 이해하지 못하는 사람들을 종종 당혹스럽게 하는데, 사람들은 그러한 단어에 담긴 의미를 명확하게 이해하기보다는 오히려 더 많은 혼동과 자괴감(to confuse, and impress)에 빠지게 된다(왜? 이들은 그 언어를 제대로 이해할 수 있을 만큼의 언어학습을 받지 못했으니까). 그렇더라도 이는 언어적인 잘못이 아니라, 언어적 의사소통을 위한 도구로서의 단어를 잘못 사용한 개인(발화자)의 지적 오만함 또는 무지(왜? 상대방의 입장을 헤아리지 않고 자기만의 언어를 구사하니까)에 기인한다. 왜냐하면 사람들이 (풍부한 어휘력을 위해) 단어를 폭넓게 습득하는 가장 큰 이유는, 그것이 (의사소통에서) 장황한 단어 사용(long-winded)을 줄여주기 때문이다(즉 단어를 장황하게 사용하지 않아야 그만큼 올바른 언어적 의사소통을 할 수 있다).

따라서 **언어를 제대로 학습한 사람이라면, 간결하고 간명한 단어로 표현할 수 있어야 한다**(즉 풍부한 어휘력을 바탕으로 의사소통에 적합한 간결한 단어를 구사해야 한다). 예를 들어, 만약에 당신이 'imbricate'라는 단어를 모르거나 사용해본 적이 없다면, 당신은 이를 상대방에게 '지붕 위의 기와나 물고기 비늘, 또는 식물의 꽃받침처럼 규칙적으로 배열된 곁가지를 가지고 있는 그 무엇'이라고 말해야 한다. 즉 한 단어로 말해도 될 것을 무려 20개 이상의 단어로 말해야 한다(이것, 의미가 명확하게 전달될까? 제대로 의사소통이 될까?).

[사례2]의 지문을 '주장-근거-해설'의 논리 구조로 파악하고, 이를 중심으로 문제풀이의 핵심을 설명하면 다음과 같다.

【One of the little understood paradoxes in communication is that the more difficult the word, the shorter the explanation. The more meaning you can pack into a single word, the fewer words are needed to get the idea across. {Big words are resented by persons who don"t understand them and, of course, very often they are used to confuse and impress rather than clarify. But this is not the fault of language; it is the arrogance of the individual who misuses the tools of communication.}】 … (전제의 부연=해설)【The best reason for acquiring a large vocabulary is that it keeps you from being long-winded.】 … (전제)

【A genuinely educated person can express himself tersely and trimly.】 … (결론)【For example, if you don"t know, or use, the word "imbricate," you have to say to someone, "having the edges overlapping in a regular arrangement like tiles on a roof, scales on a fish, or sepals on a plant." More than 20 words to say what can be said in one.】 … (예시=해설)

① it keeps you from being long-winded
② 풍부한 어휘력은 you can avoid critical misunderstandings(잘못된 이해에 빠지지 않게 한다)
③ 풍부한 어휘력은 it enables you to hide your true intentions(속내를 드러내지 않게 한다)
④ 풍부한 어휘력은 it makes you express yourself more impressively(단어를 좀 더 심도 있게 표현할 수 있게 한다)
⑤ 풍부한 어휘력은 you can use an easy word instead of a difficult one(어려운 단어보다는 쉬운 단어를 사용할 수 있게 한다)

■ 핵심 논지
정확한 언어적 의사소통을 위해서는 풍부한 어휘력을 바탕으로 단어를 간결하고 간명하게 표현할 수 있어야 한다. 즉 많은 단어를 사용하여 장황하게 설명하지 말라! 그리고 이를 위해 언어학습을 제대로 하라!

전제1_ 풍부한 어휘력을 통한 핵심어의 구사는 단어의 장황한 사용을 막는다.
전제2_ 단어의 장황한 사용을 막아야 의사소통은 정확해진다. (숨은 전제)
결론_ 따라서 정확한 의사소통을 위해서는 단어를 간결하고 간명하게 표현할 수 있어야 한다.
함축_ 정확한 내용을 함축한 핵심어를 올바르게 사용할수록 의미전달이 더욱 명확해진다.

수능 영어 추론 문제, 특히 빈칸 채우기 유형의 해결은 의외로 쉽다. 즉 중심 주장 글과 그 근거를 담은 글을 찾아낸 후, 둘에 담긴 핵심 단어 또는 용어를 서로 줄긋기 해가며 개념적으로 일치시키면, 그것에 적합한 선택지가 곧 정답이 된다. 수능 영어 문제의 경우, '전제(근거)-결론(주장)'은 지근거리에 위치하고 있는 경우가 일반적인데, 이는 그만큼 답을 찾기 쉽도록 장치해 놓았다는 뜻이다(물론 다 그런 것은 아니다). 따라서 각각에 담긴 핵심 단어는 다음과 같다.

keeps you from being long-winded = not long-winded (장황하지 않게)
express himself tersely and trimly (간결하고 간명하게)

이것을 추론해내기 위해서는 각각의 단어에 대한 이해가 앞서야 함은 물론이다. 단어 공부의 중요성이 강조되는 이유가 이것인데, 지문 안 'long-winded'의 의미를 정확히 알고 있거나 글의 전후를 파악하며 그 의미를 유추해낼 수 있어야 정답을 맞힐 수 있다. 즉 단어를 많이 알고 있어야 올바른 답을 고를 수 있다는 얘긴데, 이 또한 지문의 내용에 맥락으로 상응한다. 즉 단어를 많이 안다는 것은 곧 상황에 맞는 적절한 단어를 이해 또는 파악할 수 있다는 뜻이기에 그렇다.

이때, 논술 공부의 중요성을 강조하기 위해 논의를 조금 더 깊숙이 밀고 들어갈 필요가 있다. 대입 논술 공부에서는, 첫 문장의 '단어의 의미가 어려울수록 설명은 더 짧아진다는, 의사소통에서의 역설이 의미하는 바'를 반드시 이해하고 넘어가야 한다. 물론 이역시 글 전체를 읽어 추론해내면 되지만, 이때 역설(paradox)이 '이면의 진실을 담고 있는 진술'이란 점에 주목할 필요가 있다.

그 의미는, 단어의 의미가 어려울수록 또는 복잡할수록 (그만큼 많은 내용을 포괄하고 함축하는 정확한 단어를 선택해서 사용해야 잘된 언어적 소통으로 이어지며, 그럴 경우 오히려) 설명은 더 짧아진다는 것이다. 그리고 그 소통의 힘은 간결하고 간명한 단어의 사용에서 나온다는 것이다. 한 마디로, 단어 실력이 달리면 그만큼 장황하게 설명할 수밖에 없다는 뜻으로, 그에 따라 알듯 모를 듯 자기만의 언어로 중언부언한다는 얘기다.

이때 지문에서 주목해야 할 것은, '많은 의미를 담은 함축어들은 자칫 이를 듣고 받아들이는 사람들을 곤혹스럽게 만든다'는 사실이다. 이는 언어적 잘못이 아니라 발화자가 남들이 이해하지 못할 어려운 단어를 남발하는 지적 오만함 또는 자기과시욕에서 비롯된 것이라고 하여, 올바른 언어 구사를 위한 언어학습의 중요성을 강조하고 있다.

결국, '단어의 의미가 어려울수록 설명은 오히려 더 짧아진다'는 역설이 의미하는 바는, '정확한 설명을 위해서는 단어를 올바르게 선택해야 한다'는 의미와도 같다. 그리고 올바른 단어의 선택은 그만큼 명확한 의미를 갖는 단어를 사용하는 것이기에 그 설명 역시 간결하고 간명할 수밖에 없고, 이는 결국 바른 언어학습에서 비롯된다고 보면 된다. 즉 글의 핵심 주제는, 올바른 '언어학습의 중요성', 논지는 '간결하고 간명한 단어를 사용하여 표현하라'라고 보면 된다.

여기서 조금 더 나아가보자. 이를테면 오답 가능성이 가장 높은 선택지 ⑤의 경우(오

답률: 26%), '풍부한 어휘력은 … 어려운 단어보다는 쉬운 단어를 사용할 수 있게 한다'는 서술은 일견 적절한 답이라고 생각할 수 있을 것이다. 하지만 글의 논지는 어디까지나 '간결하고 간명한 단어'를 구사함으로써 언어 소통에서의 혼동을 없애라는 것이므로 ①이 더 적절하며(정답률은 39%), 또한 지문의 어디에도 쉬운 단어를 사용해야 한다는 내용은 나와 있지 않다.

이제 선택지 ⑤를 근거로 한 학습지에서 설명한 해석상의 오류를 살펴보고, 지문을 어떻게 올바르게 읽어야 하는지에 대해 파악해보기 바란다.

어떤 학습지 해석을 보니까, 지문에 따르면 "어려운 단어를 쓰면 적은 단어로도 생각을 전달할 수 있으므로, 여러 개의 쉬운 단어 대신에 하나의 어려운 단어를 써야 한다고 말하고 있다."고 하여, 어려운 단어 대신 쉬운 단어를 쓴다는 ⑤는 지문의 요지와는 정반대의 내용이라고 설명하고 있다. 하지만 이는 옳지 않다. 무엇보다 지문에는 그런 내용이 없다.

아마도 '한 단어에 많은 의미를 담아 전달할수록, 의사소통을 하는 데 필요한 단어 수는 그만큼 줄어든다(The more meaning you can pack into a single word, the fewer words are needed to get the idea across)'는 지문을 두고서 하는 말 같은데, 한마디로 얼토당토않은 설명이다. 여기서의 'a single word'는 '어려운 단어'를 의미하기보다는, 내용적으로 많은 설명을 포괄하고 함축하는 결정적인 '한 단어'로서의 '함축어'를 뜻한다고 봐야 하기 때문인데, 이를테면 '주제어·개념어·핵심어' 등이 그것이다.

이 해설의 가장 큰 오류는 중심 주장 글, 즉 다음의 설명에서 알 수 있듯이 주제문을 잘못 찾고, 그렇게 해서 이것에 모든 것을 꿰맞추려고 든다는 데 있다. 다음에서 설명하는 주제문 부분은 어디까지나 '전제의 부연으로서의 비유에 해당하는 설명글'의 일부로, 결론의 내용을 가늠할 수 있는 함축을 담은 글이지, 결코 중심 주장 글을 담은 주제문이 될 수 없다.

물론 지문의 전체 내용이 주제를 향해 한 방향으로 흐르기에 이것을 주제문으로 간주하여 전체 내용을 가늠하고, 그에 맞춰 판단해도 빈칸을 추론해내는 데는 별 무리가 없겠지만, 그렇더라도 정확하게 알아야 할 것은 알아가며 공부해야 한다. 다음은 그 참고서에서 설명한 지문 구조와 그 내용적인 도해이다.

이를 보면 'ⓐ, ⓑ: 어려운 단어를 잘못 사용한 경우로서, 혼동을 주고 관심을 끌기 위해 사용'한다고 설명하고 있는데, 이는 결코 옳은 해설이 될 수 없다. 이 세상에 타인에게 언어소통에 혼동을 주고 관심을 끌기 위해 어려운 단어를 사용하고자 하는 사람이 어디에 있겠는가? 언어력이 달림에도 불구하고 아무 언어나 마구잡이식으로 남발하니까 사람들에게 혼동을 주고 헷갈리게 만드는 것이지, 달리 무엇으로 해석될 수 있겠는가?

【한 학습지에 게재된 설명】

■ 지문 구조

주제문...................... 단어가 어려울수록 설명은 짧아진다.
주제문 재진술........ 한 단어에 의미를 많이 집어넣을수록, 더 적은 단어로 생각을 전달할 수 있다.
구체적 진술............ ⓐ, ⓑ: 어려운 단어를 잘못 사용한 경우 ── 혼동을 주고 관심을 끌기 위해 사용
　　　　　　　　　ⓒ~ⓕ: 어려운 단어를 제대로 사용한 경우 ── 장황해지는 것을 막기 위해 사용

【One of the little understood paradoxes in communication is that the more difficult the word, the shorter the explanation】...(주제문)【【The more meaning you can pack into a single word, the fewer words are needed to get the idea across】...(주제문 재진술) ⓐBig words are resented by persons who don"t understand them and, of course, very often they are used to confuse and impress rather than clarify. ⓑ But this is not the fault of language; it is the arrogance of the individual who misuses the tools of communication】... (어려운 단어의 잘못된 사용)
【ⓒThe best reason for acquiring a large vocabulary is that ＿＿＿＿＿＿＿＿＿＿＿
＿＿＿＿＿. ⓓA genuinely educated person can express himself tersely and trimly. ⓔFor example, if you don"t know, or use, the word "imbricate," you have to say to someone, "having the edges overlapping in a regular arrangement like tiles on a roof, scales on a fish, or sepals on a plant." ⓕMore than 20 words to say what can be said in one】.. (어려운 단어의 올바른 사용)

■ 독해 기술

주제문에서 알 수 있는 이 글의 요지는 '어려운 단어를 쓰면 원하는 것을 더 짧게 표현할 수 있다'이다. 뒤에 이어지는 구체적 진술은 크게 둘로 나눌 수 있는데, 먼저 ⓐ와 ⓑ에서는 어려운 단어를 잘못 사용하는 경우를 보여주고 있다. 더 적은 단어로 생각을 전달하기 위해서가 아니라 'to confuse, and impress'를 위해 어려운 단어가 쓰이는 것은 잘못된 사용이라고 말하고 있다.
ⓒ부터가 요지를 직접적으로 뒷받침한다. 'a large vocabulary 익혀야 하는 이유'라고 했는데, 여기서 'a large vocabulary'는 ⓐ의 'big words'에 대한 재진술이다. 즉 빈칸에는 어려운 단어를 익혀야 하는 이유가 들어가면 된다.

주제문에서 어려운 단어를 쓰면 '설명이 더 짧아진다'고 했다. 또 주제문의 재진술에서 '더 적은 단어로 생각을 전달한다'고 했다. 이에 대한 재진술인 것은 'ⓒ장황해지는 것을 막아 준다(it keeps you from being long-winded)'이다... (풀이기술 27). ⓓ에서도 재진술을 확인할 수 있다. '간결하고 단정하게 표현한다'는 것도 결국 이와 똑같은 의미다.

→ 앞 주제문 '단어가 어려울수록 설명은 짧아진다'처럼, 특히 '비유'의 방법을 사용한 설명글이 전체의 중심 주장 글을 담은 문장이 될 수는 없다.

이것과 필자의 제시지문 분석을 통해 글의 핵심 주장을 파악하고 이를 비교하면, 논리적 · 논증적 실체 관계가 단박에 드러나게 된다.

(x) 학습지의 분석: 단어가 어려울수록 설명은 짧아지기에, 여러 개의 쉬운 단어 대신에 하나의 어려운 단어를 써서 표현해야 한다. → 논리적인 인과성이 떨어진다. 즉 올바른 논증이 아니다.

(o) 필자의 분석: 정확한 언어적 의사소통을 위해서는, 많은 단어를 사용해가며 장황하게 설명하지 말아야 한다. → 올바른 언어학습의 필요성이 분명해진다(지문의 주제).

이처럼 추론 문제의 경우에는 중심 주장 글과 그 전제에 해당하는 글을 찾아 논리적 인과관계를 살피는 것이 매우 중요하며, 당연히 이는 **독해력**, 즉 지문 해석 능력에서 나오고, 그 지문 해석력은 **어휘력**에서 나온다. 그리고 그럴 때만이 논증이 올바르게 구성되고 글의 주제 역시 정확하게 파악된다.

참고로, 시중의 많은 참고서를 보고 있자면 이런 식의 해설이 자주 등장하고 있는데, 왜일까? 바로 글의 형식에 집착하여 도식적이고 도해적인 설명에 치우쳤기 때문이다. 이를테면, 글은 두괄식이나 미괄식을 지향하기에, 주제문(중심 주장 글)은 지문의 맨 앞이나 또는 맨 뒤에 나온다는 식의 '억지춘향'으로 꿰맞추려 들기 때문이다. 이는 적어도 논리적 추론 문제를 해석하는 데는 옳지 않기에, 반드시 지양해야 한다. 어디까지나 스스로 노력해가며 치열하게 글을 읽고 생각하는 과정으로서의 올바른 글 읽기만이 요구될 뿐이다.

여기까지를 정리해서 수능 국어와 영어 제시지문을 읽는 방법의 핵심을 요약하면 다음과 같다.

■ 핵심 단어, 즉 주제어와 개념어를 파악하고 핵심 주장(주제)을 찾아낸 후, 이를 중심으로 지문을 읽는다. → 지문 전체의 개략을 파악

■ 이렇게 해서 파악된 **주제에 근거하여 읽되**, 지문과 선택지에 담긴 단어와 용어를 구분해 살피면서 세부 의미를 파악하고 비교하고 대조한다. → 세부 내용의 파악

수능 국어와 영어 과목 지문 읽기 요령 요점 정리

- 수능 언어이해 영역이나 영어 빈칸 추론 문제는 특정한 주제에 대한 수험생의 지식을 묻고 검증하는 것이 아니다. 제공된 제시지문에 나타난 정보를 기초로 하여 문제에 답하는 것이 중요하다. 대답 선택지에서 새로운 판단을 묻는 문항 역시 제시지문에 이미 진술되어 있거나 추론할 수 있는 내용을 근거로 해야 한다.
- 수능에 출제되는 비문학 지문들은 대부분이 논리적이고 잘 정리된 글이다. 따라서 일관성 있고 주장이 뚜렷하며, 체계적으로 쓰인 글이다. 중요한 것은 그 지문에 담긴 주제에 대한 개념적 이해이지, 그것에 대한 세세한 배경지식이 아니다. 더군다나 지문은 글의 일부가 발췌되는 경우가 많아, 자칫 배경지식을 동원해서 문제를 풀다가는 오히려 방해가 될 수 있다.
- 제시지문 독해에 논리학적인 지식을 동원해 풀거나 논리적인 구조만을 강조해 도식적 · 도해식으로 지문을 구분지어 읽어서는 안 된다. 구조 독해를 한답시고 순접, 역접을 갖는 접속사에 세모나 동그라미 표시를 하는 등으로 단순히게 읽이시는 절대로 올바른 독해로 이어질 수 없으며, 오직 전체를 읽어가며 그 안에 담긴 의미를 파악해야 한다. 수능시험에 구조 독해가 비집고 들어갈 틈은 전혀 없다.
- 글을 읽어 나가면서 가장 먼저 눈여겨보아야 할 것이 **핵심 단어**다. 특히 고유명사에 주목해야 하는데, 이것이 핵심 개념을 담은 개념어이자 글의 중심 주장을 담은 주제어일 확률이 높기 때문이다. 따라서 핵심 단어에 밑줄을 치고, 문제에서 묻고 요구하는 내용으로서의 핵심 주장을 파악하면서 지문을 읽어 내려가야 한다.
- 단락을 구분지어 읽을 수 있다면 주제 파악은 한결 쉬워진다. 주장의 요지, 반론, 논증, 증거 제시 등에 따라 모든 문장은 줄바꾸기를 하며, 또한 큰 주제와 세부 주제(관점)에 따라 단락이 주어진다. 그리고 이 모든 것은 '**주장-근거-해설**'로 귀결되며, 이때 글의 대부분을 차지하는 해설(설명) 부분부터 찾아 따로 떼어내면 주장 글 찾기는 한층 쉬워진다.

- 많은 경우, 한 단락에는 하나의 개념이 중심을 이루고 그에 따라 논증을 구성하는 경우가 많은데, 만약에 어느 단락에서 개념어가 바뀌거나 화제가 바뀔 경우에는 그 전후 맥락에 특히 신경 써서 글을 읽어야 한다. 진정한 단락 구분은 바로 이 부분으로, 개념적·논리적 전환이 이뤄지고 있다는 증거다.

- 따라서 긴 문장이 지문으로 주어진다고 해서 겁먹을 이유는 하등 없다. 이런 장문으로 구성된 지문일수록 문장을 읽으면서 단락을 나누다보면 저절로 문장 구조가 드러난다. 또 자연스럽게 주제도 드러나게 마련이다.

- 정리하면, 문장을 읽으면서 '주장-근거-해설' 부분으로 단락을 구분 짓고, 그 안의 핵심 단어를 찾아 동그라미 치고, 그것을 포괄하는 주요 문장에 밑줄을 긋고, 그렇게 해서 중심 주장 글과 그것을 뒷받침하는 글을 찾아내면, 그것으로 독해와 요약은 완결된다. 이는 논술과 관련한 제시지문 읽기의 경우에도 마찬가지인데, 수능 문제의 경우 고도의 추론 문제를 제외하고는 이러한 과정도 그다지 필요치 않다. 지문과 선택지의 단어와 단어, 문장과 문장 간의 단순한 내용적인 연결만으로도 충분히 답을 맞힐 수 있다. 문제는 그것을 파악할 수 있는 읽기 능력과 그것을 가능케 하는 약간의 논리적 사고력이다.

(4) 논술 제시지문 읽는 법

대입 논술 제시지문을 올바르게 읽고 정확하게 파악하는 요령은 수능 국어·영어 글 읽기와 별반 다르지 않다. 그렇더라도 분명하게 차이나는 점은 있는데, 그 핵심은 이것이다. 수능 제시지문 읽기는 글의 **주제 파악**이 지문 이해의 출발점이자 핵심이라면, 대입 논술의 경우에는 **논제 분석**이 지문 독해의 가장 큰 관건이자 포인트가 된다.

둘 간의 관계를 군이 수학적으로 비유하자면, 항등식과 방정식의 관계로 보면 된다. 즉 수능 지문 해석이 지문과 선택지 간의 **사실적 인과관계**를 밝히는 데 중점을 둔다면, 논술 지문 독해는 **논리적 인과관계는 물론 상관관계**를 파악하고 분석하는 데 역점을 둔다. 어느 것이든, 논리적 사고를 기반으로 한다는 점에서는 공통적이지만, 그렇더라도 논술 지문 해석은 훨씬 더 복잡하고 심층적인 사고력을 요구한다.

그 핵심은 바로 논제 파악 능력인데, 논제는 그만큼 많은 복합적인 내용을 담아 출제된다. 즉 대입 논술시험으로 출제되는 논제는 문제에서 논의하고자 하는 중심 주제이자 따져 밝혀야 할 핵심 과제로, 논증에 의해 그 타당성을 밝혀야 할 핵심 명제다. 이런 이유로 논제 파악이 아닌 논제 분석이라는 용어를 사용하며, 게다가 그에 대한 개요 짜기라는 일련의 분석적 · 방법적인 툴까지 거론된다.

앞으로 이어지는 설명의 대부분은 논술과 관련한 부분이기에 논제와 논제 분석에 대한 설명 역시 뒤에 자세히 설명하는 것으로 미룬다. 그렇더라도 논술 제시지문을 읽는 요령을 설명하기 위해 먼저 이를 짧게 설명하자면, 논제에는 일반적으로 다음 내용을 포함한다.

논제 = 다수의 제시지문에 담긴 '공통 주제' + 그 공통 주제가 묻는 논쟁점('관점') + 그 논쟁점의 핵심적인 사안을 명료하게 구분해서 논증할 것을 요구하는 구체적인 진술로서의 '논제 서술 유형'

따라서 논술 제시지문을 읽고 이를 해석하는 데는 다음의 내용이 부가된다.

첫째, 논제는 출제자가 묻고자 하는 출제 의도를 담고 있기에, 단순한 내용 파악이 아니라 그 어깨너머의 생각까지 읽어낼 수 있어야 한다. 여기에는 많은 것들이 포함되는데, 이를 테면 논제로 다루는 가치나 정책에 대한 상황적인 판단과 정서적 이해, 개념과 사실에 대한 현실에서의 가치중립성의 문제 등 많은 것들이 그야말로 논쟁적인 대척점에서 묻고 출제된다. 다시 말해, 출제자의 의도나 상황 인식에 따라 판단의 기준과 근거가 달라질 수 있다는 것이다.

둘째, 그렇기에 제시지문의 해석은 전적으로 **논제가 지향하는 방향**에 귀속된다. 논술 문제풀이의 핵심인 논제 분석이 **논제와 제시지문 간의 연관관계**를 파악하는 데 주안점을 두고 있음을 이해한다면, 그것이 설령 우리가 통념적으로 생각하는 일반적인 주제를 다룰지라도 물음의 차원은 전혀 다를 수 있음을 파악해야 하며, 당연히 그에 맞춰 답해야만 논점 이탈의 오류에서 벗어날 수 있다. 이 말이 무슨 뜻인지 〈경희대 2014 사회계열 모의고사〉를 통해 설명하면 이렇다. 문제가 묻는 공통 주제인 '복지혜택 지급 대상자 선정 방식'을 놓고, 그것에 관련된 대립되는 두 관점을 가계자산 조사방식을 근거로 한 보편주의적인 선정 방식과 보편주의 제도 내의 표적화된 차별적 선별 방식으로 정확하게 구분지어 논증할 것을 논제로 요구했다. 따라서 제시지문을 읽고 그것에 담긴 이러한 두 관점을 정확하게 파악하고 분류해서 서술하지 않고, 단순히 신문 지상에서 논의되고 있는 '보편복지 vs. 신별복시'의 개념으로 단순하게 생각해서 서술했다가는 결코 높은 평가를 받을 수 없다. 이를 문제를 직접 풀어보면서 이해하기 바란다.

여기까지 이해했다면 제시지문을 어떻게 읽어야 할지에 대해 개략적으로 가늠할 수 있을 것이다. 어디까지나, 그리고 전적으로 논제가 묻는 방향에 맞춰 정확하게 제시지문을 읽고 해석해야만 한다. 그렇지 않고 제멋대로 해석할 경우, 이는 곧 논점 이탈로 이어질 가능성이 높은 자의적인 해석으로 이어질 뿐이다. 그리고 그 결과는 굳이 말하지 않더라도 짐작할 수 있을 것이다.

핵심 ① : 문제부터 읽어라 – 논제 파악의 중요성

제시지문을 읽고 해석하는 데 따르는 큰 어려움은 문제 안에 논제가 쉽게 드러나지 않는다는 점이다. 공통 주제는 문제 안에서 주어질 수 있지만, 그리고 그것을 어떤 식으로 논증하라는 논제 서술 유형이 주어진다 하더라도, 대립되는 **관점**에 대해서는 절대로 문제에 주어지지 않는다. 오직 지문을 읽고 해석하는 과정에서 파악한 후, 이를 개념화하여 서술할 것을 요구한다. 설령 공통 주제를 문제 안에 노출시켜 출제했더라도, 그것은 그만큼 제시지문을 읽어 관점을 파악하기가 어렵기 때문에서다. 그렇기에 문제 안에서 주제라도 분명하게 밝힘으로써 학생들의 이해를 돕고 답안을 딴 방향으로 흘러보내지 않도록 배려하는 것이다.

따라서 이렇게 생각하면 된다. 논술 제시지문 읽기는 크게 다음 두 가지 과정으로 구분해서 진행되어야 한다. 먼저 문제와 제시지문을 번갈아 읽으면서 논제를 파악한 후, 그것이 묻는 내용을 찾아 밝힐 수 있어야 한다. 즉 '공통 주제+대립되는 또는 세분화된 관점의 파악+논제 서술 유형'에 맞춰 그 개략적인 내용을 개념어로 채워 넣을 수 있어야 한다.

예를 들어, 〈경희대 2014 인문계열 모의 문제1〉의 경우, '제시지문 (가)~(라)를 비슷한 내용끼리 분류하고(공통 주제와 관점을 제시지문을 읽고 알아서 찾아낸 후 이를 적절한 개념어로 서술하는 요구다) 요약하시오(요약형의 단순 논제 서술 유형이 주어졌다)'가 주어졌는데, 따라서 이것을 읽고 다음 내용을 찾아 적절한 용어로 서술할 수 있어야 한다.

혹여나 글을 읽고 용어의 어려움이나 새로움으로 인해 당황할 필요는 없다. 지문 안에 관련한 내용을 담은 문구가 대부분 들어 있으므로, 이것을 잘 찾아 적절한 용어로 서술하기만 하면 된다. 물론 수능시험처럼 선택지와 비교해가며 적절한 부분만을 지문에서 찾아내는 것이 아니기에 이것을 파악하기가 그리 쉽지는 않지만, 그렇더라도 반복 연습을 통해 얼마든지 해결할 수 있다.

> **주제_ 사회적 관계 맺기**
> **관점_ 개인의 사회적 파편화를 심화시킨다. vs. 공동체적 관계 형성의 다양화를 가져온다.**
> **논제_ 물리적·가상적 공간에서의 타인과의 사회적 관계 맺기는 어떠한 양상(두 관점–파편화와 다양화)으로 나타나는가에 대해 요약하라.**

이때 중요한 것은 반드시 **문제부터 먼저 읽어야** 한다는 것이다. 논술 문제의 문구와 그 문제가 담고 있는 공통 주제와 논제, 그리고 논제가 지향하는 관점과 쟁점을 담은 각각의 제시지문은 다분히 출제자가 특정한 의도와 목적을 가지고 구조화해 출제한 것이기 때문이다. 이는 중요한 의미를 갖는다. 문제와 제시지문 안에 답안 해결을 위한 모든 힌트가 담겨 있으며, 게다가 수험생들이 답안을 논리적으로 쓸 수 있도록 일련의 형식적인 틀까지도 배려하고 있음을 의미하기 때문이다.

핵심 ② : 논제를 밝혀라 – 제시지문 간의 연관관계를 파악하는 요령

논제에 담길 내용을 채우기 위해서는 다음 순서를 밟는 것이 효과적이다. 먼저 문제부터 읽고, 그것도 토시 하나 빼먹지 말고 세밀하게 읽고 출제 의도를 파악하는 데 온 머리를 집중해야 한다. 그리고 이어서 제시지문들을 읽는다. 그것도 전체 지문을 두세 번 정도 훑어가며 읽는다. 이렇게 하면 설령 문제 안에 공통 주제가 명시되어 있지 않은 경우일지라도 제시지문을 관통하는 공통 주제를 어림잡아 짐작할 수 있을 것이다.

공통 주제가 개략적으로 파악되었다면, 이어서 제시지문을 좀 더 세밀하게 읽어 그 안에 담긴 관점을 파악해야 한다. 이때의 요령은, 제시지문은 특별한 경우를 제외하고는 일반적으로 서로 대립하거나 양립하는 관점(쟁점·논점)을 담기 마련이어서, 다수의 제시지문 중 어느 하나만이라도 제대로 읽고 그것에 담긴 관점을 파악해내는 게 중요하다. 이것이 가능하다면 그 밖의 다른 지문에 담긴 대립되는 관점을 어렵지 않게 유추해낼 수 있다.

이는 제시지문 독해에서 매우 중요한 힌트다. 일반적으로 제 아무리 어려운 지문이 출제됐더라도, 어느 한두 지문은 해석하기가 비교적 쉽고 또 관련한 많은 개념어를 담게 마련이기 때문이다. 반드시 그렇다고 보면 된다.

따라서 그 지문부터 공략해나가야 한다. 그런 지문은 그야말로 정밀하게 읽고 그 의미를 정확하게 해석해야 한다. 그렇게 해서 그 지문 안에 담긴 공통 주제에 예속된 관점을 파악한 후 이를 적절한 개념어로 뽑아낼 수 있다면, 이후의 과정은 한결 수월해진다. 그렇지 않고 처음부터 어려운 내용을 담은 지문이 말머리에 나왔을 때, 이것에 집착하여 매달릴 경우에는 마치 '내 머릿속의 지우게'처럼 머리가 하얗게 될 것이다. 명심할 것. **쉬운 지문부터 공략**하라.

만약 제시지문이 두 개 주어진 경우에는 다른 나머지 지문에는 틀림없이 대립되는 관점이 들어있게 마련이어서, 그것 역시 적절한 개념어로 정리하면 된다. 만약에 제시지문이 네 개 주어졌다면, 하나는 먼저 해석한 지문과 같은 관점을 담은 것일 게고, 나머지 둘은 대립되는 개념을 담았을 개연성이 높다.

만약 제시지문이 세 개가 주어진 경우에는 다음 두 가지 경우일 것이다. 한 지문은 그 안에 제시지문을 관통하는 주제를 담되 이를 개념 정의하고 적절한 개념어로 서술하라는 요구 하에 제시된 지문이고, 나머지 두 지문은 그 주제에 대한 양립하는 두 관점을 담아 묻게 된다. 또는 세 지문이 각각 서로 다른 관점을 담아 묻는 경우도 있는데, 이런 경우에는 논점이 세분화되어 심층적으로 출제되는 경우이며, 이때 공통된 주제는 문제에서 명시되는 경우가 일반적이다. 그렇지 않을 경우, 수험생들이 공통 주제와 관점 모두를 파악하는 데 무척 힘겨워할 것임을 대학은 누구보다 잘 알고 있다.

어느 것이든, 모든 제시지문은 저마다 이유를 갖고 출제되는데, 그것 역시 문제를 읽고 대조해가며 파악하는 게 순리에 맞다. 즉 문제와 제시지문, 제시지문과 제시지문을 서로 비교·대조해가면서 서로간의 연관관계를 파악해나감은 물론, 이를 통해 논제가 묻는 것들을 충실히 채워나갈 수 있어야 한다.

그렇기에 거듭 강조할 것은, 문제를 받자마자 문제 옆에 논제의 요구사항인 '공통 주제+관점+서술 유형'의 각각을 박스 처리하여 적어놓은 다음, 문제와 제시지문을 번갈아 읽으면서 그 안에 담길 적절한 용어를 찾아 채워 넣을 수 있어야 한다. 실제로 이것만 제대로 이뤄진다면, 문제 해결의 절반은 끝난 셈이다.

이때 문제에서 묻고자 하는 공통 주제는 물론, 논제에 포함되는 제 관점에 대한 개념을 이해하고 적절한 용어로 정의할 수 있는 능력이 문제 해결의 상당 부분을 좌우한다.

만약 논제에 담긴 의미를 이해하고 이를 개념화하여 정의하기 어렵다거나, 또는 제시지문이 어려워 이를 읽고 해석하기 어려울 경우, 이후의 문제풀이 과정은 정말이지 험난해진다. 이 모든 것들은 결국 개념 이해가 필요한 배경지식과 제시지문 독해 능력으로 귀결된다. 따라서 교과서에 실린 핵심 개념과 이론에 대한 이해와 이것을 지문에 대입하여 읽고 해석할 수 있는 능력을 길러나가는 것이 논술 공부의 핵심 과제라 할 수 있다.

정리하면, 대입 논술시험은 논제를 개념화하여 이를 논증 형식에 맞춰 구성할 수 있는 문제 해결 능력을 묻는 복합적인 사고 과정이며, 따라서 문제와 제시지문을 읽고 '논제'를 분석하는 능력을 키우는 것이 논술 지문 읽기의 첫 번째이자 가장 절대적인 관문임을 깨달아야 한다.

핵심 ③ : 논증을 찾아라 – 분석적 글 읽기

논제가 묻는 것들을 파악하고 그것에 담길 키워드, 즉 공통 주제와 세부 관점을 적절한 용어로 밝히고 또 그것에 맞춰 제시지문을 구분해냈다면, 이제부터는 그 논제에 맞춰 각각의 제시지문에 담긴 논증을 찾아 이를 논제 서술 유형에 맞춰 재구성하는 일이 남았다.

논제에 대한 개념적인 이해가 뒷받침됐다 하더라도 실제 논제 분석의 관건이 되는 것은 바로 제시지문의 정확한 독해다. 논제에 의거한 지문 독해를 통해 각각의 제시지문에 담긴 핵심 내용을 제대로 파악하지 못하면, 논증 글쓰기는 사실상 물거품이 되고 만다. 이런 이유로 독해가 논술의 전부라고 해도 과언이 아니라고 말하는데, 이는 실제로도 그렇다. 글(논증)의 논지(주장)와 논거(근거)를 제대로 파악할 수 없기에 당연히 논점 이탈을 불러옴은 물론, 글을 제대로 요약할 수 없기에 논증 글쓰기 또한 불가능해진다. 어찌 보면 논술은 제시지문의 독해를 통해 작성된 요약 글을 문제의 요구 항목에 맞게 재배열하는 과정이기도 한데, 당연히 읽기가 전제되어야만 모든 게 순리대로 해결될 수 있다.

글(논제와 제시지문)을 정확히 읽게 되면 제시지문에 담긴 의미를 논제가 지시하는 개념에 맞춰 논리적으로 추론해낼 수 있다. 그리고 그 과정에서 함축과 숨은 전제까지도 찾아낼 수 있게 된다. 이런 점에서 볼 때 독해는 곧 제시지문에 실린 **논증 찾기**의 과정이라고 봐도 무리가 없다.

논증은 어떠한 판단이 진리라는 이유를 분명히 하여 일련의 주장(논지)에 대한 적합한 근거(논거)를 갖추는 과정이다. 즉 글에서 논의되고 있는 것이 무엇이고, 그것에 대해서 어떤 주장을 하고 있으며, 그 주장을 지지하기 위해 어떤 근거와 증거와 사례들이 제시되고 있는지를 찾아 밝히는 것이 곧 논증이다.

논증은 글에 여러 형식으로 표현되며, 또한 각양각색의 내용을 담고 있다. 그렇더라도 이는 제시지문에서 일관되게 주장하는 '결론'과 그 주장의 주된 근거를 담은 '전제'라는 형식으로 구성된다. 즉 논증은 일반적으로 **'전제-결론'**, **'주장-근거'** 형식을 갖춘다.

이런 이유로 다음의 예는 논증의 결론일 수는 있지만, 그 자체로 논증은 아니다. 즉 결론에 도달하기 위한 논리적인 근거 없이, 단순히 의견이나 사실적 기술만을 나열한 전제 혹은 막무가내의 주장에 불과할 뿐이다.

- 눈이 오면 거리에 쌓인다.
- 민주주의는 국가의 주권이 국민에게 있는 정치제도다.

위의 예처럼 근거 또는 결론을 진술하지 않은 글은 논증을 만들지 않은 글이다. 하지만 아래의 글은 '전제-결론', '주장-근거'의 논증 구조를 갖춘 글이다.

- 눈이 내리는 동안에는 녹지 않는다. (그러므로) 눈이 오면, 이것이 거리에 쌓일 것이다.
- 민주주의는 국민이 1인 1표의 보통선거권을 통해 절대권한을 행사할 수 있어야 한다. (그리고) 선거를 통해 선출된 정부는 모든 국민의 인권을 보장해야 한다. (그러므로) 민주주의는 국가의 주권이 국민에게 있는 정치제도여야 한다.

위의 예에서 확인할 수 있듯이, 논증에서 밝혀야 할 핵심적인 단어는 결론 앞에 있는 **'그러므로'**다. 이는 최종적으로 주장하고자 하는 바를 가리키는데, 물론 이 단어가 없더라도 뜻은 통한다. 그렇기에 굳이 이 단어가 명기되어 있지 않았더라도, 이것이 어딘가에는 들어있다고 가정하면서 글을 읽어야 한다. 또한 '그리고'라는 단어에도 주목할 필요가 있는데, 이는 전제가 어느 대목에서 서로 결합하여 결론을 이끌어내는지를 알려주기 때문이다.

하지만 대부분의 경우 전제와 결론의 위치가 뒤바뀌는 논증 형식으로 제시되기도 한다. 즉 결론부터 내놓는데, 이 경우에는 결론을 나타내는 문장 뒤에 그리고 전제를 나타내는 문장 앞에 **'왜냐하면'**을 삽입한다. 즉 다음처럼 뒤집어 말해도 논지는 같게 된다.

• 민주주의는 국가의 주권이 국민에게 있는 정치제도여야 한다. (왜냐하면) 민주주의는 국민이 1인 1표의 보통선거권을 통해 절대권한을 행사할 수 있어야 하기 때문이다. (그리고) 선거를 통해 선출된 정부는 모든 국민의 인권을 보장해야 하기 때문이다.

이는 글의 논증 구조가 귀납적이냐 연역적이냐에 따른 방법론적 전개로, 대부분의 글은 이 두 형식의 논증 구조로 이루어져 있다. 이처럼 모든 논증은 전제와 결론을 포함하는데, 전제와 결론이 어떠한 관계를 갖느냐에 따라서 '연역적 논증'과 '귀납적 논증'으로 구분된다.

중요한 것은, 제시지문이 연역적으로 이뤄졌든 귀납적으로 이뤄졌든 관계없이 그 글의 핵심 내용을 논증 구조로 파악해야 한다는 것이다. 또한 전제와 결론으로 제시되는 형식이 바뀌었다고 해서 논증의 논리적 구조와 결론이 달라지는 것이 아님을 알아야 한다. 즉 현행 논술시험에 출제되는 제시지문의 경우에는 그것이 연역적 논증이든 귀납적 논증이든 관계없이 전제가 참임을 가정하고 있으며, 그렇기에 그 전제는 결론을 뒷받침하기에 충분한 논리적 근거를 갖추어야 한다.

따라서 글의 논증 형식을 제대로 파악하기 위해서는 글을 읽어가면서 앞에서 강조한 **단어(접속어)**들이 어디에 위치하는지 파악해낼 수 있어야 한다. 글을 읽어가면서 각 논증의 결론이 있는 곳에 밑줄을 긋고, 각 단어가 어울릴 곳에 적어 넣는 것만으로도 글의 이해에 크게 도움이 된다. 그런 다음에 찾아낸 결론과 전제를 논증 형식에 맞게 연결시키면 훌륭한 논증 글쓰기로 이어진다. 이는 앞에서 충분히 연습했다.

이렇듯 논증 구조를 따져 살피는 것은 제시지문의 독해에서 매우 중요한 의미를 갖는다. 제시지문의 전제와 결론, 주장과 근거에 대한 논증 찾기를 통해 논제가 요구하는 논점과 논지를 정확히 파악하고, 이를 근거로 논거를 설정해내는 일련의 과정, 이것이 곧 논술 문제의 풀이 과정이기 때문이다. 즉 제시지문 분석을 통해 묻고자 하는 논점과 논지는 제시지문의 '결론(주장)'에 해당하는 부분이며, '전제(근거)'는 그 주장을 뒷받침하는 논거에 해당되는데, 이 둘이 합쳐질 때 논제에서 요구하는 핵심 내용을 정확히 파악해낼 수 있게 된다. 그리고 이것을 요약한 후 주어진 문제의 요구조건, 즉 논제에 맞춰 써나가면 그것이 곧 논술 답안이 된다.

따라서 제시지문을 읽어가면서 결론과 전제를 찾아내는 것이 관건이 된다. 이때 효과를 발휘하는 게 마로 앞에서 말한 '그러므로'와 '왜냐하면', '그리고'라는 접속어를 적절히 넣어 글의 논증 구조를 파악하는 것이다. 몇 가지 사례를 들어 설명하면 다음과 같다.

【사례1】 덕성여대 2009 사회 수시_ 문제1의 제시지문(다)

사회이익은 사회를 구성하고 있는 구성원의 이익의 총합에 지나지 않는다. 개인의 이익에 대해서 이야기하는 것은 무익하다. 어떤 일이 개인의 쾌락의 총합을 증대시키거나 고통의 총합을 감소시키는 경우에는 그 **개인의 이익**을 촉진하는 것이 사회이익에 기여된다고 하는 것이다. 따라서 어떤 행위자가 사회의 행복을 증대시키는 경향이 그것을 감소시키는 경향보다 큰 경우에는 그 행위는 사회 전체에 대해 공리성의 원리, 간단히 말하면 **공리성**에 적합하다고 할 수 있다. 어떤 정부의 정책(그것은 특정한 개인 또는 사람들에 의해서 이루어지는 특정한 종류의 행위에 지나지 않는다)은 앞의 경우와 같이 사회의 행복을 증대시키는 경향이 그것을 감소시키는 경향보다 큰 경우에는 공리성의 원리로부터 지도를 받고 있다고 할 수 있다.

중심 문장을 중심으로 전제와 결론을 이끌어내면
- 사회이익은 사회를 구성하고 있는 구성원의 이익의 총합에 지나지 않는다. … 전제
- (그리고, 그렇기에) 어떤 행위자가 사회의 행복을 증대시키는 경향이 그것을 감소시키는 경향보다 큰 경우에는, 그 행위는 사회 전체에 대해 공리성의 원리, 간단히 말하면 공리성에 적합하다고 할 수 있다. … 해설
- (그러므로) 그 개인의 이익을 촉진하는 것이 사회이익에 기여한다. … 결론

이것을 다시 요약 글로 정리하면
㉮**사회이익**은 사회구성원의 이익의 총합이다. 따라서 **공리성**의 원칙에 따라 **개인의 이익**을 늘리는 게 곧 사회이익을 늘리는 것이다.
㉯**사회이익**은 그 구성원의 이익의 총합으로, 이를 개인에게 어떻게 분배할 것인가 보다는 **공리성**의 원칙에 따라 **개별적인 이익**을 어떻게 늘릴 것인가가 관건이 된다.

[사례1]에서 알 수 있듯이, 글의 결론을 찾아내는 것은 그 글의 중심 문장(핵심 문장)을 찾아가는 과정과도 같다. 따라서 중심 문장(중심 주장 글)을 찾아 결론부터 살핀 후, 이어서 이것을 뒷받침하는 전제(뒷받침 글)를 살피는 게 지문 독해의 포인트가 된다.

글의 문단은 하나의 통일된 생각을 담은 단위로서, 이는 몇 개의 문장이 모여 이뤄진다. 그리고 이는 중심 문장과 이를 뒷받침하는 문장으로 나뉜다. 중심 문장은 글쓴이가 표현하고자 하는 주된 생각을 담은 완결된 문장이며, 뒷받침 문장은 중심 문장의 의

미를 좀 더 구체적이고도 상세하게 받쳐주는 내용을 담음으로써 글의 의미를 좀 더 선명하게 드러낸다.

이런 관점에서 볼 때, **중심 문장**에는 그 글의 **결론 부분**을 담고, **뒷받침 문장**에는 **전제 부분**을 담고 있다고 봐도 크게 무리가 없다. [사례1]의 경우, 셋째 문장이 중심 문장으로, '개인의 이익을 촉진하는 것이 사회이익에 기여한다'는 부분이 곧 제시지문의 결론에 해당한다.

이것을 찾았다면, 이제 이를 뒷받침하는 전제를 찾아야 하는데, 이것이 첫째 문장의 '사회이익은 사회를 구성하고 있는 구성원의 이익의 총합에 지나지 않기 때문'이라는 부분이다. 또한 넷째 문장의 '공리성'에 대한 부분이 중심 문장에 담긴 결론에 대한 뒷받침의 근거에 해당된다. 따라서 이렇게 해서 찾아낸 결론과 전제, 부연설명(해설)을 글에 담긴 핵심어를 중심으로 연결시키면 그것이 곧 제시지문의 '요약'이 된다. 이때 결론은 제시지문의 논지 부분에, 전제와 해설은 논거 부분에 해당됨으로써, 자연스럽게 논증 형식으로 구성된다. 이처럼 제시지문의 결론과 전제(또는 주장과 근거)를 찾아내는 과정은 독해는 물론 요약을 위한 가장 중요한 작업이며, 특히 중심 문장을 어떻게 효과적으로 찾아내 결론 부분을 이끌어내느냐가 문제 해결의 관건이 된다.

【사례2】 **성신여대 2011 인문 수시_ 문제1의 제시지문(가-1)**

'공공성(公共性)'은 시민들이 스스로의 권익을 지키기 위해 반드시 갖추어야 할 덕목인 **공공정신의 함양**을 통해서 증대된다. 민주주의의 제도적 장치들이 제대로 기능하기 위해서는 공공 문제에 관심을 지닌 **민주시민의 존재와 역할**이 필수적이다.
만일 무관심한 시민들이 대다수인 정치공동체가 있다면, 그 공동체는 소수의 정치엘리트에 의해 독단적으로 운영되기 마련이다. 이러한 맥락에서 보면, 시민들의 공공정신은 개인적 윤리의식에 덧붙여 사회적 책임의식을 요구한다. 결국, 민주적 도덕공동체를 이루는 데에는 민주적 제도만으로 완전하지 않으며, 그 제도가 원래의 목적대로 운용될 수 있도록 지켜보는 **시민들의 적극적인 관심과 참여**가 더욱 중요하다.
'공정성(公正性)'은 자유와 평등에서 요구하는 것을 함께 충족시킬 수 있는 내용을 지니고 있다. "사회·경제적으로 유리한 위치에 있는 사람은 그 유리한 조건을 불리한 위치에 있는 사람의 조건을 개선하는 데 기여할 수 있는 한에서 자신의 유리한 위치를 정당화할 수 있다."는 롤스(Rawls, J.)의 주장은 공정성의 원리로서 매우 유익하다. 이는 자유주의 이념이 방치할 수밖에 없는 불평등이나 평등주의 이념이 허용할 수밖에 없는 억압적 구속의 문제를 동시에 해결하여, 차별 속의 평등을 가능하게 해준다. 공동체 내의 갈등은 사회적 가치의 분배 문제에서 비롯되기 때문에, **공정한 배분의 원칙**은 공동체의 화합을 위해 중요하다.

단락별로 중심 문장과 뒷받침 문장을 나눠 전제와 결론을 이끌어내면
- 첫째 단락_ 뒷받침 문장 … 작은 논증
  - 공공성은 공공정신의 함양을 통해서 증대된다. … 전제
  - (그러므로) 민주주의 제도적 장치가 제대로 기능하기 위해서는 민주시민의 역할이 필수적이다. … 결론 : 주된 논증의 전제 역할
- 둘째 단락_ 중심 문장 … 주된 논증
  - 시민들의 적극적인 관심과 참여가 더욱 중요하다. … 결론
  - (왜냐하면) 민주적 도덕공동체를 이루는 데에는 민주적 제도만으로 완전하지 않기 때문이다. … 전제
- 셋째 단락_ 뒷받침 문장 … 작은 논증
  - 공정한 배분의 원칙은 공동체의 화합을 위해 중요하다. … 결론
  - (왜냐하면) 공동체 내의 갈등은 사회적 가치의 분배 문제에서 비롯되기 때문이다. … 전제
  - (그리고) 공정성은 불평등이나 평등주의 이념이 허용할 수밖에 없는 억압적 구속의 문제(즉 공동체 내의 갈등 문제)를 동시에 해결하는 것이다. … 해설

이것을 다시 요약 글로 정리하면
㉮**공공성**을 지향하는 **민주시민의 역할**이 필수적인데, **공정한 배분**의 원칙이 공동체의 화합을 위해 중요하기 때문이다. 따라서 이를 위한 시민들의 적극적인 **관심과 참여**가 특히 중요하다
㉯공공정신의 함양을 통해 공동체 내에서 공정한 배분이 이뤄지도록 이를 제도화하는 것이 곧 공공성으로서의 정의, 즉 公正이다. 이를 위해서는 (공정성의 제도적인 정착에 더해) 무엇보다 시민들의 적극적인 관심과 참여가 특히 중요하다.

앞의 [사례1]은 논증 구조가 단일하기 때문에 결론과 전제를 파악해내기가 비교적 쉽다. 따라서 이런 얕은 수준의 제시지문은 그다지 출제되지 않는 게 일반적이다. 하지만 [사례2]처럼 제시지문이 여러 단락으로 구성되어 있을 경우에는 결론을 찾는 게 그리 쉽지 않으며, 따라서 많은 주의를 기울어 찾아내야만 한다. 왜냐하면 많은 제시지문의 경우 논증 구조가 복합된 형식으로 구성되어 있기에, 결론을 분간해 찾아내기가 쉽지 않기 때문이다. 즉 한 논증의 결론이 다른 논증의 전제 역할을 하는 방식을 갖되, 여러 작은 논증이 서로 이어가며 구성되어 있는 경우다. 연세대 논술문제의 경우처럼 논점을 세

분화하여 여러 개를 묻고 찾아내야 하는 제시지문의 경우가 이에 해당된다.

　그렇더라도 대부분의 경우에는 주된 논증 아래 작은 논증을 여럿 두고 있는 형태를 취하는데, 이때 작은 논증이 주된 논증의 전제 역할을 하는 게 일반적이다. 이것을 염두에 두고 전제와 결론이 어떤 식으로 묶여 있는지를 파악하는 게 제시지문 독해의 핵심이 된다.

　이런 식으로 해서 [사례2] 각 단락의 결론 부분을 연결하면, 다음과 같은 주된 논증과 작은 논증을 합친 새로운 논증 구조가 만들어진다.

- 공공성을 지향하는 민주시민의 역할이 필수적이다.
- (그리고) 공정한 배분의 원칙이 공동체의 화합을 위해 중요하다.
- (그러므로) (공공성을 지향하는 공정한 배분 원칙을 위한) 시민들의 적극적인 관심과 참여가 특히 중요하다

　이것이 곧 [사례2]의 논증 구조로, 이것만 연결해도 앞의 ㉮에서처럼 훌륭한 요약 글이 만들어진다. 그리고 이것을 좀 더 자기의 언어로 세련되게 다듬은 것이 ㉯다.

　이처럼 제시지문을 읽고 글에 담긴 결론을 중심 문장을 통해 또는 단락별로 구분해 논증을 찾아내는 과정이 곧 제시지문 독해의 핵심이며, 이후 이것을 가지고 자신만의 언어로 재구성하는 것이 바로 요약이다. 이처럼 독해가 제대로 되면 요약은 저절로 따라붙는다.

핵심 ④ : 논제 서술 유형에 맞춰 전체 논증을 분석하고 평가하라 – 통합적 글 읽기

　결국 논리적인 글 읽기란 곧 논증 찾기를 잘하는 것이며, 논리적인 글쓰기란 논증을 잘 만들어내는 것을 의미한다. 독해는 '**논증 찾기**', 요약은 '**논증 재구성하기**'라고 보면 되는데, 그런 점에서 둘은 마치 동전의 양면과도 같다. 논증 찾기는 다음 순서를 밟아가며 하는 게 일반적이다.

- 글을 읽고 중심 문장과 결론을 찾아낸다.
- 이어서 뒷받침 문장과 전제를 찾아낸다.
- 숨은 전제와 함축 등이 있는지 확인한다.
- 전제와 결론 사이의 논증 형식을 그려가며 확인한다.

　그렇다면 논증 찾기가 제대로 이루어졌는지 어떻게 확인할 수 있을까? 이는 전제와

결론의 부합 여부를 갖고서 확인할 수 있다. 즉 전제와 결론이 부합되지 않고 따로따로 겉돈다면 이는 결코 제대로 된 논증 분석이 될 수 없다. 논증 분석을 위해서는 결론, 논증 형식, 전제의 세 부분에 대한 논증의 적절한 평가가 이뤄져야 한다.

- **결론이 옳은가? : 글의 논지가 올바른가? (논지 설정)**
- **전제가 적절한가? : 글의 논거가 타당한가? (논거 마련)**
- **전제에서 결론에 이르는 논증의 형식은 적합한가? (논증 구조)**

여기서 결론 못지않게 중요한 부분이 바로 그 결론을 지지하는 '**전제**', 즉 '**논거**'다. 논증의 결론이 전제로부터 논리적으로 뒤따를 경우, 이는 그만큼 타당한 논증임을 뜻한다. 만약 그렇지 않고 부실할 경우, 이를 두고 논증 능력이 떨어진다고 말한다.

논거 파악이 제대로 이뤄졌다면 전체 논의 전개의 정합성 및 일관성이 유지되고, 그 논의 전개가 차근차근 이뤄져 논리적 비약 없이 글의 전체적인 흐름이 체계적이고 조직적으로 전개된다. 이렇게 해서 쓴 글이 곧 잘 쓴 요약 글이자 논술 답안이 된다.

따라서 글을 읽는 동안에 논증의 타당성을 거듭 확인해야 하는데, 그렇더라도 이는 어디까지나 분석된 논제의 연장선상에서 파악되어야 한다. 논술의 핵심이 주장을 논리적으로 서술하되 타당한 근거와 함께 제시함에 있음에 비춰볼 때, 논지와 논거는 마치 바늘과 실처럼 서로 밀접하게 관계를 맺는다.

그렇기에 앞서 정의한 제시지문 독해의 개념은 다시 이렇게 정리될 수 있다. 논제가 지시하는 바에 따라 제시지문의 결론과 전제 부분을 찾아낸 후, 이것이 논지와 논거에 부합되는 논증 구조로 이뤄졌는지 타당성을 평가하는 작업이 곧 독해다.

- **제시지문 간의 연관관계를 기초로**
  - → 논제에 의거해서 제시지문을 개략적으로 읽어 그 '논지(즉 결론)'를 파악한 후
- **제시지문을 '결론+전제', '주장+근거'를 중심으로 해석하는 '논증 찾기'의 과정을 통해**
  - → 그 논지에 맞춰 제시지문을 정밀하게 읽어 <u>논거(즉 전제)</u>를 정리한 후
- **제시지문에 담긴 논제의 핵심 내용을 파악하는 작업이다.**
  - → 그 <u>논증의 타당성을 논제의 연장선상에서 평가</u>

개별 제시지문에 대한 논증 분석과 논증 글 읽기가 끝났다면, 마지막으로 할 중요한 과정이 남았다. 논제 서술 유형에 맞춰 **전체 논증**을 살피는 것이다. 즉 대입 논술에서 요구하는 사고 능력이자 평가항목인 '분석적 이해-비판적 평가-창의적 적용' 항목에 맞춰, 논증과 논증을 이치에 맞게 서로 연결시켜 문제의 요구에 부합시켜야 한다.

대입 논술은 각 대학 공히 다수의 제시지문을 주고 이를 '이해-평가-적용'과 관련한 일련의 문제로 엮어 출제하는 유형적 특성을 보인다. 이때 하나의 평가항목을 묻는 경우를 '단일 논제', 둘 이상의 평가항목을 묻는 경우를 '복합 논제'라고 하며, 다음은 그 예다.

- 제시문 (다)와 (라)에 나타난 '관용' 개념의 유사점과 차이점을 분석하시오. (이화여대 2013 인문 수시 문제2)
  → '분석하라'는 '분석적 이해' 평가항목을 묻는 것으로, 단일 논제 서술 유형의 문제다.
- 제시문(라)의 의미를 다양한 관점에서 해석하고, 그것을 바탕으로 제시문 (가)의 논지를 평가하시오. (연세대 2013 인문 수시 문제2)
  → '해석하라'와 '평가하라'는 '분석적 이해'와 '비판적 평가'의 두 평가항목을 묻는 것으로, 복합 논제 서술 유형의 문제다.

요약 · 비교 · 분석 · 해설 · 비판 · 평가 · 대안 제시 등 일련의 평가항목으로서의 논제 서술 유형은 각 문제에 주어진 해결 과제에 대한 방법적인 접근이자, 각각의 제시지문에 담긴 논증을 어떤 형식으로 구성하고 표현하고 서술할 것인가에 대한 완결적인 의미를 갖는다.

그 완결성을 위해서는 전체를 크게 살펴 논리적으로 일관되게 만들 필요가 있는데, 이때 중요한 것이 바로 논제에 담긴 **공통 주제**다. 제시지문은 인문 · 사회 · 정치 · 경제 · 문화 · 과학 심지어는 문학과 예술 등 다방면에서 발췌 · 출제된다. 이런 이유로 각각의 지문에 담긴 용어도 다르고, 표현 방법도 다르고, 사상적 기반도 다를 수밖에 없는데, 제시지문을 읽고 논증을 밝히기 어려운 이유가 이 때문이다.

따라서 제시지문을 읽고 그 안에 담긴 주제의식을 통합적으로 파악하기 위한 분석적인 준거가 필요한데, 그것이 바로 **관점 · 쟁점**이다. 즉 각각의 제시지문에 담긴 논증을 올바르게 파악했는지 관점 · 쟁점에 맞춰가며 거듭 확인하고 평가해야 한다. 관점은 추상적인 개념을 갖는 주제를 구체적인 논증으로 이끄는 일련의 관문과도 같기 때문이다.

이때 제시지문 전체를 살펴가며 읽는 통합적 글 읽기가 강조된다. 통합적으로 읽는다는 것은 철저하게 객관적이고 완전히 공평하게 글을 읽음으로써, 모든 쪽을 바라보고 어느 한쪽으로 치우치지 않으려 함을 의미한다. 편견 없이 글을 읽는다는 뜻이다. 그렇게 해서 대립되는 질문들, 즉 관점 파악에서의 균형을 잡으려는 세심한 노력을 기울여야 한다. 그것이 곧 잘된 논증이다.

이것을 설명하는 좋은 예가 있다. 예를 들어 '낙태를 살인행위로 볼 것인가, 아닌가'가 논제로 주어졌다면, 제시지문을 읽고 그 판단의 근거를 어떻게 세워야 할까? 먼저 낙태에 대한 개념부터 살펴 정의를 내리고, 이어서 낙태 행위와 관련한 근본 쟁점을 살펴야만 제시지문에 담긴 관련한 내용이 좀 더 분명하게 드러난다.

이 문제에 대한 상세한 내용은 뒤에 설명하는 것으로 하고, 그 핵심은 '태아를 인간으로 볼 것인가, 아닌가' 하는 쟁점으로 연결시켜 생각할 수 있어야 한다는 것이다. 그렇게 해서 논의를 인간을 규정하는 두 접근 방식, 즉 생물학적 관점과 사회문화적 관점을 내세우고, 그에 따른 논증을 구성해 서술해야 한다. 만약 전자의 관점에 따른다면 낙태는 살인행위가 되고, 후자의 경우라면 그렇지 않게 된다. 어느 것이든 논제의 타당성과 설득력이 관건이 된다.

제시지문을 통합해 분석적으로 읽어야 하는 이유는 또 있다. 논증의 타당성을 평가하는 척도인 논거(전제)가 일관되지 않을 경우, 논술 평가항목인 '이해-평가-적용'의 각 논제 서술 유형 역시 논리적으로 일관되지 않게 됨으로써, 잘된 논증을 깨뜨릴 수 있다. 특히 둘 이상의 평가항목을 묻는 복합 논증의 경우가 그러한데, 자칫 앞 서술 항목에서 주장한 논증과 뒤에서 밝힌 논증이 서로 이치에 맞지 않게 되는 오류를 범할 수 있다. 이역시 잘된 논증을 깨뜨리는 것으로, 그에 따라 답안의 체계가 흔들리고 문제가 요구하는 전체 내용과 논리적인 불일치를 보이게 된다.

따라서 논제의 핵심인 '공통 주제와 관점'을 거듭 확인해가며 각 제시지문을 읽고, 그에 따라 논의되고 있는 내용을 철저하게 분석하고 평가하는 과정을 되풀이해나가야 한다, 그리고 그렇게 하여 전체 논증 구조를 바로 잡아나가는 과정에서 잘된 논증, 잘 쓴 논술 답안이 생성된다.

대입 논술 제시지문을 읽고 요약하는 요령_ 개념(주제어)→논제(주제+관점)→논증(논지+논거)→재구성
- 먼저 문제부터 읽고 지문별로 중요한 개념어를 찾아 어떤 용어와 의미로 사용하고 있는지 파악한다. – 핵심 개념어(단어)에 동그라미 치기
- 이어서 제시지문을 훑어가며 살펴서 제시지문에 담긴 관점을 파악한다. – 논제(공통 주제+관점+서술)의 파악
- 제시지문 간의 연관관계를 파악하여 논제에 들어갈 내용을 밝히고 논제를 분명히 한다. –논제 분석
- 논증 구조에 맞춰 단락을 표시한다. – 글의 논증 구조(주장–근거–해설) 파악
- 중심 주장 글이 들어간 문장을 찾아낸다. –중심 문장 찾기
- 중심 문장에 담긴 주장 글을 찾아 밑줄 친다. – 핵심 주장(논지)의 파악

- 단락별로 논증의 근거를 담고 있는 문장을 찾아 밑줄 친다. – 주장을 뒷받침하는 근거(논거)의 파악
- 문장과 문장의 연관관계 속에서 논증 형식에 맞춰 재구성한다. –주장과 근거(논지와 논거)의 논리적 연결
- 논제 서술 유형에 맞춰 전체 논증을 분석하고 평가한다. –논제 서술 유형에 맞춰 논증을 재구성

6. 제시지문 독해와 요약의 포인트

(1) 올바른 읽기와 쓰기

학생들은 논증 글쓰기를 통해 자신이 얼마나 논리적으로 사고하고, 비판적으로 검토하며, 주장을 합리적으로 제시할 수 있는지를 보여줘야 한다. 이는 제시지문(텍스트)을 분석적이고 비판적으로 읽는 연습과 논술 답안을 논리적이고 체계적인 텍스트로 작성하는 훈련을 통해 가능하다.

이때 분석적 읽기는 텍스트에 내재하는 논리적 관계를 파악하고 이를 타당한 논증 구조로 분석하는 것에, 비판적 읽기는 시대적 · 사회적 상황은 물론 작가적 관점 등 그 텍스트를 형성하는 맥락에 관하여 끊임없이 되묻고 해석하는 데 중점을 두어야 한다.

또한 그 텍스트는 문장과 문장 간의 논리적 연결에 의한 논지(글의 요지)의 일관성과 단락과 단락 간의 체계적 배열을 통한 구성의 통일성, 이를 통해 전체 글이 연결과 논리의 흐름이 조직적이고 체계적인 짜임새를 갖도록 함으로써 완결성까지도 갖추어야 한다.

이것을 염두에 두고 논술 문제풀이의 핵심을 이루는 부분을 집중적으로 살펴나간다면 올바른 답안 작성을 위한 방법론적 해결책을 도모할 수 있을 것이다. 그 핵심은 논제에 담긴 핵심 주제어에 대한 개념 이해와 제시지문의 독해와 요약이라는 내용적인 면에서의 논증 능력, 논제 분석에 맞춰 문제의 지시사항과 요구조건에 맞춰 논리적으로 연결하고 논리에 맞게 적절하게 표현하는 형식적인 면에서의 구성 능력이다. 실제로 이것만 제대로 이뤄진다면 논술 답안은 어렵지 않게 완결된다.

논술 문제풀이의 핵심_ 올바른 글 읽기와 쓰기
- ■ 내용적인 면(글의 내용)_ 논제 분석과 독해 · 요약
- **개념 정의_** 논제가 묻고자 하는 핵심 주제어에 대한 개념적 이해와 내용의 축약

- **관점 파악**_ 논제와 제시지문에 담긴 핵심 쟁점 및 논점의 파악과 내용 정리
- **논증 구성**_ 제시지문에 담긴 핵심 내용을 논제와 논점에 맞춰 논증 형식으로 파악하고, 이를 자기 주장글로 요약
  - ■ 형식적인 면(글의 짜임새)_ **논리 연결**과 **문장표현**
- 문제가 지시하는 '조건–분석–서술'에 맞춰 이를 단락과 단락으로 구성하고, 논리에 맞게 서술
- 각각의 단락을 통일성, 일관성, 완결성의 원칙에 맞춰 접속표현을 적절히 사용하여 논리적으로 연결

이제 논술 공부의 전제가 되는, 제시지문을 올바로 읽고 그 핵심 내용을 적절하게 요약하는 방법에 대해 살펴보자. 물론 앞에서 많은 부분을 설명했지만, 그렇더라도 이것을 다시 살피는 목적은 분명하다. 논술 공부에서 가장 중요하면서도 해결하기 어려운 과제의 하나인 제시지문 독해와 요약에 대한 핵심 포인트를 설명하기에 앞서, 그 기본이 되는 올바른 글 읽기와 쓰기의 일반원칙을 되짚어봄으로써 주의를 환기시키고자 함이다. 그리고 이를 통해 우리가 당연하게 받아들이고 있는 잘못된 통념을 일소함으로써 올바른 논술 공부로 한 걸음 더 나아가기 위함이다.

글을 읽고 그 내용을 이해하는 데 가장 중요한 것은 **집중력**이다. 글자 하나하나, 단락에서 단락으로 넘어가는 과정마다 글쓴이의 생각을 헤아리고 그가 펼쳐나가는 논리의 흐름을 파악하는 일에는 엄청난 집중력이 필요하다. 글을 꼼꼼히 헤아려 읽는 것은 글쓴이가 치열하게 살아온 삶과 그 과정에서 축적한 지적 능력을 지금 여기에서 글을 읽는 내가 주도면밀하게 이해하고자 노력하는 과정이며, 이를 통해 공시적이고도 통시적으로 인식을 공유하고 교감하는 과정이며, 또 이를 통해 글쓴이의 체계화된 지식과 논리적 균형감각을 습득하여 내 것으로 만드는 과정이다. 당연히 고도의 집중력이 필요할 수밖에 없다.

그렇더라도 집중력만 갖고서는 안 된다. 집중력을 갖고 읽되, 잘 읽어야 한다. 이때 글을 잘 읽는 힘을 기르려면 무엇보다 많이 읽어야 한다. 다방면의 책을 많이 읽을수록 이에 비례하여 글을 잘, 제대로 읽는 데 필요한 경험과 지식, 어휘력, 사고력은 반드시 늘게 마련이다. 그럼에도 아무 글이나 닥치는 대로 읽는 것은 결코 바람직하지 않다. 많이 읽되, 좋은 글을 많이 읽어야 한다. 그리고 주도적으로 읽어야 한다. 그렇지 않고 단지 남이 써놓은 해석을 그대로 따라가며 읽게 되면, 이는 글에 담긴 내용을 자기 것으로 만들지 못함은 물론, 그 과정에서 자칫 무비판적인 사고가 습관화될 수 있다.

글을 건성으로 읽거나 글의 맥락적인 이해에서 벗어나 자기 멋대로 읽어서도 안 된다.

글의 올바른 해석을 방해하기 때문이다. 좋은 해석이란 정확한 해석이라기보다는 **글의 맥락에 맞는 적절한 해석**인데, 글을 자기중심적 · 자의적으로 읽게 되면 글 읽기를 통해 세상을 보는 안목을 기르기도, 새로운 진리를 발견하기도 어려우며, 결국에는 자신을 일깨울 기회를 잃을 뿐이다.

글을 읽을 때는 항상 새로운 사실과 가치를 함양하고 성찰하려는 자세를 추구해야 한다. 이를 위해서는 글쓴이의 상황과 시대적 흐름, 글의 내용과 구성, 주제와 관점 등 글에 담긴 맥락적인 이해에 중점을 두고 읽어야 한다. 그리고 그 과정에서 글에 담긴 주제의식과 문제의식, 글쓴이의 생각과 관점 등을 자기 것으로 만들기 위해 부단히 노력하고 평가함으로써, 그 글을 통해 지금까지는 몰랐던 사실과 가치를 체득함은 물론, 나와 마주하는 세계를 읽는 힘과 안목을 넓혀나가야 한다.

글을 올바르게 읽는 것 못지않게 글을 잘 쓰는 것 역시 중요하다. 글을 잘 쓰는 요령은 간단하다. 좋은 글을 많이 읽되 정확히 읽고, 그것을 제대로 표현하면 된다. 평소에 좋은 글을 많이 읽고 써나가다 보면, 훌륭한 문체나 설득력 있는 논리 전개 과정은 저절로 체득된다.

그렇다면 잘 쓴 글이란 과연 어떤 글일까. 한 마디로, **적절한 위치**에 **적절한 내용**이 빠짐없이 들어가 있는 글이다. 글에 내용이 뒤틀려서 배치되거나, 전달하고자 하는 주장을 알맹이 없이 중언부언하거나, 글의 흐름이 끊기고 무슨 말을 하는지 알기 어려운 경우에는 십중팔구 제대로 쓴 글이 못 된다고 보면 틀림없다. 글이 난삽하다는 것은 뜻이 같은 짧은 단어를 제쳐두고 까다로운 표현을 쓴다는 것이며, 또한 장황한 완곡어법을 써서 문장을 애매모호하게 만든다는 의미다.

그렇기에 좋은 글, 잘 쓴 글의 첫 번째 비결은 모든 문장에서 가장 분명하고 핵심적인 요소만 남기고 군더더기를 걷어내는 데 있다. 그렇게 되면 가장 명료하고 힘 있는 언어만이 남게 되어 강한 글이 된다. 만약 자신이 쓴 글에 괄호를 쳐서 이 부분을 빼고 읽어도 뜻이 통한다면, 이 부분은 과감하게 덜어내도 된다. 앞 장에서 설명한 [사례2]의 영어 지문이 그것에 대한 설명이다.

또한 사람들은 대체로 뭔가 있어 보이기 위해 말을 부풀리거나 글을 애써 꾸미려는 태도를 보이는데, 이는 옳지 않다. 문체는 글 쓰는 사람 고유의 개성으로, 글에는 자신의 개성이 묻어나야 하는데, 이 같은 태도는 글쓴이의 자아와 정체성을 허물고, 그렇게 해서 결국 자신의 것을 잃고 만다. 따라서 글을 잘 쓰기 위해서는 글에 자기만의 개성을 어떻게 담아 전달할 것인지를 끊임없이 고민하고 노력해야 한다. 학생답게 써라.

(2) 제시지문 독해의 포인트

제시지문 독해의 이해를 돕기 위해서는 특히 다음 사항을 염두에 두어야 한다.

첫째, 제시지문의 독해는 논제에 담긴 주된 개념과 기본 이론에 대한 해제라고 해도 과언이 아니다. 즉 제시지문에 담긴 전제와 결론 부분이 곧 문제에 주어진 논제의 해결 과제이자 핵심 내용임에 비춰 생각할 때, **개념 이해**가 제대로 안 되면 논제를 파악하는 데도 그만큼 어려움을 겪을 수밖에 없다.

이 경우, 제시지문 간에는 논제로 주어지는 개념이나 핵심 주제어가 서로 연관되어 제시될 수밖에 없는데, 대개의 경우 그 중 한두 제시지문은 이해하기가 결코 쉽지 않은 높은 수준이다. 그렇더라도 이것을 붙들고 쩔쩔매며 헤맬 필요는 없다. 제시지문을 구성하는 다른 글들과의 관계를 파악하면서 개념에 대한 이해를 높일 수 있기 때문이다. 앞서 누차 강조했다. 이는 특히 제시지문으로 영어 지문이 출제되는 경우에 특히 그러한데, 이것을 예를 들어 설명하면 다음과 같다.

【사례1】 한국외대 2010 인문 수시 문제1
※문제 : 〈제시문A〉와 〈제시문B〉의 공통적인 핵심어를 중심으로 각각의 요지를 밝히고, 차이점을 기술하시오(400자 내외).

〈제시문 A〉

What things are called is far more important than **what they are**. What they are called is related to their reputation, name, appearance, size, weight, and many other things that are almost always wrong and unnecessary. All this is altogether apart from their nature. However, it grows from generation to generation, merely because people believe in it. It grows gradually to become part of the thing and finally turns into its very body. What was appearance at first becomes the essence in the end.

해석

사물은 그 **본질(what they are)**보다 그것이 무엇으로 불리느냐(what things are called)가 더 중요하다. 사물이 무엇으로 불리느냐는 명성, 이름, 외형, 크기, 무게, 그 밖의 그릇되거나 불필요한 많은 것(즉 속성)들과 관계된다. 이 모든 것들은 그들의 본질과는 전적으로 무관하다. 그럼에도 단지 사람들이 그것을 믿는다는 이유만으로 세대를 거듭할수록 이러한 현상(즉 사물이 본질이 아닌 무엇인가로 불리는 속성)은 커진다. 이러한 현상은 점차 사물의 부분이 되고, 마침내는 사물 그 자체가 된다. 처음에는 외형이었던 것이 결국에는 본질이 되는 것이다.

핵심 요약

사물은 그 본질과는 무관하지만, 이것이 무엇인가의 속성으로 계속 불리어짐에 따라 결국에는 사물 그 자체가 본질이 된다. 즉 본질은 <u>사물 그 자체와 무관하게 그 속성이 외형적으로 변화된 현상</u>이다.

〈제시문 B〉

"네가 교양이 있다."고 말하거나 "네가 음악적이다."라고 말할 때, '교양이 있다'나 '음악적이다'는 네 **본질**이 아니다. 왜냐하면 너 자체가 교양이 있거나 음악적인 것이 아니기 때문이다. 다시 말해 너 자신의 본래적 조건에 '교양 있음'이나 '음악적임'이 포함되어 있지 않기 때문이다. 다른 사물도 이와 마찬가지이다. "벽 표면이 희다."라고 말할 때 '흼'은 벽 표면의 본질이 아니다. 물론 벽의 표면은 어떤 색을 가질 수밖에 없다. 하지만 벽의 표면이 희건 희지 않건 관계없이 표면은 표면이다. 이 때 '흼'은 우연적으로(by accident) 벽 표면에 속한 것이다. 반면 <u>각 사물이 그 자체로서(by its own nature) 무엇이라고 일컬어진다면, 바로 그 무엇이 '**본질**'(what-it-was-to-be)인 것이다.</u> 달리 말해 어떤 대상이 그 자체로서 무엇인지를 말하는 진술 속에서 드러나는 것, 그것이 각자의 본질이다.

핵심 요약

사물이 그 자체로서 무엇이라고 일컬어진다면, 바로 그 속성인 무엇이 본질로서, 결코 우연성을 가질 수가 없다. 즉 본질은 <u>대상이 되는 사물 그 자체로서 불변하는 내재적 속성</u>이다.

[사례1]의 경우, 〈제시지문 A〉는 철학서의 원문을 그대로 발췌한 것이라 개념을 풀어 해설했으며, 그렇기에 이것이 명확한 개념어로 드러나지 않는다. 이런 이유로 〈제시지문 A〉만을 가지고는 공통적인 핵심어를 밝혀내기가 어렵고, 또한 그렇게 되면 〈제시지문 A〉의 요지를 파악하는 것 역시 쉽지 않다.

하지만 〈제시지문 B〉를 보면, 핵심어가 '본질'임을 파악하는 게 그다지 어렵지 않음을 알 수 있는데, 따라서 이것을 통해 〈제시지문 A〉의 'what they are'가 '본질'을 의미함을 어렵지 않게 짐작할 수 있을 것이다. 예시 답안은 생략한다.

이처럼 제시지문을 구성하는 글들은 공통된 논제를 갖고 있거나 핵심 주제어에 대한 서로 다른 관점이나 쟁점을 드러내는 식으로 얽혀 있다. 즉 문제 안에서 세트로 주어지는 제시지문 간에는 서로 연관되거나 대립되는 개념이 분명히 존재하기에, 제시지문 전체를 함께 아우르면서 파악하고 이해하는 연습을 하는 게 효과적이다.

그렇기에 제시지문의 독해는 어디까지나 논제의 연장선상에서 파악해야 한다. 특히 제시지문이 어려울수록 출제자는 논제에서 제시지문 독해의 방향을 미리 잡아주게 되는데, 이는 논점 이탈을 막으려는 출제자의 배려 때문이다. 따라서 어려운 제시지문이 출제됐다고 해서 지레 겁먹을 것이 아니라, 그럴수록 더욱 더 논제부터 꼼꼼히 분석하여 출제 의도를 정확히 파악해낼 수 있어야 한다.

둘째, 제시지문의 **핵심 단어와 용어**를 찾아내면 그만큼 중심 문장과 이를 뒷받침하는 문장을 찾기가 수월해진다. 그리고 그 중심 문장에서 결론 부분을, 뒷받침 문장에서 전제 부분을 끌어내 연결시키고, 이 둘 간의 **논증 구조**에 대한 적정성을 평가하면 된다.

아래의 [사례2]는 핵심어가 제시지문의 표면에 드러난 경우로, 이런 경우에는 단락별로 자주 등장하는 단어를 끄집어내고, 이것을 연결시키는 것만으로도 쉽게 논증 구조를 만들어낼 수 있다. 물론 이 경우 역시 논제에서 묻는 결론(즉 논지)부터 분명하고 명확하게 밝히는 게 좋다. 이것이 곧 제시지문의 논지가 되며, 이것을 밝혀내면 이것을 근거로 전제(즉 논거) 부분을 찾아내는 게 한결 쉬워지기 때문이다.

[사례2] 제시지문의 경우, 첫 문장에서 결론이 그대로 드러나는 전형적인 연역형 글에 해당하는데, 따라서 이것에 호응하는 전제 부분을 찾아내는 것은 그다지 어렵지 않을 것이다.

【사례2】 홍익대 2010 인문 수시 문제1 제시지문(가)
※문제_ 제시문 (가)~(라)는 인간의 몸에 대한 다양한 시각들을 보여준다. 각 제시문의 시각을 요약·비교하시오.

(가) **신체**는 본질적으로 언제나 **분할**될 수 있지만 **정신**은 어떤 경우에도 **분할될 수 없다**는 점에서 신체와 정신 사이에는 큰 차이가 존재한다. 실제로 **정신**, 즉 사유하는 실체로서의 나 자신을 고찰할 때 나는 내 안에서 어떠한 부분도 구분할 수 없으며, 나 자신을 전체적이고 **통일**적인 대상으로 **인식**한다. 정신 전체가 몸 전체와 하나로 합쳐져 있는 것으로 보이지만, 나의 발이나 팔 또는 다른 신체 부분이 절단될 경우에도 나의 정신으로부터 떨어져 나가는 것은 아무것도 없다는 것을 나는 인식한다.
또한 의지, 느낌, 인식과 같은 능력을 정신의 일부분이라고 지칭해서도 안 된다. 의지를 가지는 것, 무엇을 느끼는 것, 무엇을 **인식**하는 것은 하나의 **동일한 정신**에 의하여 이루어지기 때문이다. 그러나 물질적인 사물, 즉 연장(延長)된 사물의 경우는 다르다. 그것은 사유를 통하여 쉽게 부분으로 쪼개질 수 있고 따라서 분할 가능한 대상이기 때문이다.

•중심 문장과 뒷받침 문장을 중심으로 전제와 결론을 이끌어내면
– 신체는 본질적으로 언제나 분할될 수 있지만, 정신은 어떤 경우에도 분할될 수 없다. … 결론(주장)

- (왜냐하면) 정신은 인간 자신을 전체적이고 통일적인 대상으로 인식하기 때문이다. … 전제(근거)
- (그리고) 무엇을 인식하는 것은 하나의 동일한 정신에 의하여 이루어지기 때문이다. … 해설
- 이것을 그대로 연결하면, (가)에 나타난 '몸에 대한 시각'에 대한 요약 글이 완성된다.
- 신체와는 달리 정신은 어떤 경우에도 분할될 수 없는데, 왜냐하면 인간은 동일한 정신에 의하여 전체적이고 통일적으로 대상을 인식하기 때문이다

셋째, 경우에 따라서는 **논거(전제)**부터 마련하고, 여기에 맞춰 논지(결론)를 설정하는 게 효과적일 수 있다. 제시지문에 결론 부분(논지)이 쉽게 드러나지 않는 경우가 그러한데, 특히 문제에서 논제가 드러나지 않을 때는 논지와 논점을 파악해내기가 까다롭다. 이런 유형의 제시지문이 주어질 경우에는 전제에 해당하는 문장부터 끄집어내고, 이것을 통해 결론을 유추해내는 과정으로 해결해나가면 된다. 그렇더라도 그 결론은 어디까지나 문제의 요구조건에 맞춰 해석되어야 함은 물론이다.

아래의 [사례3]처럼 '제시지문(가)의 관점에서'라는 식으로 논제의 전제조건이 주어진 경우가 그러한데, 이것에 맞춰 아래와 같이 결론 부분을 유추해내면 된다.

【사례3】 이화여대 2011 인문 수시_ 제시문 [가]의 관점에서 제시문 [나]를 설명하시오.

[가] 인간은 사회적인 존재이므로 다른 사람과 어울려 살아야 한다. 그러기 위해서는 상호 간에 원활한 의사소통이 이루어져야 한다. 언어는 이를 위한 핵심적인 수단으로서, 인간이 고안해 낸 기호 체계이다. 인간이 의사소통을 위한 표현과 전달의 수단으로 사용하는 이러한 언어 기호를 **상징(象徵)**이라고도 부른다. 인간이 언어를 사용하는 행위는 근본적으로 **의사소통**을 하기 위한 것이다. 발화(發話)는 말하는 사람의 측면에서 보면 자신의 생각을 표현하는 행위지만, 표현 그 자체가 목적이 되는 것은 아니다. 언어를 사용하는 행위가 실제로는 다른 궁극적인 목적을 달성하기 위한 수단이고 과정일 때가 많다. 그 궁극적인 목적이란, 무엇보다도 말하는 사람이 듣는 사람의 마음을 움직여 의도했던 반응을 도출해 내려고 하는 것이다. 이런 과정에 따라 듣는 사람의 심리에 영향을 끼치는 일을 **감화(感化)**라 한다. 말하는 사람이 듣는 사람에게 무엇인가 기대하는 바가 있다면, 그것은 이러한 감화의 과정을 거친 뒤에야 비로소 그 성취를 기대할 수 있는 것이다.

전제를 통해 결론을 유추 해석
- 인간이 언어를 사용하는 행위는 언어기호(상징)를 통해 근본적으로 의사소통을 하기 위한 것이다. … 전제1
- 그 궁극적인 목적이란, 말하는 사람이 듣는 사람의 마음을 움직여(감화시켜) 의도했던 반응을 도출해내려고 하는 것이다. … 전제2
- (그러므로) 인간은 언어적 의사소통을 통해 서로 교감한다. … 결론
- (즉 언어라는 기호적 상징을 매개체로 상대방을 감화시키는 과정이 곧 의사소통이다.) … 결론 … (가)의 관점

넷째, 제시지문이 긴 경우에는 이를 읽고 해석하는 데 어려움을 겪을 수 있다. 글의 전체 논지와 논거를 파악해내기도 어렵거니와, 글을 읽는 동안에 앞 글에 담긴 의미를 자칫 지나칠 수 있기 때문이다. 따라서 이런 장문의 경우에는 단락을 구분지어 살피되, 먼저 **해설과 관련한 지문부터 따로 떼어놓고** 보면 전체 논증 구조가 분명하게 드러나게 된다. 그런 다음에 **핵심 단락**에 집중해서 읽어야 한다. 그 핵심 단락이란 곧 지문 전체의 주장 글을 담은 단락으로, 이것만 올바르게 파악되면 나머지 전제에 해당하는 부분 역시 어렵지 않게 파악할 수 있다. 그리고 그것의 대부분은 해설을 담은 단락의 중심 문장에 담겼다고 보면 된다.

시 · 소설 등의 문학작품이나 도표 · 그래프 등의 통계자료가 제시지문으로 주어지는 경우 역시 마찬가지인데, 제시지문에 글의 논지와 논거가 드러나 있지 않기 때문이다. 이런 제시지문일수록 그만큼 포괄적인 관점에서 전체를 살피고 이해할 수 있어야 하는데, 이것이 말처럼 쉽지 않다. 그렇더라도 이 부분 역시 제시지문을 통해 읽고 해석하는 연습을 통해 극복해나가야만 한다. 이 부분에 대해서는 이어지는 '제시지문의 요약' 부분에서 예를 들어가며 설명한다.

이상을 통해 알 수 있듯이, 제시지문에 담긴 논지를 파악하고 여기에 맞춰 논거를 세우는 일련의 논증 찾기 과정은 마치 바늘 가는 데 실 가듯이 자연스럽게 연결되어야 하며, 그것도 어디까지나 문제에 담긴 논제의 연장선상에서 파악되어야 한다.

이런 이유로 독해에 앞서 제시지문 간의 연관관계를 파악하는 논제 분석 과정이 따라야 하며(논제 분석에 대해서는 뒷장에서 자세히 설명한다), 그 과정에서 논점 이탈과 논리의 비약으로 흐르는 것을 막을 수 있다. 결국 문제 해결의 모든 키는 분석된 논제에 맞춰 제시지문을 어떻게 해석해내느냐에 달렸음을 알 수 있다.

(3) 제시지문 요약의 포인트

앞서 밝혔듯이, 논술시험에서 가장 중시하는 것이 주어진 제시지문을 객관적 · 비판적으로 해석하고 분석하는 능력이다. 이것이 바로 제시지문의 올바른 독해로, 그런 점에서 논술시험은 독해력을 우선적으로 묻는 시험이기도 하다. 그런데 독해력의 우수 여부는 요약 글을 통해 검증되기에 '요약하기'는 무척 중요하다. 그럼에도 수험생들이 가장 힘들어하는 것이 바로 요약하기다. 무엇보다 객관식 찍기 시험에 익숙한 수험생들의 입장에서 볼 때 글을 쓰는 것 자체가 여간 생경하고 힘든 게 아니며, 더군다나 이것에 대한 어떠한 객관적 준거는 물론 예시 글조차도 찾아볼 수 없기 때문이다.

그렇더라도 그리 걱정할 필요는 없다. 시험이란 게 워낙 상대적인 것이어서 요약 글쓰기를 나만 어렵게 생각하는 것은 아니기 때문이다. 이 때문에 포기하거나 회피하기보다는 이 부분에 대한 연습을 남들보다 조금만 더 열심히 하게 되면 좋은 결과를 낳는다. 실제 합격권에 속하는 학생들의 당락에 결정적인 영향을 미치는 게 바로 요약 부분인데, 왜냐하면 요약이 제대로 안 될 경우 글이 정리가 안 되고 산만해져 채점자의 눈 밖에 나기 십상이기 때문이다.

따라서 논술시험의 합격을 위해서는 정확한 독해와 올바른 요약이 필수조건이 되는데, 이 둘은 마치 바늘과 실처럼 함께 공부해나가야 한다. 즉 제시지문을 가지고 독해와 요약을 동시에 해나가면서 공부하는 게 가장 효과적이다. 한 가지 확실한 것은, 글쓰기는 하면 할수록 는다는 점이다. 글의 내용을 생각해가면서 써나가다 보면, 그리고 그 글을 계속해서 수정해나가다 보면 그 솜씨는 점점 더 늘게 되어 있다.

요약이란 주어진 글을 읽고 그 핵심 내용을 짧은 분량으로 정리하는 작업이다. 즉 요약이란 글의 핵심어를 사용하여 이를 논리적으로 연결시켜 전체를 합리적으로 재구성하는 일련의 과정이다. 논술에서 요약은 글의 핵심 내용을 담은 중심 문장을 찾아내고, 이를 중심으로 글의 논지를 판별하여 해석해내고, 이것을 뒷받침하는 문장을 찾아 타당한 논거를 더하는 일련의 가치판단이라는 복합적인 사고 과정을 필요로 한다. 그런 점에서 요약하기는 독해가 제대로 됐는지에 대한 검증 과정이기도 하다. 이러한 요약하기의 과정은 글을 객관적·비판적으로 분석하는 능력을 함양하는 데 유용한 도구가 된다. 따라서 요약적 글쓰기는 주어진 글에 대한 이해도를 높이고, 이를 자신의 언어로 전달하는 능력을 기르는 논증 글쓰기라고 보면 된다.

요약하기의 과정은 자신이 읽은 글에서 중요한 부분과 그렇지 않은 부분을 구별하는 능력은 물론, 주어진 글의 내용을 논리의 비약이 없이 체계화하는 역량까지도 담아낸다. 또한, 정해진 글쓰기 분량 내에서 자신이 말하고자 하는 내용에 부합하는 사례라든가 증거를 효과적으로 제시할 때도 요약하기는 매우 중요하다.

글의 내용을 정확하게 이해하기 위해서는 글을 통해서 전달하려고 하는 '정보'를 효과적으로 정리하는 요약적 사고가 필요하다. 논술 답안을 제대로 쓰지 못하는 것은 주어진 글을 제대로 이해하지 못함으로써, 이것이 올바른 요약으로 이어지지 못했다고 보면 된다.

요약의 방법에는 문장으로 서술하면서 요약하는 방법과 주제어를 중심으로 항목화하여 요약하는 방법이 있는데, 논술시험에는 전자의 방법이 사용된다. '**서술형으로 요약하기**'는 글의 내용을 핵심 주제어와 중심 문장으로 정리하고, 그것을 연결시키면서 한두 문단 정도로 요약하는 것을 말한다. 이때 전체 글의 주제가 부각되어야 하며, 문장과 문장 사이의 논리관계가 유기적으로 전개되도록 요약해야 한다. 그리고 글의 내용을 필요 이상으로 추상화하는 것을 경계해야 한다. 핵심은 군더더기 말을 없애고 중심 문장을 중심으로 가능한 한 짧게 요약해야 한다는 점이다.

따라서 모든 제시지문을 읽을 때는 항상 그 내용을 요약하는 훈련을 병행해나가야 한다. 이는 제시지문에 담긴 요점을 파악하는 능력뿐만 아니라 파악한 것을 자신의 관점에서 비판적으로 재구성할 수 있는 능력을 키워준다. 그렇기에 제시지문을 읽을 때는 항상 '왜'라는 질문을 던지면서 읽도록 습관화해야 한다.

① 요약을 잘하는 요령

그럼에도 요약을 좀 더 효율적으로 해나가기 위한 방법은 분명 있다. 특히 다음 사항을 염두에 두고 요약한다면 글의 흐름과 구조에 대한 이해가 더해지고, 그러한 과정에서 자연스럽게 독해력까지 향상될 것이다. 그런 점에서 요약은 독해의 연장이라고 봐야할 것인데, 특히 다음 사항을 염두에 두고 해나가면 된다. 중요한 것은, 요약 글은 논증 구조를 갖는 하나의 완성된 문장이 되어야 하며, 또한 요약 글만을 읽고도 전체 내용이 파악될 수 있도록 구체적이고도 정확하며 간결한 문장으로 정리되어야 한다. 절대 장황한 논조로 중언부언해서는 안 된다. 말이 쉽지, 실제로 이렇게 되기까지에는 엄청난 시간과 노력을 필요로 한다. 그럼에도 이것을 뛰어넘지 않으면 결코 해결되지 않음을 이해하고 연습해나가야 한다. 이 부분만큼은 온전히 수험생 몫이다.

지문 요약을 잘하려면
- 논제에서 요구하는 사항에 따라, 글 전체에 담긴 의미를 포괄적으로 파악한다.
- 제시지문 속의 핵심어와 중심 단락을 찾는다. 글의 논증 구조를 중심으로, 각 문단의 중심 단어와 **중심 문장**을 찾아 요약한다.
- **핵심어**에 밑줄을 긋고, 그 단어를 중심으로 논리적으로 연결시켜 이를 하나의 문장으로 정리한다. 이

렇게 해서 전체를 두세 문장 정도 길이에 150자 전후로 요약한다.

- 주어진 글이 길 경우, 각 문장의 유기적인 관계를 설정하여 <u>두세 개의 단락으로 구분한 후 이를 순차적으로 요약</u>하고, 이후 이를 다시 하나의 문장으로 정리한다. 이때, 가능한 한 하나의 문단을 하나의 문장으로 요약하는 게 좋다.
- 어디까지나 구체적이고 정확한 문장으로 완성해야 한다. 이때 **핵심어는 변환하지 말고 그대로 써야** 한다. 자칫하다가는 내용이 왜곡되고, 글의 이해가 떨어질 수 있기 때문이다. 또한 <u>이것이 누락될 경우, 채점에서 불이익을 받을 수 있기에 특히 주의해야</u> 한다.
- 문제에서 특별히 지시하는 분량이 있으면 그 기준에 맞춰 줄여 쓴다.
- 만약 요약 능력이 떨어질 경우에는, 각 문단별로 옆 부분에 먼저 간단히 메모를 해가면서 읽은 후에, 다시 이것을 토대로 문단과 전체를 번갈아가며 파악하면서 요약하는 게 효과적이다.

이상을 염두에 두고 제시지문 요약의 예를 몇 가지 살펴보자. 아래의 경우처럼 기출문제에 실린 사례를 살피는 게 훨씬 이해를 도울 것이다.

【사례1】 숙명여대 2009 인문 수시2 1차 공통문항 문제1

※문제1. 〈가〉의 필자가 말하고자 한 것을 간추려 적으시오. (분량: 100자 ± 10자)

〈가〉 사람들이 내 글을 보고 '<u>오랑캐의 연호(年號)를 쓴 글</u>'이라고 시비한다는데, 무슨 말인지 모르겠습니다. 나의 책 『열하일기』는 기행문에 지나지 않습니다. 이런 글이 있건 없건, 잘 지었건 못 지었건, **별다른 영향이 없을 글**입니다. 애초에 어찌 『춘추(春秋)』의 의리를 따지며 글을 썼겠습니까? 지금 어떤 사람들이 갑자기 그런 문제들을 가지고 책망한다니, 좀 지나친 것 같습니다.

아아, 세상에서 청나라 연호를 처음 쓰기 시작할 때에, 우리 동방의 선현들 가운데는 고신(告身) 위에 쓰지 말자고 주장한 분이 있었습니다. 또 사대부 집안에서 무덤에 글을 새기면서 '숭정(崇禎) 기원 후'라고 소급하여 쓴 경우도 있긴 했습니다.

그러나 공사 간의 문서에서는 청나라 연호를 피할 수가 없었습니다. **어쩔 수가 없기 때문**입니다. 그러므로 논밭이나 집을 사들일 때에 그것을 대대로 전하려고 생각하지 않는 것은 아니지만, 그 문서를 작성할 때에는 결국 당시의 연호를 썼습니다. 그러지 않으면 <u>매매가 이루어지지 않기 때문</u>입니다. 이 세상에서 『춘추』의 의리에 가장 엄격한 저 사람들이 장차 "오랑캐의 연호가 붙은 집이라서 살지 않겠다."라고 말하는지, 또 과연 "오랑캐의 연호가 붙은 논밭이라서 그 소출을 먹지 않겠다."라고 말하는지, 나는 아직도 모르겠습니다.

핵심 요약

'열하일기'에 청의 연호를 썼다는 이유로 비난하는 것은 지나치다. 영향력이 크지 않은 단순 기행문이라 굳이 **명분**을 따져가며 쓸 필요도 없었고, 또한 문서상의 **편의**를 위해서도 <u>어쩔 수 없이</u> 사용해야 했기 때문이다.

[사례1]은 제시지문 〈가〉 글쓴이의 주장을 100자 전후로 요약하라는 문제다. 이런 식으로 구어제 문장으로 쓴 글의 경우에는 글의 핵심어가 쉽게 드러나지 않아 요약하기

가 생각보다 어렵다. 이런 글일수록 전체 내용을 포괄적으로 이해하고 이에 맞춰 글을 재구성해야 하는데, 특히 글쓴이의 주장을 담은 문장에 주목할 필요가 있다. 제시지문 내의 '별다른 영향이 없을 글', '좀 지나치다', '어쩔 수가 없기 때문'이 그것으로, 왜 글쓴이가 이 같은 말을 했는지 생각하면서 전체를 파악해야 한다. 그 과정에서 이것에 맞춰 핵심어를 새롭게 만들어 집어넣으면 앞의 요약 글처럼 자연스럽게 논리적으로 재구성된다.

② 첨삭을 통해 요약을 다듬어라

【사례2】 서울시립대 2013 인문 모의_ 문제1의 제시지문(가)를 250자 내외로 요약하라.

(가) 자연 상태에서는 자기 보존을 방해하는 여러 장애물의 저항력이 강해서, 여러 장애물의 저항력이 각 개인이 자신을 유지하기 위해 행사할 수 있는 힘을 능가하는 경우를 생각해 보자. 그렇게 되면 이 원시 상태는 더 이상 존속하지 못하게 되므로 인류는 그 생활 방식을 바꾸지 않으면 멸망하고 말 것이다. 그런데 인간이란 새로운 힘을 창출해낼 수는 없고 다만 이미 존재하는 힘을 결합하여 하나의 방향으로 운영할 수밖에 없다. 그러므로 자기를 보존하기 위해서는 그 저항력을 능가할 수 있는 힘을 한데 모을 필요가 있다. 힘을 한데 모으는 과정은 자기보존을 유일한 동기로 삼아 함께 움직여 나가야 한다.
→ 비록 인간은 새로운 힘을 창출해낼 수 있는 능력은 없지만, 이미 존재하는 힘을 결합하여 한 방향으로 나아가게 함으로써 스스로를 보존해나갈 수 있다.

이 힘의 총화는 많은 사람들의 협력에 의해서만 생겨날 수 있다. 그러나 개인 각자의 힘과 자유는 자기보존을 위한 최초의 수단이다. 그렇다면 어떻게 해야 각자는 자기 자신을 손상시키거나 자기보존을 소홀히 하지 않고도 이 힘과 자유를 활용할 수 있을까? 이러한 난제를 나의 주제와 결부시킨다면 다음과 같이 기술할 수 있다. '서로의 힘을 합하여 공동의 힘으로 각 성원의 생명과 재산을 방어하고 보호하는 일종의 연합 형태를 조직하기는 하지만, 전체를 위한 행위가 자신에 대한 불복종을 의미하지 않는, 그래서 전체에 결합하지만 종전처럼 자기 자신에게만 복종하고 이전과 마찬가지로 자유를 잃지 않는 연합 형태를 발견하는 것이다.' 이것이야말로 사회계약에 의해 해결되어야 할 근본 문제이다.
→ 즉 사람들은 서로 힘을 합하여 각자의 생명과 재산을 방어하고 보호하려 들기에 그만큼 협력적이지만, 그럴더라도 전체를 위한 협력 행위의 결과에 개인 스스로의 자유와 권위가 복종되고 복속되는 형태가 되어서는 안 된다. 이는 사회계약이 해결해야 할 가장 근본 문제다.

이 계약의 조항들은 조금만 수정을 가하여도 그 계약 모두가 무효화되거나 백지화되도록 행위의 본성에 의해 엄격히 규정되어 있다. 따라서 계약은 아직까지 명문화되어 공포된 적은 없으나, 어디에서나 같은 성격으로 또 어느 곳에서나 암묵적으로 인정받아 온 것이다. 만약 사회계약이 파기되어 버린다면 각 개인은 원초적 자유를 포기한 대신에 얻은 공인된 자유를 상실하고, 애초부터 주어진 권리와 자연적인 자유의 상태로 되돌아가게 될 것이다. 이 계약 내용은 구성원 각자가 자신의 일체의 권리를 전적으로 그 공동체에 양도한다는 것이다. 왜냐하면 우선 각자가 모두 자신을 전적으로 양도하게 되면 각 사람이 놓인 조건은 동일하게 되며, 각 사람의 조건이 동일해지면 누구도 타인에게 불리하도록 하는 데 관심을 갖지 않을 것이기 때문이다.

→ 사회계약은 행위 주체의 본성에 의해 엄격히 규정된 것이기에, 그만큼 절대적이고도 보편타당한 힘으로 작용한다. 즉 사회계약은 구성원 각자가 자신의 일체의 권리를 전적으로 공동체에 양도하여 개별적인 조건을 동일하게 함으로써, 그 누구도 타인으로부터 불리하고 부당하게 대우받지 않도록 강제한다.

그리고 이 양도가 온전히 이행되면 그 결합도 가장 완전하게 되므로 어떤 구성원도 더 이상 아무것도 요구할 것이 없게 된다. 만약 각 개인에게 어떤 권리가 남아 있다면 개개인과 공중 사이에서 심판을 내려줄 높은 권력자가 없으므로, 어느 면에서는 자신의 심판관인 각 개인이 모든 면에서 그렇게 되겠다고 나설 것이며, 그렇게 되면 자연 상태는 존속될 것이며, 연합체는 필연적으로 전제(專制)적이 되거나 또는 무용지물이 되고 말 것이다.

→ 따라서 계약의 영향력이 완전하고도 절대적인 힘으로 작용될 수 있도록, 그 양도는 완전하게 이행되어야 한다.

결국 각자는 자신을 전체에 양도하는 것이지 어떤 한 개인에게 양도하는 것은 아니다. 그리고 자신이 다른 사람에게 양도한 것과 동일한 권리를 획득하지 않은 구성원은 아무도 없다. 그러므로 개인은 그가 단체에 양도했던 것과 동등한 보상을 받을 수 있으며, 또한 현재 그가 소유하고 있는 것을 보존하는 데에도 더 큰 힘의 조력을 얻게 된다.

→ 이처럼 각자는 공동체의 더 큰 이익을 위해 개인의 권리를 전체에 양도한 것이기에, 그에 따른 보상 역시 당연히 개인의 소유와 자기보존의 수준을 넘어선다.

전체 요약

비록 인간은 새로운 힘을 창출해낼 수 있는 능력은 없지만, 이미 존재하는 힘을 결합하여 한 방향으로 나아가게 함으로써 스스로를 보존해나갈 수 있다. 즉 사람들은 서로 힘을 합하여 각자의 생명과 재산을 방어하고 보호하고자 하기에 그만큼 협력적이지만, 그렇더라도 전체를 위한 협력 행위의 결과에 개인 스스로의 자유와 권위가 복종되고 복속되는 형태가 되어서는 안 된다. 이는 사회계약이 해결해야 할 가장 근본 문제다. 사회계약은 행위 주체의 본성에 의해 엄격히 규정된 것이기에, 그만큼 절대적이고도 보편타당한 힘으로 작용한다. 즉 사회계약은 구성원 각자가 자신의 일체의 권리를 전적으로 공동체에 양도하여 개별적인 조건을 동일하게 함으로써, 그 누구도 타인으로부터 불리하고 부당하게 대우받지 않도록 강제한다. 따라서 계약의 영향력이 완전하고도 절대적인 힘으로 작용될 수 있도록, 그 양도는 완전하게 이행되어야 한다. 이처럼 각자는 공동체의 더 큰 이익을 위해 개인의 권리를 전체에 양도한 것이기에, 그에 따른 보상 역시 당연히 개인의 소유와 보존의 수준을 넘어선다.

250자 내외로 다시 축약

사람들이 서로 힘을 합하여 각자의 생명과 재산을 보호하고자 하는 주체적 본성이 사회계약을 이뤄낸다. 그렇더라도 전체를 위한 협력 행위의 결과에 개인 스스로의 자유와 권위가 복종되고 복속되어서는 안 된다. 사회계약은 공동체의 더 큰 이익을 위해 각자의 권리를 전체에 양도하되, 그 누구도 타인으로부터 불리하고 부당하게 대우받지 않도록 그만큼 절대적이고도 보편타당한 힘으로 강제하기 때문이다. 그렇기에 그 양도는 완전하게 이행되어야 하며, 그에 따른 보상 역시 개인의 소유와 자기보존의 수준을 넘어선다.

(가)의 논지_ 사회계약은 공동체의 이익을 위해 각자의 권리를 전체에 양도해야 하는 보편타당하고도 절대적인 가치이자 이념이다.

제시지문을 요약함에 중요한 것은, 긴 글을 읽고 글쓴이가 말하고자 하는 핵심을 찾아 간단히 정리하는 능력이다. 즉 긴 글을 제대로 요약할 줄 알아야 서술해야 할 방향을 제대로 찾아 올바른 논술 답안을 쓸 수 있다.

[사례2]처럼 제시지문이 길게 주어질 경우, 각 문장의 유기적인 관계를 설정하여 두세 개 단락으로 구분하거나 주어진 단락에 맞춰 순차적으로 요약하고, 이후 다시 이를 하나의 문장으로 정리하면 된다. 이를 위해서는 먼저 각 단락의 중심 문장에 밑줄을 긋고, 그 문장에 살을 보태가며 연결한 후에 읽어본다. 이때 그 내용이 매끄럽게 논리적으로 이어진다면 그 제시지문은 잘 요약된 것이지만, 만약 그렇지 않고 어딘가 어색할 경우에는 제대로 요약하지 못한 것이라고 보면 된다.

[사례2]는 그것을 보여주는데, 여기서 생각해야 할 것이 바로 '**첨삭**'이다. 긴 글일수록 그리고 제시지문에 대한 독해 수준이 낮을수록 글에 담긴 핵심 내용과 그렇지 않은 내용을 구분해내는 능력이 떨어진다. 또한 그렇기에 제시지문에 실린 글을 그대로 인용하려 든다. 이렇게 되면 당연히 글이 길어질 수밖에 없는데, 어떤 의미에서 보면 이는 글의 인용 수준에 지나지 않아 결코 제대로 된 요약 글이 될 수 없다.

그렇더라도 크게 염려할 필요는 없다. 이렇게 정리한 글을 다시 축약하는 과정에서 자기만의 언어로 재구성함으로써 요약 글로 거듭나게 만들면 된다. 이는 첨삭을 통한 글의 축약 과정을 의미한다. [사례2]의 경우, 각 단락의 핵심 내용을 정리한 후, 이를 첨삭하는 과정을 거치면서 다시 250자 내외의 글로 축약하면 곧 제시지문의 요약 글이 된다(일반적인 지문 요약의 경우에는 글자 수는 100~150자, 두세 문장이면 충분하다).

이를 통해 반드시 알아두어야 할 것이 있다.

첫째, 첨삭은 요약된 글을 다듬는 과정이다. 그렇기에 이는 논제 분석에 따라 논지가 파악되고, 독해를 통해 논거가 뒷받침되는 등으로 요약 글의 '논증 구조'가 제대로 세워졌을 경우에나 가능하다. 이후 이를 논술시험에 맞춰 더욱 세련된 글로 다듬어나가는 과정이 곧 첨삭이다. 그렇기에 논증 구조가 이뤄지지 않아 요약된 글이 논점 이탈이나 논리의 비약으로 흐른 경우에는 이후의 첨삭 과정은 그야말로 무용지물이다. 글 전체가 잘못됐는데, 이것을 어떻게 첨삭을 통해 바로잡을 수 있단 말인가. 따라서 이런 경우에는 다시 쓰기를 해가면서 처음부터 다시 살펴야 한다.

둘째, 그렇기에 첨삭에는 학생 스스로 요약 글을 다시 써가면서 축약하는 과정이 필요하다. 학생 스스로 작성한 요약 글을 다시 고민을 거듭해가면서 축약하고 정리해나가는 과정에서 글쓰기 실력은 그만큼 늘게 되어 있다. 이런 이유로 학생을 지도하는 논술 강사나 학교 선생님은 학생이 이것이 가능한 수준에 오를 때까지는 조용히 뒷짐을 지고 물러나 있되, 전체적인 차원에서의 방향만을 제시해야 한다. 에둘러 가며 학생들에게 가르치려들 경우, 이는 학생의 실력 향상을 오히려 가로 막는 나쁜 결과를 가져올 뿐이다.

제시지문을 요약할 때 주의할 점

- 주어진 글을 단순히 요약하라고 했을 때, 원 글에 없는 내용을 보태거나 왜곡해서는 안 된다. 원 글을 비판하거나 자기주장을 보태도 안 된다. 주어진 글을 그대로 인용하거나, 명확한 근거가 없이 일방적인 주장만을 나열해서도 안 된다.
- 객관적인 입장을 견지해야 한다. 요약은 글의 재구성이지 재창조가 아니며, 그렇기에 자기주장이 개입할 여지는 없다. 객관적이고 중립적인 입장에서 제시지문 자체의 논리적인 설명만을 담아내야 한다.
- 글 전체를 단숨에 읽고 곧바로 요약하는 것은 옳지 않다. 단박에 통찰하기가 어려울뿐더러, 그런 수준 낮은 제시문은 주어지지 않는다. 요약은 어디까지나 독해력에 있음을 유념하여, 주어진 제시지문을 충분히 읽고 전체의 요지를 파악해낼 수 있어야 한다.
- 주어진 제시지문을 요약할 때는 반드시 출제된 문제를 읽고, 어디까지나 그 문제에서 요구하는 논제에 맞춰 요약해야 한다.
- '도입–논거–주장' 혹은 '주장–근거' 순서로 사고를 구조화시킬 경우, 이는 오히려 요약에 도움이 되지 않는다. 어디까지나 전체 요지를 파악하는 게 중요하며, 그렇게 해서 전체 내용을 어떻게 담아 요약할 것이지가 중유하다.
- 주어진 글에 글쓴이가 드러내려는 주장과 논거가 분명하지 않거나, 숨은 의도나 전제가 있거나, 글이 너무 어려워 독해가 안 되어 요약하기 어렵더라도 당황해서는 안 된다. 이럴 경우, 주어진 제시지문들 간의 연관관계 속에서 유추하여 해결할 수 있다. 예를 들어 제시지문을 서로 대립되는 관점으로 묶어 요약·비교·비판하라고 묻는 경우가 많은데, 그렇기에 주어진 전체 제시지문 간의 연관관계 속에서 핵심 내용을 파악함으로써 해결할 수가 있다.
- 특히 영어지문의 경우, 원문이 그대로 출제되는 경우가 대부분이어서 독해에 난항을 겪을 수 있는데, 이로 인해 제대로 요약하지 못하는 경우가 많다. 따라서 이 경우 역시 무엇보다 제시지문 간의 연관관계 속에서 그 핵심을 파악하는 것이 중요하다.
- 또한 영어지문의 경우, 이를 그대로 직역한 후에 요약할 경우에는 자칫 글의 두서가 없거나 핵심 내용을 빠뜨릴 수 있다. 이 역시 전체를 파악하여 의역과 직역의 중간선에서 요약하는 게 효과적이다.
- 서술의 논리성 및 완결성에 유의해야 한다. 제시지문 내용의 일부만을 담았거나, 요점 정리하듯 중요 문장 몇 개만을 골라 옮겨 쓰거나 압축해서 서술해서는 안 된다. 주장과 근거가 분명하게 드러나도록 재구성해야 한다.
- 사소하거나 불필요한 내용은 과감히 덜어낸다. 중요한 내용이더라도 반복되거나 잉여적인 부분은 삭제한다. 하위어는 상위어로 교체한다. 너무 구체적인 내용은 논증에 맞게 일반화하여 표현한다.

③ 좋은 글을 모방하라

좋은 글을 쓰는 요령은 간단하다. 좋은 글을 많이 읽되, 정확히 읽고 그것을 제대로 표현하면 된다. 평소에 좋은 글을 많이 읽고 써나가다 보면, 훌륭한 문체나 설득력 있는 논리 전개 과정은 저절로 체득된다.

그렇다면 좋은 글이란 과연 어떤 글일까. 거듭 강조하는 얘기지만, 적절한 위치에 적절한 내용이 빠짐없이 들어가 있는 글이다. 글에 내용이 뒤틀려서 배치된다거나, 전달하고자 하는 주장에 알맹이가 없고 중언부언한다거나, 글의 흐름이 끊기고 무슨 말을 하는지 알기 어려운 경우에는 십중팔구 제대로 쓴 글이 못 된다고 보면 된다.

하지만 글쓰기에 익숙하지 않은 학생들이 처음부터 논증 글을 잘 쓰기란 여간 어려운 게 아니다. 논증 글의 경우에는 논자인 수험생들의 주장에 설득력 있는 근거가 뒷받침되어야만 하는데, 특히 그 근거를 논리적으로 제시할 수 있도록 부단히 연습해야만 논술 시험에서 요구하는 제대로 된 좋은 글을 쓸 수 있다. 이런 이유로, 논증 글쓰기는 일련의 **모방적인 학습과정**을 필요로 한다. 즉 좋은 글을 읽고 따라서 써보는 것이다. 교과서에 실린 핵심 내용은 물론, 기출문제 예시답안 중에서 뛰어난 글을 읽고 따라 쓰다 보면 자신도 모르는 사이에 글 솜씨는 늘게 되어 있다. 그리고 그 과정에서 어떻게 쓰는 것이 훌륭한 답안이 되는지 파악할 수 있게 된다.

여기에 더해, 좋은 글귀나 문장, 특히 논술과 관련한 중요한 개념이나 핵심 시사 이슈 등을 평소에 정리해 두는 습관을 들인다면, 창의적이고도 비판적인 답안을 쓰는 데 많은 도움이 된다. 물론 수능 비문학 지문은 글을 모방하는 학습에 더할 나위 없이 좋은 소재가 된다.

중요한 것은, 좋은 글쓰기에는 반드시 좋은 글 읽기 훈련이 선행되어야 한다는 사실이다. 따라서 글쓰기에 앞서 먼저 좋은 글부터 가려 읽되, 어디까지나 집중해서 읽음으로써 내용을 확실하게 이해할 수 있어야 한다. 그런 점에서 고전과 명저의 발췌 글 읽기는 좋은 글쓰기에 아주 유용하다. 이는 기출문제에 실린 글만을 가지고도 얼마든지 가능한데, 문제는 발췌 글의 경우에 그 핵심 내용을 전체의 맥락에서 이해하기가 어렵다는 데 있다. 그렇기에 고전과 명저의 발췌 글을 읽을 때는 그 사상적인 배경이나 시대적인 맥락 등을 놓치지 말아야 한다. 이를 위해서는 서평이나 책의 서문을 읽는 것도 많은 도움이 되는데, 이것을 찾아 되도록 함께 읽도록 한다.

이와 함께 수능 비문학 기출문제 중에서 읽고 요약해가면서 공부하기 적절한 좋은 지문을 찾아 읽도록 한다. 이때 그 지문을 앞서 설명한 '글의 논증 구조를 파악하는 훈련'에 맞춰 중심 주장 글을 찾고 그 근거를 밝힌 후, 이를 논증 형식으로 요약하는 연습을 해나갈 필요가 있다. 처음에는 이것이 무척 어렵고 힘들겠지만 굳센 마음을 가지고 꾸준히 연습해나가다 보면, 수능 성적도 오르고 논술 실력도 비약적으로 향상할 것이다.

7. 문학작품 지문을 논증에 맞춰 읽는 일반원칙

(1) 문학작품 제시지문이 논술로 자주 출제되는 이유

최근 대입 논술시험에서 나타나는 가장 큰 변화이자 특징의 하나가 바로 소설·시·희곡·수필 등 다양한 문학작품을 제시지문으로 구성하여 출제한다는 점이다. 이때 문학작품을 제시지문으로 구성하는 경우에는 문제에서 다루는 주제가 철학적 개념을 담는 경우가 일반적이다. 그에 따라 학생들이 제시지문을 읽고 해석하기가 까다로울 뿐만 아니라, 그 핵심 내용을 논증 형식으로 구성하여 서술하기조차 힘들다.

문학작품을 논술 지문으로 많이 다루게 되면 당연히 논제 역시 철학적 개념을 주제로 하여 물을 수밖에 없는데, 왜냐하면 소설이나 시 등의 문학작품은 동시대의 사회상을 바라보는 작가의 문제의식이 담긴 결과물이기 때문이다. 이를 테면 소설 속에는 그 시대의 모습과 생활이 담겨있기 마련이어서, 소설을 읽으면 당대의 사회상황과 당대 사람들의 가치관, 의식 등을 엿볼 수 있다. 그렇기에 소설의 세계에는 인간 삶의 자취가 물씬 담겨 있게 마련이다. 개인의 갈등과 고민, 욕망 추구 등이 사회적 환경 및 시대상황과 맞물리면서 일어나는 부조리한 문제들을 첨예하게 그려내는 것이 소설이라는 문학 장르기 때문이다.

예를 들어 조세희의 『난장이가 쏘아올린 작은 공』에서는 '계급적 관점에서 바라보는 인간 소외 문제'를, 최인훈의 『광장』에서는 '이데올로기와 담론'을 주제로 다뤘기에, 그만큼 다의적이고도 다각적인 해석과 비평이 내려질 수 있는데, 이것이 문학작품이 논술지문으로 거듭해서 출제되는 이유다. 시 또한 마찬가지다. 삶의 경험을 다루기는 소설과 마찬가지인데, 시인은 의미 없이 지나간 삶에 새로운 의미를 부여하고 흩어진 기억들을 연결하여 설득력 있는 이미지로 거듭나게 한다. 그에 따라 우리는 시를 통해 재구성된 기억을 현재의 감정에 의해 새롭게 구성함으로써, 인간의 깊은 내면을 성찰하고 반성하는 삶을 되살아 나간다.

이와 함께 논술 제시지문으로 빠짐없이 등장하는 것이 '신화'다. 신화는 상상력의 보물창고다. 신화는 우리에게 보이는 세계, 우리가 아는 세계만 존재하는 것이 아니라 보이지 않는 세계, 알지 못하는 세계가 있다고 가르친다. 신화는 보이지 않는 세계가 오히려 현실보다 더 진실하다고 가르친다. 신화는 예술과 마찬가지로, 우리의 삶이 반드시 합리적인 것은 아님을 보여준다. 신화 속에는 온갖 신비스러운 사건과 이해할 수 없는 일들로 가득하다. 그리하여 우리는 신화를 통해 우리의 삶도 모순과 불가사의한 일들의 연속임을 깨닫는다. 신화의 언어는 그러한 깨달음을 우리에게 전해준다. 그렇기에 신화는 우리의 삶이 방향을 잃고 방황할 때 앞으로 나아갈 길을 밝혀주는 등대이자 삶의 원형이며 인류가 함께 꾸는 꿈이다. 시대를 막론하고 인류는 신화라는 거대한 그물에 연결되어 삶의 교훈과 생명력을 얻는다. 논술 제시지문으로 신화가 빠짐없이 등장하는 이유가 이 때문이다.

이처럼 문학작품은 다분히 내면적이고 성찰적이며 주관적인 관점을 지향함을 알 수 있는데, 그에 따라 문학작품은 논리적인 서술보다는 주로 함축된 의미를 내포하게 된다. 글쓴이가 사용하고 있는 단어보다 보이지 않는 행간에서 더 많은 의미와 내용을 찾을 수 있다. 그렇기에 문제는 문학작품 제시지문을 어떻게 논리적으로 읽고 해석할 것이냐다. 문학적 언어들은 그 자체로 고정되어 있지 않고 맥락적인 연결 관계를 통해서만 그 의미를 이해하고 파악할 수 있는데, 요는 이것이 결코 쉽지 않다는 것이다. 더군다나 해석된 내용을 논증 형식에 맞춰 서술해내기란 무척 힘들다. 어떻게 해야 할까? 방법은 있기 마련이니 다음을 염두에 두고 논증에 맞춰 읽고 쓰면 된다.

(2) 문학작품 제시지문을 읽고 논증하기 어려운 이유

이제까지 학생들은 수능을 위해 시와 소설의 주제는 물론 단어 하나하나까지 미리 짜인 틀에 맞춰 끊임없이 외우느라 용을 썼기에, 문학작품을 읽으면서 자기 나름대로 그 작품의 의미를 꼼꼼히 따져보고 생각해보는 훈련을 받아본 적이 거의 없다. 그런 학생들에게 문학작품 제시지문을 읽고 이를 논증 형식에 맞춰 서술하라고 하면 아마도 머리에서 쥐가 날 것이다.

　학생들은 논술 문제로 자주 출제되는 문학작품을 그저 줄기차게 읽어야 한다고 생각하는데, 이는 그다지 도움이 안 된다. 자신의 힘으로 꼼꼼하게 읽어서 그 작품에 담긴 의미를 생각하는 힘을 기르는 것이 더 필요하고 또 중요하기 때문이다. 그렇기에 단 한 작품을 읽더라도 직접 그 의미를 생각하고 그것을 글로 풀어내는 훈련을 해보는 것이 더 효과적이다.

　실제, 논술 지문으로 문학작품이 나왔을 때 그것을 읽고 안 읽고는 문제 해결에 별반 관계없다. 오히려 전체 줄거리에 대한 **선입견**이 문제 해결을 방해할 수 있다. 문학작품의 일부 구절이 제시지문으로 출제됨으로써 주제와 관점이 달라질 수 있음은 물론이며, 또한 논제에 따라 해석의 방향과 관점이 달라질 수 있기 때문이다. 문학작품 지문에서 묻고 있는 것은 그 작품에 대한 문학적인 이해와 감상의 측면이 아니라, 어디까지나 논제가 요구하는 관점에 논의의 초점을 맞추고 이에 적합하게 해석한 후, 이를 논증 형식으로 구성하라는 차원이다.

　논술의 주제와 논제를 구체화하는 하위개념으로서의 관점(쟁점·논점)을 제시지문 안에서 찾아 해석해내야 하는 점에서는 문학작품 역시 비문학 지문과 마찬가지다. 하지만 문학작품은 글의 형식이 **서사**와 **묘사**로 이뤄져 있고, 또 글의 내용 역시 **비유**와 **은유**, **상징**과 **함축**이 많기에 이를 논제에 맞춰 관점을 찾아내기가 무척 까다롭다. 문학작품 제시지문을 읽고 해석하여 이를 논증 형식으로 서술하기 어려운 가장 큰 이유가 바로 이 때문이다.

　이는 중요한 의미를 갖는다. 논제에 대한 개념을 이해한 후 이것을 연장하여 **관점**을 찾아내는 일이야말로 문학작품 제시지문 해석과 논증 글쓰기의 관건이 되기 때문이다. 이런 이유로 문학작품이 제시지문으로 출제됐을 때, 문제부터 읽지 않고 곧바로 제시지문부터 읽는 것은 절대 피해야 한다. 문학작품의 해석은 선입견에 크게 좌우될 수 있기 때문이다. 평소 글 읽기를 통해 체득된 문학작품의 주제를 그대로 떠올린다거나, 또는 문학 제시지문을 읽으면서 처음 떠오른 자신의 생각들에 영향을 받는다면, 문제에서 요구하는 출제 의도로부터 벗어날 위험이 따른다.

　오직 문제 안에 담긴 주제와 논제가 지향하는 관점을 파악한 후 이에 맞춰 문학 제시지문을 해석하고 논증해야 하는데, 이것을 찾아내기 위해서는 특히 다음에 유의해야 한다. 먼저 함께 출제된 다른 제시지문, 특히 비문학 제시지문부터 살피고 그 안에 담긴 관점을 찾아 확인한 후, 그것에 의거하여 문학 제시지문 안에서도 똑같은 식으로 관점을 찾아낸다. 이때 논술에서 묻는 관점은 이항대립적인 쟁점이나 문제점 혹은 개념적 용어(이를 테면, 순기능과 역기능, 긍정적 측면과 부정적 측면, 개인적 측면과 사회적 측면 등등)를 담기 마련이어서, 전체 제시지문을 이분법적으로 분리해 살피면 어렵지 않게 찾아낼 수 있다.

(3) 코드와 맥락으로 파악하라

그렇다면 어떤 식으로 글을 읽어 관점을 파악하고 이를 논지로 연결시켜야 할까? 글에 담긴 핵심 주장과 주된 화제에 대한 설명을 중심으로 파악해야 하는 비문학 제시지문과는 달리, 문학작품 제시지문은 각 문학 장르의 **특성**을 중심으로 글을 읽어야 한다. 그리고 이를 통해 텍스트를 이해하고, 그것을 논제와 결부시켜 사고를 확장해야 한다.

시·소설·희곡 등의 문학작품은 이미지·사건·인물·배경 등을 꾸며내서 보여줌으로써, 그것들을 통해 간접적으로 **주제**(작가의 문제의식)를 제시한다(다만, 수필은 직접적으로 제시한다). 하지만 글의 주제를 파악하는 일은 간단치 않다. 주제는 다름 아닌 글의 핵심적인 의미인데. 의미가 형성되고 또 파악되는 데에는 글의 구조, 독자의 생각, 사회 전반의 분위기와 관습 등 글 안팎의 여러 사항들이 관련되어 있기 때문이다. 따라서 글의 주제와 관련한 **상황**(역사적·사회적 **맥락**)과 **관점**(논제가 묻는 관점이 아닌, 문학 제시지문에 담긴 주제의식을 조명하는 '선택된 **코드**'로, 장르·구성·수사를 포괄하는 개념이라고 보면 된다)을 파악해야 한다. 이를 살피면 필자가 그 글을 쓴 의도, 글의 맥락(문맥), 초점, 주제 등이 비교적 쉽게 파악된다. 결국 상황과 관점이라는 것은 글을 쓰는 행위가 이루어진 글의 탄생 배경이자 해석의 배경이다.

상황과 관점은 구체적인 정보를 담은 말과 글이 아니라 비유·분위기·말투 등을 통해, 한마디로 '말을 하는 행위'의 특징을 통해 간접적으로 암시될 수도 있다. 글에 드러나기도 하고 숨어 있기도 하다. 그것은 소재와 주제가 공적(사회적)이기보다는 개인적인 글이나 시간과 공간의 제약을 많이 받는 글에 더 뚜렷이 드러나 있다. 그리고 이는 설명과 논증보다는 묘사와 서사에 좀 더 구체적으로 드러나 있는데, 바로 이 때문에 지문을 논증 형식으로 읽고 쓰기가 어려운 것이다.

묘사란 사물이나 상황 또는 그것에서 받은 느낌을 언어적으로 재현해내는 글쓰기 방식이다. 묘사는 대상의 속성 그 자체는 물론이고 그것이 촉발하는 감각적인 느낌을 다양한 비유를 통해 마치 그림을 그리듯 언어로 표현한 것이기에, 그 중심 내용을 다시 논증으로 구성하고 서술하기가 무척 어렵다. 서사란 일정한 시간 속에서 일어나는 사건이나 행위를 순서에 따라 서술하는 방법이다. 서사는 사건의 시간적 진술이므로 시간성이 기본 구성 요소가 되는데, 따라서 사건의 진행 과정은 물론 사건이 갖는 의미와 인과관계까지 따져 밝혀야 하는 어려움이 있다. 이처럼 묘사와 서사는 상황과 관점의 파악은 물론 논증을 구성하기 어렵게 한다.

한편 상황과 관점이 구체적으로 드러나 있지 않아 이를 쉽사리 파악하기 어려울 때는, 글 안에 흩어져 있는 정보들을 종합하고 **낱말**의 사용 · **말투** · **비유**의 특징과 글 전체의 **분위기** 등을 바탕으로 그것을 상상하고 추리해내야 한다. 그리고 그 낱말이나 문구를 중심으로 이어나가면서 논제가 묻는 관점에 맞춰 서술하면, 그것이 그대로 논증 글쓰기로 이어진다.

그렇더라도 명심할 것, 문학작품 그 자체에 담긴 주제를 그대로 연결시켜 제시지문을 해석하고 관점을 찾으려고 해서는 안 된다. 논술 주제는 얼마든지 문학작품 주제와는 다른 관점에서 이를 지문으로 재구성하여 출제할 수 있기에, 어디까지나 지문으로 출제된 문학 구문 ㄱ 자체만을 놓고서 이것을 논제의 요구조건에 맞춰 해석하고 분석해야 한다. 만약 그렇지 않을 경우 논제와는 동떨어진 자의적인 해석이 되어 자칫 논점을 이탈할 수 있으니 주의해야 한다.

(4) 시를 읽고 해석하여 논증으로 연결하는 포인트

논술시험에서 시를 읽고 해석함에 중요한 것은 오직 시에 담긴 '**주제**'일 뿐, 운율이나 이미지 같은 미학적 요소를 구성하는 시의 형식적 특성은 무시해도 된다. 논술시험에서 시를 제시지문으로 출제하는 주된 이유는 이것이 우리 사회의 어떤 중요한 문제와 비판의식을 담고 있기 때문이기에 그것이 무엇인지 찾아내기만 하면 된다. 그 포인트는 다음 두 가지다.

첫째, 맥락을 이해하는 필수 요소로서의 시어가 가진 상징적 의미를 비문학적으로 풀어내는 게 중요하다. 시는 문제의식을 **상징어**에 담아 풀어내기에 이것을 파악하는 것은 그다지 어렵지 않으며, 또한 이것이 그대로 시의 주제이자 논제가 묻는 관점을 담은 맥락적인 코드가 되는 게 일반적이다.

둘째, 시의 **화자**가 시에서 말하고자 하는 감정을 살펴보는 것도 관점을 파악하는 중요한 요소다. 이를 위해서는 먼저 시 전체의 단어들을 찬찬히 살펴 상징어를 찾아낸 후, 이어서 그 시의 화자가 어떤 상황에 처해 있고, 또 시인이 전달하려는 메시지가 과연 무엇인지를 꼼꼼히 따져 밝혀야 한다.

이렇게 해서 시에 담긴 함축적이고도 상징적인 단어를 일상 언어나 사회과학적인 언어로 풀어내는 것이 관건이 된다. 즉 시의 문학적 단어들을 논술에서 사용되는 개념어로 바꿔 논증 형식에 맞춰 서술하면, 그것이 논술 답안에서 원하는 제시지문 요약이자 글의 논지가 된다. 이것을 다음의 [사례1, 2]를 통해 확인할 수 있을 것이다.

그렇더라도 주의해야 할 것이 있다. 시를 읽고 이를 논증 형식에 맞춰 요약할 때 기준이 되는 것은 어디까지나 논제, 즉 **공통된 주제**나 그것에 부속하는 **관점**이라는 것이다([사례1] 참조). 덧붙여 문제 안에서 특정 지시에 따라 논증하라는 요구가 있을 경우에는 반드시 그것을 따라야 한다([사례2] 참조). 만약 그렇지 않고 시에 대한 선입견을 갖고 지레짐작으로 해석할 경우에는, 시적 의미의 해석이 다른 방향으로 흐를 수 있으며 그에 따라 논증을 망칠 수 있다. 이를 [사례1, 2]를 통해 확인할 수 있을 것이다.

【사례 1】 중앙대 2011 인문I 수시2차 문제1의 제시지문(가)

[문제 1] 제시지문 (가), (나), (다), (라)의 논지 차이를 하나의 완성된 글로 작성하시오.

상상해봐, 천국이 없다고
노력하면 너무 쉬워
우리 밑에 지옥도 없다고
우리 위에는 하늘뿐이라고
상상해봐, 모든 사람들이
오늘을 위해 산다고
상상해봐, 어떤 국가도 없다고
그건 어렵지 않아
누구도 그 때문에 죽이거나 죽지 않고
또 어떤 종교도 없다고
상상해봐, 모든 사람들이
평화롭게 산다고

넌 날 꿈꾸는 사람이라고 할지 몰라
그러나 <u>나는 혼자가 아니야</u>
나는 언젠가 네가 <u>우리와 함께하길 바래</u>
그러면 세계는 하나가 되겠지
상상해봐, 어떤 사유(私有)도 없다고
넌 상상할 수 있을 거야
<u>탐욕도 굶주림도 없다고</u>
모두가 형제라고
상상해봐, 모든 사람들이
<u>세계를 공유한다고</u>
넌 날 꿈꾸는 사람이라고 할지 몰라
그러나 나는 혼자가 아니야
나는 언젠가 네가 우리와 함께하길 바래
<u>그러면 세계는 하나가 되겠지</u>

요약

종교, 국가, 삶, 탐욕과 굶주림 등에 대한 일체의 사유나 어떠한 이념적인 구속도 없이, 모든 사람들이 자유롭고 평화롭게 사는 세계를 나는 꿈꾼다.

(가)의 논지_ 인간을 억압하는 세상의 모든 구속으로부터의 **자유**를 주장한다.

【**사례 2**】 경기내 201 인분 수시 문제1의 제시지문(가)

※문제 : ②제시문 (가)에서 ㉠이 어떤 의미를 지니는지 ①(나)를 참고하여 ②**설명**하시오(이하 생략). (참고로, '(나)의 논지는 인간의 소통 부재는 공동체적 가치를 약화시키고, 개인을 더욱 더 고립시킨다.' 이다).

(가) 숲에 가 보니 나무들은
제가끔 서 있더군
제가끔 서 있어도 나무들은
<u>숲이었어</u>
광화문 지하도를 지나며
숱한 사람들이 만나지만
<u>왜 그들은 숲이 아닌가</u>
이 메마른 땅을 ㉠**외롭게** 지나치며
낯선 그대와 만날 때
그대와 나는 왜
숲이 아닌가

(나)의 관점에서 (가)를 요약하면

· 숲과 나무_ 숲은 조화로운 공동체, 나무는 현대 정보사회에서 고립된 개인
· 광화문 지하도라는 메마른 땅_ 정보사회에서 인간 사이의 소통과 사회적 행위를 매개하는 중개자
· 숱한 사람들, 낯선 그대와 나_ 정보사회에서 확대되고 동시다발적으로 관계 맺게 되는 인간관계의 대상들
· 제가끔과 외롭게_ 비록 나무는 숲과 일정한 거리를 유지하면서 제가끔 서 있더라도 서로 조화롭게 공존하고 있지만, 인간은 그렇지 못하고 숲의 한 가운데서 서로가 소통하지 못하고 고립된 객체로 외롭게 살아간다.

(나)를 참고하여, (가)의 ㉠이 어떤 의미를 지니는지를 설명하면

(가)의 '외롭게'는 현대 정보사회에서 '제가끔' 서 있는 나무들처럼 각자가 공동체적 가치를 갖고 서로 소통하며 살아가지 못하고, 개성과 독자성을 잃고 고립된 개인으로 살아가는 현대인의 비대면적 인간관계의 일그러진 자화상을 나타낸다.

[사례1]의 제시지문은 비틀즈의 전 멤버였던 존 레논의 그 유명한 'Imagine'이라는 곡을 번역하여 출제한 것으로, 제시지문에 담긴 논지를 다른 제시지문과 비교하라는 문제로 주어졌다. 하지만 이 노래가사를 읽는 것만으로는 논지를 파악해내기가 어렵고, 또한 이를 요약 글로 작성하기에도 익숙하지 않다. 이런 이유로, 다른 제시지문을 읽어 전체를 관통하는 주제 또는 논제를 파악해낸 후에, 이것을 앞의 제시지문에 대입시켜 해석하는 게 더 효과적이다. 그렇기에 이런 제시지문이 주어졌다고 해서 겁먹을 이유는 하등 없다. 오히려 이런 문제일수록 해결하기 쉬운 경우가 많은데, 실제 다른 제시지문을 통해 문제의 주제가 '자유'임을 파악하는 것은 어렵지 않다. 따라서 '자유'라는 주제가 갖는 다양한 관점에서 이 제시지문을 읽으면 전체의 의미를 쉽게 이해할 수 있다.

하지만 수험생들에게는 이런 유형의 제시지문에 대한 요약이 익숙하지 않아 어려움을 겪는 경우가 많은데, 그렇더라도 전혀 당황할 필요가 없다. 어차피 100~150자 전후의 한두 문장으로 짧게 요약하면 되기 때문에, 제시지문 안에 실린 주요 상징이나 단어를 연결시켜 전체를 포괄적으로 구성하면 된다. 여기서 중요한 것이 **논지의 파악**이다. 제시지문을 읽고 개인을 지배하는 국가권력 및 모든 사회적 권력을 부정하고, 절대적 자유가 행하여지는 사회의 실현을 지향하는 무제한적인 자유로서의 '아나키즘(무정부주의)'을 어렴풋하게나마 읽어낼 수만 있다면, 그것으로 논지 파악은 충분히 이뤄진 것이다. 그리고 그 논지는 당연한 말이겠지만, 주제를 지향한다.

(5) 소설을 읽고 해석하여 논증으로 연결하는 포인트

소설의 경우, '**인물, 사건, 배경**'의 3요소를 중심으로 특성을 파악하면 그 주제가 무엇인지 쉽게 파악된다. 중심 사건이 무엇인지, 어떤 인물들이 등장하고 있으며 중심 사건과 어떻게 연결됐는지, 그 사건을 대하는 각 인물들의 태도는 어떠한지, 주인공과 어떤 관계로 어떻게 갈등을 겪고 있는지, 그 사건이 그렇게 돌아가는 배경은 무엇인지를 파악하고 이에 답할 수 있으면 그 소설은 이해된 것이다.

이때 이야기 전개의 틀을 소설 주제가 갖는 '관점'이라고 한다. 소설 전개의 관점은 1인칭인 '화자'와 3인칭인 '타자'의 두 가지 측면에서 그 의식의 흐름을 따라가면 쉽게 파악되고 분석될 수 있다. 왜냐하면 소설의 주제는 작가가 사회적 문제의식을 담아 소설 속의 등장인물에 투영한 것이며, 이것이 소설의 3요소를 중심으로 상황과 관점을 생성하기 때문이다.

따라서 소설을 인물·사건·배경으로 나누어 살펴본 후에 그것들 전체에서 도출되는 의미를 찾아내면 되는데, 그것이 곧 소설의 주제이며, 또한 논술 논제로 묻는 쟁점(관점)이 된다. 이렇게 해서 발췌 지문에서 읽어낼 수 있는 의미들을 바탕으로 논술문을 구성하면, 그것이 곧 제시지문 요약 글이자 글의 논지가 된다.

다음의 [사례3]은 '2013 건국대 인문 수시 문제2의 제시지문(라)'로, 정체성에 대한 다양한 관점을 비교분석하고, 이를 바탕으로 제시지문(라)에 그려진 주인공인 화자의 행동을 분석하라는 문제다. 사례에서 알 수 있듯이, '정체성'이란 주제를 놓고 ①에서 확인한 다양한 관점을 바탕으로 1인칭인 '나'와 3인칭 타자인 '영래'의 의식의 흐름을 따라가면서 이 둘의 행동을 분석하면, ②의 '나'의 행동에 대한 올바른 판단을 내릴 수 있다.

참고로 앞서 말한 것처럼, 특히 소설의 경우에는 작품 전체의 주제와 논술 발췌 지문에 담긴 주제의식 사이에 일정한 간극이 생길 수 있는데, [사례3]은 이것을 잘 설명한다. 제시지문(라)는 황석영의 단편 「아우를 위하여」에서 발췌하여 출제한 지문으로, 작품 원전에 담긴 주제의식인 '권력', '시민의식', '계급갈등'의 차원이 아닌 '정체성'의 차원에서 논제를 구성하고, 이에 따른 관점의 차이를 근거로 해서 답할 것을 요구하고 있다. 따라서 이를 분명하게 인식하고 문제를 풀어야 한다.

【사례3】 2013 건국대 인문 수시 문제2의 제시지문(라)

※문제. ①[가]와 [나]의 정체성에 대한 관점을 비교하고, ②이를 바탕으로 [라]에 그려진 '나'의 행동에 대한 자신의 견해를 논술하시오. (①에 대한 설명은 생략)

(라) 동열이를 배반자로 몰아세웠듯이 자치회 때 눈에 난 아이들을 앞으로 불러내서 벌을 가했다. 신발주머니를 까먹고 안 가져왔던 애들은 벌 청소를, 청소가 불량했던 분단을 몽땅 오리걸음으로 걷게 한다거나, 반반원이 참가하여 다른 반 애들과 붙었던 기계불알 땅 빼앗기에서 빠졌던 애들은 코 잡고 맴돌기 오십 번 시키는 식이었다. 아이들은 그런 일에 전처럼 열광하지도 않았고 시들해 있었으며 전보다는 오히려 서로가 화목해진 편이었다. 모두를 축구하거나 땅 빼앗기에 이겨야 한다는 핑계로 마구 자루는 데 휩쓸리고프지도 않았다. 애들이 앞에 나가서 코끼리 맴돌기를 하고 있을 때, 자치회를 위하여 자리를 피해 주었던 선생님이 눈을 휘둥그레 뜨며 놀랐다.

"뭘 하구 있는 거예요."

아이들은 입을 꾹 다물었고 영래가 자신만만하게 말했다.

"벌을 주고 있습니다."

"무슨 벌을?"

"애들이 단체행동에서 빠지려구 합니다."

"단체행동이라니…."

"애들 때문에 우리가 졌어요. 우리 반의 명예를 위해서 전부 놀이에 참가할 작정이었습니다."

"네, 그런가요. 언제 그 놀이를 해보자구 여럿이서 의논했나요?"

선생님의 한결같은 부드러운 질문에 영래가 대들 듯이 거칠게 대답했다.

"아뇨. 하나마나죠. 우리 반을 위해서 나는 모두 참가해야 된다구 생각했습니다."

"물론 여럿이 하는 일에 마음이 모두 맞기란 어려운 일입니다. 그렇지만 각자의 의견도 묻지 않고 혼자만 주장해서는 절대로 무슨 일에서건 이길 수 없을 거예요. 급장의 책임이 중할수록 누구에게 불만이 없는가를 살피고, 있다면 그 불만이 자기가 저지른 어떤 잘못 때문이 아닌가 스스로 반성해 보아야 합니다. 마음을 모으겠다는 핑계로 제 잘못을 감추는 일이 있어서도 안 됩니다."

그러나 자치회 때의 일로 영래와 종하, 은수 그 애들은 선생님을 점점 더 비웃게 되었고, 자기네와 별로 나이 차이가 많지 않은 소녀라고 눌러 보려 했던 것이다. 그 애들이 병아리 선생님에 관한 음탕한 욕지거리를 지껄이거나, 그이가 돌아서서 칠판에 글씨를 쓸 때 쑥떡을 먹이는 이상스런 몸짓을 하는 거였다. 나는 이 공공연한 모독에 의한 아이들의 수치심이 점차로 깊이 만연되어 가고 있었던 상태를 전혀 느끼지도 못했었다.

어느 산수 시간에 뒷자리 아이로부터 내게 가지 작게 접은 종잇조각이 건네져 왔으며, 펴보고 나서 나는 드디어 더 이상 두려워해서는 안 된다고 결심했다. 종잇조각에는 "본 다음에 앞으로 돌릴 것. 임종하" 라고 쓰여 있고 밑에다 그이에 관한 욕설을 곁들여 변소에서도 간혹 볼 수 있는 추잡한 그림이 그려져 있었다. 나는 그림을 책갈피에 끼워 넣고 시간이 끝나기를 애가 달아 가다렸다. 그동안 나는 별의별 공상에 시달렸다. 나는 얻어터진다. 머리가 깨어져 다 죽게 된다. 그이가 나를 업고 간다. 몇 날 몇 달을 끝없이 간다. 시간이 끝나고 선생님이 나가자마자 뒤에서 종하가 대견한 짓이라도 해냈다는 듯이 "애들아. 그 쪽지 어디가지 갔는지 이쪽으루 다시 돌려라."라 하며 떠들었다. 나는 <u>벌떡 일어나 겁내지 않으려 애쓰면서 말했다.</u>

"내가 가졌다 왜. 정말 너 이따위 장난만 하기냐?"

종하와 은수가 얼굴을 마주 보더니 어이없다는 듯 낄낄 웃어댔다.

"그게 니 깔치니?"

"구경했으면 고맙다구 그럴 게지, 이 새끼가….."

나도 지지 않았다.

<u>"너희들 사과 안 하면 그냥 안 둔다."</u>

그에게로 가서 종잇조각을 내밀어 주었다.

"사과해, 너는 선생님을 욕보인 나쁜 놈이다."

<u>"그래, 병아리 선생님은 좋은 분이야."</u> 하고 석환이가 잇달아 하는 소리가 들렸다.

전체요약(설명)

반 자치회 때 눈 밖에 난 아이들을 불러내서 벌을 가하고 있는 영래에게 선생님이 이유를 묻자, 영래는 아이들이 단체행동에서 빠지려고 하기에 벌을 준 것 뿐이라고 자신만만하게 대답했다. 이에 선생님은, 여럿이 함께 하는 일일수록 의논해서 결정해야 하며, 더군다나 학급을 통솔하는 급장의 책임이 중할수록 더욱 더 학급의 불만을 살피고, 그 불만이 자신 때문에 발생한 것인지는 아닌지 살펴야 한다고 완곡하게 설명했다. 그러나 영래를 비롯한 일부 아이들은 선생님의 이러한 조언을 비웃고 조롱하는 행동을 함으로써, 이로 인해 아이들이 느끼는 수치심은 더욱 깊어졌다. 그러던 어느 날 산수시간에 뒷자리 아이로부터 선생님을 모욕하는 내용을 담은 작은 쪽지를 건네받아 읽은 나는, 더 이상 두려워하지 않으리라 다짐하고, 수업시간이 끝나자마자 종하와 은수에게 사과할 것을 말했고, 이에 석환이가 선생님은 좋은 분이라고 하면서 내 말을 거들었다.

8. 자료해석형 지문을 논증에 맞춰 해석하는 일반원칙

(1) 무엇을 묻나 : 자료 해석과 상황 판단

최근 대입 논술시험에서 나타나는 특징의 다른 하나는, 통계수치·도표·그래프 등의 자료를 분석하거나 그것을 활용하여 과제를 해결하라고 요구하는 '자료 해석' 문제를 출제하는 대학이 늘고 있는 점이다. 이는 인문·사회·경제·경영 등 여러 분야의 다양한 자료를 가지고 문제를 폭넓게 출제할 수 있어 그만큼 통합논술의 논제를 잘 반영할 수 있다고 판단했기 때문이다.

자료해석형 문제는 자료가 되는 도표와 이에 대한 설명이 곁들여지는데, 이를 통해 수치자료의 정리와 이해, 처리와 응용계산, 분석과 정보추출 능력을 측정한다. 따라서 문제가 묻는 논제를 분석하여 결론을 내리기까지에는 자료에 대한 철저한 이해를 뒷받침하는 수리적 사고와 창의성이 바탕이 되어야 한다. 이는 모든 결과가 통계로 처리되고, 또 이를 기반으로 업무가 진행되는 현대 지식기반 사회에서 자료 해석 능력이 학문적 의사소통 능력을 배양하기 위해 꼭 갖추어야 할 필수 지식으로 인식된 데 따른다. 또한 도표, 그래프, 통계자료를 해석하는 요소가 문항에 포함될 경우에 그만큼 평가의 객관성을 기할 수 있다는 점도 한몫을 한다.

자료 해석을 위한 소재로 제시되는 **지표**와 **지수**, **통계 수치**는 다양한 영역에서 추출되는데, 그렇더라도 개념이나 정의 그 자체를 직접 묻거나 또는 그 개념을 미리 알고 있어야만 답할 수 있는 문제는 출제되지 않는다. 만약에 이것이 필요할 경우에는, 문제와 제시지문에서 이를 드러내거나 별도의 설명이 주어진다.

자료해석형 문제는 수치, 도표, 그림으로 되어 있는 자료를 정리하고 분석할 수 있는 능력을 길러야 하기 때문에, 특히 다음 사항에 유의하면서 공부할 필요가 있다.

자료해석형 문제에 대비하기 위한 학습법

- 자료해석형 문제는 사회 · 경제 · 문화 등 다양한 영역의 자료를 다루게 된다. 워낙 방대한 분야의 다양한 자료들이 제시되므로. 특정 분야에 국한해서 공부하기보다는 다양한 영역을 다루는 게 중요하다. 따라서 평소부터 다양한 분야의 다양한 자료를 접하는 훈련을 쌓아야 한다.
- 자료에 대한 올바른 해석을 위해서는 폭넓은 **배경지식**이 필요한데, 이를 위해서는 각 교과서에 나오는 다양한 통계자료를 꼼꼼히 분석해보는 연습을 한다. 특히 **사회과목 교과서**는 주요 사회현상과 관련된 도표, 그래프, 통계자료가 많이 들어 있으므로 반드시 찾아 공부한다.
- 신문기사나 일상생활에서 자주 사용되는 **통계 · 수학 용어들에 대한 개념**을 정리한다. 그리고 이러한 용어들이 실제 자료에서 무엇을 의미하고 왜 사용되는지를 살펴보고, 이를 분석 · 평가하는 습관을 길러나간다.
- 표나 그래프에서 나타내고자 하는 의도나 핵심을 파악하는 능력을 기른다. 또한 자료에 주어진 조건대로 비율이나 백분율을 산출하는 등 자료를 직접 계산하고 조작하여 문제를 해결하는 데 필요한 값을 얻는 훈련을 한다.
- 자료의 의미를 파악 · 기술하는 훈련, 자료 속에 나타난 경향을 읽어내는 훈련, 자료를 토대로 상황을 예측하고 그 타당성을 평가해보는 훈련을 쌓는다.
- 이를 위해서는 정부자료나 언론매체의 자료, 각종 보고서나 논문 자료를 주의 깊게 살펴야 한다. 그렇더라도 이는 **기출문제에 실린 자료해석형 문제**를 풀어가며 연습하는 게 효과적인데, 여기에 더해 PSAT · LEET의 자료해석형 문제를 가지고 부족한 부분을 보완해나가면 된다.
- 이때 염두에 두어야 할 것은, 주어진 자료에 담겨있는 내용을 제대로 이해하는 것은 물론, 그것이 의미하는 바를 **논증 글쓰기**로 이어나갈 수 있도록 연습해나가야 한다. 왜냐하면 이는 그림이나 사진 등의 예술작품은 물론 시나 소설 등의 문학작품처럼 포괄적이고도 폭넓은 해석을 요구하며, 그만큼 논증으로 구성하기 어렵기 때문이다.

자료해석형 문제는 크게 '자료 해석'과 '상황 판단'을 묻는 출제 유형으로 구분된다. '자료해석형'은 현황·비교·변화를 나타내는 각종 통계자료를 제시하고 그에 대한 수치의 정리와 이해, 비교와 평가, 분석과 정보추출 능력을 측정한다. '상황판단형'은 추론이 필요한 상황자료를 제시하고 상황을 이해·적용하여 문제점을 발견하고, 문제 해결 방안의 선택 능력을 측정한다. 어느 것이든 대입 논술시험의 평가항목인 '분석적 이해-비판적 평가-창의적 적용'의 범주에서 크게 벗어나지 않으며, 또한 자료 해석과 상황 판단을 복합적으로 묻는 문제도 자주 출제된다.

자료해석형 문제를 풀기 위해서는 기본적인 통계학 개념을 학습하고, 수치·도표·통계자료에 익숙해지도록 연습해야 한다. 이를 위해서는 무엇보다 복잡한 표나 그래프에서 나타내고자 하는 의도 및 핵심을 파악하는 능력을 길러야 한다. 또한 자료의 의미를 파악하고 이를 서술하는 훈련, 자료 속의 경향을 읽어내는 훈련, 자료를 토대로 상황을 예측하고 그 타당성을 평가하는 훈련을 해나간다. 특히 정부자료나 언론매체의 자료, 각종 보고서나 논문 자료를 주의 깊게 살피고, 이를 이해·분석·적용·평가하는 습관을 들인다. 이와 함께 사회문화 교과에 실린 통계자료를 살피고, 관련한 탐구영역 역시 빠짐없이 풀어나간다.

자료해석형 문제의 출제 유형

- 아래 ①〈보기 1〉에 대한 해석을 활용하여 ②[문제 1]이 어느 한 쪽의 입장을 **비판**하시오(성대 2013 인문 모의 문제2)... 단순 자료해석형 문제
- 아래 ①〈그림 1〉과 〈그림 2〉가 보여주는 현상의 **특징을 서술**하고, ②**그런 현상이 왜 발생하는지** [문제 1]의 제시문 중 하나에 근거해서 **설명**하시오(성대 2013 인문 모의 문제3)... 복합 문제
- ①아래 〈자료〉를 **분석**하고, ②분석된 결과와 [문제 1]의 두 입장 간의 **논리적 연관성**을 밝히시오(성대 2012 인문1 수시 문제2)... **상황판단**형 문제
- ②제시문 〈가〉, 〈다〉 각각의 입장에 근거하여 ①제시문 〈라〉의 실험 결과를 **해석**하고, ③이에 대한 **자신의 견해**를 쓰시오. (연세대 2011 인문 수시 문제2)... 복합 문제
- ①제시자료(라)를 **해석**하고, ②이를 바탕으로 제시문 (가-1)을 **평가**하시오(연세대 2013 사회 수시 문제2)... 복합 문제
- ①[가]와 [나]에 근거하여 ②[다]에 나타난 설문 조사 결과를 **분석**하시오(건국대 2013 인문 수시 문제1)... **상황판단**형 문제

자료해석형 문제를 풀기 위해서는 기본적으로 표에 대한 이해와 해석에 익숙해져야 한다. 표 이외의 자료들은 대개 표를 좀 더 이해하기 쉽게 표현하거나, 표에 담기에는 많은 여러 내용을 십약하여 표현하거나, 해석의 포인트를 눈에 띄게 강조하기 위한 목적

으로 작성되기 마련이어서, 먼저 그 기본이 되는 표부터 올바르게 이해하고 해석하는 게 학습에 더 효과적이기 때문이다.

더군다나 최근에는 특정 개념을 표현하기 위해 그림이나 사진이 출제되는 경우(예를 들어 '연세대 2013 인문수시 문제2'에서 다이아몬드 원석과 가공석의 그림이 출제됐다)도 있는데, 이처럼 표나 그래프 이외에 새로운 유형의 자료들이 계속해서 출제되고 있으므로 다양한 형태의 자료를 접하며 공부할 필요가 있다.

상황판단형 문제는 인문 · 사회 · 경제 · 자연과학 등 다양한 분야를 통해 접하게 되는 사회적 상황, 구체적인 사회 이슈, 각종 정책에 대한 의사결정 사례 등을 소재로 출제된다. 따라서 평소에 사회문제에 관심을 갖고 문제의 본질, 그 대안 및 실행 전략, 실행과 집행 시에 나타날 수 있는 결과 등을 예측하는 연습을 해나간다. 특히 다양한 분야의 독서를 통해 정보 속에 숨어있는 내재적 요인들을 끌어내고, 이들 간의 논리적 관계를 추론을 통해 밝혀낼 수 있도록 훈련한다.

상황판단형 문제를 풀기 어려운 가장 큰 이유는, 가치 판단의 관점에 따라 자료 해석 결과가 달라질 수 있도록 **딜레마의 상황**을 자료 안에 담기 때문이다. 그렇게 해서 수험생들은 선뜻 판단을 못 내리고 혼란에 빠지고 마는데, 다음의 [사례1]은 이를 잘 보여준다.

[사례1]을 보면, 횡축에 '낙관성의 정도가 낮은 집단과 높은 집단'을, 종축에 '자기 능력에 대한 인식의 현실성 정도가 높은 집단과 낮은 집단'이라는 종속 변인을 제시함으로써, '2X×2Y'의 상황을 만들었는데, 그렇더라도 이를 해석하는 것은 그다지 어렵지 않다. 하지만 여기에 (가-1)의 '낙관성'이라는 또 다른 변인(핵심 개념)을 추가해서 해석을 내리게 되면 상황은 달라진다. 즉 낙관성에 기준을 두고 (라)를 해석할 경우, 각 변인 간의 가치 판단의 무게중심이 확 달라짐에 따라 선뜻 판단을 내리기 어렵게 된다. 이것, 말이 쉽지 실제 자료를 해석하기란 상당히 까다롭다. 더군다나 자료 해석을 토대로 그 해석 결과를 (가-1)의 낙관성의 개념에 맞춰 논리적으로 서술하기는 더욱 어렵다. 따라서 평소에 이런 유형의 문제를 풀어 대응하는 훈련을 해나가지 않으면, 문제 해결은 그만큼 힘겨울 수밖에 없다.

※문제 ①제시문 (라)를 해석하시오(이하 생략).

(라) 시험을 치른 학생들을 '낙관성'과 '자기 능력에 대한 인식의 현실성'을 기준으로 네 집단으로 나누어 시험성적을 분석하였다. 다음 도표는 집단별 시험성적의 평균값을 보여준다. 성적은 점수가 높을수록 우수한 것으로 해석한다.

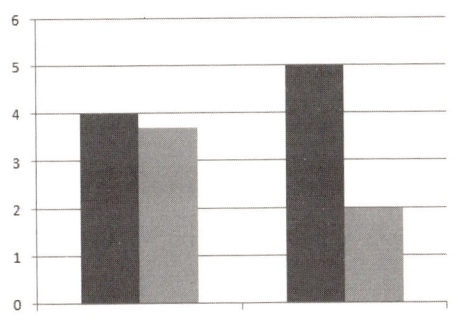

■ 자기 능력에 대한 인식의 현실성 정도가 높은 집단
■ 자기 능력에 대한 인식의 현실성 정도가 낮은 집단

낙관성의 정도가 낮은 집단   낙관성의 정도가 높은 집단

①(라)를 해석하면

• 낙관성의 정도가 낮은 집단 내의 학생들은 자기 능력에 대한 인식의 현실성 정도가 낮은 집단에 속하거나 또는 높은 집단에 속하거나 관계없이 모두 평균치의 시험 성적을 나타낸다.
  → 낙관적으로 생각하지 않는 학생들은 자기 능력을 현실적으로 인식하든 안 하든 관계없이 적극적으로 시험 성적을 올리고자 노력하지 않는다.
• 낙관성의 정도가 높은 집단 내의 자기 능력에 대한 인식의 현실성 정도가 높은 집단에 속하는 학생들은 높은 시험 성적을 나타냈다.
  → 낙관적으로 생각하는 학생으로 자기 능력에 대해 강한 자신감을 갖는 학생들은 긍정적인 사고를 갖고 적극 노력한 결과, 매우 높은 성적을 보인다.
• 낙관성의 정도가 높은 집단 내의 자기 능력에 대한 인식의 현실성 정도가 낮은 집단에 속하는 학생들은 낮은 시험 성적을 나타낸다.
  → 낙관적으로 생각하는 학생으로 자기 능력이 떨어짐에도 불구하고 맹목적인 자신감을 갖는 학생들은, 비록 긍정적인 사고로 적극 노력하더라도 성적이 낮게 나타난다.
• 낙관성의 정도에 관계없이 자기 능력에 대한 인식의 현실성 정도가 높은 집단에 속한 학생들이 낮은 집단에 속한 학생들보다 더 높은 시험 성적을 나타낸다.
  → 낙관성의 정도 차이보다는 자기 능력에 대한 현실적 인식이 시험 성적에 더 많은 영향을 미친다.

(2) 자료의 올바른 이해와 정확한 해석

　자료해석형 문제는 인문 · 사회 · 문화 · 경제 등 다양한 영역의 자료를 다루게 된다. 다양한 분야의 폭넓은 자료들이 제시되므로 이것을 전부 건드리며 공부하기는 현실적으로 어렵다. 따라서 이보다는 논술시험으로 빈번히 출제되는 **핵심 주제 및 관련한 개**

념어를 중심으로 관련한 다양한 배경지식을 쌓아나가는 게 더 효과적인데, 이때 그 개념어·주제어와 관련한 자료를 접해가며 이해와 분석 능력을 함께 길러나가면 된다.

이를 위해서는 먼저 문제로 출제되는 자료부터 이해할 필요가 있다. 왜냐하면 문제로 출제하는 모든 자료는 특정한 개념이나 이론, 주제를 담고 있으며, 이를 자료로 특정화하여 출제하는 것이기 때문이다. 즉 논술시험에 등장하는 모든 자료는 문제 출제를 위하여 선택된 것이며, 당연히 자료의 내용(논제와 관점에 담긴 개념을 반영한, 말하자면 제시지문의 핵심 내용과 같다)과 유형에는 그 자료를 작성하고 출제한 평가자의 생각이 반영되어 있다. 그렇기에 그 자료들은 출제에 필요한 모든 정보를 담게 마련이며, 논제 역시 자료의 유형과 내용을 긴밀히 연관시켜 출제한다.

이처럼 자료해석형 문제 역시 일반 논술 문제와 마찬가지로, 문제에 주어진 지시와 정보를 이용하여 논제를 해결할 수 있도록 구성된다. 따라서 문제 안에 포함되어 있는 추가적인 정보, 이를테면 설명이나 개념, 판단 기준, 공식, 규칙 등을 정확히 파악해야 한다. 결국 모든 자료해석형 문제는 자료 자체에 대한 이해 능력을 전제함을 알 수 있다. 즉 주어진 자료에 대한 이해력을 갖추고 있지 않으면 이를 제대로 해석할 수 없으며, 따라서 이 능력을 기르는 것이 중요한 과제가 된다.

자료해석형 문제로 많이 출제되는 관련한 개념이나 이론은 반복해서 출제되고 있으며, 앞으로도 계속해서 출제될 가능성이 매우 높다. 그렇기에 논술 기출문제를 통해 이것을 자연스럽게 익혀둔다면, 실제 논술시험에서 유사한 문제와 마주쳐도 능히 해결할 수 있다.

자료를 정확히 이해하고 올바르게 해석하기 위해서는 축적된 폭넓은 배경지식을 현실에 적용하고, 이를 통해 자료를 객관적으로 분석·판단할 수 있어야 한다. 그리고 그 과정에서 해석된 결과와 이를 뒷받침하는 근거를 **논증 형식의 문장**으로 바꿔 서술할 수 있어야 한다. 자료해석형 문제 해결의 실질적인 포인트는 이것이다.

특히 통계자료는 객관적이고 설득력 있는 근거로 자주 인용된다. 실제 논술시험에서 제시되는 통계자료들은 특정 주장이나 개념, 사회적 통념을 뒷받침하거나 혹은 반박하는 내용을 담고 있다. 하지만 통계와 관련한 자료를 해석해서 이를 글로 설명하기가 무척 어렵고, 글을 읽는 사람도 쉽게 이해할 수 없는 경우가 많다. 따라서 제시된 자료에 담긴 내용을 객관적으로 해석한 후 이를 논증 형식으로 바꾸어 서술하는 것이 통계자료를 분석하는 첫 단계이자 해결 과제가 된다.

논술시험에 자주 출제되는 통계 개념 및 자료, 추론 관련 개념 및 이론
- 대푯값과 관련한 통계 개념_ **산술평균, 가중평균, 중앙값(중간값), 최빈값**(이화여대 2013 사회 수시)
- 기대수명과 기대여명의 통계 개념(이화여대 2008 인문 수시)
- 이혼율에 대한 통계 개념_ **유배우이혼율, 조이혼율, 이혼비**(이화여대 2012 사회 모의)
- 출산율, 취업률과 관련한 통계자료(서울여대 2012 인문 수시)
- 소득분배를 나타내는 통계자료_ **지니계수, 로렌스곡선**(서울여대 2012 인문 수시)
- **상관관계와 인과관계**를 나타내는 통계자료
- 변화, 증감을 나타내는 통계자료
- **표본, 빈도, 산포도**를 나타내는 통계자료
- 횡단면자료, 시계열자료, 혼합자료
- 실수데이터, 비율데이터, 지수데이터
- 경제이론_ 무임승차, 공유의 비극, 기회비용, 정보의 비대칭
- 게임이론_ 최종제안게임, 죄수의 딜레마, 치킨게임, 제로섬게임
- 행동경제학 · 인지심리학적 개념_ 인지부조화, 확증편향, 전망이론, 휴리스틱, 손실회피 성향, 프레이밍 효과, 스키너의 보상이론

통계자료는 일반적으로 다음을 염두에 두고 분석해나가면 된다.

첫째, 통계자료는 출제 의도에 맞춰 이를 계량화한 객관적인 수치다. 통계자료의 분석은 출제 의도에 맞춰 의미 있는 결과를 도출하는 과정으로, 이는 논제의 요구와도 부합한다. 논제가 거시적인 관점을 지향하고 있음을 고려할 때, 통계자료의 분석 역시 자료의 세부적인 부분에 집중하기보다는, 전체적인 경향을 이해하고 **크고 넓게 조망**하여 파악해야 한다. 통계자료의 해석을 통해 밝혀진 결과는 곧 제시지문 안에 담긴 **논점**이자 문제가 묻는 **관점**과 부합하기 때문이다.

둘째, 주어진 통계자료를 바탕으로 변인들 사이에 어떤 **상관관계 및 인과관계**가 있는지 파악하는 것은 자료를 통해 사회현상을 좀 더 심층적으로 파악할 수 있게 만들어주는 핵심 요소다. 따라서 통계자료의 변인들 사이의 상관관계와 인과관계를 파악하는 것은 통계 분석에서 매우 중요하다. 상관관계는 보통 강한 상관성과 약한 상관성으로 구분되는데, 특히 전자에 주목해서 파악해야 한다. 그렇게 해서 상관관계를 한두 개 정도로 좁혀 분석하면 핵심(논점)이 분명하게 드러난다.

셋째, 통계자료가 예측과 크게 어긋나는 경우, 이것을 반드시 밝혀 규명해야 한다. 즉 통계자료의 내용이 일반적인 통념이나 상식 수준에서 예측한 수치와 다른 결과를 보일 경우, 그것이 비로 **논제가 묻고자 하는 부분**일 가능성이 높기 때문이다. 만약 그렇지 않

을 경우 이는 자료 해석을 통해 논제에 담을 핵심 주장(논지)을 반박하는 근거가 되는 것이기에, 이를 재반박하여 논증을 강화시킬 수 있는 재료로 사용할 수도 있다. '창의적 적용' 능력을 묻는 문제에서 이런 유형의 통계자료를 많이 출제하는 이유가 이 때문이다.

넷째, 급격한 수치 변화를 보이는 부분이 있다면, 그 증감에 유의할 필요가 있다. 급격한 변화에는 이를 유발하는 부수적인 원인이나 촉매 역할을 하는 별도의 원인이 있을 수 있는데, 때로는 그것이 논제가 묻는 **논점·논지**가 될 가능성도 있다. 따라서 단순히 주어진 자료만으로 분석하기보다는, 관련한 배경지식과 시사상식을 동원해서 그러한 현상이 왜 발생했는지를 총체적으로 파악하고 분석함으로써, 이를 **사회현상 및 사회적인 문제와 연결**시킬 수 있어야 한다.

다섯째, 통계자료 분석 시에 중요한 것은, 변화의 절대적인 수치가 아니라 상대적인 비교 수치이며, 또한 변화하는 발화 지점에 대한 맥락적인 이해다. 이는 논점 이탈을 막기 위해서도 중요한데, 이를 위해서는 **다른 요인과 연관 지어 분석**할 수 있어야 한다. 이때 출제된 다른 제시지문이나 자료에 나타나는 특정 관점이나 쟁점, 견해를 지지하는지 아니면 반박하는지를 서로 연관지어 정확히 파악할 필요가 있다.

아래의 [사례2]는 자료해석형 문제로 가장 빈번하게 출제되는 통계자료 분석이다. [사례2]는 문제에서 묻는 통계자료에 대한 개념, 즉 평균값과 중간값에 대한 정확한 개념 이해가 따라야만 올바르게 답안을 서술할 수 있다. 이때 유의해야 할 점은, 문제의 지시사항, 즉 논제 서술 유형에 맞춰 답을 서술함에도 어디까지나 주어진 문제와 제시된 자료 안에서 찾아 이를 논리적으로 연결시켜 해결해야 한다는 점이다. 즉 문제 해결의 힌트는 어디까지나 **문제에서 요구하는 조건과 주어진 자료 안에** 다 들어있다는 것이다. 이것에 주목하여 [사례2]를 직접 풀어보기 바란다.

【사례 2】 이화여대 2013 사회 수시 문제 3

※다음 글을 읽고 답하시오.

(1)중위 소득 기준 상위 10위권 국가들 중에서 지난 20년 동안 소득 불평등 정도가 가장 개선된 국가(즉, 평등 정도가 가장 높아진 국가)가 어디인지를 근거를 들어 설명하시오.
(2)OECD 국가들 사이의 중위 소득의 분포에 대해 아래와 같은 두 가지의 주장이 제기되

었다고 하자. ①각 주장의 타당성을 검토하고, ②이를 바탕으로 분포의 불평등 정도를 판단하는 기준으로 중간값 지표를 사용하는 것의 한계에 대해 논하시오.

• 주장1_ 중위권인 대한민국의 수치가 OECD 평균값과 동일하므로 OECD 내의 중위 소득 분포는 평등하다.
• 주장2_ 룩셈부르크의 중위 소득은 멕시코의 7배에 달하고 그 격차는 30,000 달러나 되므로 OECD 내의 중위 소득 분포는 평등하지 않다.

평균값을 사용하는 일인당 소득이라는 지표는 사람들 사이에서 총 소득이 어떻게 분배되는지에 대해 아무것도 알려 주지 않는다. 소득의 분배가 더 불평등해지더라도 일인당 소득은 변하지 않고 그대로 유지될 수도 있다. 분배적 측면을 파악하는 지표 중 개념적으로 간단한 것은 중간값을 사용하는 중위(中位, median) 소득이다. 중위 소득을 기준으로 인구의 절반은 이보다 많은 소득을, 또 다른 절반은 이보다 적은 소득을 가진다. 중위의 개인이야말로 어떤 의미에서 '전형적인' 개인이다. 불평등 정도가 증가하면 중간값과 평균값 사이의 차이도 커질 것이고, 이럴 경우 평균값에만 주목한다면 전형적인 사회구성원의 경제적 행복에 대한 정확한 그림을 얻을 수 없다. 예를 들어 사회의 소득 증가분이 모두 상위 10퍼센트의 구성원들에게만 돌아간다면 평균소득은 증가하지만 중위 소득은 그대로일 것이다.

국가	중위소득 (달러)	순위	20년간 연평균 증가율(%)	일인당 소득 (달러)	순위	20년간 연평균 증가율(%)
룩셈부르크	35,000	(1)	2.1	65,100	(1)	3.5
미국	31,000	(2)	1.0	38,600	(3)	1.7
노르웨이	31,000	(2)	2.2	40,400	(2)	2.6
아이슬란드	28,000	(4)	10.4	35,600	(5)	1.7
오스트레일리아	27,000	(5)	3.3	32,400	(9)	2.8
스위스	27,000	(5)	0.6	34,300	(6)	0.2
캐나다	25,000	(7)	0.8	31,600	(11)	1.6
영국	25,000	(7)	2.1	30,100	(15)	2.7
아일랜드	25,000	(7)	5.5	36,300	(4)	5.3
오스트리아	24,000	(10)	1.5	32,300	(10)	1.8
네덜란드	23,000	(11)	1.5	32,800	(8)	2.7
스웨덴	23,000	(11)	1.7	33,200	(7)	2.2
덴마크	22,000	(13)	0.9	31,500	(12)	1.9
벨기에	22,000	(13)	0.6	30,500	(14)	2.1
독일	21,000	(15)	0.7	28,300	(16)	1.8
핀란드	21,000	(15)	1.6	31,400	(13)	2.3
뉴질랜드	21,000	(15)	1.2	24,300	(21)	2.0
프랑스	20,000	(18)	0.9	27,300	(18)	1.7
일본	19,000	(19)	0.3	28,300	(16)	1.4
대한민국	**19,000**	**(19)**	0.7	**23,000**	**(25)**	1.7

슬로베니아	19,000	(19)	4.8	23,300	(24)	5.0
스페인	18,000	(22)	4.0	24,200	(22)	3.5
이탈리아	17,000	(23)	0.7	26,600	(19)	1.3
그리스	16,000	(24)	1.9	23,800	(23)	2.1
이스라엘	14,000	(25)	1.6	25,500	(20)	1.2
체코	13,000	(26)	1.7	20,300	(26)	2.0
포르투갈	13,000	(26)	4.2	18,500	(27)	3.4
에스토니아	10,000	(28)	16.7	17,500	(28)	10.0
폴란드	9,000	(29)	9.7	14,000	(31)	6.1
슬로바키아	9,000	(29)	15.2	16,700	(29)	6.8
헝가리	9,000	(29)	0.6	15,600	(30)	2.1
칠레	8,000	(32)	2.4	11,600	(33)	4.2
터키	8,000	(22)	0.8	11,700	(32)	2.8
멕시코	5,000	(34)	1.2	11,100	(34)	1.2
OECD 평균	19,000		1.7	27,300		2.3

■ 참고_ 평균값과 중앙값에 대한 개념

• (산술)평균값은 주어진 소득의 값들을 모두 더한 다음 그 합을 인구수로 나눈 값이다. 이때 나오는 결과는 평균을 크게 벗어난 값에 민감하게 좌우되기 때문에, 만약 구성원 내에 고소득자가 있으면 사회의 평균소득을 크게 높일 수 있지만, 그 구성원의 평균소득과 전체 인구의 평균소득은 크게 차이가 나게 된다.

• 반면, 중앙값은 전체 인구를 소득 순으로 나열했을 때 중간에 놓이는 개인(가구)의 평균소득이다. 중앙값은 산술평균보다 훨씬 더 낮기에 인구 전체의 평균소득을 더 잘 반영하지만, 그렇더라도 이 역시 모든 개별 소득 정보를 반영하는 것은 아니다.

→ 따라서 일인당 소득이 증가하여 평균소득이 높아지더라도, 이것이 중위 소득과의 격차를 크게 한다면 그만큼 소득분배는 불평등해지고 있음을 뜻한다.

■ 자료 해석

(1) 중위 소득 기준 상위 10위권 국가들 중에서 지난 20년 동안 소득불평등 정도가 가장 개선된 국가(즉 평등 정도가 가장 높아진 국가)가 어디인지 근거를 들어 설명하면

• 어느 국가의 일인당 소득이 증가하여 평균소득이 높아지더라도, 이것이 중위 소득과의 격차를 크게 한다면, 그만큼 그 국가의 소득분배는 불평등한 방향으로 나아가고 있음을 의미한다.

• 따라서 일인당 소득의 증가율 대비 중위 소득의 증가율이 가장 높은 국가가 두 소득 간의 격차를 가장 크게 줄였으며, 그에 따라 그만큼 소득불평등의 정도가 가장 크게 개선됐음을 알 수 있다.

• 이를 통해 볼 때, 중위 소득 기준 상위 10위권 국가들 중에서 지난 20년 동안 소득불평등 정도가 가장 크게 개선된 국가는 아이슬란드임을 알 수 있다.

(2) 주장1, 2의 타당성을 검토하고, 이를 바탕으로 분포의 불평등 정도를 판단하는 기준으로 중간값 지표를 사용하는 것의 한계에 대해 논하면

• 주장_ 평균값과 중앙값은 집단의 특성을 나타내는 하나의 개별적인 속성값일 뿐이며, 따라서 어떤 경우든 집단의 대푯값은 집단 구성원들이 가지고 있는 개별적인 속성값과 구별되어야 한다. 예를 들어, 대한민국의 중위 소득이 OECD 평균값과 동일하다고 해서, 그것이 대한민국이 OECD 국가의 중위값을 나타내는

것은 아니다. 따라서 주장1은 타당성이 떨어진다.
- 주장2_ OECD 내의 중위 소득 분포가 평등하려면 집단의 속성값이 정상분포곡선을 이루어야 하는데, 이는 국가 간의 소득의 분포가 평균을 중심으로 좌우 대칭이 되어야 함을 의미한다. 따라서 단순히 중위 소득의 상위 국가와 하위 국가 간의 격차가 크다고 해서 OECD 내의 중위 소득 분포가 평등하다거나 불평등하다고 단정 지을 근거는 없으며, 어디까지나 집단의 평균과 분산에 따른 정규분포를 따져 살펴야 한다. 따라서 주장2 역시 타당성이 떨어진다.
- 이상을 고려할 때, 중간값은 평균값을 구하기 어려운 경우 집단을 대표하는 값으로 이용하기도 하지만, 그렇더라도 대표성이 상당히 떨어지는 한계를 보이며, 따라서 단순히 중간값을 지표로 사용하여 국가 간 소득분포의 불평등의 정도를 판단하는 것은 적절치 않다.

(3) 자료해석형 문제의 독해와 요약 포인트

자료해석형 문제는 현황 · 비교 · 변화를 나타내는 다양한 자료로 구성하되, 이것을 표 · 그래프 · 그림을 가지고 단독 또는 복합적인 유형으로 만들어 제시한다. 이를 통해 이해 · 적용 · 분석 · 평가 등 다양한 자료 해석을 요구하는 형식으로 출제된다. 그렇더라도 이 역시 논술 평가항목인 '분석적 이해-비판적 평가-창의적 적용'의 범주에서 크게 벗어나지 않는다.

자료해석형 문제의 출제 형식
- 이해_ 자료의 해석 능력을 묻거나, 이를 언어적으로 바꿔 표현할 수 있는지를 묻는 형식
- 적용_ 자료에 드러난 법칙과 원리를 적용하는 능력을 묻거나, 상황에 따른 적용 능력을 묻는 형식
- 분석_ 자료를 정리하는 능력을 묻거나, 자료를 분석하는 능력을 묻는 형식
- 평가_ 자료를 통합하여 주장하는 바를 검증하거나, 그러한 주장이나 결론을 도출하는 능력을 묻는 형식

이처럼 자료해석형 문제는 다양한 형식으로 출제되지만, 최근의 통합논술의 경향은 주로 '**종합평가형**'을 묻는 문제가 주종을 이룬다. 즉 주어진 자료를 단순히 읽거나 또는 주어진 개념이나 법칙 · 원리 등을 단순히 적용하는 형식이 아니라, 개별적인 자료와 정보를 결합하고 통합하여 새로운 자료나 정보를 구성할 것을 요구한다. 나아가 이를 바탕으로 어떤 특정한 결론을 도출해내는 능력이나 합리적이고 올바른 의사결정 및 판단 능력을 측정하는 형식으로 구성되고 있다.

이런 이유로 수험생들에게 자료해석형 문제는 여전히 낯설어 문제를 해결하기 어렵다. 객관식 찍는 문제에 익숙한 수험생들의 입장에서는 자료를 해석하는 것도 그렇거니와, 이를 서술하기란 여간 힘들지 않기 때문이다. 그렇더라도 방법은 있다. 오히려 이런

문제일수록 조금만 신경을 써서 자료를 해석해낸다면 쉽게 해결되는 게 또한 자료해석형 문제의 특징이자 이점이기도 하다.

중요한 것은, 자료해석형 문제 역시 '**개념 정의-관점 분석-논증 구성**'이라는 일련의 논제 분석 과정을 통해 자료를 해석하고, 이를 논리적으로 서술해야 한다는 것이다. 이때 제시 자료에 담긴 핵심 내용을 논제에 담긴 개념(이것을 문제 안에서 밝히거나 이것을 찾아 정의내리는 문제가 앞 문항에 주어진다)에 맞춰 두세 가지 포인트로 정리할 수 있어야 하는데, 이것이 곧 논제의 **관점·쟁점·논점**으로, 문제 해결을 위한 가장 큰 관건이자 핵심 해결 과제다. 이후 이것에 맞춰 제시지문의 해석 내용을 논증 형식으로 구성하되, 이를 논제 서술 유형에 맞춰 서술하면 답안이 된다.

그 방법론은 제시지문 논제 분석과 마찬가지며, 앞에서 이미 상당 부분 설명했고 또 이어지는 논증 글쓰기에서 설명할 것이기에 생략한다. 그렇더라도 자료해석형 문제는 특히 다음을 염두에 두고 자료를 해석하고 요약·서술하면 좀 더 좋은 결과를 낳을 수 있다.

첫째, **논증 구조**에 의거해서 자료를 분석하되, 어디까지나 문제에서 요구하는 **논제**에 맞춰 자료를 해석한 후 그것에 담긴 관점(논점, 더 나아가 논지)부터 파악하고, 이어서 그 핵심 내용을 요약해야 한다. 즉 주어진 자료를 '주장'과 '근거'의 형식에 맞춰 해석하고 요약해야 하는데, 이를 위해서는 먼저 주어진 자료에 담긴 의미(즉 논지)를 정확히 해석해낸 다음, 여기에 맞춰 논거를 맞추어 나가는 게 효과적이다. 이때 중요한 것이 '논제 정의-관점 파악-논증 구성'의 내용적 일치다.

다음의 [사례3]은 논제 분석 과정의 핵심인 '개념 정의'와 '관점 파악'을 일치시키는 연장선상에서 주어진 자료를 분석하고 논증 구조로 서술해야 함을 잘 보여준다. 즉 제시지문(가)에 담긴 핵심 개념 및 관점을 자료(나)에 그대로 투영한 후, 그것에 맞춰 객관적으로 분석·서술해야 잘된 논증 글쓰기로 이어진다.

그렇게 해서 제시지문(가)는 모방에 대한 인식과 가치 판단의 두 관점(긍정적·부정적)을 담았는데, 이것을 그대로 끌어와 자료(나)를 분석할 경우에, 어디까지나 있는 그대로의 사실만을 가지고 **객관적**으로 살펴야 함을 다시 한 번 환기시킨다. 이것이 무얼 의미하는가 하면, (나)에 따르면 '조직 혁신을 위한 모방성의 정도 차이는 어디까지나 기업가의 자유의지이자 가치 판단에 달린 사안일 뿐이며, 이것이 곧 자료(나)의 분석 결과이자 논제의 핵심 내용으로 그대로 연결되어야 함을 의미한다(뒤의 예시답안 참조). 그런데 그렇지 않고 제시지문(가)의 두 관점을 끌어와 자료(나)를 분석하되, 모방성과 기업가정신과의 상관성을 단순한 정비례의 관계로 지레짐작해 꿰맞추려 한다면, 그만큼 분석 결과가 논점과는 일정 부분 차이(물론, 전적으로 잘못된 해석은 아니며 다만 논리적 타당성과 설득력이 부족함을 드러내는 것일 뿐이다)를 보일 수밖에 없다.

자료(나)의 해석에서 중요한 포인트는, 기업가는 모방성이 크든 작든 관계없이 항상 기업가정신이 왕성할 수밖에 없으며(만약에 그렇지 않다면 기업을 운영할 이유가 하등 없질 않은가), 따라서 외부 혁신을 위해 기꺼이 모방을 따를 것인가 아니면 내부 안정을 위해(물론 이것 역시 자의적인 판단일 뿐이겠지만) 모방하기를 주저할 것인가는 전적으로 기업가의 가치 판단에 달린 일이지, 결코 모방의 옳고 그름을 따져 묻고자 함이 아니라는 것이다.

- 기업가가... 높은 모방성을 보일 경우... 높은 외부관계 · 채용 · 훈련 혁신을 가져온다... 이는 기업가정신이 왕성할수록 더 그렇다.
- 기업가가... 낮은 모방성을 보일 경우... 외부관계 · 채용 · 훈련 혁신이 낮다... 기업가정신이 왕성한지 그렇지 않은지는 알 수 없다.

이처럼 제시자료는 제시지문과 마찬가지로 '논제-논점-논지 · 논거'의 내용과 층위에 맞춰 정확하고 객관적으로 해석해야 하며, 그에 따라 명료한 논증으로 서술되어야 한다. [사례3]은 이것을 잘 보여주는 좋은 문제다.

【사례3】 건국대 2013 인문Ⅰ 모의 문제1

※문제. ①[가]를 참고하여, ②[나]에 나타난 모방성과 기업가정신, 혁신과의 관계를 분석하시오.

■ (가)의 핵심 요약

플라톤에 따르면, 모방은 실제 이미지가 갖는 진리와 본질을 왜곡시키는 저속한 행위에 지나지 않다. 반면 아리스토텔레스에 따르면, 모방은 인간에게 지식과 즐거움을 주는 본능적인 행위이자 동기부여의 원천이다.

[나] 최근 사회복지조직에 대한 관심이 증가되면서, 사회복지조직이 어떠한 혁신 노력을 기울이고 있으며, 그러한 노력을 통해 어떤 성과를 얻고 있는가에 관한 많은 연구들이 진행되고 있다. 아래의 도표는 사회복지조직의 혁신에 영향을 미치는 요인들에 관한 연구 결과이다.

■**자료 해석**

⑴사회복지조직의 혁신을 위한 높은 모방성을 가질수록 기업가정신과 외부관계·채용·훈련 혁신은 <u>정비례의 관계를 갖는다.</u>

- 즉 모방을 통해 사회복지조직을 혁신하고자 하는 경향이 강할수록 위험을 감수하고 받아들이려는 기업 내부의 혁신성과 진취성은 그만큼 커지며, 이에 따라 기업을 둘러싼 외부기관들과의 관계는 물론 직원의 채용·훈련과 관련하여 변화를 도모하려는 계획 및 실행 횟수는 늘어나게 된다.
- 이는 (가)의 모방은 인간에게 지식과 즐거움을 주는 본능적인 행위이자 동기부여의 원천이라는 아리스토텔레스의 주장과 일맥상통하는 것으로, 혁신과 관련한 외부교육이 직원들에게 즐거움이자 배움의 동기부여를 제공함에 따라 그만큼 높은 혁신을 이룬 것으로 분석된다.

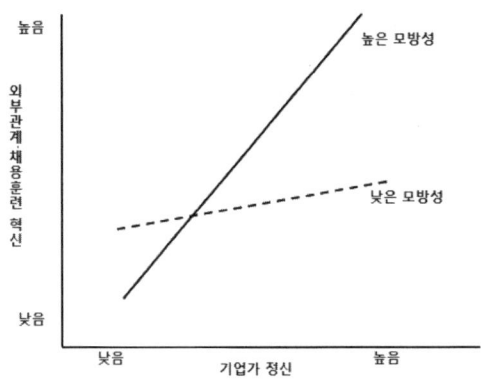

⑵사회복지조직의 혁신을 위한 낮은 모방성을 가질수록 기업가정신에 관계없이 외부관계·채용·훈련 혁신은 <u>낮다.</u>

- 즉 모방을 통해 사회복지조직을 혁신하고자 하는 경향에 소극적일수록 최고경영자의 경영이념에 맞춰 내적 혁신을 이루려는 경향을 보이며, 이에 따라 외부기관에 협조를 구하여 변화를 도모하려는 계획 및 실행 횟수는 줄어들게 된다.
- 이는 (가)의 모방은 실제 이미지가 갖는 진리와 본질을 왜곡시키는 저속한 행위에 지나지 않는다는 플라톤의 지적처럼, 외부관계·채용·훈련을 통한 혁신은 최고경영자가 표방하는 조직의 경영이념을 그만큼 왜곡시킬 수 있기에 이를 받아들이기를 주저하는 조직 내부의 폐쇄성 등이 작용한 것으로 볼 수 있다.

⑶높은 모방성은 기업가정신을 끌어올리고, 이것이 다시 외부관계·채용·훈련의 증가를 가져 오는 <u>선순환 구조를 낳는다.</u>

- 즉 조직의 혁신에서 기업가정신이 절대적인 영향을 미치며, 이것이 외부관계·채용·훈련의 증가를 가져와 혁신의 시너지 효과를 배가시킴을 의미한다.
- 이는 모방에 대한 욕구가 강할수록 이것이 배움과 교육의 기회 확대에 따른 지식의 습득과 즐거움으로 이어지고, 이것이 조직 내의 혁신을 위한 강한 동기로 작용함을 의미한다.

    둘째, **논증 구조를 단순**하게 해야 한다. 이를 위해서는 논점(논지)과 논거를 한두 포인트로 압축하되, 각각이 짝을 이루도록 요약하는 게 좋다. 만약 그렇지 않을 경우, 논증 구조가 뒤섞여 자칫 자료 해석이 불분명해지고 초점을 잃을 수 있다. 이에 대한 예시는 생략한다.

　그렇더라도 강조할 것은, 현행 대입 논술의 자료해석형 문제는 그다지 높은 수준의 해석을 요구하고 있지 않다는 것이다. 이보다는 정확한 해석과 그에 근거한 논거의 제시에 무게를 두고 있다. 따라서 지레 겁먹지 말고 차근차근 훈련해나간다면 좋은 성과를 얻을 수 있다.

　셋째, 종합평가형의 문제는 **복합적인 논증 구조**를 담아 답안을 작성할 것을 요구하는 경우가 많다. 즉 둘 이상의 자료를 주고서 다수의 논지와 논거를 결합하여 새로운 주장을 구성하는 능력을 묻거나, 주어진 기준에 비추어 자료에서 얻어진 주장이나 결론 자체를 평가할 것을 묻는 종합평가형의 경우에는 그만큼 복합적인 논증 구조가 따른다. 따라서 답안 역시 **'주장－근거－반론－재반론'**의 형식으로 작성하는 게 효과적이다.

　특히 어느 한 논제의 관점에서 주어진 자료를 활용하여 다른 한 관점을 비판하거나 평가하는 문제가 그러한데, 이때 자료 안에 딜레마의 상황을 갖는 논지를 구성함으로써 수험생들에게 고도의 논리 전개 능력을 묻는다. 이 경우, 그러한 딜레마의 상황이 주장하는 논거의 **'반론'**이 되기에, 이것을 반드시 해결해야만 전체적인 논증 구조가 매끄럽게 연결될 수 있다. 따라서 이 반론에 대한 재해석을 통해 **'재반론'**의 논거를 만들어내는 것이 문제 해결의 포인트가 된다. 좋은 논증을 위한 조건의 하나인 '반론 가능성 재우기'의 핵심이 이것이다.

　다음의 [사례4]는 그 대표적인 예인데, 자료제시형의 문제를 중심으로 출제되는 성균관대의 경우에는 이런 문제 유형이 실제 합격의 당락을 결정할 정도로 중요하다. 따라서 성균관대에 지원할 경우에는 반드시 이런 유형에 대한 체계적인 훈련을 쌓아야만 한다.

　[사례4]에서처럼, 그래프를 해석할 때 가장 중요한 것의 하나가 바로 판단의 기준을 올바르게 잡는 일인데, 그 기준은 의외로 단순하다. 그래프에 나타난 매트릭스 상의 변인만을 놓고 파악하면 되기 때문이다. 그런 점에서 [문제2]는 파악하기가 아주 쉽다. 소득 수준과 삶에 대한 만족도의 국가 분포도가 뚜렷하게 나타나고 있기 때문이다. 즉 그림에서 알 수 있듯이 잘사는 나라와 못사는 나라의 삶에 대한 만족도가 뚜렷한데, 따라서 이 같은 관점에서 볼 때는 제시지문 2, 3의 '돈(소득)이 행복 증진에 기여한다'는 입장이 지지되기에, 이를 가지고 제시지문 1, 4의 입장을 비판하면 된다(직접 문제를 풀어 확인하기 바란다). 참고로 반대의 입장인 소득이 삶에 대한 만족도(행복)를 결정짓는

것은 아니라는 제시지문 2, 3의 입장을 지지할 경우, 이는 제시지문에 나타난 그림과 도표를 제대로 활용하기 힘들어져 자칫 비판이 궤변으로 흐를 수 있다. 따라서 어디까지나 출제자가 의도한 대로 논술하는 것이 답안 작성에 더 효과적이다.

어떤 입장이나 주장을 비판하는 글을 쓸 경우에, 가장 먼저 생각해야 할 것이 제시지문을 분석하여 핵심 논지를 설정한 후 전체적인 글의 방향을 잡아나가는 것이다. 이후 그 논지를 뒷받침할 논거를 담은 설명글을 작성하면서 구체적인 논증 과정으로 이어가면 되는데, 이는 가급적 제시지문의 양측 입장을 인용하되, 여기에 더해 그림과 표에 나타난 내용을 구체적으로 분석하여 살을 붙이는 게 효과적이다.

[사례4]를 논증 구조에 맞춰 해석하고, 논제 서술 유형에 맞춰 살피면 다음과 같다.

【사례4】 성균관대 2010 인문 모의 문제2

※문제2. 아래의 그림과 표를 활용하여 [문제 1]의 한 입장을 비판하시오.
(※참고로 문제2의 서로 다른 두 관점은 '행복은 소득과 비례 한다', '행복은 소득 순이 아니다'이다)

논지 설정

• 제시지문에 나타난 그림과 표를 보면, 대체적으로 북미와 서유럽 국가의 삶의 만족도가 높은 반면, 아프리카와 아시아 지역 국가의 삶의 만족도가 낮음을 알 수 있는데, <u>이는 소득 수준이 삶의 만족도에 어느 정도 비례함을 보여준다.</u> …**해석1**

→ 일부 예외적인 경우를 제외해놓고 볼 때는, <u>소득 수준과 삶의 만족도는 비례한다.</u> 이는 제시지문 2, 3에서처럼 <u>돈(소득)이 곧 행복을 결정짓는 중요한 요소라는</u> 관점을 지지한다. …**핵심 논지의 설정(주장)**

• 물론 개별 국가별로 비교할 경우 예외적인 경우도 있는데, 베네수엘라, 사우디아라비아, 브라질 등이 그러하다. 이처럼 소득 수준과 삶의 만족도가 국가 간에 정확히 일치하지 않는 경우도 보인다. …**해석2**

→ 그렇더라도 이는 어디까지나 국가 특유의 문화적인 낙천성이라든가 종교적인 순수성 등이 감안된 예외적인 경우로, 근본적인 경향에서의 소득 수준과 삶의 만족도는 비례한다. …**반론과 재반론으로 활용**

논거 마련

• 따라서 제시지문1에서처럼 개개인의 자유의 선택 폭이 커졌기 때문에 행복해졌다는 논리는 타당하지 않다. 왜냐하면 소득이 기반이 되어 있지 않으면 선택의 자유의 폭이 높아질 수가 없고, 결국에는 낮은 수준의 자기만족에 그칠 수밖에 없기 때문에서이다.

• 또한 제시지문2에 나타난 것처럼 건강, 지적 활동, 여가, 이웃과의 관계, 안전 등 다양한 삶의 영역에 소득이 큰 영향을 미치기 때문이며, 또한 제시지문3에서처럼 도스토예프스키가 대문호로써 이름을 날릴 수 있었던 것 역시 인간을 구속하는 가장 고통스런 경제적 부자유로부터 해방되어 마음의 평화와 자유, 즉 행복을 얻었기 때문에 가능했던 것이다. …**논거의 설정_ 제시지문을 인용하여 비판(근거)**

• 여기에 대해 우리사회나 국제사회에서 일어날 수 있는 다양한 사례를 들어 비판을 강화하는 논지를 작성하면 더욱 효과적이다. …**비판의 객관적 타당화(선택적 근거로 활용)**

(4) 해석 오류를 피하기 위해서는 판단기준을 잘 세워야 한다

이제 앞서 설명한 [사례3]의 예시답안을 통해 자료해석형 문제에서 자칫 발생할 수 있는 해석상의 오류에 대해 살펴보자. 이를 위해 먼저 필자의 예시답안과 논술시험을 준비하고 있는 한 학생의 예시답안을 비교한 후, 이를 통해 자료해석형 문제를 풀이할 때 빈번하게 발생하는 오류의 전형을 설명한다.

필자 예시답안

(나)에 따르면, 높은 모방성은 외부관계 · 채용 · 훈련을 통해 사회조직을 혁신하려는 왕성한 기업가정신이 반영된 결과로, 이는 모방은 인간에게 지식과 즐거움을 주는 본능적인 행위이자 동기부여의 원천이라는 (가)의 아리스토텔레스의 주장에 상응한다. 즉 기업가는 조직혁신을 위해 왕성한 의욕을 갖고 외부관계 · 채용 · 훈련을 밀어붙이고, 그것이 직원들에게 즐거움이자 배움의 동기를 부여함으로써 조직은 더욱 높은 혁신을 이루게 된다. 반면, 낮은 모방성은 기업가정신의 정도와는 관계없이 외부관계 · 채용 · 훈련 혁신에 소극적이기 때문인데, 이는 모방은 실제 이미지가 갖는 진리와 본질을 왜곡시키는 저속한 행위에 지나지 않는다는 (가)의 플라톤의 주장과 궤가 같다. 즉 기업가는 외부관계 · 채용 · 훈련을 통한 혁신이 오히려 조직을 더 위태롭게 만들 수 있다고 생각하고 이를 받아들이기를 주저하는 등 조직 내부의 폐쇄성이 작용했기 때문이다. 따라

서 (나)는 외부관계 · 채용 · 훈련을 통해 사회조직을 혁신하려는 모방성의 정도는 기업가의 의지와 가치 판단에 따라 결정됨을 보여준다. 즉 외부로부터의 모방을 통해 조직을 혁신하고자 하는 기업가정신이 강할수록 그에 비례해서 직원들의 배움과 교육 기회의 확대로 이어지고, 그것이 다시 조직 혁신을 위한 강한 동기이자 동력으로 작용하게 된다.

학생 예시답안

(나)는 기업가의 진취성에 따라 '모방'에 대한 인식이 다르다는 것을 보여 준다. 기업가정신이 낮을수록 낮은 모방성을 추구할 때보다 높은 모방성을 추구할 때 기업의 혁신과 변화가 낮다. 이는 경영자가 무사안일주의를 추구할수록 '모방'을 단순히 인위적인 산물, 복제품에 불과하다고 인식하고, 그에 따라 모방을 추구할수록 창조되는 것은 없고 인위적인 것만 많아진다고 생각함으로써 그만큼 변화와 혁신에 소극적인 태도를 갖기 때문이다. 따라서 이는 (가)에서 플라톤이 모방이 본질을 왜곡시키는 기능을 한다며 비판한 것과 일맥상통한다. 그러나 낮은 모방성을 취하는 것만이 능사는 아니다. 기업가정신이 낮을 때는 낮은 모방성을 견지함에도 불구하고 그만큼 혁신에 적극적인 태도를 보이지만, 이것이 일정 시점이 지난 이후부터는, 다시 말해 기업가정신이 왕성해질수록 높은 모방성에 비해 외부 채용의 혁신에 소극적인 태도를 보이기 때문이다. 이는 기업가의 진취성이 높아질수록 모방을 통한 발전을 하지 않고 자기 신념만을 고수하는 것은 한계가 있음을 시사한다. 즉 기업가정신이 높아질수록 높은 모방성을 추구할 때 발전과 혁신이 가파르게 증가한다. 이는 (가)에서 아리스토텔레스의 모방과 상통하는데, 아리스토텔레스는 모방이 교육에 기여하고 즐거움을 준다고 긍정한 점에 비춰 볼 때 특히 그러하다.
이상을 고려할 때, 결국 기업가정신이 높을 때 모방을 통해 배움을 얻고 새로운 가치를 창출해 혁신을 이루는 것임을 알 수 있다.

먼저, 학생 예시답안을 전제와 결론의 논증 형식으로 구분지어 정리하면 다음과 같다.

■ **논증1**
- 전제1_ 기업가정신이 낮을수록(조건1), 즉 기업가가 무사안일주의를 추구할수록(**낮은 모방성을 추구할 때보다 높은 모방성을 추구할 때_조건2**) 기업의 혁신과 변화가 낮다.
- 전제2_ 이는 (가)의 플라톤의 관점처럼, 기업가는 <u>모방을 추구할수록 창조되는 것은 없고 인위적인 것만 많아진다고 생각하기 때문</u>이다.
- 세부 결론_ 그 결과, <u>기업가정신이 낮을수록 기업가는 변화와 혁신에 소극적인 태도를 갖는다.</u>

■ **논증2**
- 전제1_ <u>기업가정신이 높아질수록, 높은 모방성에 비해(낮은 모방성을 추구할 때) 외부채용의 혁신에 소극적인 태도를 보인다(기업의 혁신과 변화가 낮다).</u>
- 전제2_ 기업가의 진취성이 높아질수록 모방을 통한 발전을 하지 않고 자기 신념만을 고수하는 것은 한계가 있기 때문이다.
- 전제3_ 이는 (가)의 아리스토텔레스의 관점처럼, <u>기업가정신이 높아질수록(모방을 긍정적으로 보고) 높은 모방성을 추구하면서 발전과 혁신이 가파르게 증가한 결과</u>다.
- 세부 결론_ 기업가정신이 높아질수록, 높은 모방성을 추구할 때, 발전과 혁신이 가파르게 증가한다.

■ **결론**_ <u>기업가정신이 높을 때, 모방을 통해 배움을 얻고, 새로운 가치를 창출해 혁신을 이룬다.</u>

이 학생은 자료를 해석함에 높은 모방성과 낮은 모방성을 표시하는 그래프의 Cross(X자) 위아래 부분의 차이에 주목하고 이를 기준점으로 삼아 해석했다. 말 그대로 수학문제 풀이하듯이 자료를 해석했다. 그런데 이 예시답안을 읽어도 논리가 그다지 썩 명쾌하게 와 닿지 않는 건 왜일까? 더군다나 이 학생의 답안은 필자가 글의 전체 논조는 유지한 채 상당 부분을 가다듬은 글로, 처음 작성한 답안의 경우에는 더더욱 읽고 해석하기가 어려웠다. 무엇이 문제일까?

이는 앞에서 논증 형식으로 분개하여 정리한 내용을 통해 알 수 있듯이, 일종의 '순환의 오류(반드시 그렇다는 것은 아니다)'에 빠졌기 때문이다. 논증에서의 오류는, 쉽게 말하자면 '좋은 논증을 방해하는 것'을 의미한다. 이 학생의 경우에는 좋은 논증의 네 가지 조건의 하나인 전제와 결론의 관련성을 어긴 것으로, 말하자면 순환의 오류 가운데에서도 '수용 가능성의 오류'에 빠진 셈이다.

수용 가능성의 오류란, 전제 자체의 오류를 말하는 것으로, 학생답안의 경우에는 일종의 '이중 의미의 오류'에 빠졌다고 볼 수 있다. 즉 전제에 서로 다른 조건 두 개를 함께 넣어 서술함으로써 논리가 모순을 보인 것이다(물론 이 역시 논리적으로 정확한 설명은 아니지만, 그렇더라도 이런 식의 설명 역시 타당하다).

즉 이런 식으로 **세 개의 변인**으로 이루어진 상황자료 해석의 경우, 전체를 해석하는 **기준점을 명확히 설정**해야 함은 물론, 이를 가지고 **단선 구조의 논증을 지향**해야 한다. 무슨 말인가 하면, 한 논증에서 하나의 단어를 서로 다른 의미로 사용할 때 발생하는 오류인 '이중 의미의 오류'를 피해야 하듯이, 서로 다른 의미를 갖는 전제를 섞어 넣고 해석해서는 안 된다. 이중 의미의 오류는 아래의 예와 같은 것으로, 학생답안 역시 이와 별반 다르지 않다.

- 전제1_ 인간은 모두 신이 될 수 있다.
- 전제2_ 신은 영생불멸한다.
- 결론_ 인간은 영생불멸할 수 있다. …오류

따라서 이 문제(자료)의 해석 결과를 논증 구조로 다시 분개해서 올바르게 정리하면 다음과 같다.

- 전제1_ 기업가정신이 높을수록 → 높은 모방성을 갖게 되면 → 높은 외부 혁신이 일어난다.
- 전제2_ 기업가정신이 높아짐에도 불구하고 → 낮은 모방성을 갖게 되면 → 낮은 외부 혁신이 일어난다.

• 결론_ 모방성과 기업가정신과는 높은 인과관계를 갖지만, 혁신성과 기업가정신과는 상관관계가 낮다.
(즉 기업가가 높은 모방성을 추구하는가 낮은 모방성을 추구하는가는 어디까지나 기업가의 외부 혁신의
추구에 대한 의지와 판단, 가치관에 따른 문제일 뿐이다)
→ 예를 들어, 극도의 보안을 요구하는 업체인 '안랩'의 사주인 안철수 씨의 경우, 기업가정신이 낮은가?
결코 그렇지 않을 것이다. 그런데 그럼에도 외부 혁신에 적극적인가? 이 또한 그렇지 않을 것이다. 그렇
게 되면 이 기업의 정체성과 존립 기반에 문제가 생긴다.

이상을 통해 강조하고자 하는 것은 다음과 같다.

첫째, 자료해석형 문제일수록 판단의 기준을 잘 설정해야 함은 물론, 논리를 단선적
으로 명쾌하게 끌고 나가야 한다. 상황판단 자료해석형 문제의 경우에는 특히 그렇다.

둘째, 그렇게 해서 전체 논증에 오류가 없도록 해야 한다. 즉 전제에서 결론으로 나아
가는 과정이 설득력 있고 일관되며 타당해야 한다. 그만큼 해석된 자료를 논리적 · 논
증적으로 풀어 서술할 수 있어야 한다.

셋째, 이런 문제일수록 자료 해석의 옳고 그름을 떠나 해석의 타당성과 설득력에 더
무게를 두어야 한다. 논리란 일단 '옳고 그르다'의 문제(이것을 논점 이탈이라고 한다)
를 걸러내고 나면, 이후부터는 그 논증에 대한 타당성, 즉 '좋음과 더 좋음'의 사안으로
전환되고, 그에 따라 답안이 평가되기 때문이다. 이것, 무슨 말인지 이해할 수 있을 것이
다. 중요한 설명이기에 거듭 읽어가며 확인하기 바란다.

04

논증
글쓰기
연습

1. 잘 쓴 논술 답안의 요건

(1) 잘 쓴 답안이란 : 내용과 형식을 아우르는 글

글을 평가할 때는 내용적인 측면과 형식적인 측면 모두를 살피게 되는데, 잘된 글은 그 내용이 뛰어날 뿐만 아니라 이것이 제대로 전달될 수 있도록 훌륭한 형식까지 함께 갖추어야 한다. 내용이 참신하고 깊이가 있어도 형식을 제대로 갖추지 못했다면 글로서의 가치가 떨어진다. 형식은 잘 갖췄지만 내용이 부실해도 마찬가지다. 형식과 내용 모두 제대로 갖춘 글이 잘된 글, 좋은 글이다.

그렇다면 논술에서의 잘된 글, 잘 쓴 답안의 내용과 형식은 어떠할까? 먼저 내용면에서 **충실성**과 **독창성**을 갖춰야 한다. 논제가 요구하는 사항을 빠짐없이 기술함으로써 평가기준을 만족시켰을 때 그 내용이 충실한 것이며, 문제의 해결 방법이 참신하거나 독특한 관점을 지향할 때 그 내용이 독창적이라고 말할 수 있다. 그리고 그 핵심은 **논증을 담은 글쓰기**다.

내용이 충실한 글을 쓰기 위해서는 무엇보다 묻고자 하는 주제, 좀 더 정확하게 말한다면 그 주제에 담긴 핵심 개념과 이론 및 단어와 용어에 대해 많이 알고 있어야 한다. 또한 그 주제에 대해 깊은 문제의식을 가지고 있어야 함은 물론, 이에 상응하는 통찰력도 동시에 갖추고 있어야 한다. 하지만 관련한 정보와 배경지식을 아무리 재주껏 응용한다 해도 문제의 해결이 결코 쉽지 않다. 따라서 그 여백을 메울 수 있는 능력이 필요한데, 그것이 바로 상상력과 창의력이고, 독창성은 그런 능력을 극대화할 때 발현된다.

독창성은 평범한 사실 혹은 당연히 받아들여지고 있는 현상에 대한 의심에서 출발한다. 즉 단순한 현상 이해에 머물지 않고 좀 더 깊이 있고 다각적인 차원에서 그 현상을 분석하고 평가하려는 반성적 사고가 그것인데, 그 과정에서 자신의 주장에 깊이를 더함은 물론 그 주장이 정당화될 수 있도록 비판적으로 사고함으로써 독창성에 최대한 접근할 수 있다.

그렇더라도 대입 논술에서 묻는 독창성은 극히 제한적이며, 어디까지나 논제와 제시 지문 안에 담긴 내용을 근거로 하되 여기에 자기 생각을 조금 보태 참신한 생각으로 거듭나게 만드는 그 무엇의 사고 능력이다. 그리고 그 무엇은 특히 논증의 (재)구성을 위한 추론적 사고가 중심이 되는데, 이것 역시 독해력을 통해 능히 평가할 수 있다는 것이 대학의 생각이다. 이런 이유로, 심지어는 연세대처럼 높은 사고력을 묻는 논술 문제를 출제하는 대학에서조차 창의력(예를 들어 '문제를 해결하라')을 묻는 논제 서술 유형이 출제되는 경우가 드물다.

잘 쓴 글을 위해서는 형식적인 측면 또한 중요한데, 여기서 형식적 측면이란 주로 **표현의 명료성**과 **논리의 일관성**을 일컫는다. 요컨대 자신이 밝히고 싶은 내용을 어떻게 하면 효과적으로 전달할 수 있는지를 고민해 쓴 글로, **체계적**이고 **압축적**이며 **완성도**가 뛰어난 답안으로 귀결된다.

글의 표현이 명료하다는 것은 그만큼 글로 표현하는 주장이 애매모호하지 않다는 의미다. '애매'란 다의적(多意的)이란 뜻으로, 하나의 표현이 두 가지 이상의 의미로 해석될 경우에 그 표현을 애매한 표현이라 한다. 애매한 표현은 글을 읽는 이로 하여금 혼란에 빠지게 함으로써 궁극적으로는 글 자체의 신뢰를 깨뜨린다. 따라서 반드시 하나의 표현이 하나의 의미를 갖도록 명확하게 표현해야 한다. 또한 '모호'란 구체적으로 전달되는 정확한 정보가 없다는 뜻이다. 표현의 의미가 흐릿해서 도무지 감을 잡을 수 없거나 아니면 제멋대로 해석될 여지가 있는 경우, 그 표현은 모호한 표현이다. 이는 자기중심적인 태도에서 나온 결과로, 그만큼 글쓴이인 내 머릿속의 정보가 제대로 전달되지 못했기 때문이기에, 명료한 주장을 밝히려면 내(수험생)가 아닌 독자(평가자)의 입장에서서 생각하고 접근해야 한다.

따라서 잘된 글, 즉 논리적인 글을 위해서는 애매하거나 모호한 단어들을 피해 문장과 문장, 단락과 단락이 서로 무리 없이 긴밀하게 연결되도록 하고, 글의 어느 부분도 논점에서 벗어나지 않도록 세심한 주의를 기울여야 한다. 또한 똑같은 내용이더라도 문장을 어떻게 쓰는 것이 더 잘 이해될지, 글과 단락을 어떻게 구성해야 내 생각이 효과적으로 전달될지를 치열하게 고민하면서 써야 한다.

이를 위해서는 평소에 독서를 통해 나와 마주하는 세계를 깊고 넓게 통찰할 수 있도록 안목을 길러야 할 뿐만 아니라, 통찰한 내용을 개념화하여 명료하게 생각하는 습관을 들이고, 그 명료화된 사고를 일관성 있는 논리적 체계 속에 담아 표현할 수 있도록 훈련해야 한다.

(2) 논술 평가기준에 부합해야 잘 쓴 답안이다

그럼에도 많은 학생들은 논술을 여전히 형식적인 측면에서만 이해하려 든다. 주어와 술어가 잘 호응하도록 문장을 쓰고, 원고지 사용법과 맞춤법에 맞게 글을 쓰는 것을 논술로 이해한다. 도입 부분에서 독자의 눈을 확 잡아끌 만한 내용을 써야 한다거나, 글을 어떻게 '서론-본론-결론'의 형식으로 잘 구성할 것인지를 학습하는 정도가 논술의 전부라고 생각한다.

하지만 글의 형식적인 면이 제아무리 잘 갖춰졌다 해도 내용이 별 볼일 없으면 논술은 의미가 없다. 먼저 내용이 갖춰진 이후라야 형식도 의미가 있다. 일단 글의 내용이 풍부하게 담겨 있어야 문단을 구성할 거리도 생기기 때문인데, 아는 게 없어 딱히 쓸 말이 없다보니 했던 얘기 또 하고 또 하고를 반복할 뿐이다. 이는 앞서 말했듯이, 논리적 사고는 논의하고자 하는 주제와 관련한 풍부하고 깊이 있는 배경지식에서 나온다는 점에 비춰 생각하면 쉽게 이해할 수 있을 것이다.

하지만 갈수록 늘어나는 정보의 홍수 속에서 올바른 지식을 찾아내고 활용하기가 어렵다는 것이 문제다. 바로 그 점에서 논술의 의미를 재해석할 필요가 있는데, 왜냐하면 현대 정보사회 속에서의 효과적인 의사소통을 위해 개인이 갖추어야 할 능력인 논리적 분석력, 비판적 사고력, 창의적 문제 해결 능력이 곧 논술에서 요구되는 능력이기 때문이다. 즉 다양성과 변화가 지배하는 현대 정보사회에서 각 개인들이 효과적으로 의사소통을 하기 위해서는 가능한 한 많은 정보를 획득할 능력이 필요한 게 아니다. 그 보다는 수많은 정보 가운데 올바른 정보를 판단하고 구분해내는 능력, 그 정보를 맥락에 맞게 구성하는 능력, 그리고 이를 상황에 맞춰 비판적으로 분석하고 평가하여 문제를 해결할 수 있는 능력이 요구된다. 따라서 이를 위한 논리적 사고를 기르는 것이 곧 논술의 지향점이 된다.

이런 이유로 논리적 사고를 위해서는 '비판적 읽기', '논리적 서술', '창의적 문제해결' 능력을 함께 길러나가야 한다. 이때 비판적 글 읽기란 이해력과 분석력을 기반으로 한 성찰적이고도 적극적인 글 읽기를 말하며, 창의적 문제 해결이란 독창성을 기반으로 한 심층적이고 다각적인 문제 해결을 말하며, 논리적 서술이란 논증력과 표현력을 기반으로 한 글의 조직적인 구성과 상황에 맞는 설득적인 표현을 말한다.

이처럼 논술의 내용적 측면을 강조할 때, 논술은 단지 사진적인 의미를 넘어 개념적으로 확장된다. 논술의 사전적 의미는 '제시된 주제에 관하여 자신의 의견이나 생각을 논리적으로 서술'하는 것이다. 이때 논리적으로 서술한다는 것은 단순히 자신의 생각을 밝히는 데 그치는 것이 아니라, 그에 따른 근거를 타당하게 제시하는 것을 의미한다. 그만큼 적극적인 사고가 필요한 게 논술이다. 즉 답안 평가자인 대학이 글쓴이인 수험생의 주장과 근거를 설득력 있는 것으로 받아들일 수 있도록 논리적으로 표현하는 과정이 곧 대입 논술인데, 결국 논술의 성패는 자신의 주장을 입증하는 '**논거(論據)**'에 달렸음을 알 수 있다. 그리고 논거는 논리적 사고 과정에서 내용의 풍부함을 더한다.

따라서 하나의 글이 논술문이 되기 위해서는 자신의 주장을 명확하게 제시하고 그 근거를 논리적으로 서술하는 요건을 갖추어야 한다. 근거 없이 자신의 주장만을 나열하거나, 주장 없이 설명만을 늘어놓는 글은 결코 논술이 될 수 없다. 그렇기에 이것이 가능하려면 앞서 말한 것처럼 '비판적 읽기', '논리적 서술', '창의적 문제 해결' 능력을 두루 갖추어야 한다.

이렇게 놓고 볼 때, 결국 논술은 '**비판적 글 읽기**(읽고)와 **창의적 사고력**(생각하고)을 기반으로 하는 **논증적인 글쓰기**(쓰는)'로 다시 정의된다. 즉 논술 공부를 위해서는 읽고 생각하고 쓰는 공부가 동시에, 한꺼번에 이뤄져야 한다. 그리고 이를 근거로 신뢰할 만한 전제를 도출하고, 그것으로부터 귀결되는 주장에 부합되게 구성함으로써 전체가 체계적이고 완결적인 글로 완성될 때, 그것이 곧 잘된 논술이다. 이때 신뢰할 만한 전제란 우리의 일상적 신념과 생활세계에 부합하는 것들이기에, 잘된 논술 답안을 쓰기 위해서는 늘 우리의 생활세계를 성찰적으로 살펴보는 비판적 사고에 힘을 쏟아야 한다.

(3) 잘 쓴 답안의 사례 : 수능 국어 성적과 논증 글쓰기 능력은 정확히 비례

다음은 필자의 논술수업 때 학생들이 직접 작성한 답안으로, 이것과 필자의 예시답안을 비교하면 잘 쓴 답안에는 무엇을 담아야 하는지를 가늠할 수 있을 것이다. 참고로 아래의 예시답안을 작성한 학생들은 이제 겨우 고1밖에 안 된 점, 논술 공부를 이제 막 시작한 점을 고려하여 1000자 내외로 작성할 것을 주문했는데, 그럼에도 예시답안을 통해 학생들의 글쓰기 실력이 결코 만만치 않음을 느낄 수 있을 것이다.

덧붙여 말한다면, 이들 학생을 통해 확인되는 것은, 물론 전적으로 그렇다고 단정할 수는 없겠지만, 수능 국어 성적과 논증 글쓰기 능력은 거의 정확하게 비례하여 나타난다는 사실이다. 다른 부분은 제쳐놓고 논증 글쓰기와 관련한 부분만을 살펴 생각할 때 특히 그렇다. 사례의 학생 A, B, C, D의 국어 모의고사 평균 등급은 상위 1% 1등급부터 순차적으로 낮아지는데, 아래 답안의 질적 수준과 그대로 합치된다. 그리고 이는 앞서 줄기차게 강조한 것처럼, 논증 글쓰기에 앞서 글 읽기 능력의 중요성이 새삼 강조되며, 특히 글의 핵심을 꿰뚫어 파악하는 능력으로서의 논리적 사고력이 얼마나 중요한지 보여주는 증거가 된다.

참고로 아래의 서울대 문제처럼 자료해석형 문제인데다가 그것도 자료 하나만 달랑 쥐어주고 장문의 답안을 작성할 것을 요구하는 문제는, 그만큼 그 답안 안에 학생들이 치열하게 고민한 결과물로서의 논리적 실체가 단박에 드러나게 된다.

사례의 학생 답안을 읽고 어느 부분이 잘 쓴 내용이고 또 무엇이 그렇지 않은지를 앞서 설명한 잘 쓴 논술 답안이 갖춰야 할 요건으로서의 내용적인 면과 형식적인 면에 포인트를 두고 가늠해보기 바란다. 남학생들이 쓴 글이라 문체가 다소 투박한 점도 감안해주기를 바란다.

이때 평가의 가장 중요한 포인트는 출제자가 논제를 통해 묻고자 하는 핵심 물음에 대한 답변으로서의 그 무엇이 담겨 있어야 한다는 것으로, 이는 다음 세 가지로 압축된다. 이것을 '내용의 충실성'으로 봐도 된다.

⒜ 민주주의의 발전에 앞서 경제력과 경제성장이 삶의 질에 더 직접적이고 중요한 요인으로 작용한다.
⒝ 특히 정치 안정을 기반으로 한 경제성장이 민주주의의 발전은 물론 삶의 질에 가장 실질적인 영향을 미친다.
⒞ 국민의 삶의 질은 여러 많은 요소들이 복합적으로 상호작용하면서 향상된다.

【사례】 서울대 2013 인문 정시 문항 2

[논제] 민주주의의 발전이 삶의 질에 어떠한 영향을 미치는지를 논하시오. (1,400±200자)
1. 자료에 대한 분석 과정을 포함하시오.
2. 자신의 주장에 대해 제기될 수 있는 반론을 고려하시오.

[제시문]
(가) 아프리카의 소말리아에서는 부족 파벌 간의 갈등으로 인해 정치적 불안이 지속되어 국민들은 생명의 위협을 느끼며 살아가고 있다. 반면, 정치가 안정되고 법제도가 확립된 북유럽 국가들은 질 높은 사회복지서비스를 제공하고 있다. 이처럼 정치적·법적 요인은 삶의 질과 밀접한 관련이 있다. 법률과 제도가 안정적이며 그 집행이 예측 가능한 방식으

로 이루어지는지, 평화와 치안이 확보되었는지, 민주주의가 정착되어 국민의 인권을 수호하고 다양한 정치 참여를 보장해주는지에 따라 삶의 질은 차이가 난다.

(나) 아래의 표는 민주주의가 삶의 질을 개선하는 데 도움이 된다는 주장을 검증하기 위해 20개 나라의 관련 지표를 모은 것이다. 법치지수는 세계은행이 매년 발표하는 자료로서, 각 국가에서 법원 및 정부의 결정이 얼마나 법에 의거하고 있는지, 법제도가 얼마나 안정적이고 정부와 법원의 결정이 법에 따라 예측 가능한 방식으로 이루어지는지를 나타낸다. 민주주의지수는 세계 인권단체인 프리덤하우스가 개발한 것으로, 각 나라의 시민들이 얼마나 광범위한 정치적 권리와 시민적 자유를 누리는지를 보여 준다. 인간계발지수(Human Development Index)는 유엔개발기구가 각국의 평균 수명, 교육 수준, 소득수준 등을 토대로 삶의 질을 가늠하기 위해 개발한 복합 지수이다.

국가	법치지수	민주주의지수	인간계발지수
Azerbaijan	3.5	2.1	7.0
Colombia	4.5	5.0	7.1
Dominican Republic	4.2	7.1	6.9
Ecuador	2.3	5.7	7.2
Egypt	5.7	2.1	6.4
Gabon	4.1	2.1	6.7
Greece	8.3	7.1	8.6
Hungary	8.5	7.9	8.2
Korea	8.4	7.9	9.0
Latvia	8.2	7.1	8.1
Lebanon	3.8	3.6	7.4
Mongolia	4.4	7.1	6.5
Montenegro	5.7	6.4	7.7
Paraguay	2.9	5.7	6.7
Peru	3.8	6.4	7.3
Philippines	4.5	5.7	6.4
Sri Lanka	6.0	3.6	6.9
Thailand	5.9	4.3	6.8
Tunisia	6.7	5.0	7.0
Turkey	6.3	5.7	7.0

(1) A학생의 예시답안

(가)에 의하면 삶의 질은 정치적 · 법적 요인과 깊은 연관성을 가진다. 정치적 갈등은 국민들을 불안하게 해 삶의 질을 낮추는 반면, 정치적 안정과 법제도의 확립은 삶의 질을 향상시킨다는 것으로, 이는 (나)의 표를 통해 확인할 수 있다. (나)는 법적 안정성의 지표로 법치지수를, 시민의 권리와 자유의 수준을 나타내는 지표로 민주주의지수를 채택해 삶의 질을 의미하는 인간계발지수와 함께 나타냈다.

우선, 민주주의 체제가 확실히 갖춰졌으며 법제도가 확립된 대한민국, 그리스와 같은 나라가 인간계발지수가 가장 높다는 점에서 민주주의의 정착으로 국민의 정치 참여가 보장된 상황에서의 법률과 제도의 안정은 국민의 윤택한 삶을 보장해주기에 삶의 질의 상승을 가져온다는 점을 알 수 있다.

그러나 민주주의가 발전하지 않았다 해서 삶의 질 또한 낙후되는 것은 아니다. 이는 아제르바이잔, 가봉, 이집트 등이 뒷받침한다. 장기간에 걸친 독재에 의해 시민들에게 있어 삶의 질은 떨어져야 할 것 같으나, 막대한 경제력에서 기인한 것이다. 즉 경제력으로 사회 안정을 이루어냈다는 것이다.

민주주의가 크게 발달하더라도 인간계발지수가 떨어지는 경우 또한 존재한다. 이 부류에는 도미니카공화국과 몽골 등이 속하며, 법치지수가 낮다는 공통점이 있다. 이를 아제르바이잔의 사례와 연결 지어 볼 때, 반대로 **열악한 경제력은 민주주의의 발전에도 사회복지를 잘 이루어지지 못하게 해 삶의 질을 떨어뜨리는 요인이 된다**는 것을 알 수 있다.

마지막으로, 레바논과 에콰도르 등의 국가는 법치지수, 민주주의지수가 모두 낮음에도 높은 인간계발지수를 보인다. 이는 경제적 요인 외에도 국민의 특유한 성향이 국민이 느끼는 삶의 질에 영향을 준다는 것을 의미한다.

이상을 정리해보면, 민주주의와 법제도의 안정과 발달은 삶의 질을 상승시키는 결과를 가져오나, 이때 **국가의 경제력이나 특성 등 여러 요인이 복합적으로 영향을 준다**는 것을 알 수 있다. 그러나 크게 보았을 때, 민주주의의 발전과 법적·정치적 안정은 국가의 경제적 발전을 불러오며, 단순히 자원 등에 의존한 경제구조는 무너지기 쉽기에, **결국 민주주의 발전이 국민 참여를 통한 올바른 법의 확립을 가져오고 나아가 삶의 질을 상승시킨다** 할 수 있다.

→ 논리는 물론 글의 체계가 잘 잡힌 잘 쓴 답안이다. 글의 내용적인 면은 물론 형식적인 면에서도 합격 답안으로 평가해도 손색이 없다.

(2) B학생의 예시답안

(가)에서 나온 내용에 따르면, 정치적·법적 요인은 삶의 질과 밀접한 관련이 있다고 했다. 이를 통해 (나)의 자료를 분석했을 때 자료의 국가는 3가지 종류로 구분된다. 첫째는 법치지수와 민주주의지수가 모두 높은 나라이다. 이 나라들 중 자료 (나)에서 나온 국가로는 그리스, 헝가리, 한국, 라트비아가 있다. 이들 국가는 시민들이 매우 광범위한 정치적 권리와 자유가 보장되며, 이를 통한 질 높은 사회복지서비스를 국가에게서 받고 있다.

둘째로는 법치지수나 민주주의지수 중 어느 한쪽이 낮은 경우가 있다. 이들 국가의 경우를 다시 나누어보면 민주주의지수가 낮은 쪽과 법치지수가 낮은 쪽으로 나뉘는데, 그 중 민주주의지수만 높은 나라들, 즉 콜롬비아나 도미니카공화국, 에콰도르, 몬테네그로, 페루와 같은 나라들은 법치지수가 낮음에도 불구하고 인간계발지수가 높은 편에 속한다. 그리고 앞과 반대의 예인 법치지수가 높고 민주주의지수가 낮은 나라들, 즉 가봉, 레바논, 스리랑카, 타이완, 튀니지, 터키와 같은 국가도 인간계발지수가 높으며, 세 번째 집합으로 분류되는 아제르바이잔 역시 높은 인간계발지수를 가짐을 알 수 있다. 이를 통해 유추해 낼 수 있는 점은 이미 높은 정치적 권리와 자유를 존중받는 나라들의 경우에는 삶의 질 역시 향상된다.

그러나 이 중 하나라도 결여된다 해서 치명적이지는 않은데, 그 이유는 둘 중 어느 한쪽이 발달된 사회, 예를 들면 법치지수만 높은 국가들의 경우 법제도는 확립되어있지만 독재자들의 권력 유지를 위한다. 그래도 독재를 위해서는 국민들이 어느 정도는 먹고 살 수 있게 해주어야 하므로 **경제성장을 통한 복지 수준이 높아지게 되고 그로 인해 민주주의 역시 발전하게 되어 더 발전하게 된다.** 반대의 경우 민주주의의 발전을 통해 사회가 발전하고 법이 바로 서게 되면 그 사회는 발전하게 된다. 그리고 이 둘 다 결핍된 사회의 경우는 자신이 생존할 수 있는 권리를 위해 싸운다. 이를 통해 그 사회도 발전하게 되는 것이 된다.

따라서 위 주장의 경우에는 어느 한쪽이 결여된 사회의 경우 실제로 발전하기는 매우 힘듦을 알면 문제가 된다. 그 예로 몽골, 이집트, 파라과이, 필리핀이 있고 오히려 둘 다 결핍되는 아제르바이잔의 경우 인간계발지수가 매우 높음을 알 수 있다. 이는 이들 국가가 아직 발전 중인 국가이기 때문으로 보이는데, 독재에 대한 반발과 민주주의의 발전을 통한 권리 수복 과정이 힘들다 해도 계속 권리 주장을 통해 사회를 발전시켜 나가므로 문제가 되진 않을 것이다.

본래 민주주의는 경제적으로 여유가 있는 사회에서 시작되기에 경제적으로 문제가 있는 국가는 인간계발지수가 낮아야 한다고 생각할 수 있으나, 민주주의지수가 높아 그들의 권리를 주장할 줄 알게 되면서 스스로 권리를 지키다보니 인간계발지수가 높아지게 된 것이라 생각할 수 있다.

→ 일단 이 학생은 무언가를 많이 알고 있는 그런 학생이다. 내용적으로도 꽤 충실하다. 그런데 문제는, 너무 많은 것을 풀어내고자 하는 과욕이 마치 논리를 비비 꼬아 놓은 듯, 한 얘기 또 하고 또 하고를 반복하고 있다. 한 마디로 논리적 사고력이 아직 체계적으로 작동하지 못하고 있다는 의미인데, 그럴더라도 이런 학생은 공부하면서 발전할 가능성이 가장 높다.

⑶ C학생의 예시답안

(가)에서는 법적 안정은 삶의 질과 밀접한 관련이 있다고 말하며, (나)는 각종 지수들을 정의한다. 이 두 개의 지문에 근거하여 민주주의의 발전에 따른 삶의 질에 대한 영향을 분석해보자.

먼저 민주주의가 발전했다는 것은 민주주의지수의 상승을 의미한다. 민주주의의 발전으로 시민의 의견이 정치에 더 잘 반영될 경우 시민의 정치적 권리가 상승했다고 볼 수 있기 때문이다. 이 경우 정치인들은 국민들을 더 의식하게 되어 국가 전체가 법적으로 안정하게 되므로 법치지수가 상승했다고도 말할 수 있다.

여기서 다시 (가)를 보자. (가)는 정치적·법적 안정이 삶의 질 향상을 가져올 수 있다고 했으므로, 법치지수의 상승은 결국 국민의 삶의 질 향상과 관련이 있다고 할 수 있다. 정리하자면, 민주주의의 발전은 시민의 정치적 권리를 향상시키고, 이는 법적 안정과 삶의 질 향상을 차례로 일으키는 것이다.

(나)의 표에 있는 다양한 국가들은 위의 주장에 부합되기도 하지만, 반례가 되는 국가들도 있다. 위의 주장에 따르면, 민주주의가 막 발전하는 국가들은 민주주의지수만이, 민주주의의 발전으로 법적 안정이 이뤄지고 있는 국가들은 민주주의지수와 법치지수가, 그리고 완전한 발전을 이룬 나라들은 세 지수 모두 높을 것이라는 것을 예측할 수 있다. 그리스,

헝가리 등 세 지수 모두 높은 나라들은 이 주장에 부합한다고 볼 수 있지만, 아제르바이잔이나 몽골은 이 주장에 맞지 않는 수치를 갖고 있다.

아제르바이잔은 인간계발지수만이, 몽골은 민주주의지수만이 높은 이유를 생각해 보자. 아제르바이잔은 독재 정권이 긴 시간 동안 집권하여 민주주의지수와 법치지수는 아주 낮으나 풍부한 자원을 통해 인간계발을 이룬 사례가 된다. 위 주장으로 치면, 민주주의의 발전조차 일어나지 않은 상태다. 반면에 몽골은 민주주의는 아주 발달했으나 돈이 없어 인간계발과 법적 안정에 실패한 사례가 된다. 이렇듯 위의 주장에 제기될 수 있는 반론들의 근거가 되는 통계자료들은 그 나라의 현실을 파악하고 받아들여야만 할 것이다.

→ 이 학생의 글은 알맹이 없이 두서없는 논증으로 일관하고 있다. 즉 논제가 묻는 핵심을 이해하지 못함에 따라 논증이 겉돌고 있다. 당연히 그것에 대해 정확하게 답하지 못하고 상황 설명만 거듭 되풀이하고 있는데, 이것을 '인과적 설명'이라고 하여 거짓 논증으로 구분 짓고 낮게 평가한다. 그런데 뭔가 알고 쓴 글이기에, 이 학생 역시 발전 가능성이 높다.

(4) D학생의 예시답안

제시문 (가)에서는 정치적 요인이랑 법적 요인은 삶의 질과 매우 밀접한 관련이 있다고 말하였다. 그 나라의 법의 제도가 얼마나 안정적이고, 법률에 대한 진행이 예측 가능한 방식으로 이루어져 있는지 등등에 따라서 그 나라의 삶의 질은 차이가 난다는 것이다. 그리고 제시문 (나)에서는 민주주의가 그 나라 국민들의 삶의 질을 개선하는 데 도움이 된다는 것을 증명하기 위하여 20개 나라의 법치지수, 민주주의지수, 그리고 인간계발지수를 모아놓았다. 여기서 법치지수는 법원과 정부의 결정이 얼마나 법에 의거해 있는지를 보여주고, 민주주의지수는 각 나라의 시민들이 얼마나 정치적 권리를 누리고 있으며, 시민적 자유를 누리고 있는지를 보여 준다. 마지막으로 인간계발지수는 그 나라의 평균적 수명, 교육 수준, 그리고 소득 수순을 토대로 그 나라 국민들의 삶의 질을 측정한 지수이다.

(나)의 자료들을 보면, 크게 4가지 부분으로 위의 20개의 나라들을 구분할 수 있다. 제일 먼저, 흔히들 선진국이라고 불리는 법치지수와 민주주의지수가 둘 다 높은 나라들로, 대한민국, 헝가리, 그리스 등이 있다. 두 번째로는 법치지수는 높지만 그에 비해 상대적으로 민주주의지수가 낮은 튀니지, 스리랑카, 가봉, 그리고 이집트와 같은 나라들, 세 번째로는 민주주의 지수가 높으나 그에 비해 법치지수가 낮은 도미니카공화국, 에콰도르, 페루와 같은 나라들, 마지막으로 법치지수와 민주주의지수가 모두 낮은 나라들인 아제르바이잔, 레바논이 있다.

이 네 집단들을 구분해보면, 인간계발지수에서 뚜렷한 차이가 난다는 것을 알 수 있다. 첫 번째 그룹인 선진국들의 인간계발지수를 보면 다른 나라들에 비해 많이 높다는 것을 알 수 있다. 이는 이 나라들은 법률은 안정적이며, 민주주의가 정착되어서 국민들이 높은 삶의 질을 가진다는 것을 의미한다. 이 표에서 제일 중요한 척도 역할을 해주는 그룹들인 두 번째 그룹과 세 번째 그룹을 비교해 보면, 법치지수와 민주주의지수 이 둘 중 하나도 제대로 갖추어 있지 않으면 인간계발지수가 상대적으로 낮다는 것을 알 수 있다. 이는 법률과 제도가 안정적이어도 민주주의가 덜 정착되어 시민들의 정치적 권리와 시민적 자유를 제대로 누릴 수 없거나, 사람들이 시민적 자유를 누릴 수 있어도 법률과 제도가 안정적이지 못하면 그 나라의 국민들의 삶의 질은 결코 발전할 수 없다는 것을 보여 준다.

하지만 여기서 제일 중요한 것은 네 번째 그룹인데, 아제르바이잔과 레바논 이 두 나라는 법치지수와 민주주의지수 둘 다 다른 나라들에 비해 낮음에도 불구하고 상대적으로 높은 인간계발지수를 가지고 있다. 이 뜻은, <u>이들의 삶의 질이 뛰어난 것은 법에 관련된 민주주의가 아닌, 다른 방식의 민주주의가 발달되어 있기 때문이라고 할 수 있다.</u> 즉 민주주의는 법에 관련된 민주주의와 법에 얽매이지 않는 다른 형식의 민주주의로 나누어 볼 수 있으며, 첫 번째 그룹과 네 번째 그룹의 인간계발지수가 높은 것으로 보아서 어떤 형태나 형식의 민주주의든 발전하게 되면, 삶의 질을 풍요롭게 할 수 있다는 것을 보여 준다.

→ 이 학생 역시 무언가 많이 알고 있음에도 불구하고, 글이 산만하고 내용적으로도 부실하다. 이것저것 많은 것을 알고 있음에도 불구하고 뭐가 앞이고 또 뭐가 뒤인지 도통 사리분별이 안 되는 학생 대부분이 이런 식으로 글을 쓴다. 그 이유는 이렇다. 즉 글(여기서는 자료)의 핵심을 제대로 짚어내지 못한 것에 따르는 당연한 귀결로, 올바른 글 읽기가 선행되지 않았기 때문이다. 그렇게 해서 주변부의 글을 잔뜩 긁어모아 글을 쓰는 경우가 허다한데, 이 답안은 이것을 단적으로 보여주는 예다. 실제 수능에서도 마찬가지인데, 따라서 글쓰기에 앞서 글을 올바르게 제대로 읽는 방법부터 터득해야 한다.

필자 예시답안

(가)에 따르면, 국민의 삶의 질은 그 국가의 정치적·법적 요인에 크게 좌우된다. 즉 민주주의가 정착되어 법률과 제도가 확립되고, 국민의 다양한 정치 참여가 보장되어야만 국민의 삶의 질은 높아진다. 이는 (나)의 자료를 통해 확인된다.

(나)에 따르면, 그리스, 헝가리, 대한민국처럼 민주주의지수가 높은 나라의 경우에는 법치지수와 인간계발지수 모두 높게 나타나고 있는데, 이는 (가)의 주장을 정확히 뒷받침한다. 즉 민주주의의 발전이 정치 안정과 법제도의 확립에 기여함으로써 시민들이 많은 정치적 권리와 시민적 자유를 누리게 되고, 그에 따라 교육 수준 및 소득 수준이 증가하고 평균수명이 늘어나는 등으로 삶의 질은 높아진다.

그렇더라도 (나)는 민주주의의 발전이 반드시 국민의 삶의 질을 높이는 필요충분조건이라고 단정할 근거 역시 설득력이 떨어짐을 보여준다. (나)의 아제르바이잔, 가봉, 이집트의 경우, 민주주의지수가 매우 낮고 법치지수 역시 그리 높지 않음에도 불구하고, 인간계발지수는 비교적 높게 나타나고 있다. 이들 국가는 독재 권력이 장기 집권하고 있기에 그만큼 강력한 통치력이 법률과 제도에 우선한다. 이에 따라 비록 시민들이 정치적 권리와 시민적 자유를 제대로 누리고 있지는 못하지만, 아제르바이잔, 이집트처럼 풍부한 자원을 토대로 경제적 기반이 안정된 국가는 비교적 높은 사회복지서비스를 시행함으로써 삶의 질은 높다. 또한 아프리카 빈국의 하나인 가봉 역시 비록 독재 권력이 장기 집권하고는 있지만, 그럼에도 정치적인 안정을 기할 수만 있다면 그만큼 국민들이 느끼는 삶의 질은 상대적으로 높음을 보여주는데, 여기에는 나와 남, 자기 나라와 다른 국가를 비교해서 생각하려는 심리적인 요인도 한 몫 한다.

한편 도미니카공화국, 몽고의 경우에는 민주주의지수가 높음에도 불구하고 법치지수가 비교적 낮고, 인간계발지수 역시 그에 상응한다. 이는 민주주의의 발전으로 시민들이 정치적 권리와 시민적 자유를 누리더라도, 법제도가 미비하고 사회복지서비스가 미흡할 경우, 삶의 질이 낮게 나타나고 있음을 보여준다.

이처럼 국민의 삶의 질을 결정하는 주된 요인으로 경제발전과 정치적 안정을 절대 무시할 수 없는데, 특히 **정치적 안정을 기반으로 한 경제발전**은 국민의 삶의 질에 실질적인 영향을 미치는 가장 중요한 요인으로 작용함을 알 수 있다.

따라서 이렇게 생각할 수 있다. 민주주의의 발전은 분명 정치를 안정시키고 법과 제도를 확립함으로써, 이를 통해 개인 및 기업의 경제활동의 자유를 보장하고 확대하는 과정에서 국가의 경제가 발전하게 된다. 그 결과 교육, 후생, 복지 등 사회보장제도가 확대되고 그에 따라 개인의 삶의 질은 높아진다. 즉 <u>민주주의의 발전이 정치적 안정을 가져오고 또 개인의 경제활동의 자유를 적극 보장할 수 있도록 법적·제도적으로 확립되고, 이</u>

를 통해 경제가 성장하는 선순환 구조를 이루어야만 국민의 삶의 질은 크게 높아진다. 만약 그렇지 않고 도미니카공화국이나 몽고처럼 민주주의를 키웠음에도 불구하고 경제발전으로 이어지지 못할 경우에는, 그만큼 국민들이 느끼는 삶의 질은 낮게 나타날 수밖에 없다.

이와 함께 생각해야 할 것이, 민주주의의 발달과 병행하는 경제발전의 과정에서 필연적으로 일어나게 될 불평등의 심화와 그에 따른 사회적 병폐 현상을 어떻게 해소해나가야 하는가이다. (나)에서 민주주의지수와 법치지수가 모두 높게 나타나는 국가들과 그렇지 않은 국가 간의 인간계발지수의 차이는 그다지 크지 않음을 알 수 있는데, 이는 그만큼 전자에 해당하는 국가의 상당수 국민들이 자신들의 삶의 질이 높지 않다고 생각하고 있으며, 또한 경제가 성장할수록 사회적 불평등의 간극은 더욱 커질 수 있음과도 일맥상통한다. 민주주의가 발달하고 경제가 성장할수록 그에 비례해서 인간계발지수가 높게 나타나야 함에도 불구하고 그렇지를 못한 것은, 그만큼 낮은 지수를 보이는 다수에 의해 평균값이 하락했기 때문으로 보아야 하기 때문이다.

이상을 고려할 때, 민주주의가 발달하고 경제가 성장하는 과정에서의 지나친 효율성 추구로 인해 자칫 만연할 가능성이 있는 불평등과 빈부격차, 그리고 이에 따른 상대적 박탈감을 극복하고 해소할 대안을 마련해야만 안정과 번영, 평등의 확산이라는 진정한 민주주의의 이념을 실현하는 복지국가를 이룩함은 물론, 이를 통해 국민 전체의 삶의 질을 더욱 높일 수 있다. 경제민주화가 실현될 수 있도록 정치를 안정시키고, 이를 법적·제도적으로 확고하게 확립할 필요가 있는 이유가 이 때문이다.

(4) 확실한 합격 답안에는 +∝가 들어있다

확실한 합격 답안은 잘 쓴 논술 답안이 갖춰야 할 요건에 더해 +∝가 더 담겨 있다. 그것이 무엇일까?

그 하나는 앞의 사례에서 보았듯이, 논제에서 묻는 **핵심 논지**가 빠짐없이 빼곡하게 들어있는 경우다. 그리고 그것이 적절한 단어에 담겨 논리적으로 표현된다. 다시 말해, 핵심 개념어와 주제어를 중심으로 글의 핵심 논지를 압축적으로 서술하되, 여기에 더해 그 논지를 뒷받침하는 '**논거**'를 충실하게 찾아 밝힌 답안이 당연히 높은 평가를 받는다. 내용의 충실성이 이를 두고 하는 말로, **탄탄한 논거 제시 능력**이 합격 답안을 가늠한다.

물론 이러한 답안은 추론을 통해 제시지문에 담긴 함축과 숨은 전제 등을 찾아내고, 이를 논제의 요구에 맞게 조직하는 **논증의 (재)구성력**이 매우 뛰어난 그런 답안이다. 실제 이것만 제대로 이루어져도 잘 쓴 답안으로 높은 평가를 받을 수 있는데, 이는 매우 중요하므로 뒤에 자세히 설명한다.

다른 하나는 이것이다. 논술 문제는, 비록 문제와 제시지문의 어디에도 밝히지는 않았지만, 논술 주제의 이면에 숨어 있는 문제 전체를 관통하는 궁극적인 지향점으로서의 **근본 개념**을 물음으로 하여 줄제되는 경우가 많다. 이는 최상위권 대학에서 인문학적 주제를 논제에 담아 출제하는 경우에 특히 그러하다. 만약 답안에 그 개념을 직접적으로 밝히거나 또는 그것에 근접하는 내용으로 서술했을 경우, 출제자는 당연히 "아하! 이 학생이 내가 무엇을 묻는지를 알고 답하는구나!" 하면서 후한 점수를 줄 것임은 분명하다.

아래의 [사례]에서 출제자가 궁극적으로 묻고자 하는 근본 물음은 '구조주의'와 관련한 것으로, 곧 출제 의도를 담은 근본 물음이기도 하다. 구조주의란, 인간은 언어, 사회 제도, 법, 사상 등 우리를 둘러싸고 있는 다양한 지배 구조로서의 '어떤 틀'에 의해 지배를 받게 되며, 그에 따라 인간의 자아나 관념이 자유롭지 못하고 구속받게 된다는 현대 철학의 한 주류 사상이다.

[사례]의 주제는 '언어와 사고'와의 관계, 논제는 그 주제 개념에 의거해서 문학작품에 실린 한 인물의 주장을 평가하라는 것이다. 따라서 언어와 사고와의 관계에서 드러나는 상반된 관점에 의거해서 논증 형식에 맞춰 답안을 서술해야 하는데, 이때 이 '구조주의' 사상과 관련한 내용을 답안 내의 어느 한 부분에 조금이라도 서술했다면, 당연히 높은 평가를 받게 된다.

【사례】 건국대 2014 인문 수시 문제2의 필자 예시답안

※ ①[가]와 [나]의 주장을 **비교**하고, ②이를 바탕으로 [라]의 인물 '사임'의 주장에 대한 자신의 **견해**를 논술하시오.

①은 생략. (라)의 인물 '사임'의 주장은 (가) (나)의 관점에서 볼 때, 다음과 같은 비판이 따른다. (라)에 따르면, 언어학자로 신어 전문가인 사임은 기존의 언어 자체를 소거함으로써 노동자들의 과거의 기억들을 형성하고 있는 불필요한 인식과 관념들을 제거하는 한편, 이를 대체하여 사회주의라는 새로운 신어를 생각 없이 무의식적으로 받아들이는 노동자들에게 주입시켜야 사회주의 혁명은 성공할 수 있다고 굳게 믿는다. 이처럼 사임은 인간은 사회적 규범으로 주어지는 언어체계에 순응할 뿐 아니라 사회적 연관에서 생산되는 의미에 따라 사고하고 욕구하고 행동한다고 하여, 인간을 능동적이고 자율적인 의미 창출의 주체로 보지 않는데, (라)에서 사임이 노동자들을 인간이 아니라고 보는 이유가 이 때문이다. 그렇기에 사임이 생각하는 언어는 올바른 사고와 세계관을 형성하기 위한 객관적이고 보편적인 의미가 아니라, 특정한 시대의 특정한 언어적 지식의 지형 속에서 제한적으로 해석될 수 있을 뿐이다. 바로 이 점에서 사임이 말하는 새로운 신어는 언어의 이데올로기적 기능으로 작용하게 되는데, 다시 말해 언어가 대중과 사회를 통제하고 규율하는 기제로 작용함으로써 구성원들을 눈이 멀고 귀가 멀게 만드는 왜곡된 강제 지식으로 작동하고, 그 지식이 **권력**으로서의 강력한 힘을 발휘하면서 끊임없이 선택적 · 조직적 · 체계적으로 인간

을 통제하고 조정하고 억압하게 된다. 그 결과, 인간의 자아나 관념은 언어라는 **구조**의 틀 안에서 지배를 받고 그에 따라 각자의 정체성을 상실하고 마는데, 이런 이유로 사임의 주장은 비판을 피할 수 없다. (이하 중략)

여기까지를 정리하면 이렇다. 잘 쓴 논술 답안, 특히 합격 답안에는 출제자가 흡족해하는 그 무엇이 담겨 있는 경우가 많다. 그것은 바로 '출제 의도'와도 부합되는 그 무엇으로서의 플러스알파다. 그리고 그 플러스알파는 '**설득력 있는 타당한 논거**'와 출제자가 당초 문제를 만들 때 목적한 '**근본 개념**'이다.

만약 작성한 답안이 논점을 이탈하지 않고 논증 구성 역시 크게 무리 없을 경우, 여기에 더해 이 두 가지만 보태진다면, 답안 평가자는 "이 학생이 무엇을 알고 쓰는구나!" 하면서 결코 이 학생을 놓치지 않는다. 설령 글이 서투르거나 논리적으로 조금 삐딱해도 높은 평가를 받는다. 그만큼 글의 충실성은 물론, 내용의 독창성을 인정하는 것이다. 물론, 이 부분이 논술을 공부하는 학생들에게는 가장 어려운 부분이겠지만, 그렇더라도 이것을 항상 염두에 두고 치열하게 생각을 밀고나가면서 공부해야 한다.

덧붙여 설명할 것이 있다. 지금처럼 논술 지문이 쉬워질수록 논제 파악력(개념어를 찾아내고 정의할 수 있는 능력), 지문 독해력(지문에 담긴 핵심 논지를 끌어내 효과적으로 서술할 수 있는 능력), 논증 구성력(논제의 요구사항을 누증 형식에 맞춰 체계적으로 서술할 수 있는 능력)의 내용적인 부분은 물론, 문장 표현력, 단락 구성력, 논리 연결력의 형식적인 부분 등 논술시험 평가항목의 전 영역을 충실하게 만족시켜야 좋은 평가를 받을 수 있으며, 논술전형을 뚫고 바라던 대학에 합격할 수 있다.

그에 따라 이를테면, 지문 독해력에 대한 변별력이 떨어지기에 여기에 더해 제시지문을 재구성하고 압축해서 요약할 수 있는 능력이 더 중요해졌다. 또한 논증 구성력에 대한 변별력이 낮아졌기에 여기에 더해 논거를 구체적이고 설득적이며 타당하게 제시할 수 있는 능력까지 요구되고 있다. 이와 함께 예전에는 문제의 지시에 맞춰 답안을 작성하기만 하면 됐지만, 이제는 이것만 갖고서는 안 된다. 여기에 더해 답안의 논리적 연결 흐름에 맞춰 글의 전체적인 흐름이 체계적이고 매끄러운 고도의 문장 표현력까지 필요해졌다.

따라서 이러한 대입 논술시험의 변화 흐름에 맞춰 공부해야 할 필요성은 아무리 강조해도 지나침이 없다. 그리고 그 핵심은 아주 단순하다. 문제(정확히 말해 제시지문)가 쉬워질수록, 원리원칙대로 곧이곧대로 공부해나가야 한다. 논술 공부의 핵심인 '읽고, 생각하고, 쓰는' 연습을 꾸준히 철저하게 해나가야 한다. 특히 교과서에 담긴 핵심 주제어나 개념어는 빠짐없이 숙지하되, 이를 대학 기출문제를 통해 어떻게 변형되고 응용되고 있는지 확인해가면서 공부해나가야 한다.

이상을 고려할 때, 잘 쓴 합격 답안에는 다음과 같은 내용 면에서의 충실함을 담고 있는데, 이 셋 중 어느 하나만이라도 확실하게 어필할 경우, 그만큼 합격에 가까워짐은 물론이다.

합격 답안에서 나타나는 내용면에서의 특징
- 논제의 충실성을 담보하는 '**개념 정의─관점 파악─논증 구성**'의 제 요건을 확실하게 꽉 채운 답안. 한 마디로 문제의 요구조건을 충족한 답안.
- 논증의 구성력이 돋보이는 답안으로, 특히 **논거를 타당하고 설득적이며 풍부하게 제시**하되, 이를 사례·증거·비유·반증을 들어가며 논리적으로 탄탄하게 작성한 답안. 즉 '전제에서 결론'으로 나아가는 과정의 논리적 인과관계에 빈틈이 없는 답안.
- 출제자가 문제를 통해 묻고자 하는 궁극적인 지향점으로서의 **근본 물음이자 핵심 사상**을 이해하고 그것을 적절한 용어로 서술한 답안. 또는 답안에 그것이 짙게 묻어나는 문구가 드러나는 경우.

2. 논증과 글쓰기

(1) 논증의 구성과 논증 글쓰기

논증은 어떤 명제의 타당성을 따져 그 진위 여부를 증명해내는 과정이자 절차(즉 論하고 證하는 과정)이다. 대입 논술은 논제의 성격과 범위에 따라 그 논의의 방향을 정하고, 그에 따라 명제를 만들게 된다. 따라서 논증에서 따져 묻는 명제는 곧 대입 논술에서 해결 과제로 주어지는 '논제'라고 보면 된다. 또한 논증은 자신이 제시한 주장을 뒷받침하기 위해 근거나 증거를 제시하고, 이를 통해 그 주장의 타당성을 논리적으로 합리화하는 서술 방식이다. 즉 논증은 논리적 이치를 따지기 위한 **주장**과 **근거**, **전제**와 **결론**으로 이루어진 일련의 글 묶음을 말한다.

논증이 논리적인 이치를 따질 수 있는 글 묶음이라고 하는 이유는, 논증의 근거가 주장을 얼마만큼 잘 뒷받침하느냐를 따질 수 있기 때문이다. 그렇기에 논증 글에서 논지

(주장, 결론)의 설득력은 논거(근거, 전제)의 확실성에 의존하며, 그에 따라 논거는 일말의 논란의 여지도 없어야 한다. 앞서 논술의 성패가 **논거 제시의 내용적 풍부함**에 달렸다는 뜻이 이것을 두고 하는 얘기다. 따라서 논증의 진정성은 논제와 논거의 확실성에 더해, 논지에서 논거를 이끌어내는 과정의 합리성과도 밀접하게 연관되는데, 그 논리적 사고 과정을 '**추론(Reasoning)**'이라고 부른다. 형식논리학에서는 이 추론의 양상에 따라 연역 논증과 귀납 논증으로 나눠 살피지만, 논술에서는 이를 구분하여 공부할 필요는 없으며, 또한 자세히 알 필요도 없다.

대입 논술에서 논증을 구성하는 전제는 반드시 참이고, 또 참이어야만 하기 때문에 의도적으로 거짓 전제를 내세우지는 않는다. 그렇기에 중요한 것은 전제의 진위 여부가 아니라 **설득력**이다. 즉 전제는 설득력을 기준으로 평가된다고 봐도 무방하며, 따라서 전제는 참이면서 결론을 직접적으로 뒷받침해주는 명제이어야(즉 내용적으로 타당하고 설득적이어야) 적절하고 실질적인 가치를 얻을 수 있다. 제2장에서 "전제 자체를 잘못 내세울 경우 논증이 설득력과 타당성을 잃게 된다."고 하여 이것에 특히 주목해야 한다고 말했는데, 이제 이 말에 담긴 의미를 이해할 수 있을 것이다.

이런 이유로 어떤 결론을 뒷받침할 수 있는 여러 전제가 있을 때 그 전제 모두를 사용한다고 해서 반드시 설득력 있는 논증이 완성되는 것은 아니며, 오히려 약한 전제는 사용하지 않는 편이 더 나을 수 있다. 이를테면 여러 전제가 있고, 그 전제들 모두가 결론과 직접적인 관련을 갖고서 이를 뒷받침하는 상황이더라도, 전제를 모두 사용하기보다는 오히려 전제의 수를 제한할 때 논증의 초점이 뚜렷해지고, 그에 따라 더 큰 효과를 얻을 수 있게 된다. 논증이 상대를 설득하는 서술 방식임을 생각할 때, 상대가 주목하는 논제에 적합한 방식으로 적절한 전제를 선택해 논증을 이끌 수 있어야 하기 때문이다.

(2) 단순한 논증 구조로 재구성하라

하지만 말했듯이 문제는, 상당수의 전제(근거, 즉 논거)가 주어지고, 그 전제들이 서로 어떤 관계에 있느냐에 따라 논증은 얼마든지 복잡해질 수 있다는 점이다. 일련의 전제가 인과관계를 가질 때 그 전제들은 적절한 순서에 따라 배열되는데, 만약 전제가 여럿이게 되면 결론(주장, 즉 논지) 역시 복잡해져 좋은 논증을 기대하기 어렵다. 다음의 예에는 하나의 논증에서 전제를 여럿 끌어들임에 따라 어떤 전제를 이유로 결론에 도달하게 됐는지를 복잡하게 만든 경우로, 이런 식의 논증은 피해야 한다.

> 말굽에 대어 붙이는 쇳조각인 편자에서 못이 빠져나왔기 때문에, 편자가 떨어졌기 때문에, 말이 절뚝거렸기 때문에, 말이 넘어지면서 장군을 내동댕이쳤기 때문에, 장군이 체포되었기 때문에 전투에서 패했다.

요컨대, 가장 뚜렷한 논증은 하나의 결론을 지향하는 논증으로, 이를 위해서는 전제와 결론, 주장과 근거로 이루어진 단 두 개의 명제만을 사용함으로써 단순한 논증을 지향한다. 이렇게 해서 논증을 구성하는 기본적인 두 요소인 전제와 결론이 있는지 확인하고, 전제에 담긴 내용이 결론의 실현 가능성을 얼마나 설득력 있게 뒷받침하느냐가 올바른 논증의 관건이 된다.

하지만 그렇더라도 다수의 주장 글이 담긴 장문의 제시지문일 경우, 논증을 단순하게 하기란 결코 쉽지 않다. 그만큼 많은 전제를 담고 있기 때문이다. 예를 들어 전체 지문에서 주장과 근거는 전체의 결론과 전제에 해당하지만, 그렇더라도 지문마다 또는 하나의 지문에도 여러 개의 논증이 있을 수 있다. 즉 복합논증을 이룰 수 있는데, 이때 복합논증 전체의 전제와 결론이 그 지문의 주장과 근거가 된다.

그렇기에 논증을 뚜렷하게 드러내기 위해서는 논증 구조를 단순화할 필요가 있는데, 이때 핵심이 되는 전제는 절대 빠뜨려서는 안 되며, 또한 반드시 들어가야 하는 전제를 서로 유기적으로 연결하여 논리적으로 재구성해야 한다. 다음은 이것을 염두에 두고 위의 예를 단순한 논증 구조로 다시 정리한 경우인데, 이처럼 논증 구조를 단순화했음에도 불구하고 논증은 얼마든지 힘이 실린다.

> 말에서 떨어진 장군은 적군에게 체포되었고, 그 결과 (지도자를 잃은 우군은) 전투에서 패했다.

이상에서 알 수 있듯이, 논증을 잘하려면 주장(즉 결론)하려는 내용을 분명히 하되, 그 주장의 타당성을 논리적으로 입증하면 그것으로 충분하다. 따라서 올바른 논증을 위해서는 객관적이고 합리적인 논거를 충분히 설득력 있게 제시하고, 논리적 추론 과정의 타당성을 확보하는 것이 관건이 된다.

결국 좋은 논증은 다른 사람을 설득하기 위한 자신의 주장이 얼마나 논리적으로 타당한지에 달렸으며, 그렇기에 그 주장은 설득 가능한 근거를 담아 합리적인 방식으로 제시되어야 한다. 그런 점에서 논증적인 글쓰기는 곧 '합리적인 주장과 타당한 객관적인 근거를 담은 논리적인 서술'이라고 할 수 있는데, 합리적이고 설득적인 논증을 위해서는 특히 다음에 유의해야 한다.

설득적 · 합리적 논증을 위해서는
- 주장은 내용적으로 타당해야 한다.
- 주장을 감정적으로 내세우지 않으며, 장황하지 않게 진술해야 한다.
- 논제는 정확하고 구체적이어야 한다.
- 논거는 누구나 수긍할 수 있도록 명백해야 한다.
- 논증은 명료하고 합리적이어야 한다.
- 논증한 것 이상을 주장하지 않아야 한다. 중언부언하거나 근거 없는 논증은 금물이다.
- 가장 효과적인 논증은 하나의 결론을 지향하는 논증이다.

좋은 논증을 위해서는 논증이 타당하게 전개되고 있는지를 판단하는 일련의 **논증 분석** 과정이 필요하다. 논증 분석은 논증을 전제와 결론의 형태로 효과적으로 재구성하는 과정에서 논거가 확실하게 드러날 수 있도록 해야 한다. 합리적이고 설득적인 논증을 위해서는 주장을 뒷받침하는 근거(즉 논거)가 얼마만큼 탄탄한가에 달렸기 때문이다. 이를 위해서는 무엇보다 글에 담긴 숨은 '전제'와 '결론'을 찾아 밝힐 수 있어야 하는데, 이는 뒤에 자세히 설명한다.

이상을 정리하면, 논증 분석은 글에 담긴 전제와 결론의 관계를 논리적으로 증명하고 정당화하는 과정이며, 논술은 논증 구조에 맞춰 글의 내용과 형식을 논리적으로 서술하는 것이다. 따라서 어느 것이든 논리적인 사고가 뒷받침되어야 하는데, 결국 논증적 글쓰기는 논리적 사고를 기반으로 하여 합리적인 주장과 타당하고 객관적인 근거를 제기하는 논리적인 서술임을 이해할 수 있을 것이다.

(3) 논증을 이끌어내는 방법

앞 장에서 논증은 주장과 근거로 이루어지는 글의 집합으로, 주장은 결론이며 근거는 그 결론을 뒷받침하는 전제 · 이유 · 원인 등으로 표현된다고 설명했다. 그리고 논증이 설득력이 있는 것으로 받아들여지려면 근거가 주장을 확실하게 뒷받침하는 강한 논증을 펼쳐야 한다고 강조했다.

이 경우, 근거가 주장을 확실하게 뒷받침하려면 근거로부터 주장으로 나아가는 정당한 '**이유**' 및 그 이유를 다시 지지해주는 '**뒷받침**'에 대한 설명이 튼튼해야 강한 논증이 된다. 즉 주장과 근거의 연결고리를 분명하게 밝힘으로써 논증의 타당성을 더욱 확고하게 하는 것이 좋은 논증의 핵심이다. 좋은 논증은 궁극적으로는 탄탄한 '논거' 제시에 달렸고, 그 연결고리가 부실하면 논거를 효과적으로 제시할 수 없어 결국 논증은 깨진다.

논증을 구성하는 요소
- 주장_ 논증의 결론
- 근거_ 주장을 뒷받침하는 이유 · 원인 · 전제
- 근거로부터 주장으로 나아가는 이유_ 근거가 주장을 뒷받침한다는 것을 정당화하는 충분한 이유, 즉 논증의 타당성 여부
- 뒷받침 설명_ 근거나 정당한 이유 등을 다시 지지하는 근거

이때 이유 및 뒷받침 설명 모두 결론(주장)을 뒷받침하는 전제를 포괄적으로 구성하는 근거로, '조건'이나 '양보', 적절한 '예시' 등을 포함한다. 그리고 앞 장에서 접속관계를 설명하면서 주장에 대한 이유와 근거를 설명하기 위해 덧붙이는 접속관계를 '예시'라고 하여 해설의 범주에 포함된다고 했다. 따라서 이제부터 주장과 근거를 뒷받침하는 설명 전체를 일원화하여 '**해설**'로 부르기로 한다.

이렇게 하면 논증은 '**주장-근거-해설**'의 구조로 거듭 정리되는데, 이때 주장은 논증의 결론, 근거와 해설(정당한 이유+뒷받침 설명)은 논증의 전제라고 보면 된다. 논증 분석 및 이것을 기초로 한 제시지문의 독해와 요약에 관한 앞으로의 설명은 '주장-근거-해설'이라는 논증 구조에 의거하여 파악되고 설명될 것이기에 이를 잘 이해하고 있어야 한다.

논증을 이끌어내는 방법
- 방법1: '결론-전제' … 제시지문이 하나의 문단으로 구성되고, 이에 더하여 단일한 논지와 논거로 이루어진 단순한 논증 구조의 분석
- 방법2: '**주장-근거-해설**' … 제시지문이 다수의 문단으로 구성되거나 다수의 주장 글로 구성되어 논지에 맞게 다수의 논거를 유기적으로 연결시켜야 하는 복합 논증 구조 분석
- 방법3: '주장-근거-해설(이유-뒷받침 설명)' … 함축, 숨은 전제, 예시, 인용, 부연 등 논증의 타당성을 높이기 위해 논거의 질적 수준을 높여가며 연결시켜야 하는 복합 논증 구조 분석

이렇게 해서 이해할 수 있듯이, 논증 분석의 핵심은 논증의 구조를 여하히 잘 파악할 수 있는가에 달렸는데, 아무리 복잡한 논증이라 하더라도 위의 세 가지 방법을 통해 논증을 표준화하여 파악할 수 있으며, 궁극적으로는 '주장-근거-해설'의 논증 구조로 파

악하면 무리 없이 해결할 수 있다. 따라서 굳이 형식에 얽매이지 말고 먼저 중심 주장 글부터 파악하고, 이후 이를 뒷받침하는 근거를 도출해내고, 이어서 그 근거를 설명하는 연결고리를 분명하게 밝힘으로써 타당한 논증으로 완결해나가는 연습을 해야 한다.

덧붙이자면, 주장 글과 중심 주장 글을 파악하기 위해서는 먼저 **주장과 근거를 제외한 해설(보충설명 포함)과 관련한 부분부터 찾아 이를 큰 괄호로 묶어 덜어내는 작업이 선행되어야** 좀 더 효과적인데, 이것이 무얼 의미하는지는 앞으로의 설명으로 이해할 수 있을 것이다.

이제 논증을 구성하는 요소가 글 속에 어떻게 담겨 있으며, 또 이것이 어떻게 논증 형식에 맞춰 표현되는지를 예를 통해 살펴보자. 그리고 이것이 어떻게 요약 글로 연결될 수 있는지를 확인하고, 그에 맞춰 연습해 보자.

(4) 논증 구조를 분석하고, 그에 맞춰 핵심 내용을 요약하는 연습

【사례1】 다음 글을 읽고 논증 구조를 분석하라. (성신여대 2012 인문 수시)

문화의 탈영토화 현상 가운데 주목할 것은 미국 문화가 전 지구적으로 퍼져 나가는 현상이다. 지구촌의 문화상품 유통은 심한 불균형 상태에 있다. 문화상품의 최대 수출업종인 오락산업 분야를 보면, 주요 5대 오락물 기업 중 4개 회사가 미국 기업이며, 나머지 한 회사도 자본 및 사업 자원에서 미국과 상당히 연계되어 있다. 미국과 더불어 소수의 서방 국가가 문화상품 국제 유통의 대부분을 지배하고 있다. 이러한 현상을 UN보고서에서는 '사상과 상품 유통의 비대칭'이라고 한다. 그리고 "국가와 산업, 기업의 경제적·정치적 힘의 불균형이 어떤 문화는 뻗어나가게 하고, 어떤 문화는 시들게 한다."고 지적했다. 문화상품의 불균형 유통은 영화 및 텔레비전 프로그램의 세계적 차원의 표준화를 가져오고 결과적으로 국가주권의 기본 요소로 간주되는 문화적·언어적 정체성을 사라지게 하여 세계 문화를 동질화·균질화 할 위험에 빠뜨릴 것이다. 세계화가 진행될수록 미국 문화가 지배적인 세계 문화가 되어 전 지구적 차원에서 문화의 획일화를 가져올 것이다.

이를 해결하기 전에 먼저 앞서 배운 접속표현을 사용하여 '주장 글'을 찾아보자. 주장 글이 어느 것인지 알아야 그 주장을 뒷받침하는 근거와 그 근거로부터 주장으로 나아가는 이유를 한결 쉽게 파악할 수 있다고 했다. 그리고 해설과 근거 부분을 괄호에 넣고 살피면 주장 글이 좀 더 분명하게 드러난다고 했으므로, 먼저 그것부터 구분해서 살피면 된다. [사례1]에 담긴 논증 구조를 분석하면 다음과 같다.

지문 분석

㉮문화의 탈영토화 현상 가운데 주목할 것은 미국 문화가 전 지구적으로 퍼져 나가는 현상이다. 〔지구촌의 문화상품 유통은 심한 불균형 상태에 있다. 문화상품의 최대 수출업종인 오락산업 분야를 보면, 주요 5대 오락물 기업 중 4개 회사가 미국 기업이며, 나머지 한 회사도 자본 및 사업 차원에서 미국과 상당히 연계되어 있다. 미국과 더불어 소수의 서방 국가가 문화상품 국제 유통의 대부분을 지배하고 있다.〕… ① **(그리고)** 〔이러한 현상을 UN보고서에서는 '사상과 상품 유통의 비대칭'이라고 한다. 그리고 "국가와 산업, 기업의 경제적, 정치적 힘의 불균형이 어떤 문화는 뻗어나가게 하고, 어떤 문화는 시들게 한다."고 지적했다.〕 …② **(그러므로)** ㉯문화상품의 불균형 유통은 영화 및 텔레비전 프로그램의 세계적 차원의 표준화를 가져오고 결과적으로 국가주권의 기본 요소로 간주되는 <u>문화적·언어적 정체성을 사라지게 하여 세계 문화를 동질화·균질화 할 위험</u>에 빠뜨릴 것이다. **(결국)** ㉰<u>세계화가 진행될수록 미국 문화가 지배적인 세계 문화가 되어 전 지구적 차원에서 문화의 획일화를 가져올 것이다.</u>

위 분석에서 알 수 있듯이, ㉮㉯㉰는 주장 글, ①은 ㉮, ②는 ㉯의 해설이다. 그리고 ㉮와 ㉯는 부가의 관계이되 ㉯에 더 무게가 실리고, ㉯와 ㉰는 귀결의 관계이기에 ㉰에 더 힘이 실린다. 따라서 중심 주장 글은 ㉰임을 알 수 있다. 그리고 ㉮㉯㉰의 주장 글은 다음과 같이 각각 '주장-근거-이유(즉 근거에서 주장으로 나아가는 이유)'로 정리된다 (이제부터의 설명에서는 접속표현을 사용한 주장 글 찾기 연습은 생략한다. 그렇더라도 이것이 숙달될 때까지 거듭 연습함으로써 글을 읽고 바로 '주장-근거-해설'의 논증 구조를 파악할 수 있도록 해야 한다). 이제 주장 글을 가지고 위 글에서 제시되고 있는 논증의 핵심을 정리하면 다음과 같다.

- 주장_ ㉰세계화가 진행될수록 미국 문화가 지배적인 세계 문화가 되어 전 지구적 차원에서 문화의 획일화를 가져올 것이다.
- 근거_ ㉮문화의 탈영토화 현상은 곧 미국 문화가 전 지구적으로 퍼져 나가는 세계화 현상이다.
- 이유_ ㉯세계화로 인한 문화상품의 불균형 유통은 문화적·언어적 정체성을 사라지게 하여 세계 문화를 동질화·균질화 할 위험에 빠뜨릴 것이다.

이것을 글에 담긴 핵심어를 살려 매끄럽게 연결하면 그대로 글의 요약이 된다. 참고로, 아래의 요약 글 중 괄호 부분은 제시지문을 읽고 이에 담긴 관점(즉 세계화가 가져올 '문화종속의 심화'라는 부정적인 측면)을 파악하라는 뜻에서 기술한 것이다.

세계화에 따른 미국 문화의 전 지구적인 확산은 문화상품 유통의 불균형을 더욱 가속화하고, 사상과 상품 유통의 비대칭 현상을 갈수록 심화시킨다. 이처럼 세계화는 미국 문화를 전 지구적 차원의 보편문화로 획일화·균질화 하는 위험을 가져 오기에 (바람직하지 않다). …요약

【사례2】 다음 글의 핵심 주장이 무엇인지를 찾아보고, 그 주장을 중심으로 전개되는 논증 구조를 밝혀라. (성대 2012 인문 수시)

다른 사람의 행동의 자유를 침해할 수 있는 경우는 오직 자기 보호를 위해 필요할 때뿐이다. 다른 사람에게 해를 끼치는 것을 막기 위해서라면, 당사자의 의지에 반해 권력을 사용하는 것도 정당하다. 이 경우 외에는 문명사회에서 구성원의 자유를 침해하는 그 어떤 권력도 정당화될 수 없다. 더 좋은 결과를 가져다주거나 더 행복하게 만든다는 이유에서, 또는 그렇게 하는 것이 더 현명하거나 옳은 일이라는 이유에서, 당사자의 의사와 관계없이 어떤 일을 시키거나 금지시켜서는 안 된다. 이런 선한 목적이 있다면 충고하고 논리적으로 따져서 설득하면 된다. 아니면 간청할 수도 있다. 그러나 말을 듣지 않는다고 강제하거나 위협해서는 안 된다. 억지로라도 막지 않으면 다른 사람에게 나쁜 일을 할 것이라는 분명한 근거가 없는 한, 결코 개인의 자유를 침해해서는 안 된다. 다른 사람에게 영향을 주는 행위에 한해서만 사회가 간섭할 수 있다. 이에 반해 당사자에게만 영향을 미치는 행위에 대해서는 개인이 절대적으로 자유를 누려야 한다. 즉 자신의 몸이나 정신에 대해서는 각자가 주권자인 것이다.

[사례2]처럼 전체 글이 다수의 주장으로 연결된 경우에는 그만큼 많은 전제로 이어지기 때문에 논증이 복잡해질 수 있다. 이 경우, 다수의 주장 글을 파악한 후 이를 '주장-근거-이유-뒷받침'의 논증 구조로 연결하면 논증 구조가 좀 더 뚜렷하게 부각된다.

- 주장_ 자신에게만 영향을 미치는 행위에 대해서는 절대적인 자유를 갖는다. … 중심 주장
- 근거_ 자신의 몸이나 정신에 대해서는 각자가 주권자다.
- 이유(해설)_ 당사자의 의사와 관계없이 자유를 침해해서는 안 된다.
- 뒷받침_ 다른 사람에게 영향을 주는 행위에 한해서만 사회가 간섭할 수 있다.

주권적 주체로서의 개인은 타인을 간섭·강제·위협하지 않는 한, 자신의 행위에 대해 그 누구로부터도 간섭받지 않고 절대적인 자유를 누릴 권리가 있다. … 요약

【사례3】 다음 글에서 제시된 주장과 근거, 그리고 근거로부터 주장하는 이유는 무엇인지 찾아라. (이화여대 2013 인문 모의)

동정은 삶의 에너지를 고양시키는 격정과 대립되며 오히려 삶에 대해 억압적으로 작용한다. 우리는 동정할 때 힘을 상실한다. 힘을 상실한다는 것은 그만큼 이미 삶에 괴로움을 초래하는 것이지만, 동정에 의해서 그것은 더욱 더 증대되고 더욱더 복잡해진다. 괴로움 자체는 동정을 통해서 전염성을 지닌다. 경우에 따라서는 동정 때문에 원인에 비해 어처구니없을 정도로 고통의 양이 증가되어 삶의 에너지가 전체적으로 손실될 수도 있다. 나아가 동정이 항상 일으키는 여러 가지 반작용을 측정해본다면 삶을 위태롭게 하는 동정

의 성격이 훨씬 더 분명하게 드러난다. 대체로 동정이란 발전의 법칙을 가로막는다. 그것은 몰락으로 나아가야 할 것을 보존하려 한다. 동정은 삶의 상속권을 박탈당한 자, 삶의 죄인으로 규정된 자를 위해서 싸운다. 동정이 삶 속에 온갖 종류의 패잔병을 가득 차게 함에 따라 동정은 삶 자체에 암담하고 기괴한 모습을 부여한다. 사람들은 일부러 동정을 하나의 덕이라고 불러왔다. 그러나 모든 고귀한 도덕에 있어서 동정은 허약한 것이라고 간주된다. 나아가 사람들은 동정을 덕 그 자체로 여기고 모든 덕의 토대와 근원으로 삼았다. 물론 그런 관점은 허무주의적인 철학, 삶이 부정되기 때문이며, 나아가 한층 더 부정당할 만한 것으로 되기 때문이다. 동정은 허무주의의 실천인 것이다. 그와 같은 억압적인 전염성의 본능은 삶을 보존하고 삶의 가치를 고양시킬 것을 목적으로 하는 모든 본능을 가로막는다. 동정은 비참을 증가시키는 방식으로든 아니면 모든 비참한 인간을 보존시키는 방식으로든 퇴폐를 심화시키는 하나의 주된 도구이다. 동정은 허무를 설복시킨다. '허무'를 말하지 않고 대신 '피안(彼岸)'이라고 말하거나 '신'이라고 말하거나 혹은 '진실한 삶'이라고 말한다. 또는 '열반(涅槃)'이나 '구원' 또는 '축복'이라고 말하기도 한다. 종교적·도덕적 특질의 영역에서 나온 이러한 사사로움 없는 수사도 그러한 숭고한 말의 외투 속에 어떤 경향이 감추어져 있는가를 이해한다면, 그다지 사사로움이 없는 것으로 보이지 않게 된다. 즉 그것들은 삶에 대한 적의(敵意)를 지니는 경향이 있다. 쇼펜하우어는 삶에 대한 적의를 품고 있었다. 그래서 그에게는 동정이 덕으로 되었던 것이다.

[사례3]의 경우, 첫 문장에 전체의 중심 주장 글이 밝혀졌음에도 불구하고 그 근거를 효과적으로 정리하기가 결코 쉽지 않다. 철학적 핵심 개념을 담은 사상서에서 발췌한 경우에 특히 그러한데, 왜냐하면 이런 글의 경우에는 대개 개념에 대한 상세한 해석을 하는 것이라 그만큼 글이 장황하고 두서가 없으며, 또한 지문이 다수의 주장 글로 이루어졌기 때문이다. 우리가 글이 난해하다고 하는 경우가 이를 두고 하는 말인데, 그만큼 글에 담긴 숨은 전제와 함축의 의미를 추론해야 하는 어려움이 따른다.

그렇더라도 이런 글 역시 먼저 주장 글들을 찾아내고, 이것들을 '주장-근거-이유-뒷받침' 등으로 구분하면 글의 논증 구조가 한층 뚜렷해진다. 아래는 그것을 찾아 연결한 것으로, 이것만으로도 훌륭한 요약 글이 된다.

- 주장_ 동정은 삶에 억압적으로 작용하기에 그만큼 인간의 삶을 위태롭게 하고 발전을 가로막는다.
- 근거_ 동정은 삶의 의지를 포기한 채 맹목적 의지에 기대려는 자기회피적인 성향의 감추어진 이면에 불과하다.
- 이유_ 사람들은 일부러 동정을 하나의 덕으로 치부하고 이를 떠받든다.
- 뒷받침_ 사람들이 동정을 덕 그 자체로 여기고 모든 덕의 토대와 근원으로 삼았던 이유는, 삶을 부정하고 애써 회피하려는 허무주의적인 생각을 가져야만 현실의 고통과 비참함으로부터 적절하게 타협

하며 살아갈 수 있기 때문이다.

사람들은 동정을 하나의 덕으로 치부하며 떠받들고 있지만, 이는 삶의 의지를 포기한 채 맹목적 의지에 기대려는 자기회피적인 성향의 감추어진 이면에 불과할 뿐이다. 그에 따라 동정은 삶을 보존하고 삶의 가치를 고양시키는 모든 본능을 억압함으로써 그만큼 인간의 삶을 위태롭게 하고 발전을 가로막는다. …
요약
(→ 사람들이 동정을 덕 그 자체로 여기고 모든 덕의 토대와 근원으로 삼았던 이유는, 현실의 삶을 부정하고 애써 회피하려는 허무주의적인 생각 때문이다. 왜? 인간이 삶의 의지를 갖고 살아가는 게 여간 힘들고 피곤한 것이 아니기에, 동정을 도덕적 미덕으로 끌어올려야만 현실의 어려움으로부터 적절하게 타협하고 도피할 수 있으므로)

참고로 이 지문을 올바르게 해석하기 위해서는 이를 읽는 내내 끊임없이 "왜?"라고 되물으며 치열하게 고민하고 생각을 거듭해야 하며, 그 과정에서 글 전체에 담긴 뜻을 포괄적으로 이해할 수 있게 된다. 이는 아래의 해설을 통해 확인할 수 있는데, 이때 중요한 것은 제시지문에 담긴 주장 글들을 찾아 이를 '주장-근거-이유-뒷받침' 글로 연결해 해석해야 좀 더 쉽게 추론된다는 점이다.

- 동정은 삶의 의지를 꺾음은 물론, 오히려 삶을 억압하는 기제로 작용한다(왜냐하면 동정은 남을 도우려는 적극적인 자유의지에 따른 행동이 아니라, 단순히 심리적인 만족을 구하는 자기위안적인 행위에 불과하니까). →
- 그에 따라 동정하면 할수록 삶은 더 비참해지고 고통이 따른다(왜? 우리는 남의 어려운 처지를 자기 일처럼 딱하고 가엽게 여길수록 고통만 따르지 않은가). →
- 이처럼 동정은 발전을 가로막는다(동정하는 마음만 가지고는 아무런 행위도, 결과도 일어나지 않으니까). →
- 그럼에도 사람들은 일부러 동정을 하나의 덕이라고 부른다. →
- **왜?**→ 동정은 허무주의의 실천이자 허무를 설복시키는 행위이기 때문이다(동정하는 마음을 갖는 것만으로도 어느 정도는 자기 할 도리를 했다고 생각하지 않는다면, 그건 너무도 고통스럽고 비참하지 않은가. 그렇기에 동정은 자신의 무기력함을 허무주의에 기대어 애써 회피하려는, 허무주의에 설복당하고 싶은 그런 자기위안이자 염원을 담은 것에 지나지 않으며, 당연히 동정을 '선'이자 '미덕'으로 끌어 올려야만 허무주의적 생각을 갖는 것을 좀 더 정당화할 수 있게 된다. 이를테면 '신', '구원', '축복' 등과 같은 허무주의적인 도덕관념들은 마치 일반인들은 범접할 수 없는 그런 관념으로, 그것에 이르기 위해서는 어떠한 고난이나 역경도 참아내야 한다는 생각을 우리에게 각인시킨다. 그렇기에 우리는 스스로 어려움에 처하거나 불쌍한 사람들을 볼 때 이런 말을 하곤 하지 않은가. "나중에 천당 가려고 지금 하느님께서 고난을 주시는 걸 거야." →
- 이것이 무슨 뜻인지 좀 더 나아가면 → 동정은 삶을 보존하고 삶의 가치를 고양시키는 인간 본성에 반하는 것이기에 그만큼 인간의 자유의지를 부정하는 허무주의적인 자기회피 성향을 나타내며, 그에 따라 동정을 인간으로서 갖추어야 할 보편적 가치이자 미덕으로 인식하지 않으면 인간은 좀처럼 고통과 비참함으로부터 헤어 나올 수가 없다. 말하자면, 동정은 어디까지나 자기 편하자고 하는 도덕적 관념에 지나지 않기에, 인간의 삶에 발전은커녕 오히려 위태롭게 만들 뿐이다.
- 쇼펜하우어는 이처럼 동정을 인간의 자발적 자유의지를 가로막는 비생산적인 허무주의적 관념으로

인식함으로써, 삶의 적극적 의지를 강조하는 생의 철학을 역설했다.

【사례4】 다음은 신문기사를 요약·정리하여 제시지문으로 출제한 글이다. 글을 읽고 조 씨의 유·무죄를 지지 또는 반박하는 논증 구조로 밝혀라. (서울여대 2012 인문 수시)

서울 서대문경찰서는 지난 13일 대학 캠퍼스 안의 조형미술 작품을 고철 덩어리로 잘못 알고 고물상에 팔아넘긴 혐의로 인부 조 모 씨(39세) 등 2명을 구속했다. 조 씨는 11일 오후 6시 10분쯤 A대학 운동장에서 철제 조각품(학교 측 시가 3,000만 원 주장)을 타이탄 트럭에 싣고 나가 인근 고물상에 21,500원을 받고 팔았다는 것. 조 씨는 12일 오전에도 용접기를 준비해 "고철을 주우러 가자"며 친구 도 모 씨(39세)와 A대학에 들어가 전날 미처 가져가지 못한 대형 철제 조각품 2점을 절단하다 미술학과 대학원생의 신고로 경찰에 붙잡혔다. 조 씨는 경찰에서 "학교 측이 귀찮아 처리하지 않는 줄 알았다"며 "고철 덩어리가 미술작품이라니 믿을 수 없다"고 말했다. 훼손된 조각품들은 이 학교 예술대 미술학과 김 모 교수의 작품. 김 교수는 "다음 달 야외 작업실로 옮기려던 차에 어처구니없는 일이 생겼다"며 "5점은 되찾았으나 절단한 2점은 3,000만 원에서 4,000만 원의 피해가 예상된다. 무지로 인해 저질러진 일이니만큼 보상을 원하지는 않지만 조 씨 등을 보수작업에 참여시켜 작품 활동의 의미를 일깨워 줄 계획"이라고 말했다.

[사례4]를 통해 알아두어야 할 것이 있다. 논증 구조는 동일하지만 동일한 사건(사례)을 두고 두 논증이 상반된 관점을 지향할 수 있는데, 이는 제시된 근거의 관점을 달리 해석했기 때문이다. 여기서 중요한 것은 자신의 해석에 기반을 둔 주장을 어떻게 정당화할 것인가 하는 것인데, 이를 위해서는 가능한 한 객관적인 입장에서 제시지문을 읽고 해석해야 한다. 또한 이를 근거로 자신의 입장(주장)을 확실하게 세우고, 그러한 주장을 결론으로 이끌어낼 수 있는 정당한 이유를 제시할 수 있어야 한다. 아래는 그에 따른 논증 구조와 요약이다.

논증1_ 유죄를 주장하는 경우

- 주장_ 구속된 조 모 씨 등 2명은 유죄다.
- 근거_ 대학 캠퍼스 안의 조형미술 작품을 뜯어 고물상에 팔아넘기는 범죄를 저질렀다.
- 해설1(근거로부터 주장으로 나아가는 정당한 이유)_ 대학에 무단으로 들어가 용접기로 철제 조각품을 절단하는 것은 명백한 범죄 행위다.
- 해설2(그 이유를 뒷받침)_ 더군다나 이를 고물상에 팔아넘겨 부당이득을 챙겼다.

대학 캠퍼스 안의 조형미술 작품을 뜯어 고물상에 팔아넘기는 죄를 저질러 구속된 조 모 씨 등 2명은 유죄다. 대학에 무단으로 들어가 용접기로 철제 조각품을 절단하는 것은 명백한 범죄 행위이며, 더군다나 이를 고물상에 팔아넘겨 부당이득을 챙겼기 때문이다. …요약

논증2_ 무죄를 주장하는 경우

- 주장_ 구속된 조 모 씨 등 2명은 무죄다.
- 근거_ 단순한 고철 덩어리로 잘못 알아 학교 측을 대신해서 처리하는 것이라고 생각했기에, 이를 범죄라고 보기는 어렵다.
- 해설1(근거로부터 주장으로 나아가는 정당한 이유)_ 대학 측에서도 무지에서 저지른 일로 생각하고 보상을 원치 않았다.
- 해설2(그 이유를 뒷받침)_ ….

대학 캠퍼스 안의 조형미술 작품을 뜯어 고물상에 팔아넘기는 죄를 저질러 구속된 조 모 씨 등 2명은 무죄다. 단순한 고철 덩어리로 잘못 알고 학교 측을 대신해서 처리하는 것으로 생각한 것이기에 이를 범죄라고 보기는 어려우며, 더군다나 대학 측에서도 무지에서 저지른 일로 생각하고 보상을 원치 않기 때문이다. …요약

이상의 사례에서 알 수 있듯이, 글을 해석하여 주장과 근거, 그리고 근거로부터 주장으로 나아가는 이유와 뒷받침 설명 등을 포괄하는 해설 구조로 구분하여 정리하게 되면 논증 구조가 선명하게 드러나게 된다. 아무리 복잡한 논증이라고 하더라도 '주장', '근거', '해설(이유와 뒷받침)'로 이루어지는 논증 구조에 의해 표현될 수 있다. 따라서 앞장에서 설명한 주장 글을 찾는 연습을 통해 **중심 문장에 담긴 주장 글은 '주장(결론)'** 으로, **뒷받침 문장에 담긴 주장 글은 '근거'와 '해설', 즉 '전제'로 이루어지는 논증 구조**로 거듭 재정리할 수 있다. 실제로 이것이 독해와 요약의 핵심인데, 이는 앞으로의 설명을 통해 좀 더 자세히 공부하게 된다.

(5) 논증 글쓰기의 일반원칙

① 간단명료하게 써라

자신의 주장을 명확히 전달하기 위해서는 가능한 한 짧고 간결한 문장을 구사해야 한다. 문장이 길어지면 자칫 의미의 혼동을 불러일으킬 뿐만 아니라, 말하고자 하는 견해와 내용을 정확히 전달하지 못한다. 특히 논증과 관련 없는 단순한 설명 글, 이를테면 개념을 설명하고 이를 정의하는 글처럼 논술 답안의 도입부를 끌어나가는 글일수록 가능한 한 짧게 써야 한다. 자칫하다가는 주객이 전도되어 논증보다 설명이 우선할 수 있기 때문이다.

문장을 길게 서술하면 문법적으로 오류를 범할 가능성 또한 높으며, 정작 다뤄야 할

내용은 뒷전으로 밀리고 엉뚱한 쟁점이 끼어들 수도 있다. 따라서 중복되고 불필요한 부분을 과감하게 제거하고 문장을 짧게 구사하되, 내용을 간결하게 정리해 표현할 수 있어야 한다.

▪ 잘못된 예

제시문(가)에서는 정치적 요인이랑 법적 요인은 삶의 질과 매우 밀접한 관련이 있다고 말하였다. 그 나라의 법제도가 얼마나 안정적이고, 법률에 대한 진행이 예측 가능한 방식으로 이루어져 있는지 등등에 따라서 그 나라의 삶의 질은 차이가 난다는 것이다. 그리고 제시문(나)에서는 민주주의가 그 나라 국민들의 삶의 질을 개선하는 데 도움이 된다는 것을 증명하기 위하여 20개 나라의 법치지수, 민주주의지수, 그리고 인간계발지수를 모아놓았다. 여기서 법치지수는 법원과 정부의 결정이 얼마나 법에 의거해 있는지를 보여주고, 민주주의지수는 각 나라의 시민들이 얼마나 정치적 권리를 누리고 있으며, 시민적 자유를 누리고 있는지를 보여 준다. 마지막으로 인간계발지수는 그 나라의 평균적 수명, 교육 수준, 그리고 소득 수준을 토대로 그 나라 국민들의 삶의 질을 측정한 지수이다.

▪ 잘된 예

(가)에 따르면, 국민의 삶의 질은 그 국가의 정치적·법적 요인에 크게 좌우된다. 즉 민주주의가 정착되어 법률과 제도가 확립되고, 국민의 다양한 정치참여가 보장되어야만 국민의 삶의 질은 높아진다. 이는 (나)의 자료를 통해 확인된다.

② 용어를 일관되게 사용하라

잘된 논증은 주요 용어들을 반복하고 있는 반면에, 잘못된 논증은 주된 생각들이 등장할 때마다 새로운 말을 사용하고 있다. 예를 들어 아래의 '잘못된 예'를 보면, '학생들의 비문학 독해 점수가 올라가지 않는 이유'가 '문제를 찍기 때문이다'라는 다른 표현으로 서술됐다. 그 결과 전제와 결론 사이의 연결이 끊어지고 말았는데, 그에 따라 결론의 근거(전제이자 이유)가 불투명해지고 말았다.

물론 동일한 주요 구절을 다시 사용하며 글을 이어나가는 것은 반복된다는 느낌을 줄 수 있다. 그렇더라도 논리는 전제들 사이나 전제와 결론 사이의 분명한 연결에 의존한다는 사실을 고려한다면, 각각의 생각에 대해 하나의 용어를 일관되게 사용해야 한다. 가장 긴밀하게 짜인 논증을 추구하는 것이 좋은 논증임을 고려한다면, 신중하게 선택된 용어로 생각을 분명하게 표현하고, 그 용어를 그대로 반복하면서 논증을 전개해 나가야 한다.

▪ 잘못된 예

학생들의 비문학 독해 점수가 올라가지 않는 이유 중 하나는, 지문이 길고 어려워 이해해가며 읽는 법을 몰라 몇 번씩 읽다가 시간이 모자라서 결국 문제를 푸는 것이 아니라 찍기 때문이다.

■ 잘된 예
학생들의 비문학 독해 성적이 오르지 않는 가장 큰 이유는 지문이 길고 이해하기 어렵기 때문이다.

③ 용어가 확실하지 않으면 구체화하라

논술 답안 평가자들이 반드시 지적하는 사항이 하나 있는데, 그것은 바로 맥락에 맞지 않는 용어를 사용하는 답안이 많다는 것이다. 실제로 많은 수험생들이 용어의 의미를 제대로 이해하지 못한 채 답안을 작성함으로써, 굳이 밝히지 않아도 될 결점을 스스로 내보여 감점을 당하고 있다.

용어나 단어의 의미를 제대로 모른다는 것을 평가자인 채점위원들에게 알릴 이유는 하등 없다. 수험생들이 어려운 용어를 답안에 나타내려는 태도는 자신의 지적 수준이 높고 답안이 질적으로 뛰어나다는 것을 과시하기 위함이다. 그렇더라도 글의 맥락적인 이해에서 벗어난 용어의 오용과 남발은 평가자들이 싫어하는 '표현 오류'이기에 점수를 까먹는 요인이 될 뿐이다. 따라서 제대로 이해하지 못한 용어나 단어는 답안에 쓰지 않아야 한다. 용어의 의미를 정확히 모르지만, 그럼에도 그 의미가 반드시 답안에 명기되어야 할 경우, 진솔하게 그 의미를 자기 글로 풀어쓰는 것이 득점 면에서 오히려 더 낫다. 모호한 용어보다는 구체적이고 분명한 용어를 사용하라. 용어를 지나치게 좁히지 말고 구체적으로 정의하라. 다의성의 오류를 저지르면 안 된다. 예를 들어 아래의 잘못된 정의에는 감정이 실렸는데, 태아와 아기는 분명 같지 않으며, 더군다나 '살해'라는 단어를 사용함으로써 다분히 판단하는 사람의 논증을 흐리게 만들 소지가 있다. 모호한 용어를 사용한 정의는 이른바 '설득적 정의의 오류'에 빠지게 만든다. 용어가 확실하지 않으면, 이때 내릴 수 있는 선택은 두 가지다. 사용하지 않거나, 구체화하여 밝히거나.

■ 잘못된 예
낙태는 아기를 살해하는 것을 의미한다.

■ 이보다는 잘된 예
낙태는 아기가 태어나기 전에 인위적으로 임신을 중단시키는 것을 의미한다.

■ 더 잘된 예
낙태는 태아가 아직도 생활능력을 갖지 않은 시기에 어떠한 이유로 임신이 중절 또는 사산되어 인공적으로 태아를 제거하는 것을 말한다.

④ 실질적인 근거를 대라

글에 감정이 실려서는 안 된다. 논술은 감정이 아닌 이성에 호소하는 글이므로 최대한 객관적으로 서술해야 한다. 감정이나 주관이 개입되어 자기주장만을 일방적으로 강요하는 듯한 글은 좋은 평가를 받기 어렵다. 어디까지나 객관적이고 실질적인 근거를 대며 논증해야 한다. 논증에서 우리가 찾고자 하는 것은 실제의 구체적인 증거지, 결코 어쭙잖은 감정적 호소가 아니다. 감정이 실린 단어를 들이대며 논증을 그럴싸하게 보이려고 해서는 안 된다.

■ 잘못된 예

또한 한국의 지리적 특성으로 또한 일본의 안전을 위해 러일전쟁을 일으켰다는 주장은 사실과 다른 거짓말이다. 이는 세 번째 원칙에 위배된다. 왜냐하면 당시 러일전쟁은 강대국들의 세력 다툼 성격이 짙은 전쟁이었기 때문이다.

⑤ 부적절한 단어, 불명확한 문장을 사용하지 마라

자기주장을 명확하게 전달하려면 정확한 의미를 나타내는 단어를 구사하고 구체적인 용어를 사용해야 한다. 이때 '절대로, 반드시, 꼭, 단연코, 분명히, 언제나, 결코, 의심할 여지없이, 더할 나위 없이' 등의 단정적인 표현은 피해야 한다. 논리의 설득력을 높이기보다는, 상대방이 주장을 받아들이도록 강요하는 것으로 비춰질 수 있기 때문이다.

■ 잘못된 예

• 현재 우리가 해야 할 가장 중요한 일로 제시할 수 있는 것은 <u>환경보호의 노력이다.</u>
  → 환경보호를 위한 노력이다.
• 개인의 자유를 억압하고 침해하는 행위는 민주주의 사회에서는 <u>결단코 있을 수 없는 일이다.</u>
  → 있어서는 안 되는 일이다.

⑥ 반례를 고려하라

반례는 논증 시에 자칫 발생하는 모순, 즉 '일반화의 오류'를 파헤친다. 의도적이고 체계적인 반례를 찾게 되면 자신이 논증한 일반화된 논리를 다시금 예리하게 살필 수 있음은 물론, 이를 통해 좀 더 타당하고 치밀한 논증으로 나아갈 수 있다. 즉 반례는 논증을 더 깊이 들여다보게 함으로써, 논증 과정에서 발생할 수 있는 일반화의 오류를 바로 잡는 가장 좋은 방법이다.

> 감자튀김은 건강에 좋지 않다(왜냐하면 고지방 식품이니까).
> 콜라는 건강에 좋지 않다(왜냐하면 고열량 식품이니까).
> 햄버거는 건강에 좋지 않다(고지방 식품이니까).
> 따라서 모든 패스트푸드는 건강에 좋지 않다.

위 사례는 여러 전제를 제시하고 결과를 도출하는 귀납 논증이다. 하지만 이 논증은 지나친 일반화를 하고 있는데, 그에 따라 결론이 타당하지 않음을 곧바로 알아차릴 것이다. 이때 만약 자신이 옹호하고자 하는 일반화에 대한 반례를 생각해낼 수 있다면, 위 논증을 곧바로 수정할 수 있을 것이다. 예를 들어 위 논증의 결론을 "건강에 좋지 않은 패스트푸드가 많다."로 수정하는 것이 그것이다.

따라서 남에게 자기주장을 설득시키기 위해서는 자기주장만 일방적으로 내세울 게 아니라, 남의 입장도 한번쯤은 확인해보고 고민해보는 태도를 가질 필요가 있다. 논증을 전개할 때 나의 주장에 대해 상대방이 제기할 수 있는 반론을 예상해보고, 그 반론에 적절하게 답변할 수 있는지를 생각해보아야 한다. 그리고 이 고민의 결과를 논증 전개 과정에서 적절하게 활용할 수 있어야 한다.

이를 위해서는 자기주장에서 가장 취약한 측면에 대해 생각해보아야 한다. 만약 자신이 옹호하고자 하는 주장에 대한 반례를 생각해낼 수 있다면, 그 주장을 수정할 필요가 있을 것이다. 좋은 논증을 위해서는 반드시 예상되는 반박을 잠재우는 전제가 등장하게 마련인데, 적절한 반례를 사용하며 논증하는 과정에서 자신의 지나친 일반화를 스스로 바로잡을 수 있다.

(6) 비판적 사고와 논증 글쓰기

논증 글쓰기는 무엇보다 비판적 사고력을 요구한다. 글의 핵심 내용을 파악하는 능력, 숨은 전제와 함축의 의미를 찾아내는 능력, 전제에서 주장으로 나아가는 과정까지의 논리적 추론 능력 등, 일련의 논증 분석 능력은 비판적 사고를 통해 구현되기 때문이다.

비판적 사고는 복합적인 능력을 요구하기에 쉽사리 정의하기 어렵지만, 그렇더라도 다음과 같이 정리될 수 있다. 비판적 사고는 사물이나 현상을 깊이 있고 다각적인 차원에서 이해하기 위해 그것을 분석하고 평가하는 반성적 사고를 가리킨다. 즉 어디까지가 옳고 어디서부터 그른지 하나하나 능동적이고 반성적으로 따져보는 사고가 곧 비판적 사고의 본질이다. 다시 말해, 다른 사람의 주장, 세상에 흔히 통용되는 관념, 기왕의 의견이나 판단 등에 대한 잘못을 지적하고, 더 나아가 자신의 생각과 견해를 내보이되 그것이 정당하다는 사실을 입증해 보이는 적극적 사고가 바로 비판적 사고다.

비판적 사고는 어떤 주장이나 대상을 거부하는 태도가 아니기 때문에, 이를 '비판하는 사고'와 혼동하여 무조건적으로 반박하는 사고와 동일시해서는 안 된다. 여기서 무조건적인 비판은 문제와 제시지문에서 요구하는 관점에서 벗어나 이를 무시하고 자기 멋대로 생각을 펼치는 것으로, 논의의 대상에 관한 옳고 그름을 판단하는 능력을 상실한 사고를 말한다.

비판적 사고의 핵심은 **논증 분석**과 **평가**에 있다. 어떠한 판단이 옳은지를 논하는 것은 결국 논증의 분석과 평가에 해당하기 때문이다. 논증 분석과 평가는 **논증의 재구성**을 통해 확인되는데, 결국 비판적 사고는 글의 핵심 내용을 분석하여 논증 형식으로 재구성하는 일련의 사고를 의미함을 이해할 수 있을 것이다.

이와 관련한 내용은 뒤에 설명하고, 이제부터 비판적 사고가 논증 글쓰기 능력을 향상시키는 데 어떻게 작용하는지를 살펴보자.

첫째, 비판적 사고는 논증 글쓰기의 명료성을 돕는다. 글의 명료성은 논증적인 글이 갖추어야 할 기본적인 틀로, 주장과 근거를 도출하는 과정에서 발생할 수 있는 애매함과 모호함을 비판적 사고를 통해 바로잡을 때 글의 의미는 분명하고도 정확하게 전달된다. 논증에 애매하고 모호한 주장이 나타나는 것은 무엇보다 자기중심적인 사고에 함몰되어 외골수적인 태도를 보이거나, 머리 안에 담긴 정보가 그저 머릿속에서만 뱅뱅 맴돌 뿐 제대로 전달되지 않을 경우다. 이럴 경우에는 상대방의 입장에서 생각하려고 노력하거나 객관적인 관점에서 판단할 수 있도록 자신을 비판적으로 세워야 한다.

둘째, 비판적 사고는 숨은 전제나 개념 이해를 돕는다. 논증의 수준을 높이려면 논의를 심층적으로 끌고나가는 힘이 있어야 하는데, 이때 효과를 발휘하는 것이 바로 **비판적 사고**다. 즉 글에 숨은 전제나 함축, 어려운 개념·이론·주제가 담겨 있을 경우 이것이 논증을 어렵게 하는 결정적인 요인으로 작용하게 되는데, 이때 비판적 사고를 통해 좀 더 깊이 있고 폭넓게 접근함으로써 문제를 해결할 수 있다. 즉 논제와 그 논제가 묻고자 하는 쟁점을 단순히 표면적인 수준에서 논의하는 데 그치지 않고, 비판적인 사고를 통해 논리적으로 깊숙이 들어가는 과정에서 개념적 이해는 물론 숨은 전제 역시 파악할 수 있으며, 그에 따라 근본적인 쟁점은 자연스럽게 해결된다.

셋째, 비판적 사고를 통해 논증의 설득력을 높인다. 좋은 논증을 위해서는 글의 맥락적인 이해를 통해 글에 담긴 속뜻을 헤아려 읽고 파악할 수 있어야 하는데, 이는 비판적 사고를 통해 가능해진다. 만약 그렇지 못하고 특정 상황과 관점에서 길을 잃고 헤맬 경우, 글에 담긴 의미를 올바로 이해하지 못함으로써 전혀 다른 논증으로 전개될 수 있다. 따라서 논증적 글쓰기가 합리적이고 현실에 적합하기 위해서는 거듭해서 '왜'라고 따져 묻는 비판적 사고가 필요하다.

넷째, 비판적 사고는 독창성을 높인다. 논증적 글쓰기에서 가장 어려운 부분은 주어진 정보를 가지고 이를 응용하여 문제를 해결하라는 창의력을 묻는 문제다. 하지만 창의력은 의도한다고 해서 나오는 것도 아니고 스스로 평가하기도 쉽지 않기에, 그만큼 문제 해결이 쉽지 않다. 그렇더라도 비판적인 사고를 통해 주장과 근거의 객관성을 높이거나, 논의의 차원을 명료하게 하는 식으로 문제를 해결하는 과정에서 옳은 논리와 독창적인 논거를 제시할 수 있게 된다. 실제 논술시험에서 요구하는 창의력과 독창성은 잘된 논증에 약간의 지식이 플러스알파가 되면 그것으로 충분하다.

(7) 논증 글쓰기 평가기준 : 이해 · 평가 · 적용

비판적 사고는 결국 논증 글쓰기를 통해 구현된다. 당연히 비판적 사고는 논술에서 요구하는 중요한 평가기준의 하나가 된다. 즉 비판적 사고와 관련한 판단기준과 요구 항목은 제시지문을 올바로 이해하고 평가하기 위해 유용하게 활용될 수 있는 평가기준이 된다. 특히 다수의 제시지문이 주어지는 현행 통합교과형의 논술은 이것을 읽어 내용을 정확하게 이해하는 것에서부터 출발하여, 그 내용을 비판적으로 검토하여 자기의 견해로 나타내고, 필요한 경우 문제 해결을 위한 과제를 실현하는 일련의 사고 과정이 필요하다. 그렇기에 그만큼 다양한 사고 능력을 요구한다.

즉 대입 논술에서 요구하는 사고 능력은 **'분석적 이해−비판적 평가−창의적 적용' 능력**이라 할 수 있는데, 앞서 말했듯이 비판적 사고는 창의적 사고를 포괄하는 개념이며, 또한 분석적 이해 역시 비판적 사고의 전제가 된다. 따라서 통합교과형의 논술은 결국 비판적 사고를 기초로 '이해-평가-적용' 능력을 여하히 논리적으로 표현해낼 수 있는지를 단계별로 묻고 평가하는 시험이라고 보면 된다. 그렇기에 논술은 각 대학 공히 다수의 제시지문을 주고 이를 **'이해–평가–적용'**과 관련한 일련의 문제로 엮어 출제하는 유형적 특징을 보이는데, 이를 연세대 논술 문제를 통해 살피면 다음과 같다.

연세대 2013 인문 수시 문제
- 문제1. 제시문 (가), (나), (다)에 공통된 주제어를 찾고, 이를 바탕으로 제시문 (가), (나), (다)를 비교하시오(1,000자 안팎, 50점). → 제시지문의 공통 내용을 비교 · 분석하여 설명할 것을 요구하는 문항으로, 분석적 이해 능력을 평가한다.
- 문제2. 제시문 (라)의 의미를 다양한 관점에서 해석하고, 그것을 바탕으로 제시문 (가)의 논지를 평가하시오(1,000자 안팎, 50점). → 제시지문을 다양한 관점에서 해석하고 그것을 바탕으로 다른 제시지문의 논지를 평가하라는 문항으로, 분석적 이해 능력과 비판적 평가 능력을 함께 평가한다.

연세대를 포함한 대부분의 대학에서는 논술시험으로 '분석적 이해', '비판적 평가', '창의적 적용' 능력의 전체나 일부를 단계별로 평가하고 있는데, 결국 통합교과형의 논술시험은 비판적 사고 능력을 기반으로 한 논리적 사고력을 묻는 데 주력하고 있음을 이해할 수 있을 것이다. 따라서 '이해-평가-적용'과 관련한 개념적 인식은 물론 기술적인 부분까지도 파악할 필요가 있는데, 이는 다음 장에서 예를 들어가며 자세히 설명한다.

3. 좋은 논증의 조건

(1) 좋은 논증이란

앞 장에서 설명한 '논증과 글쓰기'를 통해 잘된 논증은 무엇을 담고 어떤 요소로 구성되어 있는지를 이해했을 것이다. 그리고 이는 이어서 설명하는 '논증 분석과 평가'를 통해 거듭 확인할 수 있게 된다.

논증 분석은 논술 문제로 출제되는 제시지문을 분석하여 논증을 재구성하는 과정으로, 결국 논증 분석은 글의 핵심 내용을 올바르게 분석하는 작업이다. 즉 글의 접속관계를 통해 논리적 짜임새를 살핌으로써 주장 글 묶음과 중심 주장 글을 파악하고, 이후 그것을 토대로 '주장-근거-해설'이라는 논증 구조로 글을 발라냄으로써 제시지문에 담긴 핵심 내용을 추리는 것이 곧 논증 분석이다.

따라서 논증을 제대로 이해하고 분석해내는 핵심이자 출발점은 그 논증에서 '전제'와 '결론'을 구분하는 일이다. 한 지문 내의 주장과 근거는 그 지문에 실린 문장 전체의 결론과 전제에 해당하며, 지문 내에는 여러 개의 논증이 있을 수 있다. 즉 복합논증을 이룰 수 있는데, 이때 복합논증 전체의 전제와 결론이 그 지문의 중심 주장과 근거가 된다. 다시 말해 **지문 내의 중심이 되는 주장은 글 전체의 결론**에 해당하며, **각각의 근거는 글 전체의 결론을 도출하는 전제**가 된다.

또한 하나의 논증에 반드시 하나의 전제와 하나의 결론만 존재하는 것은 아니다. 여러 개의 전제가 나올 수 있으며, 전제와 결론의 순서가 뒤바뀔 수도 있다. 하나 이상의 전제가 하나 이상의 문장에 있을 수 있으며, 하나의 문장에 여러 개의 논증이 있을 수도 있다. 그렇기에 특히 복합논증의 경우에는 논증 간의 연관성을 고려하여 전체 글의 결론과 전제를 파악하고 구성해야 한다.

이런 이유로 논증 분석을 위해 반드시 단락별로 중심 글을 찾아 정리할 필요는 없다. 이를테면 글 전체를 이끄는 핵심 단락을 찾아내고 그 단락을 중심으로 파악할 필요 또한 있는데, 왜냐하면 글에 따라서는 주된 주장이 특정 단락에 집중되어 있는 경우도 있기 때문이다. 그럴 경우 중심 글을 포함한 주장과 전제 모두가 한 단락에서 밝혀질 수도 있다.

따라서 기계적·습관적으로 단락별로 중심 주장 글을 찾고 이를 연결하여 논증으로 구성하는 식으로 학습해서는 안 된다. 논증 구조를 제대로 파악하기 위해서는 전체 주장이 집약되어 있는 중심 단락이 어디 있는지를 찾아내고, 만약에 그렇지 않을 경우에만 각 단락별로 정리해가면서 접근하는 것이 훨씬 더 효과적일 수 있다.

중요한 것은 어디까지나 이를 능히 파악해낼 수 있는 독해력이지, 결코 어쭙잖은 형식적인 분석이 아니다. 당연히 형식논리학에서 강조하는 삼단논법 식의 논증 분석은 피하는 것이 좋으며, 더군다나 이것 역시 제시지문을 읽고 논증 구조를 파악한 이후에나 가능해진다는 점에서 볼 때 그만큼 군더더기일 뿐이다. 즉 삼단논법 식의 논증 분석에 앞서 지문 독해가 우선하며, 이것이 제대로 이뤄지지 못하여 주장과 근거라는 논증 구조로 파악되지 않는다면, 삼단논법 식의 논증 분석 역시 그야말로 말장난으로 전락할 수 있으며, 그에 따라 논증을 더욱 헷갈리게 만들 뿐이다.

(2) 논지와 논거의 논리적 일관성과 타당성만을 따져 살핀다

논증 글 읽기와 글쓰기는 좋은 논증, 잘된 논증을 전제하는데, 논리학에서는 좋은 논증이 되기 위해서는 다음과 같은 조건들을 갖추어야 한다고 강조한다.

좋은 논증의 조건(ARS+r)
- 논증의 전제가 수용 가능해야 한다(전제의 **수용 가능성**, Acceptability).
- 논증의 전제가 결론과 연관되어야 한다(전제의 **결론 연관성**, Relevance).
- 전제가 결론을 충분히 뒷받침해야 한다(전제의 **충분함**, Sufficiency).
- 예상되는 반론을 설득할 수 있어야 한다(**반론의 설득 가능성**, Refutation).

이 조건들은 다분히 형식논리학을 따르는 것이기에 자세히 알 필요는 없다. 그럼에도 불구하고 이것을 명기한 이유는 다음과 같다. 즉 위의 정리에 따르면, 좋은 논증을 이루기 위해 갖추어야 할 공통된 요건이 바로 '**전제**', 즉 '**논거**'임을 알 수 있는데, 따라서 좋은 논증을 위해서는 논거와 논증, 논거와 논술과의 관계를 좀 더 깊숙이 들여다볼 필요가 있다.

앞에서 설명했듯이, 논리적이라는 말은 '주장의 내용, 즉 글의 논지가 이치에 맞다'는 의미인데, 이는 그만큼 글에 드러난 자기주장이 논거에 절대적으로 기댄다는 뜻이기도 하다. 주장하는 내용이 이치에 맞으려면 제기되는 전제가 모든 사람에게 수용될 수 있을 만큼 확실하고(전제의 수용 가능성), 자기주장의 정당성을 뒷받침할 수 있는 타당한 증거를 제시할 수 있어야(전제의 충분함) 한다. 당연히 단 하나의 근거를 들더라도 주장과 밀접한 관련이 있는 근거를 찾아 제시해야(전제의 결론 연관성) 한다.

이처럼 좋은 논증에 관한 판단은 자기주장을 논거에 의거하여 일관성 있게 뒷받침하고 있느냐에 달렸다. 이는 자기주장이 논거와 밀접한 관련성을 갖되 일관되어야 한다는 뜻으로, 만약 자기주장과 논거에 일관성이 없으면 결코 좋은 평가를 기대하기 어렵다. 이런 이유로 논거가 궁극적으로는 잘된 논술 답안의 핵심임을 이해하고 적절한 논거를 제시할 수 있어야만 그 주장이 논리적으로 타당하고 설득적이라는 평가, 즉 좋은 논증이라는 평가를 받을 수 있다.

이것이 무얼 의미하는가 하면, 논지와 논거, 자기주장과 이를 뒷받침하는 근거의 **일관성**만 제대로 유지할 경우, 전제의 수용 가능성과 결론 연관성, 전제의 충분함 등 좋은 논증을 위한 형식적 조건은 자연스럽게 충족된다는 뜻이다. 논리와 논증의 일관성이 떨어지기에 논점을 이탈하고, 논리의 비약으로 치달으며, 또한 논리의 허결함을 보이는 것이지, 다른 이유 때문이 아니다.

물론 논리의 허결함은 논거를 제대로 제시하지 못하여 내용적으로 빈약하기 때문이기도 한데, 이는 자기주장과 무관한 논거를 제시하거나, 자기주장이 실리지 않은 채 제시지문의 내용을 그대로 나열하는 서술 태도에서 그대로 드러난다. 그렇기에 '주장만 있고, 논거는 없다'는 논리성의 부족을 나타내는 표현 역시 논리의 일관성이 결여되었기 때문으로 봐야 할 것이다.

논증 분석에서는 형식논리가 아닌 내용면에서의 논리와 논증의 일관성이 중요하다. 대입 논술에서 묻고 따지는 전제는 형식면에서의 참·거짓 여부에 구애됨 없이, 오직 내용 면에서의 논리의 타당성만을 문제 삼기 때문이다. 즉 논증으로 내세우는 전제는 지금 우리 사회가 당면하고 있는 제 담론과 문제의식을 명제(출제자가 내세우고자 하는 주장이자, 논술시험에서 출제되는 논제가 곧 명제다)로 하여 담고 있기에 당연히 참을 지향하며, 따라서 내용만 적절하다면 잘못된 결론이 나올 수 없다.

다시 말해서 논제로 따져 묻는 근거(전제)는 개념·이론과 관련해서 이항 대립되는 핵심 쟁점을 다루되, 이것의 참·거짓을 따지는 게 아니라, 그 쟁점이 주장과 어떤 식으로 관계를 맺어 타당한 설득력을 갖는가를 묻고 따지기 때문이다. 이런 이유로 전제의 신위 여부에 대한 시시비비는 논술의 논증 분석에서는 관심 밖의 일이며, 해당사항이 없다. 오직 논리만 맞으면, 다시 말해 설득력이 있으면, 그것이 곧 참이자 타당한 근거가 된다.

(3) 논리가 일관되고 설득적이면 그것이 곧 잘된 논증이다

최적의 논증 구조는 참인 전제가 주어질 때 필연적으로 참인 결론을 보장하는 구조다. 그런데 대입 논술에서 지향하는 전제는 모두 내용적으로 참이라고 했다. 따라서 전제가 내용적으로 부적절하여 잘못된 결론에 도달할 경우, 이는 전적으로 제시지문 독해력이 미흡해서 빚어진 결과다. 즉 글을 읽고 내용적으로 올바른, 다시 말해 논리적으로 적절하고 타당한 전제를 제대로 찾아내지 못하고 엉뚱한 내용을 전제로 삼아 논리를 펼치거나, 독해가 전혀 되질 않아 막무가내로 자기주장을 해가며 이를 전제와 결론으로 삼았기에 논증이 깨진 것이다. 이것을 두고서 '**논점 이탈**'이라고 하는데, 이는 독해가 달려 논증 분석이 안 되고, 논증 분석이 안 되니 글의 논지조차 파악하지 못하면서 일어나는 당연한 귀결이다.

이와는 달리, 결론(주장)과 전제(근거)를 제대로 밝혀냈음에도 불구하고 둘 간의 논리가 맞지 않는 것은 논리학에서 말하는 형식적 오류의 하나인 논증 구조의 결함 때문으로, 다시 말해 전제에서 결론으로 이어지는 연결의 흐름이 깨졌기 때문이다. 즉 전제에서 결론으로 이어지는 과정까지의 연결 관계가 잘못되어 논증 구조가 깨진 것이다. 이 것을 두고서 '**논리의 비약**' 또는 '**논리의 결여**'라고 표현하는데, 그렇기에 이는 정당한 근거를 빼먹거나 올바르게 제시하지 않음으로써 논리적으로 튀는 현상이라고 보는 게 오히려 더 적절하다. 따라서 결론이 옳은지는 전제에서 결론으로 도출되기까지의 연결 관계의 설득력에 달렸는데, 이는 **논리의 일관성**만 유지되면 능히 바로잡을 수 있다. 이때 말하는 일관성이란 논증에 반드시 필요한 전제를 빠짐없이 채워 넣되, 이를 논리의 흐름에 맞게 연결시키는 것을 뜻한다.

- 잘못된 전제(전제가 거짓) → 잘못된 결론(결론도 거짓): 형식은 적절하나 내용이 부적절한 경우 → 중언부언식의 논리 전개 때문(즉 독해가 달려 글의 논증 구조를 파악하지 못했기 때문)
- 잘된 전제(전제는 참) → 잘못된 결론(결론은 거짓): 형식에 결함이 있는 경우 → 논증 구조의 결함 때문(즉 전제 부족과 부실로 인해 글의 논리적 연결의 흐름이 깨졌기 때문)

즉 논리 전개에서의 형식이 어떠하든, 전제가 참이든 거짓이든 관계없이, 전제에서 결론으로 나아가기까지의 연결 관계가 합리적이고 설득적이면 그 논리는 일관성을 갖고 타당한 논증 구조가 된다. 그리고 앞서 말한 형식논리학이 추구하는 좋은 논증을 위한 조건들은 자연스럽게 충족된다.

논증 구조의 결함 = 전제에서 성립된 연결 관계의 설득력 미흡 = 전제에서 결론으로 도출되기까지의 논리의 일관성 결여

이처럼 논증 분석을 통해 이끌어내는 결론이 필연적인 것은 아니지만 그렇더라도 충분히 가능하다면, 얼마든지 신뢰할 수 있는 논증으로 만들어낼 수 있다. 이때 결론이 옳은지는 전제에서 성립된 연결 관계의 설득력에 달렸으며, 그 설득력은 전제의 빈칸 채우기를 통한 논리적 일관성의 확보라고 해도 과언이 아니다. 다음의 예는 연결 관계의 설득력을 보여준다.

- 대전제 : 철수는 용인에서 열린 지난 겨울방학 캠프에 참석했다.
- 소전제 : 영희도 같은 캠프에 참석했다.
- 결론 : 따라서 두 사람이 그곳에서 만났을 가능성이 있다.

위의 예에서처럼, 철수와 영희가 같은 시점에 같은 곳에 있었기 때문에 결론은 충분히 옳다고 확신할 수 있으며, 설령 우연히 만났을 것이라고 가정한다고 해서 무모한 판단이 되는 것은 아니다. 그렇기에 중요한 것은, 얼마만큼 논증이 이치에 맞는 일관된 논리를 지향하고 있느냐다.

따라서 좋은 논증을 위한 논리의 일관성은 아무리 강조해도 지나침이 없으며, 실제 이것에 유의해 논증 분석을 해나가면 논리는 충분히 설득력을 얻고 힘이 실린다. 논증의 건전성은 전제에서 결론으로 도출되기까지의 일관된 논리이자, 전제와 결론으로 이어지는 연결 관계의 설득력에 달렸다. 그리고 그 설득력은 전제의 양적 · 질적 풍부함으로부터 나오는데, 앞서 좋은 논술은 충실한 논거 제시에 달렸으며, 그러한 논거(전제)는 관련한 다방면의 많은 지식으로부터 나온다는 얘기가 이를 두고 하는 말이다.

정리하면, 대입 논술은 비형식 논리학을 지향하기에, 공연스레 삼단논법을 들먹여가며 형식논리에 치우치거나, 글쓰기의 일반적인 요령을 지나치게 의식할 필요는 없다. 물론 자료해석형 문제의 경우에는 어느 정도 논리적 오류를 가려가며 생각할 필요가 있지만, 그렇더라도 누리적 오류를 지적하고 가려내는 데 치중힐 필요 또한 없다. 단지 형식상의 오류를 저지르지 않는 논증에 골몰할 게 아니라, 남들을 진정으로 설득할 수 있고 스스로 자신 있게 내세울 수 있는 논증을 구성해야 한다. 논리의 일관성과 설득력과 타당성만 담보되면, 그것으로 충분하다.

(4) 좋은 논증을 위한 전제조건

이상을 고려할 때, 좋은 논증을 위해서는 특히 다음을 염두에 두어야 한다.

첫째, 논거, 즉 전제를 제시함에 어떠한 선입견도 개입되어서는 안 되며, 오직 논제가 요구하는 바에 의거하여 묻고 따져 논리적으로 판단해야 한다. 논증이 객관적이어야 한다는 말이 이 뜻이다. 그렇기에 설령 소수의 의견이거나 여론의 거센 비난을 받고 있는 의견이라고 해서 타당하고 적절한 논거를 제시하지 않고 무조건적으로 반대하거나, 또는 이와 대립되는 의견을 무조건적으로 지지하는 식의 논리 전개는 결코 옳은 논증, 잘된 논증이 아니다.

　이를 미성년 성폭행범 신상 공개를 둘러싼 찬반 여론을 예로 들어 생각해 보자. 개인적 감정이나 국민정서를 갖고서만 판단한다면야 그 같은 파렴치범들은 인터넷 등에 신상을 남김없이 공개함으로써 다시는 그러한 범죄를 저지르지 못하도록 조처함이 옳다. 하지만 이러한 주장 역시 그에 적합한 타당한 근거를 제시함으로써 그 주장에 힘을 실어야 한다. 만약에 그렇지 않고 감정만 앞세워 근거 없는 주장만을 펼친다면, 그 주장은 말 그대로 억지 주장이 되고 만다. 이와는 반대로 설령 신상 공개를 반대하는 논의를 펼치더라도 그에 합당한 타당하고 설득력 있는 근거를 제시할 경우, 그 주장은 논증으로서 힘을 얻는다. 더군다나 그 주장이 반증 가능성을 잠재울 수 있는 설득력까지 갖췄다면, 그 논증은 당연히 높은 평가를 얻게 된다.

　그렇기에 오직 **전제로부터 결론으로 나아가는 논리의 일관성**이 관건이 되며, **그 연결관계가 얼마만큼 타당하고 설득적이냐**가 중요하다. 여기서 논리와 논증의 일관성 유지는 곧 자기주장을 객관화하는 과정에 달렸는데, 좋은 논증을 위해서는 자기주장을 어떻게 설득 가능한 타당한 논리로 객관화시키느냐가 관건이 됨을 알 수 있다.

　둘째, 하지만 문제는 논술을 공부하는 학생들이 논리의 일관성을 유지하면서 자기주장을 펴나가기가 어렵고, 더군다나 그것이 올바른 논증인지 파악하고 이해하기란 더더욱 쉽지 않다는 점이다. 그렇더라도 이것을 해결할 방법은 지극히 단순할 수밖에 없다. 그저 많이 읽고, 치열하게 생각하고, 치밀하게 쓰는 것밖에는 달리 방법이 없다. 그 과정에서 논리는 제자리를 찾고 마치 우리 몸과 생각의 일부처럼 체화(體化)되는데, 그렇게 해서 습득된 결과가 바로 논리적 사고다.

　셋째, 그럼에도 쉽사리 해결되지 않는 부분이 있다. 논지의 옳고 그름을 입증하기 위한 충분한 논거가 제시되어야만 논증적인 글이 되지만, 그렇더라도 제시지문으로 출제되는 고전과 명저를 읽고 그 내용적 의미를 정확히 올바르게 이해하기란 무척 어렵다. 글의 많은 부분이 함축적인 의미를 갖고, 또 중요한 전제나 결론이 명시되지 않은 채 글 곳곳에 숨어 있어, 제시지문에 담긴 내용적 의미를 이해하는 것조차 쉽지 않기 때문이다. 바로 이 부분이 좋은 논증을 위한 실질적인 해결 과제가 되는데, 이제부터 이것에 대해 살펴보기로 하자. 이때 앞서 제기될 수 있는 반론의 설득 가능성 역시 논증의 재구성을 통해 좋은 논증을 끌어내는 요건의 하나가 된다. 따라서 이것 역시 주의 깊게 살필 필요가 있다.

4. 논증 분석과 평가 : 논증의 재구성

좋은 논증을 위해서는 논증을 분석하고 평가하는 과정이 따른다. 논증의 전제가 결론을 필연적으로 지지하는 타당성을 갖는지, 결론을 지지하는 전제들이 내용적으로 건전성을 갖는지를 거듭 따져가며 확인해야 한다. 타당한 논증을 만들기 위해 숨은 전제를 보충해나가는 과정을 '논증의 재구성'이라고 하는데, 이제부터 이를 설명한다.

(1) 논증의 재구성① : 숨은 전제와 함축

모든 사람들이 알고 있거나 당연한 사실로 인정하는 특정 전제나 결론은 종종 생략된다. 오히려 그것을 밝히는 것이 글을 더욱 복잡하게 만들 뿐만 아니라, 효과적인 의사소통에도 방해가 되기 때문이다. 같은 이유로 논증을 펼칠 때 역시 모두가 분명히 알고 있는 전제는 이를 과감히 생략해도 무방하다. 다음의 예를 살펴보자.

이 영화는 미성년자 관람불가야. 너는 볼 수 없어.

이 논증은 '너는 미성년자다'라는 전제가 하나 생략되어 있다. 전제가 논증을 히는(논증 글쓰기를 하는) 사람이나 이를 듣는(글을 읽는) 사람이나 모두 알고 있거나 짐작할 수 있는 뻔한 사실이기 때문에 생략한 것이다. 더 나아가 아래의 예에서처럼 전제 일부와 결론이 몽땅 생략된 경우도 있다.

네 말을 믿느니 차라리 공룡이 살아있다고 말하겠다.

위 논증은 다음과 같이 재구성할 수 있는데, 굳이 숨은 전제와 결론을 친절하게 집어넣지 않아도 우리는 말하고자 하는 사람의 주장이 무엇인지 이해할 수 있다.

전제1_ 네 말이 사실이면 공룡이 살아있다.
전제2_ 공룡은 살아있지 않다.
결론_ 네 말은 사실이 아니다.

위의 예에서처럼 논리가 분명하거나 당연하다고 생각되는 전제를 생략하고 논증을 전개하는 경우, 이때 생략된 전제를 '숨은 전제'라고 한다. 숨은 전제가 포함된 논증의 경우, 이를 보충하여 명백하게 타당한 논증을 만들 수 있으며, 이렇게 함으로써 논리적으로도 탄탄하게 된다. 숨은 전제를 찾아내 표면에 내세우면 논증의 성질이 분명하게 드러나기 때문이다.

대입 논술처럼 제시지문을 읽고 논증 구조로 해석해야 한다면 무엇보다 숨은 전제를 찾는 데 힘을 쏟아야 한다. 제시지문으로 출제되는 글의 상당수가 고전과 명저에서 발췌한 것이어서 시대를 뛰어넘어 통시적으로 이해하기 어렵고, 더군다나 그것이 당대의 문제의식을 놓고 치열하게 사고한 결과물이기에 그만큼 공시적인 관점에서 파악하기 어렵기 때문이다. 당연히 저자와 함께 호흡했던 시대적 사상의 흐름과 가치관, 사건 등에 대한 맥락적인 파악과 이해가 따라야 하는데, 어찌 보면 이것을 복원하며 생각하는 것이 곧 고전과 명저에 담긴 숨은 전제의 파악이기도 하다.

이는 다음 사례를 통해 확인 가능한데, 논의의 흐름을 따라가며 제시지문의 숨은 전제를 확인하면 이렇다. 제시지문에서 알 수 있듯이, 글이 두서없이 전개된 이유는 바로 데카르트가 심신이원론을 펼쳐나가다가 '정신이 어떻게 육체를 움직이게 하는가'에 대한 개념 규정상의 모순 상황에 접하자, 이것을 다시 '송과선으로 연결되어…' 운운하며 얼버무리는 식으로 논리를 펼쳤기 때문이다.

하지만 사례의 글을 가지고 논증해야 하는 입장에서는 글을 읽으면서 숨은 전제를 찾아가며 해석해야만 제대로 된 글 읽기가 되고, 또한 논증 글로 옮길 경우에도 숨은 전제를 적절히 끌어들여 논리적으로 무리 없이 연결해야만 한다. 문제는 이것이 결코 쉽지 않다는 데 있다.

이처럼 데카르트는 주체와 대상을 끝내 해명하지 못하고 여기에 '데우스 엑스 마키나(기계에서 나온 신)'라는 개념을 끌어들였다. '데우스 엑스 마키나'는 막다른 상황이나 어려운 결말에 처할 때 전지전능의 신(해결사)이 필연성 없이 등장하여 꽉 막혀있는 문제를 일거에 해결해버리는 황당한 방식을 말한다. 데카르트는 주체와 대상의 연관성을 끝내 해명하지 못하고, 주체가 대상을 인식할 수 있는 근거가 신이 인간에게 준 본유관념(처음부터 가지고 태어난 관념) 때문이라고 설명했다.

236

【사례1】 숨은 전제의 파악(1) (데카르트의 '방법서설', 경희대 2011 인문 모의)

데카르트는 그의 저서인 『사색(Meditations)』에서 정신과 물질의 관계에 대한 실체이원론 (substance dualism)을 제안하였다. 그는 실체에는 근본적으로 두 가지 종류가 있다고 역설하였다. 그 하나는 물질인데 공간적 연장(spatial extension)을 본질적으로 가지고 있는(즉 물리적 공간에서 어떤 장소를 차지하고 있는) 한편, 다른 하나는 정신인데 그것은 본질적으로 사유하는 존재이다. 여기서 정신과 물질은 서로 존재론적으로 독립적인 실체로 이해되고, 이런 점에서 데카르트의 견해는 실체이원론의 한 전형으로 여겨진다. 데카르트는 물질에 대하여 기계론적인 입장을 취하면서 인간의 신체를 포함한 모든 물질은 법칙에 따라서 움직이는 기계라고 생각하였다. 또 다른 실체인 정신과 상호작용을 하지 않는한, 그들은 결정론적으로 움직이는 기계라는 것이다. 한편 정신은 공간적 외연을 갖지 않고 그들의 운동은 어떤 법칙에 의해서도 지배되지 않는다. 이러한 데카르트의 견해에서 인간은 사고·의지·느낌과 같은 심적 속성을 갖는 비물질적인 정신과 크기·위치·모양, 질량·운동과 같은 물리적 속성을 갖는 물질적인 신체의 결합으로 간주되었다. 이처럼 정신과 신체는 서로 모두 이질적인 성격을 갖지만 그럼에도 그들이 완전히 단절되어 있지 않다고 데카르트는 강조한다. 나의 믿음·욕구·감정과 같은 정신상태가 내가 어떤 행동을 할지에 대하여 영향을 미친다는 것을 부정하기엔 힘들기에, 데카르트는 정신과 신체가 어떤 방식으로든 서로 상호작용한다는 것을 인정한다. 구체적으로 데카르트는 정신은 신체라는 기계에 작동하는 '지렛대'와 같은 역할을 하는 것으로 간주한다.

전제_ 데카르트는 정신과 물체에 대한 실체이원론을 제안했다.
전제_ 실체는 정신과 물질로 이뤄진다.
중간 결론(주장)_ 정신과 물질은 독립적으로 존재하다
 • **숨은 전제**_[데카르트는 '송가선'을 통해 정신이 육체와 연결되어 있다고 주장한다.]
전제_ 데카르트는 물질을 정신의 명령에 따라 움직이는 기계로 인식했다.
전제_ 정신은 어떤 법칙에도 지배되지 않는다.
 • **숨은 전제**_[이는 인간에게도 그대로 적용된다.]
전제_ 인간은 비물질적 정신과 물질적 신체의 결합이다.
전제_ 이 둘은 완전히 단절된 것은 아니다.
중간 결론(주장)_ 정신과 물질은 상호작용한다.
 • **숨은 전제**_[그렇더라도 육체는 정신의 명령에 따라 작동한다.]
결론(중심 주장)_ 정신은 신체를 움직이는 지렛대 역할을 한다.

참고로, 위 지문의 핵심 내용을 다시 정리하면 다음과 같다.

데카르트는 실체이원론을 설명하면서 정신과 신체가 독립적으로 존재하며 상호작용을 한다고 주장한다. 데카르트는 물리적 공간에서 어떤 장소를 차지하고 있는 물질과 본질적으로 사유하는 존재인 정신이 서로 존재론적으로 독립된 실체라고 말한다. 데카르트는 인간은 사고·의지·느낌과 같은 심적 속성을 갖는 비물질적인 정신과 위치 · 모양 · 질량 · 운동과 같은 물질적인 신체의 결합으로 간주한다. 그리고 이러한 정신과 신체는 서로 모두 이질적인 성격을 갖지만, 그럼에도 그들이 완전히 단절되어 있지 않다고 강조한다. (하지만 그것을 입증하는 근거가 논리적으로 허결하다)

신문 등의 언론보도를 발췌한 지문 역시 마찬가지다. 이것 역시 보도가 나간 동 시점의 주된 이슈나 쟁점 등을 다루되 이를 일반인들이 당연히 알고 있을 것이라고 전제하고 작성된 글이 주종을 이룬다. 따라서 일정 시점이 지난 이후에 이를 읽고 이해하기란 결코 쉽지 않다. 더군다나 그것이 논리의 타당성에 대한 근본적인 성찰 없이 작성된 것이거나 또는 자기주장만 앞세우는 근거 없는 논리에 따른 것이라면 더욱 더 그러하다. 따라서 이 역시 숨은 전제를 통해 반대되는 논증까지도 읽어낼 수 있어야만 타당한 논증이 될 수 있다.

① 숨은 전제는 맥락으로 접근한다

이상에서 알 수 있듯이, 좋은 논증을 위해서는 글을 심층적으로 분석하고 글에 직접 드러나지 않는 부분까지 파악하는 과정이 필요하다. 글을 읽다보면 명시적으로 나와 있지는 않지만, 중요한 연결고리가 되거나 글 전체를 뒷받침하는 암묵적인 숨은 전제가 들어있는 경우가 많기 때문이다. 특히 짧은 글일 경우가 그러한데, 이때 함축과 숨은 전제의 파악과 같은 요소가 의미 있게 활용된다. 논증으로 재구성할 때 숨은 전제를 드러내주면 글의 논지가 더욱 분명해지며, 이때 논리성이 결여된 부분이 함께 드러나기도 하기 때문이다.

이처럼 논의를 재구성하는 과정에서 주어진 논증을 더욱 강화하거나 타당하게 만들기 위해서는 전제를 재구성할 필요가 있는데, 이때 논증 분석을 통해 합리적으로 수용할 수 있는 전제를 덧붙이는 것이 곧 숨은 전제를 찾아내 보충하는 작업이다. 이런 이유로 좋은 논증은 숨은 전제를 보충하여 타당한 논증으로 해석해야 함을 전제하는데, 이것을 다음의 사례를 통해 좀 더 이해할 수 있을 것이다.

【사례2】 숨은 전제의 파악(2) (덕성여대 2010 인문 수시)

맬서스는 인류의 앞날이 암울하다고 느꼈다. 원죄 때문이 아니라 인간의 본성 자체와 맞닿은 또 다른 중대한 원인 때문이었다. 그 중대한 원인이란 "모든 살아 있는 생명체들이 준비된 식량 이상으로 증가하는 불변의 성향"이었다. 맬서스는 인간에 내재한 방탕성이 어떤 타락의 결과를 낳을 것인지 썼다. 번식 본능은 인류 재난의 근원이었다. (중략) 그러나 인간은 아이가 필요하기 때문에 아이를 키운다고 가정하는 것이 더 현실적이다. 산업화 이전 경제에서는 아이를 적은 비용으로 키웠으며 어릴 때부터 생산활동에 참여시킬 수 있었다. 그러나 경제적 번영이 점점 더 투자(특히 인간 자본에 대한 투자)에 좌우되면서, 부모들은 자녀수를 제한하게 되었다. 경제 상황이 바뀌면 자녀에 대한 수요도 변화한다. 따라서 현 세계의 잘사는 지역의 인구 증가 속도가 못사는 지역보다 떨어진다는 아이러니컬한 결과가 나타나고 있다.

아래는 위 지문에서 전제와 결론을 뽑아 정리한 것인데, 주어진 전제를 통해 '산업화가 진행될수록 인적자본에 대한 투입 비용과 산출 비용 간의 경제적 이해득실에 따라 인구 변동이 이뤄지고 있다'는 숨은 전제를 파악해낼 수 있을 것이다. 그리고 이는 그대로 제시지문의 결론이 되기도 하기에, 함축의 의미까지도 갖는다.

> 전제1_ 산업화 이전 시대에 아이를 많이 낳은 이유는 생물학적 본능보다는 경제적인 이익 때문이었다.
> 전제2_ 하지만 경제적 번영과 함께 아이를 키우는 비용이 많이 들면서 자녀수를 제한하게 되었다.
> **숨은 전제_** 이는 생물학적 번식 본능보다는 경제적 이해득실이 인구 변동에 더 큰 영향을 미치고 있음을 의미한다.
> 결론3_ 그 결과, 선진국의 인구 증가 속도가 후진국보다 떨어지는 아이러니컬한 결과가 나타나고 있다.

이상의 사례에서 알 수 있듯이, 어떤 논증이 부적절한 논증인지, 아니면 타당하지만 여러 전제들을 생략하고 있는 논증인지는 전적으로 그 논증의 문맥을 고려해서 판단할 일이다. 즉 논리가 일관되면 그 논증이 비록 전제를 생략하고 있더라도 좋은 논증이 된다. 여기에 숨은 전제까지 찾아 넣으면 한층 탄탄한 논증 구조를 갖추며, 또한 전제에서 결론으로 이어지는 논리가 일관되고 있는지에 대한 파악 역시 한결 쉬워진다. 이처럼 논리의 힘은 숨은 전제를 찾아 넣는 등으로 꽉꽉 채워 빈틈없는 논증 구조로 만드는 데 달렸는데, 결국 좋은 논증을 위해서는 많은 전제 가운데서 뺄 건 빼고 찾아 더할 건 더해가며 논증 구조를 매끄럽게 가다듬어야 함을 이해할 수 있을 것이다. 이것이 글의 '요약'이다.

숨은 전제를 효과적으로 파악하기 위해서는 논제가 제시하는 맥락에서 접근할 필요가 있다. 이를테면 논제가 묻고자 하는 서로 다른 관점은 무엇인지, 또 서로 대립하는 전제를 세운 경우 이것으로부터 도출하고자 하는 결론이 무엇인지 잘 생각해서 파악해야 한다. 그 과정에서 생략된 전제를 덧붙일 경우에는 한정된 관점에서보다는 폭넓은 차원에서 이를 일반화시켜야 한다. 이것을 아래의 사례를 갖고 설명하면 다음과 같다.

【사례3】 숨은 전제의 파악(3)

오늘날 세계의 많은 나라들은 사형제도 자체를 폐지하거나 사형제도를 유지하면서도 사형의 집행을 유예하고 있다. 우리나라도 2007년 12월이면 10년 동안 사형수들에 대한 사형을 집행하지 않음으로써 사실상의 사형 폐지국이 된다. 그 동안 사형제도의 존폐에 대해서는 상반된 입장이 팽팽히 맞서왔다. 사형 폐지론자들은 사형제도가 인간 생명의 불가침성에 반하고 오판 가능성이 있다는 이유로 폐지하자고 주장해왔다. 반면, 사형 존치론자들은 사형을 대체하는 그 어떤 형벌도 사형과 대등한 범죄 예방의 효과를 갖지 못했기 때문에 여전히 사형제도는 범죄를 억제하고 있다는 이유로 사형제도의 존속을 주장해왔다. 그럼에도 불구하고 그 과정에서 국민들의 법의식과 법감정은 사형제도의 폐지를 지지하는 쪽으로 서서히 변화한 것은 분명하다. 그렇다면 이제 사형제도는 폐지되어야 한다. 남은 일은 우리나라의 법질서에서 사형 관련 법규정을 완전히 제거함으로써 사형제의 폐지를 입법적으로 제도화하는 것이다.

제시지문은 사형제도에 대한 찬반 논의를 다루고 있는데, 각각의 주장을 정리하여 이를 전제로 글쓴이가 내세우고자 하는 중심 주장을 결론으로 정리하면 다음과 같다.

전제1(사형 폐지론자의 입장)_ 인간 생명의 불가침성에 대한 침해와 오판 가능성을 들어 반대한다.
전제2(사형 존치론자의 입장)_ 최고의 범죄 예방 효과임을 이유로 들어 찬성한다.
숨은 전제_ 법제도는 국민의 법감정과 법의식을 기초로 해야 한다.
결론_ 국민들의 법의식과 법감정이 사형 폐지로 변화했기 때문에 사형 폐지를 주장한다.

② 함축의 의미

숨은 전제의 파악과 함께 숨은 결론을 파악해내는 것 역시 중요하다. 저자가 무슨 의도를 갖고 글을 썼는지가 글의 표면에 분명하게 드러나지 않을 경우, 이것을 확인해야만 글에 담긴 의미를 정확하게 이해하고 또 저자가 지향하는 주제의식이나 관점이 무엇인지 파악할 수 있다. 그 의미하는 바가 곧 숨은 결론인데, 때때로 저자는 자신이 지향하는 주제의식이나 글을 쓴 목적, 말하고자 하는 관점이 무엇인지 글에 명시적으로 밝히지 않은 채, 이를 암묵적으로 전제하여 글을 쓴다.

따라서 글을 정확히 이해하기 위해서는 글의 숨은 의도, 즉 글이 '**함축**'하는 바가 무엇인지 찾아야 하는 경우도 많다. 함축이란 숨은 결론, 드러나지 않았지만 궁극적으로 말하고 싶은 주장이자 글의 속뜻을 말한다. 그렇기에 이것을 확인하려면 글의 맥락적인 이해가 무엇보다 중요하다. 여기서 맥락적인 이해라 함은 글에 담긴 속뜻을 파악해내는 것으로, 글에 담긴 작가의 주제의식이나 가치관, 시대적 상황 등 텍스트 밖의 요소를 포괄하는 개념이다.

맥락적인 이해의 중요성을 프랑스의 구조주의 철학자 롤랑 바르트의 기호학의 의미를 차용하여 간략히 설명하면 다음과 같다. 바르트에 따르면, 언어의 형식을 이루는 '기표(記標)'와 내용을 구성하는 '기의(記意)'라는 의미 작용 사이에서 관계하여 인간의 감정이나 느낌 또는 주관적 가치로 구조화된 의미가 곧 함축이다. 그렇기에 함축의 과정에서 작가의 의도적인 선택이 개입될 수밖에 없는데, 이렇게 해서 그가 의도하는 바에 따라 그 의미가 얼마든지 달라질 수 있다. 즉 글에 담긴 어떤 주장에 대한 '기표'와 '기의' 사이에는 함축을 통해 은밀하게 숨겨져 있는 개념이 있을 수 있기 때문에, 글의 의미를 제대로 이해하려면 글을 구성하고 있는 전체 상황 속에서 하나하나 속뜻을 읽어내야 한다. 예를 들어 '잘 논다'는 주장은 정말로 '재미있게 논다'는 긍정적인 의미인지, 아니면 말 그대로 '놀고 있네'라는 식의 부정적인 의미인지 글을 읽고 속뜻을 파악할 수 있어야 한다.

다음은 <2013 건국대 인문 수시>에 출제된 제시지문이다. 제시지문의 요약을 통해 알 수 있듯이, '정체성은 문화를 통해 형성되는 것이기에, 세계화에 따른 문화 침탈은 공동체적 동질성을 저해하고 정체성의 위기를 가져온다'는 논지를 담고 있다. 그렇더라도 이것만으로는 주어진 논제를 제대로 해결하기 어려우며, 글에 담긴 함축된 의미를 파악할 수 있어야 한다. 즉 제시지문을 읽고 '정체성을 굳건히 하려면 각자가 자신의 개성과 문화적 주체성을 잃지 말아야 한다'는 숨은 결론, 즉 함축의 의미를 파악해내야 한다.

【사례1】 함축의 파악 (건국대 2013 인문 수시)

정체성이란 사람들에게 자신의 존재 의의를 부여해주는 의미 체계라 할 수 있다. 그것은 실존적인 지평에서 내면을 탐구함으로써 확보될 수 있지만, 대개의 경우 사회적 자아를 구성함으로써 획득된다. 이때에 일정한 의미의 질서를 형성함으로써 정체성 형성에 중요한 기반이 되는 것이 문화다. 즉 다른 집단과는 구분되면서 내부에서 공유하는 전통이나 스타일 등의 상징체계를 매개로 사람들은 자기 정체성의 내용을 사회적으로 구성하는 것이다.

거기에서 얻어지는 소속감과 유대감은 개개인이 사회로 통합되어 안정된 삶을 영위하는 데 매우 긴요한 심리적 자원이 된다. 그런데 세계가 지구촌이라는 개념으로 확대됨에 따라 정체성의 위기를 겪는 사람이나 집단들이 많아지고 있다. 사람, 상품, 정보 등이 국경을 넘어 점점 자유롭게 넘나들 수 있게 되면서 일정한 사회적·지리적 범위를 경계로 형성되어 있던 공동체적 동질성을 유지하기가 어려워지고 있기 때문이다. 정보통신기술의 고도화와 시장의 자유화 경향에 따라 정보와 상품을 통해 전달되는 문화의 영향력은 갈수록 막강해지고 있다. '문화 침투' 또는 '문화 제국주의'라는 표현에서 나타나듯이, 단순히 문화 전달이 아니라 문화적 상호작용에서 불균형한 권력 구조의 문제도 첨예하게 대두되고 있다. 특히 점점 힘을 잃으면서 소멸되거나 다른 사회에 동화되는 소수 민족들처럼 다문화사회 속에서 자기 자신의 입지와 존속성이 흔들리는 집단들의 경우 문화적 정체성은 심각한 도전을 받을 수밖에 없다.

핵심 요약

정체성은 타자와의 관계 속에서 실존적이고 사회적인 자아로서의 존재감을 규정하는 의미 체계로, 사회적 상호작용을 통해 문화를 공유하는 과정에서 정체성은 형성된다. 하지만 세계화의 진행에 따라 강대국의 문화 침탈이 자행되면서 문화적 상호작용의 불균형이 일어나고, 이는 공동체의 동질성을 파괴함으로써 정체성의 위기로 이어지게 된다.

이상에서 알 수 있듯이, 함축의 의미를 파악하는 것은 글의 주장(결론)을 올바로 이해하기 위해 아주 중요하다. 맥락에 따라서는 전혀 다른 함축적 의미를 가질 수 있으며, 만약 이것을 올바르게 해석하지 못할 경우에는 말 그대로 논점을 이탈하고 말기 때문이다.

이처럼 글의 진정한 의미를 이해하기 위해서는 숨은 전제와 함축의 파악이 중요함을 이해할 수 있을 것이다. 당연히 논증에서 숨은 전제가 무엇인지, 함축을 담고 있지는 않은지, 또 이것들을 어떻게 찾아내고 파악할 수 있는지를 살펴야 하는데, 그 논리적 사고 과정이 바로 **'추론'**이다.

(2) 논증의 재구성② : 추론

논술의 설득력은 논거의 확실성과 함께 논거에서 논지를 이끌어내는 과정의 합리성, 즉 논리적 타당성에 달렸는데, 이 과정을 **'추론'**이라고 부른다. 논증이 타당하고 건전한지를 확인하기 위해서는 적절한 논거가 제시될 수 있어야 하는데, 이때 효과적으로 논거를 제시하는 방법의 하나가 바로 추론이다. 즉 추론은 구체적인 사실이나 확실한 근거를 제시하여 논증하기보다는, 잘 알려지고 쉽게 인정할 수 있는 사례를 바탕으로 이후의 판단을 유추해내는 논증의 과정이다. 또한 추론은 지문에 담긴 특정 개념이나 원리, 핵심 주제어를 가지고 이것이 어떤 뜻으로 사용되고 있는지를 파악하여 그 의미를 확장함으로써 타당하고 설득력 있는 결론으로 나아가게 만드는 일련의 논증 과정이다. 이처럼 논증은 추론을 통해 실현되며, 추론은 논증을 이끄는 주된 수단이 된다.

논리학에서 말하는 연역과 귀납적 추리 모두 추론을 통해 결론을 이끌어내는 방법이지만, 굳이 이것에 기대지 않아도 논리적 사고를 통해 논증에서 요구하는 바람직한 결론을 이끌어낼 수 있다. 따라서 이 부분은 생략한다.

논의의 이해를 위해 다음의 추론과 관련한 문제를 살펴보자.

① 추론과 관련한 연습문제

※다음 주어지는 지문에서 〈　〉안의 말을 추론할 수 있는가? 있다면 그 이유는 무엇인가?

【문제1】 (출처 『웰 메이드 LEET』, 법문사)

〈누가 어떤 대상에서 미적 정서를 느끼지 못한다면, 그는 감수성 있는 사람이 아니거나 그 대상이 예술이 아니다〉

모든 미학 체계는 어떤 특수한 정서를 느끼는 개인적인 경험에서 출발한다. 이러한 정서를 유발하는 대상들을 우리는 예술작품이라고 부른다. 예술작품에 의해서만 촉발되는 독특한 정서가 존재한다는 것에 감수성 있는 사람들이라면 모두 동의한다. 이와 같은 특수한 종류의 정서가 존재한다는 사실, 그리고 이 정서가 회화 · 조각 · 건축 등 모든 종류의 예술에 의해서 촉발된다는 사실은 누구도 부인할 수 없다. 이 정서가 '미적 정서'다.

▶답 : 있다.

그 이유는 "예술작품에 의해서만 촉발되는 독특한 정서가 존재한다는 것에 감수성 있는 사람들이라면 모두 동의한다."는 전제(논거)에 의한다. 예술은 미적 정서가 따라야만 하므로, 그러한 미적 정서가 없다면 그것은 예술작품이 아니거나 또는 그가 미적 정서에 대한 감수성이 없는 사람이기 때문이다.

【문제2】 (출처 『웰 메이드 LEET』, 법문사)

〈정전제가 무너진 것은 대토지 소유 현상이 확산되었기 때문이다〉

옛날 중국의 정전법(井田法)은 대단히 훌륭한 제도였다. 경계(境界)가 한결같이 바로 잡히고 모든 일이 잘 처리되어 온 백성이 일정한 직업을 갖게 되고, 병사를 찾아서 긁어모으는 폐단이 없었다. 지위의 귀천과 상하를 논할 것 없이 저마다 그 생업을 얻지 못하는 사람이 없으므로 이로써 인심이 안정되고 풍속이 순후해졌다. 장구한 세월을 지내오면서 국운이 잘 유지되고 문화가 발전되어 간 것은 이러한 토지제도의 기반이 확립되어 있었기 때문이다. 후세에 전제(田制)가 허물어져서 토지 사유의 제한이 없게 되니, 만사가 어지럽게 되고 모든 것이 상반되었던 것이다.

▶답 : 없다.

"전제가 허물어져서 토지 사유의 제한이 없게 되니, 만사가 어지럽게 되고 모든 것이 이에 상반되었던 것"이라고만 나와 있지, 왜 정전제가 허물어졌는지에 대한 이유가 명기되어 있지 않았기에 알 수 없다.

※다음을 읽고 답하라.

【문제3】 (1994 수능)

언어와 사고의 관계를 연구한 사피어(E. Sapir)에 의하면, 흔히 생각하듯이 우리는 객관적인 세계에 살고 있는 것이 아니다. 우리는 언어를 매개로 하여 살고 있으며, 언어가 노출시키고 분절(分節)시켜 놓은 세계를 보고 듣고 경험한다. 워프(B. Whorf) 역시 사피어와 같은 관점에서 언어는 우리의 행동과 사고의 양식을 결정하고 주조(鑄造)한다고 말한다. 사피어와 워프의 말에 비추어 우리말의 경우를 생각해보자. 우리말에서는 초록, 청색, 남색을 '푸르다'고 한다. '푸른 숲', '푸른 바다', '푸른 하늘' 등의 표현이 그러한 경우로, 우리는 이 다른 색들에 대해 한 가지 말을 쓰고 있다. 사피어와 워프에 따른다면 이러한 현상 때문에 우리는 숲, 바다, 하늘을 한 가지 색깔로 생각하게 된다. 언어가 사고를 결정하는 것이다.

문제 : 제시지문의 내용으로 미루어 알 수 있는 것은?
①경험을 확대함으로써 언어의 발달을 이룰 수 있다.
②사고 능력이 발달하면 사고가 언어의 영향을 벗어난다.
③언어가 다르면 동일한 현상에 대한 사고방식도 달라진다.
④사고 능력이 발달하면 의사소통의 장벽을 극복할 수 있다.
⑤언어를 학습하려면 그 언어를 낳게 한 사고방식부터 파악해야 한다.

▶답_ ③

전제1_ 우리는 언어를 매개로 하여 살고 있으며, 언어가 노출시키고 분절시켜 놓은 세계를 보고 듣고 경험한다.

전제2_ 언어는 우리의 행동과 사고의 양식을 결정하고 주조한다.

결론_ 언어가 사고를 결정한다.

추론_ 그렇기에 언어가 다르면 동일한 현상에 대한 사고방식도 달라질 수밖에 없다.

【문제4】 (출처 『엔트로피』, 제레미 리프킨)

18세기 산업혁명 이후 인류는 줄곧 대형화, 고속화, 산업화의 사회로 치달아서 수억 년 동안 축적되어 온 화석연료를 불과 수백 년 사이에 고갈시키면서 전대미문의 풍요한 고에너지 사회를 구가하였다. 그러나 고에너지 산업사회는 인류가 쌓아 올린 또 하나의 바벨탑일 가능성이 엿보이기 시작했고, 21세기 문명을 구원하기 위해서는 새로운 시각에 입각한 근본적 방안이 모색되어야만 한다고 보는 견해가 사람들의 관심을 모으게 되었다.

『엔트로피』의 저자 리프킨도 그런 관점에서 현대 문명 비판의 대열에 서고 있다. 그는 현대 산업사회의 만성적 위기를 해결하고 주어진 한계 내에서 살아가는 새로운 세계관을 확립시킴에 있어 열역학의 엔트로피 법칙을 새로운 패러다임으로 제시한다.

1865년 독일의 물리학자 클라우지우스는 '열의 역학적 이론에 관한 두 가지 기본법칙'으로 "(1)우주의 에너지는 일정하다. (2)우주의 엔트로피는 항상 증가한다."는 결론을 발표한다. 이는 열역학의 제1, 제2법칙의 탄생이자 물리학 성립의 공포를 의미했고, 여기서 엔트로피 법칙은 자연세계의 변화의 방향성을 규정한 것이었다. 다시 말해서 열역학의 두 법칙들은 우주 전체의 에너지는 보존되지만, 쓸모 있는 에너지의 양은 계속 감소되고 있다는 사실을 밝히고 있는 것이다.

열역학의 제2법칙인 엔트로피 법칙은 에너지가 어느 한 상태로부터 다른 상태로 변환될 때에는 반드시 모종의 불리한 상황이 부과된다는 것을 천명하고 있다. 우주의 어느 계(界)에서 사용 가능한 에너지가 사용할 수 없는 형태로 얼마나 변형되었는가에 대한 척도가 바로 엔트로피이다. 엔트로피 법칙에 의하면 지구의 어디에선가 질서가 더 생기는 것은 그 주위 환경에서 그보다 더한 무질서가 생기는 것을 의미한다. 그러므로 기계론적 세계관에서 말하는 발전에 의해 '더 질서 있는' 물질적 환경을 만든다는 것은 동시에 다른 한편으로 그보다 더 큰 무질서를 만들어 낸다는 것을 의미한다. 결국 엔트로피 법칙은 자연세계에서의 인공적 변화란 사용 가능한 에너지를 사용 불가능한 형태로 바꾸는 일을 가속화함으로써 주위의 엔트로피를 증가시키는 방향, 즉 값어치 있는 상태에서 값어치 없는 상태로의 방향으로만 진행한다는 한계를 깨우치고 있다.

이러한 엔트로피 법칙은 역사를 진보라고 보는 관념을 무너뜨릴 것이며, 과학과 기술이 보다 질서 있는 세계를 만든다는 믿음을 사라지게 할 것이다. 뉴턴의 기계론적 패러다임이 중세의 기독교적 세계관을 대치했을 때처럼 엔트로피의 법칙은 현재의 뉴턴적 세계관을 대치하게 될 것이다.

'엔트로피'가 전하는 메시지는 우리로 하여금 이제까지 우리의 전통적 사고체계였으면서도 어느새 실종되어 버렸던 전통적 자연관을 다시 돌아보게 만들고 그것이 결국 저(低)엔트로피 사회의 추구였음을 확인하게 한다. 문명이 야기하는 쓰레기를 처리하는 데에는 자연적 메커니즘을 이용하는 것이 최상의 방법이다. 따라서 인위적 변화는 자연의 일부로서 그것과 조화를 이루는 한에서 가능할 수밖에 없고, **지속 가능한 성장을 위해서는 인간과 자연 사이의 원초적 유기성과 통일성이 회복되어야만 한다는 결론에 이르게 된다.**

문제 : 밑줄 친 부분을 통해 추론해볼 때, 근대 과학관의 특징과 거리가 먼 것은?
① 분석적인 사고방식을 통해서 대상 세계를 이해한다.
② 자연과 인간을 이분법적으로 분리해서, 자연을 인간이 착취해야 할 대상으로 파악한다.
③ 결정론적 세계관에 바탕을 두고 개체들 간의 유동적인 관계성을 인정하지 않는다.
④ 원자론적 사고방식을 바탕에 두고 사물을 파악함에 있어 가장 단일하고 궁극적인 구성요소를 발견하려 한다.
⑤ 사물과 사건들의 자유로운 변화 가능성을 인정한다.

▶답_ ⑤

글 전체를 읽고 유추할 때, 근대 과학관은 유기성·종합성·통일성을 부인하고, 분석적이고 이분법적인 사고방식을 견지하며, 원자론적이고 결정론적인 성격을 가진다는 점을 알 수 있다. 따라서 ⑤의 유동적인 변화 가능성은 분석적이고 환원주의적인 사고방식의 특징으로 볼 때 불가능한 결론이다.

② 추론은 독해력으로부터 나온다

앞의 문제들이야 객관식의 선택형 문제라 답을 구하는 데 그다지 어려울 게 없겠지만, 이것이 논술에서 찾아 밝혀야 하는 추론적 사고라면 문제는 간단치 않다. 이를 다음 사례를 통해 이해할 수 있을 것이다. 다음 제시지문을 읽고 글의 논지를 파악하라.

【사례】 이화여대 2014 인문 모의 문제2 제시지문(라)

[라] 인간은 대개 마음과 몸의 두 요소로 존재한다. 몸에 대해서는 물리학자와 의학자의 설이 있거니와, 마음은 과연 무엇으로 이루어졌는가? 인간은 백 년 안에 반드시 죽는 날이 있기 마련인데, 죽을 때에 마음과 몸이 동시에 없어지고 마는가, 아닌가? 아, 예로부터 지금까지 동서의 철학자와 과학자가 끊임없이 나타났는데도 무엇보다 가까운 내 자신 속에 있는 마음의 문제가 아직도 결론을 얻지 못한 것은 무엇 때문인가? 과학자는 다만 뇌 속에 갖추어진 지혜로 사물의 이치를 연구하여 혹은 추측하기도 하고 혹은 실험해 보기도 하는 데에 그친다. 무릇 우주 안의 사물의 이치는 무궁하고 우리들의 **지혜는 유한하다.** 유한한 지혜로 무궁한 이치를 밝히려 하면, 영원한 시간에 걸쳐 생존하는 모든 사람들을 동

원하여 이 일에 전문적으로 종사시켜도 결코 끝장을 보기에는 부족할 것이다.

이치의 극히 복잡하고 미묘한 것은 사고나 비교의 힘으로는 파악되지 않는다. 하물며 <u>마음은 지혜보다 그 위에 위치하여 지혜를 명령하고 좌우하는 존재이니, 명령을 받는 지혜를 가지고 어찌 월권하여 도리어 그 마음을 구명한다는 것인가.</u> 그러므로 마음은 처음부터 지혜로 구명할 수 있는 것이 아니다. 또 따로 마음 위에 존재하여 이 마음을 해명할 수 있는 무엇인가가 있는 것도 아니므로, 부득불 그 마음의 본체를 고요히 길러 스스로 자체를 밝힐 수밖에 없다.

그러기에 언어와 사고를 버려서 단번에 일체의 인연을 끊고 이 일대사 공안(公案)*을 마지막까지 추궁하여 하루아침에 활연히 깨닫고 보면 마음 전체의 큰 작용이 밝혀지지 않음이 없고 근본적인 심리 문제가 이에 있어서 얼음이 녹듯 풀릴 것이다.

어떤가. 글을 읽고 요지가 무엇인지 금방 파악할 수 있겠는가? "제시지문(다)의 내용을 요약하고, 그것을 ②제시지문(라)의 내용과 대비하시오."라는 문제를 주고 이에 답할 것을 요구하고 있으므로 (다)와 (라)를 번갈아 읽으며 공통된 주제는 물론 양립하는 관점을 찾아낼 수 있어야 한다. 하지만 위 지문을 읽고 이를 추론하기란 결코 쉽지 않은데, 그렇더라도 지문에 담긴 숨은 전제를 추론해낼 수 있어야 제시지문에 담긴 주장을 끌어낼 수 있다. 그 '숨은 전제'를 담은, 다시 말해 지문 해설의 실마리가 되는 핵심어나 문장이 무엇일까? 바로 "마음은 지혜보다 그 위에 위치하여 지혜를 명령하고 좌우하는 존재이니…"와 "뇌 속에 갖추어진 지혜… 우리들의 지혜는 유한하다."는 부분이다. 따라서 이를 통해 인간의 몸과 마음, 육체와 정신이 별도로 작용하되 정신이 육체를 지배한다는 '심신이원론'의 관점을 추론해낼 수 있어야 한다.

(다)의 관점과 논지

(다)는 심신 일원론적인 입장을 취하는 반면, (라)는 이원론적인 입장을 보인다. 즉 (다)는 인간의 몸과 마음은 서로 유기적으로 밀접하게 연결되어 기능한다고 보는 반면, (라)는 마음, 즉 정신 우위의 엄격한 위계질서 하에서 몸과 마음이 엄격히 이분법적으로 분리되어 기능한다고 주장한다.

(다)의 핵심 요약

인간은 마음과 몸의 두 요소로 존재한다. 마음은 몸은 물론 몸을 구성하는 뇌를 통해 발현되는 지혜를 지배하고 명령하는 존재론적 구성 요소이자 인식론적 사고 능력이다. 즉 마음은 무궁한 우주의 이치를 담은 것이기에 인간의 뇌의 명령에 지배를 받는 지혜를 뛰어 넘으며, 그만큼 유한한 지혜로는 파악하기 어려운 무한성을 갖는다(유심론적 관념론의 관점).

위의 사례에서 알 수 있듯이, 추론은 제시지문을 읽고 너머의 생각을 읽어낼 수 있는 힘으로, 이는 그만큼 복합적인 사고력과 치밀한 논리적 판단력을 필요로 한다. 그리고 그 힘은 독해력으로부터 나온다. 만약 독해력을 제대로 갖추지 못했거나, 글을 읽더라도 자기만의 사고에 갇혀서 좀처럼 빠져나오지 못한다면 제시지문을 올바로 이해하고 해석할 수 없다. 더군다나 추론이 필요한 난해한 글의 경우에는 특히 그렇다.

올바른 추론을 위해서는 먼저 독해를 기반으로 한 글의 **내용적 이해**가 선행되어야 하며, 이것이 기초가 될 때만 그 내용을 토대로 합리적인 추론이 가능해진다. 이런 이유로 추론에는 **맥락적인 이해**가 따라야 하는데, 이는 글에 드러난 내용뿐만 아니라 그 글에 담긴 저자의 의도와 감정은 물론, 글과 관계된 시대적 배경지식, 사회의 경향 및 이와 관련한 다른 사람들의 의견까지를 포함하는 포괄적인 이해를 의미한다. 이를 통해 글에 담긴 숨은 전제와 함축의 의미까지도 추론하여 파악할 수 있어야 제대로 된 제시지문의 독해가 가능해진다.

따라서 글의 맥락적인 이해를 위해서는 문제와 제시지문에 담긴 주제와 논제, 핵심 쟁점에 대한 파악은 물론, 이것을 제시지문에 대입하여 논증 구조로 해석해낼 수 있어야 한다. 그렇더라도 앞의 사례에서처럼 원문(한용운의 「조선불교유신론」)을 그대로 발췌하여 제시지문으로 출제한 경우 이를 읽고 제대로 해석하기가 쉽지 않다. 따라서 이런 경우에는 문제 안에 담긴 출제 의도는 물론, 다른 제시지문 내에 담긴 핵심어나 개념, 심지어는 제시지문의 출전이나 저자의 사상까지를 망라해 비교하고 파악하고 해석해가면서 풀어내려고 노력해야 한다.

그렇기에 글을 읽으면서 이 글이 주장하는 논지가 무엇이고 어떤 관점을 갖고 어떤 생각으로 썼는지를 치밀하게 분석하고, 이것을 토대로 그 생각을 연장하면 어떤 사고에까지 이를 수 있는지를 고민하면서 글을 읽어야 한다. 논술시험에 출제되는 제시지문의 상당수가 고전과 명저에서 발췌된 것이어서 그만큼 필자가 시대적 문제의식을 갖고 치열하게 고민한 것이라, 그 내용적인 이해가 무척이나 어렵기 때문이다.

당연히 저자의 생각을 파악하여 그것을 내 생각처럼 연장시키는 일은 결코 쉽지 않은 과정이다. 방법은 없을까? 결국 모든 문제의 답은 제시지문에 담겨 있으며, 지문 독해력을 키우는 게 관건이 된다는 사실을 깨달아야 한다. 비록 제시지문에 드러나지 않는 문맥이나 내용이라 하더라도, 결국 제시지문의 내용을 따라가다 보면 만나게 되고 또 만날 수밖에 없는 내용이기 때문이다.

제시지문의 치밀한 독해가 중요한 이유가 이 때문이다. 따라서 제시지문을 읽고 또 읽기를 반복하되, 문제와 논제에 담긴 맥락적인 관계 속에서 파악할 수 있도록 부단히 연습해야 한다. 그 과정에서 요구되는 것이 비판적 사고를 통해 어디까지가 옳고 어디부터가 그른지 하나하나 능동적이고 반성적으로 따져보는 태도인데, 이는 논증 분석 및 평가를 위해서도 무척 중요하다.

(3) 논증의 재구성 과정

① 논증의 재구성 과정 요약

제시지문을 읽고 이를 논증 형식으로 재구성하기 위해서는 다음 단계를 밟아가며 해결하는 것이 효과적이다.

첫째, 논제에 의거해서 **결론**, 즉 **주장**을 찾는다. 결론은 보통 글의 맨 뒤에 온다는 식으로 막연하게 어림잡아 풀이하기보다는, 어디까지나 앞 장에서 설명한 논증 구조를 파악하는 훈련을 통해 이를 정확하게 파악할 수 있어야 한다.

둘째, 결론을 찾았다면, 그 결론을 이끌어낸 이유에 대해 항상 '왜?'라고 물어보고 이 물음을 해소할 수 있는 **근거**를 찾아야 한다. 앞서 근거가 주장을 확실하게 뒷받침하려면 근거로부터 주장으로 나아가는 정당한 '이유' 및 그 이유를 다시 지지해주는 '뒷받침'에 대한 설명이 튼튼해야 강한 논증이 된다고 했다. 따라서 '왜?'라는 물음에 대한 답변이 궁색할 경우, 이는 그만큼 주장의 타당성을 입증하는 논리가 약하기 때문으로 보면 틀림없다. 이때 제시지문에 담긴 구체적인 사례와 근거를 찾아 주장의 타당성을 입증해야 하는데, 여기에는 **실증·예증·반증·추론** 등의 방법이 동원된다. 실증은 확실한 증거와 정확한 데이터를 제시하는 방법이며, 예증은 어떤 사실에 대해 실례를 들어 제시하는 방법이다. 반증은 어떤 주장에 대하여 그것을 부정하는 증거 또는 어떤 사실에 반대되는 증거를 제시함으로써 자신의 주장을 입증하는 것을 말한다. 추론은 앞서 말한 것처럼 사실적 판단을 근거로 새로운 판단을 유추해내 입증하는 과정을 말한다. 이 모든 방법을 통칭하여 '**논거 제시**'라고 한다. 따라서 전제(근거)를 뒷받침하는 정당한 이유를 밝히는 것은 곧 설득 가능한 타당한 논거 제시의 과정이라고 보면 된다.

셋째, 이렇게 해서 찾은 근거가 **전제**가 된다. 전제는 여러 개 나올 수 있으며, 전제와 결론의 순서가 뒤바뀔 수도 있다. 또한 전제들 사이에도 관계가 있을 수 있는데, 이를테면 이떤 진제는 바로 앞 전세의 근서가 되기도 한다. 만약 전제가 둘 이상일 경우에는,

그 관계가 상호 의존적인지 독립적인지 파악하여 우열을 다투거나 순서를 정해야 논리가 매끄럽게 이어진다. 따라서 전제들 간의 인과관계를 살펴 논리의 전후를 가다듬을 필요가 있는데, 이때 유용하게 활용되는 것이 바로 '**접속관계**'로, 논증 분석을 위해 결론과 근거를 찾을 때는 결론 지시어와 근거 지시어의 활용이 요긴하다.

넷째, **숨은 전제**가 없는지 살핀다. 논증이 매끄럽지 못하거나 전제에서 결론으로 나아가는 과정에서의 글의 논리가 어딘지 모르게 이상하다면, 숨은 전제가 있기 때문이라고 보면 된다. 제시지문을 읽는 도중에 이해가 가지 않는 글과 맞부딪히거나 내용적으로 논리의 흐름이 끊기거나 비약하는 경우가 그러한데, 이것을 해결하지 않고 스리슬쩍 넘어가려 해서는 안 된다. 숨은 전제는 곧 필자가 말하고자 하는 암묵적 의도이기에 그만큼 논술시험에서 출제 의도로 구현될 가능성이 높다. 따라서 이것을 해결하지 않고서는 제시지문의 올바른 독해는 물론 잘된 논증을 이끌어낼 수 없게 된다. 그러므로 이를 해결하기 위해서는 글을 거듭 읽고 치열하게 고민하며 생각해야 하는데, 이를 통해 글의 전후 맥락을 파악하고 이해하는 과정에서 숨은 전제는 자연스럽게 파악된다.

다섯째, 올바르게 논증을 재구성했는지 검토한다. 이를 위해서는 자신의 입장이 아닌, 어디까지나 객관적인 입장에서 논증을 재구성해야 한다. 논거를 과장하거나 왜곡해서도 안 되고, 하지도 않은 주장을 마치 있는 것처럼 만들어내서도 안 된다. 오직 논증에 필요한 사실만을 이용하고, 불필요한 논거를 제시하지는 않았는지 파악해가며 합리적으로 논리를 펼쳐 나가야 한다. 다시 말해, 상대방을 논리적으로 설득할 수 있도록 논리가 반듯해야 한다. 또한 논리적으로도 오류가 없어야 하기 때문에 논증 과정에서 논점 이탈, 논리적 비약, 논리의 결여 등 주로 내용적인 면에서의 오류가 없는지 반드시 확인해야 한다.

이처럼 논증의 재구성을 통한 논리적 글쓰기는 올바른 판단, 옳은 주장, 곧은 논리가 굳게 정립되어야 하는데, 이때 올바른 판단은 제시지문에 담긴 주제와 논제에 대한 명확한 개념적 이해를, 옳은 주장은 논증에 대한 객관적인 타당성을, 곧은 논리는 전제에서 결론으로 나아가는 과정의 설득력을 각각 담아 논리적 사고로 표현해내는 것을 의미한다.

논증 재구성 과정
• 논제에 의거해서 결론을 찾는다.

- 결론을 찾았으면, '왜?'라고 물어본다.
- 찾은 근거를 전제로 내세운다.
- 숨은 전제가 없는지 살핀다.
- 논증을 올바르게 재구성했는지 검토한다.

② 논증의 재구성 과정 연습

이제 위의 과정을 적용해서 다음 글을 논증 형식에 맞춰 재구성해보자.

【사례1】 집단기억 (이화여대 2013 사회 수시)

특정한 사진이 자아내는 친숙함은 현재와 얼마 안 된 과거를 둘러싼 우리의 감각을 형성한다. 사진은 감각의 옳고 그름을 판단하는 일종의 기준점을 제시하며, 그러한 판단의 근거를 나타내는 일종의 토템 기능을 한다. 말로 된 표어보다 한 장의 사진이 사람들의 정서를 훨씬 더 구체화한다. 나아가 사진은 좀 더 먼 과거를 둘러싼 우리의 감각을 구성하고 교정하는 데에도 도움을 준다. 지금껏 알지 못했던 사진이 유포되어 우리에게 사후적으로 충격을 주는 경우가 그렇다. 오늘날 모든 사람이 알아보는 사진은 그 사회가 한번쯤 생각해보고자 선택한 것 또는 그렇게 표명된 것을 구성하는 일부이다. 우리는 이런 사고방식을 '기억'이라고 부르지만, 이것은 결국 일종의 허구이다. 정확하게 말하자면 집단적 기억이란 존재하지 않는다. 그것은 집단적 죄의식과 같이 그럴듯한 관념일 뿐이다.

모든 기억은 개인적이며 다시 만들어질 수 없다. 기억이란 것은 그 기억을 가지고 있는 개개의 사람이 죽으면 함께 죽는다. 우리가 집단적 기억이라고 부르는 것은 과거의 것을 그 내로 떠올리는 것이라기보다 일종의 계약에 가깝다. 사진은 어떤 일의 중요성이나 발생원인 등에 관한 이야기를 우리 마음속에 고착시킨다. 중요한 공동의 관념을 담고 있는 예측 가능한 생각과 감정을 촉발하는 재현적 이미지, 실증 기록으로서의 이미지를 만드는 것은 이데올로기이다. 곧장 포스터로 만들 수 있는 사진들, 가령 원자폭탄 실험 뒤에 생긴 버섯구름, 링컨 기념관에서 연설하고 있는 마틴 루터 킹 2세, 달에 착륙한 우주 비행사 등의 사진들은 중요한 사건들의 핵심을 전달해주는 시각적 등가물이다.

모더니즘의 세기에 들어와 예술이 박물관에 모셔지게 될 무엇인가로 새롭게 규정됐듯이 오늘날에는 무수히 많은 사진들이 수집되어 박물관 또는 그와 비슷한 각종 시설에서 전시되고 보존된다. 공포의 순간을 모아놓은 각종 기록물들 가운데 집단 학살을 담아 놓은 사진이야말로 제도적으로 가장 발달된 기록물이다. 대중을 위해서 이러한 역사적 자취를 기록해 놓는 가장 핵심적인 이유는 그렇게 기록된 범죄를 사람들의 의식 속에 계속 자리 잡게 하기 위해서이다. 사람들은 이것을 '기억'이라고 부르지만, 엄밀히 말해 이것은 계산된 거래에 가깝다. 사람들의 고통과 순교를 담은 사진들은 죽음, 좌절, 그리고 희생을 상기시켜 주는 것에서 나아가 생존의 기적까지 일깨워 준다. 사람들은 자신들의 기억을 찾아가기를, 그리고 새롭게 되살리기를 원한다. 오늘날 수많은 희생자들에게 기념관은 자신들이 겪은 고통을 알기 쉽게 연대기적으로 일목요연하게 정리하여 이야기해 주는 일종의 사원과도 같은 곳이다.

전제 1. 집단기억은 관념적 허구에 불과하다.

　　2. 모든 기억은 개인적이며, 일회성이기 때문이다.

　　3. (그렇기에) 집단적 기억은 특정 이념이나 목적에 따라 재현된 이미지일 뿐이다.

　　4. (이처럼) 집단기억은 다분히 의도되고 조작된 공동 관념에 지나지 않다. … (숨은 전제)

결론 5. (따라서) 대중에게 각인된 역사적 기억은 얼마든지 왜곡된 것일 수 있다. … 함축

【사례2】 언어그림이론 (비트겐슈타인, 『논리철학논고』, 2012 수능)

비트겐슈타인이 1918년에 쓴 『논리철학논고』는 '빈 학파'의 논리실증주의를 비롯하여 20세기 현대철학에 큰 영향을 주었다. 그는 많은 철학적 논란들이 언어를 애매하게 사용하여 발생한다고 보았기 때문에 언어를 분석하고 비판하여 명료화하는 것을 철학의 과제로 삼았다.

그는 이 책에서 언어가 세계에 대한 그림이라는 '그림이론'을 주장한다. 이 이론을 세우는 데 그에게 영감을 주었던 것은, 교통사고를 다루는 재판에서 장난감 자동차와 인형들을 이용한 모형을 통해 사건을 설명했다는 기사였다. 그런데 모형을 가지고 사건을 설명할 수 있는 이유는 무엇일까? 그것은 모형이 실제의 자동차와 사람 등에 대응하기 때문이다. 그는 언어도 이와 같다고 보았다. 언어가 의미를 갖는 것은 언어가 세계와 대응하기 때문이다. 다시 말해 언어가 세계에 존재하고 있는 것들을 가리키고 있기 때문이다. 언어는 명제들로 구성되어 있으며, 세계는 사태들로 구성되어 있다. 그리고 명제들과 사태들은 각각 서로 대응하고 있다. 이처럼 언어와 세계의 논리적 구조는 동일하며, 언어는 세계를 그림처럼 기술함으로써 의미를 가진다.

'그림이론'에서 명제에 대응하는 '사태'는 '사실'이 아니라 사실이 될 수 있는 논리적 가능성을 의미한다. 따라서 언어를 구성하는 명제들은 사실적 그림이 아니라 논리적 그림이다. 사태가 실제로 일어나서 사실이 되면 그것을 기술하는 명제는 참이 되지만, 사태가 실제로 일어나지 않는다면 그 명제는 거짓이 된다. 어떤 명제가 '의미 있는 명제'가 되기 위해서는 그 명제가 실재하는 대상이나 사태에 대해 언급해야 하며, 그것에 대해서는 참, 거짓을 따질 수 있다. 만약 어떤 명제가 실재하지 않는 대상이나 사태가 아닌 것에 대해 언급하면 그것은 '의미 없는 명제'가 되며, 그것에 대해 참, 거짓을 따질 수 없다. 따라서 경험적 세계에 대해 언급하는 명제만이 의미 있는 것이 된다.

이러한 관점에서 비트겐슈타인은 기존의 철학자들이 다루었던 신, 영혼, 형이상학적 주체, 윤리적 가치 등과 관련된 논의가 의미 없는 말들에 불과하다고 보았다. 왜냐하면 그 말들이 가리키는 대상이 세계 속에 존재하지 않는, 즉 경험 가능하지 않은 대상이기 때문이다. 이와 같은 형이상학적 문제와 관련된 명제나 질문들은 의미가 없는 말들이다. 그러한 문제는 우리의 삶을 통해 끊임없이 드러나는 신비한 것들이지만 이에 대해 말로 답변하거나 설명할 수 없다. 그래서 비트겐슈타인은 "말할 수 없는 것에 대해서는 침묵해야 한다."라고 말했다.

전제 1. 비트겐슈타인은 언어가 세계에 대한 그림이라는 '그림이론'을 주장한다.

2. 그림이론에 따르면, 언어가 세계와 대응할 때 의미를 갖는다.

3. 언어를 구성하는 논리적 명제는 세계를 구성하는 실재적 사태(사건)와 대응한다.

4. 사태(사건)가 실제 일어나서 사실이 되어야 논리적 명제는 의미 있는 명제가 되고, 이에 따라 언어는 의미를 갖는다.

5. 이처럼 언어와 세계의 논리적 구조는 동일하며, 언어는 세계를 구성하는 실재 대상을 그림처럼 기술함으로써 의미를 가진다.

6. 따라서 경험적 사실에 대해 언급하는 언어적 명제만이 의미가 있다.

결론 7. 그러므로 말할 수 없는 것에 대해서는 침묵해야 한다.

8. (함축_숨은 결론) 우리가 경험하지 않은 것들, 세상에 존재하지 않는 대상들은 그 의미를 이해할 수도, 언어로 표현할 수도 없다.

※언어와 세계의 관계

• 언어는 명제의 총체로서 모든 명제는 요소명제의 진리함수다.

• 세계는 사실의 총체로서 모든 사실은 원자적 사실에 의해 구성된다.

• 언어와 세계는 '이원적 동형성'을 유지하면서 세계가 언어에 의미를 주는 방식으로 관계한다.

여기서 그 이원적 동형성이란, 다음의 각각에 대응하는 관계적 개념이다. 즉

• 명제—이름—언어

▶명제가 실재하는 대상이나 사실로서의 이름을 부여받아야 '의미 있는 명제'가 된다.

→ 의미 있는 명제(이름○) : 참·거짓 따질 수 있다(즉 '말'할 수 있다).

의미 없는 명제(이름×) : 참·거짓 따질 수 없다(즉 허구적·추상적 관념에 불과하기에, 말할 수 없다).

• 사태—대상—세계

▶사태가 경험적 사건으로 실재하는 대상이 되어야 '의미 있는 사실'이 된다.

→ 경험석 사태(대상○) : 참 · 거짓을 따질 수 있다(즉 대상이 실재하는 사건이다).

비 경험적 사태(대상×) : 참 · 거짓을 따질 수 없다(즉 대상이 실재하지 않는 사건이다).

이처럼 '그림이론'의 이원적 동형성에 따를 경우, 언어적 명제는 경험적 사실 판단에 따라 사실일수도(즉 의미 있는 명제) 사실이 아닐 수도(즉 의미 없는 명제) 있으며, 이때 그 명제의 참 · 거짓은 어디까지나 경험적 사실 판단에 따라 결정될 뿐이다.

【사례3】 욕망에 대한 고찰 (숙대 2012 인문 수시)

욕망은 부족함을 느껴 무엇을 가지고자, 누리고자 하는 마음이다. 이는 욕심과 비슷한 의미로 자주 쓰이는 탐욕과는 거리가 멀다. 욕망은 남을 해하면서까지 자신의 이익을 추구하고자 하는 탐욕의 의미가 아닌, 자신이 이루고자 하는 모든 일에 대한 순수한 열정과 이를 이루기 위해 세우는 구체적인 행동강령과도 같다. 나 자신과 세상의 발전까지도 도모할 수 있는 개인의 현명한 욕심. 그것이 바로 아름다운 욕망이라고 할 수 있다. 마음만 앞서는 열정뿐 아니라 강인한 의지까지 지닐 수 있어야 비로소 사는 이유와 인생의 목표를

바로 세울 수 있는 것이다.

고백하건대, 나는 세속적인 것들을 매우 좋아한다. 예쁘고 화려하며 즐겁고 맛있는 것들을 매우 사랑한다. 외모도 매력적이고 싶고, 화려하고 멋진 장소에서 먹고 머무르는 것을 좋아한다. 가족들에게는 좋은 차, 좋은 집을 사주고 싶고 사랑하는 친구들에게도 멋진 선물을 하며 즐겁게 살고 싶다. 그만큼 나는 평범한 욕심으로 가득한 사람이지만 이런 욕심은 항상 나를 거듭 깨우고 응원해왔다. 원하는 것을 얻기 위해서는 일을 해서 돈을 벌어야 했고, 또 지치거나 좌절감을 느낄 때마다 나의 소박한 욕심은 나를 응원해주었다. 행복하게 살고 싶다는 욕심은 곧 나를 발전하게 하는 계기가 되어 주었고, 이는 점차 내 인생을 풍요롭고 가치 있게 만드는 아름다운 욕망으로 발전해갔다.

요즘 사람들은 '모든 것을 버릴 줄 알아야 한다'며 무소유의 미덕을 강조하는 경향이 있는 듯하다. 그러나 무엇인가를 간절히 원한다면 쉽게 포기하는 것보다 현명하게 얻는 것이 우리에게는 더욱 현실적이지 않을까? 이제 단순히 마음속에 욕심과 욕망이 가득하면 불행의 씨앗이 된다거나 마음을 비우고 내려놓아야 행복하다는 충언은 과감히 잊자. "내가 원한다고 뭐가 되겠어", "그냥 포기하자!" 등 소극적인 마음도 그만 지워버리자.

이제 욕망도 욕심도 크게 갖고 많이 이루자. 모든 욕심을 버리고 선비처럼 청빈하게 살 수 있다면야 무얼 더 논하겠느냐마는, 그렇지 못하다면 원하는 것을 이루기 위한 마음과 노력을 멈추어서는 안 된다. 이제 마음껏 욕망하자. 단, 현명하고 아름답게 욕망하자. 나를 위해 마음껏 욕망하는 것은 나 자신의 행복에도, 또 내가 속한 사회의 발전에도 크게 이바지한다. 아름답게 욕망한다는 것, 그것은 모든 것을 버리고 비우라는 어려운 조언보다는 나와 같은 시대를 사는 모든 사람들의 풍요와 행복을 위해 훨씬 더 현실적이며 행복한 조언이 될 것이라 확신한다.

전제 1. 욕망은 일에 대한 순수한 열정이자 행동강령이며, 나와 세상의 발전을 도모하는 아름다운 욕심이다.

    2. 세속적인 욕망은 오히려 개인의 발전은 물론, 풍요롭고 가치 있는 인생을 만드는 계기이자 동인이 된다.

결론 3. 욕망을 버리기보다는 마음껏 욕망함으로써 행복을 실현하는 것이 개인적으로나 사회의 발전을 위해서나 더 현실적이고 바람직하다.

05

논술 문제풀이의
핵심

1. 논술 문제풀이의 핵심

(1) 출제 의도의 파악 : 무엇을 묻나

현행 대입 통합논술 시험은 논제(문제에서 묻는 논쟁점들 가운데 가장 핵심적인 사안을 명료하게 구분하고 규정하는 진술문으로 보면 된다)를 구조화하여 문제로 출제하고 있다. 따라서 문제와 제시지문을 읽어 논제를 찾아내면, 그리고 그것이 묻는 내용을 순차적으로 모색하는 것만으로도, 문제풀이는 얼추 끝난 셈이다. 즉 별도의 개요 짜기 과정을 거칠 필요 없이 곧바로 문제를 풀어낼 수 있다.

문제 파악과 논제 분석 과정은 결코 복잡하지 않다. 문제가 묻는 내용을 올바르게 파악했다고 함은 곧 논제 분석을 제대로 해냈다는 뜻과 같기 때문이다. 먼저 문제 분석을 통해 문제에 담긴 내용을 파악하고, 이어서 논제 분석을 통해 문제에 담긴 각각의 내용을 논제로 구조화하여 일치시키면, 그것이 곧 논술 문제를 풀어 답해야 할 해결 과제이자 밝혀야 할 근본 물음이다. 그리고 그 해결 과제이자 근본 물음을 '출제 의도'라고 보면 된다.

결국 **'출제 의도의 파악=문제 분석=논제 분석'**이라는 등가의 관계가 성립한다. 이때 이를 해결함에 학생들이 힘들어 하는 것은 제시지문의 독해와 요약이다. 이것만 제대로 해낸다면 문제에 담긴 논제를 정확히 이해하는 것도, 제시지문 간의 연관관계를 파악하고 분석하는 것도 그다지 어렵지 않다. 그만큼 출제 의도의 파악과 문제 분석과 논제 분석은 지문을 읽고 해석하는 독해력에 절대적으로 기댄다는 뜻이다. 즉 제시지문을 올바르게 해석하고, 논제와 제시지문 분석이라는 일련의 문제풀이 과정을 제대로 풀어낸 이후에 출제자가 요구하는 논제와 논점, 논지에 집중해서 글을 써나가면, 그것이 곧 모범 답안이 된다. 이런 이유로 독해와 요약 훈련을 통해 실력을 끌어올리는 것은 순전히 학생 스스로 감당하고 노력해야만 하는 몫이자 해결 과제로서, 결코 피해갈 수 없는 논술 공부의 가장 중요한 안건이다.

따라서 먼저 논술 문제가 만들어지는 과정을 살핀다면, 출제 의도의 파악과 그에 따른 일련의 문제풀이 과정에 대한 이해는 한결 쉬워질 것이다. 즉 출제되는 제시지문과 문제에 담긴 공통 주제, 그리고 이것을 통해 묻고자 하는 논제와 논점을 제대로 이해하는 것만으로도 문제 해결에 한발 더 가까워진다. 논술 문제는 일반적으로 다음과 같은 주제와 논제를 뽑아 이를 제시지문에 담아 출제한다.

논술 문제에 담고 있는 주제와 논제, 출제되는 제시지문

①주제의 설정과 논제의 구성

현대 사회가 안고 있는 문제점, 현안과 관련한 담론을 주제로 설정한 후, 이를 논제로 적절하게 구성하되, 다음 조건을 충족한다.

- 문제로 다루고자 하는 주제와 논제가 교과 범위 내에 포함됨은 물론, 개별 교과과목 안에 공통적으로 들어있는지를 확인하고, 이것이 교과서에서 핵심 개념이나 기본 이론으로 중요하게 다뤄지고 있는지 살핀 후, 이를 통합논술에 맞춰 다양한 형식과 방법으로 묶는다.
- 또한 문제로 다루고자 하는 주제와 논제가 최근 1~2년 이내의 우리 사회의 정치·경제·사회·문화적 이슈이면서, 서로 견해가 대립되는 쟁점을 형성하고 있는지 살핀다.

②논제가 지향하는 관점(쟁점)의 설정

인문·사회과학에서 중요하게 다루는 핵심 개념과 이론을 주제어로 삼아 논제를 추출하되, 다음 조건을 지향한다.

- 고교 교과서 수준을 뛰어넘어 좀 더 근원적인 해결책 혹은 철학적 질문을 구하는 논술 주제어를 논제에 담아 출제한다.
- 그리고 그 논술 주제어에 담긴 핵심 개념(상위 개념)과 그 개념의 인식론적 가치 판단으로서의 이항대립적인 쟁점(하위 개념)을 추출하고 이를 문제에 담아 구조화시키게 되는데, 이는 무엇보다 주제어가 갖는 개념의 추상적인 의미를 하위 개념으로 끌어와 구체화시킴으로써, 이어지는 제시지문 분석을 통한 논증 구성을 돕기 위함이다.
- 이는 논점이 서로 대립되거나 딜레마의 상황으로 제시지문을 구성함으로써, 논술 문제풀이 과정을 유형화·표준화하고, 이를 통해 학생들의 논리적 사고력과 문제 해결 능력을 측정하고자 하는 출제 의도에 따른 것이다.

③제시지문의 구성과 배치

다수의 제시지문을 제시하고, 제시지문 간의 연관관계를 통해 논제를 추론하는 논증 능력을 묻되, 다음 조건에 맞춰 난이도를 조절한다.

- 출제되는 각각의 문제에 맞춰 논제를 **'개념 정의–논점 파악–논증 구성'** 형식으로 연결할 수 있도록 제시지문의 내용을 의도적으로 구성하고, 또한 '분석적 이해, 비판적 평가, 창의적 적용'이라는 대입 논술시험의 평가기준에 맞춰 제시지문을 순차적으로 배열하여 각각의 문제와 연동시킴으로써, 출제 의도를 의도적이고도 명확하게 드러낸다.
- 고전·명저·영어지문 등의 비문학은 물론, 시·소설·희곡 등의 문학작품을 담은 제시지문과 도표·그림 등의 자료를 제시함으로써 난이도를 조정한다.

④문제에 실릴 문안의 완성

문제에 실리는 자구 하나하나는 출제자가 문제의 출제 방향과 의도에 맞춰 마지막까지 심혈을 기울여 정교하게 짜맞추기 한 것이기에 토시 하나도 흘리지 말고 살피되, 다음을 염두에 두고 문제에 담긴 속내까지 읽어내야 한다.

- 각각의 문제는 주어진 전제조건에 따라(전제조건), 제시지문 간의 연관관계를 비교하는 과정을 통해(비교·분석), 따져서 밝혀야 할 핵심 내용을 논증 형식으로 찾아 연결하고, 이를 논제 서술 유형에 맞춰 풀어내는(논증 평가), '조건–분석–평가'라는 일련의 형식적인 틀을 담고 있다. 그리고 이것을 제대로 읽어내는 것이 곧 출제 의도의 파악이자 논제 분석이며, **'조건–분석–평가'**의 연결고리가 곧 논제

분석을 통해 밝혀낸 문제와 제시지문에 담긴 논점이다.

- 따라서 요약 · 비교 · 분석 · 비판 · 평가 · 대안 제시 등의 논제 서술 유형은 각 문제에 주어진 해결 과제에 대한 방법적인 접근이지, 결코 이것이 문제 해결의 본질이 될 수 없다. 이런 이유로, 만약 이것을 자칫 문제 유형 또는 논제 유형으로 인식하고 접근했다가는 내용적인 측면보다는 형식적인 측면에 치중하는 오류를 범할 수 있어 주의해야 한다.
- 즉 논제 서술 유형에 따른 답안 작성은 말 그대로 문제에서 주어진 전제조건과 비교 · 분석 과정을 통해 밝혀낸, 각각의 제시지문에 담긴 논증을 어떤 형식으로 구성하고 표현할 것인가에 대한 완결적인 의미를 갖는다. 그렇더라도 문제 안에 주어진 '조건'과 '비교'라는 지시사항을 이행하는 치열한 사고 과정 없이는 제시지문 간의 논리적 연관관계는 올바르게 파악될 수 없으며, 그렇게 해서 단지 논제 서술 유형에 맞춰 작성된 답안은 논리적으로도 많은 결함과 문제를 낳을 소지가 다분하다.
- 더군다나 논술시험이 **'분석적 이해−비판적 평가−창의적 적용'**이라는 일련의 사고 능력을 문제에 순차적으로 담아, 다시 말해 문항으로 계속 연계시켜 출제되고 있는 점을 고려한다면, 논제 서술 유형을 문제 유형으로 인식하고 개별적으로 풀이하는 공부는 결코 바람직하지 않다. 주제와 논제가 복수의 문제 안에 계속해서 연결되면서 논리적인 사고가 더해지기 때문에, 문제 전체를 연결시켜 공부하지 않는다면 이는 마치 매번 같은 단원만 공부하는 것과 다를 바 없다.

이 설명에서 알 수 있듯이, 논술 문제의 문구와 그 문제가 담고 있는 주제와 논제, 그리고 논제가 지향하는 관점 · 쟁점을 담은 각각의 제시지문은 다분히 특정 의도를 갖고 구조화되어 출제되고 있다. 이는 중요한 의미를 갖는다. 문제와 제시지문 안에 답안 해결을 위한 모든 것이 담겨 있으며, 게다가 수험생들이 답안을 논리적으로 쓸 수 있도록 일련의 형식적인 틀까지도 배려하고 있기 때문이다.

다시 말해 답이 있는 논술시험에서, 그것도 문제와 제시지문 안에 답안 작성을 위한 내용적 · 형식적인 면에서의 방법적 힌트까지도 친절하게 밝히는 등 멍석을 깔아놨음에도 불구하고 이것을 받아먹지 못한다면, 그것은 출제자의 배려를 무시하는 행동이자 헛된 논술 공부를 하고 있음을 스스로 밝히는 것과 다름없다.

그런데 그럼에도 불구하고 왜 학생들은 논술시험을 어렵다고만 할까? 출제 의도를 담은 답이 있고, 또 그 답을 풀이하기 위한 서술형 과제로서의 논제를 문제 안에 친절하게 쥐어주는 논술시험에서 답을 못 찾는 이유가 도대체 뭘까? 앞에서도 설명했지만, 이는 다음 두 가지 이유 때문이다.

첫째는 제시지문 **독해력**이 달려 이를 읽어도 무슨 말인지 도통 몰라서 논제가 요구하는 사항에 맞춰 제시지문을 **논증 구조**로 파악하지 못하기 때문이다.

둘째는 문제에서 묻고자 하는 주제와 논제에 대한 **개념 이해와 개념 정의**가 부족하기 때문이다. 이는 무엇보다 관련한 배경지식이 모자란 데서 오는 필연적인 귀결로, 알고 있는 지식들을 주어진 논제에 맞게 효과적으로 활용하지 못한다. 이때의 배경지식이란 학교에서 배우는 여러 교과의 기본 개념과 원리를 말하는 것이고, 지식을 효과적으로 활용한다는 것은 통합교과적인 관점에서 문제에 접근하는 것을 뜻한다. 따라서 배경지식이 달려 개념어나 주제어를 중심으로 제시지문에 담긴 핵심 내용을 충실하게 요약하지 못할 경우에는, 논증 구성력이 떨어짐은 물론 내용적으로도 충실하지 못하게 된다.

논제에 대한 개념 이해와 제시지문 독해력은 서로 연계되어 문제 해결 능력에 적극 개입한다. 만약 논제에 담긴 의미를 이해하고 이를 개념화하여 정의내리기 어렵다거나, 또는 제시지문이 어려워 이를 읽고 해석하기 어려울 경우, 이후의 문제풀이 과정은 더욱 험난해진다. 아울러 문제와 제시지문 간의 구조적 연관관계가 어떻게 논리적으로 이루어졌는지 파악하는 것조차도 논제에 대한 개념 이해와 제시지문의 올바른 해석 없이는 불가능하다.

특히 그 논제 또는 논술 주제어가 철학적인 답을 구하는 경우라면 그 개념에 대한 올바른 이해는 물론, 이를 개념화하여 정의내리고 정리·요약하기 어렵다. 또한 그에 맞춰 출제되는 제시지문 역시 철학적·사상적인 글에서 발췌하여 물을 수밖에 없기 때문에, 그만큼 이를 올바르게 해석하기가 힘들다. 그런 점에서 논제가 묻는 개념과 제시지문 독해는 동일한 선상에서 파악되고 이해되어야 한다.

(2) 논술 문제풀이를 위한 해결 과제 : 어떻게 답하나

출제 의도를 파악했다면, 문제와 제시지문을 읽고 그 안에서 출제자가 의도하는 답을 구할 수 있음은 물론인데, 그 핵심 해결 과제는 다음 세 가지의 물음에 어떻게 효과적으로 답하느냐다.

논술 문제풀이를 위한 핵심 해결 과제
- 각 제시지문을 문제에서 요구하는 논지·논점에 맞춰 연결시켜 해석해낼 수 있는가?
  - → 문제의 출제 의도를 정확히 파악하고 **논제를 개념화**하여 정리·서술하는 **논제 분석력**_ 정확한 **개념 정의**의 중요성
- 제시지문을 올바르게 이해하고 있는가?
  - → 제시지문의 정확한 독해와 요약을 통해 그 핵심 내용을 논증 형식으로 구성할 수 있는 **논증 구성력**_ 올바른 **논증 구성**의 중요성
- 이를 바탕으로 자신의 생각을 효과적으로 표현해낼 수 있는가?
  - → 논제 분석의 결과를 논증 평가항목별 서술 유형에 맞춰 적절하게 전할 수 있는 **논리 전개력**_ 특히

특히 문제와 제시지문 간의 연관관계를 파악하는 **논제 분석** 과정을 통해 **출제 의도**를 정확하게 파악하고, 이어서 논제에 담긴 **개념**을 올바로 이해한 후 이를 압축하여 정의하고, 여기에 더해 제시지문을 정확히 **독해**하고 **요약**하는 능력만 제대로 갖췄다면 합격에 이르는 길은 그다지 멀지 않다. 논술학원에서 그토록 강조하는 개요 짜기라는 것도, 따지고 보면 문제 내에 전제된 다양한 조건(이것을 합해 문제 해결의 방향을 제시한 담론이 곧 '논제'이기도 하다)을 분절하여 이를 순차적으로 풀어나가다 보면 자연스럽게 해결되기에, 이것에 특별히 신경 쓸 것 없다. 즉 문제 안에 이미 답안 쓰기의 개요와 작성 순서가 구조화되어 배열되어 있으며, 이것을 자연스럽게 글의 흐름에 맞춰 논리가 잡히도록 재배열하면 그것이 곧 '개요 짜기'다. 때문에 개요 짜기를 한답시고 공연히 많은 시간과 힘을 들일 이유가 하등 없다.

따라서 문제 해결의 모든 키를 쥐고 있는 것이 바로 **제시지문**임을 이해하고 있어야 하며, 제시지문만 제대로 해석하고 분석해낼 수 있다면 이후의 모든 것들은 술술 풀릴 수 있다. 실제로 제시지문은 논술 공부에 필요한 모든 것을 담고 있기에, 제시지문을 잘 분석하면 출제 의도를 짐작할 수 있는 실마리도 얻을 수 있다.

또한 제시지문은 문제에 담긴 전제조건들을 순차적으로 해결해나가는 과정에서의 **연결고리**를 담기 마련인데, 이는 주로 교과서에 실린 핵심 주제와 이론에 대한 개념을 제시지문에 담아 구현된다. 이런 이유로 논제에 대한 개념 이해가 제시지문 분석에서 무엇보다 중요하다고 강조하는 것이며, 또한 그렇기에 교과서에 실리지 않은 제시지문이더라도 그 핵심 논지(쟁점)가 반드시 고교 교과과정에서 다루어지고 있는지를 따지는 것이다. 심지어 창의적인 해결 과제가 주어졌더라도 제시지문의 내용을 잘 이해하고 정리해서 쓰되, 여기에 제시지문 간의 연관관계에 주목하여 자기주장을 한 줄이라도 보태게 되면 높은 점수를 받을 수 있다.

이렇듯 제시지문만 꼼꼼히 해석하고 분석한다면 충분히 답안을 쓸 수 있는 게 논술시험이기도 하다. 따라서 문제에 제시지문이 여러 개 주어지거나 또는 긴 장문으로 제시된다고 해서 겁먹을 이유는 하등 없다. 그럴수록 오히려 문제 해결은 더 쉬워진다. 수험생의 입장에서 볼 때 이는 논제에 대한 풍부한 내용이 제시되는 것이고, 문제를 출제한 의도를 드러내는 실마리가 그만큼 많이 노출된다는 뜻이기도 하기 때문이다. 따라서 제시지문을 읽고 해석하는 연습은 무엇보다 중요하다.

논제 분석 역시 대단히 중요하다. 논제 분석은 문제가 요구하는 조건에 맞춰 제시지문 간의 연관관계를 분석함으로써, 따져 밝혀야 할 핵심 내용을 찾아내는 과정이다. 따라서 이 역시 제시지문의 정확한 해석과 분석에 달렸음을 알 수 있다. 즉 대입 논술시험은 먼저 문제부터 읽고 출제 의도를 파악한 후, 이어서 출제자가 의도하는 논제의 요구 사항에 맞춰 제시지문을 읽고 이를 분석하고, 다시 이 둘을 연결시켜 논제를 분석하고, 그에 맞게 자신의 견해를 논리적으로 밝혀나가면 된다. 즉 논제의 요구사항을 정확이 이해한 후, 이를 기초로 제시지문을 정확히 독해·요약하고, 또 이를 바탕으로 자신의 주장을 글로 옮기되, 그 주장에 대한 타당한 근거를 제시하면서 논리적으로 서술해나가면 된다.

따라서 논술 문제풀이에서는 다음 세 가지만 생각하면 된다. 문제와 제시지문을 읽고 **논제를 개념화**하여 이를 정의내릴 수 있는 사고 능력, 문제와 제시지문, 제시지문과 제시지문 간의 연관관계 파악을 위한 **논제 분석력**, 그리고 이에 따른 제시지문의 정확한 **독해와 요약** 능력이 그것이다. 이 세 가지만 제대로 해결해나간다면, **논증 구성력**이나 **논거 제시 능력** 등 그 밖의 다른 모든 것들은 자연스럽게 해결된다.

이런 이유로 공연스레 개요를 짜는 데 어떠한 프레임을 동원해가며 쓸데없이 시간을 허비한다거나, 문제풀이 과정에서 어떠한 원리원칙이나 방법론을 들먹여가며 생각을 가둬놓으려고 해서는 안 된다. 오직 위의 세 가지만을 생각하면서 공부해나가면 된다.

그렇기에 논술 공부를 할 때, 또 문제풀이를 할 때 문제를 복잡하게 생각하거나, 복잡하게 구조화시키면서 해결하려 해서는 안 된다. 복잡하게 생각해야 할 것은 오직 위의 세 가지다. 특히 제시지문의 독해와 요약은 무척 중요하며, 이 능력을 어떻게 키워나갈 것인가가 논술 문제풀이에 절대적이다.

(3) 용어 이해의 중요성 : 논제 · 논점 · 논지 · 논거

논술 답안을 올바르게 쓰기 위해서는 먼저 논증을 구성하는 요소인 논제·논지·논거·논점부터 정확하게 이해한 후, 이를 실질적인 글쓰기에 활용할 수 있어야 한다. 그 개념에 대한 설명은 이후의 요약·정리를 참조하면 된다. 중요한 것은, 각각의 용어가 논술 및 논증과 어떠한 관계를 맺는지 살펴보고, 이를 통해 올바른 답안을 쓰기 위한 해결책을 찾는 것이다.

그 핵심은 논술 주제에 담긴 개념이 제시지문과 어떻게 관련을 맺고 출제되고 있으며, 또 각각의 제시지문은 어떠한 연관관계를 맺고 논리가 전개되고 있고, 또 그 연관관계를 이어주는 연결고리는 어떠한지를 살펴보는 것인데, 이에 대한 모든 것이 논술과 관련한 용어에 담겨 있다. 따라서 논술 문제를 올바르게 푸는 첫 번째 관문이자 관건은 바로 이 논술 용어에 담긴 개념을 정확히 이해하고 용어 간의 관계를 바르게 살피는 일이다. 각각을 설명하면 다음과 같다.

①논제(Subject)

- 논제는 문제에서 논의하고자 하는 **중심 주제**이자 따져서 밝혀야 할 **핵심 과제**를 담은 진술이다. 논제는 주어진 문제의 대주제의 틀 안에서 각각의 문제에 담긴 '무엇에 대해'에 해당하는 부분(공통 주제와 그 주제에 대한 논쟁점으로서의 관점)과 이를 '어떻게 해결'할 것인가에 대한 서술 부분(논증 평가항목별 서술 유형)을 합친 것으로, 논증에 의하여 그 진리성을 밝혀야 할 명제를 명료하게 구분하고 규정하는 진술문이다.

- 논제의 방향을 결정하는 주제는 문제 안에 드러나 있는 경우와 제시지문을 통해 주제를 찾아내야 하는 경우로 구분된다. 논제는 문제별로 다양하게 주어질 수 있으며, 또한 문제에 담긴 주제가 곧 논제가 되는 경우도 있다(이를 테면 '제시지문을 읽고 그 핵심 내용을 요약하라'는 식의 단독 과제가 주어질 경우).

- 문제 전체를 일관하는 대주제(공통 주제)의 지배를 받아, 제시지문 간에 연계된 기본 개념이나 핵심 쟁점의 해결 과제가 곧 논제의 핵심이 된다. 그렇기에 논제는 인문·사회·과학·예술 등 전 분야에서 서로 대립되는 관점이나 상반된 견해를 담거나(예를 들어 성장이 먼저냐 분배가 먼저냐), 하나의 공통된 기본 개념이나 핵심 주제어(예를 들어 고령화 사회의 노인복지 문제에 대한)를 논제로 삼아 출제하게 된다.

- 따라서 논제를 제대로 이해하기 위해서는 교과서 공부를 통해 기본 개념을 충실히 이해할 필요가 있다. 논제에 대한 개념적 이해와 지적 인식이 따라야만 논제의 방향을 세내로 읽고 파악할 수 있다.

- 문제의 '출제 의도'란 것은 곧 출제자가 제시한 논제의 방향을 일컫는다. 따라서 출제 의도를 제대로 파악했다는 것은 곧 문제와 제시지문을 통해 주어진 논제를 제대로 이해하고 추출했다는 뜻이다.

- 논제는 개념·사실·가치·정책 중 한 차원을 주제로 하여 질문 형식으로 묻는다. 예를 들어, '아름다움은 어떠한 관점에서 의미와 의의를 갖는가(개념_ 연대 2013 인문 수시)', '인구 문제의 딜레마 극복을 위한 방안은 무엇인가(사실_ 한양대 2012 인문 모의)', '상품화는 어떠한 의미를 갖는가(가치_ 고려대 2013 인문 수시)', '다문화주의는 어떠한 관점을 지향하는가(정책_ 이화여대 2013 인문 수시)' 등이 그것이다. 따라서 같은 주제를 다룰지라도 이 넷의 물음의 차원이 다를 수 있음을 파악하고, 이에 맞춰 답을 해야만 논점 이탈의 오류에서 벗어날 수 있다.

②쟁점·관점(Issue)

- 논제에서 반드시 논해주기를 바라는, 세부적인 소주제나 소개념을 담은 논의와 논쟁의 중심 과제로, 논점과 내용·의미상으로 겹칠 수 있다. 이때 논점이 문제에서 설정한 논제에 따라 논의의 중심을 집약한다는 점에서 서로 대립되는 요소를 강조하는 '쟁점'과 의미가 다르다.

- 쟁점·관점은 서로 대립되거나 양립하는 이슈나 문제점을 지향하며, 이를 통해 논제가 갖는 추상성을 구체화하고, 논술 답안의 구조적 서술을 유도함은 물론, 딜레마 상황의 해결이라는 창의성 평가를 묻기 위해 출제자가 의도적으로 개입시킨 하위개념을 담은 소주제적인 의미를 갖는다.

- 즉 논제는 상위개념·유개념·추상적인 개념을 담은 반면, 쟁점·관점은 종개념·하위개념·구체적인 개념을 담음으로써, 논제에 담긴 개념을 답안에 맞게 논리적으로 연결하는 가교 역할을 한다.

- 따라서 논제 분석과 제시지문 해석 시에 논제에 담긴 개념을 그대로 연장하여 쟁점에 연결해서 생각하고, 그에 맞춰 답안을 풀어내야 한다. 즉 '전제조건-**논제**에 담긴 개념 이해와 개념 정의', '비교·분석-제시지문 비교·분석을 통해 논제가 논의하고자 하는 **관점** 파악', '논증 평가-제시지문에 담긴 핵심 내용을 관점에 맞춰 논증 평가항목별 서술 유형(논제 서술 유형)으로 구성'하는 것이 그것이다.

- 이런 이유로 제시지문은 항상 관점 · 쟁점에 입각해서 논제에 담긴 개념을 **이분법적 · 이항대립적**으로 파악할 필요가 있는데, 실제 이것만 올바르게 파악해도 제시지문을 해석해내기가 한결 쉬워진다.

- 논술 문제풀이에서 쟁점 · 관점(경우에 따라서는 논점일 수도 있다)의 파악이 중요한 가장 큰 이유는, 이것이 논제에 담긴 개념을 구체화하여 제시지문에 담긴 핵심 내용과 연결시키는 **연결고리**이자 논증을 더욱 구체화시키는 나침반 역할을 하기 때문이다. 그리고 무엇보다 문제 안에 그것이 주어지지 않고, 반드시 제시지문을 읽고 찾아밝힐 것을 요구하기 때문이다. 그렇기에 논제 분석의 실질적인 관건은 바로 올바른 '관점 파악'과 이를 통한 제시지문의 구분에 달렸다.

③논점 · 논지(Point)

- 각 제시지문 및 주어진 자료와의 연관성을 토대로 분석하여 파악된 논제의 핵심 부분 또는 논의의 요지다(논점_논의의 중심이 되는 문제점이나 요점, 논지_논의의 요지 또는 주장하는 바. 둘 다 비슷한 개념이다). 즉 '무엇(논제)'을 '어떻게 해결할 것인가'에 대한 결과물로, 논증에서의 **주장과 결론** 부분에 해당된다.

- 논제 분석을 통해 논점 · 논지를 정확하게 파악하는 것이 논술 답안의 성패를 좌우한다. 즉 논점 이탈의 경우에는 이후의 모든 과정이 무용지물이 되기에, 그만큼 제대로된 독해가 중요하다.

- 따라서 주어진 제시지문에서 주장하는 바가 무엇인지 확인하는 논지 파악은 '의미의 재해석'이 특히 중요한데, 이를 위해서는 제시지문의 논리를 개념화하여 생각하고 요약 · 정리할 수 있어야 한다. 즉 제시지문의 논지를 전문용어나 핵심어를 사용하여 구체적이면서도 명확하게 표현할 수 있어야 한다.

- 제시지문에서 논지를 추출할 때는 먼저 핵심 문장이나 단락이 무엇인지 파악하고, 그 안에 담긴 **핵심어**가 무엇인지 찾아 이것이 반드시 들어가는 문장을 완성해야 한다. 이때 의미를 확실히 파악하지 못한 단어를 함부로 사용하거나 개념이 불분명한 단어를 사용하면 전체 문장의 논지가 흔들기기 쉬우니 주의해야 한다.

- 제시지문과 출제 의도는 밀접한 관련이 있기에, 출제 의도의 간파는 곧 제시지문의 논지를 파악하는 첩경이 된다. 따라서 출제 의도와는 무관하게 제시지문만으로 논지를

파악하려 들지 말고, 항상 출제 의도를 염두에 두고 그것에 의거해서 제시지문의 논지를 파악해야 한다.

- 제시지문에 담긴 논지와 논점은 하나일 수도 여럿일 수도 있다. 연세대 논술 문제처럼 제시지문 안에서 다수의 논점을 파악하고 추출해서 답해야 하는 경우는 문제 해결이 특히 어렵다.

④논거(Grounds)

- 증명해야 할 판단의 이유로 선택되는 논의의 근거, 즉 논리적인 주장을 펼치기 위해 제시지문에서 가져다 쓰는 증거물이다. 즉 논증에서의 **전제와 근거** 부분으로, 논지의 진리성을 확증하기 위해 쓰이는 명제들이다.

- 논거는 자기주장이 왜 옳은지에 대한 증거로서, 인용되는 논거가 모든 사람에게 수용될 수 있을 만큼 확실하고 일관성이 있는가가 답안의 논리성을 판단하는 중요한 관건이자 평가의 잣대가 된다.

- 논거는 논리적인 답안을 위한 핵심이자 필수요건으로, 논증력은 자기주장을 논거에 실어 일관성 있게 뒷받침할 수 있는 힘이다. 따라서 자기주장과 무관한 논거를 제시하는 것은 금물이며, 사례나 인용을 통해 자기주장을 입증할 때 역시 반드시 자기주장을 뒷받침하는 적절한 사례나 인용을 활용하도록 해야 한다. 서술이나 인과적 설명을 피해야 하는 이유가 여기 있다.

- 자신의 의견이나 주장을 뒷받침할 만한 논거를 충분히 확보하는 것이 무엇보다 중요한데, 논거를 많이 대면 댈수록 자기주장은 논리적이고 설득력을 갖게 된다. 그렇더라도 논거는 논제에서 벗어나지 말아야 하며 또한 객관적이고도 사실적이어야 하기에, 설득력이 떨어지고 타당하지 않은 논거 제시는 자칫 논리성 결여로 이어질 수 있다.

- 반대로 논거가 빈약하면 설득력이 떨어지고, 논리의 비약이 심하다는 평가를 받을 수 있다. 즉 논거가 약한 글은 논리가 떨어지고 자칫 논리적인 비약으로 흐를 수 있다. 주장만 있고 근거가 없다는 지적이 이를 두고 하는 말이다.

- 누구나 믿고 있는 객관적인 사실(사실 논거)에서부터, 어떤 문제에 대한 전문가의 견해(의견 논거)까지도 논거로 동원될 수 있다. 자료제시형의 논제에서 제시하는 통계

자료나 도표 등은 곧 사실 논거가 될 수 있고, 단독과제형의 논제는 대체로 의견 논거를 요구한다고 말할 수 있다. 사실 논거는 믿을 만한 근거에 의하여 단적으로 증명되거나 검증될 수 있는 것이어야 한다. 의견 논거는 권위 있는 전문가가 이미 제시한 바 있는 의견과 자신이 생각한 의견으로 나눌 수 있는데, 후자의 경우에는 무엇보다 객관성을 지녀야 한다.

• 대입 논술시험은 결국 **논거 제시와 관련한 평가**다.

⑤ 논증(Reasoning)

• 어떠한 판단이 진리인 이유를 분명히 하여 주장에 대한 적합한 논거를 갖추는 과정이다. 따라서 논증은 '전제-결론', '주장-근거' 형식을 갖추되, 논리적 정합성과 일관성을 유지해야 한다.

• 논증은 반드시 그 주장(결론)을 하나의 문장에 담아 명확하게 드러내야 한다. 논증하고자 하는 사실을 하나의 문장으로 요약한 것을 명제라고 하는데, 논증의 명제는 단일해야 하며, 그 의미가 분명해야 한다. 이때 그 주장을 뒷받침하는 근거(전제)는 여러 개가 있을 수 있으며, 이 역시 확실하고 논리적으로 일관되어야 한다.

• 논증에서 무엇보다도 중요한 것은, 사실적인 오류를 범하지 않도록 주의하는 일이다. 자신의 주장을 명제화하여 내세울 경우, 그 명제 자체이 사실적인 근거가 박약하다면, 이는 논리적인 입증 가능성을 떨어뜨린다.

• 논술시험이 논증 글쓰기인 점에 비춰 생각할 때, 이는 'Critical Reasoning', 즉 '논리적 추론 능력'을 묻는 시험이라고 보는 게 적절하다.

(4) 논술 문제풀이의 핵심 : '문제 분석-논제 분석-문항 분석'의 내용 일치

대입 논술시험은 문제와 제시지문 안에 답이 주어진다고 말했으니, 이제부터 그 답을 찾아가는 과정을 살펴보고, 이것이 맞는 말인지 확인해보자. 그리고 올바른 답안 작성을 위한 방법에 대해 살펴보자. 이 책의 앞부분에서 강조한 논증 글쓰기 방법을 충분히 숙지했다면, 지금부터 설명하는 내용을 그대로 따라가며 공부해나가면 그것이 곧바로 효율적이면서도 효과적인 논술 공부가 될 것이고, 또한 혼자서도 능히 공부해나갈 수 있는 디딤돌이 된다. 덧붙여 쉬운 논술을 지향하는 최근의 출제 경향에 맞춰 학생의 심층 사고력을 정확히 판단하기 위한 대학의 고민은 시작됐고, 그에 따라 기존의 기출문제 출제 형식에서 벗어난 다양한 유형의 문제가 출제될 것으로 보인다. 그렇더라도 이 역시 그 근본적인 기저에서는 같으며, 따라서 이제부터 설명하는 내용에 집중하면 그것으로 충분하다.

대입 논술시험은 '**이해-평가-적용**(분석적 이해-비판적 평가-창의적 적용)'이라는 일련의 평가기준에 맞춰 문제를 해결하라는 세부 문항이, '**조건-분석-평가**(전제조건-비교·분석-논증 평가)'라는 문제의 요구조건과 지시사항을 담아 단계적으로 제시된다. 이때 문제 해결의 핵심인 논제 분석 과정에서는 '**개념-관점-논증**(개념 정의-관점 파악-논증 구성)'이라는 세 요소가 단계별로 결합되어 답안의 내용을 구성한다. 또한 논증 글쓰기 과정에서는 '**논지·논거·논점**'이란 요소가 결합되어 글의 질적 수준을 결정한다. 그리고 모든 문제풀이의 중심에 '논제·논점·논지·논거'라는 논술 용어가 개입하기에, 그만큼 이에 대한 정확한 이해와 적절한 판단력을 요구한다.

여기까지가 논술 문제풀이의 핵심이자 전부다. 즉 문제 안에 담긴 '조건-분석-평가'라는 지시사항에 맞춰 문제의 요구조건을 분석하고, 제시지문 안에 담긴 '개념 정의-관점 파악-논증 구성'이라는 일련의 **논제 분석** 과정에 맞춰 이를 연결해가며 **독해**하고, 해석된 내용을 '이해-평가-적용'이라는 평가기준에 맞춰 순차적으로 **요약**하되, 이를 논제 평가항목별 서술 유형(이제부터 이를 '논제 서술 유형'이라고 한다)에 맞춰 서술하게 되면, 그것이 곧 모범답안이 된다(이때 문제 분석 및 논제 분석에서의 '평가'와 문항 분석에서의 '평가'는 당연히 다른 개념이다).

따라서 '조건-분석-평가'='개념-관점-논증'='이해-평가-적용'이라는 등가의 관계가 성립한다고 봐도 무방한데, 이것을 굳이 논술 문제풀이를 위한 일련의 원칙이자 해법으로 간주할 수 있는가 하고 묻는다면, 그렇게 봐도 좋다. 하지만 그 해결을 위해서는 제시지문의 **독해와 요약 능력**이 그만큼 절대적이며, 또 논술 개념어·주제어와 관련한 일정 수준의 **지식**이 따라야 한다는 점을 생각한다면, 반드시 그렇다고 단정할 근거 또한 없다. 답을 친절하게 쥐어주는 데도 문제를 제대로 해결하지 못하는 이유가 여기 있다.

논술 문제, 무엇을 묻고 어떻게 답하나 : '문제 분석=논제 분석=문항 분석' 간의 내용 일치=개요 짜기

■ 문제 분석 : '**조건+분석+평가**'_ 출제 의도 및 제시지문 간의 연관관계 파악

㈎'무엇'에 대해 –【'제시지문'에 담긴_ '공통 주제'에 대하여_ 이를 어떤 '관점' 하에】: 전제조건+비교 · 분석

㈏이를 '어떻게' 해결 –【어떤 '근거'로부터_ 어떤 '주장'을_ 어떻게 '제시'할 것인가】: 논증 평가(논제 서술 유형에 맞춰)

■ 논제 분석 : '개념+관점+논증'_ 논제(공통 주제+관점+논증 평가 유형)의 도식화

㈎'무엇'에 대해 –【'제시지문'에 담긴_ '공통 주제'에 대하여_ 이를 어떤 '관점' 하에】: 개념 정의+관점 파악

㈏이를 '어떻게' 해결 –【어떤 '근거'로부터_ 어떤 '주장'을_ 어떻게 '제시'할 것인가】: 논증 구성(논제 서술 유형에 맞춰)

■ 문항 분석 : '이해–평가–적용'_ 문항별 논증 평가항목에 맞춰 단락 구성 및 답안의 구조화

㈎'무엇'에 대해 –【'제시지문'에 담긴_ '공통 주제'에 대하여_ 이를 어떤 '관점' 하에】: 논제가 묻는 명제 (공통 주제+관점)가 문제별(세부 문항별) 요구조건 및 지시사항과의 일치 여부 확인(전제조건+비교 · 분석=개념 정의+관점 파악)

㈏이를 '어떻게' 해결 –【분석적 이해–비판적 평가–창의적 적용】: 논제 평가 항목별 서술 유형(=논제 서술 유형 : 단순논증 or 복합논증)별 해결 과제 도출

논술 문제풀이를 위한 일련의 방법적 해결책을 확인하는 것은 그다지 어렵지 않다. 다음은 논술 문제풀이에 적용되는 일련의 방법적 해결 과제이자 핵심 내용이며, [사례1]은 〈건국대 2012 인문 예시〉문제를 각각의 문제 해결 핵심 포인트에 맞춰 도해하고, 그에 따른 예시답안을 제시한 것이다.

【사례1】 건국대 2012 인문 예시

■ 문제1. ①글 [가]에 제시된 '대체'와 '보완' 개념을 적용하여, ②글 [나]의 두 도표에 나타난 유선전화와 휴대전화 사용상의 특징을 분석하시오.

• ①이 지시하는 전제조건에 따라(전제조건), ②의 자료를 비교 · 분석하여(비교 · 분석), 따져서 밝혀야 할 핵심 내용을 논증 형식으로 찾아 연결하고, 이를 논제 서술 유형에 맞춰 답안을 작성(논증 평가)하면 된다. … 조건-분석-평가 :【문제 분석】

• ①(주제_대체와 보완)에 담긴 개념을 적용(개념 정의)해서, ②의 자료에 나타난 특징을 분석(관점=세부 논점 파악)하여, 이를 논증 형식(논지와 논거)에 맞춰 요약하되, 논제 평가 항목별 서술 유형(논증 구성_분석하라)에 맞춰 답안을 작성하면 된다. … 개념-관점-논증 :【논제 분석】

• ①제시지문(가)에 담긴 개념 이해를 근거로 그에 대한 정의를 내리고(분석적 이해), ②그것을 바탕으로 제시지문(나)의 논지를 해석하고 분석 · 평가(비판적 평가)하라는 문항으로 구성하여, 분석적 이해 능력과 비판적 평가 능력을 함께 평가. … 이해-평가 :【문항 분석】 (문제1의 전형으로, 단순논증의 평가 방식을 취하지만 실제로는 복합논증을 묻는다)

■ **필자 예시답안**

(가)의 대체와 보완의 관계를 (나)의 유선전화와 휴대전화 사용자 추세에 대입하여 분석하면 다음과 같다. 먼저, 전 세계적으로 유선전화 사용자는 정체되는 데 비해 휴대전화는 급증하는 추세에 비춰볼 때, 둘 사이에는 어느 정도 대체적 관계가 있다. 이는 세계화에 따라 이동성이 크게 늘면서 휴대전화의 유용성이 증가했기 때문이다. 하지만 이것만을 가지고 앞으로 휴대전화가 유선전화를 대체할 것이라고 섣불리 단정할 수는 없다. 선진국의 경우, 유선전화 사용자가 여전히 50%를 유지하고 있는데, 이는 그만큼 휴대전화와 구별되는 유선전화만의 고유한 가치 때문이다. 예를 들어, 휴대전화 사용료가 지나치게 높아 여전히 유선전화를 사용할 가치가 충분하다든가, 가정 내에서의 공유된 사용가치로서의 역할이 여전한 게 그것이다. 따라서 선진국의 경우에는 둘은 앞으로도 계속해서 보완적인 관계를 가질 가능성이 높다. 반면, 개발도상국의 경우에는 선진국과는 달리 나타나는데, 특히 2005년 이후 휴대전화 사용 비율이 크게 증가하고 있는 반면 유선전화는 정체되고 있다. 따라서 이 둘 사이에는 어느 정도의 대체적 관계가 작용한다고 볼 수 있다. 이는 중국과 인도 등 개발도상국의 개인소득이 크게 증가하면서, 사용에 편리할 뿐만 아니라 많은 기능을 갖춘 휴대전화를 선호하는 데 따른 결과이기도 하다.

■ **문제 2.** ①글 [가], [다]와 관련하여, ②글 [라]에 그려진 삶의 방식을 평가하고, ③미디어문화의 바람직한 미래상에 대한 자신의 견해를 논술하시오.

• ①이 지시하는 전제조건에 따라(**전제조건**) 제시지문(가), (다)를 비교·분석하여(**비교·분석**), ②따라서 밝혀야 할 핵심 내용을 논증 형식으로 찾아 연결하고, 이를 논제 서술 유형에 맞춰 답안을 작성(**논증 평가**)하면 된다. … 조건-분석-평가 : 【문제 분석】
• ①에 나타난 개념 간의 상관관계를 논제 분석한 후(**개념 정의-세부 논점 파악**), 이를 ②에 다시 적용하여 분석·평가하고(**논증 구성1**), ③의 조건을 더해(**논증 구성2_ 논증의 확장**) 답안 글을 쓰면 된다. … 개념-관점-논증 : 【논제 분석】
• ①제시지문(가), (다)에 담긴 개념 이해를 근거로 이를 해석(**분석적 이해**)하고, ②그것을 바탕으로 제시지문(라)의 논지를 평가(**비판적 평가**)하고, 여기에서 더 나아가 ③까지 문제 해결(**창의적 적용**)하라는 문항으로 구성하여, 분석적 이해 능력과 비판적 평가 능력은 물론 창의적 적용 능력까지 함께 평가. … 이해-평가-적용 : 【문항 분석】(문제2의 전형으로 복합논증 평가 방식으로 묻는다)

■ **필자 예시답안**(900〜1,100자)

(다)에 따르면, 전자서점 내의 종이책과 전자책은 서로 조용히 평화롭게 공존하고 있다. 그럼에도 기존의 인쇄매체가 새로운 전자매체로 대체되는 현상이 가속화된다고 주장한다. 이를 (가)의 관점에서 본다면, 갈수록 매체의 효용성이 중시되면서 새로운 것이 오래된 것을 대체하는 관계를 보이겠지만, 그렇다고 해서 기존 매체가 지닌 고유의 아날로그적인 가치마저 사라지는 것은 아니다. 그렇기에 이것이 반드시 대체적인 관계로 진행된다든가, 아니면 앞으로도 계속해서 보완적인 관계를 가질 거라고 쉽사리 단정할 수 없다. …① 이는 (라)에 그려진 삶의 방식을 통해 확인된다. 오래된 오디오에서 흘러나오는 음악을 즐기고, 만화책을 읽으며 낄낄거리고, 폐기처분되기 일보직전의 비디오 영화를 감상하고, 손수 일기와 엽서를 쓰는 일련의 아날로그적인 취미생활은, 시간의 흐름을 넘나드는 화자만의 고유한 삶의 가치를 부여한다. 이런 관점에서 본다면, 적어도 (라)의 화자에게는 새로운 매체가 기존의 매체를 결코 대체할 수 없을 것이다. 물질적인 효용성이 강조되기보다는, 정신적·감성적 가치가 그만큼 중시되고 있는 것이다. 그런 점에서 (라)의 화자에게 두 매체 간의 관계는 대체적인 관계라기보다는 상호보완적이라고 봐야 할 것이다. …② 그럼에도 (다)에서 전망한 것처럼, 새로운 매체가 기존의 매체를 급속히 잠식해가고 있는 것이 현실이다. 그렇다고 해서 반드시 그럴 것이라고 단정할 근거 또한 없다. TV가 급속히 보급되면서 라디오를 듣는 사람들이 사라질 것이라고들 말했지만,

현실은 그렇지 않고 서로 공존하면서 각자의 영역을 굳건히 지켜나가고 있다. 중요한 것은, 기존 매체와 신규 매체 간의 가치와 효용성의 관계를 어떻게 설정하여 서로 공존하고 발전해나갈 것인가이다. 이를 위해서는 매체 자체가 지닌 고유의 가치를 잃지 않으면서도 효용성을 최대한으로 높여나갈 수 있어야 한다. 이를테면 고도로 집중해 읽어야 하는 전문서적의 경우에는 가독성이 높은 인쇄매체, 즉 종이책으로 출판되는 게 좀 더 바람직하다. 또한 대중적인 책들은 원본을 인쇄매체로 발간하여 보존 가치를 높이면서도, 복사본을 함께 발행함으로써 범용적인 효용성까지도 추구하는 방향으로 모색할 수 있다. 이런 식으로 자리매김을 하게 된다면, 인쇄매체와 전자매체가 서로 공존하면서 상호보완적인 관계를 유지해나갈 수 있을 것이다. …③

먼저 사례의 〈문제1〉의 예시답안을 살펴보자. 참고로 〈문제1〉은 출제 유형이 자료해석을 요구하는 문제라 이것을 해석해내는 데 까다로움이 있는데, 그렇더라도 앞의 예시답안을 보는 것만으로도 충분히 설명이 가능할 것이라고 판단된다. 그 핵심은 다음과 같다.

- 개념 정의 : 제시지문(가)에 담긴 '대체'와 '보완'에 대한 개념에 담긴 속뜻을 파악하고,
- 관점 파악 : 이를 통해 '**효용성**'과 '**가치**'라는 상반되는 관점을 추출한다.
- 논증 구성 : 이것을 (나)의 도표에 담긴 선진국과 개발도상국의 유선전화와 휴대전화 사용자 추세에 맞춰 각각 논증 형식으로 구성하고 요약한다. 즉 '**대체적 관계=효용성 추구=선진국·개도국별로 어떤 결과?, 보완적 관계=가치 추구= 선진국·개도국 별로 어떤 결과?**'에 맞춰 논증 형식으로 구성하면 그대로 모범답안이 된다.

위의 핵심 설명을 통해 알 수 있듯이, 이 문제는 제시지문(가)의 '대체'와 '보완'이라는 주제어에 대한 개념 정의를 통해 각각 '효용성'과 '가치'라는 관점에 조응한다는 것을 파악하고 개념어를 생각해내는 것만으로도 문제 해결의 칠부능선은 이미 올라선 셈이다. 그리고 이것을 (나)의 실험 결과에 각각 대입하여 논증 형식으로 풀어내기만 하면, 그것으로 훌륭한 답안이 작성된다.

그렇기에 굳이 답안에 (가)의 '대체'와 '보완'에 대한 개념을 정의하여 서술하지 않고 '효용성'과 '가치'를 연결하는 것만으로도 얼마든지 높은 평가를 받을 수 있다(답안 글자 수를 고려할 때, 이것을 서술하는 것보다는 오히려 생략하는 게 더 적절하다). 제시지문(가)의 어느 곳에도 이 두 개념어를 지칭하는 직접적인 언급도, 유사한 단어나 문구도 없는 점을 고려한다면, 실제 이 문제풀이의 성패는 관점을 지칭하는 적절한 개념어의 선택에서 판가름 났을 것이다.

〈문제2〉 역시 그러한데, 이를 굳이 설명하지 않더라도 아래의 설명을 통해 확인할 수 있을 것이다. 〈문제2〉의 경우에는 ②'평가하라'와 ③'견해를 제시하라'는 논제 서

술 유형이 복합적으로 제시되었으며, 따라서 문제가 비판적 평가와 창의적 적용 능력을 함께 평가하고자 함을 간파하고 이에 맞춰 답을 구성해나가야 한다.

- 개념 정의 : ①(가)와 관련하여… 이는 (가)의 '대체'와 '보완'이라는 서로 대립적인 개념을 끌어와.
- 관점 파악 : ①(다)와 관련하여… (다)의 기존의 인쇄매체와 새로운 전자매체 간의 관계를 **상호보완적인 관계**로 볼 것인가, 아니면 새로운 매체가 기존의 매체를 **대체하는 관계**로 볼 것인가에 대한 관점에서 제시지문을 해석한다.
- 논증 구성(1) : ②(라)에 그려진 삶의 방식을 평가… (가), (다)의 개념 이해와 관점 파악에 근거하여, (라)의 화자에게 두 매체 간의 관계는 대체적인 관계라기보다는 상호보완적이라는 점을 파악하고, 이를 '평가'라는 논제 서술 유형에 맞춰 논증 형식으로 구성한다.
- 논증 구성(2) : ③미디어문화의 바람직한 미래상에 대한 자신의 견해를 논술… 기존 미디어가 새로운 미디어로 급속히 변환되고 있는 현실에서, 이 둘은 어떠한 관계를 맺어야 하는지, 그리고 그 속에서 미디어의 문화적 · 사회적 · 개별적 가치를 어떻게 발현해나갈 것인지를 밝히고 이를 논증 형식으로 구성한다.

[사례1]을 통해 확인할 수 있듯이, 논술 문제풀이를 위한 일련의 요구조건과 지시사항은 '**조건-분석-평가**'로 구조화되어 문제에 담겨 출제되고, 문제풀이 과정인 논제 분석은 '**개념-관점-논증**'의 요소 간 결합으로 이뤄지는데, 각각을 논제 서술 유형(즉 '조건-분석-평가'에서의 '논증 평가'라는 지시 이행)에 맞춰 순차적으로 해결하면 그대로 답안이 된다.

이때 '**전제조건-개념 정의**', '**비교 · 분석-관점 파악**', '**논증 평가-논증 구성**'은 각각 짝을 이뤄 조응하는데, 이는 논제 분석과 개요 짜기가 궁극적으로는 같은 의미고, 또 문제와 제시지문이 구조적으로 설계되어 출제되고 있음을 증명하는 것이기도 하다. 그리고 같은 주제의 지배를 받되, '분석적 이해-비판적 평가-창의적 적용'이라는 평가항목의 일부 또는 전부를 담은 문제가 단계별로 제시됨으로써 논술 문제는 완결된다.

각각의 핵심을 적절한 예시를 들어가며 설명하면 다음과 같다.

2. 핵심① 문제 분석 : '조건-분석-평가'

■ **문제 분석** : '**조건+분석+평가**'_ 출제 의도 및 제시지문 간의 연관관계 파악

㈎'**무엇**'에 대해 −【'**제시지문**'에 담긴_ '**공통 주제**'에 대하여_ 이를 어떤 '**관점**' 하에】: **전제조건+비교 · 분석**

㈁이를 '**어떻게**' 해결 ─【어떤 '**근거**'로부터_ 어떤 '**주장**'을_ 어떻게 '**제시**'할 것인가】: **논증 평가(논제 서술 유형에 맞춰)**

(1) 출제 의도의 파악은 문제 분석에 달렸다

문제 분석의 가장 큰 목적은 **출제 의도**를 파악하기 위함이다. 대입 논술시험은 먼저 출제 의도와 출제 방향부터 설정한 후 이것에 맞춰 문제의 내용을 구성한다. 제시지문 역시 그 출제 의도에 맞춰 출제됨은 물론, 그것도 문제의 지시사항에 맞춰 순차적으로 배열된다. 문제와 출제 의도와는 밀접한 관련성을 지니기에, 논술시험을 치르는 학생들은 당연히 그에 맞춰 답안을 작성해야 한다. 즉 출제 의도의 파악을 위해 먼저 문제부터 분석하고, 이어서 그것을 근거로 한 논제 분석을 통해 논쟁점의 핵심을 찾아내고, 이후 제시지문 안에 담긴 논증(논지와 논거)을 밝히고 이를 논제 서술 유형에 맞추어 서술하면, 그것이 곧 요구하는 답안이 된다.

이렇듯 출제 의도는 문제의 방향과 답안의 수준을 가늠하는 준거가 된다. 따라서 수험생들은 반드시 출제 의도에 맞춰 답안을 작성해야지, 그렇지 않을 경우에는 아무리 고생해 답안을 작성했을지라도 결국에는 무용지물이 될 수밖에 없다. 그만큼 출제 의도의 파악이 중요하며, 현행 대입 통합논술은 답이 있는 시험이기에 특히 더하다. 결국 논술 문제를 푸는 첫 번째 과정이자 관건은 출제 의도를 얼마나 정확히 꿰뚫고 있느냐에 달렸음을 알 수 있다. 그 핵심은 논술시험을 통해 출제자가 묻고자 하는 논제를 문제와 제시지문을 통해 밝혀내는 것으로, 이것이 곧 논제 분석이다. 이처럼 논제 분석은 문제에 담긴 핵심 내용과 지시사항을 정확하게 파악하여 밝히는 것이기에, 문제 분석의 해제와 다를 바 없다.

그런 점에서 볼 때, 출제 의도의 파악은 곧 문제와 제시지문 간의 **연관관계**를 파악하는 것과 일맥상통한다. 즉 문제와 제시지문에 담긴 연결고리(논제가 묻는 개념과 그 개념이 지향하는 관점)에 맞춰 제시지문의 핵심 내용을 논지와 논거라는 논증 형식으로 파악하는 것이다. 그리고 이것을 문제가 지시하는 조건에 맞춰 요약하고 논리적으로 연결시키면, 그것이 곧 출제자가 요구하는 답안이 된다.

따라서 출제 의도를 파악했다 함은 이후에 이어지는 문제에 담긴 지시 내용 분석을 제대로 해냈다는 뜻이고, 그에 따라 논제 분석이 가능하다는 것이다. 더불어 이는 제시지문의 논지를 파악할 수 있다는 뜻이고, 답안의 개요 짜기를 상당 수준으로 구상할 수 있다는 의미며, 논제의 요구사항에 부합하는 글쓰기가 가능하다는 얘기다. 그렇기에 출제 의도의 파악은 문제 해결을 위한 방법을 찾는 것과 다를 바 없다.

실제 출제 의도의 파악은 '논제'와 '논점', 즉 문제에서 다루어야 할 중심 주제(논의되어야 할 공통 주제)와 세부 주제(논의되어야 할 요점 또는 문제점을 담은 쟁점·관점)를 문제와 제시지문을 읽고 찾아 밝히는 것만으로도 충분하다. 논제와 논점은 문제 안에 주어지는 경우도 있지만, 수험생들이 제시지문을 읽고 직접 찾아 밝혀야만 하는 경우도 있다. 만약에 후자의 경우라면, 제시지문을 정확히 독해할 수 있어야만 한다.

이때 논제는 제시지문을 통틀어 하나의 공통된 주제를 지향함을 원칙으로 한다. 하지만 논점은 논제 안에 하나를 담을 수도(주제를 묻고 답할 경우), 두 개를 담을 수도(일반적), 여러 개를 담을 수도 있으며(세부 논점을 물음), 이는 제시지문과 대응한다. 만약 제시지문을 읽고 논점을 여러 개 찾아 답해야 하는 경우에는, 각각의 논점에 맞춰 제시지문을 1:1로 대응시켜 논증을 구성해야 하기에 그만큼 글쓰기는 복잡하고 어려워진다(이 부분에 대해서는 연세대 논술 문제를 중심으로 별도의 책으로 엮어 설명할 예정이다). 연세대 논술 문제를 풀기 까다로운 이유가 이 때문인데, 어느 것이든 문제 안에 담긴 내용을 근거로 파악해야 함은 물론이다.

(2) 문제 안에 담긴 토시 하나까지 정밀하게 분석하라

이렇듯 문제 안에는 출제 의도가 반드시 담겨있기 마련이어서, 문제만 꼼꼼하게 분석하면 어렵지 않게 논제를 파악할 수 있다. 따라서 수험생들은 먼저 문제부터 꼼꼼하게 읽으면서 출제 의도를 정확히 파악해야 한다. 만약 그렇지 않고 제시지문에 먼저 관심을 두다가는 논제 분석에 실패하여 논점을 이탈하는 실수를 범하고 만다.

이때 문제의 조사 한 개, 토시 하나까지도 소홀히 하지 않고 정밀하게 읽고 분석해나가야 한다. 출제자들은 당초의 출제 의도와는 다르게 문제가 해석될 여지를 없애기 위해 문제 안에 담길 문구 하나하나에까지 신중을 기하게 되는데, 그렇게 해서 문제와 제시지문 간에는 논리적 연관관계가 빈틈없이 채워지게 된다. 이런 이유로 수험생들은 절대로 문제를 대충대충 읽어서는 안 되며, 또한 그렇게 해서는 문제 안에 담긴 의미를 올바로 파악하기 어려움을 깨달아야 한다.

거듭 강조되고 또 주의해야 할 것은, 먼저 문제부터 읽고 논제(공통 주제+관점+논제 평가항목별 서술 유형)를 파악한 후 제시지문으로 눈을 돌려야 한다는 것이다. 출제자가 문제의 방향부터 정한 다음에 이것을 토대로 제시지문을 구성하기 때문이다. 문제부터 먼저 읽고 출제 의도와 출제 방향부터 파악한 이후에 이에 맞춰 제시지문을 파악해야지, 만약 그렇지 않고 제시지문부터 읽는다면 순서가 뒤바뀐 데 따른 오류를 피할 수 없다. 즉 문제에 담긴 출제 의도에 맞춰 제시지문을 해석하지 않을 경우에는 독해가 어려울 뿐만 아니라, 그 과정에서 논제와 논점을 이탈하거나 자의적으로 잘못 해석하는 오류를 범할 수 있다. 더군다나 문제의 전제조건과 지시사항에 맞춰 제시지문을 의도적으로 그렇게 배치한 점을 고려한다면 더욱 그렇다. 문제와 제시지문을 번갈아 읽는 동안에 제시지문 간의 논리적 연결 관계는 무난하게 파악되며, 그에 따라 이후에 이어지는 논제 분석은 어렵지 않게 해결된다.

제시지문에 담긴 논증을 구성하는 핵심 내용 역시 출제 의도와 밀접하게 관련되어 있기에, 제시지문을 읽을 때도 항상 출제 의도를 통해 묻고자 하는 논제와 논점을 염두에 두어야 한다. 특히 제시지문이 어려울 경우에는 너무 제시지문에 파묻혀서 논지를 파악하려 들지 말고, 출제 의도를 항상 되새김질하면서 동시에 다른 제시지문과의 연관관계를 따져 살핀다면, 제시지문은 생각보다 쉽게 이해될 수 있을 것이다. 이렇게 놓고 생각하면, 앞서 출제 의도의 파악과 문제 분석은 곧 등가의 관계라고 말한 것을 수긍할 수 있을 것이다.

(3) 문제의 지시에 맞춰 제시지문을 살펴라

현행 대입 논술시험은 다면적인 사고력을 평가하는 통합논술 차원에서 출제된다. 이는 이해력·분석력·비판력·창의력이라는 핵심 평가영역을 각각 '요약하라', '비교·분석하라', '비판 및 평가하라', '해결 방안을 제시하라'는 식의 논제 평가항목별 서술 유형(논제 서술 유형)에 담아 다양하고 복합적인 문제 유형으로 만들어진다.

이때 모든 유형의 문제는 읽기 부분에 해당하는 이해력과 분석력을 묻는 것을 기본으로 하되(분석적 이해를 공통적으로, 그것도 기본으로 깔아 묻는다), 그것을 기초로 논증 구성력과 문제 해결 능력을 더해가며 묻는 다면사고형 문제가 출제의 주종을 이룬다. 그렇기에 이제 제시지문의 독해·요약과 비교·분석 능력의 함양은 출제 유형이나 논제 서술 유형에 관계없이 기본적으로 반드시 해결해야만 하는 과제가 된 지 오래다.

그렇게 해서 학생 스스로 문제가 요구하는 논제부터 파악하고, 그 논제에서 묻는 핵심 개념이나 관점·쟁점을 찾아낸 후, 이것에 맞춰 제시지문에 담긴 중심 내용을 주장과 근거가 일관되는 논증 구조를 만들어 서술해야 한다. 그리고 이것을 확장해서 문제 해결을 위한 대안과 해결 방안을 제시할 수 있어야 한다. 결국 제대로 된 글 읽기가 선행되지 않으면 논술 문제를 올바로 풀어낼 수 없는데, 특히 <u>논제 분석을 통해 제시지문 간의 연관관계를 파악해나가는 글 읽기</u>에 힘써야 한다.

여기서 '제시지문 간의 연관관계의 파악'에 주목할 필요가 있다. 또한 논술 문제가 특정한 출제 의도와 채점 기준에 부합되는 일련의 틀에 맞춰 구조적으로 출제되고 있는 점도 눈여겨봐야 한다. 즉 모든 논술 문제는 그 문제에 담긴 주제와 내용은 물론 출제 유형과 논제 서술 유형에 관계없이 '<u>주어진 조건하에(조건)+제시지문을 읽고+이를 비교·분석하여(분석)</u>'라는 전제가 깔려있으며, 이에 더해서 <u>주어진 문제를 설명하거나, 비판하거나, 평가하거나, 대안을 제시(논증을 평가 유형에 맞춰 서술)</u>할 것을 요구한다.

이는 주어지는 각각의 제시지문이 어디까지나 문제를 이해하고 논제를 분석하기 위한 의도적인 목적에 맞춰 출제되고 배치된다는 것이다. 다시 말해, 문제의 공통된 주제를 담고 그에 대한 개념을 설명하는 제시지문(문제에 담긴 내용의 일부로서의 '전제조건'에 해당하는 부분을 담은 제시지문), 그 공통 주제에 종속된 관점·쟁점을 '비교·분석'하기 위한 제시지문이 빠짐없이 주어진다는 것이다. 물론 문제의 요구조건으로서의 일부 또는 전부는 제시지문에 중첩되거나 개별적으로 담겨 출제될 수 있다.

따라서 제시지문을 읽을 때 각각의 제시지문이 어떤 목적으로 출제됐는지 정확히 꿰뚫고 그에 맞춰 해석해낼 수 있어야 한다. 그렇게 해야만 제시지문을 좀 더 세밀하게 들여다 볼 수 있다. 만약 주어진 제시지문을 읽고 공통 주제를 파악한 후 이를 개념 정의하라는 요구였음에도 불구하고 이를 잘못 받아들일 경우, 주제와 관점을 파악하는 데 온 힘을 쏟아야 할 논제 분석이 그만큼 힘들어질 수 있음은 물론이다.

정리하면, 모든 문제는 '**전제조건—비교·분석—논증 평가**'라는 일련의 내용을 담아 출제되는데, 이때 각 항목은 교류가 가능하며, 문제를 출제할 때 일부 항목을 생략할 수도, 하나의 제시지문에 여러 논제 서술 유형이 혼합된 형태(복합논제)로 묶어 출제할 수도 있다. 예를 들어 '제시지문(가)를 읽고 이를 요약하라'는 단순논제형 문제가 주어졌더라도, 이때 '제시지문(가)를 읽고'는 그 지문 안에 담긴 핵심 주제 관념에 의거하여 내용을 요약하라는 '전제조건'을 담고 있다. 그렇기에 이는 문제 해결을 위한 지시사항으로서의 가장 강력한 전제조건을 담아 출제한 것이기도 하다. 따라서 학생들은 먼저 문제부터 읽고 그 안에 전제된 다양한 조건부터 면밀하게 검토하고, 그 조건이 지시하는 바에 따라 제시지문을 비교·분석한 후, 논제 서술 유형에 맞춰 순차적으로 답안을 작성해나가야 한다.

아래의 각 대학별 기출문제 출제 형태를 통해 확인되듯이, 문제별 게시 문항(문제 전체를 관통하는 공통된 주제 하에 출제된 일련의 문항)에 실린 구성 항목과 지시 내용은 하나같이 판에 박은 듯 엇비슷하다. 즉 지금 대학에서 출제되고 있는 논술 문제는 논제의 서술 유형을 달리하여 다양한 해결 과제에 답할 것을 묻지만, 그렇더라도 그 논제 서술 유형에는 그다지 차이가 없다. 즉 대부분이 논제와 제시지문을 통한 독해·요약과 비교·분석을 공통적으로 깔고, 여기에 더해 일련의 논제 해결 과제를 묻는다.

그렇기에 중요한 것은 논제의 요구조건을 담되 문항별 논제 서술 유형을 달리해가며 묻는 각각의 게시 문항에 맞춰 제시지문을 읽고 요약해내는 학생들의 적응력이며 논증 능력이다. 논증은 제시지문에 대한 정확한 이해 및 이를 통한 정제되고 압축된 사고의 표현이라고 할 수 있는데, 이것 역시 문제 안에 제시된 다양한 조건과 제시문의 내용을 면밀하게 분석하고 검토한다면 어렵지 않게 해결할 수 있다. 또한 모든 비판의 근거 역시 자신의 상식에서 찾기보다는 주어진 제시지문에서 찾을 수 있도록 조처하였기에, 이것을 어겨 자의적으로 판단해서는 안 된다.

각 대학의 문제 출제 유형

- (라)의 설명을 이용하여 (가), (나), (다)의 주장을 논의하라(연세대)
  → 논거를 적용해서+비교·분석하여+비판
- (나), (다)의 주장을 비교하고, (가), (나), (다) 모두 참고하여 (라)를 해설하고, XX에 대한 자신의 견해를 제시하라(고려대)
  → 비교·분석 후+논거를 적용하여 설명하고+평가
- (가)의 논거를 바탕으로, (나), (다)를 비교·평가하고, OO의 해결 방안을 제시하라(한양대)
  → 전제조건 하에+비교·분석하여 평가하고+문제 해결
- (가), (나)의 문제와 원인을 정리, 해결책으로 제시된 (다), (라)의 한계 설명, 대안을 (마)의 논거로 제시하라(서강대)
  → 비교·분석하여 요약한 후+비판적으로 설명하고+문제 해결
- (가)를 이용하여 (나), (다)를 해석하고, (라)의 OO의 관점을 적용하여 (나), (다)를 논하라(동국대)
  → 전제조건 하에+비교·분석하여 요약한 후+논거를 적용하여+평가
- 도표 (1), (2)와 도표 (3), (4)가 문제1의 각각의 견해를 지지하는 이유를 상세하게 설명하라(성균관대)

→ 비교 · 분석한 후+평가하고+설명

• (나)를 요약한 뒤, 견해가 다른 것을 (가), (다), (라)에서 택일하여 그 차이점을 구체적으로 밝혀라(서울시립대)

　　→ 전제조건 하에+비교 · 분석하여+설명

• (마), (바)의 논지의 공통점과 차이점을 설명하고, (마), (바)를 통합적으로 고려하여 (가)의 논지를 비판하라(중앙대)

　　→ 비교 · 분석하여+논점을 찾아 요약해서+비판

3. 핵심② 논제 분석 : '개념 정의–관점 파악–논증 구성'

■ **논제 분석** : '개념+관점+논증'_ **논제(공통 주제+관점+논증 평가 유형)**의 도식화

㈎ **'무엇'**에 대해 – 【**'제시지문'**에 담긴_ **'공통 주제'**에 대하여_ 이를 어떤 **'관점'** 하에】: **개념 정의+관점 파악**

㈏ 이를 **'어떻게'** 해결 – 【어떤 **'근거'**로부터_ 어떤 **'주장'**을_ 어떻게 **'제시'**할 것인가】: **논증 구성(논제 서술 유형에 맞춰)**

(1) 논제 분석은 문제풀이의 핵심

논제 분석은 주어진 논제('무엇'에 대해)를 '어떻게 해결'할 것인가에 대한 방법적 구조화의 과정으로, 이를 통해 논제에 담겨야 할 세부 내용을 파악할 수 있다. 즉 문제가 요구하는 다양한 전제조건에 맞춰, 제시지문 간의 연관관계를 비교 · 분석하는 과정을 통해, 따져서 밝혀야 할 핵심 내용을 찾아내는 과정이 곧 논제 분석이다.

논제 분석은 논제와 제시지문에 담긴 공통 주제와 관점을 따져 밝힌 후, 이를 논제 서술 유형에 맞춰 연결시킴으로써 완결된다. 그렇기에 논제 분석 과정에서 제시지문을 관통하는 공통 주제와 그 주제에 종속된 관점은 물론, 이를 어떠한 평가 유형에 맞춰 서술할 것인지 방법적인 해결책까지도 모색할 수 있게 된다. 결국 논제 분석이 제대로 이루어지면, 문제풀이를 위한 기초공사는 개략적으로 끝난 것이며, 이후부터는 논제에 맞춰 답안 내용, 즉 논증을 내용적으로 충실하게 구성하는 일만 남게 된다.

다음은 그것을 설명하는 사례다.

【사례】 한국외대 2014 인문 모의 문제1

※**문제_** 〈제시문A〉와 〈제시문B〉의 **공통 논제**를 우리말로 제시하고, 〈제시문A〉와 〈

제시문B〉의 요지를 각각 서술하시오. (400자 내외)

〈제시문 A〉 Social welfare can be established just by the intervention of the state. The state should provide education, healthcare, unemployment benefits, and old age pensions for all. These are fundamental rights in a humane society. Such state-run welfare services are the property of the nation and therefore should be available to all. They are the physical manifestations[1] of the responsibility of society to each of its members. Thus the state should ensure the welfare for its people. It is a myth that the market can guarantee the welfare. The market cannot replace the active role of the state for social welfare.

영문 해석

사회복지(Social welfare)는 국가의 개입에 의해서만 확립될 수 있다. 사회복지는 인간적인 사회를 위한 근본적인 권리이기에, 국가는 사회구성원 모두를 위한 교육 · 의료보험 · 실업급여 · 노후연금 등을 제공해야 한다. 그러한 국가가 운영하는 복지서비스는 국가의 자산으로 국민 모두에게 제공되어야 한다. 이는 국가가 그 구성원 각각을 위한 사회적 책임을 진다는 실질적인 표시다. 따라서 국가는 마땅히 국민을 위한 복지를 책임져야 한다. 이런 이유로 시장이 복지를 책임질 수 있을 거란 생각은 신화에 불과하며, 시장은 사회복지를 위한 국가의 적극적인 역할을 결코 대신할 수 없다.

핵심 요약

사회복지는 인간적인 사회의 근본적인 권리이기에, 사회구성원 모두에게 폭넓게 제공되어야 한다. 이런 이유로 사회복지서비스를 시장의 자율 기능에 맞길 수는 없으며, 국가가 적극적으로 개입하여 운영해야 한다.

〈제시문 B〉 The increasing welfare bill paid by the state distorts the autonomous mechanism of the market. Social welfare can be achieved by the power of the market. The market must be allowed to flourish, and will do so if unhampered[1] by state intervention. The virtues of the market are said to include rational distribution as well as economic growth. Privatization[2] of healthcare, education, and pensions brings competition to the market and leads to better and cheaper services. If left to itself, the market will deliver the greatest good to society. The market can function as a social safety net better than the state. The thesis of the minimal state is closely bound to a distinctive view of the market as a self-generating mechanism.

영문 해석

국가가 지불하는 복지 지출의 증가는 시장의 자율 기능을 왜곡시킨다. 사회복지는 시장의 힘에 의해서 성취될 수 있는데, 국가가 개입해서 방해하지만 않는다면 시장은 번성하고 또 마땅히 그렇게 될 것이다. 시장의 미덕은 경제성장뿐만 아니라 합리적 분배를 포함하는데, 의료 · 교육 · 연금서비스의 민영화는 시장의 경쟁을 가져와 좀 더 좋고 저렴한 서비스를 가져다준다. 따라서 시장 그 자체로 놓아둘 때, 시장은 사회에 최상의 재화를 가져다 줄 것이며, 국가보다도 사회안전망(Social safety net)으로서 더 잘 기능할 수 있다. 이처럼 최소국가론은 시장이 자생적 메커니즘으로서의 본질적 특성과 밀접하게 관련되어 있다.

핵심 요약

사회복지는 시장의 힘에 의해 성취될 수 있는데, 자율적 시장 기능이 재화의 합리적 분배를 가져와 질 좋고 저렴한 복지서비스를 제공하게 된다. 따라서 시장은 국가보다 사회안전망으로서 더 잘 기능할 수 있다.

■ 제시지문의 **공통 논제**를 우리말로 제시하기 위해서는

• 논제는 주제에 담긴 문제 상황, 즉 **쟁점**을 포함하는 아젠다(의제, 즉 문제에서 다루는 따져 밝혀야 할 핵심 과제)를 서술한 것이다. 그렇기에 제시지문의 공통 논제를 제시하라고 함은, 각 제시지문 안에 담긴 <u>공통된 주제와 그 주제를 통해 밝히고자 하는 핵심 쟁점(관점·논점)을 포함하여 이를 서술하라는 뜻이다.</u>

• 따라서 공통 논제를 우리말로 제시하기 위해서는, 먼저 각 제시지문을 읽고 공통된 주제를 담은 핵심어(또는 서술어)를 찾아낸 후, 이어서 서로 양립 또는 대립하거나 특정한 관점을 지향하는 개념에 집중해서 <u>이를 찾아내 적절한 개념어로 재구성해야</u>(개념어가 분명하게 명기된 경우에는 그대로 쓰면 된다) 한다. 그리고 이것들을 연결하여 서술하면 된다.

• 이를 염두에 두고 〈제시문 A, B〉를 살피면, 공통 주제와 주제어는 Social welfare, 즉 '**사회복지**'란 게 곧바로 드러남을 알 수 있다. 그리고 이어서 그 주제어가 지향하는 쟁점을 담은 개념어인 '국가와 시장', '국가 개입과 시장의 힘 또는 미덕(자율적 시장 기능)'을 찾아내고, 대립되는 두 관점을 통합하여 '사회복지의 **수행 주체**'라는 적절한 개념어를 추론해내면 된다.

• 이렇게 해서 공통된 논제를 끌어내 서술하면, '사회복지의 수행 주체는 국가인가 시장인가', '<u>사회복지의 확대를 위해서는 국가가 개입해야 하는가, 시장의 자율기능에 맡겨야 하는가</u>'가 된다.

예시답안

〈제시문 A, B〉는 사회복지의 수행 주체로서 국가와 시장 중에 어느 것이 우선하는가를 공통된 논제로 다루고 있다. 〈A〉에 따르면, 사회복지는 인간적인 사회의 근본적인 권리이기에, 사회구성원 모두에게 폭넓게 제공되어야 한다. 따라서 사회복지서비스를 시장의 자율 기능에 맡길 수는 없으며, 국가가 적극적으로 개입하여 운영해야 한다는 입장이다. 반면 〈B〉에 따르면, 사회복지는 시장의 힘에 의해 성취될 수 있는데, 자율적 시장 기능이 재화의 합리적 분배를 가져와 질 좋고 저렴한 복지서비스를 제공하게 된다. 그렇기에 시장은 국가보다 사회안전망으로서 더 잘 기능할 수 있다는 입장이다. 이처럼 〈A〉는 사회복지의 확대를 위해서는 국가 개입이 우선되어야 한다고 보는 반면, 〈B〉는 시장의 자율 기능에 맡겨두어야 한다는 점에서 상반된 관점을 갖는다.

논술 문제의 올바른 풀이는 논제 분석력에 달렸다. 그 핵심은 문제를 읽고 그것에 담긴 '전제조건-비교·분석-논증 평가'의 요구조건에 맞춰 각각을 '개념 정의-관점 파악-논증 구성'의 요소별로 대응해가며 논증하는 데 있다. 그리고 그 중 가장 관건이 되는 것이 바로 **제시지문 간의 연관관계를 파악하는 능력**이다. 이는 특히 다음 이유 때문이다.

논제 분석 시에는 문제 안에 제시지문 간의 관계 설정을 규정짓는 다양한 전제조건이 따라 붙는다. 예를 들어

(라)의 설명을 이용해서 '무엇'을 …
(가), (나), (다)의 하나를 선택해서 '무엇'에 대해 …
(가), (나)를 활용하여 '무엇'을 … 등등이다.

문제에 실린 '전제조건' 부분은 공통 주제에 대한 '핵심 개념' 및 더 나아가 그것이 지향하는 근본 물음으로서의 '관점 · 쟁점'을 담아 묻는다. 앞의 '무엇'에 대한 부분이 그것이다. 그렇기에 문제에서 주어진 전제조건이 달라지면 당연히 논제를 '어떻게 해결할 것인가'에 대한 논증 분석과 평가 방법 또한 필히 달라질 수밖에 없다. 주제가 똑같음에도 불구하고 내용적으로 전혀 다른 답안이 되는 이유가 이 때문이다.

여기에 더해, 전제조건이 찾아 밝힐 것을 지시하는 핵심 쟁점 · 관점은 제시지문을 통해 구현된다. 즉 제시지문을 서로 유기적으로 연결시켜 이를 구성한다. 따라서 제시지문을 읽고 그 안에 담긴 쟁점 · 관점을 찾아 밝히고 이를 적절한 용어로 서술할 수 있어야 논제 분석은 가닥을 잡는다. 제시지문 간의 연관관계를 파악하고 관점을 찾는 방법에 대해서는 제3장의 '논술 제시지문을 읽는 방법'에서 자세히 설명했으므로 생략한다.

이런 이유로 제시지문 간의 연관관계를 파악하는 논제 분석 과정이 중요하다고 말하는 것인데, 논제 분석은 제시지문이 정확히 독해되어야만 가능하며, 이후 이것이 논제 서술 유형에 맞춰 기술됨으로써 구체화된다. 어쨌든 논제 분석에서 가장 어려운 부분이 제시지문을 읽어 관점을 정확하게 파악하는 것이고, 다음으로 그 관점에 맞춰 제시지문을 논증 형식으로 요약하는 작업이라고 보면 된다.

논제 분석의 핵심 : 제시지문을 '개념 정의–관점 파악–논증 구성'으로 연결하여 답안 도출
- 논제 분석(1) : 개념 정의_ 문제가 묻는 핵심 주제에 대한 개념 이해 및 개념 정의
- 논제 분석(2) : 관점 파악_ 논제에 담긴 핵심 쟁점 및 관점 · 논점 파악
- 논제 분석(3) : 논증 구성_ 제시지문에 담긴 핵심 내용을 논증 형식으로 구성하여 자기 주장글로 요약

(2) 논제 분석은 독해력에 달렸다

현행 대입 통합논술은 하나의 주제 및 이와 연관되는 논제를 교과서에 실린 다양한 개념과 연계하여 제시한다. 따라서 문제 해결에 따르는 일련의 과정 역시 통합 교과의 차원에서 살펴야 한다. 무슨 뜻인가 하면, 출제되는 문제 전체를 관통하는 핵심 주제와 제시지문 간에 논의되어 따져 밝혀야 할 사안인 논제 간에는 교과 내용을 기초로 한 기본 개념 · 이론 및 서로 견해를 달리하는 핵심 관점 · 쟁점 · 문제점을 담기 마련이며, 이것을 제시지문을 통해 논점(관점), 즉 문제의 핵심이 되는 논의의 초점으로 다양하게 구성하여 출제한다는 말이다.

문제의 출제 의도가 쉽게 드러나지 않아 풀기 어려운 이유는 이처럼 특정 주제와 논

제, 논점을 문제와 제시지문을 가지고 복잡하게 보이도록 비틀어 놓았기 때문이다. 따라서 답안 작성은 이를 일련의 순서에 맞춰 풀어내는 과정이기도 한데, 그 핵심이 되는 게 바로 '**논제 분석**'과 '**제시지문 해석**'이다.

여기서 주목해야 할 것이 앞서 말한 것처럼, 정확한 논제 분석에 앞서 반드시 해결되어야 하는 선결과제로서의 제시지문의 해석(제시지문의 독해와 요약)으로, 만약 제시지문의 정확한 독해와 요약이 이뤄졌다면 논제 분석은 어렵지 않게 해결된다. 그런데 제시지문의 해석은 교과 내용에 담긴 기본 개념을 충분히 인지하고 있어야 제대로 해결되며, 논제 분석 역시 분석한 제시지문의 내용을 통합하여 상호 연관관계를 파악할 때만이 한층 정확해진다.

따라서 '논제에 대한 개념 정의와 관점 파악 → 제시지문 간의 연관성 파악 → 제시지문의 정확한 독해와 요약 → 교과서에 실린 기본 개념의 통합과 영역 전이를 통한 심층적·다각적 이해 → 다시 논제 분석'이라는 일련의 구조적인 패턴으로 귀결된다. 이를 통해 볼 때, 결국 논제 분석 역시 통합교과 공부를 기반으로 해야 더욱 효과적임을 알 수 있다.

다음은 〈성대 2012 인문 모의〉의 문제만 따와 나열한 것이다. 참고로, 밑줄 친 부분은 '폭력'이라는 주제를 가지고 이것을 세부 주제로 하여 개별 문제에 담은 논제인데, 비록 이것이 문제 안에 주어지지 않았더라도 주어진 제시지문과 자료를 읽고 어렵지 않게 파악할 수 있다.

[사례1] 성대 2012 인문 모의 문제

- **[문제 1]** 아래의 〈제시문 1〉에서 〈제시문 4〉를 하나의 주제(→ 폭력을 바라보는 두 시각_ 긍정적 vs. 부정적)에 관한 상반된 두 입장으로 분류하고, 각 입장을 요약하시오.

- **[문제 2]** [문제 1]의 한 입장에 근거하여, 〈보기 1〉의 무력 개입의 정당성을 평가하시오.

- **[문제 3]** 아래 〈표 1〉과 〈그림 1〉, 〈그림 2〉는 공통적으로 하나의 현상(→ 폭력이 또 다른 폭력을 부르는 악순환 현상)을 보여준다고 할 수 있다. 그 현상이 무엇이며, 어떤 점에서 그렇게 해석 가능한지 상세히 밝히시오.

- **[문제 4]** 아래 〈표 2〉와 〈표 3〉을 활용하여 '정의 실현을 위한 폭력 사용'에 대한 자신의 견해를 논술하시오.

앞의 각 문제만을 읽고서도 출제 의도와 제시지문 간의 연관관계를 파악하는 게 그리 어렵지 않음을 알 수 있을 것이다. 결국 출제 의도나 논제 분석이라는 것도 궁극적으로는 제시지문에 대한 정확한 독해와 요약을 바탕으로, 여기에 제시지문에 실린 핵심 내용을 통합적으로 살펴 답을 구하는 데 있음을 알 수 있다.

그리고 그 핵심 내용을 설명하는 개념어와 주제어는 교과과목에서 중점적으로 다루고 있는데, 앞 사례의 문제는 '폭력'이라는 주제를 '정의'라는 교과 내용을 중심으로 여러 관점, 이를 테면 '목적론적 윤리관'과 '의무론적 윤리관'의 관점에서 통합하고 영역을 전이해서 문제로 만든 것이다. 당연히 이 부분에 대한 개념어와 주제어를 제대로 이해하고 있는 학생이 그만큼 문제를 풀어내기가 쉬웠을 것이다.

아래의 〈중앙대 2011 인문 수시 문제1〉에 대한 대학 측의 문제 해설 또한 '개념 정의-관점 파악-논증 구성'이라는 일련의 논제 분석 과정을 순차적으로 해결해나가는 것이 답안 작성에 얼마나 중요한지를 보여주는데, 그 결과물을 필자의 예시답안을 통해 확인할 수 있을 것이다. 괄호 부분은 필자가 도식화한 내용이다.

【사례2】 중앙대 2011 인문 수시 문제1의 중앙대 해설

※문제 1- 제시지문 (가), (나), (다), (라)의 논지 차이를 하나의 완성된 글로 작성하시오.[530~550자]

■ 중앙대 해설

이 문제는 '자유'라는 공통 쟁점과 관련하여(→ 공통 주제에 대한 **개념 이해와 개념 정의**), 제시지문(가), (나), (다), (라)에 담겨있는 다양한 입장과 관점들의 차이를 정확하게 읽어내고(→ 제시지문 비교·분석을 통한 **논점 파악**), 그것을 하나의 완성된 글로 서술하는 능력을 측정하기 위한(→ 제시지문에 담긴 핵심 내용을 **논증 형식으로 구성**) 목적으로 출제되었다. 따라서 이 문제에 대한 올바른 접근이 이루어지기 위해서는 먼저 각 제시문의 일차 독해 과정에서 '자유'라는 공통 쟁점을 정확하게 파악해내야 한다(→ **개념 정의**). 그리고 다음 단계에서 이 주제와 관련된 다양한 입장과 관점들이 어떻게 나타나고 있는지 정리해야 한다(→ **관점 파악**). 각각의 제시지문에서 모든 강제와 구속으로부터 해방된 '무제한적인 자유의 추구', '외부적 개입을 최소만 허용'하는 자유, 공동체와 타인을 고려한 개인적 자유에 대한 '외부의 적극적 개입', 전체주의 권력 하의 개인적 '자유에 대한 극도의 부정'이라는 양상으로 나타나고 있다. 이를 비교·대조를 통해 논리적으로 추론하여 그 내용을 완성된 글로 작성하여야 한다(→ **논증 구성_ 특히 논지 파악**).

■ 필자 예시답안

제시지문은 공통적으로 자유의 의미와 그것에 담긴 다양한 가치에 대해 설명한다. (가)에 의하면, 자유는 인간을 억압하는 세상의 모든 구속으로부터 벗어나기 위해 행하여지는 무제한적이고 비제약적인 가치다. 즉 종교, 국가, 삶, 탐욕과 굶주림 등에 대한 일체의 사유나 어떠한 이념적인 구속 없이 모든 사람들이 자유롭고 평화롭게 사는 이상적인 공동체 세계를 지향하는 의미로서의 자유다. 이는 (나)의 자유지상주의자의 입장에서 더욱 뚜렷하게 나타난다. 오직 개인의 행복을 증진시키는 수단으로서의 개인의 자유를 강조하는 자유주의자들은 개인의 독립성과 자율적 가치를 강조하고, 국가의 간섭에서 빗어나는 개방적인 사회공동체를 옹호

한다. 하지만 (다)에서처럼 사회는 개인들의 행위와 상호작용에 의해 구성·유지·발전되기 때문에, 타인과 관계하는 공동체적 삶 속에서의 개인의 자유는 일정 부분 제한될 수밖에 없다. 그렇더라도 (라)에서처럼 인간 행동의 자발성을 빼앗는 압제권력 하에서 행해지는 자유는 인간적 자유와 삶을 부정하고 말살하기에 본래의 가치를 잃고 무의미해진다. 결국 자유의 의미와 가치는 개인과 사회의 관계 속에서 이것을 어떻게 규정지을 것인가의 문제로 귀결된다.

※문제 2_ 제시문 (마)와 (바)의 논지에서 나타나는 공통점과 차이점에 대해 설명하고, 제시문 (마)와 (바)를 통합적으로 고려하여 제시문 (가)의 논지를 비판하시오. [530~550자]

■ 중앙대 해설

이 문제는 감시통제를 통한 지배하는 힘으로서의 근현대적 '권력'의 성격과 본질을 유비적 맥락에서 통합적 사고를 통해 추론한 뒤, 이를 바탕으로 문학적 함축을 담고 있는 텍스트의 논지를 비판적으로 전망하는 사고 능력을 측정하기 위한 목적으로 출제되었다. 일단, 각 제시문의 일차 독해 과정에서 지문(마)와 (바)가 근대사회와 현대사회에서 나타나고 있는 공통 쟁점으로서의 '권력' 문제를 다루고 있음을 파악한 뒤(→ **개념 이해 및 개념 정의**), 감시통제의 근본 도식(모델), 감시통제의 대상과 수단·방법, 감시의 범위 등의 측면에서 그 두 개 권력 발현 방식의 공통점과 차이점을 유비적 사고를 통해 정확하게 구별·분류하여 정리(→ **관점 파악①** **—논증 구성 : 제시지문 (마), (바) 비교·분석**)해야만 한다. 이를 바탕으로 다음 단계에서, 제시문(마)와 (바)는 근대사회 이후 현대사회에 이르기까지 개인적 권리와 자유에 대한 감시와 통제가 권력의 기반이 되어 왔으며 감시와 통제의 수단이 날로 발전되어 왔다는 점을 도출(→ **관점 파악②—논증 구성 : 제시지문 (마), (바) 비교·분석**)해야 한다. 이러한 관점에서 제시문(가)에서 추구하는 국가와 종교 등 세상의 모든 제도적 구속으로부터 해방된 개인의 무제한적인 자유는 현실적으로 실현되기 어렵다는 사실을 유추(→ **관점 파악③—논증 구성 : 제시지문 (가) 분석**)할 수 있어야 한다.

■ 필자 예시답안

(마)와 (바)는 공통적으로 개인의 자유와 권리를 침해하는 감시와 통제가 권력의 기반으로 작동하여 왔으며, 그 감시와 통제 방법이 갈수록 정교하고 교묘해지고 있음을 나타낸다. 그렇더라도 이는 감시·통제의 수단과 방법, 대상과 범위에서 차이를 보인다. (마)에 의하면, 감시와 통제는 특정한 물리적 공간이라는 제한적인 범위 내에서 가시적으로 이뤄지고 있다. 반면 (바)에 따르면, 감시·통제는 컴퓨터 네트워크를 통해 비가시적으로 행해지고 있기에 대상이 이를 인지하기가 어렵다. 또한 이는 개인의 신용상태와 같은 세세한 부분뿐만 아니라, 개인의 잦은 이동성에도 불구하고 모든 행위를 추적하고 기록하는 등 더욱 효과적인 통제를 할 수 있기에 그만큼 더 치밀하고도 교묘하게 이뤄진다. 이러한 (마)와 (바)의 논지를 통합적으로 고려한다면, (가)에서 말하는 것처럼 종교, 국가, 삶, 탐욕과 굶주림 등에 대한 일체의 사유나 어떠한 이념적인 구속 없이 모든 사람들이 자유롭고 평화롭게 사는 이상적인 공동체 세계를 지향하는 의미로서의 자유, 인간을 억압하는 세상의 모든 구속으로부터 벗어나기 위해 행하여지는 무제한적인 자유의 추구는 현실적으로 실현되기 어렵다.

(3) 문제 해결의 키 : 개념 이해와 개념 정의

① 개념 이해와 개념 정의가 왜 중요한가

논제 분석에서 가장 중요한 것은 논제에 담긴 기본 개념이나 이론, 핵심 주제어에 대한 이해다. 이는 문제에서 친절하게 제시되는 경우도 있지만, 많은 경우에 제시지문을 읽고 해석하는 과정에서 수험생 스스로 찾아 해결할 것을 요구한다. 논술 문제를 풀 때 교과과정에 들어있는 기본 개념이나 이론, 핵심 주제어를 함께 공부해야 하는 이유가 여기 있다. 특히 제시지문이 철학적 개념을 담은 고전이나 명저에서 그대로 **발췌한 것일수록** 제시지문의 난이도는 크게 높아지는데, 이때 진가를 발휘하는 것이 바로 교과서 공부를 통한 개념 이해다. 이것이 기출문제 풀이를 통한 '논제 분석', 제시지문의 '독해 · 요약' 연습과 함께 교과 내용의 '개념 이해'가 반드시 병행되어야 하는 이유이자, 마땅히 그래야만 하는 당위성이다. 분명한 것은, 최상위권 대학을 지향할수록 핵심 개념에 대한 충분한 이해 없이는 논제 분석도, 제시지문의 해석도 어렵다는 점이다.

그렇다면 개념이란 도대체 무엇이며 어떤 의미를 갖는가? 또 논술 주제어에 대한 개념을 파악하고 정의를 내리는 것이 왜 중요한가?

'**개념**'은 어떤 대상 고유의 본질적 속성을 반영하는 사유의 형식이다. 개념은 그 대상을 지칭하는 여러 관념 속에 들어 있는 공통된 요소를 뽑아 이를 종합하여 얻은 보편적 · 추상적 관념으로, 이를 언어로 표현한 것을 '**용어(개념어)**'라고 한다.

개념은 사고의 출발점이며 기본 단위로서, 인간의 인식 과정에서 중요한 의의를 갖는다. 인간은 어떤 사물에 관한 개념을 가지고 있어야만 그 사물에 대한 판단, 즉 추리와 논증을 할 수 있다. 그렇기에 추리와 논증은 판단에 의하여 구성되고, 판단은 또한 개념에 의하여 구성된다. 개념이 없으면 판단과 추리를 할 수 없으며, 인식한 내용을 정리할 수 없다. 즉 개념을 제대로 정의하지 못하면 이후의 주장이나 논의를 끌고나가기 힘들다. 따라서 언제나 개념을 명확히 하고 논리적 오류가 없도록 유의해야 한다.

논술 주제로 다루는 개념어는 인류의 축적된 지혜와 사상이 담겨있는 핵심 용어로, 당대 사상가의 치열한 사고가 집약된 결과물이다. 이것을 '**근본 개념**'이라고 규정해도 무리 없는데, 인간의 사상사에서 개념은 줄곧 사색과 탐구의 대상이 되어 왔다. 즉 그것들은 인간의 정신에 내재하는 공통의 자산이며, 그 근본적인 개념 각각에 대해 존재하는 방대한 문헌들은 개념들에 대한 인간 사상의 연속성뿐만 아니라, 그런 사상이 필연적으로 불러일으키는 폭넓은 의견의 다양성을 반영한다. 앞서 고전과 명저의 발췌 독해의 중요성과 이것을 기출 제시지문을 가지고 공부해야 하는 이유에 대해 말했는데, 이때 기출 제시지문에 실린 내용이 바로 이 근본 개념에 대한 설명이다. 근본 개념은 당대 사상가들이 일생을 바쳐 이룩한 체계화된 지식의 결정체다.

따라서 학생들은 논술 공부를 통해 이 근본적인 개념들을 배우면서 인간의 인식이 불러오는 근본적인 상호 일치와 불일치를 발견하고, 이에 대해 다양한 관점에서 비판적인 사고를 전개해나갈 수 있다. 이때 해당 개념에 대해 생각을 조금 더 깊게 할 경우, 직면하는 질문들과 쟁점, 문제점들은 더욱 명확하게 인식된다. 그것들은 인간이 그것을 둘러싸고 수세기 넘게 논쟁을 벌이는 과정을 통해 오늘날까지도 생생하게 살아 숨 쉬고 있는 근본적인 질문과 쟁점이기에, 오늘을 사는 우리가 삶의 지표로 정하고 세상을 헤쳐 나갈 수 있는 혜안과 사고력을 가져다준다.

　이것이 대입 논술시험에서 근본 개념을 공통된 주제로 다루고 이를 논제에 담아 출제하는 이유인데, 실제 논술 답안을 작성할 때 항상 논제에 사용된 주된 용어(개념어), 이를 테면 주제어에 담긴 개념을 올바르게 파악하고 정의하여 이를 압축적으로 표현할 수 있어야 한다. 즉 논제를 분석하고 제시지문을 구체적으로 해석하기 위해서는 '개념'과 '관점(쟁점)'이라는 요소가 유용하게 활용되며, 그것의 집약이 **논술 답안의 도입부(서론)부터 확실하게 정리되어 나타나야** 한다.

　이런 이유로 논술 답안을 쓸 때 문제가 지시하는 전제조건이 곧 논제에 대한 개념 규정을 일컫는 요구로 보면 되는데, 그런 점에서 볼 때 답안의 형태는 철저하게 두괄식을 지향한다. 만약 논제에 대한 개념 정의 없이 글의 서론을 전개할 경우, 이를 채점하는 교수들은 그만큼 답안의 완성도가 떨어지는 것으로 간주하고 낮은 평가를 내리게 된다. 개념은 지식·생각·관념의 총체로서, 답안에 개념 정의가 제대로 안 됐다는 것은 그만큼 개념과 관련한 용어와 단어에 대한 근원적인 이해가 부족한 것으로 간주되기 때문이다.

　논제에 대한 올바른 개념 이해와 개념 정의는 또한 잘된 논증을 위한 방향타 역할을 한다. 논제의 개념 정의가 안 되고 그에 따라 제시지문에 담긴 관점조차 파악되지 못한 경우, 이어지는 문제 해결은 그야말로 요원하게 된다. 그렇기에 논제의 주요 개념이 무엇이며, 그 개념들이 어떤 의미로 사용되고 또 어떤 관점을 지향하고 있는지 이해하고 정의하는 것은 제시지문의 내용을 구체적으로 파악하기 위한 전제 작업이 된다. 개념을 잘못 이해할 경우에는 답안이 전혀 다른 내용을 담고 있는 글로 변하게 되는데, 이것이 곧 논점 이탈이다. 따라서 개념에 대한 올바른 이해를 토대로 각각의 제시지문이 어떤 관점에서 어떤 사실적 정보를 담고 있는지를 분석하고 이해하여 정리하면, 제시지문의 내용을 구체적으로 파악할 수 있음은 물론, 논점 이탈도 피할 수 있다. 논제가 묻는 개념을 정확히 이해하고, 이를 적합한 단어로 명확히 표현하는 연습의 중요성은 아무리 강조해도 지나침이 없다.

② 개념은 정확하게 정의되어야 한다

'정의'란 어떤 개념을 담은 용어에 대해 명확한 의미를 부여하는 글쓰기 작업이다. 즉 특정한 대상이나 용어의 뜻을 구체적으로 설명하여 그에 담긴 개념적 속성을 명확하게 규정하는 방법이 곧 정의로, 어떤 개념을 정의하게 되면 그 내용과 성격이 분명하게 드러난다. 이를 다음의 개념 정의의 사례를 통해 확인할 수 있을 것이다.

- 고전_ "사람들이 칭송을 늘어놓으면서도 읽지 않는 책"(마크 트웨인) : **비유**를 통해 정의할 수 있음을 보여준다.
- 신화_ 인간의 욕망과 바람을 초월적인 대상이나 현상에 투사하여 만든 꿈의 서사
- 문화상대주의_ 다양한 사회의 문화를 인정하고 각각의 문화를 그 사회의 고유한 환경 속에서 이해하려는 자세

어떤 개념을 정의하고자 할 경우에는, 우선 정의하고자 하는 대상[이것을 정의할 용어를 담은 '피정의항(A)'이라고 하며 그 나머지 진술 부분을 '정의항(B)'이라고 하여, 'A는 B이다'의 형식으로 나타낸다]을 포함하는 올바른 유개념(범주와 부류)이 무엇인지 생각하고 진술해야 하며, 또한 피정의항의 특성이나 개별적 특성(이를 '종차'라고 한다)을 찾아 밝혀야 올바른 정의가 된다.

예를 들어, "문학이란 인간의 사상과 감정을 언어를 통해 아름답게 표현하는 예술의 하나다."라고 문학에 대한 개념을 규정하였다고 하자. 이때 '문학'라는 개념을 포함하는 유개념은 '예술'이며, 그 대표적인 속성은 '언어를 통해 인간의 사상과 감정을 아름답게 표현하는 것'이다. 이때 만약 유개념이 이를테면 '소설'이라는 하위 개념으로 진술됐을 경우, 그 개념은 충실하게 정의되지 못한 것이다.

개념을 이해하고 정의를 내릴 때는 다음 세 가지 측면을 고려해야 한다.

첫째, 항상 어떤 개념과 다른 개념들, 그 개념이 지향하는 쟁점들 사이의 **연관성**을 인식하며 파악해야 한다. 예를 들어 "진리에 대한 우리의 인식이 선과 미에 대한 이해에 어떠한 영향을 미치는가.", "무엇이 좋고 무엇이 나쁜가에 대한 우리의 이해가 정의에 대한

이해에 어떻게 결정을 끼치는가."처럼 인식론·가치론적 개념 이해가 선과 악, 아름다움과 추함 등의 다른 개념, 다른 관점들과 어떠한 관계맺음을 하고 있는지를 인식하고 파악할 수 있어야, '개념 정의-관점 파악'의 연관관계 파악을 통한 논제 분석이 가능해진다.

둘째, 개념은 고정불변의 것이 아니라 시대·상황·사람에 따라 **유동적**이다. 즉 경험과 지식 수준이 다른 사람들 간에는 인식하는 개념에 차이가 날 수 있고, 또한 시대와 상황에 따라 개념이 변화하기도 한다. 시간이 흘러 새로운 개념이 축적되면서 본래의 개념에 새로운 속성이 부가되기도 하며, 그에 따라 과거와는 다른 식으로 사용되기도 한다. 때론 개념이 확대되기도 하고 축소되기도 하며, 새로운 개념이 등장하거나 소멸하기도 한다. 이처럼 사물을 반영하는 개념은 끊임없이 변화하고 발전한다.

예를 들어 가족이라는 개념을 떠올려 보자. 전통적인 가족 개념은 혼인관계를 맺은 남녀가 아이를 출산하거나 입양을 통해 만들어지는 생활 집단을 의미한다. 그런데 오늘날에는 사회가 변화하면서 다양한 가족 개념이 생겨나고 있으며, 그에 따라 종래의 가족 개념이 흔들리고 있다. 즉 1인 가족, 한부모 가족, 비혼 가족, 동성부부 가족 등 전통적 가족 개념으로는 포괄하기 어려운 가족 개념들이 널리 사용되고 있다. 이처럼 현대사회에서 가족 개념이 불분명해지면서, 어떤 상황에서 누군가가 가족 개념을 말했을 때 이것이 전통적 가족 개념을 의미하는지, 아니면 새롭게 등장한 개념들을 포괄하는 가족 개념을 의미하는지에 대한 판단 기준이 모호해진다. 따라서 가족이란 개념을 좀 더 명확하게 이해하는 방법을 모색해야 할 필요성이 있다. 바로 개념들 간의 관계를 따져 개념을 정확하게 정의하는 일이다.

개념들 간의 관계 변화는 곧 나와 나를 둘러싼 세계에 대한 '관계'와 '인식'의 차이를 새롭게 규정하는 것을 의미하며, 그렇게 해서 새로워지는 개념에 의해서 세계는 다시 해석되고, 그러한 과정 속에서 우리는 새로운 '주체'와 '정신'을 창출한다. 이렇듯 개념은 시대에 따라 변화함으로써 오히려 시간을 초월하는 보편성으로서의 본질을 담게 되는데, 이는 인식의 주체가 개념 변화에 맞춰 이를 정확하게 정의함으로써 가능해진다.

셋째, 누구나 개념을 객관적으로 파악할 수 있다고 생각하지만, 개념 정의에는 그만큼 자신도 의식하지 못하는 **선입견**이 개재되기 마련이며, 또한 사람들의 인식이 개입하는 과정에서 실제의 의미와는 다른 의미로 사용됐음에도 이것을 올바르게 인식하지 못할 수 있다. 그러므로 개념 이해에서는 반드시 그 개념이 사용된 맥락 또는 이론 체계를 고려해야만 하는데, 개념 이해에 앞서 **개념적 인식**이 강조되는 이유가 이 때문이다. 즉 문제로 다루고 있는 공통 주제와 그 주제에 담긴 개념을 이해할 때는 외적 조건, 특정 상황 등의 사회적 맥락을 통해 현상의 본질을 파악하는 노력이 필요하다.

개념을 절대 외우려 들어서는 안 되는 이유가 이 때문인데, 만약 개념을 무작정으로 외우려 들었다가는 크게 낭패를 볼 수 있다. 현행 논술은 논제가 묻는 개념을 오직 제시지문에 담긴 내용을 통해서만 파악하고 분석하여 답할 것을 요구하지, 결코 사회구성원이 지지하고 받아들이는 일반적인 통념이나 시대의 주류적 사고에 입각해서 답할 것을 요구하지는 않기 때문이다. 때문에 예를 들어 '개고기를 먹는 것이 어떠냐?'는 질문에, 이를 아무런 비판 의식이나 제시지문의 면밀한 검토 없이 그저 지레짐작으로 답하게 되면, 이 역시 논점과는 벗어나는 답이 될 수 있다. 즉 '개고기를 먹는 것'은 비록 윤리적인 차원에서는 비판받을 수 있지만, 문화적인 측면에서는 얼마든지 용인될 수 있는 사안이다.

이를 위해서는 교과 수업에서 익힌 기본 이론과 핵심 개념을 실제 사회현상 및 현실 문제와 연결해서 생각하고 분석해보는 공부가 필요하다. 표면적인 사례나 현상에만 집착해서는 안 되며, 사례와 현상이 드러내고자 하는 본질적인 문제가 무엇인지 파악해야 하는데, 그렇게 해서 어떤 현상의 문제점과 원인, 해결 방안을 모두 유기적으로 연결시켜 답안을 써야 한다.

하지만 문제는, 대학은 문제를 출제할 때 학생들이 교과에 실린 핵심 개념이나 기본 이론을 제대로 익혔다고 가정하고, 다시 말해 학생들이 이미 이를 다 알고 있다고 생각하고 좀 더 깊숙한 개념과 이론을 주제로 삼는다는 점이다. '고통', '아름다움', '낭비', '정체성', '상품화' 등 다분히 형이상학적이거나 심층적인 주제를 논제에 담아 출제하는 경향이 있는데, 이 때문에 학생들이 겪는 심적 고통과 당혹감은 이만저만이 아니다. 그렇더라도 최근에는 이 역시 교과과정을 크게 벗어나지 않고 또 제시지문이 교과 내용에서 출제되는 추세여서, 교과서에 실린 주요 개념을 살피되 여기에 기본 지식을 조금 덧붙여 공부하면 그것만으로도 충분히 문제를 풀 수 있다.

그럼에도 학생들은 왜 개념을 이해하고 정의하기가 어렵다고들 생각할까? 실제 객관식 선택형의 수능시험에서도 개념 이해와 관련한 문제가 자주 출제되는데, 이때 학생들은 문제의 설명을 보고 개념을 골라내거나 개념을 보고 이를 올바르게 설명한 것을 골라내는 것은 잘한다. 그렇지만 학생 스스로 개념을 이해하고 이를 활용하여 답안을 써야 할 때는 전혀 그렇지 못하다. 평소에 개념을 정리하고 요약하는 연습을 전혀 하지 않은 탓에, 글을 읽을 때 개념적인 사고까지 덩달아서 제약을 받아 어쩔 줄 몰라 하는 것이다.

따라서 교과서를 공부할 때는 개념 이해는 물론 개념적 사고까지 끌어올릴 수 있도록 적극 노력해야 한다. 교과서를 읽으면서 개념어와 주제어에 담긴 핵심 내용을 명확하게 이해하고 파악할 수 있도록 사고하고, 핵심 개념을 요약·정리하는 연습을 병행해야 한다. 그리고 그 개념 이해의 지평을 넓혀나가야 하는데, 이는 대입 논술에 출제된 제시지문을 살펴 공부하되, 관련한 개념과 이론을 교과서와 연계해가며 풀어나가면 된다.

개념 정의가 중요한 추가적인 이유는, 정의는 개념이 명확한지를 검증하는 방법이기 때문이다. 사용되는 개념이 명확한지 검증하려면 그 개념에 정의를 내려 보면 된다. 만약 정확한 정의를 내릴 수 있다면 그 개념이 명확하다는 것이고, 그렇지 못하다면 그 개념이 명확하지 못하다는 것을 알 수 있다. 따라서 어떤 개념을 답안에 담아 전달하려면, 먼저 그 개념에 대한 정의부터 올바로 내리고, 그에 부합하는 명확한 내용을 담아 서술해야 한다. 즉 논제에 담긴 주제와 관점을 하나의 개념어로 뽑아 정확히 정의할 수 없으면, 이는 그저 지레짐작으로 이럴 것이라고 생각하며 언어를 구사하는 것과 다를 바 없고, 그에 따라 의사전달에 곡해가 생기게 마련이다.

결국 정의란 혼란스런 대상을 특정 관점에서 개념화하는 능력이고, 주제를 명확하게 하는 데 보편적으로 쓰이는 방식임을 알 수 있다. 그리고 주어진 논제와의 연관성 아래 정의하는 문장을 자신의 글로 차별화시킬 수 있는 능력 또한 올바른 개념 정의로부터 나온다. 이런 이유로 개념을 정의하는 능력 자체가 논술 능력과 사유 능력의 상당 부분을 차지한다고 해도 결코 틀린 말이 아니다.

이상에서 알 수 있듯, 논술 문제의 해답을 효과적으로 드러내기 위해 손쉽게 구할 수 있는 방법의 하나가 바로 개념 정의다. 논제의 개념 정의가 제대로 안 되면, 이후의 답안은 그야말로 엉망이 되고 만다는 점을 반드시 염두에 두어야 한다.

개념 정의의 요령
• 개념을 몇 개의 **하위 범주**로 파악하여 정리한다. 예를 들어 '정의'에 대한 개념을 정의할 경우, 이를 정

치적 · 경제적 · 법률적 관점에서 하위 개념어를 살피면 각각은 소유권적 정의 · 분배적 정의 · 교정적 정의의 측면에서 고찰될 수 있는데, 이에 따라 개념을 정리하면 한층 명확하게 규정된다.

- **반대 개념**과 비교하여 판단한다. 가령 '개인주의'를 정의할 경우, 이 개념의 반대 용어인 집단주의를 생각해내고 서로 비교하여 정의를 내리면 개념은 명료해진다.
- **피정의항과 관련된 낱말**들을 모두 나열한 뒤 적절하게 조합한다. 예를 들어 '과학'을 정의할 때, 떠오르는 개념들을 자유롭게 모두 나열하면 자연 · 관찰 · 실험 · 법칙 등의 낱말들이 떠오를 것이다. 이어서 그 낱말(하위 개념어)들을 합쳐보면, '과학은 인간과 그를 둘러싸고 있는 자연계를 관찰과 경험을 기반으로 한 법칙으로 이해하려는 지적 체계'라는 개념 정의를 내릴 수 있다.

③ 개념은 올바르게 규정되어야 한다

개념을 정확하게 정의하는 것은 곧 개념을 구성하는 두 가지 중요한 측면인 개념의 '**내포**'와 '**외연**'을 명확히 하는 것이다. 개념은 대상(논제의 지시어)의 특유한 속성을 반영하는 동시에 이러한 특유의 속성을 가지고 있는 대상도 반영하게 된다. 이때 개념이 반영하고 있는 대상의 특유한 **내용 · 속성 · 성질 · 특성**을 개념의 '내포'라고 하고, 그 개념이 반영하고 있는 대상의 **집합** 또는 **범위**를 개념의 '외연'이라고 한다. 예를 들어 채소라는 개념의 외연은 배추 · 무 · 양파 등 모든 개별적인 채소를 말하며, 내포는 '식용하기 위해 밭에서 기른 농작물'이라는 채소가 갖는 특성을 말한다.

개념의 내포와 외연은 상호 긴밀히 연관되어 있으며, 또 서로를 제약한다. 개념의 내포가 확정되어 있다면, 일정 조건 하에서 개념의 외연도 잇달아 확정되며, 그 반대의 경우에도 마찬가지다. 그렇더라도 개념의 내포와 외연은 고정불변이 아니다. 대상이 변화 · 발전함에 따라 그것을 인식하는 사람들 역시 사고의 전환과 발전을 가져오고, 그에 상응하여 개념의 내포와 외연도 끊임없이 변화하게 된다. 개념의 **맥락적인 이해와 인식**이 중요한 이유가 이 때문인데, 따라서 이것을 잘 구별하지 않으면 판단을 내리는 과정에서 혼란과 오류를 겪게 된다. 즉 모든 개념은 내포와 외연의 확정성과 가변성의 통일을 통해 구체화되고 명료하게 인식된다.

이런 이유로 개념의 외연과 내포를 명확히 해야 한다. 개념을 명확히 하고 대상을 정확히 인식하는 데 그만큼 중요하기 때문이다. 개념의 외연과 내포를 명확히 해야 개념이 명확하게 규정되고, 그에 따라 대상에 대한 올바른 판단과 논리적인 추론이 가능해진다. 개념의 외연과 내포, 즉 개념이 지칭하는 대상(주제어)과 그에 담긴 내용(그 주제어에 담긴 의미)을 확정하고 일치시키는 것을 '**개념의 범주화**'라고 하는데, 이것이 잘못되어 답안의 내용적 의미와 형식적 구성 간에 오류가 일어나는 것이다.

개념은 또한 개념의 '**한정**'과 '**개괄**'을 통해 구체화되고, 확장된다. 개념의 한정이란, 개념의 의의를 좁히기 위해 속성을 부가하는 일, 즉 내포를 크게 하고 외연을 좁게 하는 논리적인 방법을 말한다. 개념의 개괄이란, 개념의 내포를 감소시켜 개념의 외연을 확대하는, 다시 말해 외연이 좁은 개념으로부터 외연이 넓은 개념으로, 종개념으로부터 유개념으로 이행하는 방법을 말한다.

개념의 한정은 개념의 외연(주제·논제)을 일정한 범위 내로 한정함으로써 논증을 더욱 명확히 하는데, 그에 따라 논술시험에서 묻는 '**분석적 이해**'라는 평가항목에 조응한다. 개념의 개괄은 문제에 대한 인식의 폭을 넓힘으로써 사고의 범위를 확대시키는데, 그에 따라 논술시험에서 묻는 '**비판적 평가**', '**창의적 적용**'이라는 평가항목에 조응한다.

어느 것이든, 개념을 혼동한다면 사고 과정에서 필연적으로 오류가 일어날 수밖에 없다. 따라서 개념을 정확하게 정의하고 또 올바르게 규정해야 하는데, 이를 위해서는 어떤 개념을 규정할 때 사용되는 용어(개념어)의 여러 의미들을 더욱 분명하게 파악해야 한다. 무엇이 **상위개념**이고 또 무엇이 **하위개념**인지, 어떤 개념이 **유개념**이고 또 어떤 개념이 **종개념**인지를 구분하고, 같은 층위에 있는 개념들 간에는 어떤 속성의 차이가 있는지 파악하면 훨씬 정확한 개념 사용이 가능해진다. 예를 들어, 1인 가족이나 비혼 가족을 가족 개념에 포함시킬 때, 이를 포괄하는 보편적 가족 개념을 어떻게 설명해야 타당한지를 따져 보거나, 가정과 가구는 가족 개념과 어떠한 차이가 있는지를 살피면, 가족 개념이 더욱 명확해진다.

이는 논술 문제풀이에서 대단히 중요하다. 만약 개념이 올바르게 분류되지 못하고, 또 알아보기 쉽게 구분되어 사용되지 못할 경우, 문제의 논제에 담긴 상위개념과 하위개념인 관점·쟁점(논점) 간의 논리적 인과관계가 깨짐은 물론, 이어지는 제시지문의 논증 구성까지 흐트러져 전체적으로 답안이 뒤죽박죽되는 양상으로 치닫기 때문이다.

'범주의 오류'는 실제 답안에서 가장 빈번하게 일어나는 오류이기에 특히 신경을 써야 한다. 즉 '범주의 오류'는 논리적으로 다른 범주에 속하는 개념어를 같은 범주에 속하는 것으로 생각하여 발생하는 오류인데, 이를테면 상위개념과 하위개념을 뒤섞어 사용함으로써 발생하는 의미의 혼동이 그것이다.

개념을 파악하는 데 주의해야 할 또 한 가지는, 같은 대상이라 하더라도 정의의 수준과 내용이 글쓴이의 의도나 독자의 수준에 따라 달라질 수 있다는 것이다. 정의는 사물이나 대상을 가리키는 개념의 의미를 밝히는 방법이지, 사물이나 대상의 본질을 밝히는 데 있지 않기 때문이다. 다시 말해, 사물이나 대상이 지니고 있는 고정불변의 절대적인 속성(즉 사실이나 가치)을 밝히는 것이 아니라, 용어나 개념이 자신의 의도대로 적당하게 사용될 수 있도록 그 뜻을 규정하는 것이 목적이다. 따라서 논제에 담긴 개념을 제시 지문을 읽고 파악할 때는 앞서 말한 개념의 맥락적인 이해를 통해 그 본질을 **객관적인 시각**에서 파악할 수 있어야 하며, 또한 답안 작성을 위해 개념을 새롭게 정의하고 요약할 때 역시 그것에 담긴 용어와 진술의 의미 하나하나를 꼼꼼히 생각하고 객관적으로 판단한 후 상황이나 조건에 맞게 기술해야 한다.

논제에서 묻는 개념을 잘못 이해하고 또 이를 적절하지 못한 용어로 서술한 '나쁜 예'를 이 장의 마지막 부분인 '논술 문제풀이 과정 예시'에서 찾아 확인하기 바란다. 논제의 개념 정의가 잘못되면, 이후에 이어지는 논증 구성 역시 제대로 이뤄질 수 없고 또 그에 마땅한 결과로 귀착된다.

④ 개념은 설명적 글쓰기를 통해 객관적으로 서술되어야 한다

개념을 올바로 정의하고 그에 담긴 용어의 의미를 명확히 밝히기 위해서는 비교 · 분류 · 분석이라는 다양한 서술 방법이 동원된다. 즉 논제에 담긴 개념을 정의하고, 그 내용을 분류 · 비교 · 분석의 방법을 써서 알기 쉽게 풀이하거나 자세히 서술하는 **설명적 글쓰기**가 그것이다. 개념의 내용을 설명하는 '정의항'이 사전적 해석만으로는 충분하게 그 의미를 담아내지 못할 경우, 제시지문에 담긴 내용을 예시하고, 비교 · 대조하고, 분류 · 구분하고, 분석하는 서술 방법을 통해 개념적 정의를 확장할 수 있는데, 이를 통해 개념은 설명의 부족함과 애매함을 보완할 수 있다.

논술 문제에 담긴 '조건-분석-서술'이라는 지시이행 사항 중의 **전제조건**에 해당하는 부분이 곧 논제에 대한 정확한 개념 이해를 토대로 그 핵심 내용을 **객관적으로 설명하라**는 요구인 점에 비춰 생각할 때, 각각의 서술 방법을 살펴 개념을 올바르게 정의하고, 이것을 이후의 '분석-서술'에 해당하는 논증 글쓰기로 연결시킬 수 있어야 한다.

개념을 정의하는 방법
- 분류_ 대상의 속성이나 내용이 비슷한 개념은 한데 묶어 순차적으로 서술한다.
- 비교_ 개념상의 공통점과 차이점을 알아보기 쉽게 비교하여 서술한다.
- 분석_ 개념이 어떤 층위를 이루고 있는지를 파악한다.

여기까지의 설명으로 논술 답안의 도입부(서론)에서 요구되는 글쓰기는 **논제에 담긴 개념을 정의하고 이와 관련한 쟁점을 설명하는 글쓰기**임을 알 수 있는데, 이를 통해 서술되는 답안은 논제를 밝혀 새롭게 발견된 사실이나 견해가 아닌, 이미 알려진 지식이나 사실에 바탕을 둔다. 그렇기 때문에 개념의 이해와 정의에 사용되는 기존 지식이나 사실은 **객관적**으로 확인된 것이어야 하며, 이를 **설명글**로 명확하게 표현해야 한다. 따라서 확인하기 어려운 사실, 검증되지 않은 주관적 견해나 추측 등을 배제하고, 정확한 사실을 근거로 서술해야 한다. 요컨대 개념 설명은 주관적이거나 개인적인 차원이 아닌, 어디까지나 객관적인 차원에서 공정하게 기술해야 한다. 이를 위해서는 제시지문에 대한 정확한 해석과 분석이 요구되는데, 이때 학생들에게 필요한 것이 바로 비판적인 사고다.

학생들은 제시지문을 읽고, 당연하다고 받아들였던 기존 지식이나 시각에 대해 새로운 해석을 통해 생각의 지평을 열어나가야 한다. 만약 그렇지 않고 제시지문의 내용을 무비판적으로 받아들여 서술할 경우, 그 글은 가치 있는 지식과 정보가 되지 못하고 맥락에서 벗어나게 되기에, 이를 적극 피해야 한다. 그런 점에서 볼 때, 비판적 사고는 곧 객관적 판단을 위한 전제가 된다.

이상의 내용을 고려할 때, 논제에 담긴 개념을 올바로 정의하는 한편, 비교 · 분류 · 분석이라는 서술 방법을 적절하게 사용하여 그 개념에 담긴 용어의 의미를 명확히 서술하는 것이야말로 올바른 논술 답안을 쓰는 관건이자 핵심이다. 또한 이후의 이어지는 제시지문에 담긴 관점 파악에 올바른 방향을 제시함으로써, 잘된 논증을 위한 논증 글쓰기의 질적 수준을 향상시킨다.

다음은 개념 이해와 개념 정의의 중요성을 보여주는 사례로, 문제를 직접 풀어 이를 확인하기 바란다. 제시지문은 생략한다.

【사례】 동국대 2014 인문(II) 모의 문제2

※문제2. ①제시지문(나)와 (다)가 담고 있는 생태 사상의 특징을 밝히고, (이하 생략)

①(가), (나)가 담고 있는 생태 사상의 특징은
- (나)의 생태 사상의 특징_ 자연에 대한 인위적인 조작과 통제를 거부하는 '무위'의 삶을 바람직한 삶으로 보는 **동양적 자연관**(공통 주제)으로서의 **생태 평등주의**(관점1)

- (다)의 생태 사상의 특징_ 모든 개체는 타자와의 경쟁과 투쟁이 아닌 협동을 통해 살아 간다는 **동양적 자연관**(공통 주제)으로서의 **공존 · 공생의 문화**(관점2)

(4) 관점 파악 : 논제 분석의 핵심 연결고리

논제에 담긴 개념이 파악되고 정의됨으로써 논의해야 할 논제의 명료성이 확보됐다면, 이어서 그 논의를 심층적으로 끌고나가 그 논제가 논의코자 하는 근본적인 전제나 쟁점, 화제, 문제점을 끄집어내고, 이것을 중심으로 제시지문을 논증 구조로 연결시킬 수 있는 하위개념으로서의 소주제가 필요하다. 이것이 바로 '**관점**'이다.

관점은 논제가 갖는 추상성을 구체화하여 논증을 분명히 하고 논의의 중심을 집약하는, 논술 문제풀이에서 가장 중요한 역할을 담당하는 작은 주제다. 그렇기에 관점은 논제에 담긴 개념의 본질적인 이해를 위한 근본적인 쟁점이자 논의의 요점(논점)이다. 그리고 그 쟁점 · 논점은 접근 방법이나 지시 대상, 인식 주체별로 서로 대립되는 관점을 갖는다.

관점을 효과적으로 파악하는 방법

- **문제**를 읽고 찾는다. 문제 안에는 논제는 물론 관점을 명확하게 드러내거나 이를 추론할 수 있는 힌트들이 들어있는 경우가 많으므로, 문제를 꼼꼼히 읽고 살핀다. 그렇나라도 관점은 문제와 제시지문 안에 명확하게 드러나지 않는 것이 일반적이다.
- **논제**를 통해 가늠한다. 관점은 논제에 대한 생각의 지류를 묻는 것이기에, 논제를 올바르게 파악하는 것은 관점을 파악하는 첫걸음이 된다. 논제는 사회적 이슈나 핵심 쟁점 · 문제점 등과 관련한 근본 개념들을 주제로 다루며, 따라서 근본 개념들의 하위 개념어를 떠올리는 것만으로도 관점 파악은 훨씬 쉬워진다.
- 제시지문 안에 담긴 **핵심 주장에 대한 글쓴이의 태도와 입장**을 살핀다. 제시지문 안에는 문제에서 다루는 주제와 논제에 대한 글쓴이의 태도와 입장을 담기 마련이며, 따라서 이를 살펴 핵심 주장이 논의의 어떤 측면을 다루고 또 어떤 차원에서 언급되고 있는지 파악한다. 이때 글의 종류를 따져서 주제어 · 핵심어가 논제를 설명하는 것인지 아니면 논제와 관련한 어떤 주장을 하는 것인지 파악하면 관점을 좀 더 효과적으로 파악할 수 있다. 만약 설명이라면 객관성을 담보하기에 글쓴이의 태도보다는 어떤 방법을 써서 설명하는지 주목하면 되고, 주장이라면 논제에 대해 비판의 자세를 취하는 것인지 아니면 옹호의 자세를 취하는 것인지 등을 가려 살핀다.
- 제시지문 안에 실린 **주제어 · 핵심어**를 찾아 살핀다. 제시지문은 논제의 요구에 맞춰 이항대립적인 관점을 담기 마련이며, 따라서 제시지문 안에 담긴 주제어 · 핵심어를 찾아내면 관점이 쉽게 드러난다. 만약 제시지문이 어려워 이를 읽어도 관점이 제대로 파악되지 않을 경우, 먼저 다른 제시지문부터 이분법적으로 구분해가며 살핀 후, 어려운 제시지문에 담긴 내용을 추론해 파악하면 된다.
- 제시지문의 **논점**을 찾아 살핀다. 논점은 논세에 따라 논의의 중심을 집약한 요점이자 요지로, 이것을

논제의 관점으로 하여 답해야 하는 경우에는 특히 주의해 제시지문을 읽어야 한다. 이 경우에는 문제의 난이도가 높은 것이 일반적인데, 왜냐하면 논점이 미시적인 관점을 다루는 까닭에 이것이 제시지문 안에서 이항대립적으로 명확하게 구분되어 드러나지 않기 때문이다.

- **단서**가 되는 구절을 찾는다. 특히 문학작품 제시지문의 경우에는 글의 기술 방식이 서사와 묘사로 이루어졌고 또 다분히 주관적인 관점을 지향하기에, 그만큼 글에 실린 상징이나 말투, 비유, 분위기 등을 가지고 관점을 찾아내고 이를 논술 개념어로 재구성해야 한다.

① 관점 파악은 논제 해결의 실질적인 포인트

논제 분석을 위한 관점 파악에서 특히 염두에 두어야 할 포인트는 다음 세 가지다. 그렇더라도 중요한 것은 이것이다. 어느 것이든 논제에 담긴 공통 주제의 개념을 정의하고 규정할 때와 마찬가지로, 관점에 대한 개념 규정 역시 대상과 그 대상이 지칭하는 속성·특성·성질이 일치하고 또 내용적으로도 부합해야만 '범주의 오류'를 피할 수 있다.

첫째, 개념과 관점을 연결하여 논증을 이어나가면, 그것이 곧 논술 답안이 된다. 아래의 [사례1]은 그것을 설명하는 전형이다. 사례에서 보듯, 문제는 풀기 쉽게 구조화되어 출제되기에, **'개념'과 '관점'을 논리에 맞춰 연결**하고, 이것을 다시 제시지문의 핵심 내용에 맞춰 논증 형식으로 풀어내면 그대로 답안이 된다. 따라서 문제 해결의 포인트는 제시지문 안에 담긴 관점(쟁점·논점)을 어떻게 적절한 용어 또는 문구로 서술하느냐에 달렸음을 알 수 있다.

【사례1】 동국대 2012 인문 수시 문제2

※문제. ①제시문 [가]에 나타난 <u>아리스토텔레스의 교육관</u>을 '**일과 여가**'의 개념을 중심으로 요약하고, ②제시문 [나]에 나타난 **대학교육의 목적과 방향에 대한 관점의 차이**를 제시문 [가]를 참조하여 <u>분석하시오.</u>

■ 필자 예시답안

(가)에 따르면, 여가는 삶의 궁극적인 목적인 행복을 추구하는 것이란 점에서 일보다 더 본질적이며, 이를 통해 최상의 즐거움을 누린다는 점에서 그 자체가 하나의 목적이 된다. 그렇기에 여가를 올바로 누리기 위해서는 잘 배우고 교육받아야 하는데, 왜냐하면 여가를 통해 최상의 즐거움을 누리기 위해 배우고 교육받는 그 자체가 행복에 이르는 목적이자 궁극적 가치이기 때문이다. (나)에 따르면, 대학교육은 그 목적과 방향에서 **실용적인 가치를 중시하는 교육관**과 **소양적인 가치를 중시하는 교육관**의 상이한 관점을 지향한다. 이를 (가)의 관점에서 고려할 경우, 전자는 삶의 궁극적인 목적인 행복을 추구하는 수단으로서의 더 나은 '**일**'을 위한 직업교육에 더 큰 가치를 두고 있다. 반면 후자는 삶의 궁극적인 목적 그 자체로서의 최상의 행복이자 즐거움인 '<u>여가</u>'를 추구하기 위한 인문학적 소양교육에 더 큰 가치를 두고 있다.

둘째, 관점은 문제 안에 드러나지 않는 경우가 일반적이다. 따라서 문제의 지시에 따라 학생 스스로 **제시지문을 읽고 분석해 관점을 찾아 밝혀야**만 하며, 이후 이를 적절한 용어나 문구로 서술하여 논제에 담아야 한다. 이때 문제와 제시지문을 읽고 관점을 파악하지 못한다면 이것이 곧 논점 이탈이고, 또 관점을 올바르게 파악했더라도 적절한 용어로 명확히 서술하지 못한다면 이것이 곧 논의의 명료성 부족이라고 보면 된다.

어느 것이든, 관점의 파악은 논제 이해와 논제 분석의 실질적인 포인트임을 알 수 있다. 따라서 평소 교과서를 통해 개념 이해는 물론 그 개념의 심층에 담겨있는 쟁점 · 논점을 함께 이해하는 방향으로 공부해나가야 한다. 그렇더라도 논술에서 묻는 관점은 논제에 담긴 공통 주제의 가장 핵심적인 사안이며, 그것도 일반적으로 이분법적 · 이항 대립적으로 묻고 있는 점을 고려할 때, 제시지문 전체를 두루 살핀다면 관점 파악은 물론 관련한 적절한 단어 선택까지도 가능할 것이다. 그리고 그 관점에 맞춰 제시지문을 나누고 관점을 담은 용어를 중심으로 논증을 해나가면, 그것이 곧 잘된 논증이 된다.

아래는 그 사례인데, 눈여겨볼 것은 문제의 어느 곳에도 관점에 대해 언급하지 않았고, 다만 찬성과 반대 중 어느 한 입장을 정해 논증하라고 지시했다. 따라서 제시지문을 다 읽고 대립하는 관점을 추출해내야만 하는데, 그렇더라도 개념을 정의하여 용어로 재구성할 적절한 단어가 제시지문 곳곳에 들어있기에, 이를 해결하는 것은 그다지 어렵지 않을 것이다.

【사례2】 단국대 2011 인문 모의 문제3

※문제. 다음은 낙태(임신중절수술)에 관한 다양한 의견과 자료를 나열한 것이다. ①낙태 합법화에 대한 찬성과 반대 중 하나의 입장을 정하고, ②이에 해당하는 근거를 2개 이상 선택하여, ③이를 활용(참고, 수정, 보완), 자신의 견해를 서술하시오.

■ **필자 예시답안 1_** 낙태 합법화에 찬성하는 입장

낙태는 합법화되어야 한다. 낙태는 어디까지나 산모인 **여성의 선택권**에 속한 문제로, 이들의 현실적 · 개인적인 어려움과 제반 문제를 반영할 때 그렇다. (가)에서 말하는 것처럼 태아는 독립된 인격체로 그 생명은 당연히 보호받아야 할 대상이다. 그렇더라도 (나)에서처럼 산모가 처한 사회적 현실을 무시한 채 단순히 법적 잣대만을 들이대며 무조건적으로 낙태를 반대해서는 안 된다. (바)에서 주장하는 것처럼 낙태에 대한 결정권은 어디까지나 산모 개인의 자유의지에 달린 문제이기 때문이다. 비록 (아)에서처럼 모자보건법을 근거로 제한적인 범위 내에서 낙태를 허용하고 있지만, 실제로는 그 허용 범위를 넘어선 불법 낙태가 대부분이다. 이런 현실적인 여건에 비춰볼 때, 제한적인 법규범 내에서의 낙태의 허용 범위를 넓혀야 한다. (차)에서처럼 뜻하지 않게 임신한 여성들의 낙태수술을 막을 경우 큰 혼란과 부작용을 낳을 수 있기 때문이다. 그렇더라도 낙태의 합법화는 자칫 윤리적 생명 경시 풍조를 불러올 수 있으므로, 이에 따른 법률적 판단의 기준과 잣대를 명확히 해야 한다. (마)에서처럼 그 입법 취지 자체가 공정하지 않다거나, (자)에서처럼 낙태죄가 형법상으

로 여타 범죄와는 다른 특수성을 갖는다는 이유로 면죄부를 받는다면, 이는 더 큰 사회문제로 이어질 뿐이다.

■ **필자 예시답안 2_ 낙태 합법화에 반대하는 입장**

낙태는 합법화되어서는 안 된다. 낙태는 많은 **법적 · 윤리적 문제**를 낳기에 그렇다. (가)에서처럼 태아는 독립된 인격체로, 그 생명은 보호받아야 할 대상이다. 이런 점에서 볼 때 낙태죄는 분명 범죄행위다. 또한 (다)에서처럼 낙태 건수가 늘어난 이유는 경제적 어려움과 사회적 비난 등이 주원인으로 작용했기 때문인데, 그렇기에 낙태를 합법화할 경우에 자칫 도덕적 해이로 이어져 더 많은 낙태를 유발할 수 있다. 혹자는 (라)에서 말하는 것처럼 태아의 성감별이 기형아를 줄이는 데 도움이 된다고 말하지만, 결국에는 낙태의 준비단계로 이어지기 때문에 법적 처벌의 대상이 된다. (사)에서처럼, 결국 낙태는 출생의 권리를 애초부터 박탈하는 것이기에 준 살인행위이며, 사회 전반에 윤리 불감증을 가져오고 준법 의지마저 약화시킨다. 또한 산모에게는 심각한 정신적 · 육체적 손상을 끼치며, 국가적으로도 저 출산에 따른 위기상황을 야기한다. 따라서 낙태는 (아)의 모자보건법에서 정한 허용 범위 내에서만 허용하되, 불법 낙태가 근절될 수 있도록 법적 · 제도적 대책을 강구해야 한다. 또한 낙태가 늘고 있는 주된 원인이 경제적 어려움과 사회적 비난을 두려워한 데 따른 것임을 인식하고, 이를 해결하기 위한 근본적인 사회제도 마련에 힘을 쏟아야 한다.

셋째, 논의의 깊숙한 곳까지 관점을 밀고 들어가는 경우에는 문제 해결이 어려울 수 있다. 관점은 제시지문 안에 명시적으로 표현되어 있지 않고 **행간에 암묵적으로 숨어 있는 경우**도 적지 않다. 특히 철학적 주제나 우리 사회에서 논란이 되고 있는 현안이나 쟁점, 문제점을 논제에 담아 이를 다양한 관점에서 찾아 답할 것을 요구하는 경우가 그러하다.

이것을 '낙태 문제'를 예로 들어 설명하면 다음과 같다. 만약 '낙태를 살인행위로 볼 것인가, 아닌가'가 논제로 주어졌다면, 먼저 낙태에 대한 개념부터 살펴 정의를 내리고, 이어서 낙태 행위와 관련한 근본 쟁점을 살펴야만 제시지문에 담긴 관련한 내용이 좀 더 분명하게 드러날 것이다. 이때 관련한 근본 쟁점이란 곧 논제 '낙태가 살인행위냐, 아니냐'에 담긴 '살인'이란 개념어에 대한 문제의식을 실어, 이것을 하위개념인 '태아 살인'으로 연결시킨 후, '태아를 인간으로 볼 것인가, 아닌가'하는 쟁점으로 연결시킬 수 있어야 한다.

만약 태아를 인간으로 본다면 낙태 행위는 살인으로 보아야 할 것이고, 태아를 완벽한 인간으로 볼 수 없다면 낙태를 살인이라고 하기는 어렵다는 논의로 귀결되며, 바로 이 차원에서 사람들의 견해가 대립한다. 그런데 그렇다면 태아를 인간 또는 인간이 아닌 것으로 판단하는 기준은 또 무엇일까?

여기서 '인간이란 무엇인가', 즉 '인간을 어떻게 규정할 것인가'라는 한층 근본적인 쟁점까지 파고들어 생각할 수 있어야 제시지문 안에 담긴 핵심 내용을 파악함은 물론, 이것을 가지고 다시 하위의 개념어로 적절하게 규정지어 서술할 수 있게 된다. 즉 인간을 어떻게 규정하느냐에 따라 태아가 인간으로 판단될 수도 있고, 완벽한 인간이 아닌 것으로 판단될 수도 있는데, 결국 인간에 대한 개념 규정이 곧 논제 '낙태를 살인행위로 볼 것인가'에 대한 근본적인 개념으로 작용함을 알 수 있다.

이렇게 되면, 인간을 규정하는 두 경향의 접근 방법이 대립되는 관점으로 부각된다. 하나는 생물학적 접근 방법이다. 즉 인간을 생물학적이고 유전학적인 차원에서 파악함으로써, 유전자를 가진 태아를 완벽한 인간으로 인정하는 태도다. 다른 하나는 사회문화적 접근 방법으로, 인간을 자의식과 반성 능력을 가진 인격체로 보는 태도다. 이 견해에 따르면 태아를 인간으로 볼 수 없는데, 왜냐하면 태아가 자의식을 가졌다고 보기는 힘들기 때문이다. 따라서 태아보다는 인격체로서 여성의 권리와 이익을 중시하여 낙태를 허용할 수 있다는 견해를 갖는다.

논제 : 낙태를 살인행위로 볼 것인가
- 개념_ 낙태는 태아를 인공적으로 제거하는 행위다.
- 관점(쟁점)_ 태아가 **인간인가 vs. 아닌가**
- 논증
  - 살인행위다. 왜냐하면, 태아도 엄연히 인간이기 때문이다. 그 이유는 … **생물학적 관점**에서 본다면 …
  - 살인이 아니다. 왜냐하면, 태아는 아직 인간이 아니기 때문이다. 그 이유는 … **사회문화적 관점**에서 본다면 …

이 '낙태 문제'의 예에서 알 수 있듯이, 심층적인 문제의식을 주제로 하여 이를 논제에 담아 출제하는 경우에는 그 논제에 담긴 개념과 이것이 지향하는 관점을 피상적으로 파악하는 데 그치지 말고, 그 개념이 지향하는 근본적인 질문과 쟁점까지 심층적으로 파고들 수 있도록 적극적으로 사고해야 한다.

특히 공통점과 차이점을 찾아 논증할 것을 묻는 '**비교·분석**' 논제 서술 유형의 문제의 경우에는 관점을 논제의 주제 개념과 연결시켜 심층적으로 끌고 가서 세밀하게 파악해야 한다. 이때 그 관점이 곧 논의의 중심을 집약한 논점이 되며, 따라서 이를 서술 형식에 맞춰 적절하게 요약할 수 있어야 한다. 이는 뒤에 예를 들어 다시 설명한다.

② 교과서에 실린 핵심 주제 및 관련한 쟁점은 빠짐없이 공부한다

사회현상을 이해하는 데는 그것을 바라보는 여러 관점이 개입하기 마련인데, 특히 논쟁적인 주제의 경우에는 각자의 관점에 따라 이해의 차이도 커진다. 어찌 보면 대입 논술은 우리 사회의 논쟁적인 주제이자 현실에서 가장 쟁점이 되고 있는 담론을 문제에 실어 묻고 답하는 시험이라고 봐도 무방하다.

그렇기에 논제에서 다루는 관점은 구체적이고도 논쟁적이며, 이항대립적인 세부 주제어를 하위 개념어로 끌어와 이것을 논증 안으로 밀어 넣는다. 그러므로 실제 제시지문의 구조적인 독해와 이것을 근거로 한 효과적인 요약은 이 관점을 얼마만큼 적절하게 파악하고, 그 관점에 맞춰 제시지문의 핵심 내용을 논증 형식으로 서술할 수 있느냐 하는 능력과도 같다.

이런 이유로 만약 시험장에서 시험지를 받아들고 문제와 제시지문을 읽는 과정에서 논제의 제 개념, 즉 공통 주제에 대한 상위개념이 파악되고 또 관점과 관련한 적절한 두 쌍의 하위 개념어 혹은 핵심어가 떠오르기만 해도, 합격 가능성은 생각하는 것 이상으로 크게 높아진다. 따라서 논술을 공부할 때는 항상 주제와 관점을 함께 묶어 생각하고, 이를 보편적 용어 또는 특수한 언어에 담아 명확하게 규정하는 '개념화'의 습관을 들여야 하는데, 그 과정에서 자신의 사고를 일관된 논리 체계로 정리하여 생각하고 구현하는 능력을 길러나갈 수 있다.

다음은 논술 문제로 빈번하게 출제되는 핵심 주제 및 이와 관련한 세부 주제로서의 주요 개념 · 쟁점 · 이론으로, 각 대학은 해마다 이 같은 주제를 가지고 논제와 제시지문을 바꿔가며 문제를 출제하고 있다. 그럼에도 불구하고 문제가 항상 생소하고 낯설어 보이며, 게다가 풀기 어렵다고 생각하는 가장 큰 이유가 뭘까? 그 이유는 바로 같은 주제를 문제 안에 담더라도 논제와 제시지문을 달리하여 출제하기 때문이다.

하지만 말했듯, 관점(쟁점)의 명확한 설정은 바로 논제와 제시지문이 어떤 논리적 구조와 연관관계를 지녀야 하는지를 결정하는 중요한 요인이 되기에, 특정 주제에는 반드시 특정 관점이 개입되기 마련이다. 따라서 그 상위개념인 주제어에 대한 개념 인식과 개념 정의, 그리고 그 주제어에 담긴 쟁점 · 문제점을 파악하는 것이야 말로 논술 문제풀이의 실질적인 포인트가 된다. 이런 이유로 교과서 공부를 통해 다음에 제시한 핵심 주제는 물론 이와 관련한 하위의 세부 주제어(즉 관점 · 쟁점을 담은 주제어 · 개념어)를 빠짐없이 이해하고 있어야 한다. 결국 논술 문제풀이의 키는 관점을 올바르게 파악하고 이를 적절한 개념어로 설정할 수 있는 능력에 달렸기에, 이것을 명확하게 인식하는 것은 대단히 중요하다.

관점 파악과 관련해서 한 가지를 덧붙이자면, 논제에서 다루는 관점·쟁점은 크게 다음 세 가지 형태를 보인다.

첫째, 문제로 빈번하게 출제되는 **주제와 관련한 하위 개념어**로서, '효율성과 형평성', '상생과 경쟁', '문화의 보편성과 특수성', '이기적 본성과 이타적 본성' 등이 그것이다. 이는 지난 수 세기 동안 좀처럼 타협점을 찾지 못하고 대립하는 쟁점을 이루는 우리 시대의 담론이자 시대적 해결 과제를 담은 개념이기에, 그만큼 시험으로 거듭해서 출제되는 주제이다. 따라서 이것에 담긴 의미를 빠짐없이 이해하고 있어야 한다.

둘째, 논술 주제에 담긴 의미에 대한 **일반적인 관점 차이를 나타내는 이항대립적인 개념**을 지향하는 용어로 '순기능 vs. 역기능', '긍정적 vs. 부정적', '개인 vs. 사회' 등 이항대립적인 용어와 '보편과 특수', '주관과 객관', '절대와 상대' 등 인식론적 관점에서 지향하는 개념어가 그것이다. 이는 주로 인식론·가치론·형이상학 등의 철학적 물음이나 우리 사회의 당면한 문제점을 이분법적으로 구분하여 출제할 때 일반적으로 나타난다. 따라서 이러한 용어 역시 항상 떠올릴 수 있도록 습관화해야 한다. 문제에 명시되지 않고 또 제시지문 안에 관점이 숨겨진 경우에 이를 다각도로 이해하고 파악할 수 있도록 사고를 열어주는 동로가 되기 때문이다.

셋째, 논제가 묻는 관점이 아주 세세한 부분까지 파고드는 경우이거나, 또는 관점이 이항대립적이지 않고 **다각도의 차원에서 묻는 경우**가 있는데, 이럴 경우에는 문제를 풀기가 아주 어렵다. 즉 제시지문 안에 담긴 논점을 파악하는 것도 어렵지만, 이것을 일일이 개념 규정을 하며 서술해야 하기 때문에 여간 까다롭지 않다. 그렇더라도 해결 방법이 없는 것은 아니다. 이런 유형 역시 제시지문 안에서 힌트를 구할 수 있음은 물론이며, 실제 제시지문 곳곳에 이것을 배치해 놓는다. 또한 이 역시 서로 대립되는 관점을 물을 수밖에 없기에, 그만큼 제시지문 안에 실린 용어를 꼼꼼히 살펴 어느 한 관점을 파악하고, 이어서 이와 대립하는(또는 서로 비교되는) 관점을 유추해내면 된다. 그리고 이 경우에는 때로 관련한 적절한 서술어를 사용해서 이를 문구에 담아 표현하게 되는데, 어느 것이든 내용의 충실성이 관건이 된다.

논술 문제로 빈번하게 출제되는 주제 및 이와 관련한 주요 개념·쟁점·용어 정리
• 자유론·정의론_ 자유의지와 결정론, 적극적 자유와 소극적 자유, **정의와 공정**

- 복지론_ **소득과 행복의 상관관계**, 보편복지와 선별복지
- 현대 사회사상의 쟁점_ **경제적 효율성과 사회적 형평성, 성장과 분배, 상생과 경쟁**
- 현대 정치사상의 쟁점_ **인권 · 사회정의 관련 쟁점**, 폭력에 대한 상반된 관점, 개인의 자유와 정부의 간섭
- 개인과 사회의 관계_ **공익과 사익의 대립**, 개인이익과 집단이익의 충돌
- 현대사회의 제 문제_ **윤리적 딜레마의 상황 문제 해결**, 경제성장 vs. 환경보호
- 현대사회의 문화변동_ **문화의 보편성과 특수성, 문화다양성과 다문화주의의**
- 정보사회와 대중매체_ **정보화의 순기능과 역기능**
- 세계화의 쟁점_ **세계화의 긍정적인 측면과 부정적인 측면**, 신자유주의의 명과 암
- 경제 원리와 시장경제_ **시장실패와 정부실패**, 정보 비대칭성의 문제
  개인의 이익 추구_ 합리적 선택 vs. 비합리적 선택
- 자본주의와 소비_ 과시소비와 모방소비, **경제 불평등과 소득 불균형 문제 해결**
- 예술과 문화_ 아름다움에 대한 가치 판단, **대중문화의 순기능과 역기능, 타자성에 대한 다양한 관점**
- 언어와 사고_ **언어와 사고**의 관계, 소통에 대한 다양한 관점
- 존재론_ **인간의 본성**에 대한 다양한 관점_ **이기적 본성 vs. 이타적 본성 vs. 호혜적 이타성**
  인간 행위의 다양한 특성과 동기_ **경제적 합리성 vs. 호혜적 이타성**, 획일성과 다양성
  경제적 이익 추구 vs. 사회적 가치 추구
- 인식론_ **이원론과 일원론_ 정신과 물질**, 의식과 육체, 이성과 감성
  인식의 상대성_ 주관과 객관, 절대와 상대, 보편과 특수
- 가치론_ 목적론적 윤리관과 의무론적 윤리관, **다양성과 보편성**
- 개념 적용을 통한 사례 분석_ 경제이론_ 무임승차, **공유의 비극**, 기회비용, **정보의 비대칭**
  게임이론_ 최후통첩 게임, **최종제안 게임**
  행동경제학 · 인지심리학_ 인지부조화, 확증편향, 전망이론, 휴리스틱
- 자료 해석 문제의 기초 개념_ 현황에 대한 자료, 비교를 위한 자료, 변화를 표현한 자료, 도표 · 그래프 · 그림

4. 핵심③ 문항 분석 : '이해–평가–적용'

■ **문항 분석 : '이해–평가–적용'_** 문항별 논증 평가항목에 맞춰 단락 구성 및 답안의 구조화
㈎**무엇'**에 대해 – **【'제시지문'**에 담긴_ '공통 주제'에 대하여_ 이를 어떤 '관점' 하에】: 논제가 묻는 **명제(공통 주제+관점)**가 문제별(세부 문항별) 요구조건 및 지시사항과의 일치 여부 확인(전제조건+비교 · 분석=개념 정의+관점 파악)
㈏이를 '**어떻게**' 해결 – **【분석적 이해–비판적 평가–창의적 적용】: 논제 평가항목별 서술 유형(=논제 서술 유형 : 단순논증 or 복합논증)별 해결 과제 도출

(1) '이해-평가-적용' 항목에 맞춰 객관적으로 서술

대입 논술시험에서 요구하는 사고 능력이자 평가항목인 **'분석적 이해–비판적 평가–**

창의적 적용' 능력은 각 대학 공히 다수의 제시지문을 주고, 이를 일련의 문항으로 구성하여 출제하는 유형적 특징을 보인다. 그 유형은 출제된 전체 문항을 통해 단계적으로 해결하도록 제시되며, 이를 문항 안에 하나의 평가항목을 제시하거나(**단일논증을 담은 단순논제**), 또는 다수의 평가항목을 제시하고 이를 복합적으로 해결하도록 지시한다 (**다중논증을 담은 복합논제**). 어느 것이든 '이런 저런 식으로 서술하라'는 논증 평가항목별 서술 유형의 지시에 맞춰, 주어진 문제를 설명하거나, 비판하거나, 평가하거나, 대안을 제시해가며 답해야 한다.

다음은 그 사례이다. 참고로, '이해-평가-적용' 능력을 묻는 평가항목 전부를 한 문제 안에서 복합적으로 해결하도록 제시하는 경우는, 동국대나 숭실대처럼 문제마다 주제와 논제를 달리하여 출제하는 경향에서 일반적이다. 어느 쪽이든, '개념 정의-관점 파악-논증 구성'이라는 논제 분석 과정은 물론, '전제조건-비교 · 분석-논증 평가'라는 문제 분석을 위한 제 조건은 논술 문제풀이를 위한 절차적 방법 및 과정에서 상호간에 부합한다. 따라서 각각을 내용적으로 일치시켜 살피는 것은 매우 중요한데, 그 방법적 설명은 이어지는 단원에서 자세히 설명한다.

■ **단순논증(단순논제) 사례**_ 이화여대 2013 인문 수시 문제2
※**분제**_ 제시문 [나]와 [라]에 나타난 '관용' 개념의 유사점과 차이점을 분석하시오.
→ 제시지문에 나타난 개념을 비교 · 분석하라고 하여 분석적 이해 능력을 평가

■ **복합논증(복합논제) 사례**_ 숭실대 2012 인문 모의 문제1
※**문제**_ 제시문 ①②(가)에 나타난 현대사회의 특성을 분석하고, ③제시문들을 활용하여 ④한국 사회에서 경쟁이 갖는 가치와 문제점에 대하여 논하시오.
→ ①(가)의 현대사회의 특성을 분석 · 설명하고(분석적 이해), ②이를 현대 한국 사회의 특성에 맞게 기술한 후(분석적 이해), ③(나)와 (다)의 경쟁의 성격, 즉 긍정적 · 부정적 측면을 분석 · 평가하고(비판적 평가), ④(나)와 (다)의 경쟁의 성격을 활용하여 한국 사회에서 경쟁이 갖는 가치와 문제점에 대해 기술(창의적 적용)할 것을 요구하는 문항으로 구성되어, 모든 평가항목을 복합적으로 함께 평가

전체 문제에 종속되는 또는 독립적인 문제로서의 각각의 문항 분석 시에 반드시 알고 있어야 할 중요한 것은 다음 두 가지다.

하나는, 문항 분석은 논술 답안의 단락 구성은 물론, 그에 따른 적정 글자 수의 배분에 아주 중요한 역할을 담당한다. 답안을 쓸 때 한 단락 내에 구성되는 다수의 문장은

곧 문제 및 논제의 지시사항에 맞춰 이를 구분해가며 서술한 결과물이기 때문이다. 즉 논제에 담긴 '공통 주제 및 관점에 대한 개념 정의를 담은 설명 글쓰기는 물론, 그것을 제시지문 별로 논증 형식으로 구성하고, 이어서 논증 평가항목별 서술 유형에 맞춰 작성하는 논증 글쓰기는 모두 단락을 구분지어가며 서술된다. 이때 글의 내용적인 부분은 물론 글자 수, 구성 형식에서 가장 역점을 두어야 할 것이 바로 문제에 담긴 논증 평가 항목인데, 특히 단순논증이냐 복합논증이냐에 따라 전체 구성은 크게 달라진다.

이런 이유로 문항 분석 시에 단락과 단락을 연결하는 논리의 흐름은 물론 전체 구성과 배열, 글자 수 등 완결된 답안을 위해 필요한 많은 것들을 충분히 고려해야 하며, 이를 통해 논증의 일관성 · 완결성 · 통일성을 기해야 한다.

다른 하나는, 모든 문제와 문항에는 '주어진 조건 하에+제시지문을 읽고+이를 비교 · 분석하여'라는 일련의 전제가 깔려있음을 이해하고, 이를 '논제 서술 유형에 맞춰 **객관적으로** 서술'해야 한다는 것이다. 여기서 객관적이라는 의미는 이렇다. 글의 요지를 전달하거나 설명할 때는 전달자의 주관이 개입할 여지가 없으며, 심지어는 '자신의 관점'에서 비판하라는 것 역시 '반드시 비판점을 찾아내야 하거나 또는 반드시 비판해야 한다는 점에 구속된 자기 견해'이기에, 단순히 주관적인 견해만을 서술해서는 안 된다. 그 이유는 이어지는 사례를 통해 자세히 설명한다.

'이해-평가-적용'의 평가항목별 주요 서술 유형을 사례를 들어 설명하면 다음과 같다.

(2) 분석적 이해 : 개념 이해를 기반으로 한 사실적 정보의 분석

분석적 이해의 핵심은 독해와 요약에 있다. 이는 일반적으로 다음 세 단계를 거치면서 구체화된다. 첫째, 글의 중심 단락과 중심 문장, 중심 주장 글을 찾아내는 과정을 통해, 글의 논리적 뼈대가 들어 있는 핵심 부분만을 골라낸다. 둘째, 논제의 개념 이해를 토대로 사실적 정보를 분석하는 과정을 통해 글의 구체적인 내용을 이해한다. 셋째, 글을 심층적으로 이해하기 위해 드러나지 않는 요소까지 분석해내는 과정을 통해 글쓴이의 목적과 숨은 의도, 글이 함축하는 바가 무엇인지를 찾아 분석한다.

자세한 내용은 이미 설명했으므로 생략하고, 분석적 이해의 핵심 논제 서술 유형인 '요약하라'와 '비교하라'에 대해 사례를 들어 설명한다.

① 논제 서술 유형 설명 및 예시 : 요약하라

'요약하라'는 서술 안에 답안 작성자인 수험생의 '주관'이 개입되어서는 안 된다. 주어진 제시지문의 내용을 누구도 부정할 수 없을 정도로 **객관적**으로 간추려 정리할 것을 요구하는 것이기 때문이다. 수험생 자신의 글이 아닌 다른 사람의 글을 압축하여 효율적으로 전달하는 것이 요약의 관건이며, 따라서 글의 요약에 전달자인 수험생의 주관이 개입할 여지는 없다.

그렇더라도 반드시 주의해야 할 것이 있다. 제시지문의 내용을 그대로 옮겨 써서는 안 된다. 글의 핵심 논지를 찾아내고 이를 자신의 글로 소화해서 압축적으로 표현해야 한다. 이를 위해서는 제시지문에 나타난 주장을 **자신의 언어**로 바꾸어 표현하되, 제시지문에 담긴 **핵심 용어**는 반드시 그대로 살려 표현해야 한다.

'요약하라'는 논제 서술어를 단독 문항으로 출제하는 경우는 이제 별로 없다. 제시지문의 난이도가 낮아져 그만큼 요약을 통해 살필 수 있는 변별력이 떨어졌기 때문이다. 그렇다고 요약의 중요성이 덜해졌다는 뜻은 절대 아니다. 오히려 요약은 답안 평가에 더 크게 작용하고 있다. 제시지문을 어렵게 출제했을 때는 이것을 제대로 해석하기만 해도 논점 이탈을 막을 수 있고, 또 이것이 답안을 평가하는 데 가장 큰 포인트였기에, 요약이 차지하는 비중이 절대적이지는 않았다. 하지만 교과과정 내의 비교적 쉬운 글들을 제시지문으로 출제하는 지금, 요약의 중요성은 더욱 커졌다. 글의 내용은 물론 글의 짜임새까지도 평가의 척도가 됐기 때문이다. 다시 말해, 제시지문을 읽고 글의 핵심 내용을 얼마나 압축적이면서도 깔끔하게 요약하여 서술할 수 있는가가 관건이 됐다. 따라서 요약은 이제 논술 문제풀이에서 기본 중의 기본이 되었으며, 그것도 제시지문 전체의 핵심 내용을 효과적으로 요약할 수 있어야 한다.

이것을 반영이라도 하듯, 문제 안에 담긴 전제조건과 지시사항은 하나같이 '제시지문을 읽고 어찌어찌 서술하라'는 것인데, 이것을 제시지문을 정확하게 해석하고 올바르게 요약하라는 주문으로 봐도 전혀 무리가 없다. 다음의 예에서 알 수 있듯, 문제 안에 담긴 '전제조건'에는 한결같이 '제시지문을 읽고 핵심 내용을 요약하라'는, 좀 더 엄밀히 말한다면 '논제에 담긴 개념을 정의하여 명확히 서술하라'는 지시사항이 담겨 있음을 확인할 수 있을 것이다.

- (라)의 설명을 이용하여 (가), (나), (다)의 주장을 논의하라(연대)
  → (라)를 읽어 이에 담긴 논거를 요약하고 …
- (나), (다)를 비교하고, 이에 근거하여 (가)의 ○○를 해결하기 위한 자신의 견해를 밝혀라(고대)
  → (나), (다)를 비교하여 해석한 후 이를 요약하고 …
- (가)의 논거를 바탕으로 (나), (다)를 비교평가하고, ○○의 해결 방안을 제시하라(한양대)
  → (가)를 읽어 그 논거를 요약하고 …
- (가), (나)의 문제와 원인을 정리한 후 해결책으로 제시된 (다), (라)의 한계 설명, 대안을 (마)의 논거로 제시하라(서강대)
  → (가), (나)를 읽고 핵심 내용을 요약한 후 …

만약에 문제의 전제조건에서 '제시지문을 요약하라'는 지시사항이 들어있거나 또는 단독서술형 논제로 출제된 경우라면 어떠할까? 이는 제시지문을 읽고 그 안에 담긴 핵심 논지를 제대로 파악하기 어려우니 그만큼 정신 바짝 차리고 독해하고 요약하라는 주문이거나, 제시지문 안에 담긴 논제의 개념 이해가 어려우니 이를 정확히 파악하여 정리하라는 요청이거나, 제시지문 안에 관점을 담은 중요한 힌트가 들어 있으니 똑바로 살펴 찾아내라는 등의 힌트로 받아들이면 틀림없다. 그리고 이 모든 해결은 제시지문의 정확한 해석과 올바른 독해에 달려있음은 물론이며, 이어지는 지시사항인 제시지문의 논증 파악과 논증 글쓰기 역시 마찬가지다.

이것을 아래의 [사례1]을 통해 확인할 수 있을 것이다.

【사례1】 인하대 2014 인문 모의 문제1-가

※문제. (가)를 요약하시오. (300±50자)

(가) 자본주의 사회의 시장경제체제에서 개인은 자유롭게 경쟁한다. 자유로운 경쟁 속에서 열심히 노력하는 만큼 자신의 몫이 달라지고, 이를 위해 더 효율적으로 결과를 내려고 하기 때문에 창의성과 생산성이 그만큼 증가한다. 이렇듯 **자유경쟁**에 따라 창의성과 생산성이 증가하면서 전체적인 **생활수준이 향상**되었다. 그러나 사회구성원 간에 **경제적 불평등이 심화**되는 문제점이 발생하였다. 한편, 개인의 노력이나 책임 이외의 요소로 인하여 소득이 결정됨으로써 **불공정의 문제가 발생**하는 경우도 있다. 예를 들어, 물려받은 재산이 많아 그 재산으로 물건을 많이 생산하여 판매한 경우와 재산이 적어 물건을 조금 생산하여 판매한 경우를 비교하여 보면, 같은 노력을 기울였다고 하더라도 처음에 많이 가졌던 사람이 더 많은 소득을 올리게 된다. 이 경우 자유경쟁에 의한 소득분배가 공정하다고 할 수만은 없다.

→ 자유경쟁은 창의성과 생산성을 높임으로써 생활수준의 향상에 기여한다. 하지만 그 과정에서 구성원 간의 경제적 불평등과 분배적 불공정은 갈수록 심화되면서,

306

이러한 분배의 불평등과 불공정은 빈익빈 부익부를 낳게 되고, 이렇게 벌어진 차이는 개인의 힘으로 극복하기 어려운 장벽이 될 수 있다. 한편으로는 소득이 많아 누리고 싶은 것을 마음껏 누리는 사람이 있는 반면, 다른 한편에서는 인간으로서 기본적으로 누려야 할 생활수준을 유지하지 못하는 사람도 생겨나면서, 사회에는 **상대적 박탈감으로 인한 분열과 갈등**이 생긴다. 따라서 이러한 문제들을 해결하기 위해서는 격심한 경제적 불평등을 교정하여 빈부격차를 줄일 수 있도록 **분배 정의를 실현**해야 한다.

→ 상대적 박탈감으로 인해 사회 분열과 갈등의 문제를 야기한다. 따라서 이를 해결하기 위한 분배 정의의 실현에 힘써야 하는데.

경제적 불평등으로 인한 사회의 분열과 사회구성원 간의 상대적 박탈감을 해소하기 위해서는 **국가가 어느 정도 개입**하는 것이 필요하다. 사회구성원으로서의 개인은 모두 인간답게 살 권리를 지니며, 현대 국가는 이러한 권리를 보장하고 분배 정의를 실현하기 위하여 노력한다. 사회복지정책, 국민연금, 건강보험 등을 실시하는 것이 그 예이다. 그러나 무엇을 기준으로 분배하는 것이 정의롭고 공정한가에 대해서는 다양한 의견이 있다. **분배 정의를 실현하기 위한 구체적 기준**에는 불편부당성, 업적에 따른 보상, 사회적 약자 보호, 형평성 등이 있다.

→ 이를 위해서는 국가의 개입이 불가피하다. 국가가 나서 분배 정의를 실현하기 위해서는 다음 기준을 따라야 한다.

첫째, 불편부당성이라는 의미의 분배 정의는 모든 사람이 평등하다는 이념에 기초하여 모든 사람을 똑같이 대우할 때 실현된다. 불편부당성은 우선 자유로운 기회와 권리를 분배하는 데 적용된다. 자유로운 기회와 권리가 모두에게 똑같이 주어지지 않는다면 사람마다 출발점이 달라질 것이다. 기회와 권리의 **불편부당한 분배**는 분배 정의 실현의 가장 기본적인 조건이다.

→ 첫째, 기회와 권리가 모든 사람들에게 불편부당하게 분배되어야 한다.

둘째, **업적에 따른 보상**이라는 기준은 개인의 성취에 비례하는 보상을 명한다. 누군가가 어떤 이익의 생산에 크게 기여했다면, 그는 다른 사람보다 더 많은 몫을 받아야 한다. 만약 그 사람이 더 많은 일을 했는데도 다른 사람들과 똑같은 몫을 받는다면 생산을 늘리기 위해 열심히 일하지 않을 것이다.

→ 둘째, 개인의 성취에 비례하는 업적에 따른 보상이 이뤄져야 한다.

셋째, 사회적 약자를 보호해야 한다는 기준은 불평등이 존재하는 한 차등의 원칙을 적용하라고 명한다. 즉, 업적에 따라 보상을 할 때 불리한 출발점에 있는 **사회적 약자를 더 배려함**으로써 불평등을 줄이라는 것이다. 불리한 출발점에 선 사람에게 상대적으로 유리한 출발점에 있는 사람과 똑같은 기준을 적용하면, 둘 간의 불평등은 더 커질 것이기 때문에 이런 원칙이 필요하다.

→ 셋째, 처음부터 불리한 출발점에 있는 사회적 약자를 배려함으로써 불평등을 줄여야 한다.

마지막으로 **형평성의 기준은** 사람들의 필요와 상황을 고려하는 기준이다. 만약 빵을 잘라 나눌 때 그 빵을 먹고자 하는 사람의 수대로 똑같이 나눈다면, 불편부당한 분배 정의에 따르는 일이다. 그러나 이러한 분배는 빵을 먹는 사람들 각각의 상황 차이를 고려하지 않았기 때문에 정의롭다고 할 수 없다. 형평성의 기준에 따르면, 여러 날 굶주려 빵 한 조각이 생존에 결부된 사람과 배가 부른데도 군것질을 하려는 사람의 상황 차이를 고려하여 빵을 분배하는 것이 정의로운 것이다.

→ 넷째, 사람들의 필요와 상황 차이를 고려하여 형평에 맞춰야 한다.

■ 필자 예시답안

자유 경쟁은 창의성과 생산성을 높임으로써 생활수준의 향상에 기여한다. 하지만 그 과정에서 구성원 간의 경제적 불평등과 분배적 불공정은 갈수록 심화되고, 그에 따라 상대적 박탈감으로 인한 사회 분열과 갈등 문제를 야기한다. 따라서 이를 해결하기 위한 분배 정의의 실현에 힘써야 하는데, 이를 위해서는 국가의 개입이 불가피하다. 국가가 나서 분배 정의를 실현하기 위해서는 다음 기준을 따라야 한다. 첫째, 기회와 권리가 모든 사람들에게 불편부당하게 분배되어야 하며, 둘째, 개인의 성취에 비례하는 업적에 따른 보상이 이뤄져야 하며, 셋째, 처음부터 불리한 출발점에 있는 사회적 약자를 배려함으로써 불평등을 줄여야 하며, 넷째, 사람들의 필요와 상황 차이를 고려하여 형평에 맞춰야 한다.

이처럼 요약의 중요성은 더욱 커졌는데, 논술에서 '요약하기'는 너무나도 중요한 과제이기에 제3장의 '제시지문 독해와 요약의 포인트'에서 이미 자세히 설명했다. 따라서 여기서는 단계별 요약 요령에 대해 설명하는 것으로 끝을 맺는다.

단계별 요약 요령

(1)제시지문의 맥락 파악

- 먼저 글의 종류부터 파악해야 하는데, 그에 따라 해석의 방식이 달라질 수 있기 때문이다. 설명문은 대부분 인과관계에 따라 구성되거나 동위 요소가 병렬적으로 나열되는 구성 방식을 보인다. 이에 비해 대입 논술은 어떤 문제의식을 주제로 하여 핵심 주장을 먼저 내보이고 이어서 그 근거를 뒷받침하는 논증 구성 방식을 갖는다. 한편, 문학작품은 종류나 내용에 따라 해석이 다양할 수 있기에, 제시지문의 맥락적인 이해와 분석이 중요하다.
- 이어서 글 전체를 훑어보고 전체의 얼개를 파악한다. 글쓴이는 글 곳곳에 논제 및 관점과 관련한 많은 힌트를 숨겨놓았기에, 그것을 찾아내야만 전체 글의 구조와 내용이 한눈에 들어오고 핵심 내용이 드러나게 된다.
- 그렇기에 글을 파악할 때는 먼저 뒷받침 문장부터 발라내고 중심 문장의 뼈대를 찾은 다음, 이어서 그 중심 문장의 중심 주장 글을 찾는 식으로 '**글의 구조를 파악해나가는 독해**'를 하는 것이 효과적이다.
- 글의 구조를 파악하며 해석하는 '구조 독해'는 글의 올바른 해석은 물론, 이후 이것을 중심 내용으로 하여 요약할 수 있기에 매우 효과적이다.

(2)출제 의도 및 핵심 내용 파악

- 글의 핵심 내용은 곧 논제와 관점을 담고 있으며, 또한 출제 의도와도 부합한다. 이때 문제를 읽고 출

제 의도부터 파악한 후 제시지문을 들여다봐야 제시지문 안에 담긴 핵심 내용을 더욱 빠르고 정확히 파악할 수 있다.

- 글의 핵심 내용을 찾기 위해서는 먼저 **핵심어**부터 살펴 찾는다. 핵심어는 글 전체의 의미를 파악하는 가장 중요한 키워드인데, 이때 하나의 핵심어에 조응하거나 대응하는 다른 핵심어가 있는지 확인해야 한다. 핵심어 간의 관계는 글의 구조를 이해하는 단서를 제공하기 때문이다. 이는 또한 제시지문 안에 담긴 대립되는 두 **관점을 파악**하는 데에도 결정적인 힌트가 되기에 절대 놓쳐서는 안 된다.
- 반복되는 단어는 그것이 글 전체에 중요한 의미를 갖는 핵심어임을 밝혀주는 것과 같으며, 따라서 그 단어가 제시지문에서 갖는 의미를 정확하게 이해하고 이것을 중심으로 핵심 내용을 파악한다.

(3)논제에 대한 필자의 주장과 근거 파악

- 그렇게 해서 핵심어가 집중 배치된 중심 문장을 찾고, 중심 문장 안의 중심 주장 글을 살펴 밑줄을 긋고 예시·상세·묘사·부연 등 부수적인 내용은 전부 삭제하면서 글을 압축해나가면, 그것이 바로 제시지문의 주장이 된다. 이어서 뒷받침 문장의 중심 주장 글을 찾고, 주변의 핵심어를 이어 연결하면, 그것이 곳 제시지문의 근거가 된다.
- 제시지문이 여러 단락으로 구성된 경우, 단락별 핵심 내용을 파악한 후에 그 내용들을 비교하여 주제 단락과 뒷받침 단락을 정확히 판단하고, 이어서 뒷받침 단락 중에서도 주제 단락에 담긴 중심 주장(결론)의 근거(전제)로 내세울 순위를 정하여 논리를 정리해나간다.
- 이때 단락들을 연결하는 접속어를 살피면 글의 구조 및 핵심 단락을 파악하기 쉬운데, 특히 '왜냐하면', '때문이다' 등 근거를 나타내는 구조지시어는 주장의 근거를 담는 경우가 많아 특히 주의 깊게 살펴야 한다.

(4)자신의 언어로 재구성

- 이렇게 해서 산출된 핵심어들을 조합하고 문단별 중심 문장들을 연결하면 논증 형식의 틀이 만들어지는데, 이것을 중심으로 요약하면 그대로 논증 글쓰기가 된다.
- 이때 핵심어를 제외한 다른 부분을 자신의 표현으로 바꿔 간결하고 논리적으로 요약하는 창의적인 재구성 능력이 필요한데, 이를 위해서는 글의 핵심을 한 문장으로 압축해서 표현하는 언습을 꾸준히 해야 한다.

② 논제 서술 유형 설명 및 예시 : 비교하라

'비교하라'는 서술어는 둘 이상의 제시지문을 견주어 서로 간의 '**공통점**'과 '**차이점**'을 찾아 밝히는 것이다. '비교하라'는 문제 역시 '**객관적**'으로 답안을 작성해야 한다. 이는 아래의 '고려대 채점 후기'를 통해 확인된다.

두 항목을 비교할 때는 비교 대상이 되는 각 항목의 특성을 밝힌 후, 두 항목 간의 차이점과 공통점을 검토해나가야 한다. 비교의 초점은 비교 대상 중 어느 한쪽에 편중되어서는 안 되며 양자를 포괄하는 객관적 타당선을 지녀야 한다. 따라서 비교로부터 전개되는 논의는 마땅히 객관성을 지향하여야 한다. 비교 주체가 어떤 판단을 내릴 경우에도 비교 대상들로부터 근거를 확보해야 한다. 합당한 논리와 객관적 근거를 확보하지 못한 채 성급하게 자신의 주관을 노출한다면 온전한 비교가 되기 어렵다.

비교·분석형 문제를 풀 때는 먼저 비교·대조할 목적(논제의 물음)과 대상(논제·

논지가 지칭하는 주제어·개념어)을 파악한 후, 이를 근거로 공통점과 차이점(관점_쟁점·논점)을 찾아야 한다. 그 핵심은 제시지문 간의 연관관계를 제대로 파악하는 데 있는데, 이를 토대로 논제가 묻는 관점을 찾아내고 이어서 논지와 논점을 파악해야 한다.

'비교하라'는 서술어 역시 문제 안에 반드시 포함되는 지시이행 사항이기에, 단독 논제 서술 유형으로 출제되기보다는 '주어진 조건 하에+제시지문을 읽고+이를 **비교·분석**'해야 하는 것이 핵심 해결 과제가 된다. 이때 비교·분석할 주된 내용이 바로 논제가 묻고자 하는 이항대립적인 '**관점**'임을 이해하고 있어야 하며, 따라서 문제를 풀 때, 제시지문을 비교·분석하는 것이 당연하다고 인식하고 그것에 담긴 관점을 파악하는 데 주력해야 한다.

만약 '비교하라'는 문제가 단독 논제 서술 유형으로 출제된 경우에는, 제시지문을 읽고 논제가 묻는 관점은 물론, 그 관점에 따라 논의를 전개하여 논지와 논점(관점의 **하위개념어**)까지 찾아 밝혀야 하기에 그만큼 풀기 어렵다. 풀기 어렵다는 의미라기보다는 그 세부 논점을 적절한 서술어로 표현하기 어렵다는 게 더 적절할 듯싶은데, 아래의 사례는 그것을 보여준다. 아래는 '비교하라'는 문제의 단순한 경우로, 차이점에 주목해서 서술한 답안이다.

【사례2】 카톨대 2011 인문 수시 문제1

※문제_ 지문 (가)의 '미꾸라지의 행위'와 지문 (나)의 '선한 행위'가 지니고 있는 의미의 **차이점**에 대해 논하시오.

(가) 도인이 어느 날 한가하게 시장을 걷고 있다가 우연히 어느 가게의 한 통 속에 있는 뱀장어 무리를 보았다. 포개지고 뒤얽히고 짓눌려서 마치 숨이 끊어져 죽은 것 같았다. 이때 갑자기 뱀장어의 틈에서 미꾸라지 한 마리가 나타나서 상하좌우 전후로 끊임없이 멈추지 않고 움직이니 마치 신비한 용과 같아 보였다. 뱀장어들은 미꾸라지에 의해서 몸을 움직일 수 있고, 기가 통하게 되었으며 비로소 생명의 기운을 되찾을 수 있었다. 뱀장어의 목숨을 살린 것은 오로지 미꾸라지의 공인 것이 틀림이 없지만 그것 또한 미꾸라지의 즐거움이기도 했던 것이다. 뱀장어들을 불쌍히 여겨서 그렇게 한 것이 아니고 또 뱀장어의 보은을 바라고 그렇게 한 것도 아니다. 스스로 자기의 본성에 충실하여 행동한 결과에 불과하다. 여기에서 도인은 크게 느낀 점이 있어 탄식하며 말하기를 "세상 사람들이 함께 있는 것은 뱀장어와 미꾸라지가 한 통 속에 있는 것과 같은 것이 아닐까? 내가 듣기에 대장부는 천지만물과 일체가 된다고 했다. 바로 이와 같은 것이 저 광경이다."라고 했다.

핵심 요약

뱀장어의 목숨을 살린 미꾸라지의 행위는 어떠한 의도된 목적이나 선한 동기에 따른 것이 아니라, 미꾸라지 자신의 즐거움을 추구하는 자연스러운 본성에 따른 행위로서, 결과적으로 타자는 물론 자신에게 이로움을 가져다준다.

(나) 칸트에 따르면 어떤 행동의 도덕적 가치는 그 결과가 아니라 동기에 있다. 중요한 것은 동기이며, 그것은 특정한 종류라야 한다. 중요한 것은 옳은 일을 하려는 것이며, 그 이유는 그 일을 하는 것이 옳기 때문이다. 여기에 다른 숨은 동기가 있어서는 안 된다. 선한 행위는 그 행위자의 이성이 정한 규율에 따르는 것이다. 칸트는 "선한 의지가 선한 까닭은 그것이 어떤 효과나 결과를 낳아서가 아니다."라고 말한다. 그것은 널리 인정받든 그렇지 않든 그 자체로 선하다. 비록 이 의지가 원래의 의도를 달성하지 못한다 하더라도, 아무리 노력해도 성과를 얻을 수 없다 하더라도, 그것은 그 자체로 충분한 가치를 지닌 보석처럼 빛난다.

핵심 요약

칸트에 따르면, 어떤 행위에 대한 도덕적 가치는 결과가 아닌 동기에 있으며, 행위의 동기는 오직 그 행위자의 이성에 따른 규율, 즉 선한 의지로부터 출발한 것이어야 한다. 따라서 어떤 목적이나 결과를 전제하는 명법은 도덕법칙으로서의 자격이 없다.

■ 필자 예시답안

(가)의 미꾸라지의 행위는 어떠한 의도된 목적이나 선한 동기에 따른 것이 아니라, 미꾸라지 자신의 자연스러운 **본성에 따른 행위**다. 반면 (나)의 칸트의 도덕법칙에 따른 행위는 오직 행위자의 **이성에 따른 규율, 즉 선한 의지로부터 출발한 행위**다. 그렇기에 (가)는 행복이나 쾌락을 인간이 추구해야 할 목적으로 보며, 최선의 결과를 가져오는 행위를 도덕적 행위로 간주한다. 즉 미꾸라지가 즐거움을 추구하는 행위가 결과적으로 뱀장어의 목숨을 살린 것은, 결국 자기에게 이익이 되는 행위기 타자에게도 이익이 되는 좋은 결과를 가져왔음을 의미한다. 반면 (나)는 도덕법칙의 명령에 따르는 것을 인간의 의무로 보며, 행위의 결과보다는 행위를 하게 된 의지와 동기에 주목한다. 즉 즐거움을 기대하여 행위를 하는 것은 도덕 규칙에 위배되며, 오직 행위 자체의 옳고 그름을 따져 판단한다.

비교 · 분석의 포인트

· '주어진 조건 하에'라는 **문제의 요구와 지시사항을 반드시 확인하고, 그것에 맞춰** 제시지문을 비교 · 분석해야 한다. 만약 그렇지 않을 경우, 조건에 담긴 논제의 개념과는 동떨어지게 자의적 해석으로 흐를 수 있어, 결국에는 논점 이탈로 치닫게 된다.

· **비교의 기준을 명확히 해야** 한다. 비교 · 대조되는 대상들은 같은 등위에 속해야 하며, 어느 하나가 다른 하나를 포괄하는 개념이 되어서도, 상위개념과 하위개념이 섞여서도 안 된다. 논지를 전개할 때 개념어별로 항목과 증위를 구분하여 나누어 대상(논제 · 논점이 지칭하는 개념어)을 다루는 것이 효과적이다.

· 공통점보다는 **차이점을 부각시켜** 작성해야 한다. 공통점은 곧 제시지문의 공통된 논지를 의미하는 경우가 일반적이어서 하나의 논점 · 논지를 지향한다. 이에 비해 차이점은 여러 개의 논점 · 논지를 지향하기에 이를 찾아 밝히기가 쉽지 않다. 차이점을 밝힐 때 비교의 기준이나 대비되는 점을 중심으로 구

성하거나 명확한 대조가 가능하도록 문단의 내용을 구성해야 한다.

• 관점을 같이하는 제시지문 간에도 차이점이 존재할 수 있는데, 그 세세한 부분까지도 분명하게 찾아 밝혀야 한다. 물론 전체적인 맥락에서는 관점의 궤를 같이해야 한다.

(3) 비판적 평가 : 비난하는 사고가 아닌, 논증의 비판적 분석과 평가

글을 분석적으로 이해했다면, 이어서 제시지문에 담긴 주장을 어디까지 받아들여야 할지를 비판적으로 평가해야 한다. 강조할 것은 이것이다. 비판적으로 검토하고 평가 하라고 하면 무엇이 잘못인지 약점을 잡아내어 이를 반박하고 반대해야 하는 것으로 알고 있는데, 이것만으로는 올바른 해결이 될 수 없다.

비판적 평가는 글의 옳고 그름에 대한 판단은 물론, 그 글이 지향하는 바가 무엇이고 한계는 또 무엇인지를 분명하게 규정하는 작업이기 때문이다. 따라서 비판적 평가는 결 국 자신이 받아들여야 할 내용이 어디까지인지를 검토하여 그 한계를 분명히 하는 과정 임을 알 수 있다. 이런 이유로 비판적 사고를 '비판하는 사고'와 혼동하여 비판을 반박 과 동일한 것으로 오해하면 안 된다. 다시 말해, 비판적 평가 역시 객관성을 유지해야 한다.

비판적 평가의 과제는 크게 다음 두 유형으로 구분되어 수행된다. 첫째는 아래의 문 제처럼, **수험생 각자의 관점에서 평가하고 따져보는** 접근 방식이다. 하지만 자기 입장에 서 평가한다고 해서 마음대로 평가해도 된다는 뜻은 아니다. 주관적 견해를 밝히되, 평 가자가 충분히 동의할 수 있는 객관적 근거를 들어 설득력 있게 평가해야 한다.

※ 제시문은 미국의 경제대공황 시대를 배경으로 한 소설의 일부고, 위 그림은 제시문 전반부의 주요 배 경이 된 지역의 기후환경을 보여주고 있다. 제시문과 그림을 참고하여 다음의 논제에 답하시오. (서울대 2012 인문 정시 문항1. 세 논제를 모두 합하여 2,200자 이내)
• 논제 1. 제시문에 나타난 상황들의 원인을 분석하여 설명하시오.
• 논제 2. 주민들이 원거주지에서 살기 어렵게 된 가장 핵심적인 원인이 무엇이라고 생각하는지 근거를 들어 논하시오.
• 논제 3. 제시문에 나타난 '이주'와 '잔류'의 행위를 비교하여 논하시오.

둘째는 **문제 안에 어떤 관점을 정해주고**, 그 입장에서 비판적으로 따져보게 하는 접 근 방식이다. 이는 학생들이 문제를 읽고 평가 대상인 논제와 제시지문의 내용을 정해진 관점에 따라 이해한 후 일련의 평가과제를 수행할 수 있도록 하기 위해, 출제자가 문제 를 그렇게 구성하고 배치한 출제 의도에 따른 것이다. 그렇게 해서 학생들이 논점을 이탈하는 일 없이 정해진 범위 안에서 답안을 작성하도록 유도함은 물론, 대학 역시 이를 통해 평가의 객관성을 높이고 변별력을 살리고자 함이다. 다음은 그 예시인데, 현행 논술은 학교를 불문하고 이런 유형의 문제를 구성하여 시험을 치른다.

- (가)의 관점을 토대로 (다)의 대립을 그림2를 활용하여 설명하고, 이를 바탕으로 (나)를 비판하라. (숙대)
  → 전제조건 하에+비교·분석하여 자료를 해석하고+비판
- (라), (마)에 담긴 개념의 공통된 특징을 제시하고, 이를 (다)의 관점에서 비판하라. (이대)
  → 비교·분석하여 논제를 요약한 후+전제조건 하에+비판

비판적으로 평가할 때는 다음을 특히 유의해야 한다. 제시지문에 담긴 주장 중에 틀린 부분이 없는지를 살피고, 틀린 것에 대해서는 왜 틀렸는지 이유와 근거를 명확하게 제시해야 한다. 단지 어떤 부분이 틀렸다고만 주장한다면 이는 그만큼 근거가 떨어지는 주관적인 주장일 뿐이며, 결국 좋은 논증을 방해할 뿐이다. 따라서 평가의 날카로움을 뒷받침할 적절한 근거를 제시하는 것이 무엇보다 중요하며, 나아가 더 좋은 대안을 제시할 수 있는 부분이 있다면 그것을 찾아내고 해결책을 제시할 수 있어야 한다. 이때 역시 자신이 제시하는 대안이 왜 더 나은지 든든한 근거를 뒷받침하여 제시해야만 좋은 평가를 받을 수 있다.

비판적 평가 과정
- 제시지문에 담긴 주장과 근거를 파악하고 이를 **논증 형식으로 요약**한다.
- 그 주장의 내용이 정확한지 따져, 이를 합리적으로 받아들일 수 있는지를 살핀다. 즉 주장이 논제가 묻는 **논지에 부합되는지를** 따져 살핀다.
- 결론의 적절성을 따져, 이것이 논제가 묻는 관점에 부합되는 **적절한 결론인지를** 검토한다. 예를 들어 안락사를 법적으로 인정할 것인지에 대한 관점을 밝히는 것임에도 불구하고, 안락사는 도덕적으로 정당화될 수 있다는 주장을 펼친다면, 이는 논의의 초점에서 벗어난 것이기에 결코 적절한 결론이라 할 수 없다.
- 결론과 근거 사이의 적절성을 따져 살핀다. 즉 **근거가 논제의 결론을 정당화해 주는지에 대한 정확성을 검토**한다. 나아가 제시지문의 내용과 텍스트 밖의 현실과의 관계를 따져 적용될 수 있는지를 살피는 것도 적절성을 따지는 데 중요한 포인트가 된다.
- 이렇게 해서 **답안 전체의 논리의 일관성과 객관성**을 살핀다. 앞뒤 흐트러짐 없이 전체가 논리적으로 일관된 논의를 하지 않고 모순된 내용이 있거나 논점과 논지가 불일치를 보인다면, 이는 결코 잘된 논증이 못된다. 또한 자신에게 유리한 주장만을 객관적인 근거 없이 자의적으로 하고 있다면, 이 또한 객관성을 벗어난 것이기에 잘못된 글로 평가받을 수밖에 없다.
- 할 수만 있다면, 자기 나름대로 독특한 관점에서 접근하여 문제를 깊이 있게 파악하고 다각적으로 해결책 및 대안을 제시하면 높은 평가를 받을 수 있다.

③ 논제 서술 유형 설명 및 예시 : 비판하라

'비판하라'는 서술 논제를 해결할 때 반드시 주의해야 할 점이 있다. 답안 작성자인 수험생의 입장이 아닌, 반드시 제시지문의 입장에서 '옳고 그름'을 판단하여 답안을 작성해야 한다. 즉 비판의 근거가 문제 안에 주어진 **전제조건**이 지시하는 관점에 따른 것이어야지, 결코 자기 견해가 주가 되어서는 안 된다.

설령 "다음 세 제시지문에 나타난 … 특징을 분석하고, 그 밑에 깔려있는 공통된 논리를 자신의 관점에서 비판하시오."라는 문제가 주어졌더라도, 전적으로 자신의 주관적인 관점이 되어서는 안 된다. 어디까지나 논제의 요구에 맞춰 제시지문 안에서 비판점을 찾아낸 후 이것을 비판해야 하는, 말하자면 **특정 조건에 구속된 자기 견해**일 뿐이다. 따라서 제시지문 안에 담긴 내용에서 벗어나 비판할 경우, 이것은 곧 자의적 해석에 따라 논점이 흐트러진 비판이다.

'비판하라'를 포함한 비판적 평가에서 주의해야 할 중요한 다른 한 가지는, 단순히 주어진 제시지문의 의견에 찬성하거나 반대하는 입장 표명에만 그쳐서는 안 된다는 점이다. 지지와 반박 역시 일종의 주장이기 때문에 이것을 표현하는 과정에서도 반드시 **지지와 반박의 근거를 제시**해야만 한다.

효과적으로 지지하기 위해서는 이미 밝혀진 근거를 강화하는 사례를 찾거나 새로운 근거를 찾는 데 주력해야 한다. 한편 효과적으로 반박하거나 반론을 펴기 위해서는 상대방의 주장과 근거의 관계가 부적절함을 밝히거나, 근거가 주장을 충분히 지지하지 못하고 있음을 지적해야 한다. 그 근거가 명시적이든 숨은 전제이든 관계없이 그렇다.

[사례3]은 지지와 반박을 적절하게 사용하여 논증 글쓰기를 한 것으로, '물론…', '그렇더라도…'로 이어지는 논증을 통해 이를 확인할 수 있을 것이다. 아래 필자의 예시답안 1, 2는 입장 차이에 더해, 답안 유형을 달리하여 작성한 것이다.

반론 글쓰기의 유형
- 자신의 주장 제시– 예상되는 반론을 정리하여 제시– 이를 재반박
- 상대방의 주장이나 의견을 요약 – 상대방 주장의 모순점을 지적하고 비판 – 그에 대한 자신의 반론 제시
- 논제가 묻는 다양한 관점(논점)의 장점을 서술– 논제가 묻는 다양한 관점(논점)의 단점을 서술 – 장점과 단점을 분석하여 종합적인 결론 제시

【사례3】 성대 2013 인문 모의 문제2

※문제. 아래 ①〈보기 1〉에 대한 해석을 활용하여 ②[문제 1]의 어느 한 쪽의 입장(개인적 요인 · 사회구조적 요인)을 비판하시오.

〈보기 1〉미국에서 18세 이하의 청소년으로서 살인죄로 사형을 당한 14명의 청소년에 대한 조사연구 결과가 미국 최고법원에 제출된 적이 있다. 그 연구 결과에 따르면, 이 청소년 사형수들의 특징은 다음과 같이 요약된다.

특징 항목	해당 인원(명)
입원이 필요할 정도의 중추신경 계통 이상	8
정신질환 및 유년기 정신병적 질환 진단	7
지능(IQ) 90 이상	2
심각한 신체적 학대 경험	12
성인에 의한 성추행 경험	5

자료 해석

■ 청소년 사형수들의 특징을 (2)(3)(4)의 **개인적인 요인**에서 찾을 경우 : (2)(3)(4)를 옹호하고, (1)(5)(6)을 비판

• 입원이 필요할 정도의 중추신경계통 이상, 정신질환 및 유년기 정신병적 질환 진단

  → (3)에서처럼, 유전적인 특성에 따라 범죄인자가 개별적으로 격세 유전된 결과라고 주장할 수 있다.

• 지능(IQ) 90 이상

  → (4)에서처럼, 청소년 개인이 이기심을 갖고서 나름대로 합리적으로 선택하여 범죄에 적극 가담한 결과라고 볼 수 있다.

• 심각한 신체적 학대 경험

  → 거의 모든 청소년 사형수에게 보이는 특징으로, (2)의 부모와의 친밀한 관계 형성이 잘못되어, 이후에 그만큼 반사회적 충동을 통제하지 못해 끔찍한 범죄를 저지른 것으로도 볼 수 있다.

• 성인에 의한 성추행 경험

  → 물론 성인에 의한 성추행 경험이 청소년 사형수들의 특징으로 작용하는 점을 이유로 들어 반대 주장을 펼칠 수는 있다. 즉 (5), (6)에서처럼 가치와 규범의 혼란 및 공동체적 문화의 해체가 어른들의 성 도덕의 문란을 가져왔고, 이에 피해를 입은 청소년이 (1)에서처럼 부정적인 자아를 형성함으로써 범죄에 이르게 된 것이기에 그만큼 사회구조적인 요인이 작용했기 때문이라고 주장할 수는 있다.

• 그럴더라도 거의 모든 청소년 사형수가 어린 시절에 부모에 의해 심각한 신체적 학대를 경험한 적이 있다는 점, 또한 정신질환 등의 개인적인 요인이 다수를 차지한다는 점에 비춰 생각할 때, 이들 청소년이 저지른 범죄가 사회구조적인 요인보다는 개인적인 요인이 크게 작용함으로써 야기된 것으로 보는 게 좀 더 타당하다.

■ **필자 예시답안 1(개인적인 요인**으로 볼 경우)

〈보기1〉에 나타난 청소년 사형수들의 특징은 사회구조적인 요인보다는 개인적인 요인이 크게 작용했다고 볼 수 있다. 이들에게 입원이 필요할 정도의 중추신경계통 이상과 정신질환 및 유년기 정신병적 질환 진단이 많이 나타나는 것은, 그만큼 (3)에서처럼 유전적인 특성에 따라 범죄인자가 개별적으로 격세 유전된 결과다. 또한, 비록 적은 수이기는 하지만 지능(IQ) 90 이상의 평범한 청소년에게서도 그러한 범죄가 나타나는 것은 (4)에서처럼 청소년 개인이 이기심을 갖고 나름대로 합리적으로 선택하여 범죄에 적극 가담한 결과다. 이와 함께 유아동기의 심각한 신체적 학대 경험이 거의 모든 청소년 사형수에게 보이는 점을 고려할 때, 이는 (2)에

서처럼 부모와의 친밀한 관계 형성이 잘못되어 이후에 자라면서 그만큼 반사회적 충동을 통제하지 못해 끔찍한 범죄를 저지른 것이기도 하다. **물론** 성인에 의한 성추행 경험이 청소년 사형수들의 특징으로 작용하는 점을 이유로 들어 반대 주장을 펼칠 수는 있다. 즉 (5), (6)에서처럼 가치와 규범의 혼란 및 공동체적 문화의 해체가 어른들의 성 도덕의 문란을 가져왔고, 이에 피해를 입은 청소년이 (1)에서처럼 부정적인 자아를 형성함으로써 그 같이 끔찍한 범죄를 저지르기에 이른 것이기에 그만큼 사회구조적인 요인이 작용했기 때문이라고 주장할 수는 있다. **그렇더라도** 거의 모든 청소년 사형수가 어린 시절에 부모에 의해 심각한 신체적 학대를 경험한 적이 있다는 점, 또한 정신질환 등의 개인적인 요인이 다수를 차지한다는 점에 비춰 생각할 때, 이들 청소년이 저지른 범죄가 사회구조적인 요인보다는 개인적인 요인이 크게 작용함으로써 야기된 것으로 보는 게 좀 더 타당하다.

■ 청소년 사형수들의 특징을 (1)(5)(6)의 사회구조적인 요인에서 찾을 경우 : (1)(5)(6)을 옹호하고, (2)(3)(4)를 비판

• 입원이 필요할 정도의 중추신경계통 이상과 정신질환 및 유년기 정신병적 질환 진단

→ (3)의 유전적인 특성에 따라 범죄인자가 개별적으로 격세 유전된 결과라기보다는, (5)의 뒤르켐의 자살에 대한 연구에서 알 수 있듯이 가치와 규범의 아노미적 혼란에 따라 개인의 욕망을 제어하지 못하고 극단으로 치달은 데 따른 결과라고 봐야 할 것이다.

• 지능(IQ) 90 이상

→ (4)의 청소년 개인이 이기심을 갖고서 나름 합리적으로 선택하여 범죄에 적극 가담한 결과라기보다는, (1)에서처럼 평범한 아이들 누구라도 우연히 저지를 수 있는 사소한 행동이 사회적 낙인효과로 인해 스스로에게 부정적인 자아를 형성함으로써 끔찍한 범죄에까지 이르게 된 것이다.

• 심각한 신체적 학대 경험 및 성인에 의한 성추행 경험

→ (2)의 부모와의 친밀한 관계 형성이 잘못되어 이후에 그만큼 반사회적 충동을 통제하지 못해 끔찍한 범죄를 저지른 것으로도 볼 수도 있다. 하지만 이보다는, (6)에서처럼 가족 및 그 가족이 속한 공동체 문화가 급속히 해체됨에 따라 거의 모든 청소년 사형수가 어린 시절에 부모에 의해 심각한 신체적 학대는 물론 이웃으로부터의 성추행 경험을 당하는 등으로 올바른 관계 형성을 못하고 일탈한 데 따른 결과라고 할 수 있다.

■ **필자 예시답안 2(사회구조적인 요인**으로 볼 경우)

〈보기1〉에 나타난 청소년 사형수들의 특징은 개인적인 요인보다는 사회구조적인 요인이 크게 작용한 데 따른 것이다. 이들에게 입원이 필요할 정도의 중추신경계통 이상과 정신질환 및 유년기 정신병적 질환 진단은 (3)의 유전적인 특성에 따라 범죄인자가 개별적으로 격세 유전된 결과라기보다는, (5)의 뒤르켐의 자살에 대한 연구에서 알 수 있듯이 가치와 규범의 아노미적 혼란에 따라 개인의 욕망을 제어하지 못하고 극단으로 치달은 데 따른 결과라고 봐야 할 것이다. 또한, 지능(IQ) 90 이상의 평범한 청소년에게서도 그러한 범죄가 나타나는 것은 (4)의 청소년 개인이 이기심을 갖고서 나름 합리적으로 선택하여 범죄에 적극 가담한 결과라기보다는, (1)에서처럼 평범한 아이들 누구라도 우연히 저지를 수 있는 사소한 행동이 사회적 낙인효과로 인해 스스로에게 부정적인 자아를 형성함으로써 끔찍한 범죄에까지 이르게 된 것이다. **물론** 심각한 신체적 학대 경험 및 성인에 의한 성추행 경험을 들어 이것이 (2)의 부모와의 친밀한 관계 형성이 잘못되어 이후에 그만큼 반사회적 충동을 통제하지 못해 끔찍한 범죄를 저지른 것이라고 주장할 수 있다. **하지만 이보다는**, (6)에서처럼 가족 및 그 가족이 속한 공동체 문화가 급속히 해체됨에 따라 거의 모든 청소년 사형수가 어린 시절에 부모에 의해 심각한 신체적 학대는 물론 이웃으로부터의 성추행 경험을 당하는 등으로 올바른 관계 형성을 못하고 일탈한 데 따른 결과라고 보는 게 더 타당하다.

(4) 창의적 적용 : 창의적 발상이 아닌, 관점 전환과 영역 전이를 통한 창의적 문제 해결

대입 논술시험은 창의적 문제 해결 능력을 반드시 묻는다. 그렇더라도 대입 논술시험에서 요구하는 창의성은 문학 · 예술에서 요구하는 창의적 발상이 아닌, 새로운 문제를 해결하기 위해 이미 가진 지식을 최대한 활용하고 응용할 수 있는 고도의 운용 능력이다. 즉 이미 가진 정보를 다른 관점에서 해석하여 그 가치를 극대화하고 운용할 수 있는 **창의적 문제 해결 능력**이 그것이다.

이런 맥락에서 볼 때, 창의성은 곧 새로운 관점(물론 이때 말하는 관점은 사고의 태도나 지향점을 의미한다)으로 접근해서 논제를 재해석하고 활용할 수 있는 **관점 전환 능력**을 필요로 하는데, 이는 한 영역에서 배운 내용을 다른 영역에 응용해서 생각하는 **영역 전이 능력**과도 부합한다. 현행 통합교과 논술이 곧 영역 전이적인 통합사고 능력을 묻는 점에 비춰 생각할 때 특히 그러하다. 따라서 교과를 통합해가며 적극적이고도 비판적으로 사고함은 물론, 다양한 영역으로 관점을 전환하고 영역을 통합해서 사고하는 훈련을 해나가야 한다.

아울러 논술 답안이 창의적이라는 평가를 받으려면 구체적인 해결 방안까지 제시할 수 있어야 한다. 이를 위해서는 문제 해결 과정에서부터 논의를 좀 더 **심층적**이고 **다각적**이며 **독창적**으로 접근하고, 이를 통해 구체적인 해결책을 도모해나갈 필요가 있다.

④ 논제 서술 유형 설명 및 예시 : 해결하라

과제를 '해결하라'는 서술 논제는 문제가 발생하게 된 원인을 규명하고, 이 문제를 해결하기 위한 적절한 방법을 모색하라는 요구를 충족시켜야 한다. 이러한 해결 과제는 주로 우리 주변에서 일어나는 사회적 문제와 관련된 것들이기에, 이에 대한 타당하고 적절한 원인 분석을 통해 실현 가능한 대안을 제시하면 된다.

'문제를 해결하라'는 식의 창의적 평가를 묻는 서술 과제는 제시지문을 분석하는 능력과 문제를 합리적으로 해결하는 능력을 동시에 평가할 수 있기 때문에, 논술 문제의 마지막 문항으로 출제되는 경우가 일반적이다. 따라서 이를 해결하기 위해서는 제시지문의 핵심 내용을 파악하는 능력은 물론, 그보다 한 단계 더 깊이 들어가 눈에 보이지 않는 본질적인 문제까지 파악하고 접근하여 사고하는 능력을 길러야 한다.

그렇더라도 대부분의 경우, 이러한 논증 평가 유형의 서술 과제에서 요구하고 있는 창의력이 특별난 그 무엇을 요구하는 것은 아니다. 즉 해결 과제로 요구하는 창의력은 어디까지나 주어진 논제의 범위 안에서, 그것도 자신의 주장에 걸맞은 타당한 근거를 제시하라는 것이지, 결코 논제를 무시하고 자신만의 엉뚱한 답안을 작성하란 의미가 아니다.

그만큼 현행 논술시험에서 요구하는 창의력은 별안간의 새로운 지식을 요구하는 게 아니라, 어디까지나 이미 나와 있는 지식에 더해 새로운 사고를 조금이나마 보탤 수 있는가를 묻는다. 물론, 제시지문 안에 함축된 내용을 파악해서 이를 교과 내용의 핵심 개념과 연결시키는 것만으로도 충분히 창의적이란 평가를 받는 게 또한 지금의 논술시험이다.

이를 아래의 [사례4]를 통해 확인할 수 있을 것이다. 이해를 돕기 위해 아래 해제의 ①을 참조한 다음, 이어서 ②의 구체적인 방안을 읽어보기 바란다. 밑줄 친 부분이 그 해결 방안을 기술한 것인데, 내용의 평이함도 그렇거니와 실제 대학에서 요구하는 창의력이 이 정도 수준을 넘지 않는다. 물론 이것 역시 교과서에 나와 있는 내용임에는 두말할 나위 없다.

【사례4】 서울대 2008 인문 정시 문항2 논제2

※문제_ 논제1에서 제기된 다수결 원리의 문제점 및 그 해결 방안을 고려하여, ①제시문 (다)의 사례에서 A시 의회의 결정이 공동체 전체의 정의에 부합하고 보편타당한 것인지에 대하여 자신의 판단을 서술하시오. 그리고 ②의회의 결정에 반대한 사람들의 의견을 존중할 수 있는 **구체적 방안**을 제시하시오.

(다) … 정부는 도시환경 정화를 위해 A시에 폐가전제품 종합처리시설을 설치하여 5년간 운영하기로 계획하고, A시에 수용 여부를 결정해 달라고 요청하였다. A시 의회는 이 계획을 수용할 것인지에 대하여 다수결 원리에 따라 표결한 결과, 찬성 의견이 60%, 반대 의견이 40%로 집계되어 이 계획을 수용하기로 결정하였다. 찬성자들은 국가 정책에 적극 호응하면 다양한 재정적 지원을 받을 수 있어 이 처리시설 설치가 지역 경제에 많은 도움이 될 것이라고 주장하였다. 한편, 반대자들은 환경문제 등을 이유로 삶의 질이 저하될 것이라고 주장하였다.

■ 해제

① A시 의회의 결정이 공동체 전체의 정의에 부합하고 보편타당한 것인지를 (가)를 참조하여 판단하면 : **타당하다는 입장**을 지지하는 경우

→ A시를 위한 중대한 사안이기에 충분한 논의를 거쳐 만장일치로 결정되는 게 바람직하겠지만, 현실적으로는 이것이 어려우므로 부득이 다수결에 따라 표결로 결정하는 것도 옳은 방법이 된다. 그렇게 해서 60%의 다수 지지를 받은 결정은 유효한데, 왜냐하면 폐가전제품 종합처리시설처럼 도시환경 정화를 위해 반드시 필요한 시설은 어딘가에는 반드시 설치해야 하는 공익과 공공 목적의 시설로, 그만큼 공동체 전체의 정의에 부합되는 것이기에 그렇다. 또한, 반대자들의 논리인 환경이 나빠져 삶의 질이 저하될 거란 주장 역시 이를 어떻게 운영하고 관리하느냐에 따라 얼마든지 해결 가능한 문제로, 이는 터널 건설, 쓰레기소각장 및 추모공원 등의 건립 과정에서 당초의 우려와는 달리 환경문제가 그다지 문제되지 않은 점을 통해 입증된다.

② 의회의 결정에 반대한 사람들의 의견을 존중할 수 있는 **구체적 방안**을 제시
그렇더라도 반대 의견이 무려 40%나 된다는 점을 간과해서는 안 된다. 이는 그만큼 지역주민들이 폐가전제품 종합처리시설을 혐오시설로 여기고 이에 따른 환경문제를 크게 우려하고 있다는 것이다. 따라서 주민들의 불만 해소에 적극 노력해야 한다. 이를 위해서는 무엇보다 주민참여제도를 도입하여 시설의 입지 선정 단계에서부터 준공에 이르기까지의 전 과정에서 서로 의견을 교환하고 조정 · 협상하여 결정토록 해야 한다. 또한, 준공된 이후에도 시설의 관리에 철저를 기하는 한편, 이에 따른 안전관리 실태를 적극 공개하는 정보 공유 체계를 수립한다. 아울러 주민이 입게 될 유무형의 피해와 불이익에 대해 적정한 보상을 함으로써 사회적 갈등 요인을 사전에 차단토록 한다.

5. 논술 문제풀이 과정 및 예시

지금까지의 논의를 종합해서, 이제부터 논술 문제를 어떤 순서로, 어떤 방법으로 풀어나갈 것인지를 예시문제를 통해 살펴보자. 이를 위해 먼저 논술 문제풀이 방법에 대한 절차적 개념 정의와 그에 따른 문제풀이 과정을 간략하게 정리할 필요가 있는데, 이는 다음과 같다.

참고로 수록한 예시문제를 풀 때는 해당 대학 홈페이지에 들어가서 문제를 다운받아 이를 직접 풀어 본 다음, 이어서 필자의 설명을 참조하기 바란다. 그렇게 해야 내용적인 이해는 물론, 문제 해결을 위한 올바른 풀이 방법을 스스로 깨닫고 확인할 수 있을 것이다.

(1) 논술 문제풀이 과정에 대한 개념 정의

① **출제 의도 파악(=문제 분석)**
• 문제부터 읽고, 이어서 제시지문을 빠르게 훑어가며 읽는 과정에서
• 문제의 지시사항인 '전제조건+비교 · 분석'에 대해 설명하는 제시지문이 어느 것인지를 파악하고
• 그에 따른 **출제 의도**를 파악한 후, 논제 분석으로 넘어가기 위한 사전 작업이다.

② **논제 분석**
- 문제에서 요구하는 전제조건 및 지시사항에 맞춰 : 개념 정의
- 제시지문 간의 연간관계를 파악하는 과정을 통해 : 관점 파악
- 따져서 밝혀야 할 핵심 내용(논점과 논지)을 찾아내는 작업이다 : 논증 구성

③ **독해**
- 제시지문 간의 연관관계를 기초로
- 제시지문을 '결론+전제', '주장+근거'를 중심으로 해석하는 **'논증 찾기'**의 과정을 통해
- 제시지문에 담긴 논제의 핵심 내용을 파악하는 작업이다.

④ **요약**
- 제시지문의 논증 찾기 과정을 통해 파악된 논증 구조(논지–논거)에 의거해서
- 이를 '결론(주장)–전제(근거)'에 맞춰 논리적으로 연결시키되
- 어디까지나 **핵심어를 중심**으로 해서 이를 자기만의 언어로 짧게 재구성하는 과정이다.

⑤ **개요 짜기(+문항 분석)**
- 논제 분석과 독해를 토대로 작성된 요약 글을
- **문제의 지시사항(즉 전제조건+비교 · 분석+논증 평가)에 맞춰** 분절하여 연결시키며 단락을 구성하되
- 이를 어떻게 탄탄한 논리로 구성할 것인지 설계하는 과정이다.

⑥ **답안 작성**
- 개요 짜기에 맞춰 글을 구조화시키되
- 전체 글의 **정합성과 일관성을 유지**하며 논술 글을 써나가는 과정이다.

(2) 논술 문제풀이 과정 해설 : 120분이 주어진 경우(문제 전체)

【1단계】
- **문제 분석+논제 분석 과정 : 약 20분±**
① 문제와 제시지문 전체를 훑어보며, 각 문제별로 논제가 무엇인지, 제시지문의 난이도는 어떠한지를 개략적으로 살펴 출제 의도를 파악한다.
② 문제의 요구사항을 살피고, 문제에 주어진 전제조건에 맞춰 '무엇(논제)'을 '어떻게 해결'할 것인지를 제시지문 간의 연관관계를 살펴 개략적으로 파악한다.
③ 각 문제별로 논제가 묻는 논의점에 맞춰 제시지문을 다시 읽는다. 어디까지나 논제가 묻는 논의에 맞춰 읽어야 함을 명심해야 한다.
④ 제시지문의 중심 문장과 뒷받침 문장을 찾아내고, 결론(주장)과 전제(근거)에 해당하는 문장에 밑줄을 긋는다. 이때, 제시지문 독해는 문제별로 순차적으로 해나간다. 이렇게 해서 문제 해결의 방향을 어림잡되, 그 과정에서 논지를 제대로 파악함으로써 이후의 과정에서 논점 이탈에 빠지지 않도록 함이 중요하다.
→ 그렇게 해서 문제 분석 및 논제 분석한 내용을 일치시킨 후, **【[공통 주제]+[관점]+[논제 서술 유형]】**의 각 내용을 채워 넣는다. 여기에 더해 제시지문을 관점별로 구분하면, 이로써 문제 해결을 위한 중요

한 사전작업이 끝났다.

【2단계】
· 제시지문 독해와 요약 과정 : 약 50분±

⑤ 【(공통 주제)+(관점)+(논제 서술 유형)】에 의거해 제시지문을 세밀하게 읽고 해석한 후, '결론–전제'의 논증 구조를 갖는 개략적인 요약 글로 쓰되, 시험지 제시지문 옆 여분에 적는다. 정리가 명료할수록 답안 작성이 쉽다.

⑥ 정리한 내용과 문제의 요구사항, 논제와 대조한다. 대조 후 부족하거나 석연치 않은 부분이 있으면 제시지문을 다시 읽어 바로잡는다.

→ 논제의 진술인 【(공통 주제)+(관점)+(논제 서술 유형)】에 맞춰 각각의 제시지문을 읽고 해석한 후, 이를 논증 형식에 맞춰 요약한다.

【3단계】
· 개요 짜기 과정 : 약 10분±

⑦ 다시 문제를 읽고, 문제의 요구사항을 분절하여 문제풀이의 순서를 정한다. 이때 요구사항별로 답안 글을 어떻게 연결시킬지 연결고리를 만들어내는 것이 가장 중요하다. 개요를 짤 때는 문제의 요구조건별로 분량까지 계산해서 전체 분량을 맞춰나갈 수 있도록 해야 한다.

⑧ 문제에 담긴 전체 논의에 근거해서 논제의 서술 유형별로 이를 어떻게 서술해나갈지 구상한다. 그 과정에서 대안, 견해 제시, 반론 제기 등 비판력과 창의력을 묻는 물음에 대해 생각하고 정리한다.

→ 이때 **문항 분석(이해–평가–적용)**한 결과를 적용한다. 즉 문항별 논증 평가항목에 맞춰 단락을 구성하고 답안의 구조화 작업을 다시금 환기할 필요가 있는데, 이때 가장 중요한 것은 단락별 글자 수 배분이다.

【4단계】
· 답안 글쓰기 : 약 40분±

⑨ 정리된 요약 글을 토대로 문제풀이의 순서에 맞춰 답안을 작성한다. 답안은 문제의 요구사항을 빠짐 없이 담아내야 한다.

⑩ 글의 정합성과 일관성을 유지하기 위해 글을 다듬는다.

위의 논술 문제풀이 방법에 대한 절차적 개념 정의와 그에 따른 문제풀이 과정을 압축하면 다음 세 가지 단계로 확 줄어들게 된다. 실제 논술시험에 임할 때는 다음 세 가지만 머릿속에서 끄집어낼 수 있으면 그것으로 충분한데, 이것을 **논술 문제풀이를 위한 방법적 요령**이라고 정리하자.

논술 문제풀이를 위한 방법적 요령
■【1단계】_ 출제 의도에 맞춰 문제 분석 및 논제 분석한 내용을 일치시킨 후, 【(공통 주제)+(관점)+(논제 서술 유형)】의 각 내용을 채워 넣는다.
→ 문제지를 받자마자 문제의 바로 아래에 나음 내용을 빈칸을 만들어 적고, 이어서 문제와 제시지문을

읽고 각각의 내용을 일치시키며 채워 넣는다.

㉮문제 분석 : 【(전제조건)+(비교 · 분석)+(논증 평가)】
                  ‖   ‖   ‖

㉯논제 분석 : 【(개념 정의)+(관점 파악)+(논증 구성)】

그렇게 해서 아래의 논제를 【(공통 주제)+(관점)+(논제 서술 유형)】에 맞춰 진술문의 형태로 채워 넣고, 또한 관점별로 제시지문을 구분하면 답안 작성을 위한 기초 작업은 완성된다.

■【2단계】_ 논제의 진술인 【(공통 주제)+(관점)+(논제 서술 유형)】에 맞춰 각각의 제시지문을 읽고 해석한 후, 이를 논증 형식에 맞춰 요약한다.
→ 타당한 논거의 제시 능력과 추론을 통한 논증의 재구성 능력이 중요하다.

■【3단계】_ 이때 문항 분석(이해–평가–적용)한 결과를 적용한다. 즉 문제의 지시사항(전제조건+비교 · 분석+논증 평가항목별 서술 유형)에 맞춰 단락을 구성하되
㉰문항 분석 : 【(논제 서술 유형)= (이해)+(평가)+(적용)】에 의거하여 서술한다.
→ 단락 구성, 단락별(문제의 지시조건별, 논제 서술 유형별) 적정 글자 수의 배분과 단락 간의 논리적인 연결이 중요하다.

(3) 사례 : 성신여대 2013 인문(3) 수시 문제1

■성신여대 2013 인문 수시 3교시(관점의 차이를 유발하는 핵심 개념)

• **논제**_ 인간 행위의 본성으로서의 다양한 관점 차이를 유발하는 요인(공통 주제)을 제시지문에 담긴 각각의 핵심 개념어(관점)로 정의하라.
• **논제 서술 유형**_ 단순논증_분석적 이해(요약+설명)
• **출제 유형**_ 일반논술
• **답안 적정 분량**_ 문제1(800자 내외)
• **문제 해결의 포인트**

#1. 이 문제는 대입 논술시험에서 묻는 '개념 이해'와 '관점 파악'의 중요성을 일깨우는 문제로, 논술을 공부함에 반드시 풀어보아야 할 문제다. 이것을 염두에 두고 열심히 진지하게 풀어볼 것을 주문한다.

#2. 문제1은 제시지문 안에 담긴 다양한 논점을 찾아내고 이를 개념 정리하여 서술하라는 요구로, 개념 이해와 개념 정의의 중요성을 보여주는 수준 높은 문제다. 문제1의 풀이에서 중요한 것은 ①각 제시지문에서 개념어를 명확히 추출해낼 수 있어야 함은 물론, 이를 ② 제시지문(가)에 담긴 각각의 상황에 대입하여 근거자료로 제시할 수 있어야 한다. 이때 개념의 활용과 대입이 맥락에 따라 달라질 수 있는데, 그렇더라도 중요한 것은 각각의 관점에 대한 논거의 타당성이다. 즉 주장(논지)과 근거(논거)로 이루어지는 논증 구조가 얼마만큼 타당하고 설득력 있게 전개되느냐.

이 문제는 '문제 분석=논제 분석=문항 분석'에 맞춰 논제를 파악하면, 그것으로 답안 작성을 위한 기초공사는 끝나는 셈이다. 이후에는 각각의 제시지문에 담긴 핵심 내용을 논증 형식에 맞춰 뽑아내고 이를 논제 서술 유형에 담아 서술하는 것인데, 굳이 이 부분은 설명하지 않더라도 이해할 수 있을 것이다. 따라서 '문제 분석=논제 분석=문항 분석'에 맞춰 논제를 파악하면 다음과 같다.

■ **문제 분석 : '조건 + 분석 + 평가'**
㉮①제시문 〈나〉~〈마〉를 읽고 **관점**의 차이를 유발시키는 **핵심 개념**을 각 제시문에서 1개씩 총 4개를 유추하고 – **전제조건 + 비교 · 분석**
㉯그 **근거**를 간단히 설명하시오. 그리고 ②그 개념들을 **적절히 활용**하여 제시문 〈가〉에 나타난 것과 같은 관점의 차이가 발생하는 **이유**를 설명하시오. – **논증 평가(논제 서술 유형에 맞춰)**

■ **논제 분석 : '개념 + 관점 + 논증'**
㉮①제시문 〈나〉~〈마〉를 읽고 관점의 차이를 유발시키는 **핵심 개념**을 각 제시문에서 1개씩 총 4개를 유추하고 – **개념 정의 + 관점 파악**
㉯그 **근거**를 간단히 설명하시오. 그리고 ②그 개념들을 **적절히 활용**하여 제시문 〈가〉에 나타난 것과 같은 관점의 차이가 발생하는 **이유**를 설명하시오. – **논증 구성(논제 서술 유형에 맞춰)**

■ **문항 분석 : '이해-평가-적용'**
㉮①제시문 〈나〉~〈마〉를 읽고 **관점**의 차이를 유발시키는 **핵심 개념**을 각 제시문에서 1개씩 총 4개를 유추하고 – 논제가 묻는 **명제(공통 주제+관점)**에 대한 분석적 이해(요약하라). 300~400자
㉯그 **근거**를 간단히 설명하시오. 그리고 ②그 개념들을 **적절히 활용**하여 제시문 〈가〉에 나타난 것과 같은 관점의 차이가 발생하는 **이유**를 설명하시오. – **논제 평가항목별 서술 유형_** 분석적 이해(설명하라). 400~500자

• **논제_ 인간 행위의 본성으로서의 다양한 관점 차이를 유발하는 요인(공통 주제)을 제시지문에 담긴 각각의 핵심 개념어(관점)로 정의하고, 그에 대한 근거를 밝혀라(설명하라).**

이렇게 해서 위와 같은 논제를 추출해낼 수 있다면, 이후의 과정은 논증 분석과 답안 서술 과정만 남는다. 물론 논증을 구성하기가 결코 쉽지 않지만, 그렇더라도 이 문제의 경우에는 제시지문 안에 담긴 다양한 개념어를 적절한 용어로 서술하고 정의내리는 것만으로도 충분히 높은 평가를 받을 것이다.

이 문제의 경우에는 그만큼 개념을 정확한 용어로 정의하기 어렵기 때문인데, 이것을 학생 예시답안과 필자의 예시답안을 비교해가며 확인하기 바란다. 제시지문을 읽고 그에 대한 관점 인식을 적절한 개념어로 서술하기가 어렵다는 점은 제쳐놓더라도, 그것을

뒷받침하는 근거의 설득력이 떨어지는 점이 가장 큰 문제로 남는다. 특히 밑줄 친 부분이 그렇다. 제시지문 아래에 글의 출처가 『오만과 **편견**』임을 분명하게 밝혔음에도 불구하고 그것을 지나친 점도 그렇거니와, 고등학교 여학생이라면 누구든지 한번쯤을 읽어봤을 법한 문제작을 놓친 점도 마찬가지다. 지문 하단을 보면, "속으로 그녀의 몸가짐이 상류사회에 어울리는 것이 아니라고 주장했지만, 꾸밈없이 장난스러운 태도에 매혹되고 말았다."고 하여, 다시 자신이 그 동안에 가졌던 생각이 편견이었음을 시인하는 부분에 해당하는 지문만을 제대로 읽고 파악했더라도 아래와 같은 개념과 그에 대한 근거를 밝힐 수는 없었을 것이다.

■ 개념 정의와 관련한 학생 예시답안의 일부(잘못된 예)
(다)에서 관점 차이를 유발시키는 것은 '**이기성**'이다. 왜냐하면 꽃은 항상 제자리에 있었음에도 불구하고 화자의 변화된 지각으로 인해 꽃이 내려올 때만 보였다고 기술했기 때문이다. 또한 (다)에서의 관점 차이를 유발시키는 것은 '**집단성**'이다. 아이에게 인간의 기원을 설명할 때, 엄마 집안과 아빠 집안의 관점 차이를 정당화하여 설명했기 때문이다. 그리고 (라)에서의 관점 차이를 유발시키는 것은 '**지배성**'이다. 왜냐하면 신문이 진보와 보수로 나누어져, 그것에 부합하는 기사만을 각기 싣는 것은 정당들이 사회, 즉 신문과 같은 대형 언론들을 점령한 결과이기 때문이다. 또한 (마)에 드러난 관점 차이를 유발시키는 것은 '**계급성**'이다. 왜냐하면 <u>다시와 엘리자베스가 서로에 대해 각기 다른 생각을 가지게 된 것은 다시는 그녀를 상류층에 어울리지 않는다는 전제 하에 그녀의 긍정적 측면을 애써 부정하고 있기 때문이다. (이하 중략)</u>

위와 같은 지적을 문제를 직접 풀어가며 확인하기 바란다. 이때 문제에서 밝힐 것을 요구하는 '관점 차이를 유발하는 핵심 개념은 반드시 필자의 설명과 똑같을 필요는 없으며, 어디까지나 적절한 용어로 서술하면 그것으로 충분하다. 중요한 것은 그 근거가 타당한 설득력을 갖추어야 한다는 점이다. 아울러 이후의 논증 분석과 관련한 설명은 생략하며, 그것에 대한 자세한 설명은 핵심 요약 부분을 참조하기 바란다.

【문제 1】 ①제시문 〈나〉~〈마〉를 읽고 **관점**의 차이를 유발시키는 **핵심 개념**을 각 제시문에서 1개씩 총 4개를 유추하고, <u>그 근거를 간단히 설명</u>하시오. 그리고 ②그 개념들을 **적절히 활용**하여 제시문 〈가〉에 <u>나타난 것과 같은 관점의 차이가 발생하는 **이유**</u>를 설명하시오. (800자 내외)

다음의 그림은 비트겐슈타인의 오리토끼다. 그림을 보는 사람에 따라 다른 동물의 형상으로 인식하게 된다. 우리는 이처럼 특정한 사물이나 사건에 대하여 <u>다양한 관점의 차이</u>로 갈등하는 경우를 흔히 볼 수 있다. 이러한 관점의 차이는 인간 본성으로 볼 때 불가피하다고 보는 시각도 있다. 제시문 〈가〉~〈마〉는 다양한 관점의 차이를 나타내는 내용이다. 제시문을 읽고 물음에 답하시오.

〈가〉

〈나〉

내려올 때 보았네

올라갈 때 보지 못한

그 꽃   -고은, 「그 꽃」 전문-

핵심 요약
- 관점 차이를 유발시키는 핵심 개념_ **인식 차이(상황과 맥락)**
- 그 근거_ 사람의 생각은 상황과 맥락에 따라 인식의 관점을 달리할 수 있다. 이를테면 산을 오르는 동안에는 힘에 겨워 주변을 돌아볼 겨를이 없지만, 내려오는 동안에는 주위를 살피는 여유가 생기면서 올라갈 때 보지 못한 꽃이 눈에 들어오게 된다.

〈다〉

어느 날 한 소녀가 자기 어머니에게 물었다. "저기요 엄마, 인간의 첫 조상은 어떻게 태어났어요?" "그건 말이야, 하느님께서 최초의 인간인 아담과 이브를 창조하셨어. 그들이 자식을 낳고, 그 자식들이 나중에 부모가 되어 또 자식을 낳고, 그런 식으로 이어져 오면서 우리 겨레가 형성된 거야." 이틀 뒤, 소녀는 자기 아버지에게 똑같은 질문을 던진다. 아버지의 대답은 이러하다. "그러니까 지금으로부터 수백만 년 전에 원숭이들이 차츰차츰 진화해서 인간이 되었어. 그래서 오늘날 우리가 있게 된 거야." 소녀는 심한 혼란을 느끼며 어머니에게 쪼르르 달려간다. "엄마! 이게 어떻게 된 거죠? 엄마는 하느님이 우리의 첫 조상을 창조하셨다 하고, 아빠는 원숭이들이 진화해서 인간이 되었다고 하니 말이에요." 그러자 어머니가 미소를 지으며 하는 말, "아가야, 그건 아주 간단해. 엄마는 엄마 집안 얘기를 한 거고, 아빠는 아빠 집안 얘기를 한 거야."   -베르나르 베르베르, 『웃음』에서 발췌-

핵심 요약
- 관점 차이를 유발시키는 핵심 개념_ **스키마(기억 속에 저장된 신념과 지식체계)**
- 그 근거_ 우리가 알고 있는 선험지식이나 신념, 경험이 각기 다른 기억으로 저장되고 구조화됨으로써, 그에 따라 인식의 관점의 차이를 유발한다. 엄마는 창조론을 근거로, 아빠는 진화론을 근거로 인간의 기원을 설명하는 것 역시 스키마 현상에 따른 것이다.

〈라〉

논평은 우선 평론가의 정치적 성향에 의해 좌우된다. 그 다음으로는 신문사의 정치노선에 종속된다. 이것은 신문사 사장의 위임을 받은 편집장 및 편집 참모들에 의해 감독되고 보호된다. 이 이념 속에는 독일의 대중매체와 여론의 현주소가 반영되어 있다. 신문사들은 여론의 독점지대를 형성한다. 이는 정당들이 사회를 점령한 결과다. 이들의 유희 속에 언론기관들이 맞물려 들어가 동조한다. 이를 위해서 신문사들은 독자가 수긍할 만한 정치적 진영 논리를 통해 기사를 생산해야 한다. 즉 보수신문과 진보신문은 자신의 정치이념과 부합하는 **가치관**을 가진 정당의 정책을 비판하는 기사를 생산하기 어렵다. 신문사들은 이런 식으로 자기들의 정치적 성향과 동일한 취향을 가지고 있는 고정 독자들을 결속하여 특정한 성격을 지니는 공동체를 형성하며 이들에게 동일한 색깔의 읽을거리와 정보들을 공급한다.

-디트리히 슈바니츠, 『교양』 중에서 발췌 수정-

핵심 요약
• 관점 차이를 유발시키는 핵심 개념_ **이해관계(가치관 · 성향 · 취향)**
• 그 근거_ 개인의 가치관이나 성향, 취향에 따라 동일한 사회현상을 보는 관점을 달리하는 이유는, 특정한 성격과 노선을 지향하는 공동체를 형성하고 정보를 공유하기 위한 목적 때문이다.

〈마〉

빙리(Bingley) 씨는 잠시 춤을 멈추고 친구에게 춤을 추자고 권하는 중이다. "이봐, 다시(Darcy)! 춤을 좀 추지 그러나. 이렇게 바보같이 혼자서 있다니 보기 싫군." "안 춘다니까. 자넨 내가 춤추는 걸 얼마나 싫어하는지 알고 있잖아. 특히 파트너가 아는 사람이 아니면 말이야. 자네 누이들은 각자 파트너가 있고, 이 방에서 마주 보고 서는 것 자체가 형벌이 아닌 여성은 없지 않은가. 자넨 여기서 유일하게 예쁜 여자하고 춤을 추고 있어." 다시 씨가 베넷(Bennet) 집안의 맏딸을 바라보며 말했다. "아! 그녀는 여태 내가 본 사람 가운데 최고로 아름다운 여성이야. 하지만 자네 바로 뒤에 앉아 있는 그녀 여동생도 무척 예쁘군. 또 아주 상냥할 것 같아. 내 파트너보고 자네에게 소개해 달라고 할게." "누구 말이야?" 다시는 돌아서면서 잠시 엘리자베스(Elizabeth)를 바라보다가 눈이 마주치자 시선을 거두며 냉정하게 말했다. "그런대로 괜찮긴 하네만, 내 마음을 끌 만큼 예쁘진 않군. 그리고 난 지금 다른 남자들에게 무시당한 아가씨나 달래줄 기분도 아니라네. 자네는 파트너에게 돌아가서 그녀의 미소나 즐기게. 나와 시간 낭비하지 말고." 빙리 씨는 그의 충고를 따랐다. 다시 씨는 멀어져 갔지만, 엘리자베스는 그에게 결코 좋은 감정을 갖지 못한 채 그 자리에 남아 있었다.

(중략)

"그 사람의 오만은 말이야, 다른 경우처럼 그렇게 불쾌하지는 않아. 그럴 만한 이유가 있으니까. 집안 좋고 재산 많고 모든 것을 다 갖춘 그렇게 훌륭한 젊은이는 자신을 높이 평가하겠지. 이렇게 말할 수 있는지 모르겠는데, 그에게는 오만할 권리가 있어." 루커스(Lucas) 양이 말했다. "그건 맞는 말이야. 내 자존심에 상처를 주지만 않았어도 나도 그의 오만을 용서할 수가 있었을 거야." 엘리자베스가 대답했다. "오만은 무척 흔한 결점이라고 생각해. 내가 오래 독서해온 바에 비추어 볼 때, 오만이란 정말 흔한 것이고, 인간 본성은 오만한 쪽으로 기울어 있는 것이 확실해. 자신의 일부 자질에 대해 만족스러운 기분을 느껴 본 일이 없는 사람은 거의 없다고 봐야지." 자신의 사색을 자랑으로 여기는 메리(Mary)가 말했다.

(중략)

빙리가 언니에게 끌린다는 것에 몰두하느라 엘리자베스는 정작 자신이 빙리 친구의 눈에 어느 정도 관심의 대상이 되고 있다는 사실은 전혀 눈치 채지 못했다. 처음에 다시 씨는 그녀가 예쁘다는 것을 좀처럼 인정하지 않았다. 무도회에서 그녀를 봤을 때는 전혀 칭찬할 마음이 들지 않았었다. 그리고 다음번에 만났을 때는 그녀를 바라보며 비판만 하려고 했다. 그러나 그는 자신과 친구들에게 그녀의 얼굴에서 예쁜 데라곤 찾을 수 없다고 분명히 하자마자, 그 검은 눈동자에 담긴 아름다운 표정 때문에 그녀의 얼굴이 매우 지적으로 보인다는 사실을 깨달았다. 그러자마자 그만큼 체면이 안서는 또 다른 사실도 깨달았다. 비판적 안목으로 그녀 체형에서 완벽한 대칭을 이루지 못하는 몇 군데를 찾아내긴 했지만, 그녀의 모습이 발랄하고 매력적이라는 사실을 인정해야만 했던 것이다. 속으로 그녀의 몸가짐이 상류사회에 어울리는 것이 아니라고 주장했지만, 꾸밈없이 장난스러운 태도에 매혹되고 말았다. 그녀는 이 사실은 전혀 모르고 있었다. 그녀에게 그는 어디를 가도 불쾌하게 굴고, 자신을 함께 춤출 만큼 예쁘지 않다고 생각하는 남자에 불과했다.

-제인 오스틴, 「오만과 편견」 중에서 발췌 수정-

핵심 요약
- 관점 차이를 유발시키는 핵심 개념_ **주관성(편견과 선입견)**
- 그 근거_ 편견이나 선입견에 따라 사람에 대한 평가는 물론, 사물이나 현상에 대한 판단의 관점을 달리할 수 있다.

⟨가⟩

4일 밤늦게 서울 광화문에서 명동까지 걸어가면서 '작은 지진'을 경험했다. '서울시와 함께 하는 싸이 글로벌 석권 기념 콘서트'라는 다소 촌스러운 작명(作名)마저 유쾌했다. 즐거운 소란이었다. 그런데 좀 섬뜩했다. 이 수만 명이 열광하는 관객이 되는 것도, 성난 군중이 되는 것도 순간이기 때문이다. 싸이도 이런 생각을 했을지 모르겠다. 이미 뼈저리게 느껴봤을 테니 말이다.

싸이, 즉 박재상은 2003년부터 2005년 11월까지 컴퓨터 소프트웨어 개발 분야의 병역특례 요원으로 병역을 마쳤다. 그 사이인 2004년, MBC 방송은 싸이의 병역특례가 자격 미달이며, 금품수수로 인한 불공정 병역특례였다, 공연이 많아 부실 근무였다고 보도했다. 싸이의 자격

중에는 문제가 없고, 돈도 오간 적이 없으며, 공연은 주말 자유 시간에 이뤄진 것이란 게 밝혀 졌다. 그러나 2007년 검찰은 싸이를 고발했고, 병무청은 '지정업무 외 종사 사유'로 재입대 통보를 했다. 싸이가 한 업무인 '디지털 사운드, 기획, 테스팅'은 소프트웨어 개발 업무가 아니라는 취지였다.

군대에 가본 적이 없는 여성으로서, 싸이에게 특별한 호오(好惡)의 감정이 없는 기자로서 당시 느꼈던 의문은 '그 책임을 왜 온전히 싸이 혼자 져야 하고, 그것도 재입대라는 방식으로 져야 하는가'였다. 수업 시간에 학생이 국어 교과서 대신 한문 교과서를 펴고 있었다면, 교사가 지적해줘야 한다. 그러고도 시정되지 않았다면, 그 때 벌을 주면 된다. 싸이는 복무 중 그 어떤 지적도 받은 적이 없었다. 양측이 다 소홀했던 것이다. 하도 궁금해 몇몇 법조인에게 물어보니 '논란의 여지가 많다'부터 '결코 재입대 사유는 될 수 없다'까지 답은 다양했다. 그러나 여론은 달랐다. 특히 "나는 빡세게 현역 마쳤다"는 남성들의 분노가 폭발했다. 그 들끓는 분노 앞에서는 누구도 다른 논지를 제기할 수 없었다. 싸이에게 패소 판결을 내린 법원 판단에 군중 심리나 높은 분의 뜻이 작용한 게 아니냐는 얘기도 간간이 들렸다. 물론 싸이는 소송에 패배해 군대에 두 번 감으로써 훗날 가수로 재기할 수 있었다. 그러나 그건 결과론적인 얘기다. 그렇다고 당시 '무조건 매우 쳐라'했던 분위기가 정당화되는 것은 아니다.

'불량 중년' 싸이는 이번에도 '사고'를 쳤다. 흥에 겨운 싸이는 소주 한 병을 수만 명 앞에서 병째 마셨다. "아무리 싸이라지만, 아이들도 와 있고 해외로 중계되는 공연장에서 소주를 병나발 불다니. 글로벌 가수다운 매너를 지켜야 한다." "무슨 소리냐. 싸이는 원래 공연할 때마다 그랬다." 두 의견 모두가 일리가 있기도 하고, 없기도 하다. "싸이가 한국을 빛냈는데 술 좀 마시면 어떠냐"며 '싸이님 숭배' 현상이 일어난다면 그건 '맹목(盲目)'이다. "품위 없이 어디서 술이냐"고 비난하는 건 이율배반이다. 싸구려 문화의 역동성을 상징하는 노래 '강남 스타일'은 바로 그렇게 세상 룰을 확 뒤집는 불량스러운 태도에서 나온 것이기 때문이다. 싸이 음주 논란은 한쪽의 완승이나 완패로 끝나지 않을 것이다. 그런데 이 애매성이 차라리 다행스럽다. 우리 문화는 이리 쏠리고 저리 몰리는 '촌티'에 너무 오래 발목 잡혀 왔다.

-박은주, 「'글로벌 싸이'의 소주 병나발 사건」, 『○○일보』-

핵심 요약... ②를 논증 형식으로 구성하면

■ **관점 차이 1_** 싸이의 재입대 문제 관련

• 비록 싸이가 복무 중 병역특례를 위반한 마땅한 결격사유를 저지르지 않았음에도 불구하고, MBC 보도가 나간 이후 현역으로 복무한 남성들의 분노가 폭발하는 등으로 여론은 들끓었고, 그것을 반영이라도 하듯 법원은 싸이의 군 재입대 결정을 내렸다. 이는 그만큼 법적 판단이 사실 그 자체를 따르기보다는 우리의 기억 속에 저장된 신념과 지식체계가 형성한 여론의 지배를 받은 데 따른다.*

• 하지만 군대 두 번 갔다 온 것이 훗날 싸이가 재기하는 데 디딤돌이 된 것이 아니냐는 결과론을 펼친다고 해서, 당시 분위기가 정당화되는 것은 아니라는 기자의 논평은 어디까지나 그 기자가 몸 담고 있는 언론사의 정치적인 성향에 따른 해석일 수 있지만, 동시에 기자 개인이 상황과 맥락을 달리하여 내린 해석일 수도 있다.

■**관점 차이 2_** 싸이의 공연 중 소주 병나발 사건 관련

• 싸이가 공연 도중 소주 병나발을 분 사건을 놓고, 한국을 빛낸 싸이가 공연 중 술을 좀 마시면 어떠냐는 식의 주장과 품위 없이 술 마시는 행동은 비난받아 마땅하다는 주장은 모두 <u>가치관 · 성향 · 취향 등 개인적 이해의 관점이 개입된 동시에, 다분히 편견과 선입견이라는 주관적인 관점</u>을 따른다.

• 싸이 음주 논란은 한쪽은 맹목적이고 다른 한쪽은 이율배반이기에 한쪽의 완승이나 완패로 끝나지 않은 것이 차라리 다행스럽다는 기자의 논평 역시 <u>언론사의 정치적인 성향에 따른 해석일 수 있지만, 동시에 기자 개인의 상황과 맥락에 대한 인식 차이에 따라 내린 해석일 수 있음은 물론이다.</u>

※주_ *법원의 결정이 다분히 여론을 의식한 것이기에 '상황적인 판단'의 관점에 따른 것이라고 주장할 수 있음은 물론이다. 이는 다른 주장의 경우에도 마찬가지인데, 이때 중요한 것은 각각의 관점에 대한 논거의 타당성으로, 즉 주장(논지)과 근거(논거)로 이루어지는 논증구조가 얼마만큼 타당하고 설득력 있게 전개되느냐 여부다.

필자 예시답안

(나), (다), (라), (마)에 따르면, 상황과 맥락에 대한 인식 차이, 기억 속에 저장된 신념과 지식체계로서의 스키마, 가치관 · 성향 · 취향 등에 따른 이해관계, 편견과 선입견이라는 주관성에 의해 관점은 차이를 보인다.

즉 사람들의 생각은 상황과 맥락에 따라 인식의 관점을 달리할 수 있으며, 또한 우리가 알고 있는 선험지식이나 신념, 경험이 각기 다른 기억으로 저장되고 구조화됨으로써, 그에 따라 인식 차이를 유발한다. 개인적인 가치관이나 성향, 취향에 따라 동일한 사회현상을 보는 관점이 달라지는 이유 또한 특정 성격과 노선을 지향하는 공동체를 형성하고 정보를 공유하기 위한 목적이 개입하기 때문이다. 편견이나 선입견에 따라 사람에 대한 평가는 물론, 사물이나 현상에 대한 판단의 관점 역시 달라질 수 있다. …①

(가)의 상황은 이러한 관점 차이가 발생하는 이유를 설명한다. 싸이가 병역특례를 위반한 뚜렷한 결격사유가 없음에도 불구하고 법원이 재입대 판결을 내린 이면에는, 당시에 들끓었던 여론이 사실 그 자체보다는 우리의 기억 속에 저장된 사회적 신념과 지식체계로서의 공적 정서를 더 중시한 때문이기도 하다.

한편, 싸이가 공연 도중 소주 병나발을 분 사건을 놓고, 한국을 빛낸 싸이가 공연 중 술을 좀 마시면 어떠냐는 식의 주장과 품위 없이 술 마시는 행동은 비난받아 마땅하다는 주장은 둘 다 개인적인 가치관 · 성향 · 취향이 개입된 동시에 편견과 선입견이라는 주관적인 관점이 개입된 것이기도 하다.

아울러, 군대 두 번 갔다 온 것이 훗날 싸이가 재기하는 데 디딤돌이 된 것 아니냐는 결과론을 비난하고, 또한 싸이 음주 논란은 한쪽은 맹목적이고 다른 한쪽은 이율배반이기에 한쪽의 완승이나 완패로 끝나지 않은 것이 차라리 다행스럽다는 기자의 논평 역시, 그 기자가 몸담고 있는 언론사의 정치적인 성향에 따른 해석일 수 있는 동시에, 기자 개인이 상황과 맥락을 달리하여 내린 해석일 수 있다. …②

연습문제

1. 연습문제 풀이에 앞서

이제부터 수능 국어와 영어 비문학 지문을 살펴가며 직접 문제를 풀어본다. 그리고 수록한 지문들에 담긴 글의 논증 구조를 파악하고, 그 핵심 내용을 요약하는 연습을 한다. 여기까지만 공부해도 글 읽기와 쓰기 연습을 통해 충분히 실력을 끌어올릴 수 있을 것이다.

더불어 수능 비문학 지문의 연장선상에서 논술 기출문제를 직접 풀어가며 공부한다. 그렇게 되면 둘은 결코 따로따로 공부할 성질의 것이 아니라 같은 연장선상에서 공부해야 할 과제임을 이해할 수 있을 것이다. 즉 수능과 논술은 다 같이 언어적인 이해를 묻고 답을 구하는 시험임을 간파할 수 있을 것이다.

그 방법적인 해결책에 대해서는 이미 앞에서 다 설명했다. 따라서 이제부터는 문제를 직접 풀며 이를 확인하되, 그것도 혼자 힘으로 밀고나가며 진지하게 공부할 것을 간곡히 부탁한다. 절대 답부터 보려 하지 말고, 끝까지 지문에 집중해서 읽고 고민하며 생각을 거듭하기 바란다. 그리고 그렇게 해도 잘 이해가 되지 않는 부분은 다시 앞 장의 설명을 거듭 살펴가며 공부하기 바란다. 그러는 동안에 결단코 실력은 향상될 것이라고 확신한다.

참고로, 이제부터의 공부에 앞서 염두에 둘 것이 몇 가지 있다. 그 중 하나는 바로 국어 지문과 영어 지문 간의 차이에 해당하는 것으로, 특히 문체와 관련한 부분이다. 이를 사례를 들어 간략히 설명하면 다음과 같다.

(1) 글의 구조를 이해하라

먼저 다음 사례를 읽고, 글의 핵심 내용을 요약하고, 그 핵심 논지를 밝혀라. 단, [사례1]은 '노동'의 관점에서 그 핵심 논지를 밝혀라.

【사례1】 서강대 2014 인문 모의 문제1 제시지문(나)

인류가 태어났을 때부터 노동은 벌이었다. 죄 많은 인간은 고통을 받아야 하며, 김을 매고 밭을 갈고 수확을 하다가 지치고 탈진하여 구원이 약속된 저세상으로 갈 때까지 얼굴에 땀을 흘려야 양식을 먹을 수 있다고 야훼는 말했다. 그러나 그 사이 노동의 의미는 엄청나게 변했다. 직업을 자유롭게 선택할 수 있고 육체적으로 고단한 노동을 기계에게 맡길 수 있게 된 이후 우리는 일을 고통이 아닌 자아실현의 수단으로 해석하며 점점 많은 이들이 노동을 진정한 향락으로 생각한다.

【사례2】 성문종합영어 발췌 지문

It is unlikely that many of us will be famous or even remembered. But no less important than the brilliant few that lead a nation, or a literature to fresh achievements, are the unknown many whose patient efforts keep the world from running backwards; who guard and maintain the ancient values, even if they do not conquer new; whose inconspicuous triumph it is to pass on what they inherited from their fathers, unimpaired and undiminished, to their sons. Enough, for almost all of us, if we can hand on the torch, and not let it down; content to win the affection, if possible, of a few who know us, and to be forgotten when they in their turn have vanished.

각각의 핵심 논지를 파악하려면 먼저 중심 주장 글부터 찾아야 한다. 다음 밑줄 친 부분의 문장에 담겼는데, 이때 그 안에 담긴 핵심어를 중심으로 글을 재구성하면 그대로 논증을 요약한 글이 된다.

인류가 태어났을 때부터 노동은 벌이었다. 죄 많은 인간은 고통을 받아야 하며, 김을 매고 밭을 갈고 수확을 하다가 지치고 탈진하여 구원이 약속된 저세상으로 갈 때까지 얼굴에 땀을 흘려야 양식을 먹을 수 있다고 야훼는 말했다. 그러나 그 사이 **노동의 의미는 엄청나게 변했다.** …(**주장**) 직업을 자유롭게 선택할 수 있고 육체적으로 고단한 노동을 기계에게 맡길 수 있게 된 이후 우리는 일을 **고통이 아닌 자아실현의 수단**으로 해석하며 점점 많은 이들이 노동을 진정한 향락으로 생각한다. …(근거)

■ 핵심 요약
직업 선택의 자유와 기술 발달은 인간을 노동의 고통으로부터 해방하고 자아를 실현하는 수단으로 변화시켰다.
• 노동에 대한 지문(나)의 논지 : 노동은 생계유지 수단에서 **자아실현**의 차원으로 질적 전환됐다.

한편 [사례2]의 지문은 도치된 문장이기에 먼저 이것부터 바로잡아 살펴야 글의 구조가 뚜렷하게 드러난다.

It is unlikely that many of us will be famous or even remembered. But **the unknown many** whose patient efforts keep the world from running backwards; who guard and maintain the ancient values, even if they do not conquer new; whose inconspicuous triumph **it** is **to** pass on what they inherited from their fathers, unimpaired and undiminished, to their sons(주어) are no less important than **the brilliant few** that lead a nation, or a literature to fresh achievements. Enough, for almost all of us, if we can hand on the torch, and not let it down; content to win the affection, if possible, of a few who know us, and to be forgotten when they in their turn have vanished.

■ 지문 해석

아마도 우리 가운데 많은 사람이 유명인이 되거나 후세에 기억되는 사람이 되지는 않을 것이다. 그러나 한 국가나 어떤 문학 분야에서 새로운 업적을 달성하는 <u>창조적 소수 못지않게</u> **무명의 다수** 역시 중요하다. …(**주장**) 왜냐하면 그들 무명의 다수의 꾸준한 노력이 이 세상이 퇴보하는 것을 막고, 그들이 비록 새로운 가치를 이룩해내지는 못하지만 옛 가치를 보전하고 유지하며, <u>그들이 조상으로부터 물려받은 것을 훼손됨 없이 그리고 감소시키지 않고</u> 후손들에게 전달하는 것이야말로 눈에 드러나지 않는 그들의 훌륭한 업적(triumph)이기 때문이다. …(**근거**) 이런 우리들을 이해하는 소수의 애정을 얻을 수 있다면 그것으로 만족하고, 또 우리를 아는 그들이 차례가 되어 이 세상을 떠나 잊혀져도 불만 없이, 우리가 조상으로부터의 전통(torch)을 끄지 않고 후세에 전달할 수만 있다면, 그것으로 우리 모두에게는 거의 족한 것이다.

■ 핵심 요약

국가와 사회의 발전을 위해서는 직접적인 성과를 일구어낸 창조적 소수 못지않게, 그 성과를 보존 · 계승하고 발전시키는 데 보이지 않는 역할을 수행하는 무명의 다수의 역할 또한 매우 중요하다.
• 사회발전에 대한 지문의 논지_ 사회발전을 위해서는 <u>무명의 다수의 역할이 중요</u>하다.

제시지문을 읽는 법, 논증 글쓰기와 관련한 부분은 이제부터의 문제풀이 과정에서 충분하게 연습할 것이기에 굳이 지금 여기서 설명할 이유는 하등 없다. 그렇더라도 위 글을 통해 설명하고자 하는 것은 이것이다. 즉 글을 읽고 그 안에 담긴 내용을 분석해나감에 국어와 영어가 지닌 근본적인 차이점에 대해 한번쯤은 짚고 넘어가야 할 필요가 있다. 그 전부를 세세하게 살필 필요는 없고, 다만 다음 한 가지만은 분명하게 이해하고 넘어가기 바란다.

먼저 국어와 영어 모두, 적어도 비문학 제시지문의 경우에는, **복문체**를 지향한다. 복문은 주어와 서술어의 관계에서 하나의 문장이 다른 문장에 종속적으로 연결되는 방식이거나, 또는 하나의 문장이 다른 문장을 문장성분으로 포유(包有)하고 있는 방식을 일컫는다. 종속적 연결어미인 '~는데, ~되, ~더니, ~므로, ~거늘, ~거든, ~자면, ~나, ~려, ~러, ~어야, ~면, ~도'가 들어간 문장은 복문으로 보면 되는데, 우리가 일상적으로 사용하는 말과 글은 복문인 경우가 일반적이다. 이를 테면 '향기가 맑음이 매화의 자랑이다', '철수가 학교에 가기를 싫어한다.', '그대 있음에 내가 있네.'는 각각 주절, 목적어

절, 부사절을 담은 복문이다.

[사례1]에서 알 수 있듯, 국어는 다수의 복문을 담은 문장으로 구성되는 경우가 많은데, 이는 그만큼 국어가 '연속적인 흐름'을 중시하는 언어이기 때문이다. 다시 말해, 문장에서 말하고자 하는 내용과 내용 사이의 일련의 '파동'에 의한 표현법이 발달(이것을 '어감'이라고 한다)했기 때문으로, 그만큼 국어는 단어와 단어 간의 어감 차이, 또 그것의 연결 흐름에서 오는 느낌의 차이가 섬세하고 미묘하다.

영어 역시 복문이 발달한 언어라는 점에서는 국어와 마찬가지다. 하지만 영어는 문법적으로나 용례로나 '명확하고 간결한 표현법'이 발달한 언어로, 핵심부터 치고 들어가는 감각을 좋아한다. 이런 이유로 이를테면 형용사가 길어지면 명사 뒤로 보내버리는 등 관계사가 발달된 언어다. [사례2]를 보면, 주어에 종속되는 문장은 전부 'whose', 'who', 'that'이라는 관계대명사를 이용하여 묶어서 구분하는 속성을 가졌음을 알 수 있다.

여기까지의 핵심을 정리하면 이렇다. 영어에서는 관계사로 수식 부분을 분명하게 가름할 수 있기에, 그 관계사에 유념하여 살피면 전체 문장 구조가 분명하게 드러나게 된다. 하지만 국어에서는 그 기능을 가진 관계사 없이 부사와 형용사절로 이어지기 때문에 문장구조가 모호해지고, 그에 따라 읽기가 난해하며, 또 문장 하나의 길이가 길어진다. [사례1]의 밑줄 친 부분이 그렇다.

따라서 영어의 경우에는 전체 개념을 나타내는 뼈대로서의 **핵심 단어**, **즉 명사**(그것이 '주어'가 되는 게 일반적이다)부터 찾은 후, 이어서 그것을 뒷받침하는 관계대명사를 파악하고, 이후 그 명사의 부연으로 살점에 해당하는 형용사절을 구분하면, 전체 구조를 어렵지 않게 파악하고 글의 핵심 내용을 이해할 수 있다. [사례2]를 보면 이를 쉽게 이해할 수 있을 것이다.

이에 비해 우리말로 쓰인 지문을 읽고 해석하는 것은 그리 간단치가 않다. 무엇보다 단어와 단어가 꼬리에 꼬리를 물고 이어지는 경우가 많아, 그 뼈대에 해당하는 핵심 단어를 파악하기가 녹록치 않기 때문이다. 그렇더라도 이 역시 글 전체의 핵심 주장을 담은 단어(명사)를 찾아내는 게 관건이 되는데, 이때 유념할 것은 먼저 **중심 주장 글**을 찾아낸 후 그 문장을 중심으로 살펴가며 밝혀야 한다는 것이다. 즉 중심 주장 글 안에 담긴 **핵심 단어**를 중심으로 전체를 살피되, 글의 전후 맥락을 따져 내용을 파악해야 올바른 해석이 가능하다. 또한 이를 바탕으로 불필요한 부분을 과감하게 덜어낸 후 적절한 단어만을 차용해서 핵심만을 서술해야만 올바른 요약 글로 이어진다.

그렇다면 글의 핵심 내용을 담은 중심 주장 글은 어떻게 파악해야 할까? 이는 두말할 것도 없이 개개인별 독해 능력에 달렸는데, 이때 지문을 살펴가며 읽을 때 먼저 **'해설'과 관련한 부분부터 따로 떼어내면** 글 전체의 핵심 내용을 담은 단락과 그 안에 담긴 핵심 주장 글이 드러나게 된다. 이는 앞으로의 연습문제를 풀어가면서 이해할 수 있을 것이다.

(2) 연습문제를 통해 무엇을, 어떻게 공부할 것인가

제1장에서 대입 논술과 수능 평가영역은 합치된다고 설명했는데, 이를 다시 밝히면 다음과 같다. 이것을 염두에 두고 먼저 수능 문제부터 풀어가며 공부한 후, 이어서 수능 제시지문을 좀 더 세밀하게 읽고 해석하면서 논증 글로 요약하는 연습을 한다. 그리고 그 공부의 연장으로 논술 기출문제를 직접 풀어가며 공부해 나간다.

아울러 한 가지 더 부탁할 것은, 수능 모의시험을 치른 이후에 문제지를 그냥 내버려 두지 말고, 이제부터 공부하는 것과 같은 방식으로 문제를 다시 한 번 풀이해가며 공부할 것을 부탁한다. 대입 논술 문제 역시 각 대학의 홈페이지에 들어가 기출문제를 다운받아 공부하기 바란다. 무릇 공부는 바둑과 마찬가지로 복기(復棋)하는 과정에서 비약적으로 실력이 향상됨을 염두에 두어야 할 것이다.

'대입 논술–수능 영어–수능 국어'의 핵심 평가영역과 그 합치 관계 : 중점적으로 공부해야 할 내용
- 논술 : **개념** 정의 – 영어 : **주제** 찾기(주제·제목 찾기, 요지·주장 찾기) – 국어 : 주제 파악(주제 찾기)
- 논술 : **논증** 구성 – 영어 : 논리 **추론**(지칭추론, 빈칸추론) – 국어 : 추론(유추적 사례 적용)
- 논술 : **논거** 제시 – 영어 : **내용** 일치(글의 순서 배열, 관계없는 문장 고르기) – 국어 : 내용 일치(내용 이해)

각각을 공부해나감에 있어 핵심만을 거듭 밝히면 다음과 같다.

① 수능 국어 '내용 일치' 및 '추론'과 관련한 부분

- 수능 국어 문제의 대부분은 제시지문 안의 내용을 선택지 대답(서술)과 매치시켜 그 진위 여부를 판별하는 '사실적 판단'과 관련한 것이다. 더군다나 지문의 어느 한

단락에 담긴 어느 문장과 선택지 대답은 1:1의 대응관계를 이루는 경우가 대부분이다. 따라서 그 문장과 선택지 대답이 정확하게 일치하거나 불일치하는 것을 찾으면, 그것이 곧 정답(최선의 답)이다.

- 추론과 관련한 문제의 경우 역시 단순한데, 이는 선택지의 답과 관련한 내용이 지문의 한 단락 또는 여러 단락의 문장에 걸쳐 파악되는 경우다. 따라서 이 역시 관련한 문장을 전부 끄집어낸 후, 이를 선택지 답에 맞춰 유추하면 된다.

- 선택지의 답은 세 가지다. 만약 지문에 나타나 있지 않은 답이 들어 있으면, 그것은 오답이다. 만약 선택지에서 묻는 답이 지문 안에 명확하게 드러나 있으면, 이것은 곧 최선의 답으로서 정답이다. 만약에 선택지의 답이 지문과 헷갈리면, 그것은 지문의 내용과 선택지 답 간의 단어의 이질성 때문으로, 이 부분에서 답을 틀리는 경우가 일반적이다. 따라서 그 언어적 동질과 차이를 분별해낼 수 있어야 한다.

- 이런 이유로, 수능 국어 문제를 풀이할 때 단순히 문제와 지문의 내용을 지레짐작하여 습관적으로 답을 찍기보다는, 지문 안의 내용을 찾아낸 후 이것과 선택지 답과의 일치 또는 불일치를 정확하게 파악하는 연습을 해야 한다. 대단히 중요하기에 아무리 시간이 걸리더라도 반드시 이런 식으로 공부해나가야 한다. 무조건 문제만 많이 푼다고 능사가 아님을 명심할 것.

② 수능 영어 '빈칸 채우기' 문제

- 수능 영어 빈칸 채우기 문제는 더 단순하다. 빈칸의 내용에 들어갈 답(선택지의 답과 같다고 보면 된다)의 대부분은 논증(주장과 근거)을 담은 문장에서 만들어지기 때문이다. 다시 말해, 글의 결론이자 핵심 내용을 담은 문장(당연히 '중심 주장 글'이 들어 있다)과 그것을 뒷받침하는 전제 또는 근거가 되는 문장의 일부를 빈칸으로 두고 채워 넣을 것을 요구하는 문제가 출제된다.

- 이때 문제 해결의 포인트는, 마치 논리학에서 '매개념'이 글과 글 사이에 개입하는 것처럼, 두 문장은 논증의 내용을 설명하는 공통된 핵심 단어나 그것을 설명하는 용어로 연결된다는 것이다. 이 부분을 빈칸으로 만들어 채워 넣을 것을 묻는 경우가 대부분인데, 따라서 '주장'과 '근거'에 해당하는 문장을 찾고, 그 두 문장에 담긴 공통어를 찾아 이를 비교·대조해가며 밝히면 어렵지 않게 답안을 추론할 수 있다.

그런 점에서 볼 때 수능 영어 빈칸 추론 문제 역시 국어의 내용 일치 문제와 다를 바 없는데, 이를 아래의 [사례3]을 통해 확인할 수 있을 것이다.

- 빈칸 추론형 문제의 경우에는 지문이 길지 않아 핵심 문장을 찾아 밝히는 것은 그리 어렵지 않다. 정작 문제가 되는 것은 단어 실력으로, 만약 단어 실력이 달려 의미를 파악할 수 없다면 전체 지문의 내용을 제대로 파악할 수 없음은 물론, 답을 제대로 찾기가 그만큼 어려워진다. 이런 이유로, 빈칸 추론형 문제는 무엇보다 단어 실력부터 키워나가야 함을 명심할 것.

【사례3】 2011 3월 고2 영어 모의

There are many factors necessary to enjoy a happy life. Factors such as a good health, consumer goods, friends, and so on. If you investigate these things closely, you'll find that _____. To maintain good health, you rely on medicines made by others and health care provided by others. If you examine all of the facilities that you use for your enjoyment of life, you'll find that there are hardly any of these material objects that have had no connection to other people. If you think carefully, you'll see that all of these goods come into being as a result of the efforts of many people, either directly or indirectly.

① you cannot trust other people
② you are independent of others
③ they cannot assure your happiness
④ all of these depend on other people
⑤ these factors can provided with money

정답:④

영문 해석

행복한 인생을 즐기는 데 필요한 많은 요소들이 있다. 건강, 소비재, 친구 등과 같은 요소들이 그것이다. 만약 이것들을 자세히 살필 경우, 여러분은 **이 모든 요소들을 다른 사람들에게 의존하고 있다**는 것을 알게 된다. 건강을 유지하기 위해서 당신은 다른 사람들이 만든 의약품과 다른 사람들이 제공하는 의료서비스에 의존한다. 만약 당신이 인생의 즐거움을 위해서 사용하는 모든 시설들을 살필 경우, 당신은 이런 것들 중에 어느 것도 다른 사람들과 연관되지 않은 것이 없다는 것을 알게 될 것이다. 만약 당신이 주의 깊게 생각해보면, 모든 물질적인 것들은 직접적이든 간접적이든 많은 사람의 노력의 결과라는 것을 알게 될 것이다.

글의 논증 구조

There are many factors necessary to enjoy a happy life. Factors such as a good health, consumer goods, friends, and so on. If you investigate these things closely, you'll find that all of these **depend on** other people. (**중심 주장 글**) To maintain good health, you rely on medicines made by others and health care provided by others. If you examine all of the facilities that you use for your enjoyment of life, you'll find that there are hardly any of these material objects that **have had no connection to** other people. (**뒷받침 글1**) If you think carefully, you'll see that all of these goods come into being **as a result of the efforts of many people,** either directly or indirectly. (**뒷받침 글2**)

전제1_ 모든 물질적인 것들은 직접적이든 간접적이든 많은 사람의 노력의 결과다.
전제2_ 이런 요소들 중에 어느 것도 다른 사람들과 연관되지 않은 것은 없다.
결론_ 행복한 인생을 즐기는 데 필요한 요소들은 다른 사람들에게 의존한다.

모든 물질적인 것들은 직접적이든 간접적이든 많은 사람의 노력의 결과로, 이런 요소들 중에 어느 것도 다른 사람들과 연관되지 않은 것이 없다. 이처럼 행복한 인생을 즐기는 데 필요한 요소들은 다른 사람들에게 의존한다. … **논증 요약**

③ 수능 제시지문을 읽고 해석한 후, 논증 요약 글을 쓰는 공부

- 대입 논술로 출제되는 지문은 공통 주제의 개념을 담은 지문, 그 주제에 종속되는 쟁점·관점을 담은 지문으로 각각 구분한 복수의 지문이 출제되며, 따라서 각각의 지문을 전부 읽고 제시지문 간의 논리적 연관관계를 파악해야 논증 글을 쓸 수 있다. 반면 수능 국어 비문학 지문은 한 지문 안에 전부가 담겨 있는데, 이는 그만큼 수능 비문학 지문은 완결성을 지향함을 의미한다. 이를 [사례4]를 통해 확인할 수 있을 것이다.

- 이런 이유로 수능 언어영역 비문학 지문은 여러 단락으로 구분되어 제시되는데, 이때 대부분의 단락은 주제와 그 주제에 대한 개념적 설명을 담은 글로 구성된다. 이 부분이 논증의 전제를 뒷받침하는 글, 즉 '**해설**'과 관련한 글로, '정의·분석·비유·예시·비교·대조·묘사·서사·인용'이라는 설명적 방법을 통해 기술한 것이다. [사례4]의 해설 부분은 '정의', '예시', '비교·대조'가 혼합된 설명글, 마지막 두 단락은 전체 내용의 주장과 근거를 담은 논증 글로 구성되어 있음을 알 수 있다(물론 글 전체로 보면 '설명문'의 형식을 띠고 있다). 수능 문제는 각각의 내용과 선택지 답 간의 사실적 관계를 묻고 따지는 것이라고 보면 된다.

- 따라서 제시지문은 '**주장-근거-해설(이유-뒷받침)**'이라는 논증 형식에 맞춰 각각을 구분하고 파악할 수 있는데, 많은 경우에 '주장과 근거'를 담은 단락, 즉 글의 핵

심 내용을 담은 단락을 지문의 맨 마지막 부분에 배치함으로써 글의 형식적 구성은 물론 내용적 구성 역시 최대한으로 단순화시켜 출제한다. 그렇더라도 이것을 가지고 글이 '서론-본론-결론'을 지향한다느니, '두괄식' 또는 '미괄식'을 지향한다느니 하면서 형식적으로 파악해서는 절대 안 된다. 수능 언어영역은 글의 이해력을 묻는 것이기에, 이런 식의 형식을 따지는 문제는 출제되지 않기 때문이다.

- 수능 국어 비문학 지문의 경우에는, 먼저 '해설' 부분에 해당하는 부분부터 살펴 따로 떼어내면, 핵심 내용을 담은 단락이 쉽게 드러난다. 따라서 이 단락에서 중심 주장 글을 나타내는 문장을 찾아 결론부터 내세우고, 이어서 이를 뒷받침하는 글을 전제로 찾아 밝히면, 전체 논증을 담은 요약 글이 된다.

- 한편, 수능 영어 지문은 단문으로 구성되어 있기에, 지문에서 중심 주장 글을 찾아 결론으로 내세우고, 이어서 그 근거를 뒷받침하는 글을 찾아 전제로 밝히면, 그것이 곧 글의 논증을 담은 요약이 된다.

- 따라서 이 장에 수록된 수능 문제풀이 시에 제시지문에 담긴 핵심 내용을 논증 요약 글로 써나가는 연습을 병행하도록 하며, 이를 통해 지문 해석력은 물론 논증 글쓰기 실력을 늘려나가도록 한다. 그 예시를 아래의 [사례4]를 통해 밝히며, 아울러 제시지문을 읽어가며 글의 주제를 파악하고, 그것의 개념 이해와 개념 정의를 해나가는 연습을 한다.

【사례4】 2010 3월 시행 국어 모의

【오늘날 상표는 소중한 자산 가치로 인정받고 있지만, 상표가 그 가치를 인정받기 시작한 것은 그리 오래된 일이 아니다. 그런데 상표 가치를 인정하게 되면서 '상표권'과 관련한 상표 보호 문제가 불거졌다. 상표 보호와 관련한 이론은 크게 **혼동 이론**과 **희석화 이론** 두 가지로 나눌 수 있다.
상표는 특정 상품이나 서비스의 출처를 표시하여, 상표가 부착된 상품과 그렇지 않은 상품을 식별하게 해주는 기능을 한다. …①(주제에 대한 개념 설명) 이에 근거해서 **혼동 이론**은 타인이 동일하거나 유사한 상표를 사용하여 출처에 대한 혼동을 불러일으키는 경우에 **상표권자의 상표가 보호받아야 한다**고 보았다. …②(관점 설명) 이 이론에 따르면 소위 '짝퉁'에 해당하는 동종(同種) 상품의 경우, 상표의 식별이 어려울 수 있어 상표를 침해하였다고 판단할 수 있다. 그러나 상품의 종류가 달라서 타인의 동일하거나 유사한 상표의 사용이 혼동을 일으키지 않는다면, 상표권이 침해받지 않은 것이므로 그 행위를 규제할 수 없다.

예를 들어 '아사달'이라는 상표의 가방이 큰 인기를 끌어 '아사달'이 유명 상표가 되었다고 하자. 이럴 경우 '아사달'이라는 상표는 상품의 인지도를 높여 판매를 촉진함과 동시에 이미지를 제고하게 된다. 그런데 누군가가 '아사달' 구두를 만들어 팔 경우, '아사달' 구두는 '아사달' 가방의 상표를 침해한 것인가? 이러한 경우에 혼동 이론에서는 '아사달' 구두가 '아사달'이라는 상표의 혼동을 일으킨다고 볼 수 없다고 판단한다. 왜냐하면 '아사달' 구두와 '아사달' 가방을 동일하거나 유사한 상표로 보지 않기 때문이다.

반면 희석화 이론에서는 비록 타인의 동일하거나 유사한 상표 사용이 혼동을 불러일으키지 않는 경우에도 **상표권이 침해받을 수 있다고 본다.** …③(관점 설명) 위의 경우에 '아사달' 가방을 구입한 소비자는 '아사달'이라는 상표의 이미지를 떠올리며 '아사달' 구두를 구매한다. 이때 '아사달' 구두의 품질이 형편없거나 조잡할 경우 '아사달' 가방 자체에 직접적인 피해를 입히지는 않지만, '아사달'이라는 상표의 이미지는 큰 타격을 받고 상표 가치가 심각하게 훼손될 수 있다. 나아가 '아사달' 가방의 매출이 떨어질 가능성도 배제할 수 없다.】 …【해설(전제의 뒷받침 글)】

【이와 같이 희석화 이론은 유명 상표의 이미지, 광고 선전력, 고객 흡입력 등이 이종(異種) 상품에 흡수되어 상표의 식별력이 희석되는 현상에 주목한다. 이러한 희석화 현상은 상표의 식별력을 약화시키거나 오염시키는 두 가지 형태로 나타난다. …④(근거, 전제) 전자는 '상표 약화에 의한 희석', 후자는 '상표 손상에 의한 희석'이라고 한다. '상표 약화에 의한 희석'은 이종(異種) 상품에 상표를 무단으로 사용함으로써, 어떤 상표가 그 상표가 부착된 상품을 연상하게 하는 힘을 약화시키는 것을 의미한다. …⑤(전제의 뒷받침1) '상품 손상에 의한 희석'은 타인이 유명 상표를 부적절하거나 혐오감을 느끼게 하는 방법으로 사용함으로써, 해당 상표의 긍정적인 이미지를 손상시키는 것을 의미한다. …⑥(전제의 뒷받침2)】【근거, 전제】

자본주의가 급속하게 팽창하던 1920년대에 처음 등장한 희석화 이론은, 초기에 혼동 이론을 중심으로 하는 상표 보호의 근간을 흔드는 이론으로 평가 절하되며 많은 비판을 받았다. 그러나 이 이론은 미국의 판례법을 통해 꾸준히 발전하면서 상표 보호와 관련한 법리적 해석에 기초를 제공하여 부당한 상표 침해 여부를 판단하는 데 활용되었다. …⑦(중심 주장 글)】…【주장】

전제1_ 상표는 특정 상품이나 서비스의 출처를 표시하여, 상표가 부착된 상품과 그렇지 않은 상품을 식별하게 해주는 기능을 한다. … 개념 정의

전제2_ 혼동 이론은 타인이 동일하거나 유사한 상표를 사용하여 출처에 대한 혼동을 불러일으키는 경우에 상표권자의 상표가 보호받아야 한다고 본다. … 관점1

전제3_ 희석화 이론에서는 비록 타인의 동일하거나 유사한 상표 사용이 혼동을 불러일으키지 않는 경우에도 상표권이 침해받을 수 있다고 본다. … 관점2

전제4_ 희석화 현상은 상표의 식별력을 약화시키거나 오염시키는 두 가지 형태로 나타나기에, 상표 보호와 관련한 많은 문제를 불러온다. … 전제(근거)

결론_ 희석화 이론은 상표 보호와 관련한 법리적 해석에 기초를 제공하여 부당한 상표 침해 여부를 판단하는 데 활용되었다. … 결론(주장)

상표권 보호와 관련한 희석화 이론은 상표의 식별력을 약화시키거나 오염시키는 두 가지 문제와 관련한 법리적 해석에 기초를 제공함으로써, 부당한 상표 침해 여부를 판단하는 데 널리 활용된다. … **논증 요약**

④ 논술 기출문제 풀이

- 문제를 진정으로 열심히 푼다. 그리고 자신이 작성한 답안과 해제를 비교해가며 공부한다. 특히 앞서 설명한 논술 문제풀이의 핵심이 되는 '논제 분석과 그것의 서술', 그리고 '논증 글쓰기'를 중점적으로 연습한다.

- 다음을 반드시 밝혀야 올바른 답안을 작성할 수 있다.

① **논제 분석_ 【(공통 주제)+(관점)+(논제 서술 유형)】에 맞춰 논제 서술**
② **논증 요약_ 각 제시지문별로 핵심 내용을 논증 형식에 맞춰 독해 · 요약**
③ **답안 작성_ 논증 평가항목별 서술 유형(논제 서술 유형)에 맞춰 단락을 구성해가며 서술**

이상을 염두에 두고 연습문제 풀이를 시작한다.

〈인문〉

【문제1】 2013학년도 수능 국어 B형

〔21~24〕다음 글을 읽고 물음에 답하시오.

논증은 크게 연역과 귀납으로 나뉜다. 전제가 참이면 결론이 확실히 참인 연역 논증은 결론에서 지식이 확장되는 것처럼 보이지만, 실제로는 전제에 이미 포함된 결론을 다른 방식으로 확인하는 것일 뿐이다. 반면 귀납 논증은 전제들이 모두 참이라고 해도 결론이 확실히 참이 되는 것은 아니지만 우리의 지식을 확장해 준다는 장점이 있다. 여러 귀납 논증 중에서 가장 널리 쓰이는 것은 수많은 사례들을 관찰한 다음에 그것을 일반화하는 것이다. 우리는 수많은 까마귀를 관찰한 후에 우리가 관찰하지 않은 까마귀까지 포함하는 '모든 까마귀는 검다.'라는 새로운 지식을 얻게 되는 것이다.

철학자들은 과학자들이 귀납을 이용하기 때문에 과학적 지식에 신뢰를 보낼 수 있다고 생각했다. 그러나 모든 귀납에는 논리적인 문제가 있다. 수많은 까마귀를 관찰한 사례에 근거해서 '모든 까마귀는 검다.'라는 지식을 정당화하는 것은 합리적으로 보이지만, 아무리 치밀하게 관찰하여도 아직 관찰되지 않은 까마귀 중에서 검지 않은 까마귀가 있을 수 있기 때문이다.

포퍼는 귀납의 논리적 문제는 도저히 해결할 수 없지만, 귀납이 아닌 연역만으로 과학을 할 수 있는 방법이 있으므로 과학적 지식은 정당화될 수 있다고 주장한다. 어떤 지식이 반증 사례 때문에 거짓이 된다고 추론하는 것은 순전히 연역적인데, 과학은 이 반증에 의해 발전하기 때문이다. 다음 논증을 보사.

(ㄱ) 모든 까마귀가 검다면 어떤 까마귀는 검어야 한다.
(ㄴ) 어떤 까마귀는 검지 않다.
(ㄷ) 따라서 모든 까마귀가 다 검은 것은 아니다.

'모든 까마귀는 검다.'라는 지식은 귀납에 의해서 참임을 보여줄 수는 없지만, 이 논증에서처럼 전제 (ㄴ)이 참임이 밝혀진다면 확실히 거짓임을 보여줄 수 있다. 그러나 아직 (ㄴ)이 참임이 밝혀지지 않았다면 그 지식을 거짓이라고 말할 수 없다.

포퍼에 따르면, 지금 우리가 받아들이는 과학적 지식들은 이런 반증의 시도로부터 잘 견뎌 온 것들이다. 참신하고 대담한 가설을 제시하고 그것이 거짓이라는 증거를 제시하려는 노력을 진행해서, 실제로 반증이 되면 실패한 과학적 지식이 되지만 수많은 반증의 시도로부터 끝까지 살아남으면 성공적인 과학적 지식이 되는 것이다. 그런데 포퍼는 반증 가능성이 없는 지식, 곧 아무리 반증을 해보려 해도 경험적인 반증이 아예 불가능한 지식은 과학적 지식이 될 수 없다고 비판한다. 가령 '관찰할 수 없고 찾아낼 수 없는 힘이 항상 존재한다.'처럼 경험적으로 반박할 수 있는 사례를 생각할 수 없는 주장이 그것이다.

(지문 내용: 『반증가능성』, 칼 포퍼)

문제 21. 윗글을 통해 알 수 있는 것은?

① 연역 논증은 결론에서 지식의 확장이 일어난다.

② 귀납 논증은 전제가 참이면 결론은 항상 참이다.

③ 치밀하게 관찰한 후 도출된 귀납의 결론은 확실히 참이다.

④ 과학적 지식은 새로운 지식이라는 점에서 연역의 결과다.

⑤ 전제에 없는 새로운 지식이 귀납의 논리적인 문제를 낳는다.

문제 22. 윗글로 미루어 볼 때, 포퍼의 견해를 표현한 것으로 가장 적절한 것은?

① 충분한 관찰에 근거한 지식은 반증 없이 정당화할 수 있음을 인정하라.

② 과감하게 가설을 세우고 그것이 거짓임을 증명하려고 시도하라.

③ 실패한 지식이 곧 성공적인 지식임을 명심하라.

④ 수많은 반증의 시도에 일일이 대응하지 말라.

⑤ 과학적 지식을 귀납 논증으로 정당화하라.

문제 23. 윗글의 (ㄱ)~(ㄷ)과 〈보기〉에 대한 설명으로 적절하지 않은 것은? [3점]

〈보기〉

ㄱ은 다음과 같은 논증으로 표현할 수 있다.

(가) 내가 오늘 관찰한 까마귀는 모두 검다.
　　내가 어제 관찰한 까마귀는 모두 검다.
　　내가 그저께 관찰한 까마귀는 모두 검다.
　　　　　　　⋮
(나) 따라서 모든 까마귀는 검다.

---

① (가)가 확실히 참이어도 검지 않은 까마귀가 내일 관찰된다면 (나)는 거짓이 된다.

② (ㄴ)과 (가)가 참임을 밝히는 작업은 모두 경험적이다.

③ '모든 까마귀는 검다.'는 (ㄴ)만으로 거짓임이 밝혀지지만 (가)만으로는 참임을 밝힐 수 없다.

④ (ㄱ), (ㄴ)에서 (ㄷ)이 도출되는 것이나 (가)에서 (나)가 도출되는 것은 모두 지식이 확장되는 것이다.

⑤ 포퍼에 따르면 ㄱ의 '모든 까마귀가 검다.'가 과학적 지식임은 (가)~(나)의 논증이 아니라 (ㄱ)~(ㄷ)의 논증을 통해 증명된다.

㈎지문의 주제어를 찾고, '중심 주장 글'을 찾아 밝혀라.
㈏글의 논증 구조를 찾고, 이를 '주장–근거–해설'에 맞춰 구분하라.
㈐지문의 핵심 내용을 100자 전후의 논증 글로 요약하라.

【문제2】 2011년 6월 고2 국어 모의

[47~50] 다음 글을 읽고 물음에 답하시오.

A가 증가할 때 B가 증가하거나, A가 증가할 때 B가 감소하는 것과 같이 두 변수의 변화가 함께 나타나는 빈도가 통계적으로 의미 있는 값을 보일 때 '상관관계가 있다.'고 한다. 예를 들어 키가 큰 사람은 대체로 체중이 많이 나가기 때문에 사람의 체중과 신장 사이에는 상관관계가 있다고 할 수 있다.

상관관계가 있는 A와 B 중, 하나가 원인이 되고 다른 것이 그에 따른 결과가 되면 '인과관계가 있다.'고 한다. ㉠상관관계는 변수들의 사이가 밀접하다는 것만을 나타내며 인과관계가 성립하는지는 말해 주지 않는다. 두 개의 변수들이 통계적으로 상관관계를 나타내지만 우연일 뿐 서로 인과관계가 없는 경우도 많다. 그러나 사람들은 이런 경우 종종 상관관계가 곧 인과관계를 나타낸다고 착각한다.

그 중 첫 번째 경우가 ㉡A가 일어난 다음 B가 일어난다고 해서 A가 B의 원인이라고 결론짓는 것이다. 철학자인 밀(John S. Mill)은 인과관계가 이루어질 수 있는 조건으로 다음의 세 가지를 제시하였다. 원인은 결과보다 시간적으로 앞서야 하고, 원인과 결과는 관련이 있어야 하며, 결과는 원인이 되는 변수만으로 설명이 되어야 하고, 다른 변수에 의한 설명은 제거되어야 한다는 것이다. 그러나 사람들은 이 중에서 첫 번째 조건만 만족되어도 인과관계를 가정하는 수가 많다. 초콜릿과 두통 사이에 실제로는 인과관계가 없는데, 초콜릿을 먹고 나서 두통이 사라진 경험을 자주 한 사람이 초콜릿 때문에 두통이 나았다고 생각하는 것이 여기에 속한다.

상관관계를 인과관계로 오해하는 두 번째 경우로는 이런 것이 있다. A와 B라는 두 사건의 원인이 되는 C라는 변수를 고려하지 않고 A나 B를 다른 하나의 원인으로 보는 것이다. 휘발유의 가격이 오르면 대개 경유의 가격도 오른다. 그러나 휘발유의 가격 상승이 경유 가격 상승의 원인이어서는 아니고 '원유의 가격 상승'이라는 제3의 변수에 의해 공통적으로 영향을 받기 때문이다.

한편, 두 변수 사이에 인과관계가 있더라도 원인과 결과를 바꾸어 생각하는 경우도 있다. 한 스포츠 평론가는 칼럼에서 감독을 쉽게 해고하면 팀의 승률이 낮아진다고 주장했다. 그는 그 근거로 감독을 자주 바꾼 팀이 그렇지 않은 팀보다 승률이 낮다는 통계 자료를 제시했다. 그러나 감독이 자주 바뀌어서 승률이 낮은 것이 아니라 팀이 자주 지게 되면 감독을 바꾸게 된다고 보는 것이 더 자연스러운 해석일 것이다.

이렇게 상관관계를 인과관계로 착각하여, 또는 원인과 결과를 반대로 생각하여 사건의 원인을 혼동하는 일은 개인적이고 일상적인 상황에서뿐만 아니라, 학술적인 판단, 의학적인 진단과 정치·경제적인 정책 수립 등 거의 모든 분야에서 발생할 수 있다. 그러므로 어떤 사건의 원인을 파악하고 그에 따른 대책을 세우려고 할 때, 이와 같은 오류에 빠지지 않도록 주의해야 한다.

문제 47. 이 글의 표제와 부제로 가장 적절한 것은?

① 상관관계와 인과관계 - 사건의 원인을 파악할 때 빠지기 쉬운 오류들

② 상관관계의 종류 - 여러 유형의 상관관계와 그 특징

③ 인과관계를 성립시키는 조건 - 먼저 발생한 사건이 반드시 원인일까?

④ 생활 속의 논리적 오류 - 우리가 흔히 범하는 오류에는 어떤 것이 있나?

⑤ 인과관계 파악의 중요성 - 원인에 대한 오해가 야기할 수 있는 위험들

문제 48. ㉠을 이해한 것으로 가장 적절한 것은? [3점]

① 상관관계에 있는 두 변수는 밀접한 정도에 따라 인과관계가 결정된다.

② 인과관계가 있으면 상관관계도 있는 것이지만, 상관관계가 명확하게 드러나지는 않는다.

③ 상관관계가 있으면 인과관계도 있는 것이지만, 어느 쪽이 원인이고 어느 쪽이 결과인지는 알 수 없다.

④ 인과관계가 있으면 상관관계도 있는 것이지만, 상관관계가 있다고 해서 인과관계가 있는 것은 아니다.

⑤ 상관관계가 있으면 인과관계도 있는 것이지만, 인과관계가 있다고 해서 상관관계가 있는 것은 아니다.

문제 49. ㉡의 예로 가장 적절한 것은?

① 그렇게 비싼 물건을 사는 것을 보니 그는 사치스러운 사람이군.

② 닭이 울고 나서 해가 뜨는 것을 보니 닭이 울면 아침이 오는군.

③ 너는 햄버거를 싫어하지 않는 것을 보니 햄버거를 좋아하는군.

④ 부자들은 모두 부지런한 것을 보니 부자가 되면 부지런해지겠군.

⑤ 인기 있는 배우들만 출연하는 것을 보니 이 영화는 흥행에 성공하겠군.

㈎지문의 주제어를 찾고, '중심 주장 글'을 찾아 밝혀라.
㈏글의 논증 구조를 찾고, 이를 '주장—근거—해설'에 맞춰 구분하라.
㈐지문의 핵심 내용을 100자 전후의 논증 글로 요약하라.

【문제3】 2013년 6월 고3 국어 모의

〔17~20〕 다음 글을 읽고 물음에 답하시오.

흔히 어떤 대상이 반드시 가져야만 하고 그것을 다른 대상과 구분해주는 속성을 ⓐ본질이라고 한다. X의 본질이 무엇인지 알고 싶으면 X에 대해 필요 충분한 속성을 찾으면 된다. 다시 말해서 모든 X에 대해 그리고 오직 X에 대해서만 해당되는 것을 찾으면 된다. ⓑ예컨대 모든 까투리가 그리고 오직 까투리만이 꿩이면서 동시에 암컷이므로, '암컷인 꿩'은 까투리의 본질이라고 생각된다. 그러나 암컷인 꿩은 애초부터 까투리의 정의라고 우리가 규정한 것이므로 그것을 본질이라고 말하기에는 허망하다. 다시 말해서 본질은 따로 존재하여 우리가 발견한 것이 아니라 까투리라는 낱말을 만들면서 사후적으로 구성된 것이다. 서로 다른 개체를 동일한 종류의 것이라고 판단하고 의사소통에 성공하기 위해서는 개체들이 공유하는 무엇인가가 필요하다. 본질주의는 ⓒ그것이 우리와 무관하게 개체 내에 본질로서 존재한다고 주장한다. ⓓ반면에 반(反)본질주의는 그런 본질이란 없으며, 인간이 정한 언어 약정이 본질주의에서 말하는 본질의 역할을 충분히 달성할 수 있다고 주장한다. ⓔ이른바 본질은 우리가 관습적으로 부여하는 의미를 표현한 것에 불과하다는 것이다.

'본질'이 존재론적 개념이라면 거기에 언어석으로 상관하는 것은 '정의'이다. 그런데 어떤 대상에 대해서 약정적이지 않으면서 완벽하고 정확한 정의를 내리기 어렵다는 사실은 반본질주의의 주장에 힘을 실어 준다. 사람을 예로 들어 보자. 이성적 동물은 사람에 대한 정의로 널리 알려져 있다. 그러면 이성적이지 않은 갓난아이를 사람의 본질에 반례로 제시할 수 있다. 이번에는 ㉠'사람은 사회적 동물이다.'라고 정의를 제시할 수도 있다. 그러나 사회를 이루고 산다고 해서 모두 사람인 것은 아니다. ㉡개미나 벌도 사회를 이루고 살지만 사람은 아니다.

서양의 철학사는 본질을 찾는 과정이라고 말할 수 있다. 본질주의는 사람뿐만 아니라 자유나 지식 등의 본질을 찾는 시도를 계속해 왔지만, 대부분의 경우 아직까지 본질적인 것을 명확히 찾는 데 성공하지 못했다. 그래서 숨겨진 본질을 밝히려는 철학적 탐구는 실제로는 부질없는 일이라고 반본질주의로부터 비판을 받는다. 우리가 본질을 명확히 찾지 못하는 까닭은 우리의 무지 때문이 아니라 그런 본질이 있나는 살못된 가성에서 출발했기 때문이라는 것이다. 사물의 본질이라는 것은 단지 인간의 가치가 투영된 것에 지나지 않다는 것이 반본질주의의 주장이다.

문제 17. '반본질주의'의 견해로 볼 수 있는 것은?

① 어떤 대상이라도 그 개념을 언어로 약정할 수 없다.

② 개체의 본질은 인식 여부와 상관없이 개체에 내재하고 있다.

③ 어떤 대상이든지 다른 대상과 구분되는 불변의 고유성이 있다.

④ 어떤 대상에 의미가 부여됨으로써 그 대상은 다른 대상과 구분된다.

⑤ 같은 종류에 속하는 개체들이 공유하는 속성은 객관적으로 실재한다.

문제 18. 문맥상 ㉠과 ㉡의 관계가 같은 것은?

	㉠	㉡
①	가위는 자를 수 있는 도구이다	칼
②	노인은 65세 이상인 사람이다	64세인 사람
③	이모는 어머니의 여자 형제이다	어머니의 여동생
④	고래는 헤엄칠 수 있는 포유동물이다	헤엄칠 수 없는 고래
⑤	연필은 흑연을 나무로 둘러싼 필기도구이다	흑연 심

문제 19. 윗글을 바탕으로 〈보기〉에 대해 추론한 내용으로 적절하지 않은 것은? 〔3점〕

───── 〈보기〉 ─────

(가) 금은 오랫동안 색깔이나 밀도처럼 쉽게 확인할 수 있는 특성으로 정의되어 왔지만 이제는 현대 화학에 입각해 정의되고 있다.

(나) 누군가가 사자와 바위와 컴퓨터를 묶어 '사바컴'으로 정의했지만 그 정의는 널리 쓰이지 않았다.

① 본질주의자는 (가)를 숨겨져 있는 정확하고 엄격한 본질을 찾아가는 과정으로 해석하겠네.

② 본질주의자는 (나)를 근거로 들어 본질은 사후적으로 구성되는 것이 아니라고 하겠네.

③ 반본질주의자는 (가)에서처럼 널리 믿어지던 정의가 바뀌는 것을 보고 약정적이지 않은 정의는 없다고 주장하겠네.

④ 반본질주의자는 (나)에 대해 그 세 가지가 지니는 근원적 속성이 발견되지 않아서 일어나는 현상이라고 하겠네.

⑤ 본질주의자와 반본질주의자는 모두 (가)를 들어 의사소통을 위해서는 개체들을 동일한 종류의 것으로 판단할 수 있는 무엇인가가 필요하다고 생각하겠네.

문제 20. 글의 특성과 문맥을 고려할 때, ⓐ~ⓔ를 활용한 독서 방안으로 적절하지 않은 것은?

① 개념의 정확한 이해가 중요하므로 핵심어인 ⓐ가 글에서 어떤 의미로 쓰이는지 확인해야겠어.

② 글에서 다루는 내용이 추상적이므로 ⓑ에 이어진 사례를 통해 앞의 설명에서 이해가 부족했던 부분을 보완해야겠어.

③ 내용 간의 논리적인 관계를 따지는 것이 중요하므로 ⓒ가 지시하는 내용이 무엇인지 확인해야겠어.

④ 상반된 두 입장이 제시되어 있으므로 ⓓ로 이어진 앞뒤의 내용이 어떤 점에서 다른지 살펴보아야겠어.

⑤ 사실과 글쓴이의 의견을 구별하는 것이 중요하므로 ⓔ를 통해 강조되는 글쓴이의 주장이 타당한지 따져 보아야겠어.

※논술 공부와 관련한 추가 문제
㈎지문의 주제어를 찾고, '중심 주장 글'을 찾아 밝혀라.
㈏글의 논증 구조를 찾고, 이를 '주장–근거–해설'에 맞춰 구분하라.
㈐지문의 핵심 내용을 100자 전후의 논증 글로 요약하라.

【문제4】 2012년 3월 고3 국어 모의

〔28~31〕 다음 글을 읽고 물음에 답하시오.

사람들이 '자유', '민주', '평화' 등과 같은 개념들을 사용할 때, 그 개념이 서로 같은 의미를 갖는 것은 아니다. '자유'의 경우, '구속받지 않는 상태'를 강조하는 개념으로 쓰이는가 하면, '자발성'이나 '적극적인 참여'를 강조하는 개념으로 쓰이기도 한다. 이러한 정의와 해석의 차이로 인해 개념에 대한 논란과 논쟁이 늘 있어 왔다. 바로 이러한 현상에 ⓐ주목하여 출현한 것이 코젤렉의 '개념사'이다.
개념사를 역사학의 한 분과로 발전시킨 독일의 역사학자 코젤렉은 '개념은 실재의 지표이자 요소'라고 하였다. 이 말은 실타래처럼 엉켜 있는 개념과 정치 사회적 실재, 개념과 역사적 실재의 관계를 정리하기 위한 중요한 ⓑ지침으로 작용한다. 그에 의하면 개념은 정치적 사건이나 사회적 변화 등의 실재를 반영하는 거울이다. 동시에 개념은 정치 사회적 사건과 변화의 실제적 요소이다. 예를 들어 우리는 '근대화' 개념을 통해 근대화라는 특정한 방향의 사회 변화를 읽을 수 있다. 이와 동시에 '근대화' 개념은 사람들로 하여금 근대화라는 특정한 사회 변화의 목표에 맞게 사회를 변화시키게 하는 ⓒ동인으로 작용한다.

개념은 정치적 사건과 사회적 변화 등에 직접 관련되어 있거나 그것을 기록, 해석하는 다양한 주체들에 의해 사용된다. 이러한 주체들, 즉 '역사 행위자'들이 사용하는 개념은 여러 의미가 포개어진 층을 이룬다. 개념사에서는 사회 역사적 현실과 관련하여 이러한 층들을 파헤치면서 개념이 어떻게 사용되어 왔는가, 이 과정에서 그 의미가 어떻게 변화했는가, 어떤 ⓓ함의들이 거기에 투영되었는가, 그 개념이 어떠한 방식으로 작동했는가 등에 대해 탐구한다.

또한 개념사에서는 '무엇을 이야기하는가'보다는 '어떤 개념을 사용하면서 그것을 이야기하는가'에 관심을 갖는다. 개념사에서는 과거의 역사 행위자가 자신이 경험한 '현재'를 서술할 때 사용한 개념과 오늘날의 입장에서 '과거'의 역사 서술을 이해하기 위해 사용한 개념의 차이를 밝힌다. 그리고 과거의 역사를 현재의 역사로 번역하면서 양자가 어떻게 수렴될 수 있는가를 밝히는 절차를 밟는다.

이상에서 보듯이 개념사에서는 개념과 실재를 대조하고 과거와 현재의 개념을 대조함으로써, 그 개념이 대응하는 실재를 정확히 드러내고 있는가, 아니면 실재의 이해를 방해하고 더 나아가 ⓔ왜곡하는가를 탐구한다. 이를 통해 코젤렉은 과거에 대한 '단 하나의 올바른 묘사'를 주장하는 근대 역사학의 방법을 비판하고, 과거의 역사 행위자가 구성한 역사적 실재와 현재 역사가가 만든 역사적 실재를 의미 있게 소통시키고자 했다.

문제 28. 위 글에서 언급되지 않은 내용은? [1점]

① 개념사의 연구 방법　　② 개념사가 갖는 한계

③ 개념사의 탐구 대상　　④ 개념사가 출현한 배경

⑤ 개념사에서 개념을 바라보는 관점

문제 30. 위 글을 읽고 난 후, 〈보기〉에 대해 보일 수 있는 반응으로 적절하지 않은 것은?

> ───〈보기〉───
>
> '의리(義理)'나 '예(禮)'와 같은 개념들은 조선시대에는 매우 중요한 정치 사회적 개념으로, 이를 둘러싼 정의와 해석의 차이로 인해 많은 논쟁을 불러일으켰다. 그러나 오늘날에는 '의리'와 '예'의 의미가 변화하였고, 그 정치 사회적 역할도 축소되었다.

① 개념사에서는 조선시대와 오늘날의 '의리'와 '예'의 개념이 어떻게 다른지를 밝히려

하겠군.

② 개념사에서는 조선시대의 논쟁에 사용된 '의리'와 '예'에 대한 당대의 다양한 정의와 해석을 연구하려 하겠군.

③ 개념사에서는 조선시대 사람들이 사용한 '의리'와 '예'의 개념에는 여러 의미가 포개어진 층을 이루고 있다고 여기겠군.

④ 개념사에서는 조선시대에 사용된 '의리'와 '예'의 개념이 당시의 정치 사회적 실재에 어떻게 영향을 미쳤는지 살펴보겠군.

⑤ 개념사에서는 조선시대와 '의리'와 '예'의 개념을 현대적으로 수용함으로써 '의리'와 '예' 개념을 한 가지 의미로 정리할 수 있다고 보겠군.

문제 31. 위 글의 논지에 부합하는 것을 〈보기〉에서 고른 것은?

─────── 〈보기〉 ───────

ㄱ. 개념은 우리가 세상을 바라보는 방식을 형성한다.
ㄴ. 개념은 역사적 실재 속에서 사회가 추구했던 목표를 배제한다.
ㄷ. 개념사는 역사가가 무엇을 이야기하고 있는지에 초점을 맞춰 연구한다.
ㄹ. 개념은 역사 속의 정치적 사건이나 사회적 변화를 이해하는 토대가 된다.

① ㄱ, ㄴ   ② ㄱ, ㄹ   ③ ㄴ, ㄷ   ④ ㄴ, ㄹ   ⑤ ㄷ, ㄹ

※ **논술 공부와 관련한 추가 문제**
(개)지문의 주제어를 찾고, '중심 주장 글'을 찾아 밝혀라.
(내)글의 논증 구조를 찾고, 이를 '주장—근거—해설'에 맞춰 구분하라.
(대)지문의 핵심 내용을 100자 전후의 논증 글로 요약하라.

【문제5】 2012학년도 수능 국어

〔17~20〕 다음 글을 읽고 물음에 답하시오.

비트겐슈타인이 1918년에 쓴 『논리철학논고』는 '빈학파'의 논리실증주의를 비롯하여 20세기 현대철학에 큰 영향을 주었다. 그는 많은 철학적 논란들이 언어를 애매하게 사용하여 발생한다고 보았기 때문에 언어를 분석하고 비판하여 명료화하는 것을 철학의 과제로 삼았다.

그는 이 책에서 언어가 세계에 대한 그림이라는 '그림이론'을 주장한다. 이 이론을 세우는 데 그에게 영감을 주었던 것은, 교통사고를 다루는 재판에서 장난감 자동차와 인형들을 이용한 ⊙모형을 통해 ⓛ사건을 설명했다는 기사였다. 그런데 모형을 가지고 사건을 설명할 수 있는 이유는 무엇일까? 그것은 모형이 실제의 자동차와 사람 등에 대응하기 때문이다. 그는 언어도 이와 같다고 보았다. 언어가 의미를 갖는 것은 언어가 세계와 대응하기 때문이다. 다시 말해 언어가 세계에 존재하고 있는 것들을 가리키고 있기 때문이다. 언어는 명제들로 구성되어 있으며, 세계는 사태들로 구성되어 있다. 그리고 명제들과 사태들은 각각 서로 대응하고 있다. 이처럼 언어와 세계의 논리적 구조는 동일하며, 언어는 세계를 그림처럼 기술함으로써 의미를 가진다.

'그림이론'에서 명제에 대응하는 '사태'는 '사실'이 아니라 사실이 될 수 있는 논리적 가능성을 의미한다. 따라서 언어를 구성하는 명제들은 사실적 그림이 아니라 논리적 그림이다. 사태가 실제로 일어나서 사실이 되면 그것을 기술하는 명제는 참이 되지만, 사태가 실제로 일어나지 않는다면 그 명제는 거짓이 된다. 어떤 명제가 '의미 있는 명제'가 되기 위해서는 그 명제가 실재하는 대상이나 사태에 대해 언급해야 하며, 그것에 대해서는 참, 거짓을 따질 수 있다. 만약 어떤 명제가 실재하지 않는 대상이나 사태가 아닌 것에 대해 언급하면 그것은 '의미 없는 명제'가 되며, 그것에 대해 참, 거짓을 따질 수 없다. 따라서 경험적 세계에 대해 언급하는 명제만이 의미 있는 것이 된다.

이러한 관점에서 비트겐슈타인은 기존의 철학자들이 다루었던 신, 영혼, 형이상학적 주체, 윤리적 가치 등과 관련된 논의가 의미 없는 말들에 불과하다고 보았다. 왜냐하면 그 말들이 가리키는 대상이 세계 속에 존재하지 않는, 즉 경험 가능하지 않은 대상이기 때문이다. 이와 같은 형이상학적 문제와 관련된 명제나 질문들은 의미가 없는 말들이다. 그러한 문제는 우리의 삶을 통해 끊임없이 드러나는 신비한 것들이지만 이에 대해 말로 답변하거나 설명할 수 없다. 그래서 비트겐슈타인은 "말할 수 없는 것에 대해서는 침묵해야 한다."고 말했다.

(비트겐슈타인, 『논리철학논고』)

문제 17. 비트켄슈타인의 이론에 대한 이해로 적절하지 않은 것은?

① 언어의 문제를 철학의 중요한 과제로 보았다.

② '그림 이론'으로 논리실증주의에 큰 영향을 주었다.

③ '사태'와 '사실'의 개념을 구별하였다.

④ 경험적 대상을 언급하는 명제는 참이라고 보았다.

⑤ 형이상학적 문제를 다룬 기존 철학을 비판하였다.

문제 19. ⊙ : ⓛ의 관계에 해당하는 것만을 〈보기〉에서 있는 대로 고른 것은?

<보기>

ㄱ. 언어 : 세계
ㄴ. 명제 : 사태
ㄷ. 논리적 그림 : 의미 있는 명제
ㄹ. 형이상학적 주체 : 경험적 세계

① ㄱ, ㄴ　　　　　　　　② ㄱ, ㄷ

③ ㄴ, ㄹ　　　　　　　　④ ㄱ, ㄴ, ㄷ

⑤ ㄴ, ㄷ, ㄹ

문제 20. 위 글로 미루어 볼 때, 비트겐슈타인이 〈보기〉와 같이 말한 이유로 가장 적절한 것은?
[3점]

<보기>

사다리를 딛고 올라간 후에 그 사다리를 던져 버리듯이, 「논리철학논고」를 이해한 사람은 거기에 나오는 내용을 버려야 한다. ㉮ 이 책의 내용은 의미 있는 언어의 한계를 넘어선 것이기 때문에 엄밀하게 보면 '말 할 수 있는 것'의 범주에 속하지 않는다.

① ㉮는 자신이 내세웠던 철학의 과제를 넘어서는 주제들을 다루고 있기 때문이다.

② ㉮는 객관적 세계에 존재하는 대상을 과학적으로 분석하여 서술하고 있기 때문이다.

③ ㉮는 실재하는 대상이 아니라 논리적으로 가능한 사태에 대해 기술하고 있기 때문이다.

④ ㉮는 경험적 세계가 아니라 언어와 세계의 논리적 관계에 대해 언급하고 있기 때문이다.

⑤ ㉮는 기존의 철학자들이 다루었던 형이상학적 물음에 대해 관념적으로 답하고 있기 때문이다.

※**논술 공부와 관련한 추가 문제**
㉮지문의 주제어를 찾아 밝혀라.
㉯글의 논증 구조를 찾고, 이를 '주장–근거–해설'에 맞춰 구분하라.
㉰지문의 핵심 내용을 100자 전후의 논증 글로 요약하라.

Recent evidence suggests that the common ancestor of Neanderthals and modern people, living about 400,000 years ago, may have already been using pretty sophisticated language. If language is based on genes and is the key to cultural evolution, and Neanderthals had language, then why did the Neanderthal toolkit show so little cultural change? Moreover, genes would undoubtedly have changed during the human revolution after 200,000 years ago, but more in response to new habits than as causes of them. At an earlier date, cooking selected mutations for smaller guts and mouths, rather than vice versa. At a later date, milk drinking selected for mutations for retaining lactose digestion into adulthood in people of western European and East African descent. _____ _____.

The appeal to a genetic change driving evolution gets gene-culture co-evolution backwards: it is a top-down explanation for a bottom-up process. [3점]

① Genetic evolution is the mother of new habits

② Every gene is the architect of its own mutation

③ The cultural horse comes before the genetic cart

④ The linguistic shovel paves the way for a cultural road

⑤ When the cultural cat is away, the genetic mice will play

※논술 공부와 관련한 추가 문제
㈎지문의 핵심 단어를 찾고, '중심 주장 글'을 찾아 밝혀라.
㈏글의 논증 구조를 찾고, 이를 '주장–근거–해설'에 맞춰 구분하라.
㈐지문의 핵심 내용을 100자 전후의 논증 글로 요약하라.

【문제7】 2010년 6월 영어 모의 25번 문제

A brilliant friend of mine once told me, "When you suddenly see a problem, something happens that you have the answer — before you are able to put it into words. It is all done subconsciously. This has happened many times to me." This feeling of knowing _____ is common. The French philosopher and mathematician Blaise Pascal is famous for saying, "The heart has its reasons that reason cannot know." The great nineteenth-century mathematician Carl Friedrich Gauss also admitted that intuition often led him to ideas he could not immediately prove. He said, "I have had my results for a long time; but I do not yet know how I am to arrive at them." Fittingly so, sometimes true genius simply cannot be put into words.

① the meaning of the feelings in your heart

② without being able to say how one knows

③ the way others solve the problems they face

④ how to use the right words to pursuade others

⑤ someone that you have never met before in your life

※논술 공부와 관련한 추가 문제
㈎지문의 핵심 단어를 찾고, '중심 주장 글'을 찾아 밝혀라.
㈏글의 논증 구조를 찾고, 이를 '주장−근거−해설'에 맞춰 구분하라.
㈐지문의 핵심 내용을 100자 전후의 논증 글로 요약하라.

【문제8】 대입 논술-건국대 2014 인문(I) 수시 문제1 : 언어와 사고의 관계

[문제1] [가]와 [나]의 관점에서 [다]에 제시된 측정 결과를 분석하시오. (501~600자)

[가] 언어의 부재가 곧 사고의 부재라는 주장이 있다. 그러나 참으로 그러한지 생각해볼 필요가 있다. 우선 언어의 부재는 침묵을 의미한다. 언어가 끊길 때 침묵만이 깃들 뿐이다. 그러나 우리가 침묵하고 있다고 해서 우리의 의식 세계에서 언어 작용이 중단되었다고 볼 수는 없다. 침묵은 다만 소리가 나는 언어 행위의 부재를 뜻할 따름이다. 그러한 침묵 속에서도 언어 행위는 수행될 수 있다. 말없이 생각을 할 때도 그러한 생각은 언어의 형태를 취하지 않는가. 눈을 감고 내가 깊은 상념에 잠겨 있다고 하자. 이때 나의 머리를 스치는 생각은 소리는 없지만 분명 말들의 연속일 것이다. 우리가 무슨 생각을 하고 있는데, 그것에 적합한 말이 얼른 떠오르지 않는 경우가 있다는 반론이 있을 수 있다. 그렇다고 이러한 사례가 비언어적인 수단에 의한 생각의 가능성을 증명하는 것일까? 오히려 말이 떠오르기 전까지는 내가 생각하는 것의 정체가 과연 무엇인지 나 자신도 모르는 상태에 있다고 할 수 있지 않을까? 어떤 생각을 하고 있다는 느낌만 가지고 있다는 것은 아직 그것을 명료하게 생각하지 않은 상태에 있음을 뜻한다. 생각이 안개처럼 모호한 것이다. 따라서 생각하는 느낌이 있다고 해서 이를 언어 없이 사고가 수행되는 사례로 보는 것은 온당하지 못

하다.

[나] 언어가 우리의 사고를 철저하게 지배하는 것은 아니다. 물론, 언어상의 차이가 다른 모양의 사고유형이나 다른 모양의 행동양식으로 나타나는 것은 사실이지만, 그것이 절대적인 것은 아니다. 예를 들어 어떤 색깔에 해당되는 말이 그 언어에 없다고 해서 전혀 그 색깔을 인식할 수 없는 것일까? 해당 어휘가 있는 것이 없는 것보다 그 어휘가 지칭하는 대상이나 개념을 더 빨리 인식하고 오래 기억할 수 있도록 해 주기는 하겠지만, 해당 어휘가 없다고 해서 그 대상 자체에 대한 인식이 불가능하지는 않을 것이다. 생각은 있으되, 그 생각을 표현할 적당한 말이 없는 경우도 얼마든지 있으며, 더구나 생각이 오묘하고 신비한 수준에 이르면 언어는 이를 곡진하게 나타내기에는 터무니없이 부족한 도구로 전락하고 만다. 우리의 사고가 우리의 경험 세계를 상이하게 범주화한 우리의 언어에 의해 많은 제약을 받고, 주어진 단어에 의해서 지칭되는 개념에 대한 사고가 명확한 어휘가 없을 때보다 있을 때가 쉬운 것은 틀림없지만, 그러한 사실이 얼마만큼 중요하며 의미가 있는지는 확실히 알 수 없다.

[다] 다음은 비슷한 연령대(20세~25세)에 있는 동일 국적의 성인 남녀 네 사람(A, B, C, D)의 몇 가지 인지능력을 측정한 결과를 도표로 제시한 것이다. 도표의 수치는 100점을 만점으로 했을 때, 네 사람이 측정항목 별로 획득한 점수를 나타낸 것이다. 인지능력 측정은 동일한 측정 도구를 이용하여 진행하였으며, 측정 환경에 차이를 유발할 수 있는 변수들을 최대한 통제하여 측정 대상자들이 거의 같은 환경에서 측정에 응할 수 있도록 하였다.

	A	B	C	D
언어구사력	90	88	15	30
수리능력	45	78	77	35
추리력	31	83	80	40
상상력	35	80	77	33
판단력	40	85	83	40

【문제9】대입 논술-숭실대 2014 인문 수시 문제2 : 강압의 다양한 양상을 사례 적용하여 논술

〔문제2〕 제시문 (가)에 근거하여 제시문 (나)에서 설명하는 길가메시 왕의 선택과 결정을 논하시오.(800±80자)

(가) 강압(coercion)은 국가 간의 관계에서 군사력 사용의 가능성이나 다른 수단을 통해 상대방의 행동 변화를 만들어내는 전략 중의 하나이다. 강압은 폭력(brute force)과 구분되는 개념으로 이해하면 가장 적절하다. 폭력은 사용되어야만 실효를 발휘하지만, 이와 달리 강압은 피해를 입힐 수 있는 힘을 유보한 상태에서 그 목적을 달성해야 가장 큰 효과를 거둘 수 있다. 현실에서 강압과 폭력의 구분은 모호하지만, 그 차별화를 포기할 경우 항복을 포함한 모든 국가의 행위가 스스로의 선택에 의해서 이루어진다는 국제정치의 프로세스를 설명할 수 없기 때문에 강압의 독자적 개념화는 중요하다.

강압은 그 목적에 따라 억지(deterrence)와 강제(compellence)로 나눌 수 있다. 억지란 상대방이 특정한 행동을 시작하지 못하도록 설득하는 것(dissuasion)이고, 강제란 상대방이 이미 하고 있는 행동을 중지시켜 원상회복시키거나 상대방의 의지에 반하여 특정한 행동을 시작하도록 설득하는 것(persuasion)을 의미한다. 강제의 경우 후자 즉 상대방의 의지에 반해 어떤 행동을 시작하도록 강요하는 것을 원상회복을 위한 강제와 구분하여 양보라 하기도 한다.

억지와 강제의 수단으로는 위협(threat)과 보상(promise)이 사용된다. 타인의 기대에 영향을 미쳐 그의 행동을 바꾸기 위해 제공되는 미래 행동에의 약속을 공약(commitment)이라고 할 때, 위협은 요구에 부응하지 않을 경우 불이익을 가하겠다는 공약이고, 보상은 요구에 부응했을 경우 이익을 제공하겠다는 공약이다.

억지의 경우는 상대방이 순응하지 않을 때 사용할 나의 수단을 제시하는 것이기 때문에 상대방이 요구에 순응할 때에는 어떤 구체적인 이익을 제공하지 않는 것이 일반적이다. 억지의 상황에서 상대방의 순응은 현상 유지를 의미하는 경우가 많고, 이 경우 현상 유지를 위해 보상을 제공한다면 유화(appeasement)나 굴복으로 보일 것이다. 따라서 억지의 경우는 보상이라는 수단보다는 위협이라는 수단 즉 위협을 통한 억지라는 짝이 훨씬 자연스럽다.

반면 강제의 경우는 보상의 역할이 보다 중요하다. 위협에 의한 강제에 순응하는 것은 명백한 굴복으로 여겨지기 쉽기 때문에 주변국가로서는 이를 받아들이기가 어렵다. 특히 원상회복을 위한 강제가 아니고 상대방의 양보를 요구하는 강제가 위협이라는 수단을 동원할 경우 이를 공갈(blackmail)이라 하는데, 공갈은 수탈이나 무력충돌로 곧잘 이어져 폭력과의 구분이 모호해지기도 한다.

상대방의 행동을 요구하는 강제의 경우에는 이를 강요하기 위한 명분과 보상이 제공될 때 성공 가능성이 훨씬 높아진다. 보상에 의한 강제의 경우 상대국의 지도자가 양보의 대가를 받음으로 해서 항복으로 인해 야기될 수 있는 정치적 손실과 비용을 감소시킬 수 있기 때문이다. 결국 저항의 대가를 높이는 대신 순응의 가치를 증대시킴으로써 상대 지도자는 패배에도 불구하고 상호 승리를 주장할 수 있는 근거를 갖게 된다. 이러한 점에서 보상에 의한 강제는 합의나 거래의 상황과 유사한 결과를 낳게 되므로 이를 특히 구분하여 유도(inducement)라고 부르기도 한다. 이상의 논의를 요약하면 다음 그림과 같다.

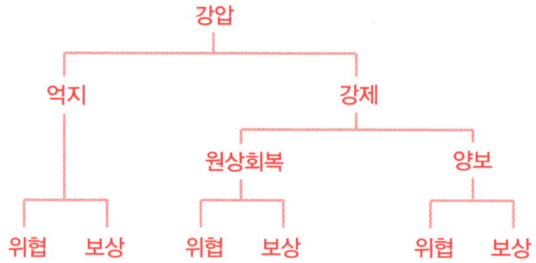

(나) 아주 먼 옛날에 통치자는 원격지에서 물자를 확보하기 위해 군사 원정을 조직했다. 예컨대 우루크의 왕 길가메시(기원전 3천 년경)는 머나먼 곳에 있는 삼나무 숲에서 목재를 얻으려고 여행을 준비했다. …… 그러나 희소물자를 얻기 위한 약탈 원정은 위험부담이 큰 사업이었다. 전하는 바에 따르면, 길가메시는 삼나무 숲에서 돌아온 후 친구이자 동료인 엔키두를 잃었다. 다음 대목이 보여주듯이 엔키두의 죽음은 그가 적과의 거래를 거부한 데 대한 일종의 인과응보였다.

그리하여 (삼나무 숲의 주인) 훔바바는 항복했다.
훔바바는 길가메시에게 말했다.
"나를 풀어주게, 길가메시여
그러면 그대는 나의 주인이 되고 나는 그대의 종이 되리니.
그리고 나는 내 산에서 기른 나무들을 베어 그대의 집을 지으리."
그러나 엔키두는 길가메시에게 말했다.
"훔바바의 말에 귀 기울이지 말게
훔바바를 살려두어서는 안 되네."   (「길가메시 서사시」 중에서)

그래서 두 영웅은 훔바바를 죽이고 우루크로 개선했다. 이야기에는 분명히 나와 있지 않지만 아마도 전리품으로 삼나무 목재를 가지고 돌아왔을 것이다.
훔바바를 살해한다는 결정은 매우 불안정한 역학관계를 반영한 것이었다. 길가메시는 삼나무 숲에서 오래 머물 수가 없었다. 이런 원격지에 그는 아주 잠시만, 그것도 간신히 적보다 우월한 군사력을 가질 수 있을 뿐이었다. 엔키두와 길가메시가 훔바바를 죽이지 않았더라면 원정군이 철수하자마자 훔바바는 이방인의 요구를 거부할 수 있을 정도로 권력을 회복했을 것이다. 분명한 것은 길가메시가 훔바바의 항복을 받아들였든 거부했든, 이런 실력 행사로는 우루크에 충분한 목재를 공급할 수 없었을 것이라는 점이다.
통상적인 명령구조 내에서 원격지로부터 희소자원을 입수하기 위해서는 이보다 훨씬 신뢰할 만한 방법이 필요했다. 이쪽에서도 그 자원과 맞바꿀 어떤 물품을 보내겠다고 제시하는 것, 즉 약탈이 아니라 교역이었다.

사회

〔36~39〕 다음 글을 읽고 물음에 답하시오.

(가) 정약용 유학 사상의 핵심은 ⓐ주체의 자유의지를 도입했다는 것이다. 하지만 그가 측은지심(惻隱之心)처럼 인간이 선천적으로 지니고 있는 ㉠도덕 감정을 부정한 것은 아니다. 다만 주체의 자율적 의지나 결단을 통해서만 도덕 감정도 의미를 지닐 수 있다는 점을 지적한 것이다.

(나) 선천적인 도덕 감정을 긍정한다는 점에서 정약용은 주희의 논의를 수용한다고 볼 수 있지만, 그것 자체를 선이라고 보지 않는다는 점에서 그는 주희로부터 벗어나 있다. 어린 아이가 우물에 빠지려고 할 때 인간에게는 항상 측은지심이라는 동정심이 생기는데, 주희는 이 측은지심이 인간 본성의 실현이라고 강조한다. ⓑ따라서 그에게는 측은지심이 마지막 결과이고 인간 본성이 원인이 되는 셈이다. ⓒ이와 달리 정약용은 측은지심을 결과라고 생각하지 않는다. 오히려 인간의 윤리적 행위의 처음 원인이라고 생각한다. 그가 주희로부터 근본적으로 달라지는 부분이 바로 ⓓ이 지점이다.

(다) 정약용은 인간의 마음을 세 가지 차원에서 볼 수 있다고 주장한다. 본성, 권형, 행사가 그것이다. 우선 본성은 인간만이 가진 도덕 감정으로 천명지성(天命之性), 즉 '선을 즐거워하고 악을 부끄러워하는' 윤리적 성향을 말한다. 권형은 마치 소용돌이치는 물과 같이 선과 악이 섞여 있는 갈등상태에서, 주체적 선택과 결단을 할 수 있는 자유의지를 말한다. 행사는 주체가 직접 몸을 움직여서 자신의 선택을 행하는 것이다. 즉 선을 좋아하는 경향에 따른 실천을 말한다. 그러나 인간은 육체의 제약을 가지고 살아가는 유한한 존재이고 욕망에 흔들리기 쉽기 때문에, 본성이 아무리 선을 좋아하더라도, 실제로 선을 행하는 것이 그리 쉽지 않다.

(라) ㉡가령 우물에 빠진 아이를 구하기 위해 내가 죽을 수도 있는 상황에서 아이를 구하려는 의지를 포기하지 않을 수 있을까? 과연 내가 죽는다면 선과 악이 무슨 의미가 있느냐고 하면서, 아이를 구하는 것을 포기할 수도 있지 않을까? 정약용은 이런 상황에서도 아이를 구하고자 하는 마음을 도덕 감정으로서의 본성이 그대로 기능하는 '도심(道心)'이라 부르고, 그렇지 않은 마음을 자신의 육체적 안위를 우선시하는 '인심(人心)'이라 부른다. 이와 같은 도심과 인심 중에서 주체는 확고하게 도심을 따라야 한다고 그는 강조한다.

(마) 정약용은 측은지심과 같은 도덕 감정 자체를 문제 삼지는 않았다. 다만 그 감정은 윤리적으로 선을 행할 수 있도록 한다는 데 의미가 있으며, 그 도덕 감정이 실천에까지 이어

져야 한다는 것을 강조한 것이다. 그러므로 유학 전통에서 정약용이 차지하고 있는 위상은 주체의 실천과 관련된 자유의지를 강조했다는 데에서 찾을 수 있다. 그는 이를 통해 주희가 강조한 내면적 수양을 넘어, 유학을 실천적 책임의 윤리학으로 바꿀 수 있었던 것이다.

문제 36. (가)~(마)의 중심 화제로 적절하지 않은 것은?

① (가):정약용 유학 사상의 핵심 내용
② (나):정약용 유학 사상의 발전 과정
③ (다):정약용이 주장하는 마음의 세 가지 차원
④ (라):주체가 따라야 할 마음에 대한 정약용의 입장
⑤ (마):유학의 전통에서 정약용이 차지하고 있는 위상

문제 37. ㉠에 대해, 주희와 차별되는 정약용의 견해로 옳은 것은?

① 선천적으로 타고나는 것이다.
② 주체가 자유의지를 갖게 만든다.
③ 주체의 실천으로 이어질 때 의미가 있다.
④ 선과 악 사이에서 항상 선을 택하게 한다.
⑤ 선을 즐거워하고 악을 부끄러워하는 마음이다.

문제 38. 정약용의 관점에서 〈보기〉의 상황에 대해 해석한 내용으로 적절하지 않은 것은?

〈보기〉

화재로 건물 전체가 붕괴될 상황에서 대피하던 '갑', '을'은 무너진 건물 잔해에서 부상당한 '병'을 발견한다. 두 사람은 '병'을 보고 안타까운 마음이 들지만, 잠시 후 건물 붕괴를 알리는 사이렌이 울리자 갈등에 빠진다. '갑'은 결국 생존자를 구하는 것이 불가능하다고 판단하여 대피하고, '을'만이 생존자를 구하기 위해 남는다.

① '갑'과 '을'이 대피하던 중에 부상당한 '병'을 발견한 것은 도덕 감정에 따른 '행사'가 이루어진 것으로 볼 수 있다.
② '갑'과 '을'이 부상당한 '병'을 보고 안타까운 마음이 든 것은 본성적으로 선을 좋아하는 경향이 나타난 것이다.
③ '갑'과 '을'이 사이렌을 듣고 난 후, 갈등 속에서 결단에 이르는 과정은 '권형'의 차

원과 관련된다고 볼 수 있다.

④ '을'이 자기 생명을 우선시하게 되는 육체의 제약을 극복하고 생존자를 구하기 위해 남은 것은 '도심'에 따른 선한 행위이다.

⑤ '갑'이 자신의 생명을 더 중요하게 생각하고 대피한 것은 '인심'에 따른 행위로 볼 수 있다.

문제 39. 문맥과 독서 표지의 성격을 고려할 때, ⓐ~ⓔ를 활용한 독서 방안으로 적절하지 않은 것은? [3점]

① ⓐ는 문맥상 이 글의 핵심어로 볼 수 있으므로, ⓐ가 이 글에서 어떻게 설명되고 있는지에 주목하면서 읽어야겠어.

② ⓑ는 앞의 내용이 뒤의 내용의 원인, 이유, 근거가 됨을 보여 주는 표지이므로, ⓑ의 앞뒤의 내용이 논리적으로 어떻게 연결되는지 판단해 보아야겠어.

③ ⓒ는 서로 상반된 내용을 연결하는 표지이므로, ⓒ의 앞뒤의 내용에 어떤 차이가 있는지 살펴보아야겠어.

④ ⓓ는 앞에 나온 내용을 대신하는 지시어이므로, ⓓ가 앞의 내용 중에서 무엇을 가리키고 있는지 찾아보아야겠어.

⑤ ⓔ는 뒤에 가정된 상황을 제시한다는 표지이므로, ⓔ의 뒤에 나오는 내용 중 가정된 상황과 실제 사실을 잘 구분해서 읽어야겠어.

※논술 공부와 관련한 추가 문제
㈎지문의 주제어를 찾고, '중심 주장 글'을 찾아 밝혀라.
㈏글의 논증 구조를 찾고, 이를 '주장–근거–해설'에 맞춰 구분하라.
㈐지문의 핵심 내용을 100자 전후의 논증 글로 요약하라.

【문제11】 2011년 9월 고3 국어 모의

[44~47] 다음 글을 읽고 물음에 답하시오.

전통적 공리주의는 세 가지 요소에 기초하여 성립하는 기본적 윤리 이론이다. 첫째, 공리주의는 행동의 윤리적 가치가 행동의 결과에 의존한다는 결과주의이다. 행동은 전적으로 예상되는 결과에 의해서 선하거나 악한 것으로 판단된다. 둘째, 행동의 결과를 평가할 때의 유일한 기준은 바로 행동의 결과가 산출할, 계산 가능한 '행복의 양'이다. 이에 ⓐ따르면 불행과 대비하여 행복의 양을 많이 산출할수록 선한 행동이 되며, 가장 선한 행동은 최대 다수의 최대 행복을 산출하는 것이다. 셋째, 행동을 하기 전 발생할 행복의 양을 계산할 때 개개인의 행복을 다른 누구의 행복보다 더 중요하지는 않다. 그래서 두 사람의 행복을 비교할 때 오로지 그 둘에게 산출될 행복의 양들만을 고려한다. 이는 공리주의가 전형적인 공평주의라는 사실을 보여준다.

이러한 공리주의에 대하여 [반공리주의자]가 제기하는 가장 심각한 문제는 공리주의가 때때로 정의의 개념을 배제하는 결과를 초래한다는 것이다. 그는 위의 세 요소들을 실천하는 공리주의자인 민우가 집단 A와 집단 B 간의 갈등이 심각하게 진행되고 있는 나라를 방문했다고 가정한다. 민우는 집단 A의 한 사람이 집단 B의 한 사람을 심하게 폭행하는 장면을 우연히 목격하게 되었다. 민우가 만약 진실을 증언하면 두 집단의 갈등을 더욱 악화시켜 유혈 사태를 야기할 수 있지만, 집단 B의 무고한 한 사람을 지목하여 거짓 증언을 하면 집단 간의 충돌을 막을 수 있다. 증언하지 않을 때 생기는 불확실성은 더 위험하다. ㉠ 이 같은 상황에서 전통적 공리주의자인 민우는 어떤 행동을 할 것인가?

[A]
이와 같은 정의 배제 상황에 대한 공리주의자들의 몇 가지 대응 중 가장 주목할 만한 하나는 공리주의 또한 정의의 개념을 포함할 수 있다는 것이다. 이것은 진실을 증언하는 사회와 그렇지 않은 사회를 먼저 가정하고 과연 어느 사회가 결과적으로 더 많은 행복을 산출하는 사회인가를 검토하는 것이다. 장기적인 관점에서 전자의 사회가 더 많은 행복을 산출하기 때문에 좋은 사회라는 결론이 도출된다. 그래서 행복을 더 많이 산출하는 진실을 증언함으로써 정의를 바로 세우는 규칙을 만들고 그에 따라 행동하도록 개인의 행동을 제약한다. 이와 같은 대응을 하는 공리주의자들을 규칙 공리주의자라고 한다.

문제 44. 〈보기〉의 '갑'의 행동을 전통적 공리주의의 관점에서 선하다고 평가할 때, 그 이유로 적절하지 않은 것은?

---〈보기〉---

'갑'은 몸살로 집에 누워 있는 친구를 간호하러 가던 중, 교통사고로 심각하게 다친 운전자를 목격했다. '갑'은 도와야 한다는 생각에 그를 급히 응급실로 옮겨서 다행이도 목숨을 구할 수 있었다. 그러나 '갑'은 친구를 간호할 수는 없었다.

① '갑'은 전체의 행복의 양을 증가시키는 쪽으로 행동했군.

② '갑'은 다친 사람을 도우면 자신만이 행복해진다고 판단했겠군.

③ '갑'은 친한 사람이라고 해서 그 사람의 행복이 더 가치 있다고 판단하지 않았겠군.

④ '갑'은 몸살 환자보다 다친 사람을 돕는 것이 더 많은 행복을 산출한다고 판단했

겠군.

⑤ '갑'은 자신의 행동이 결과적으로 선할 것이라는 판단에 따라 누구를 도울 지 결정 했겠군.

문제 45. ㉠에 대해 〔반공리주의자〕가 예상하는 답으로 가장 적절한 것은?

① 피해자를 적극적으로 설득하여 가해자를 용서하도록 할 것이다.

② 증언의 결과가 미칠 파장을 우려하여 묵비권을 행사할 것이다.

③ B 집단의 무고한 한 사람을 범인으로 지목할 것이다.

④ 가해자와 피해자를 적극적으로 화해시킬 것이다.

⑤ 가해자에 관한 진실을 증언할 것이다.

문제 46. 【A】의 규칙 공리주의자와 〈보기〉의 의무론자에 대한 설명으로 가장 적절한 것은?

─── 〈보기〉 ───

의무론자는 어떤 경우에도 항상 거짓말을 하지 않아야 한다고 주장한다. 거짓말을 하지 않아야 하는 이유는 거짓말을 하지 않을 때 좋은 결과가 산출되어서가 아니라, 거짓말을 하지 않는 것이 조건 없이 따라야 하는 절대적인 규칙이기 때문이다.

① 규칙 공리주의자는 규칙을 무조건적으로 따라야 한다고 했어.

② 의무론자는 예상되는 결과에 따라 진실을 말해야 한다고 했어.

③ 의무론자와 규칙 공리주의자는 모두 결과의 중요성을 강조했어.

④ 의무론자는 규칙의 절대성을, 공리주의자는 정의의 배제를 강조했어.

⑤ 의무론자는 결과와 무관하게, 규칙 공리주의자는 결과에 의존하여 정의를 강조했어.

※논술 공부와 관련한 추가 문제

㈎지문의 주제어를 찾고, '중심 주장 글'을 찾아 밝혀라.

㈏글의 논증 구조를 찾고, 이를 '주장─근거─해설'에 맞춰 구분하라.

㈐지문의 핵심 내용을 100자 전후의 논증 글로 요약하라.

【문제12】 2012학년도 6월 모의 영어 27번 문제

Some people believe that _____ is some kind of instinct, developed because it benefits our species in some way. At first, this seems like a strange idea: Darwin's theories of evolution presume that individuals should act to preserve their own interests, not those of the species as a whole. But the British evolutionary biologist Richard Dawkins believes that natural selection has given us the ability to feel pity for someone who is suffering. When humans lived in small clean-based groups, a person in need would be relative or someone who could pay you back a good turn later, so taking pity on others could benefit you in the long run. Modern societies are much less close-knit and when we see a heartfelt appeal for charity, chances are we may never even meet the person who is suffering — but the emotion of pity is still in our genes. 〔3점〕

① not wanting to suffer

② giving to charity

③ drawing pity from others

④ exploring alternatives

⑤ pursuing individuals interests

※ **논술 공부와 관련한 추가 문제**
(가)지문의 핵심 단어를 찾고, '중심 주장 글'을 찾아 밝혀라.
(나)글의 논증구 조를 찾고, 이를 '주장-근거-해설'에 맞춰 구분하라.
(다)지문의 핵심 내용을 100자 전후의 논증 글로 요약하라.

【문제13】 2013학년도 수능 영어 28번 문제

To describe what happens to common resources as a result of human greed, Garrett Hardin used the example of an area of pasture on which all the cattle-owners are permitted to graze their animals free of charge. Each cattle-owner seek to _____(A)_____ his gain and in doing so considers the relative advantage and disadvantage of adding one more animal to the herd. The advantage is that the cattle-owner receives the whole of the profit from the sale of the additional animal. The disadvantage is that the extra grazing contributes to the deterioration of the

364

pasture. However, the disadvantage is shared among all the cattle-owners using the pasture, so the individual owner suffers only a fraction of the disadvantage. Consequently, the advantage is bound to _____(B)_____ the disadvantage. Thus, it is inevitable that more and more animals will be brought onto the pasture until overgrazing totally destroys the pasture.

(A)	(B)
① maximize	equal
② distribute	diminish
③ maximize	exceed
④ distribute	outweigh
⑤ maximize	minimize

※논술 공부와 관련한 추가 문제
㈎지문의 핵심 단어를 찾고, '중심 주장 글'을 찾아 밝혀라.
㈏글의 논증 구조를 찾고, 이를 '주장―근거―해설'에 맞춰 구분하라.
㈐지문의 핵심 내용을 100자 전후의 논증 글로 요약하라.

【문제14】 대입 논술-한양대 2014 싱경 모의 문제1 : '공유시의 비극' 상황에 대한 해법 설명 및 사례 평가

문제 1. 〈가〉에 제시된 '공유지의 비극'에 대한 세 가지 해법이 어떻게 문제를 해결할 수 있는지 설명한 후, 이를 바탕으로 〈나〉에 나타난 '공유지의 비극' 상황의 해법을 평가하시오. (600자)

〈가〉
어느 마을에 공동으로 관리되는 목초지가 있었다. 사람들은 여기에 적당한 수의 양 떼를 풀어 기르면서 큰 문제없이 먹고 살았다. 그러던 어느 날 한 사람이 욕심을 내기 시작했다. 양을 더 많이 들여와 방목했다. 그의 수입이 늘자 다른 사람들도 앞 다투어 양을 더 방목했다. 내가 안 하더라도 어차피 다른 사람이 양을 풀 것이기 때문에 자신만 자제를 한다면 손해를 볼 것이라는 생각 때문이었다. 목초지는 곧 황폐해졌고, 주민들의 삶도 어려워졌다. '공유지의 비극'이 발생한 것이다.
공유지의 비극에 대한 전통적인 해법은 두 가지였다. 첫째는 정부의 개입이다. 정부가 목초지에 풀어놓을 수 있는 양의 수 등을 법률로 제한하는 것이다. 둘째는 사적 소유권의 도입이다. 목초지의 소유권을 적절하게 목자에게 배분하는 것이 이에 해당된다. 실제로 여러 나라에서 연안 어장을 지속가능한 방식으로 활용하기 위해 법으로 어장 출입을 제한하고 있고, 인도 일부 지방은 수자원 이용권을 기업에 넘기기도 한다.

그런데 2009년 노벨 경제학상 수상자인 엘리너 오스트롬(Elinor Ostrom)은 이런 상식에 의문을 제기하였다. 정말 모두의 것은 아무의 것도 아닌 것일까? 사람들은 늘 공유 자원을 항상 남용할까? 그녀는 미국, 캐나다, 터키, 일본의 사례 연구를 통해 우리가 생각하는 것보다 많은 지역에서 주민들이 자발적으로 공유 자원을 오랜 기간 동안 잘 관리해 왔다는 사실을 발견하였다. 또한 이러한 자발적이고 공동체 기반 관리는 공유지가 타 지역 사람들에 의해 소유되면서 와해되곤 했다.

〈나〉

1930년대에 최초의 염화불화탄소류 화합물인 프레온이 합성되면서 냉장고의 냉매와 분사 추진체 등으로 널리 사용되기 시작했다. 인체에 독성이 없고 매우 안정적인 프레온은 대기 중에 방출되면 잘 분해되지 않고 성층권까지 도달한다. 그곳에서 강력한 햇빛과 반응하여 마침내 분해되면서 그 과정에서 성층권의 오존층을 훼손하게 된다. 오존층이 파괴되면 지표면에 도달하는 자외선의 양이 증가하여, 해양 먹이사슬의 시작점인 식물성 플랑크톤을 사멸시킬 수 있고 육상 식물의 광합성도 방해할 수 있다. 인간에게는 백내장이나 피부암 등의 질환을 유발할 수 있다.

이런 과학적 사실이 알려지고 대중매체나 시민단체의 활동을 통해 이에 대한 대응책의 필요성이 부각되면서, 1985년 유엔환경계획(UNEP)은 오존층 보호를 위한 빈 협약을 체결했다. 이 협약은 보다 강한 자발적 구속력을 가진 1987년 몬트리올 의정서로 발전하였고 이런 국제적 협력의 결과 프레온의 사용은 급격하게 감소하였다.

【문제15】 대입 논술-중앙대 2014 인문(II) 수시 문제1~2 : 인간 행동을 유발하는 다양한 관점 비교분석

다음 글을 읽고 물음에 답하시오.

(가)
사회자가 외쳤다
여기 일생 동안 이웃을 위해 산 분이 계시다
이웃의 슬픔은 이분의 슬픔이었고
이분의 슬픔은 이글거리는 빛이었다
사회자는 하늘을 걸고 맹세했다

이분은 자신을 위해 푸성귀 하나 심지 않았다
눈물 한 방울도 자신을 위해 흘리지 않았다
사회자는 흐느꼈다보라,
이분은 당신들을 위해 청춘을 버렸다
당신을 위해 죽을 수도 있다
그분은 일어서서 흐느끼는 사회자를 제지했다
군중들은 일제히 그분에게 박수를 쳤다
사내들은 울먹였고 감동한 여인들은 실신했다
그때 누군가 그분에게 물었다, 당신은 신인가
그분은 목소리를 향해 고개를 돌렸다
당신은 유령인가, 목소리가 물었다
저 미치광이 끌어내, 사회자가 소리쳤다
사내들은 달려갔고 분노한 여인들은 날뛰었다
그분은 성난 사회자를 제지했다
군중들은 일제히 그분에게 박수를 쳤다
사내들은 울먹였고 감동한 여인들은 실신했다
그분의 답변은 군중들의 아우성 때문에 들리지 않았다

(나)
미국의 심리학자 밀그램은 '징벌과 학습 효과' 실험의 참가자를 모집하였다. 그 실험은 교사와 학생 역할 그룹을 각각 모집한 후, 학생들에게 단어 암기 테스트를 하여 틀릴 때마다 점점 15볼트씩 높여서 전기 충격을 주는 것이었다.

전기 충격에 의한 암기력 향상 효과를 알아보겠다고 하였지만, 사실 이 실험이 목적은 다른 데 있었다. 교사 역할을 맡은 사람들이 전압을 높여가는 과정에서 실험 진행자의 요구에 어떤 태도를 보이는가를 연구하는 것이 숨겨진 목적이었다.

실험 진행자와 진짜 참가자인 교사 역할자가 안이 보이지 않는 방 밖에서 문제를 내면, 가짜 참가자인 학생 역할자는 사전에 밀그램과 약속한 대로 일부러 틀린 답을 말하였다. 교사 역할자는 학생 역할자가 틀리면 점점 강한 전기 충격을 주는 버튼을 눌렀다.

전기 충격을 주면 미리 준비된 학생 역할자의 비명 소리가 인터폰을 통해 들렸다. 120볼트일 때 학생은 너무 고통스럽다고 소리 질렀으며, 150볼트에는 실험을 멈추어 달라고 요청했다. 그리고 330볼트 이상에서 학생은 기절한 듯이 아무 소리도 내지 않았다. 흰색 가운을 입은 실험 진행자는 교사 역할자 옆에 앉아서 "아무런 답을 하지 않는 것은 틀린 답을 말한 것과 같으니 전압을 높여 계속 전기 충격을 줘라. 결과에 대해서는 걱정하지 마라. 책임은 내가 진다."고 격려와 압력을 행사했다,

실험 전에 밀그램은, 교사 역할자들이 150볼트 이상의 전기 충격을 주어야 할 상황이 오면 대부분 실험 진행을 거부할 것이라고 생각했다. 또 교사 역할자 중 450볼트 이상의 전기 충격을 주는 경우는 거의 없을 것으로 예상하였다. 높은 전기 충격으로 인하여 자칫 사람이 죽을 수도 있는 위험한 일을 하지는 않을 것이라 생각한 것이다.

그러나 실험 결과는 다음과 같았다. 실험에 참가한 40명 모두가 300볼트까지 전기 충격을 주었다. 그리고 이 중 26명은 450볼트까지 전기 충격을 주었다.

(다)

소크라테스가 사형 선고를 받고 마지막 순간을 기다리는 동안, 그의 친구인 크리톤이 그를 방문하고서는 도피할 수 있는 길을 마련해 줄 수 있다고 말하였다. 크리톤은 도피를 정당화할 수 있는 이유들을 다음과 같이 말하였다. 소크라테스는 무죄라는 것, 철학을 하면서 가치 있는 일을 계속할 수 있다는 것, 도피하는 길을 마련해 주지 않으면 그의 친구들은 의리가 없게 된다는 것, 그의 아들들을 포기해야 한다는 것 등이다.

그러나 소크라테스는 그러한 이유들이 감정적인 것들이고, 그의 도피를 정당화해 주기에는 충분하지 않은 것이라고 보았다. 그는 도피해서는 안 된다는 자신의 이유를 가지고 다음과 같이 맞섰다. 그는 언제나 법에 대한 존중을 가르쳤기 때문에 그것을 지키지 않으면 그는 위선자가 될 것이라는 것, 만약 그가 싫어하는 법을 준수하지 않으면 그것으로 인해 모든 사람들이 법을 준수하지 않게 될 것이라는 것, 법을 지키겠다는 묵시적인 합의는 지켜야 한다는 것 등이다.

소크라테스는 다른 한편으로 위와 반대되는 주장을 내놓기도 한다. 그는 재판을 받는 과정에서, 만약 재판에서 자신을 유죄로 판결 내리고 철학을 하지 못하게 한다면, 그는 그 판결에 승복하지 않을 것이라고 주장한다. 분명히 소크라테스는 어떤 판결은 단순히 너무나 부당하기 때문에 지지를 받을 수 없다고 생각하였다. 따라서 부당한 판결에 따른 처벌을 피하려고 하지는 않았지만 그러한 판결에 승복해서는 안 된다는 것이었다.

(라)

왜 젊은이는 이들의 노래와 몸짓에 열광하는가? 왜 젊은이는 이들의 노래를 열심히 따라 부르고, 몸짓을 흉내 내려 하는가? 왜 젊은이는 서태지의 옷, 스키모자와 같은 것을 직접 구하려고 하는 것일까?

현대 대중 사회는 다양한 매체를 활용하는 인간의 다양한 욕구를 수용하고 표출시킬 수 있는 능력을 가진 사회이다. 대중 사회에서 가장 중요한 역할을 하는 것은 무엇보다도 대중 매체라 할 수 있다. 오늘날 우리는 글, 그림, 영상을 모두 동원하여 의사를 소통하고 있다. 대중문화는 대중 매체가 만들어 내는 것으로서, 모든 사람에게 직접 간접으로 영향을 미친다. 이에 반해 개인은 신문, 라디오, 텔레비전, 인터넷을 통하여 자신의 취미에 맞는 정보를 얻고, 여론의 형성에 참여할 수 있다. 그러나 대부분의 개인은 자본의 끊임없는 유혹을 받는다. 개인들은 같은 상표의 신발, 가방, 휴대 전화, 옷을 가지고 다른 사람과 일체감을 느끼거나 성취욕을 충족시킬 수 있다.

연예인은 일찍부터 대중문화의 기수가 되었다. 예를 들어, 1960년대 초 영국의 비틀즈는 전 세계 젊은이의 인기를 끌었다. 1950년대에는 미국의 영화배우 제임스 딘의 반항적인 모습을 우상처럼 여겼지만, 명문가의 아들처럼 단정한 머리 모양과 옷차림을 한 비틀즈의 모습을 우상처럼 여기며 모방하는 젊은이가 늘었다. 오늘날 노래 실력이 뛰어난 가수도 소속사가 홍보를 많이 할수록 더 널리 인정받을 수 있다. 이처럼 대중이 누리는 문화는 상품으로서의 성격을 가진다. 현대 대중 사회가 개인의 다양한 욕구를 충족시키기 위해 소품종 대량 생산 체제에서 다품종 소량 생산 체제로 바뀌고 있으며 여기에도 자본의 치밀한 계산이 있다.

대중문화는 대중 매체가 만들어 내는 것으로서, 모든 사람에게 영향을 미친다. 따라서 대중 매체를 기업가나 국가 권력이 독점하지 못하게 견제할 필요가 있으므로, 여러 시민 단체에서 방송이나 신문을 분석하여 올바른 방향을 제시하고 있다.

(마)

결정론에 따르면, 자연 현상에서 일어나는 다른 모든 사건들과 마찬가지로 인간의 행위도 어떤 원인들에 의해 필연적으로 결정되어 있다고 한다. 그러나 인간은 자신이 하는 행위의 이유에 대해 생각할 수 있는 이성적 존재로서 자연의 인과 관계에 지배 받지 않는다. 자신의 의지로 스스로 행동을 선택할 수 있으며, 그렇게 하여 자기 자신을 만들어 간다.

또 인간은 유전이나 환경 같은 외부적 요인들에 의해 인성이 형성되기도 한다. 하지만 그러한 외부적 요인들이 잘못된 행동을 정당화시켜 주지는 않는다. 왜냐하면 잘못된 행동으로 이끄는 불리한 요인들을 자기 통제와 의지를 통해 이겨 낼 수도 있기 때문이다. 인간이 동물과 구별되는 이유는 타고난 본능이나 인성을 이겨 낼 수 있는 자유 의지를 가지고 있기 때문이다. 그러므로 인간의 행위를 결정론이나 필연의 산물로 여겨서 자유 의지를 부정한다면, 인간에게 있어서 가장 숭고한 가치인 자유는 그 의미를 잃게 된다.

인간이 자유 의지를 갖는다는 것은 자신의 선택에 스스로 책임져야 한다는 것을 의미하기도 한다. 우리가 잘못된 선택을 한다면 도덕적 비난을 감수해야 한다. 하지만 자유의지가 없는 동물이나 기계에 대해서는 도덕적 책임을 묻기가 어렵다. 예를 들어, 자동차가 시동이 걸리지 않거나, 사용하던 컴퓨터가 갑자기 작동하지 않는다면 누구나 당황하고 화가 날 것이다. 하지만 그렇다고 해서 자동차나 컴퓨터를 비난하거나 처벌해야 한다고 생각하지는 않는다.

(바)

억압받고 있는 의견이 때로는 올바른 것인지도 모른다. 그 의견을 억압하려고 하는 사람들은 그 의견의 진실을 부정할 것이 분명하지만 그들의 판단만이 언제나 옳다는 보장은 어느 누구도 할 수 없다. 누구도 전 인류를 대신해서 문제를 결정하고 다른 모든 사람들의 판단력을 빼앗을 만한 권위를 가질 수 없다.

모든 토론을 침묵하게 하는 것은 인간의 절대 무오류성을 가정하는 것이다. 하지만 인간은 끊임없이 잘못 판단하고 잘못 행동하면서 살아간다. 사람들은 자신이 항상 옳은 것은 아니라는 사실을 잘 알고 있지만, 불행하게도 실제로 자신이 판단을 내릴 때에는 이를 거의 문제 삼지 않는다. 왜냐하면 자신이 잘못을 저지를 수 있는 가능성에 대해 예방책이 필요하다고 생각하거나, 자기가 확실하다고 느끼는 것이 잘못된 판단에 따른 것일 수도 있다는 사실을 받아들이는 사람은 거의 없기 때문이다.

가끔은 자신의 의견이 반박당하는 소리를 듣기도 하고, 또 잘못되었을 때 그것을 정정하는 데 어느 정도 익숙한 사람들은, 그들의 의견 가운데서 주위의 모든 사람들이나 그들이 항상 존경하고 있는 사람들과 공통된 부분에만 무조건적인 신뢰를 둔다. 왜냐하면 사람은 자신의 판단에 대해 확고한 자신을 갖지 못하면 못할수록 세상 일반의 절대 무오류성을 신뢰하기 때문이다. 그리고 각 개인에게 세상이란 그가 접촉하는 일부의 세계, 즉 그가 속해 있는 당파, 종파, 사회 계급을 뜻한다. 따라서 어떤 주제나 주장을 단순히 수동적이고 무비판적으로 받아들이지 않고 적극적으로 분석하고 종합하는 사고가 필요하다.

문제 1. 제시문 (가), (나), (다), (라)의 논지 차이를 비교하여 하나의 완성된 글로 작성하시오. [530~550자]

문제 2. 제시문 (마)와 (바)의 논지를 통합적으로 고려하여 제시문 (가)와 (나)에 나타난 문제점을 비판하시오. [530~550자]

예술

【문제16】 2013년 9월 고3 국어 모의

〔21~23〕 다음 글을 읽고 물음에 답하시오.

20세기 미술의 특징은 무한한 다원성에 있다. 어떤 내용을 어떤 재료와 어떤 형식으로 작품화하건 미술적 창조로 인정되고, 심지어 창작 행위가 가해지지 않는 것도 '작품'의 자격을 얻을 수 있어서, '미술'과 '미술이 아닌 것'을 객관적으로 구분해주는 기준이 존재하지 않게 된 것이다. ㉠단토의 '미술종말론'은 이러한 상황을 설명하기 위한 미학 이론 중 하나이다. 단어가 주는 부정적 어감과는 달리 미술의 '종말'은 결과적으로 모든 것이 미술 작품이 될 수 있게 된 개방적이고 생산적인 상황을 뜻한다. 그런데 이러한 다원성은 전적으로 새로운 상황일까, 아니면 이전부터 이어져 온 하나의 흐름에 속할까?

작품의 형식과 내용이 전적으로 예술가의 주체적 선택에 달려있다는 관점에서만 보면, 20세기 미술의 양상은 아주 낯선 것은 아니라고 할 수 있다. 르네상스 때 시작된 화가의 서명은 작품이 외부의 주문에 따라 제작되더라도 그것의 정신적 저작권만큼은 예술가에게 있음을 알리는 행위였다. 이는 창조의 자유가 예술의 필수 조건이 되는 시대를 앞당겼다. 즉 미켈란젤로가 예수를 건장한 이탈리아 남성의 모습으로 그렸던 사례에서 보듯, 르네상스 화가들은 주문된 내용도 오직 자신만의 방식으로 이미지화했다.

형식의 이러한 자율화는 내용의 자기 중심화로 이어졌다. 17세기의 네덜란드 화가들은 신이나 성인(聖人)을 그리던 오랜 관행에서 벗어나 친근한 일상을 집중적으로 그리기 시작했고, 19세기 낭만주의에 와서는 내면의 무한한 표출이 예술의 생명이 되기에 이르렀다. 이런 관점에서 보면 20세기 미술은 예술적 주체성과 자율성의 발휘라는 일관된 흐름의 정점이라고 할 수 있다.

그러나 단토가 주목한 것은 이러한 흐름과는 결정적으로 구분되는 20세기만의 질적 차별성이다. 이전 시대까지는 '미술'과 '미술 아닌 것'의 구분은 '무엇을 그리는가?' 또는 '어떻게 그리는가?'의 문제, 곧 내용·형식·재료처럼 지각 가능한 '전시적 요소'에 의존하여 가능했다. 반면, 20세기에는 빈 캔버스, 자연물, 기성품 등도 '작품'으로 인정되는 데에서 보듯, 전시적 요소로서는 더 이상 그러한 구분이 불가능해진 것이다. 이제 ⓒ그러한 구분은 대상이 어떤 것이든 그것에 미술 작품의 자격을 부여하는 지적인 행위, 곧 작품 밖의 '비전시적 요소'에 의존할 따름이다. 현대 미술이 개념 자체를 묻는 일종의 철학이 되고, 작품의 생산과 감상을 매개하는 이론적 행위로서 비평의 중요성이 부각된 이유가 여기에 있다.

문제 21. 윗글을 이해한 것으로 가장 적절한 것은?

① 서명의 시작은 주문에 따른 제작에서도 예술가의 주체성을 표출한 사건이었다.

② 예술가의 자율적인 이미지 창출은 르네상스 이전부터 보편적이었다.

③ 형식의 자율화는 17세기 네덜란드 화가들로부터 비롯되었다.

④ 현대 미술에서는 내용과 형식이 작품의 자격을 결정한다.

⑤ 현대 미술에서는 비평이 전시적 요소를 결정한다.

문제 22. ㉠에 따라 '20세기 미술'을 이해한 것으로 적절하지 않은 것은?

① 과거에 비해 예술가의 자율성이 더욱 두드러지게 표출된다.

② 자연 그대로의 사물을 전시하는 것도 작품 창작 행위로 인정될 수 있다.

③ 미술을 정의하는 기준이 해체되어 예술 작품 생산이 정체 상태에 이르렀다.

④ 미술사적 관점에서 볼 때 과거와의 공통점보다는 차이점이 더 본질적이다.

⑤ 과거의 내용과 형식을 그대로 따르는 것도 미술적 창조로 인정될 수 있다.

문제 23. ㉡에 해당하는 사례로 가장 적절한 것은? [3점]

① 뒤샹의 〈샘〉은 소변기에 서명을 하여 전시함으로써 일상품도 이론적 해석에 따라 미술에 포함될 수 있는 가능성을 제시한 작품이다.

② 브라크의 〈과일 접시와 유리잔〉은 그림에 벽지를 덧붙여 회화를 3차원화 함으로써 회화는 2차원적이라는 고정관념에서 탈피한 작품이다.

③ 폴록의 〈1950년 32번〉은 캔버스에 물감을 붓거나 떨어뜨려 즉흥적 이미지를 창출함으로써 창조적 무의식과 초현실 세계의 표현을 시도한 작품이다.

④ 칸딘스키의 〈콤퍼지션 VII〉은 구체적 대상의 묘사 대신 추상적인 색 · 선 · 형태만으로 작가의 내면을 표현함으로써 순수 이미지의 언어적 가능성을 모색한 작품이다.

⑤ 몬드리안의 〈브로드웨이 부기우기〉는 수많은 네모 무늬로 수직 · 수평의 율동적 흐름을 창출함으로써 뉴욕의 활기찬 생활과 음악적 리듬감의 표현을 추구한 작품이다.

※**논술 공부와 관련한 추가 문제**
㈎지문의 주제어를 찾고, '중심 주장 글'을 찾아 밝혀라.
㈏글의 논증 구조를 찾고, 이를 '주장–근거–해설'에 맞춰 구분하라.
㈐지문의 핵심 내용을 100자 전후의 논증 글로 요약하라.

【문제17】 2011년 7월 고3 국어 모의

〔18~21〕 다음 글을 읽고 물음에 답하시오.

비판적 존재론으로 유명한 독일 철학자 니콜라이 하르트만(Nicolai Hartmann)은 예술작품의 존재 방식을 층이론(層理論)으로 설명하였다. 하르트만은 그의 저작 『미학』에서 예술작품은 지각되는 실재적 재료인 '전경(前景)'과 비실재적이며 정신적 내포(內包)라고 할 수 있는 '후경(後景)'의 두 가지 구성 요소로 존재하고 있다고 설명한다. 전체적으로 볼 때 예술작품의 전경은 감각적이며 실재적인 '형상'의 층이지만, 후경은 비실재적 '이념'의 층이라고 할 수 있다.

이처럼 예술작품의 존재 방식은 전경과 후경의 이층적(二層的) 구조로 되어 있다. 그런데 전경과는 달리 후경은 내용면에서 1층에서 4층으로 세분화되는 다층적 구조로 되어 있다. 후경의 여러 층은 유기적으로 존재하고 있으며 층 서열에 따라 앞 층에 의하여 다음 층이 영향을 받는다. 그래서 감각적인 전경을 통해 이념적이고 정신적인 후경이 나타나는 것이다.

[A]
초상화를 구체적인 예로 든다면, 전경은 화면이라는 2차원 공간에 칠해진, 우리가 눈으로 볼 수 있는 여러 가지 선과 색의 배치이다. 후경의 제1층은 묘사된 인물의 '외면적 · 물적' 계층이고, 제2층은 앞의 물적 계층을 통해서 나타나는 것으로 인물의 동작, 표정 등을 보여주는 '생명' 계층이다. 제3층은 앞의 생명 계층을 통해서 나타나는 것으로 인물의 성격,

내적 운명 등을 보여주는 '심적' 계층이고, 마지막 제4층은 심적 계층을 바탕으로 나타나는 것으로 인물의 본질, 이념, 작품의 의의 등을 보여주는 '정신적' 계층이다.

하르트만은 예술작품의 존재 방식에 대한 이러한 인식을 바탕으로 예술가와 감상자의 관계를 정립한다. 즉 예술가가 작품을 통해 전달하려는 정신세계인 후경은 전경으로 형상화되고, 감상자는 전경을 통하여 예술가가 표현하고자 한 후경을 알 수 있게 된다는 것이다. 그래서 예술작품을 감상한다는 것은 작품의 감각적, 현상적 층인 전경을 통하여 정신적 층인 후경에 깊숙하게 들어가 예술가와 만나고 그와 정신적 대화를 나눌 수 있게 되는 것이라고 인식한다.

하르트만에 따르면, 예술작품의 감상은 감상자가 주체적으로 예술가의 정신적 세계와 만나서 대화하고 교감하는 것이다. 그리하여 결국에는 추체험*을 넘어서 ⓐ새로운 제2의 작품을 창조하는 것이다. 예술작품의 감상이 단지 감각적인 쾌감만을 맛보고, 예술작품의 의미를 이해하고 그 가치를 논하는 데만 주안점을 둔다면 무슨 의의를 찾을 수 있겠는가. 감상은 감상자가 새로운 가치를 발견하고 자신의 정신을 살찌우는 것이어야 한다.

* 추체험(追體驗) : 다른 사람의 체험을 자기의 체험처럼 느낌. 또는 이전 체험을 다시 체험하는 것처럼 느낌.

문제 18. 위 글의 표제와 부제로 가장 적절한 것은?

① 예술작품의 감상 절차 - 하르트만의 비판적 존재론을 바탕으로

② 예술작품의 소재와 기법 - 하르트만의 미학을 중심으로

③ 예술작품의 존재 방식과 감상 - 하르트만의 층이론을 중심으로

④ 예술작품의 의의와 효용 가치 - 하르트만의 예술 세계를 바탕으로

⑤ 예술작품에 담긴 예술가의 정신세계 - 하르트만의 예술사를 중심으로

문제 19. [A]를 이해한 학생이 〈보기〉에 대해 보인 반응으로 적절하지 않은 것은? [3점]

〈보기〉

황현(1855~1910)은 조선후기의 유학자로, 나라가 일본에게 주권을 빼앗기자 이에 항거하기 위해 '절명시' 4수를 남기고 스스로 목숨을 끊었다.
이 초상화는 인물의 형형한 눈빛과 가는 수염, 허리를 곧게 펴고 앉아 있는 모습에서 선비 황현의 강한 의지와 기개 등이 그대로 전해지는 작품이다.

– 채용신, 〈황현 초상〉 –

① 굵고 가는 선과 희고 검은 색이 보이는 것은 전경과 관련 있겠군.

② 인물의 얼굴이 점잖고 엄숙하게 느껴지는 것은 후경의 제1층과 관련 있겠군.

③ 허리를 곧게 펴고 굳은 표정으로 앉아있는 인물의 모습은 후경의 제2층과 관련 있겠군.

④ 인물이 곧은 성품을 지닌 사람으로 느껴지는 것은 후경의 제3층과 관련 있겠군.

⑤ 조선 시대 유학자들이 추구하던 선비의 본성이 느껴지는 것은 후경의 제4층과 관련 있겠군.

문제 20. 위 글을 바탕으로 〈보기〉를 이해한 것으로 적절하지 않은 것은?

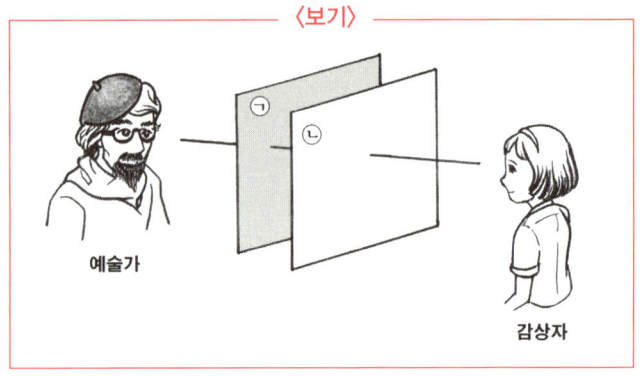

예술가와 감상자의
소통 구조

① 예술가의 이념과 정신세계는 ㉠에 있다.

② 선과 색으로 이루어진 실재적인 층은 ㉡이다.

③ 예술작품의 ㉠은 하나의 층으로, ㉡은 여러 층으로 이루어져 있다.

④ 예술가의 의도는 ㉠에서 비롯되어 ㉡을 통해 감상자에게 전달된다.

⑤ 감상자는 ㉡을 통해 ㉠에서 예술가와 교감할 수 있다.

문제 21. ⓐ의 문맥적 의미로 가장 적절한 것은?

① 자신의 주관적인 정서를 객관화하는 것이다.

② 예술가의 뜻을 자신의 체험처럼 느끼는 것이다.

③ 정신적 가치를 발견하여 자신을 새롭게 형성하는 것이다.

④ 감각적인 면보다 기법적인 면에서 작품을 이해하는 것이다.

⑤ 기존의 예술 세계에서 벗어난 새로운 작품을 창작하는 것이다.

【문제18】 2013 EBS 수능 특강 영어 B형

While onstage, you must constantly remain in the state of "I am," playing each moment as if it were occurring for the first time - what the nineteenth -century actor William Gillette referred to as "the illusion of the first time." As in life, your characters cannot be foresighted. They cannot know the future. Someone once asked the legendary twentieth-century actor Sir Laurence Olivier how he remembered all his lines in Hamlet. He responded with "I don't. I simply remember the next one." Colleagues of great actors such as Gillette and Olivier report that they always seemed surprised by the events of the play. They lived in the present. While onstage, even though you know the next line and have performed your character's actions countless times, you cannot truly know what will happen next. Attempting to anticipate another person's actions will only result in your delivering indicated movements with artificial effects. Therefore, you too must play each scene moment by moment, _____.

① remaining in the present

② believing in your performance

③ inviting the audience to the scene

④ following the director's instructions

⑤ guessing from your colleagues' acting

※**논술 공부와 관련한 추가 문제**
㈎지문의 주제어를 찾고, '중심 주장 글'로 찾아 밝혀라.
㈏글의 논증 구조를 찾고, 이를 '주장–근거–해설'에 맞춰 구분하라.
㈐지문의 핵심 내용을 100자 전후의 논증 글로 요약하라.

【문제19】 2009학년도 수능 영어 27번 문제

One of the main principles I follow when I draw outside is _____
_____. I try to stay away from houses or barns that have unusual
angles of the roof, or objects that look incorrect in size, perspective, or design.
If the subject is confusing when you look at it, it will be more confusing when
you attempt to draw it. I know a beautiful barn where the corners are not at right
angles. No matter how many times I have drawn it, the perspective does not look
light. If I were to make an accurate drawing of this barn and put it in a show, I'm
sure I would get all kinds of criticism for my poor perspective. I would not be
there to tell my critics that the barn is actually constructed this way. So, I stay
away from subjects that do not look right to me.

① not to select a subject that is too difficult or odd

② not to draw any objects that others have drawn

③ to draw an object with imagination

④ to get information from abstract subjects

⑤ to convert inaccurate drawings into accurate ones

※논술 공부와 관련한 추가 문제
㈎지문의 주제어를 찾고, '중심 주장 글'로 찾아 밝혀라.
㈏글의 논증 구조를 찾고, 이를 '주장-근거-해설'에 맞춰 구분하라.
㈐지문의 핵심 내용을 100자 전후의 논증 글로 요약하라.

【문제20】 대입 논술-숙명여대 2013 인문 수시 3회차 인문계열 문항 : 예술의 본질에 대한 관점 비교

〔문제2〕〈가〉, 〈나〉, 〈다〉에 나타난 예술의 본질에 대한 견해의 공통점과 차이점을 밝히고, 이
들 활용하여 〈보기〉에서 소개하고 있는 존 케이지와 앤디 워홀의 작품이 '왜 예술인가'에 대
하여 논하시오. (1,000±100자)

〈가〉
현대 예술과 관련된 중요한 질문 중 하나는 '무엇이 어떻게 하여 예술이 되는가.' 하는 점
이다. 이것을 예술철학자 조지 디키는 '예술제도록'으로 설명한다. 그는 "예술작품이란 그

것들이 제도적 틀이나 맥락 안에서 차지하는 위치의 결과로 예술이 된다.”라고 말한다. 다시 말하면 예술로 불리는 사물과 그렇지 않은 사물을 구분하는 일에는 어떤 정해진 개념상의 공식이 작용하는 게 아니라 일종의 역동적 사회제도, 즉 ‘예술제’가 작동한다는 것이다. 제도로서의 예술계는 이미 대략적으로 확립되어 있는 사회적 실천, 그리고 느슨하게 조직되어 있는 사람들, 즉 예술가, 기자, 비평가, 예술사가, 예술철학자 등으로 구성된다. 디키의 견해에 따르면 하나의 사물이 예술작품이냐 아니냐를 결정하기 위해서 주목해야 하는 지점은, 예술을 지속적으로 존재하게 만드는 사회제도의 변화하는 맥락 속에서 사회적 실천과 결정들이 행하는 기능이다. 예술가란 자신이 무엇을 하는가를 이해하면서 예술작품을 만드는 일에 참여하는 사람이다. 예술작품은 예술계의 대중에게 전시되기 위해서 창조된 일종의 인공물이다 예술계의 대중이란 전시된 대상물을 어느 정도 이해할 준비가 되어 있는 사람들의 집합이다. 예술계란 예술과 관련된 모든 체계의 총합이다. 그리고 예술은 바로 예술계가 예술로 여기는 것이다.

사회학자 하워드 베커도 유사한 관점에서 예술에 대해 문제제기를 한다. 예술을 사회적 구성물로 이해하면서, 베커는 예술이라는 구성물은 다양한 행위자들을 (그 사회의 힘이 대상에 가치를 부여하는 것을 허용한 행위자들을 포함하여) 포괄하는 것으로 가장 잘 이해라 수 있다고 말한다. 이것은 예술가의 고유성과 천재성에 대한 생각에 의문을 던지는 것이다. 예술작품 그 자체보다는 이러한 사회적 과정들과 문화적 의미들이 주된 관심이 된다. 그는 사회과학은 어떠한 발견이라도 일시적인 것이며 전복될 수 있다는 과학적 기초에 의존하고 있지만, 미학적 전통은 명백한 신비적인 전제들에 근거하여 지적 관념을 발전시켜 왔다고 말한다. 그런데 이런 전제들은 그들의 규율 전통에서 너무나 중심적으로 자리 잡아 왔기 때문에 이를 수정하는 것이 위험한 일이 되어 버렸다. 예컨대 예술 시장과 유통 같은 개념이 그들의 미학적 정의 속으로 침투하는 것을 허용하지 않는다. 그러나 사회학자들은 이러한 관념이 미학자들이 심중에 존재하는 것이지 예술작품 자체에 들어있지 않다고 주장한다.

〈나〉

어떤 살인자가 있다고 하자. 그의 행동은 법적 도덕적으로 비난받지만 동시에 그것은 취미 판단의 대상이다. 영화나 소설에서는 종종 범죄자나 깡패가 주인공으로 나온다. 사람들은 일상생활에서는 혐오하면서도 영화나 소설에서는 그들을 지지하고 자기 동일화하기도 한다. 이것은 미적 판단이다. 그 근거를 칸트는 무관심에서 찾았다. 그것은 도덕적 지적 관심을 배제하는, 다시 말하면 괄호에 넣는 것이다. 사람들이 이러한 영화나 소설을 즐기는 것은 사실 문화적으로 그렇게 훈련을 받았기 때문이다.

칸트의 미적 판단은 관심을 배제하는 것에 있다. 칸트가 미적 경험이 무관심적이라고 하는 것은, 미적 경험의 대상이 대상 그 자체가 아니라 쾌를 주는 이미지이기 때문에 대상의 실제 존재와는 상관없다는 의미이다. 미적 태도(쾌(快)인가, 불쾌(不快)인가)가 도덕적 태도(선(善)인가, 악(惡)인가)와 다른 점은 바로 이 때문이다. 어떤 사물이 예술인가 아닌가는 그것에 대한 관심을 배제함으로써만 결정된다. 그것이 자연물이든 기계적 복제품이든 아니면 일상적으로 사용하는 물건이든 상관없다. 그것에 대한 통상의 관심을 별도로 떼어놓고 본다는 것, 그러한 '태도 변경'이 어떤 사물을 예술이게 하는 것이다.

미적 판단에서는 사물이 허구라든가 악이라든가 하는 면은 배제한다. 그런데 그것은 자연스럽게 되는 일은 아니다. 사람들은 그렇게 배제할 것은 '명령받는' 것이다. 즉 사람은 그것에 익숙해지면 배제하고 있다는 사실 자체를 잊어버리고 마치 과학적 대상, 미적 대상이 그 자체로 존재하는 것처럼 생각하는 경향이 있다. 그러나 예술의 향유는 예술작품에 대한 지속적 경험에 의해 학습되는 것이다.

〈다〉

러시아 형식주의자 슈클롭스키는 예술작품은 지각작용이 습관화되고 자동화되는 것에서 탈피하려는 '지각의 탈자동화'와 밀접한 관련을 맺는 것이라 말한다. 그에 의하면 예술이란 사물을 알려진 대로가 아니라 그것이 인식되는 대로 사물에 대한 감각을 전달하는 것을 목표로 삼는다. 예술의 기법은 대상을 낯설게 만들고, 형식을 어렵게 만들며, 감각작용의 과정은 그 자체가 하나의 심미적 목적이며 다라서 그것은 길게 지연되지 않으면 안 되기 때문이다. 예술은 대상의 기교성을 경험하는 한 방법이다.

예술의 특성을 대상에 대한 '지각의 자동화'로부터 해방되는 것에 있다고 보는 슈클롭스키는 예술에서는 지각의 과정이 오래도록 연장되는 것이 심미적 목적이므로 '예술은 사물이 가공되는 것을 체험하는 방법이며, 이미 완성된 것은 예술에서 중요하지 않다.'고 말한다. 슈클롭스키에 따르면, 우리는 일상생활에서 마주치는 사물들을 보고 있다고 생각하지만, 사실은 보지 못하고 자동적으로 대응할 뿐이다. 그러므로 예술은 이러한 대상을 우리가 이미 알고 있는 방식대로가 아니라, 우리가 새롭게 느끼는 그런 방법으로 담아내야 하는 목적을 가지고 있는 것이다. '낯설게 하기' 기법은 대상을 이상하고 기묘한 것으로 왜곡시켜 그것을 이해하기 힘들게 하고 지각의 시간을 연장시키지만, 바로 이러한 지각의 과정을 통해서 대상을 새롭게 환기시키는 것이 미학의 목적이다.

〈보기〉

현대 작곡가 존 케이지의 가장 유명한 작품 중 하나는 1952년 뉴욕주 우드스탁에서 초연된 〈4분 33초〉이다. 작품의 연주를 위하여 피아니스트는 무대 위로 걸어 나가 피아노 앞에 앉는다. 그리고 건반 뚜껑을 열고서 정확히 4분 33초 동안 가만히 앉아 있다. 그리고 나서 다시 피아노 뚜껑을 닫고 일어나 조용히 무대에서 걸어 나온다.

1964년 앤디 워홀과 그의 조수들은 브릴로라는 비누 회사에서 사용하던 포장용 상자들을 거의 똑같이 묘사한 작품들을 만들어 뉴욕 스테이블 갤러리에 전시했다. 워홀이 만든 상자는 슈퍼마켓 선바에서 흔히 볼수 있는 것들이었다.

오늘날 존 케이지와 앤디 워홀은 20세기 네오 아방가르드의 가장 대표적인 예술가로 평가되고 있다.

경제

【문제21】2012학년도 수능 국어

〔29~30〕 다음 글을 읽고 물음에 답하시오.

어떤 경제 주체의 행위가 자신과 거래하지 않는 제3자에게 의도하지 않게 이익이나 손해를 주는 것을 '외부성'이라 한다. 과수원의 과일 생산이 인접한 양봉업자에게 벌꿀 생산과 관련한 이익을 준다든지, ㉠공장의 제품 생산이 강물을 오염시켜 주민들에게 피해를 주는 것 등이 대표적인 사례이다.

외부성은 사회 전체로 보면 이익이 극대화되지 않는 비효율성을 초래할 수 있다. 개별 경제 주체가 제3자의 이익이나 손해까지 고려하여 행동하지는 않을 것이기 때문이다. 예를 들어,

[A]

과수원의 이윤을 극대화하는 생산량이 Q_α라고 할 때, 생산량을 Q_α보다 늘리면 과수원의 이윤은 줄어든다. 하지만 이로 인해 과수원의 이윤 감소보다 양봉업자의 이윤 증가가 더 크다면, 생산량을 Q_α보다 늘리는 것이 사회적으로 바람직하다. 하지만 과수원이 자발적으로 양봉업자의 이익까지 고려하여 생산량을 Q_α보다 늘릴 이유는 없다.

전통적인 경제학은 이러한 비효율성의 해결책이 보조금이나 벌금과 같은 정부의 개입이라고 생각한다. 보조금을 받거나 벌금을 내게 되면 제3자에게 주는 이익이나 손해가 더 이상 자신의 이익과 무관하지 않게 되므로, 자신의 이익에 충실한 선택이 사회적으로 바람직한 결과로 이어진다는 것이다.

그러나 전통적인 경제학은 모든 시장 거래와 정부 개입에 시간과 노력, 즉 비용이 든다는 점을 간과하고 있다. 외부성은 이익이나 손해에 관한 협상이 너무 어려워 거래가 일어나지 못하는 경우이므로, 보조금이나 벌금뿐만 아니라 협상을 쉽게 해 주는 법과 규제도 해결책이 될 수 있다. 어떤 방식이든, 정부 개입은 비효율성을 줄이는 측면도 있지만 개입에 드는 비용으로 인해 비효율성을 늘리는 측면도 있다.

문제 29. 위 글의 내용에 대한 이해로 적절하지 않은 것은?

① 개별 경제 주체는 사회 전체가 아니라 자신의 이익을 기준으로 행동한다.

② 제3자에게 이익을 주는 외부성은 사회 전체적으로 비효율성을 초래하지 않는다.

③ 전통적인 경제학은 보조금을 지급하거나 벌금을 부과하는 데 따르는 비용을 고려하지 않는다.

④ 사회 전체적으로 보아 이익을 늘릴 여지가 있다면 그 사회는 사회적 효율성이 충족된 것이 아니다.

⑤ 이익이나 손해를 주고받는 당사자들 사이에 그 손익에 관한 거래가 이루어지는 경우는 외부성에 해당되지 않는다.

문제 30. ㉠의 사례를 【A】처럼 설명할 때, 〈보기〉의 ㉮~㉰에 들어갈 말로 옳은 것은?

─────── 〈보기〉 ───────

공장의 이윤을 극대화하는 생산량이 Qb라고 할 때, 생산량을 Qb보다 (㉮) 공장의 이윤은 줄어든다. 하지만 이로 인한 공장의 이윤 감소보다 주민들의 피해 감소가 더 (㉯), 생산량을 Qb보다 (㉰) 것이 사회적으로 바람직하다.

	㉮	㉯	㉰
①	줄이면	크다면	줄이는
②	줄이면	크다면	늘리는
③	줄이면	작다면	줄이는
④	늘리면	작다면	줄이는
⑤	늘리면	작다면	늘리는

※**논술 공부와 관련한 추가 문제**
㉮지문의 주제어를 찾고, '중심 주장 글'을 찾아 밝혀라.
㉯글의 논증 구조를 찾고, 이를 '주장–근거–해설'에 맞춰 구분하라.
㉰지문의 핵심 내용을 100자 전후의 논증 글로 요약하라.

【문제22】 2013년 4월 고3 국어 B형 모의

〔17~20〕 다음 글을 읽고 물음에 답하시오.

특정 상품에 대한 어떤 사람의 수요가 다른 사람들의 수요에 의해 영향을 받는 것을 네트워크효과(network effect)라고 말한다. 이러한 네트워크효과에는 유행효과와 속물효과가 있다.
어느 한 상품이 유행하게 되면 다른 사람들도 그 상품을 구입하려는 양상이 나타날 수 있다. 이렇게 소비를 결정하는 과정에서 다른 사람들이 물건을 사는 것에 영향을 받아 그 물건을 구입하게 되는 것을 유행효과라고 한다. 예를 들어 유행효과가 전혀 존재하지 않는 상황에서는 A 게임기의 가격이 20만 원일 때 5천 대, 15만 원일 때 6천 대로 수요량이 변한다고 한다. 그런데 유행효과가 존재하는 경우, 20만 원이었던 A 게임기의 가격이 15만 원으로 하락했을 때 게임기의 수요량이 6천 대가 아닌 8천 대로 늘어난다고 하자. 이는 가격이 떨어짐에 따라 게임기를 사려는 사람이 늘어나게 되고, 이들의 소비가 다른 사람들의 소비에 영향을 미쳐 새로운 소비가 창출된 결과, 수요량의 증가폭이 더욱 커지게 된 것이다. 이러한 유행효과는 유행에 민감한 소비자들이나 연예인을 동경하는 소비자들에게 더욱 두드러지게 나타난다.

이와는 달리, 어떤 상품을 소비할 때 소수만이 소유하기를 바라는 심리가 ⑦깔려 있는 경우, 그 상품을 구입하는 사람들이 많아지면 그 상품을 구입하지 않으려는 사람들도 생기게 된다. 이렇게 소비를 결정하는 과정에서 다른 사람들이 물건을 사는 것에 영향을 받아 그 물건을 구입하지 않게 되는 것을 속물효과라 한다. 예를 들어 속물효과가 존재하지 않는 상황에서는 B 손목시계 가격이 3백만 원에서 1백만 원으로 하락했을 때 수요량이 1천 개 더 늘어난다고 한다. 그런데 속물효과가 존재하는 경우, B 손목시계의 가격이 1백만 원으로 하락했을 때 수요량의 증가폭이 5백 개에 그쳤다고 하자. 이는 가격 하락으로 인해 수요량이 증가하게 되어 남들과 차별화하고자 하는 심리가 충족되지 못해 그 상품을 사지 않겠다는 사람이 생겨나므로, 결과적으로 수요량의 증가폭이 감소하게 된 것이다. 이러한 속물효과는 상품의 희소성이 약화될 때 나타나기 때문에, 판매자들은 높은 희소성을 유지하기 위해 가격 할인이나 적극적인 판촉 활동을 자제하게 된다.

일반적으로 소비자들이 다른 소비자들과 독립적으로 소비를 결정한다고 생각하지만, 실제로는 위의 두 경우와 같이 여러 사람의 수요가 상호의존적으로 영향을 주고받기도 한다.

문제 17. 윗글에서 답을 찾을 수 있는 질문이 아닌 것은?

① 네트워크효과의 개념은 무엇인가?

② 유행효과가 유발하는 문제점은 무엇인가?

③ 유행효과는 어떤 소비자에게서 잘 나타나는가?

④ 속물효과에 따라 수요량은 어떻게 변화하는가?

⑤ 속물효과를 발생시키는 심리적 배경은 무엇인가?

※ 〈보기〉는 네트워크효과가 존재하지 않는 경우와 존재하는 경우의 수요곡선을 나타낸 것이다. 18번과 19번의 두 물음에 답하시오.

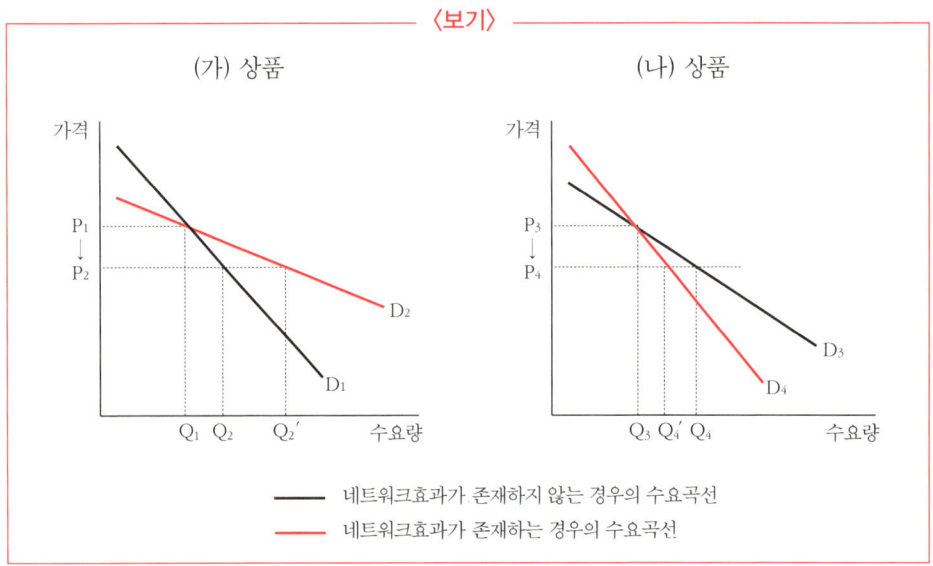

〈보기〉

(가) 상품

(나) 상품

― 네트워크효과가 존재하지 않는 경우의 수요곡선
― 네트워크효과가 존재하는 경우의 수요곡선

문제 18. 윗글과 관련지어 〈보기〉를 이해한 내용으로 적절하지 <u>않은</u> 것은? [3점]

① (가) 상품의 가격이 P_1에서 P_2로 하락할 때 수요량이 Q_1에서 Q_2로 증가했다면, 유행효과가 존재하지 않는 것이겠군.

② (가) 상품의 가격이 P_1에서 P_2로 하락할 때 유행효과가 존재한다면, 그렇지 않은 경우에 비해 Q_1에서 Q_2'만큼 수요량이 더 증가하겠군.

③ (나) 상품의 가격이 P_3에서 P_4로 하락할 때 속물효과가 존재한다면, 수요량은 Q_3에서 Q_4'로 변화하겠군.

④ (나) 상품의 가격이 P_3에서 P_4로 하락할 때 수요량이 Q_4가 아니라 Q_4'로 된다면, 타인과 차별화되고 싶은 심리가 작용한 것이겠군.

⑤ D_1과 D_2, D_3과 D_4를 각각 비교해 볼 때, 다른 사람들의 수요가 개인의 수요에 영향을 미침을 알 수 있군.

문제 19. 다음은 〈보기〉의 (가), (나) 상품에 대한 판매 전략이다. 적절하지 <u>않은</u> 것은?

상품	판매 전략
(가)	상품이 처음 출시되었을 때 그 상품에 대한 무료 체험 행사를 실시하여 사람들의 구매를 촉진한다. ①
	유명인들이 해당 상품을 방송에서 사용하는 모습을 자주 보여줌으로써 상품의 소비를 대중적으로 확대시킨다. ②

(나)	가격 경쟁보다는 해당 상품의 특성과 이미지를 차별화하는 전략을 수립한다. ③	
	해당 상품의 수량을 조절하여 상품의 시장 판매량이 어느 수준 이상으로 늘어나지 않도록 관리한다. ④	
	해당 상품과 어울리는 상품을 묶음으로 구성하여 제공함으로써 상품 구매 시 가격 부담을 줄인다. ⑤	

※논술 공부와 관련한 추가 문제

㈎지문의 주제어를 찾고, '중심 주장 글'을 찾아 밝혀라.

㈏글의 논증 구조를 찾고, 이를 '주장–근거–해설'에 맞춰 구분하라.

㈐지문의 핵심 내용을 100자 전후의 논증 글로 요약하라.

【문제23】2013 EBS 수능 특강 국어 B형

〔1~3〕 다음 글을 읽고 물음에 답하시오.

두 사람이 범행을 저질러 각각 독방에 수감되었다. 만약 두 사람이 모두 자백을 하지 않는다면 두 사람은 1년씩 감옥에 살게 된다. 하지만 한 명만 자백을 한다면 자백한 사람은 석방되고 자백하지 않은 사람은 10년형을 살게 된다. 둘 다 자백한다면 둘 다 5년형을 받게 된다. 죄수들이 각각 독방에 있기 때문에 서로 의논을 할 수 없는 경우 죄수들은 어떤 선택을 할까? 이 상황에서 모두 자백하게 된다는 것이 잘 알려진 '죄수의 딜레마'이다. 이는 상대를 배반하더라도 자신의 이익을 극대화한다는 결정을 내릴 정도로 사람들이 이기적이라는 기본 가정에서 출발한 것이다.

이러한 이론을 일반적인 사회 현상에 적용해 보자. 일정한 수의 사람들이 모여서 사회를 이루며 살아갈 때 사람들은 공동으로 돈을 내어 공공재를 형성하여 공익을 추구한다. 그런데 죄수의 딜레마에 기초한 이기적인 인간이라면 자신은 공공 서비스를 받는 것을 좋아하더라도 공공재의 형성에 협조하는 것을 꺼리는 것이 좋은 전략이라고 생각할 것이다.

하지만 사회에서 사람들이 살아가는 역사를 살펴보면 꾸준하게 공공에 대한 협조적 행위가 지속되어 왔고, 우리 역시 일상적으로 상대방과 공공에 대한 협조적 행위를 하며 살고 있음을 알 수 있다. 이는 상호 이타성이라는 행동 경향으로 설명할 수 있다. 상호 이타성이란 무엇이며, 이는 왜 발생할까? 상호 이타성이란 사람들이 협조에는 협조로, 적의에는 적의로 대응하는 경향을 말한다. 즉, 자신이 협조하지 않은 것을 보고 상대방이 이에 대응하여 행동할 것이라는 점을 고려하게 되면, 협조하지 않은 것이 궁극적으로 자신에게 유익하지는 않다는 것이다. 협조적인 행동은 이후에 협조로 보상받을 가능성이 많기 때문에 결과적으로 이로운 행동이 될 수 있다. 그렇기 때문에 상호 신뢰가 깨지지 않는 한 죄수의 딜레마의 결론과는 달리 협조적 행동을 하게 된다는 것이다.

그렇다면 익명적 상황이나 미래에 상대의 반응이 있을 수 없는 1회적 상황에서는 어떻게 될까? 이를 설명하기 위해서 경제학자들이 간단한 실험을 하였다. 피실험자들에게 일정한 돈을 준 후, 이 돈을 그냥 가질 수도 있거나 공공재에 투자할 수도 있게 하였다. 투자한 돈은 사람 수보다는 작은 k배로 커지고, 커진 돈은 공공재 투자 여부와 관계없이 모두에게 똑같이 나누어진다. 이 실험에서는 1회 실행할 때와 실험을 반복할 때, 즉 미래에 상대의 반응을 알 수 없는 경우와 알 수 있는 경우 서로 다른 결과가 나왔다. ㉠실험 결과 1회적 상황에서는 보통 40~60% 정도의 피실험자들이 공공재에 투자하는 것이었다. 반복 실험에서는 반복을 거듭할수록 투자하는 피실험자의 비율은 점점 감소하는 경향이 있었다. 하지만 이 경우에도 투자가 완전히 없어지지는 않았다. (출처: EBS 수능특강 국어영역 B형 157p)

문제 1. 윗글의 내용 전개 방법에 해당하지 않는 것은?

① 용어의 개념을 정리하여 독자의 이해를 돕는다.

② 질문을 던지는 형식으로 독자의 호기심을 자극한다.

③ 일상적 행동 양식을 근거로 특정 이론에 대해 반박한다.

④ 특정 이론을 뒷받침하는 구체적인 실험 결과를 제시한다.

⑤ 현상을 설명할 수 있는 여러 관점을 소개하며 이를 절충한다.

문제 2. 윗글을 참고로 할 때, 〈보기〉에 대한 반응으로 적절하지 않은 것은?

───── 〈보기〉 ─────

이동통신 사업은 이미 인프라가 다 갖추어져 있고 이동통신 전체 시장의 확대는 사실상 불가능할 정도로 포화 상태이다. 그렇다면 이동통신 회사들은 서로 합의를 통해 마케팅에 엄청난 돈을 쏟아 붓지 않아도 되지만, 현실적으로 이동통신 회사에서 마케팅 비용이 회사 전체 비용에서 차지하는 비중은 상당히 크다.

① 이동통신 회사가 마케팅 비용을 줄이지 못하는 것은 이동통신 회사 간의 상호 신뢰가 없기 때문이겠군.

② 이동통신 시장이 포화되어 더 이상의 확대가 불가능하다는 것은 상호 이타성을 발휘하기 위한 전제에 해당하겠군.

③ 마케팅 비용을 줄이기로 한 합의에 이동통신 회사들이 모두 협조적인 자세를 취한다면 이는 상호 이타성의 경향으로 설명할 수 있겠군.

④ 죄수의 딜레마 이론에 근거하면, 이동통신 회사들이 마케팅 비용을 줄이기로 합의를 했더라도 그것을 지키지 않는 것이 자신들의 이익을 극대화한다면 그 합의를

지키지 않으려 하겠군.

⑤ 상호 이타성의 경향에 따라 상대방이 자신의 행동에 대응하여 행동할 것이라는 점을 감안하면 마케팅 비용을 줄이기로 합의한 것이 궁극적으로 자신의 이익을 위해 유익하겠군.

문제 3. ㉠을 통해 이끌어낼 수 있는 내용으로 가장 적절한 것은?

① 사람들은 공공에 대한 협조적 행위를 통해 자신의 이익을 극대화하려는 경향이 있다.

② 자신의 행위에 대한 보답을 받을 기회의 여부와 상관없이 사람들은 이기적으로 행동하려 한다.

③ 사람들은 자신의 물질적 이익을 최대화하려 하기보다는 공공의 이익을 우선시하는 경향이 있다.

④ 사람들은 자신의 행위가 다른 사람들에게 영향을 준다는 것을 알기 때문에 이기적으로 행동하지 않는다.

⑤ 다른 사람들이 자신의 선의에 반하는 행위를 한다는 것을 알기 전까지는 상당수가 협조적인 행위를 하려는 경향이 있다.

※**논술 공부와 관련한 추가 문제**

㈎지문의 주제어를 찾고, '중심 주장 글'로 찾아 밝혀라.

㈏글의 논증 구조를 찾고, 이를 '주장―근거―해설'에 맞춰 구분하라.

㈐지문의 핵심 내용을 100자 전후의 논증 글로 요약하라.

【문제24】 2011년 9월 고3 영어 모의 29번 문제

Like an artist who pursues both enduring excellence and shocking creativity, great companies foster a _____(A)_____ between continuity and change. On the one hand, they adhere to the principles that produced success in the first place, yet on the other hand, they continually evolve, modifying their approach with creative improvements and intelligent adaptation. But the point here is not as simple as "some companies failed because they did not change." Companies that change constantly but without any consistent rationale will _____(B)_____ just as surely as those that change not at all. There is nothing inherently wrong with adhering to specific practices and strategies. But you should comprehend the underlying why behind those practices, and thereby see when to keep them and when to change them.

	(A)		(B)
①	tension	——————	collapse
②	tension	——————	prosper
③	balance	——————	flourish
④	divergence	——————	succeed
⑤	divergence	——————	perish

※논술 공부와 관련한 추가 문제
㈎지문의 주제어를 찾고, '중심 주장 글'로 찾아 밝혀라.
㈏글의 논증 구조를 찾고, 이를 '주장—근거—해설'에 맞춰 구분하라.
㈐지문의 핵심 내용을 100자 전후의 논증 글로 요약하라.

【문제25】 2012년 9월 고3 영어 모의 27번 문제

Cost estimates follow from time estimates simply by multiplying the hours required by the required labor rates. Beware of _____ _____. For example, one major company has a policy that requires the following personnel in order to remove an electric motor: a tinsmith to remove the cover, an electrician to disconnect the electrical supply, a millwright to unbolt the mounts, and one or more laborers to remove the motor from its mount. That situation is fraught with inefficiency and high labor costs, since all four trades must be scheduled together, with at least three people watching while the fourth is at work. The cost will be at least four times what it could be and is often greater if one of the trades does not show up on time.

① inefficiency caused by poor working conditions

② difficulty in financing high labor costs in business

③ differences in labor skills when working in groups

④ coordination problems where multiple crafts are involved

386

⑤ mismatch between personnel and equipment in production

【문제26】대입 논술-서강대 2011 인문 수시 1차 문제3 : 소비의 두 양상-과시소비 vs. 모방소비

〔문제3〕제시문 [가]와 [나]의 소비이론의 차이점을 지적하고, 그 두 이론을 제시문 [다]와 [라]의 사례에 적용하여 설명하라. (1,000~1,200자)

[가]

나중을 위해 저축하기보다 지금 소비하는 성향을 소비주의의 뚜렷한 특징이라고 본다면, 소비주의는 부자들보다는 가난한 사람들 사이에서 더욱 두드러진다. 사회적 지위에는 다른 모든 것과 마찬가지로 한계효용체감의 법칙—어떤 것을 더 적게 가지고 있을수록 이를 갖기 위해 더 많이 지불하려 한다—이 적용된다. 따라서 지위가 더 낮은 그룹의 사람들이 상층 그룹의 사람들보다 수입의 더 많은 부분을 경쟁적 소비에 기꺼이 쓰려 한다. 상층계급의 사람들은 이미 지위가 높기 때문에 지위를 더 얻고자 그다지 큰 희생을 하려 하지 않는다. 반면에 하층계급은 그렇게 한다.

대부분의 경쟁적 소비는 공격 전략에서 비롯된다. 예를 들어, 온 가족에게 평소보다 더 비싼 크리스마스 선물을 사준 사람을 생각해보자. 그가 더 관대하고, 더 사랑을 베푸는 사람처럼 보이겠지만, 그 사람의 행동은 결국 나머지 사람들에게 부담을 지우는 행위이다. 이러한 공격 전략은 방어 조치를 부른다. 다음 해에, 가족들 모두가 선물에 더 많은 돈을 써야할지 모른다. 그들의 이런 행동은 남보다 한발 앞서기 위해서가 아니라 옛날의 위치를 되찾기 위한 노력일 뿐이다.   – 조지프 히스·앤드류 포터, 『혁명을 팝니다』

[나]

한 집단이 계급위계의 상층에 있는 집단처럼 보이길 원한다면, 짐멜이 말한 것과 같은 유행의 변화를 겪게 된다. "하층계급이 그들의 스타일을 모방하기 시작하자마자 상층계급은 이 스타일을 버리고 새로운 스타일을 채택한다. 이렇게 해서 다시 한 번 대중과 자신들을 구분하는데, 이런 식으로 게임은 돌고 돈다." 물론 이것은 위계의 정당함을 인정하고 개인이 상층계급을 모방함으로써 적어도 어떤 의미에서는 그 위계상에서 상승이동이 가능하다고 믿는 사회를 가정한 경우이다.

그랜트 맥크래컨은 종종 이것에 적용되는 이론의 명칭인 '트리클다운(trickle-down)'이란 용어가 실제 적절한 것이 아니고 오히려 잘못된 인상을 준다고 지적하였다. 유행은 하층계급이 수동적으로 받아들이도록 흘러내리는 것이 아니라, 오히려 하층계급이 적극적으로 찾아서 상층계급을 모방하고 그들이 또 변화하도록 압박한다는 것이다. 그래서 맥크래컨은 '뒤쫓기와 도망가기(chase and flight)'가 보다 더 알맞은 용어라고 제안하고 있다.   – 피터 코리건, 『소비의 사회학』

[다]

어느 토요일 아침 그린위치 빌리지에 있는 딸아이의 음악학원 복도에 앉아 있는데 피아노 선생님인 줄리아의 목소리가 들린다. "저 그 가방 알아요."

나는 고개를 든다. 줄리아가 나한테 하는 이야기인가? 돌아보니, 과연, 그녀는 내 핸드백을 뚫어지게 쳐다보고 있다.

하지만 왜? 줄리아는 여태 나에게 말을 걸어온 적이 없다. 내 핸드백은 비첸자에 있는, 자그마한 가죽상으로 시작해서 국제적인 명품 부티크 체인으로 사업을 확장한 회사가 만든 눈에 잘 띄지 않는 그런 종류의 이태리제 핸드백이다. 그 회사는 최근에 명품 브랜드를 만드는 다국적 재벌에게 인수되었는데, 그 전까지는 상품에 로고를 붙이는 것을 거부해왔다. 그들은 자기네 상품이 워낙 특이하여 로고가 필요 없다고 주장했던 것이다.

수 년 동안 나는 음악학원에서 늘 청바지에 티셔츠 차림인 줄리아의 모습을 보아왔다. 그녀는 똑똑하고 재치 있고 음악에 대하여 아주 진지하다. 그녀가 모차르트에 대해 이야기하는 것은 어울린다. 그러나 자신이 사기 어려운 가격대의 이태리제 핸드백에 대해 이야기하는 것은 어울리지 않는다.

줄리아는 정말로 이태리제 핸드백 이야기를 하고 싶어서 바이올린 교습생의 아버지와 나누던 말을 중간에 끊고 나에게 말을 건 것이었다. 줄리아는 나에게 내 핸드백이 마음에 든다는 이야기를 하고 싶은 것이 아니다. 줄리아는 나에게 자신이 그것을 알아본다는 이야기를 하고 싶은 것이다. 그녀는 나에게 그 핸드백 가격이 얼마이며, 그것을 어디서 살 수 있으며, 그것이 무엇인지 자신이 알고 있다는 사실을 이야기해주고 싶은 것이다. 아무런 브랜드 로고도 달고 있지 않은 비싼 이태리제 핸드백을 자신이 알고 있다는 이야기를 줄리아와 대부분의 사람들은 갖고 싶은 것들을 살 경제력을 갖추고 있지 못하다. 그들은 잡지, 텔레비전, 책 및 인터넷을 통해, 또는 실제로 구매하지는 않으면서 구경만 하고 다니는 방식의 쇼핑을 통해 명품에 대한 정보를 입수하고, 그런 지식을 활용하여 사람들을 평가하고 자신도 특정한 부류의 사람으로 비춰지기를 원한다.

— 샤론 주킨, 『구매시점 : 쇼핑이 미국 문화를 어떻게 변화시켰는가』

[라]

미국의 곳곳을 다니다보면 도시지역이든 평원이 늘어선 시골이든 산악지대든 간에 도로를 질주하는 커다란 SUV를 무척 많이 보게 된다. 처음에는 특정한 부류의 사람들만 구입하여 일반 도로에서 눈에 잘 띄지 않던 이 큼직한 차들이 지금은 어찌나 많아졌는지, 그러한 크기의 차 또는 그러한 성능의 차가 전혀 필요하지 않은 사람들도 소형차나 일반 자동차를 구입하기 전에 망설일 수밖에 없는 지경이 되어버렸다. 자동차를 운전할 때, 앞에 이런 큼직한 SUV가 있을 경우 전방상황이나 신호등이 잘 보이지 않아 불편할 뿐만 아니라, SUV와 자동차 간의 충돌사고로 사망자가 발생할 경우, 목숨을 잃는 사람의 80퍼센트가 소형차에 탄 사람이어서 SUV에 비해 소형차를 운전하는 것이 이제는 상대적으로 꽤 위험한 일이 되어버렸다. 이제는 도로를 점거하다시피 많아진 SUV들이 도로를 너무나도 위험하게 만들어버려서, 다른 운전자들이 자신의 필요와는 상관없이 그리고 재정적으로 벅차더라도 더 큰 차를 구입하는 것을 고려해보아야 하는 상황이 도래했다.

과학

【문제27】 2012학년도 수능 국어

〔47~50〕다음 글을 읽고 물음에 답하시오.

양자 역학의 불확정성 원리는 우리가 물체를 '본다'는 것의 의미를 재고하게 한다. 책을 보기 위해서는 책에서 반사된 빛이 우리 눈에 도달해야 한다. 다시 말해 무엇을 본다는 것은 대상에서 방출되거나 튕겨 나오는 광양자를 지각하는 것이다.

광양자는 대상에 부딪쳐 튕겨 나올 때 대상에 충격을 주게 되는데, 우리는 왜 글을 읽고 있는 동안 책이 움직이는 것을 볼 수 없을까? 그것은 빛이 가하는 충격이 책에 의미 있는 운동을 일으키기에는 턱없이 작기 때문이다. 날아가는 야구공에 플래시를 터뜨려도 야구공의 운동에 아무 변화가 없어 보이는 것도 마찬가지이다. 책이나 야구공에 광양자가 충돌할 때에도 교란이 생기지만 그 효과는 무시할 만하다.

어떤 대상의 물리량을 측정하려면 되도록 그 대상을 교란하지 않아야 한다. 측정 오차를 줄이기 위해 과학자들은 주의 깊게 실험을 설계하고 더 나은 기술을 사용함으로써 이러한 교란을 줄여 나갔다. 그들은 원칙적으로 ㉠측정의 정밀도를 높이는 데 한계가 없다고 생각했다. 그러나 물리학자들은 소립자의 세계를 다루면서 이러한 생각이 잘못임을 깨달았다.

㉠'전자를 보는 것'은 ㉡'책을 보는 것'과 큰 차이가 있다. 우리가 어떤 입자의 운동 상태를 알려면 운동량과 위치를 알아야 한다. 여기에서 운동량은 물체의 질량과 속도의 곱으로 정의되는 양이다. 특정한 시점에서 특정한 전자의 운동량과 위치를 알려면, 되도록 전자에 교란을 적게 일으키면서 동시에 두 가지 물리량을 측정해야 한다.

이상적 상황에서 전자를 '보기' 위해 빛을 쏘아 전자와 충돌시킨 후 튕겨 나오는 광양자를 관측한다고 해 보자. 운동량이 작은 광양자를 충돌시키면 전자의 운동량을 적게 교란시켜 운동량을 상당히 정확하게 측정할 수 있다. 그러나 운동량이 작은 광양자로 이루어진 빛은 파장이 길기 때문에, 관측 순간의 전자의 위치, 즉 광양자와 전자의 충돌 위치의 측정은 부정확해진다. 전자의 위치를 더 정확하게 측정하기 위해서는 파장이 짧은 빛을 써야 한다. 그런데 파장이 짧은 빛, 곧 광양자의 운동량이 큰 빛을 쓰면 광양자와 충돌한 전자의 속도가 큰 폭으로 변하게 되어 운동량 측정의 부정확성이 오히려 커지게 된다. 이처럼 관측자가 알아낼 수 있는 전자의 운동량의 불확실성과 위치의 불확실성은 반비례의 관계에 있으므로, 이 둘을 동시에 줄일 수 없음이 드러난다. 이것이 불확정성 원리이다.

문제 47. 위 글을 통해 알 수 있는 내용으로 적절하지 않은 것은?

① 광양자가 전자와 충돌하면 전자의 운동량이 변한다.

② 물리학자들은 측정의 정밀도를 높이는 데 관심이 많다.

③ 질량이 변하지 않으면 전자의 운동량은 속도에 비례한다.

④ 플래시를 터뜨리는 것은 촬영 대상에 광양자를 쏘는 것이다.

⑤ 전자의 운동량을 측정하려면 전자보다 광양자의 운동량이 커야 한다.

문제 48. 위 글에서 ⓛ과 구별되는 ㉠의 특성으로 가장 적절한 것은?

① 대상을 교란하는 효과를 무시할 수 없다.

② 대상을 매개물 없이 직접 지각할 수 있다.

③ 대상이 너무 작아 감지하기가 불가능하다.

④ 대상이 전달하는 의미를 해석할 필요가 없다.

⑤ 대상에서 반사되는 빛을 감지하여 이루어진다.

문제 49. 위 글을 바탕으로 〈보기〉에 대해 탐구한 내용으로 옳지 않은 것은? [3점]

─── 〈보기〉 ───

일정한 전압에 의해 가속된 전자 빔이 x축 방향으로 진행할 때, 전자 빔에 일정한 파장의 빛을 쏘아서 측정한 전자의 운동량은 ⓐ1.87×10^{-24}kg·m/s 였다. 그 측정 오차 범위는 ⓑ9.35×10^{-27}m/s 보다 줄일 수 없었는데, 불확정성 원리에 따라 계산해 보니 이때 전자의 x축 방향의 위치는 ⓒ5.64×10^{-9}m의 측정 오차 범위보다 정밀하게 확정할 수 없었다.

① 빛이 교란을 일으킨 전자의 운동량이 ⓐ이겠군.

② 전자의 질량을 알면 ⓐ로부터 전자의 속도를 구할 수 있겠군.

③ 같은 파장의 빛을 사용하더라도 실험의 정밀도에 따라 전자 운동량의 측정 오차는 ⓑ보다 커질 수 있겠군.

④ 광양자의 운동량이 더 큰 빛을 사용하면 전자 운동량의 측정 오차 범위는 ⓑ보다 커지겠군.

⑤ 더 긴 파장의 빛을 사용하면 전자 위치의 측정 오차 범위를 ⓒ보다 줄일 수 있겠군.

※논술 공부와 관련한 추가 문제
㈎지문의 주제어를 찾고, '중심 주장 글'을 찾아 밝혀라.

㈏글의 논증 구조를 찾고, 이를 '주장–근거–해설'에 맞춰 구분하라.
㈐지문의 핵심 내용을 100자 전후의 논증 글로 요약하라.

【문제28】 2005년 6월 고3 국어 모의

※ 다음 글을 읽고 물음에 답하시오.

과학적 지식은 어떻게 생성될까? 이에 대한 설명은 과학 철학적 관점에 따라 달라질 수 있다. 그 중 하나가 경험적 검증 가능성에 의해 과학적 진술의 의미를 판가름하는 논리 실증주의적 관점이다. 연어의 회귀에 대한 연구 과정을 통해 과학적 지식의 생성 과정을 논리 실증주의적 관점에서 살펴보기로 하자.

과학자들은 연어가 어떻게 태어난 곳으로 돌아오는지 알고 싶었다. 인디언들은 초자연적인 힘에 의해 연어가 회귀한다고 믿고 있었는데, 과학자들은 이러한 설명이 경험적으로 검증될 수 없기 때문에 과학적 의미가 없다고 생각했다. 과학자들은 시각 가설, 지구 자기장 가설, 후각 가설과 같은 설명 방법을 생각해 냈다.

시각 가설을 검증하기 위해 과학자들은 미국 북서부 지역의 두 하천인 이사콰와 포크에 도착한 연어들을 각각 잡아 표시하였다. 그런 다음 잡은 연어들을 두 집단으로 나누어, 한 집단은 눈을 가리고 다른 집단은 눈을 가리지 않은 채 두 하천이 만나는 지점보다 하류인 담수에 방류하였다. 실험 결과, 포획된 곳으로 돌아오는 연어의 수는 두 집단 간에 별로 차이가 없었다.

과학자들은 비둘기가 지구 자기장을 이용하여 집을 찾는다는 것에 착안하여, 연어도 지구 자기장을 이용한다는 가설을 생각하였다. 그러니 실험 결과는 지구 자기장 가설을 지지해 주지 않았다.

과학자들은 뱀장어 연구에서 아이디어를 얻은 후각 가설을 검증하기 위해 시각 가설을 검증한 곳에서 같은 방법으로 실험하였다. 두 하천에서 연어를 잡아, 한 집단은 코마개를 하고 다른 집단은 코마개를 하지 않았다. 이 연어들을 방류한 후, 산란을 위해 담수를 거슬러 오르는 연어들을 처음 포획한 곳에서 재포획하였다. 그들은 코마개의 유무와 처음 포획한 장소에 따라 재포획된 연어들을 분류하였다. 과학자들은 연역된 결과와 이들을 비교한 뒤, 통계적으로 가설이 지지된다는 사실을 알았다.

많은 과학자들은 이와 같은 과정을 통해 새로운 지식을 생성한다. 먼저 ㉠ 현재의 지식으로는 설명할 수 없는 의문스러운 현상에 직면한다. 의문은 설명하려는 욕구를 불러일으킨다. 그리고 ㉡ 현재의 유사한 사전 지식에 기초하여 잠정적 설명을 창안한다. 그 후, ㉢ 잠정적 설명에 대한 검증 방법을 생각해낸다. 그리고 ㉣ 자료를 수집하고 ㉤ 이것을 잠정적 설명들로부터 연역된 결과들과 비교한다. 만일 가설이 지지되지 않는다면 이 과정을 순환적으로 반복하며, 새로운 과학적 지식은 이러한 순환적 과정의 결과로 생성된다. 이때 가설은 실험과 관찰에 의해 검증되므로 매우 중요한 의미를 지닌다. 논리 실증주의자들이 과학과 비과학을 구분하는 중요한 기준으로 검증 가능성을 설정하는 것도 이 때문이다.

문제 54. 연어의 회귀에 대한 과학자들의 모든 연구 과정을 녹화한 후, '후각 가설'을 검증하는 과정을 편집한다고 할 때, ㉠~㉤에 반드시 들어가야 할 핵심 내용으로 적절하지 않은 것은? [3점]

① ㉠: 연어가 회귀하는 이유를 초자연적인 힘으로 설명하는 인디언들의 사고방식과 문화적 배경에 대한 취재 내용

② ㉡: 뱀장어가 매우 낮은 농도의 무기물을 후각으로 탐지한다는 논문에서 아이디어를 얻어 언어 후각 가설을 만들었다는 과학자의 설명

③ ㉢: 시각 가설을 검증한 방법에서 눈을 가리는 데 착안하여, 연어에게 코마개를 부착하고 같은 장소에서 조사하면 검증할 수 있을 것이라고 과학자가 설명하는 내용

④ ㉣: 과학자들이 실험 계획에 따라 두 하천에서 회귀하는 연어를 잡아 표시하여 방류한 후, 재포획하는 과정을 시간 순서에 따라 녹화한 내용

⑤ ㉤: 과학자가 연어를 재포획하면서 얻은 실험 결과를 예상된 결과와 비교하면서, 실험 결과의 의미를 설명하는 내용

※논술 공부와 관련한 추가 문제
㈎지문의 주제어를 찾고, '중심 주장 글'을 찾아 밝혀라.
㈏글의 논증 구조를 찾고, 이를 '주장–근거–해설'에 맞춰 구분하라.
㈐지문의 핵심 내용을 100자 전후의 논증 글로 요약하라.

【문제29】 2012학년도 수능 영어 30번 문제

Often in social scientific practice, even where evidence is used, it is not used in the correct way for adequate scientific testing. In much of social science, evidence is used only to affirm a particular theory — to search for the positive instances that uphold it. But these are easy to find and lead to the familiar dilemma in the social sciences where we have two conflicting theories, each of which can claim positive empirical evidence in its support but which come to opposite conclusions. How should we decide between them? Here the scientific use of evidence may help. For what is distinctive about science is the search for negative instances — the search for ways to falsify a theory, rather than to confirm it. The real power of scientific testability is negative, not positive. Testing allows us not merely to confirm our theories but to _____. [3점]

① ignore the evidence against them

② falsify them by using positive empirical evidence

③ intensify the argument between conflicting theories

④ weed out those that do not fit the evidence

⑤ reject those that lack negative instances

【문제30】 2014학년도 수능 영어 35번 문제

Mathematics will attract those it can attract, but it will do nothing to overcome resistance to science. Science is universal in principle but in practice it speaks to very few. Mathematics may be considered a communication skill of the highest type, frictionless so to speak; and at the opposite pole from mathematics, the fruits of science show the practical benefits of science without the use of words. But those fruits are ambivalent. Science as science does not speak; ideally, all scientific concepts are mathematized when scientists communicate with one another, and when science displays its products to non-scientists it need not, and indeed is not able to, resort to salesmanship. When science speaks to others, it is no longer science, and the scientist becomes or has to hire a publicist who dilutes the exactness of mathematics. In doing so, the scientist reverses his drive toward mathematical exactness in favor of rhetorical vagueness and metaphor, thus _____. [3점]

(출처: "Science and Non-Science in Liberal Education", Ilan Bloom 하버드대 교수)

① degrading his ability to use the scientific language needed for good salesmanship

② surmounting the barrier to science by associating science with mathematics

③ inevitably making others who are unskillful in mathematics hostile to science

④ neglecting his duty of bridging the gap between science and the public

⑤ violating the code of intellectual conduct that defines him as a scientist

【문제31】 대입 논술-연세대 2011 사회 수시 문제1 : 과학적 탐구 방법에 대한 관점 차이 비교 · 분석

〔문제1〕 제시문 〈가〉, 〈나〉, 〈다〉는 과학적 탐구에 대한 여러 관점을 나타낸다. 이 관점들의 공통점과 차이점을 논하시오. (1,000자 안팎)

제시문 〈가〉

최고의 탁월한 이성과 반성 능력을 지니고 있는 사람이 어느날 갑자기 이 세상에 던져졌다고 상상해 보자. 그는 어떤 일들이 연달아 발생하는 것을 직접 관찰하게 된다. 그렇지만 그 이상의 어떤 것도 발견해낼 수 없을 것이다. 그는 이성적으로 추론해서 원인과 결과의 관념에 도달할 수는 없을 것이다. 왜냐하면 모든 자연의 작용을 이끌어가는 특별한 힘은 감각에 의해서는 결코 포착되지 않기 때문이다. 또한 한 사건이 다른 사건에 앞서서 일어났다고 해서 앞의 사건이 원인이고 뒤의 사건은 결과라고 결론짓는 것도 합당하지 않다. 그 두 사건의 결합은 임의적이고 우연적일 수 있다. 뒤의 사건이 일어나는 것을 보고 앞의 사건이 실제로 일어났다고 추론할 만한 근거가 없을 수도 있다. 요컨대 앞에 예로 든 그 사람이 계속 경험을 쌓아나가지 않는다면, 그는 어떠한 사태에 관해 추측할 수도 추론할 수도 없을 것이며, 그의 기억이나 감각에 직접 주어진 것을 넘어선 그 어떤 것에 대해서도 결코 확신할 수 없을 것이다.

이제 앞에서 말한 그 사람이 이 세상에서 좀 더 경험을 쌓고 오래 살아서 유사한 대상들 혹은 사건들이 연달아 일어나고 있음을 관찰했다고 상상해 보자. 이 경험으로부터 그가 얻게 되는 바는 무엇인가? 그는 한 대상이 드러나는 것을 보고 그것의 원인이 되는 다른 대상의 존재를 즉각 추리한다. 그러나 그가 경험을 총동원한다고 해도 그는 한 대상이 다른 대상을 산출하는 비밀스러운 힘에 대한 관념이나 지식은 전혀 가질 수 없다. 또한 어떠한 논리적 과정을 통해서도 원인이 되는 대상을 추리해내지 못할 것이다. 그럼에도 그는 고집스럽게 두 대상이 원인과 결과의 관계로 결합되어 있는 것처럼 생각한다. 그리고 비록 자신의 이해력이 이렇게 추리하는 데 아무런 역할을 하지 않는다는 것을 누군가 그에게 확신시켜주더라도, 그는 동일한 사고 과정을 계속해나갈 것이다. 그에게는 이런 결론을 내리게 하는 어떤 다른 원리가 있다.

제시문 〈나〉

페타바이트* 시대에는 정보가 단순히 3, 4차원의 분류 체계를 넘어서서 차원이 무의미해지는 통계의 영역에 들어선다. 과거에는 데이터의 총체를 가시화할 수 있다는 통념에 사로잡혀 있었다면, 이제는 그러한 통념의 속박에서 벗어나는 완전히 다른 접근방식이 가능해졌다. 구글(Google)의 창업 이념은 "이 웹 페이지가 다른 웹 페이지보다 왜 더 좋은지 모른다."는 것이다. 통계 수치가 그렇다고 한다면 그것으로 충분하며, 의미론적이거나 인과론적인 분석은 필요 없다. 그렇기 때문에 광고나 웹 페이지의 내용에 대한 아무런 사전지식이나 가정을 하지 않고도 광고와 웹 페이지의 내용을 짝지어 줄 수 있다. 구글의 연구개발 책임자는 "모든 모델은 틀렸다. 그리고 점점 그것 없이도 성공할 수 있게 된다."고 말했다. 이와 같은 사고가 광고계에 끼치는 영향도 크지만, 정말로 큰 변화는 과학계에서 일어나고 있다. 과학적인 방법이라는 것은 실험가능한 가설의 토대 위에 세워진다. 이런 모델은 대체적으로 과학자 자신의 상상 속에서 가시화된 체계이다. 그리고 과학자는 실험을 통해서 이런 이론적인 모델들을 확인하거나 부정한다. 이것이 바로 과학이 수백 년 동안 수행되어 온 방식이다.

과학자들은 상관관계를 인과관계와 동일시하지 않도록 훈련받는다. 단순히 X와 Y의 상관관계만을 토대로 그 어떠한 결론도 내려서는 안 된다고 생각한다. 대신 둘 사이를 연결시키는 근본적인 원리를 이해하려고 한다. 그리고 일단 모델이 형성되면 조금 더 확신을 갖고 데이터 군(群)들을 연결시킬 수 있게 된다. 그들에게 모델 없는 데이터는 무의미한 잡음일 뿐이다. 그러나 페타바이트 시대에 엄청난 데이터 앞에서는 '가설→모델→실험'과 같은 과학적인 접근은 구시대의 것이 된다. 페타바이트는 우리로 하여금 상관관계로도 충분하다고 말할 수 있게 해주며 우리는 더 이상 모델을 찾지 않아도 된다. 어떤 결과가 나올 것인가에 대한 가설 없이도 데이터 분석이 가능하다. 시시각각으로 빨라지고 커지고 있는 컴퓨터 클러스터 (cluster)에 데이터를 입력시키면 과학이 지금까지 발견하지 못한 패턴을 통계 알고리듬(algorithm)이 발견해낸다.

* 1 Petabyte = 1,000,000,000 Megabyte

제시문 〈다〉

우리가 원인이라고 부르는 것은 어떤 과정 속에서 재단 가능한 원인들 가운데 하나에 불과하다. 또한 재단 가능한 원인들의 수는 무한하며, 재단은 담론의 수준에서만 가치를 지닌다. "기차가 만원이어서 쟈크는 기차를 탈 수 없었다."는 문장 안에서 우리는 원인과 조건을 어떻게 분해할 수 있을 것인가? 그것은 이 작은 사건을 이야기할 수 있는 수많은 방식을 늘어놓는 일이 될 것이다. 그런데 기차를 타지 못하게 한 조건들을 어떻게 모두 열거할 수 있겠는가? 루이 14세는 세금 때문에 인기가 떨어졌다. 하지만 당시 프랑스가 침략당했더라면, 농민층이 더 애국적이었더라면, 혹은 루이 14세의 덩치가 더 크고 위풍당당했더라면, 그의 인기는 떨어지지 않았을는지도 모른다. 마찬가지로 우리는 모든 왕들이 루이 14세의 경우와 같은 단순한 이유로 인기가 떨어질 것이라는 단언을 경계한다.

역사가는 어떤 왕이 세금 때문에 인기가 떨어질 것이라고 확실하게 예측할 수는 없다. 반면 거기에 관해 생트집을 잡아 사실들이 존재하지 않는 척할 필요도 없다. 과거에 대한 우리의 지식에는 언제나 공백이 있기에, 역사가는 종종 아주 다른 문제에 직면하기도 한다. 그는 왕이 인기가 없었다는 사실만을 확인할 뿐 어떠한 자료를 통해서도 그 이유를 알 수가 없다. 만일 그가 그 원인이 세금 탓이었다고 결론을 내린다면, 그는 가설적 원인으로 거슬러 올라가고 있는 셈이다. 그런데 그는 과연 좋은 설명에로 거슬러 올라간 것일까? 세금이 원인이었을까, 아니면 왕의 패전이라든지 역사가가 상상 못하는 제 3의 원인이 있었을까? 세금은 불만의 그럴듯한 원인이기는 하지만, 다른 것들이라고 그만하지 않을 것인가? 농민들의 영혼 속에서 애국심의 힘은 어떠했던가? 패전 역시 세금 못지않게 왕의 인기 하락에 영향을 미치지 않았을까?

연습문제
해설

【문제1의 해설】

■ 글의 논증 구조

【논증은 크게 연역과 귀납으로 나뉜다. 전제가 참이면 결론이 확실히 참인 연역 논증은 결론에서 지식이 확장되는 것처럼 보이지만, 실제로는 전제에 이미 포함된 결론을 다른 방식으로 확인하는 것일 뿐이다. 반면 귀납 논증은 전제들이 모두 참이라고 해도 결론이 확실히 참이 되는 것은 아니지만 우리의 **지식을 확장**해 준다는 장점이 있다. 여러 귀납 논증 중에서 가장 널리 쓰이는 것은 수많은 사례들을 관찰한 다음에 그것을 일반화하는 것이다. 우리는 수많은 까마귀를 관찰한 후에 우리가 관찰하지 않은 까마귀까지 포함하는 '모든 까마귀는 검다.'라는 새로운 지식을 얻게 되는 것이다.

철학자들은 과학자들이 귀납을 이용하기 때문에 과학적 지식에 신뢰를 보낼 수 있다고 생각했다. 그러나 모든 귀납에는 논리적인 문제가 있다. 수많은 까마귀를 관찰한 사례에 근거해서 '모든 까마귀는 검다.'라는 지식을 정당화하는 것은 합리적으로 보이지만, 아무리 치밀하게 관찰하여도 아직 관찰되지 않은 까마귀 중에서 검지 않은 까마귀가 있을 수 있기 때문이다.

포퍼는 귀납의 논리적 문제는 도저히 해결할 수 없지만, 귀납이 아닌 연역만으로 과학을 할 수 있는 방법이 있으므로 과학적 지식은 정당화될 수 있다고 주장한다. 어떤 지식이 반증 사례 때문에 거짓이 된다고 추론하는 것은 순전히 연역적인데, 과학은 이 반증에 의해 발전하기 때문이다. 다음 논증을 보자.

(ㄱ) 모든 까마귀가 검다면 어떤 까마귀는 검어야 한다.
(ㄴ) 어떤 까마귀는 검지 않다.
(ㄷ) 따라서 모든 까마귀가 다 검은 것은 아니다.

'모든 까마귀는 검다.'라는 지식은 귀납에 의해서 참임을 보여 줄 수는 없지만, 이 논증에서처럼 전제 (ㄴ)이 참임이 밝혀진다면 확실히 거짓임을 보여줄 수 있다. 그러나 아직 (ㄴ)이 참임이 밝혀지지 않았다면 그 지식을 거짓이라고 말할 수 없다. 】…ⓐ(해설_ 전제의 뒷받침)

【포퍼에 따르면, 지금 우리가 받아들이는 과학적 지식들은 이런 반증의 시도로부터 잘 견뎌 온 것들이다. 참신하고 대담한 가설을 제시하고 그것이 거짓이라는 증거를 제시하려는 노력을 진행해서, 실제로 반증이 되면 실패한 과학적 지식이 되지만 수많은 반증의 시도로부터 끝까지 살아남으면 성공적인 과학적 지식이 되는 것이다. …(근거, 전제) 그런데 포퍼는 반증 가능성이 없는 지식, 곧 아무리 반증을 해보려 해도 경험적인 반증이 아예 불가능한 지식은 과학적 지식이 될 수 없다고 비판한다. …(중심 주장 글) 가령 '관찰할 수 없고 찾아낼 수 없는 힘이 항상 존재한다.'처럼 경험적으로 반박할 수 있는 사례를 생각할 수 없는 주장이 그것이다. 】…ⓑ(주장+근거)

■ 글의 핵심 요약

문제 풀이에 앞서, 글의 구조를 이해하기 위해 먼저 위 제시지문을 요약하면 다음과
같다.

우리가 일반적으로 받아들이는 과학적 지식은 수많은 반증으로부터 살아남아 성공
적인 과학적 지식으로 받아들여진 것으로(전제), 반증 가능성이 없거나 반증이 불가능
한 지식은 결코 과학적 지식이 될 수 없다. (결론)…논증 요약(1)

귀납적 추론을 통한 과학적 지식의 확장은 경험적 관찰 과정에서의 논리적인 결함이
따를 수 있기에, 이보다는 연역적 추론에 의존하되, 반증 가능성을 열어두고 이를 확증
할 수 있어야 한다. …논증 요약(2)

전제1_ 과학적 지식은 귀납적 추론을 통해 새로운 지식으로 확장되는 장점이 있다. …
ⓐ

전제2_ 하지만 귀납적 추론은 밑도 끝도 없는 치밀한 관찰이 따라야 하기에, 그 과정
에서 논리적인 결함을 보일 수 있다. …ⓐ

결론_ 따라서 연역적 추론에 의존하되, 반증 가능성을 열어두고 그 결점을 캐내는 과
정에서 확증할 수 있어야 한다. …ⓑ

주제어_ 반증 가능성
주제_ 반증 가능성을 통한 과하저 지식의 확장

지문 요약 (1), (2)에서 알 수 있듯이, ⓐ 부분은 전제를 뒷받침하는 해설(예시)에 해
당하며, ⓑ에 '주장-근거'가 다 담겨 있다. 그에 따라 요약을 달리할 수 있는데, 논술시
험에서는 요약 (1)이 좀 더 논증을 압축한 잘된 요약으로 평가받을 수 있다. 하지만 수
능 국어시험의 핵심은 지문에 대한 언어적 이해에 있으므로, 전체적인 흐름을 파악하는
것이 중요한데, 어느 것이든 가장 기본이 되는 능력은 독해력이다. 이때 주의할 것은, 지
문의 세부적인 내용을 파악하려고 세밀하게 읽기보다는 전체적인 흐름을 파악하면서 거
시적으로 훑어 내려간 다음, 이어서 주어진 선택지에 맞춰 각각을 지문과 연결시켜가며
파악해야 한다.

중요한 것은, 선택지에 담긴 질문 내용과 지문에 담긴 그에 부합되는 내용 간의 논리
적 연관관계를 미루어 파악하는 능력으로, 이것이 곧 수능 국어에서 말하는 추론 능력
이다. 따라서 어떤 의미에서 볼 때는 논리적 추론 능력보다는 지문을 읽고 해석하는 능

력으로서의 집중력이 필요하다고 보는 편이 옳을 듯한데, 그렇더라도 이 역시 관건은 독해력이다. 이것을 염두에 두고 답안을 찾아 밝혀보자.

■ **답안 해설**

[문제21]

- ①≠연역 논증은 결론에서 지식이 확장되는 <u>것처럼 **보이지만**</u>, 실제로는 전제에 이미 포함된 결론을 다른 방식으로 확인하는 것일 뿐이다.

- ②≠귀납 논증은 전제들이 모두 참이 라고 해도 <u>결론이 확실히 참이 되는 것은 **아니지만**</u>…

- ③≠귀납 논증은… **아무리 치밀하게 관찰하여도** 아직 관찰되지 않은 까마귀 중에서 검지 않은 까마귀가 있을 수 있기 때문…

- ④≠연역 논증은 결론에서 지식이 확장되는 <u>것처럼 **보이지만**</u>, 실제로는…, 귀납 논증은… 새로운 지식을 얻게 되는 것이다.

- ⑤=귀납 논증은 전제들이 모두 참이라고 해도 결론이 확실히 참이 되는 것은 아니지만…, 아무리 치밀하게 관찰하여도 **아직 관찰되지 않은 까마귀 중에서** 검지 않은 까마귀가 있을 수 있기 때문이다.

  → 즉, 귀납 논증에 의한 결론이 지금까지 관찰되지 않은 사실에 의해 부정될 수 있으며, 그에 따라 전제에 없는 새로운 지식의 출현 가능성은 항상 열려 있다. 이것이 바로 '귀납적 비약'에 따른 논리적 추론의 한계다.

[문제22]

- ①≠**수많은 반증의 시도로부터 끝까지 살아남으면** 성공적인 과학적 지식이 되는 것이다.

  → 귀납 논증은 치밀한 관찰을 통해 결론에 도달했더라도 거짓일 수 있으므로… (거듭되는 치밀한 관찰을 통한) 반증 과정을 거쳐 끝까지 살아남아야 비로소 성공적인 과학적 지식으로 정당화될 수 있다. 즉 반증 가능성에 충분함이란 없다.

- ③≠지금 우리가 받아들이는 과학적 지식들(즉 성공적인 지식들)은 이런 **반증의 시도로부터 잘 견뎌 온 것들**이다. 즉 <u>실패한 지식</u>은 <u>실제로 반증이 되어 실패한 과학적 지식</u>을 말한다.

- ④≠수많은 반증의 시도로부터 끝까지 살아남으면 성공적인 과학적 지식이 되는 것이다. 즉 과학적 지식은 반증을 통해 완성되는 것이기에, **반증을 회피해서는 안 된다.**

- ⑤≠귀납의 논리적 문제는 도저히 해결할 수 없지만, 귀납이 아닌 **연역만으로** 과학을 할 수 있는 방법이 있으므로 과학적 지식은 정당화될 수 있다.

- ②=**참신하고 대담한 가설을 제시하고 그것이 거짓이라는 증거를 제시하려는 노력을 진행해서**… 수많은 반증의 시도로부터 끝까지 살아남으면 성공적인 과학적 지식이 되는 것이다.

[문제23]

- ㉠은 귀납 논증, 지문의 (ㄱ)~(ㄷ)은 연역 논증을 보여 주고 있다. 지문에 따르면, 새로운 지식을 얻게 되는 것은 귀납 논증에 의해서이며, (ㄱ)~(ㄷ)은 연역 논증에 해당하므로 부적절하다.

- 어떤 지식이 반증 사례 때문에 거짓이 된다고 추론하는 것은 순전히 연역적이라는 의미는?

  → 연역 논증은 전제가 참이면 결론이 확실히 참임을 가정한 것이기에, 이를 반증 사례를 통해 거짓임을 증명한다는 것은 곧 전제 자체를 일거에 뒤집는 것으로, 연역 논증에서나 가능한 것이기 때문이다. 반면 귀납 논증은 추가적인 검증 가능성을 열어놓은 것으로, 검증 사례가 발견되면 그 전제는 참에서 거짓으로 바뀌게 된다. … ①의 설명, 즉 귀납 논증은 논증을 반박하는 검증 사례가 발견되면, 그때부터 거짓이 된다.

- '어떤 까마귀는 검지 않다.'는 경험으로 확인하는 것이고, 귀납 논증의 과정 역시 경험으로 확인하는 것이다. …②의 설명

- '모든 까마귀는 검다.'는 전제 (ㄴ)이 참(즉 어떤 까마귀는 검지 않다)임이 밝혀진다면 확실히 거짓임을 보여줄 수 있다고 했으므로, (ㄴ)의 '어떤 까마귀는 검지 않다.'에 의해 거짓임이 밝혀진다. 하지만 (개의 귀납 논증을 거치더라도 여전히 그 전제가 참인지 거짓인지는 밝힐 수 없는데, 왜냐하면 지문에서 밝혔듯이 아무리 치밀하게 관찰하여도 아직 관찰되지 않은 까마귀 중에서 검지 않은 까마귀가 있을 수 있기 때문이다. …③의 설명

- 포퍼는 연역 논증을 통해 과학적 지식을 도출할 것을 제안하였다는 점에서 적절하다. 다시 말해, 전제에 이미 포함된 결론을 다른 방식, 즉 반증 가능성을 통해 확인하는 것이다. …⑤의 설명

답 : 문제21 ⑤, 문제22 ②, 문제23 ④

■ **참고**_ 검증 가능성(Verifiability)과 반증 가능성(Falsifiability)

검증 가능성이란 어떤 명제나 가설의 진위가 경험적인 사실에 의해 이론적으로 또는 실제적으로 증명될 수 있는 가능성을 말하는데, 사실에 적합한 경험적 사례들의 수가 많으면 많을수록 검증 가능성은 그만큼 높아지고, 그에 따라 과학적 이론이 참이 될 확률이 높아진다.

내가 오늘 관찰한 까마귀는 모두 검다.
내가 어제 관찰한 까마귀는 모두 검다.
내가 그저께 관찰한 까마귀는 모두 검다.
   ⋮
내가 n번째 날까지 관찰한 까마귀는 모두 검다.
따라서 모든 까마귀는 검다.

위 [문제23]의 〈보기〉는 전형적인 '귀납 추론'으로, n번째 날부터 오늘까지 관찰하여 까마귀가 모두 검다는 것이 확인되면, 그렇게 해서 충분한 자료가 확보되면, 모든 까마귀는 검다는 결론을 도출할 수 있다고 본다. 하지만 이 추론에는 논리적인 비약이 있다. 우리가 많은 까마귀를 관찰한다 할지라도 이 세상에 있는 모든 까마귀를 관찰할 수는 없으며, 따라서 우리는 결코 '모든' 까마귀를 관찰할 수 없다는 결론으로 귀결된다. 즉 결론은 검증할 수 없는데, 이를 '귀납적 비약'이라고 하여 귀납적 추론에는 한계가 따를 수밖에 없음을 일컫는다.

이러한 문제를 해결하고자 동원된 것이 바로 검증 가능성으로, 관찰 횟수가 많으면 많아질수록 귀납 추론이 진리가 될 확률이 높다는 것이다. 따라서 검증 가능성은 귀납법이 100% 타당한 진리를 추구하는 것이 아니라, 다만 높은 확률적 가능성을 가진 진리를 추구할 뿐이라는 주장을 함축한다.

포퍼는 이에 정면으로 반박하여 반증 가능성을 들이대며 귀납의 문제를 근본부터 뒤집는다. 즉 검증 가능성은 아무리 경험적 관찰 사례가 많이 축적되더라도 그것이 완벽하게 이론의 정당성을 확보해주지 못하며, 다만 어떤 이론이 진리일 가능성에 대한 확률만 높여줄 뿐이라는 것이다.

포퍼가 말하는 반증 가능성이란 어떤 이론이 옳은지 틀렸는지는 그 이론을 부정할 수 있는 사례가 가능한지 찾아내야 한다는 것이다. 따라서 모든 '까마귀는 검다'는 이론의 반

증 사례는 '검지 않은 까마귀'이며, 우리가 검지 않은 까마귀를 찾아낼 수만 있다면 모든 까마귀는 검다'는 이론은 틀린 이론이 된다. 실제로 포퍼는 오스트레일리아에서 발견된 검은 백조(black swan)의 예를 들어 '모든 백조는 희다'는 귀납 명제의 반증 가능성의 사례를 제시했다.

【문제2의 해설】

■ 글의 논증 구조

【A가 증가할 때 B가 증가하거나, A가 증가할 때 B가 감소하는 것과 같이 두 변수의 변화가 **함께** 나타나는 빈도가 통계적으로 의미 있는 값을 보일 때 '상관관계가 있다.'고 한다. 예를 들어 키가 큰 사람들은 대체로 체중이 많이 나가기 때문에 사람들의 체중과 신장 사이에는 상관관계가 있다고 할 수 있다.

상관관계가 있는 A와 B 중, 하나가 원인이 되고 다른 것이 **그에 따른** 결과가 되면 '인과관계가 있다.'고 한다. 상관관계는 변수들의 사이가 **밀접**하다는 것만을 나타내며 인과관계가 성립하는지는 말해 주지 않는다. 두 개의 변수들이 통계적으로 상관관계를 나타내지만 우연일 뿐 서로 인과관계가 없는 경우도 많다. 그러나 사람들은 이런 경우 종종 상관관계가 곧 인과관계를 나타낸다고 착각한다】...(근거, 전제)

【그 중 첫 번째 경우가 A가 일어난 다음 B가 일어난다고 해서 A가 B의 원인이라고 결론짓는 것이다. 철학자인 밀(John S. Mill)은 인과관계가 이루어질 수 있는 조건으로 다음의 세 가지를 제시하였다. 원인은 결과보다 시간적으로 앞서야 하고, 원인과 결과는 관련이 있어야 하며, 결과는 원인이 되는 변수만으로 설명이 되어야 하고 다른 변수에 의한 설명은 제거되어야 한다는 것이다. 그러나 사람들은 이 중에서 첫 번째 조건만 만족되어도 인과관계를 가정하는 수가 많다. 초콜릿과 두통 사이에 실제로는 인과관계가 없는데, 초콜릿을 먹고 나서 두통이 사라진 경험을 자주 한 사람이 초콜릿 때문에 두통이 나았다고 생각하는 것이 여기에 속한다.

상관관계를 인과관계로 오해하는 두 번째 경우로는 이런 것이 있다. A와 B라는 두 사건의 원인이 되는 C라는 변수를 고려하지 않고 A나 B를 다른 하나의 원인으로 보는 것이다. 휘발유의 가격이 오르면 대개 경유의 가격도 오른다. 그러나 휘발유의 가격 상승이 경유 가격 상승의 원인이어서는 아니고 '원유의 가격 상승'이라는 제3의 변수에 의해 공통적으로 영향을 받기 때문이다.

한편, 두 변수 사이에 인과관계가 있더라도 원인과 결과를 바꾸어 생각하는 경우도 있다. 한 스포츠 평론가는 칼럼에서 감독을 쉽게 해고하면 팀의 승률이 낮아진다고 주장했다. 그는 그 근거로 감독을 자주 바꾼 팀이 그렇지 않은 팀보다 승률이 낮다는 통계 자료를 제시했다. 그러나 감독이 자주 바뀌어서 승률이 낮은 것이 아니라 팀이 자주 지게 되면 감

독을 바꾸게 된다고 보는 것이 더 자연스러운 해석일 것이다】...(해설_ 전제와 전제의 뒷받침)

【이렇게 상관관계를 인과관계로 착각하여, 또는 원인과 결과를 반대로 생각하여 사건의 원인을 혼동하는 일은 개인적이고 일상적인 상황에서뿐만 아니라, 학술적인 판단, 의학적인 진단과 정치·경제적인 정책 수립 등 거의 모든 분야에서 발생할 수 있다. 그러므로 <u>어떤 사건의 원인을 파악하고 그에 따른 대책을 세우려고 할 때, 이와 같은 오류에 빠지지 않도록 주의해야 한다...(중심 주장 글)】</u>...(주장, 결론)

■ 글의 핵심 요약

전제1_ 사람들은 종종 상관관계가 곧 인과관계를 나타낸다고 착각한다.

전제2_ 이는 인과관계가 이루어질 수 있는 조건 세 가지를 혼동해서 판단하기 때문이다.

결론_ 따라서 상관관계를 인과관계로 착각하는 오류에 빠지지 않도록 주의해야 한다.

사람들은 종종 상관관계가 곧 인과관계를 나타낸다고 착각함으로써 사건의 원인 파악과 그에 따른 대책 수립을 그르치고 만다. 따라서 이것을 피하기 위해서는 상관관계를 인과관계로 오해하는 오류를 범하지 않아야 한다. ···**논증 요약**

주제어_ 상관관계와 인과관계

주제_ 상관관계를 인과관계로 오해하는 오류

■ 답안 해설

[문제47]

• ②③④≠ 부적절하다.

• ⑤≠'인과관계 파악의 중요성'은 글의 핵심 주장의 하나일 뿐이며, 중심 주장은 상관관계와 인과관계를 동일한 것으로 간주하려 드는 오류를 피하라는 것이다.

• ①=주제(상관관계와 인과관계)와 그 핵심 내용을 가늠할 수 있는 부제(사건의 원인을 파악할 때 빠지기 쉬운 오류들)를 정확하게 제시하고 있다.

[문제48]

㈎지문 안에 담긴 인과관계와 상관관계의 관계를 정리하면,

• 두 변수의 변화가 함께 나타나는 빈도가 통계적으로 의미 있는 값을 보일 때 '상관관계'가 있다.

→ 상관관계↔인과관계

- 상관관계는 변수들의 사이가 밀접하다는 것만을 나타내며 인과관계가 성립하는지
  는 말해주지 않는다.

    → 인과관계→ 상관관계, but, 상관관계→ ≠인과관계

- 상관관계가 있는 A와 B 중, 하나가 원인이 되고 다른 것이 그에 따른 결과가 되면
  '인과관계가 있다.

    → A: 원인 또는 결과, B: 원인 또는 결과

(내)인과관계가 성립하기 위해서는

- 원인은 결과에 앞서야 한다.

- 원인과 결과는 관련이 있어야 한다.

- 결과는 원인이 되는 변수만으로 설명되어야 한다.

따라서 상관관계=개연성, 인과관계=필연성의 관계라고 생각하면 된다.

- ①≠상관관계는 변수들의 사이가 밀접하다는 것만을 나타내며 인과관계가 성립하
  는지는 **말해주지 않는다**.

- ②≠지문에 '상관관계가 명확하게 드러나지는 않는다.'는 내용은 없다.

- ③≠상관관계는 변수들의 사이가 밀접하다는 것만을 나타내며 인과관계가 성립하
  는지는 말해주지 않는다. 두 개의 변수들이 통계적으로 상관관계를 나타내지만 우
  연일 뿐 서로 인과관계가 없는 경우도 많다. 즉 상관관계가 있다고 해서 인과관계
  가 있는 것은 아니다.

- ⑤≠상관관계가 있다고 해서 인과관계가 있는 것은 아니며, 인과관계가 있으면 상
  관관계가 있다.

- ④=인과관계→ 상관관계, but 상관관계→ ≠인과관계

[문제49]

ⓒ은 어떤 사건이 발생한 후 다른 사건이 발생하는 일이 여러 번 반복되었을 때, 실제
로는 인과관계가 없는데 단순히 시간적으로 앞서 있기 때문에 앞의 사건이 뒤 사건의 원
인이 되었다고 오해하는 것이다(전후 인과의 오류).

이를테면, 닭이 울고 나서 해가 뜨는 것을 여러 번 본 사람이, 닭이 울기 때문에 해가
뜬다고 생각하는 오류가 그것이다. …②의 설명

- ①≠성급한 일반화의 오류
- ③≠흑백 사고의 오류
- ④≠부자가 되면 부지런해지는 것이 아니라, 부지런하기 때문에 부자가 된 것이다 (사건의 원인과 결과를 거꾸로 파악한 경우).
- ⑤≠결합의 오류, 즉 부분을 모두 합하면 그와 똑같은 성질을 가진 것이 되리라고 생각하는 오류.

답 : 문제47 ①, 문제48 ④, 문제49 ②

【문제3의 해설】

■글의 논증 구조

【흔히 어떤 대상이 반드시 가져가야만 하고 그것을 다른 대상과 구분해주는 속성을 **본질**이라고 한다. X의 본질이 무엇인지 알고 싶으면 X에 대해 필요 충분한 속성을 찾으면 된다. 다시 말해서 모든 X에 대해 그리고 오직 X에 대해서만 해당되는 것을 찾으면 된다. 예컨대 모든 까투리가 그리고 오직 까투리만이 꿩이면서 동시에 암컷이므로, '암컷인 꿩'은 까투리의 본질이라고 생각된다. 그러나 암컷인 꿩은 애초부터 까투리의 정의라고 우리가 규정한 것이므로 그것을 본질이라고 말하기에는 허망하다. 다시 말해서 본질은 따로 존재하여 우리가 발견한 것이 아니라 까투리라는 낱말을 만들면서 사후적으로 구성된 것이다.
서로 다른 개체를 동일한 종류의 것이라고 판단하고 의사소통에 성공하기 위해서는 개체들이 공유하는 무엇인가가 필요하다. **본질주의**는 그것이 우리와 무관하게 개체 내에 본질로서 존재한다고 주장한다. 반면에 **반(反)본질주의**는 그런 본질이란 없으며, 인간이 정한 언어 약정이 본질주의에서 말하는 본질의 역할을 충분히 달성할 수 있다고 주장한다. 이른바 본질은 우리가 관습적으로 부여하는 의미를 표현한 것에 불과하다는 것이다.
'본질'이 존재론적 개념이라면 거기에 언어적으로 상관하는 것은 '정의'이다. 그런데 어떤 대상에 대해서 약정적이지 않으면서 완벽하고 정확한 정의를 내리기 어렵다는 사실은 반본질주의의 주장에 힘을 실어 준다. 사람을 예로 들어 보자. 이성적 동물은 사람에 대한 정의로 널리 알려져 있다. 그러면 이성적이지 않은 갓난아이를 사람의 본질에 반례로 제시할 수 있다. 이번에는 '사람은 사회적 동물이다.'라고 정의를 제시할 수도 있다. 그러나 사회를 이루고 산다고 해서 모두 사람인 것은 아니다. 개미나 벌도 사회를 이루고 살지만 사람은 아니다. 】(해설…전제의 뒷받침)
【서양의 철학사는 본질을 찾는 과정이라고 말할 수 있다. 본질주의는 사람뿐만 아니라 자유나 지식 등의 본질을 찾는 시도를 계속해 왔지만, 대부분의 경우 아직까지 본질적인 것

을 명확히 찾는 데 성공하지 못했다. 그래서 숨겨진 본질을 밝히려는 철학적 탐구는 실제로는 부질없는 일이라고 반본질주의로부터 비판을 받는다.(중심 주장 글) 우리가 본질을 명확히 찾지 못하는 까닭은 우리의 무지 때문이 아니라 그런 본질이 있다는 잘못된 가정에서 출발했기 때문이라는 것이다.(근거1) 사물의 본질이라는 것은 단지 인간의 가치가 투영된 것에 지나지 않다는 것이 반본질주의의 주장이다.(근거2)】…(주장+근거)

■ 글의 핵심 요약

전제1_ 어떤 대상을 다른 대상과 구분해주는 속성인 본질은 존재론적 개념에서 서로 상반된 관점을 보인다.

전제2_ 본질주의는 본질이 개체 내에 고유하게 존재하는 것으로 보는 반면, 반본질주의는 고유한 본질이란 없으며, 인간이 관습적으로 부여하는 의미를 표현한 것에 불과하다고 본다.

전제3_ 사물의 본질이라는 것은 단지 인간의 가치가 투영된 관념적 허구에 불과하며, 따라서 어떤 대상에 대한 본질을 명확하게 규정하고 정의할 수 없다.

결론_ 사물의 숨겨진 본질을 밝히려는 철학적 탐구는 불가능하다.

반본질주의 관점에서 볼 때, 사물의 본질이라는 것은 단지 인간의 가치가 투영된 관념적 허구에 불과하다. 따라서 사물의 숨겨진 본질을 밝히려는 철학적 탐구는 애초부터 잘못된 가정에서 출발한 것이기에 불가능하다. …논증 요약

주제어_ 본질주의와 반본질주의

주제_ 사물의 본질을 바라보는 상반된 두 관점

■ 답안 해설

[문제17]

• ①≠(둘째 단락) 인간이 정한 언어 약정이 본질의 역할을 충분히 달성할 수 있다고 주장한다.

• ②≠(둘째 단락) 본질주의는 그것이 우리와 무관하게 개체 내에 본질로서 존재한다고 주장한다. 반면에 반(反)본질주의는 그런 본질이란 없으며….

• ③≠다른 대상과 구분되는 불변의 고유성인 본질이 어떤 대상에나 존재한다고 보는 것은 '본질주의'의 입장이다.

- ⑤≠본질은 우리가 관습적으로 부여하는 의미를 표현한 것에 불과하다는 것이다. 즉 **사후적**으로 구성된 가치판단의 결과물일 뿐이다.
- ④=(셋째 단락과 넷째 단락) 본질은 우리가 관습적으로 부여하는 의미를 표현한 것에 불과하다는 것이다. 사물의 본질이라는 것은 단지 인간의 **가치가 투영**된 것에 지나지 않다는 것이 반본질주의의 주장이다.

[문제18]

㉠은 '사람'에 대한 정의이고, ㉡은 그 정의로 설명할 수는 있지만 '사람'이 아닌 존재다. 따라서 ㉡은 ㉠이 완벽하고 정확한 정의를 내리기 어려움을 나타내는 반증 사례가 된다.

- ②≠㉡은 ㉠의 정의로 설명할 수 없는 대상이다.
- ③≠㉡은 ㉠의 피정의항과 동일한 대상이다.
- ④≠㉡은 ㉠의 피정의항에 속해 있지만, 정의항으로는 설명할 수 없는 대상이다.
- ⑤≠㉡은 ㉠으로 설명할 수 없는 대상이다.
- ①='가위'에 대한 ①의 ㉠과 그 정의로 설명할 수 있지만 '가위'가 아닌 ①의 ㉡은 지문 속 ㉠과 ㉡의 관계와 같다.

[문제19]

'반본질주의'는, 사물의 본질이란 것은 단지 우리가 사후적으로 의미를 부여하고 구성한 것일 뿐이기에, 그 근원적 속성을 지닌 숨겨진 본질이란 없다고 본다.

- ①≠(둘째 단락) 본질주의는 그것이 우리와 무관하게 개체 내에 본질로서 존재한다고 주장한다.
  → 따라서 '본질주의자'는 (가)를 숨겨져 있는 본질을 찾아가는 과정으로 해석할 수 있다.
- ②≠(둘째단락) 본질주의자의 입장에서 볼 때, (내의 '사바컴'이라는 정의가 널리 쓰이지 않은 이유는 그것이 본질과 거리가 멀기 때문으로 주장할 수 있다. 즉 본질은 개체 내에 존재하는 것이기에, 사후에 관습적으로 정한 언어 약정으로 구성된 정의는 널리 사용될 수 없다고 본다.
- ③≠ (넷째 단락) 사물의 본질이라는 것은 (인간이 정한 언어 약정으로) 단지 인간

의 가치가 투영된 것에 지나지 않다는 것이 반본질주의의 주장이다.

→ 따라서 반본질주의자는 (가)를 널리 믿어지던 정의가 바뀐 것으로 판단하면서, 정의가 약정적임을 주장할 수 있다. 반면, 본질주의의 입장에서 볼 때는, 정의는 절대 바뀔 수 없다.

- ⑤≠ (둘째 단락) 서로 다른 개체를 동일한 종류의 것이라고 판단하고 의사소통에 성공하기 위해서는 개체들이 공유하는 무엇인가가 필요하다.

→ 다만, 본질주의자들은 그것이 개체 내에 존재하는 본질이라고 주장하는 반면, 반본질주의자들은 인간이 정한 언어 약정이 그 역할을 대신한다고 보는 점에서 차이가 있다.

- ④= '반본질주의'는 대상의 근원적 속성인 본질이 따로 존재하여 이를 우리가 발견하는 것이 아니라, 어디까지나 사후적으로 구성되는 것일 뿐이라고 본다. 따라서 (나)의 정의가 널리 쓰이지 않은 이유가 그 근원적인 속성이 발견되지 않아서 일어나는 현상이라고 보는 것은 '본질주의'의 입장이며, 반본질주의 입장에서는 그러한 논의 자체가 부질없는 일이라고 비판한다(넷째 단락).

[문제20]

- ①=ⓐ의 본질은 지문의 핵심 주제어이므로, 이것의 정확한 의미를 파악하는 것은 적절한 독서 방안이 될 수 있다.
- ②=ⓑ는 '예시'를 나타내는 부사이므로, ⓑ에 이어진 사례를 통해 부족한 이해를 보완하는 것은 적절한 독서 방안이 될 수 있다.
- ③ ⓒ는 앞에 나오는 어떤 대상을 지시하는 말이므로, ⓒ를 통해 내용 간의 논리적인 관계를 따져 보는 것은 적절한 독서 방안이 될 수 있다.
- ④=ⓓ는 뒤에 오는 말이 앞의 내용과 상반됨을 나타내는 말이므로, ⓓ로 이어진 앞뒤 내용이 어떤 점에서 다른지 살펴보는 것은 적절한 독서 방안이 될 수 있다.
- ⑤≠ⓔ의 '이른바'는 '반본질주의자'의 입장을 강조하기 위한 부사어이므로, 이를 통해 글쓴이 주장의 타당성을 따져 보는 것은 적절한 독서 방안이 될 수 없다.

정답 : 문제17 ④, 문제18 ①, 문제19 ④, 문제20 ⑤

【문제4의 해설】

■ 글의 논증 구조

【사람들이 '자유', '민주', '평화' 등과 같은 개념들을 사용할 때, 그 개념이 서로 같은 의미를 갖는 것은 아니다. '자유'의 경우, '구속받지 않는 상태'를 강조하는 개념으로 쓰이는가 하면, '자발성'이나 '적극적인 참여'를 강조하는 개념으로 쓰이기도 한다. 이러한 정의와 해석의 차이로 인해 개념에 대한 논란과 논쟁이 늘 있어 왔다. 바로 이러한 현상에 주목하여 출현한 것이 코젤렉의 '개념사'이다.

개념사를 역사학의 한 분과로 발전시킨 독일의 역사학자 코젤렉은 '개념은 실재의 지표이자 요소'라고 하였다. 이 말은 실타래처럼 얽혀 있는 개념과 정치 사회적 실재, 개념과 역사적 실재의 관계를 정리하기 위한 중요한 지침으로 작용한다. 그에 의하면 개념은 정치적 사건이나 사회적 변화 등의 실재를 반영하는 거울이다. 동시에 개념은 정치 사회적 사건과 변화의 실제적 요소이다. 예를 들어 우리는 '근대화' 개념을 통해 근대화라는 특정한 방향의 사회 변화를 읽을 수 있다. 이와 동시에 '근대화' 개념은 사람들로 하여금 근대화라는 특정한 사회 변화의 목표에 맞게 사회를 변화시키게 하는 동인으로 작용한다.

개념은 정치적 사건과 사회적 변화 등에 직접 관련되어 있거나 그것을 기록, 해석하는 다양한 주체들에 의해 사용된다. 이러한 주체들, 즉 '역사 행위자'들이 사용하는 개념은 여러 의미가 포개어진 층을 이룬다. 개념사에서는 사회 역사적 현실과 관련하여 이러한 층들을 파헤치면서 개념이 어떻게 사용되어 왔는가, 이 과정에서 그 의미가 어떻게 변화했는가, 어떤 함의들이 거기에 투영되었는가, 그 개념이 어떠한 방식으로 작동했는가 등에 대해 탐구한다.

또한 개념사에서는 '무엇을 이야기하는가.'보다는 '어떤 개념을 사용하면서 그것을 이야기하는가.'에 관심을 갖는다. 개념사에서는 과거의 역사 행위자가 자신이 경험한 '현재'를 서술할 때 사용한 개념과 오늘날의 입장에서 '과거'의 역사 서술을 이해하기 위해 사용한 개념의 차이를 밝힌다. 그리고 과거의 역사를 현재의 역사로 번역하면서 양자가 어떻게 수렴될 수 있는가를 밝히는 절차를 밟는다. 】(해설_ 전제의 뒷받침)

【이상에서 보듯이 개념사에서는 개념과 실재를 대조하고 과거와 현재의 개념을 대조함으로써, 그 개념이 대응하는 실재를 정확히 드러내고 있는가, 아니면 실재의 이해를 방해하고 더 나아가 왜곡하는가를 탐구한다. (전제) 이를 통해 코젤렉은 과거에 대한 '단 하나의 올바른 묘사'를 주장하는 근대 역사학의 방법을 비판하고, 과거의 역사 행위자가 구성한 역사적 실재와 현재 역사가가 만든 역사적 실재를 의미 있게 소통시키고자 했다. (중심 주장 글)···(주장+근거)

■ 글의 핵심 요약

전제1_ 코젤렉에 따르면, 개념은 정치적 사건이나 사회적 변화 등의 실재를 반영하는

거울인 동시에, 정치 사회적 사건과 변화의 실제적 요소이다

전제2_ 개념은 정치적 사건과 사회적 변화 등에 직접 관련되어 있거나 그것을 기록 · 해석하는 다양한 주체들에 의해 사용된다.

전제3_ 개념사는 개념과 실재를 대조하고 과거와 현재의 개념을 대조함으로써, 그 개념이 대응하는 실재를 정확히 드러내고 있는가, 아니면 실재의 이해를 방해하고 더 나아가 왜곡하는가를 탐구하는 데 목적이 있다.

결론_ 과거에 대한 획일화된 개념을 받아들일 것을 주장하는 근대 역사학의 방법은 옳지 않으며, 과거의 역사 행위자가 구성한 역사적 실재와 현재 역사가가 만든 역사적 실재를 의미 있게 해석하는 노력이 따라야 한다.

개념은 실재를 반영하는 거울이기에 그것을 해석하는 주체들에 의해 왜곡될 수 있다. 따라서 올바른 역사 탐구를 위해서는 행위자가 구성한 개념과 역사적 실재를 대조하고 의미 있게 해석하는 노력이 따라야 한다. …**논증 요약**

주제_ 개념과 개념사, 개념과 개념사에 대한 올바른 이해

■ **답안 해설**

[문제28]

- ①=셋째 단락~다섯째 단락의 핵심 내용
- ③=둘째 단락~셋째 단락
- ④=첫째 단락
- ⑤=셋째 단락~다섯째 단락
- ②≠지문에 나와 있지 않다.

[문제30]

- ①=(넷째 단락) 개념사에서는 과거의 역사 행위자가 자신이 경험한 '현재'를 서술할 때 사용한 개념과 오늘날의 입장에서 '과거'의 역사 서술을 이해하기 위해 사용한 개념의 차이를 밝힌다. (다섯째 단락) 개념사에서는 개념과 실재를 대조하고 과거와 현재의 개념을 대조함으로써, 그 개념이 대응하는 실재를 정확히 드러내고 있는가, 아니면 실재의 이해를 방해하고 더 나아가 왜곡하는가를 탐구한다.

→ 즉 개념사는 <u>개념에 대한 정의와 해석의 차이에 주목하여 그 개념의 시대적 차이</u>
<u>를 규명</u>하려 한다.

• ②=(첫째 단락) 이러한 정의와 해석의 차이로 인해 개념에 대한 논란과 논쟁이 늘 있
어 왔다. 바로 이러한 현상에 주목하여 출현한 것이 코젤렉의 '개념사'이다.

   → 즉 개념사의 관점에서 볼 때, <u>개념은 다양한 주체에 의해 서로 다른 의미로 사용</u>
<u>되어 논쟁과 논란의 대상이 되어 왔다.</u> 〈보기〉의 조선시대에 사용된 '의리'와 '예'
의 개념 역시 많은 논쟁을 불러 왔다.

• ③=(셋째 단락) 이러한 주체들, 즉 '역사 행위자'들이 사용하는 <u>개념은 여러 의미가</u>
<u>포개어진 층을 이룬다.</u> 개념사에서는 사회 역사적 현실과 관련하여 <u>이러한 층들을</u>
<u>파헤치면서 개념이 어떻게 사용되어 왔는가, 이 과정에서 그 의미가 어떻게 변화했</u>
<u>는가</u>, 어떤 함의들이 거기에 투영되었는가, 그 개념이 어떠한 방식으로 작동했는가
등에 대해 탐구한다.

• ④=(둘째 단락) 개념은 정치적 사건이나 사회적 변화 등의 실재를 반영하는 거울이
다. 동시에 <u>개념은 정치 사회적 사건과 변화의 실제적 요소이다.</u>

   → 코젤렉의 '개념은 실재의 지표이자 요소'라는 말은, '의리'와 '예'와 같은 개념들이
실재를 반영하는 거울인 동시에 정치 사회적 사건과 변화를 일으키는 실제적 요소
라는 의미이다.

• ⑤≠(넷째 단락) 개념사에서는 과거의 역사 행위자가 자신이 경험한 '현재'를 서술할
때 사용한 개념과 오늘날의 입장에서 '과거'의 역사 서술을 이해하기 위해 사용한 개
념의 차이를 밝힌다. 그리고 과거의 역사를 현재의 역사로 번역하면서 양자가 어떻게
수렴될 수 있는가를 밝히는 절차를 밟는다. (다섯째 단락) 과거에 대한 **'단 하나의**
올바른 묘사'를 주장하는 근대 역사학의 방법을 비판하고, 과거의 역사 행위자가 구
성한 역사적 실재와 현재 역사가가 만든 역사적 실재를 의미 있게 **소통**시키고자 했
다.→ 즉 개념의 수렴을 통해(조선시대의 '의리'와 '예'의 개념과 현대적 의미와의 개
념 차이를 비판적으로 해석하여 밝힘으로써) 지금, 우리와 소통(조선시대의 '의리'와
'예' 개념을 오늘날의 의미에 맞게 소통)할 수 있도록 개념적으로 재해석하고 재정립
하게 된다.

따라서 ⑤의 '개념을… 현대적으로 수용함으로써… 한 가지 의미로 정리'한다는 말은
곧 '단 하나의 올바른 묘사'를 목표로 하는 것이기에 개념사를 연구하는 목적과 부합하

지 않는다. 셋째 단락에서 밝힌 것처럼, '개념에 축적되어 있는 <u>중층적인 의미 구조를 있</u><u>는 그대로 보여주는</u> 데 그 목적이 있기 때문이다.

[문제31]

- ㉠=개념은 실재를 바라보는 거울이다.
- ㉡≠개념은 역사 속의 정치적 사건이나 사회적 변화를 이해하는 토대가 된다.
- ㉢≠과거의 역사 행위자가 자신이 경험한 '현재'를 서술할 때 사용한 개념과 오늘날의 입장에서 '과거'의 역사 서술을 이해하기 위해 사용한 개념의 차이를 밝힌다.
- ㉣=개념은 정치적 사건이나 사회적 변화 등의 실재를 반영하는 거울이다. 즉 정치적 사건이나 사회적 변화를 이해하는 토대가 된다.

정답 : 문제28 ②, 문제30 ⑤, 문제31 ②

【문제5의 해설】

■ 글의 논증 구조

【비트겐슈타인이 1918년에 쓴 「논리철학논고」는 '빈학파'의 논리실증주의를 비롯하여 20세기 현대철학에 큰 영향을 주었다. 그는 많은 철학적 논란들이 언어를 애매하게 사용하여 발생한다고 보았기 때문에 <u>언어를 분석하고 비판하여 명료화하는</u> 것을 철학의 과제로 <u>삼았다.</u>
그는 이 책에서 언어가 세계에 대한 그림이라는 '그림이론'을 주장한다. 이 이론을 세우는 데 그에게 영감을 주었던 것은, 교통사고를 다루는 재판에서 장난감 자동차와 인형들을 이용한 모형을 통해 사건을 설명했다는 기사였다. 그런데 모형을 가지고 사건을 설명할 수 있는 이유는 무엇일까? 그것은 모형이 실제의 자동차와 사람 등에 대응하기 때문이다. 그는 언어도 이와 같다고 보았다. <u>언어가 의미를 갖는 것은 언어가 세계와 대응하기 때문</u>이다. 다시 말해 언어가 세계에 존재하고 있는 것들을 가리키고 있기 때문이다. <u>언어는 명</u><u>제들로 구성되어 있으며, 세계는 사태들로 구성되어 있다.</u> 그리고 명제들과 사태들은 각각 서로 대응하고 있다. 이처럼 언어와 세계의 논리적 구조는 동일하며, <u>언어는 세계를 그</u><u>림처럼 기술함으로써</u> 의미를 가진다.
'그림이론'에서 명제에 대응하는 '사태'는 '사실'이 아니라 사실이 될 수 있는 논리적 가능성을 의미한다. 따라서 <u>언어를 구성하는 명제들은 사실적 그림이 아니라 논리적 그림이다.</u> <u>사태가 실제로 일어나서 사실이 되면 그것을 기술하는 명제는 참이 되지만, 사태가 실제로</u>

일어나지 않는다면 그 명제는 거짓이 된다. 어떤 명제가 '의미 있는 명제'가 되기 위해서는 그 명제가 실재하는 대상이나 사태에 대해 언급해야 하며, 그것에 대해서는 참, 거짓을 따질 수 있다. 만약 어떤 명제가 실재하지 않는 대상이나 사태가 아닌 것에 대해 언급하면 그것은 '의미 없는 명제'가 되며, 그것에 대해 참, 거짓을 따질 수 없다. 따라서 경험적 세계에 대해 언급하는 명제만이 의미 있는 것이 된다. 】 (해설_전제의 뒷받침)

【이러한 관점에서 비트겐슈타인은 기존의 철학자들이 다루었던 신, 영혼, 형이상학적 주체, 윤리적 가치 등과 관련된 논의가 의미 없는 말들에 불과하다고 보았다. (주장1) 왜냐하면 그 말들이 가리키는 대상이 세계 속에 존재하지 않는, 즉 경험 가능하지 않는 대상이기 때문이다. (근거1) 이와 같은 형이상학적 문제와 관련된 명제나 질문들은 의미가 없는 말들이다. 그러한 문제는 우리의 삶을 통해 끊임없이 드러나는 신비한 것들이지만 이에 대해 **말로 답변하거나 설명할 수 없다. (근거2)** 그래서 비트겐슈타인은 **"말할 수 없는 것에 대해서는 침묵해야 한다."**라고 말했다. (주장2_중심 주장 글)】…(주장+근거)

■ 글의 핵심 요약

글의 의미를 잘 따라가며 읽어야 함은 물론, 추론을 통해 결론을 도출해야 하기에, 그만큼 전제에서 결론으로 나아가는 과정을 빠짐없이 채워가며 해석해야 한다. 이는 다음과 같다.

〈전제〉

1. 비트겐슈타인은 언어가 세계에 대한 그림이라는 '그림이론'을 주장한다.

2. 그림이론에 따르면, 언어가 세계와 대응할 때 의미를 갖는다.

3. 언어를 구성하는 논리적 명제는 세계를 구성하는 실재적 사태(사건)와 대응한다.

4. 사태(사건)가 실제 일어나서 사실이 되어야 논리적 명제는 의미 있는 명제가 되고, 이에 따라 언어는 의미를 갖는다.

5. 이처럼 언어와 세계의 논리적 구조는 동일하며, 언어는 세계를 구성하는 실재 대상을 그림처럼 기술함으로써 의미를 가진다.

6. 따라서 경험적 사실에 대해 언급하는 언어적 명제만이 의미가 있다.

〈결론〉

7. 그러므로 말할 수 없는 것에 대해서는 침묵해야 한다.

8. (함축_숨은 결론) 우리가 경험하지 않은 것들, 세상에 존재하지 않는 대상들은 그 의미를 이해할 수도, 언어로 표현할 수도 없다.

우리가 경험하지 않은 것들, 세상에 존재하지 않는 대상들은 그 의미를 이해할 수도, 언어로 표현할 수도 없기에, 말할 수 없는 것에 대해서는 침묵해야 한다. …**논증 요약**

주제_ 언어와 세계의 관계

■ **답안 해설**

답안 해설에 앞서, 제시지문의 내용을 분개하여 파악할 필요가 있다. 이는 다음과 같다.

※언어와 세계의 관계 : 주제어

• 언어는 명제의 총체로서 모든 명제는 요소 명제의 진리함수다.

• 세계는 사실의 총체로서 모든 사실은 원자적 사실에 의해 구성된다.

• 언어와 세계는 '이원적 동형성'을 유지하면서 세계가 언어에 의미를 주는 방식으로 관계한다.

여기서 그 이원적 동형성이란, 다음의 각각에 대응하는 관계적 개념이다.

• **명제-이름-언어 : 그림이론의 ㉠모형**

▶명제가 실재하는 대상이나 사실로서 이름을 부여받아야 '의미 있는 명제'가 된다. 즉 언어는 '명제'로 구체화된다.

→ 의미 있는 명제(이름○) : 참 · 거짓 따질 수 있다(즉 '말'할 수 있다).

  의미 없는 명제(이름×) : 참 · 거짓 따질 수 없다(즉 허구적 · 추상적 관념에 불과하기에 말할 수 없다).

• **사태-대상-세계 : 그림이론의 ㉡사건**

▶사태가 경험적 사건으로 실재하는 대상이 되어야 '의미 있는 사실'이 된다. 즉, 세계는 '사태'로 나타난다.

→ 경험적 사태(대상○) : 참 · 거짓을 따질 수 있다(즉 대상이 실재하는 사건이다).

  비 경험적 사태(대상×) : 참 · 거짓을 따질 수 없다(즉 대상이 실재하지 않는 사건이다).

'그림이론'의 이원적 동형성에 따를 경우, 언어적 명제는 경험적 사실판단에 따라 사실일수도(즉 의미 있는 명제) 사실이 아닐 수도(즉 의미 없는 명제) 있으며, 이때 그 명제의 참 · 거짓은 어디까지나 경험적 사실판단에 따라 결정될 뿐이다.

[문제17]

• ①=(첫째 단락의) 언어를 분석하고 비판하여 명료화하는 것을 철학의 과제로 삼았다

• ②=(첫째, 둘째 단락의) 비트켄슈타인이 쓴 『논리철학논고』는… 논리실증주의를 비롯하여… 그림이론을 주장한다.

• ③=(셋째 단락의) '그림이론'에서 명제에 대응하는 **'사태'는 '사실'이 아니라** 사실이 될 수 있는 논리적 가능성을 의미한다.

- ⑤=마지막 단락의 전체 의미를 통해 파악 가능하다.
- ④≠(셋째 단락의) 어떤 명제가 '의미 있는 명제'가 되기 위해서는 그 명제가 <u>실재하</u><u>는 대상이나 사태에 대해 언급해야</u> 하며, 그것에 대해서는 <u>참, 거짓을 따질 수 있다.</u>
  → 즉 경험적 대상을 언급하는 명제는 참, 거짓을 따질 수 있는 명제라는 것이지, **언****제나 참으로 보는 것은 아니다.**

[문제19]

- ㉠그림이론의 모형 : 사건 = 언어 : 세계
- ㉡언어 : 세계 = 명제 : 사태
- ㉢언어를 구성하는 명제 : 논리적 그림(≠사실적 그림) = (의미 있는 명제와 의미 없는 명제)
- ㉣형이상학적 주제 : 경험 가능하지 않은 대상 = 세계 속에 존재× = 언어로 말할 수 없다.

[문제20]

- ①≠비트켄슈타인이 내세웠던 철학의 과제는 언어에 대한 분석(언어철학)이므로, 그의 책이 철학적 주제를 넘어선 것은 아니다.
- ②≠객관적 세계에 존재하는 것을 다룬 것이 아니라, 언어와 세계의 논리적 관계를 다룬 것이다.
- ③≠(셋째 단락을 보면) 사태는 사실이 아니라 사실이 될 수 있는 논리적 가능성을 의미한다. 만약 어떤 명제가 실재하지 않는 대상이나 사태가 아닌 것에 대해 언급하면 그것은 '의미 없는 명제'가 되며, 그것에 대해 참, 거짓을 따질 수 없다. 따라서 <u>경험적 세계에 대해 언급하는 명제만이 의미 있는 것이 된다.</u>
  → 세계는 '사태'로 나타나며, 이때 <u>사태가 경험적 사건으로 실재하는 대상이 되어</u> <u>야</u> '의미 있는 사실'이 된다고 하여, ③과 정반대의 관점이다.
- ⑤≠형이상학적 물음에 관념적으로 답하고 있는 것이 아니라, 언어와 세계의 관계를 분석한 것이다.
- ④=(셋째 단락) 만약 어떤 명제가 실재하지 않는 대상이나 사태가 아닌 것에 대해 언급하면 그것은 '의미 없는 명제'가 되며, 그것에 대해 참, 거짓을 따질 수 없다. 경험적 세계에 대해 **언급하는 명제만이 의미 있는** 것이 된다.

→ 언어가 의미 있는 명제로서 실재하려면, 세계 안에서 경험 가능한 사태로서의 의미를 가져야 한다. 반대로 세계 안에서 경험 가능하지 않은 사태일 경우(예를 들어, 형이상학적 언어), 이는 언어가 갖는 의미 있는 명제로서 실재하지 않는다(즉 관념적 허구에 불과하다). 이처럼 그의 책은 경험적 세계가 아니라, 언어와 세계의 논리적 관계에 따라 대상이 경험 가능한 사태로서의 의미를 가질 경우에 언어가 의미 있는 명제로서의 이름을 부여받거나, 아니면 그 대상이 경험 가능하지 않은 사태이기에 의미 없는 명제로서의 말할 수 없는 그 무엇에 불과하다는 것이다. 따라서 지문의 '경험적 세계에 대해 언급하는 명제만이 의미 있는 것이 된다.'는 의미는, 어떠한 명제가 **경험적 사실 판단**에 따라 유의미한 의미를 가질 때만이 언어로서 기능한다는 의미이며, 따라서 이는 <u>언어와 경험적 세계에 대한 논리적 관계로서의 사실 판단 여부</u>에 달렸다는 의미이지, 경험적 세계 그 자체를 의미하는 것은 아니다.

답 : 문제17 ④, 문제19:①, 문제20 ④

■참고_ 지문 보충 설명

비트겐슈타인에 따르면, 어떤 명제가 있을 때, 그리고 그것이 처음 본 명제라고 하더라도 이를 읽고 이해할 수 있는 이유는 그 명제가 사실을 담고 있는 일종의 그림이기 때문이다. 이를 법정에서 교통사고의 문제를 다룬다고 가정할 때, 모형 자동차와 건물들을 활용해서 당시의 상황을 재현할 경우에 각각의 모형은 실재로서의 사물과 서로 대응하는 것과 같다. 마찬가지로 어떤 명제 역시 사실과 대응할 수 있는데, 이런 관점에서 본다면 명제가 사실의 그림이 되고, 그 명제를 보면 실재로서의 사실의 상황을 알 수 있다. 그렇다면 그 명제는 공간을 차지하지 않는 일종의 논리적인 그림이 되는 셈이다.

명제가 사실의 논리적 그림이 되기 위해서는 몇 가지 전제조건이 붙는다. 첫째, 명제의 구성 요소와 사실의 구성 요소가 일대일로 정확하게 대응하며, 또한 그 수가 같다. 즉 세계를 구성하고 있는 기본 단위가 있고 이 단위가 합해져서 복합적 사실이 되며, 또 이것이 더 복합적 사실들로 나아가고, 그렇게 해서 이러한 것들의 총체가 곧 세계의 모습이 된다. 언어 역시 이와 마찬가지다. 언어를 구성하는 기본 단위가 이름이고, 이름들로 구성된 명제가 요소 명제이며, 이것들이 합해져서 만들어진 명제가 복합 명제인데, 이 복합 명제의 총합이 곧 언어다. 이렇게 해서 언어는 세계와 정확히 대응할 수 있다. 둘째, 명제와 사실은 동일한 논리적 형식을 공유한다. 이는 명제 내부와 사실 내부의 구성 요소들이 동일한 방식으로 관계 짓고 배열된다는 것을 의미한다. 셋째, 명제와 사실은 상호간에 서로를 도출할 수 있는데, 이는 악보를 보고 음악을 연주할 수 있고 음악을 듣고 악보를 만들어낼 수 있는 이치와 같다.

이처럼 언어와 세계는 상호 동일한 방식으로 대응한다. 따라서 <u>언어로 구성된 명제는 당연히 세계의 무언가를 지시하는 의미를 가지고 어떤 사실을 그려내게 되며, 그에 따라 명제의 의미는 확정적이고 정확하게 규정된다. 즉 언어가 규정하는 명제는 세계에 실재하는 대상이어야만 의미를 갖게 된다. 이를 뒤집어 말하면, 언어가 갖는 한계는 곧 세계 속에 존재하지 않는, 다시 말해 경험 가능하지 않은 대상(사물)으로서의 한계를 의미한다.</u>

비트겐슈타인은 이 같은 인식에 기초하여 "세계는 사물의 총체가 아니라 사건의 총체"라는 명제를 제시했다. 즉 외부의 사물이 하나의 정보로 인간에게 인식되려면 먼저 그것이 하나의 사건(사태→사건)으로 인간의 의식에 들어와야 한다는 것이다. 그 한 예가 '뉴턴의 사과'인데, 뉴턴이 사과가 사과나무에서 떨어졌다는 것을 하나의 사건으로 인식했을 때에야 비로소 그것은 '만유인력의 법칙'이라는 지식 정보의 형태로 이야기 될 수 있다.

여기서 사물을 사건으로 인식할 때 이를 매개하는 것이 곧 언어이다. 인간의 인식은 언어로 이루어진다. 이 때 '말'은 언어로 구성되므로, 우리는 세계(즉 경험적 사건)를 벗어난 것에 대해 결코 '말'할 수 없게 된다. 그 렇기에 "말할 수 없는 것은 침묵해야 한다."는 그의 말은, 말할 수 없는 것(즉 실재하지 않은 사건으로서의 사 물)은 세계가 아니라는 의미(즉 관념적 수사)가 되고, 따라서 경험적 세계를 벗어난 것은 언어로 표현할 수 없 기 때문에 침묵해야 한다는 의미이다. 즉 말할 수 없는 것을 말한다는 것, 다시 말해 경험할 수 있는 세계에 서 벗어난 것을 이야기한다는 것은 헛소리에 불과하다는 것이다.

이처럼 언어는 외부 사물을 반영하는 거울이지만, 우리가 실제로 보는 것은 외부 사물 그 자체가 아니라 거 울이 만든 허상일 뿐이다. 이는 '언어는 존재의 집'이라는 하이데거의 말처럼, 인간은 인식을 위해 언어를 사 용하는 것이 아니라 인식을 가능하게 만드는 언어가 인간의 존재를 결정한다는 말과도 일맥상통한다. 결국 언어사용 규칙 및 다른 단어들을 '이미' 알고 있지 않다면 언어의 의미를 이해하는 것도, 그것을 배워 사용하 는 것도 불가능하게 된다. 즉 사물 그 자체가 아니라. 언어라는 거울에 비친 상(像)만을 인식할 수 있는 인간 은 언어의 미로 속에 갇혀 헤매는 존재로 전락하고 만다.

【문제6의 해설】

■ 지문 해석

【최근의 자료는 40만 년 전에 살았던 네안데르탈인과 현대인의 공통된 조상이 꽤나 정교 한 언어를 이미 사용했을지도 모른다는 사실을 시사한다. 헌데, 언어가 유전자에 기반하 고, 문화적 진화에 필수적인 요소라고 할 때, 그리고 네안데르탈인이 언어를 가지고 있었 다면, 헌데 그들이 사용한 도구에서 문화적 변화를 그다지 발견할 수 없는 이유는 왜일 까?# 게다가 유전자는 20만 년 전 이후부터 인류사에 있어서 의심할 나위 없이 혁명적으로 발전·변화해왔음에도 불구하고 그러한 것은, 【유전자가 문화적 진화를 촉발하는 원인으 로서가 아니라 새로운 (문화적) 관습에 대처하는 일련의 대응방식으로 (소극적으로) 변화 한 것에 불과함을 의미하는 것 아닌가】 즉 문화가 유전적 변화를 일으켰다. …(전제_근거) 【인류 진화의 초기에는, 소화기관이 작아지는 방향으로 진화하는 과정에서 화식하는(요 리해먹는) 문화적 관습이 생겨났다기보다는, 화식(火食)이 소화기관을 작게 만드는 방향 으로 유전적인 변화를 가져왔다(즉 문화가 유전적 변이를 가져왔다). 이후의 시기 역시 예 를 들어, 서유럽과 동아프리카 후손들에게 있어서(둘 다 유목민의 후예들이다), 우유 섭취 를 위해 유당(lactose)의 소화흡수를 돕는 방향으로의 소화기관의 진화가 성인들에게까 지 폭넓게 일어났다(즉 이것 역시 음식문화가 유전학적 변화를 가져 왔다). 즉 문화적 요 인이 유전적 진화에 우선한 것이다(→the horse comes before the cart: 순서가 뒤바뀌 다. 본말을 전도하다).】…(해설_예시)

【이처럼 진화를 추동하는 유전적인 변이, 변화의 양상은, <u>유전자와 문화는 서로 영향을 주고받으면서 발전하되 다만 그 방향성에서 역행적(후행적이라는 표현이 더 적절하다)</u>이라는 것으로, 다시 말해 문화가 유전자에 영향을 미치며 진화한다는 것이다. 】…(결론_중심 주장 글)【이는 (유전자가 문화에 영향을 미친다는) 상향식의 진화 과정을, (문화가 유전자와 서로 영향을 미치되 거꾸로 진화가 일어난다는) 위로부터의 설명으로의 전환을 의미한다. 】…(부연, 결론의 상세)】】…(주장)

→※따라서 지문에 따를 경우, 만약에 네안데르탈인이 언어를 사용했다면, 이는 인류의 유전학적인 발전에 기인한 것이라기보다는, 문화적인 발전에 따른 산물이라는 의미다(즉 언어는 인류의 유전학적인 진화의 산물이 아니라, 문화적 산물이다). 물론, 글의 논지와는 관계없다.

① 유전적 진화는 새로운 문화적 관습의 원천이다.

② 모든 유전자는 스스로 알아서 진화하는 구성체이다.

③ 문화적 요인이 유전적 진화에 우선한다.

④ <u>언어는 문화에 앞선다.</u>

⑤ ≒ "고양이가 없으면, 쥐가 설친다." 즉 "문화가 변화하지 않으면, 유전적인 변이는 일어나지 않는다." 정도로 해석해야 되지 않을까.

■ 글의 논증 구조

Recent evidence suggests that the common ancestor of Neanderthals and modern people, living about 400,000 years ago, may have already been using pretty sophisticated language. If language is based on genes and is the key to cultural evolution, and Neanderthals had language, then why did the Neanderthal toolkit show so little cultural change?# Moreover, genes would undoubtedly have changed during the human revolution after 200,000 years ago, 【but more in <u>response to new habits than as causes of them.</u> 】…(전제_근거)【At an earlier date, cooking selected mutations for smaller guts and mouths, rather than vice versa. At a later date, milk drinking selected for mutations for retaining lactose digestion into adulthood in people of western European and East African descent. The linguistic shovel paves the way for a cultural road. 】…(해설_예시)

【The appeal to a genetic change driving evolution gets gene−culture co−evolution backwards:】…(결론_중심 주장 글)【it is a top-down explanation for a bottom-up process.##】…(부연, 결론의 상세)

전제_ 문화적 요인이 유전적 진화에 우선한다. 즉, 유전자가 문화적 진화를 촉발하는 원인으로서가 아니라 새로운 문화적 관습에 대처하는 일련의 대응방식으로 변화한 것이다.

결론_ 유전자와 문화는 서로 영향을 주고받으면서 발전하되, 문화가 유전자에 영향을 미치며 진화한다.

유전자와 문화는 서로 영향을 주고받으면서 발전하되, 문화가 유전자에 영향을 미치며 진화한다. 즉 유전자가 문화적 진화를 촉발하는 원인으로서가 아니라 새로운 문화적 관습에 유전자가 대처하는 일련의 대응방식으로 진화한다. …**논증 요약**

핵심 단어_ 문화와 유전자(cultural evolution & genetic evolution)

■ **문제 해결의 포인트**

이 문제의 해결 포인트는 두 가지다.

첫째, 선택지에 실린 내용이 속담 내지는 경구를 담고 있어, 이것부터 추론해 읽어야 하는 부담이 따르는데, 그렇더라도 내용적 추론에서는 크게 부담을 느끼지 않을 정도라고 본다.

두 번째 포인트는, 마지막 문장인 "The appeal~process"과 이어지는 구절인 "It is ~ process."이다. 그런데 인터넷에서 발견되는 대부분의 해석을 보면 "진화를 이끄는 유전적인 변화에 대한 호소는, 유전자와 문화가 **상호 진화를 역행**하게 한다. 이는 상향식 과정에 대한 하향식 설명이다."라고 하여, 알듯 모를 듯 설명하고 있는 점, 게다가 유전자와 문화가 "상호 진화를 역행하게 만든다."고 하여 서로가 서로를 발목 잡는 식으로 해석함으로써 논리적으로 모순에 빠지고 말았다. 도대체 상향식 과정은 뭐고, 하향식 설명은 또 뭔지에 대한 개념적 이해가 따라야 전체를 제대로 이해하는 것이겠고, 따라서 당연히 이에 대한 설명이 따라야 한다.

즉 선택지의 각 문항이 온통 유전자와 문화 중 어느 일방이 앞선다고 설명하고 있음에도 불구하고, 지문의 backward를 단순히 상호 진화를 역행한다고 해석할 경우에는 무엇이 무엇을 앞서고, 또 뒤를 따르는지 구분이 안 선다. 더군다나 마지막 문장인 "The appeal to a genetic change driving evolution gets gene–culture co–evolution back–wards"가 전체의 주장을 담은 글임에 비춰 생각할 때, 이에 담긴 gene과 culture와의 상

420

호성을 파악하기 위해서는 특히 **backward**에 담긴 의미에 집중해야 한다.

이것에 대한 힌트를 마지막 문장에서 찾아야 한다. 즉 마지막 문장인 "It is ~process."는 중심 주장 글의 부연으로, 주어와 술어 이후 부분에 대해 대응하는 내용을 담게 마련이다. 이렇게 해서 살피면

a top-down explanation = gene-culture co-evolution **backwards**

a bottom-up process = a genetic change driving evolution

이렇게 놓고 생각할 때, 그리고 지문의 예시 부분을 살필 때, 앞의 글인 '진화를 촉발하는 유전적인 변이와 변화'는 '유전자와 문화의 상호 발전을 위해 **후행적인 뒤따름**'을 갖는다고 정확하게 해석하고 추론해낼 수 있어야 한다. 그리고 이는 앞의 예시 부분인 '음식과 유유와 소화기관의 진화와…'를 통해 어렵지 않게 추론해낼 수 있으며, 그에 따라 빈칸에 적절한 단어 역시 무리 없이 채워 넣을 수 있을 것이다. 요점은 '중심 주장 글'을 정확하게 해석해낼 수 있어야 한다는 것으로, 단순히 "유전자와 문화가 상호 진화를 역행하게 한다."는 식으로 해석할 경우에는 ①, ⑤의 오답을 선택할 가능성이 높아진다.

그렇다면 위 지문을 논술 공부에 맞춰 풀어보자. 먼저, #부분인 "네안데르탈인들이 사용한 도구에서 문화적 변화를 그다지 발견할 수 없는 이유는 왜일까?"에 대해 한번쯤은 깊게 생각해 볼 필요가 있으며, 이어서 마지막 구절의 ##부분인 "it is a top-down explanation for a bottom-up process "의 '상향식 과정'과 '하향식 설명'이 의미하는 바가 무엇인지 역시 곱씹어볼 필요가 있다.

먼저 전자에 대해 설명하면 이렇다. 만약에 네안데르탈인들이 사용한 도구에서 문화적 변화를 자주 많이 발견한다면, 이는 그만큼 인류의 유전적 진화에 맞춰 그들이 사용하는 도구 역시 문화적으로도 변화되었음을 의미한다. 그리고 그렇게 되면 유전적 진화는 점진적으로 이뤄지고 또 문화 역시 그에 상응하여 누적적으로 발전하게 된다. 이것을 두고 **상향식의 진화 과정**이라고 언급한 것이다.

하지만 지문에 따를 경우, 문화는 그렇지가 않고 혁명적·혁신적으로 발전하며, 인류의 유전적 진화는 그에 순응하여 점진적으로 변이가 이뤄지게 된다. 이를테면 네안데르탈인들이 불을 사용할 줄 알고 정교한 언어를 사용했다는 사실은, 진화에 맞춰 점진적으로 이루어진 결과가 아니라 혁명적인 발견과 발명에 따른 것이다.

생각해보라. 네안데르탈인이 화식을 하게 된 것은 부지불식간의 불의 발견에 따른 것

이지, 인간의 진화 과정에서 필요에 의한 것이 결코 아니지 않은가? 그렇게 해서 그때부터 불의 문화로 전환되고, 인류는 또 그에 맞춰 소식을 하는 등으로 소화기관의 점진적인 변이를 가져온 것이다. 인류의 문화가 '석기문화→청동기문화→철기문화'로의 전환을 가져온 것 역시 혁명적인 발전 과정으로, 결코 점진적인 발전의 누적이 아니다.

즉 토머스 쿤이 말한 '과학혁명'처럼, 인류의 문화는 혁신을 통해 급진적으로 이루어진 경우가 비일비재하며, 인류 초기의 역사에 있어서는 특히 그렇다. 그렇기에 이를 두고 **하향식의 문화 발전 과정에 대한 설명**(즉 진화의 결과물이 아니다)이라고 하는 것이다. 다시 말해, 문화 발전은 위로부터의 혁명적인 전환을 통해 이루어지는 게 일반적이라는 설명이다. 현대에 와서는 아래로부터의 혁명이 자주 일어나지만, 그렇더라도 이것 나름 설득적이지 않은가?

다시 돌아와서, 만약에 네안데르탈인이 사용한 도구에서 문화적 변화를 많이 발견했다면, 아마도 그들은 매우 빼어난 문화시대를 구가했을 것이며, 그에 따라 그들의 유전적 진화 또한 상당히 이뤄졌을 것이다. 그렇지 않은가?

정답 : ④

【문제7의 해설】

■ 지문 해석

한 똑똑한 친구가 내게 이런 말을 한 적이 있다. "갑자기 어떤 문제에 부딪혔을 때, 그것을 적절한 말로 생각해내기도 전에 거의 무의식적으로 대답부터 하는 경우가 발생하곤 하는데, 그것도 자주 일어나게 되지." 그것을 어떻게 알게 되었는지 설명하기 어려운 그런 느낌의 앎은 일상에서 흔히 일어난다. 프랑스 철학자이자 수학자인 파스칼은 "사람의 감성은 이성으로는 알 수 없는 나름의 이유를 가지고 있다."는 말로 유명하다. 19세기 위대한 수학자 가우스 역시 직관이 종종 그로 하여금 곧바로 증명할 수 없는 생각들을 떠올리도록 이끌었음을 인정한다. 그는 "나에게는 오랫동안 끌어 온 결론들이 있는데(무의식적으로 또는 직관적으로 결론을 알게 됐지만), 그럼에도 그 결론에 어떻게 도달해야 할지를 모르겠다(즉 그 결론을 어떻게 이성적으로 설명해야 할지를 모르겠다)."고 말했다. 때론 진정한 천재성은 단순히 말로는 표현할 수 없다고 하는 게 적절할 듯하다.

① 당신 마음속에 있는 감정들의 의미

② 어떻게 알게 되었는지 설명하기 어려운

③ 다른 사람들이 직면하는 문제들을 해결하는 방법

④ 다른 사람들을 설득하기 위해 적절한 말을 사용하는 방법

⑤ 당신의 인생에서 전혀 만나본 적이 없는 그 누구

■ 글의 논증 구조

A brilliant friend of mine once told me, "When you suddenly see a problem, something happens that you have the answer — before you are able to put it into words. It is all done subconsciously. …(뒷받침 글_근거) This has happened many times to me." This feeling of knowing without being able to say how one knows is common. …(중심 주장 글_주장) The French philosopher and mathematician Blaise Pascal is famous for saying, "The heart has its reasons that reason cannot know" The great nineteenth-century mathematician Carl Friedrich Gauss also admitted that intuition often led him to ideas he could not immediately prove. He said, "I have had my results for a long time; but I do not yet know how I am to arrive at them." Fittingly so, sometimes true genius simply cannot be put into words.

전제_ 어떤 문제에 부딪혔을 때, 사람들은 그것을 적절한 말로 생각해내기도 전에 **무의식적으로** 대답부터 하는 경우가 발생한다.

결론_ **무엇을 어떻게 알았는지 설명하기는 어렵지만**(=직관적으로), 사람들은 이를 직관적으로 알고 있다.

무엇을 어떻게 알았는지 설명하기는 어렵지만, 어떤 사람들은 이를 직관적으로 알고 있다. 그렇기에 사람들(천재)은 어떤 문제에 부딪혔을 때, 그것을 적절한 말로 생각해내기도 전에 무의식적으로 대답부터 하게 된다. …**논증 요약**

핵심 단어_ 직관적 깨달음(subconsciousness)

■ 문제 해결의 포인트
논증 글에 담긴 핵심 키워드를 일치시켜가며 파악하면 된다.

주장_ subconsciously

근거_ without being able to say how one knows

정답 : ②

【문제8의 해설 및 예시답안】

〔문제1〕 ①[가]와 [나]의 관점에서, ②[다]에 제시된 측정결과를 분석하시오 (501~600자)

[가]

언어의 부재가 곧 사고의 부재라는 주장이 있다. 그러나 참으로 그러한지 생각해볼 필요가 있다. 우선 언어의 부재는 침묵을 의미한다. 언어가 끊길 때 침묵만이 깃들 뿐이다. 그러나 우리가 침묵하고 있다고 해서 우리의 의식 세계에서 언어 작용이 중단되었다고 볼 수는 없다. 침묵은 다만 소리가 나는 언어 행위의 부재를 뜻할 따름이다. 그러한 침묵 속에서도 언어 행위는 수행될 수 있다. 말없이 생각을 할 때도 그러한 생각은 언어의 형태를 취하지 않는가. 눈을 감고 내가 깊은 상념에 잠겨 있다고 하자. 이때 나의 머리를 스치는 생각은 소리는 없지만 분명 말들의 연속일 것이다. 우리가 무슨 생각을 하고 있는데, 그것에 적합한 말이 얼른 떠오르지 않는 경우가 있다는 반론이 있을 수 있다. 그렇다고 이러한 사례가 비언어적인 수단에 의한 생각의 가능성을 증명하는 것일까? 오히려 말이 떠오르기 전까지는 내가 생각하는 것의 정체가 과연 무엇인지 나 자신도 모르는 상태에 있다고 할 수 있지 않을까? 어떤 생각을 하고 있다는 느낌만 가지고 있다는 것은 아직 그것을 명료하게 생각하지 않은 상태에 있음을 뜻한다. 생각이 안개처럼 모호한 것이다. 따라서 생각하는 느낌이 있다고 해서 이를 언어 없이 사고가 수행되는 사례로 보는 것은 온당하지 못하다.

전체 설명

인간의 사고는 언어에 의해 지배를 받으며, 언어의 작용에 의해 사고는 좀 더 선명하게 된다. 만약 우리가 어떤 생각을 하고 있음에도 그것에 적합한 언어가 얼른 떠오르지 않아 침묵하고 있을 경우이더라도, 이는 그것을 지칭하는 언어를 명료하게 생각하지 않은 상태에 있음을 뜻하는 것이지, 우리의 의식 세계에서 언어 작용이 중단되었음을 의미하는 것은 결코 아니다. 이런 이유로 언어의 부재가 곧 사고의 부재라는 주장은 옳지 않다.

- (가)의 관점_ 언어가 배제된 사고는 불가능하다. 즉 언어가 사고를 결정한다. …언어 결정론적 입장 (언어 절대주의적 관점)

[나]

언어가 우리의 사고를 철저하게 지배하는 것은 아니다. 물론, 언어상의 차이가 다른 모양

424

의 사고유형이나 다른 모양의 행동양식으로 나타나는 것은 사실이지만, 그것이 절대적인 것은 아니다. 예를 들어 어떤 색깔에 해당되는 말이 그 언어에 없다고 해서 전혀 그 색깔을 인식할 수 없는 것일까? 해당 어휘가 있는 것이 없는 것보다 그 어휘가 지칭하는 대상이나 개념을 더 빨리 인식하고 오래 기억할 수 있도록 해 주기는 하겠지만, 해당 어휘가 없다고 해서 그 대상 자체에 대한 인식이 불가능하지는 않을 것이다. 생각은 있으되, 그 생각을 표현할 적당한 말이 없는 경우도 얼마든지 있으며, 더구나 생각이 오묘하고 신비한 수준에 이르면 언어는 이를 곡진하게 나타내기에는 터무니없이 부족한 도구로 전락하고 만다. 우리의 사고가 우리의 경험 세계를 상이하게 범주화한 우리의 언어에 의해 많은 제약을 받고, 주어진 단어에 의해서 지칭되는 개념에 대한 사고가 명확한 어휘가 없을 때보다 있을 때가 쉬운 것은 틀림없지만, 그러한 사실이 얼마만큼 중요하며 의미가 있는지는 확실히 알 수 없다.

전체 설명

비록 인간의 사고는 언어가 규정하는 사고방식, 경험 세계에 의해 제약을 받을 수 있고 또 언어가 지칭하는 개념에 대한 사고가 명확한 어휘에 의해 지배될 수 있지만, 그럼에도 언어가 우리의 사고를 철저하게 지배하는 것은 아니다. 인간은 언어 없이도 사고할 수 있으며, 오히려 사고가 언어에 더 많은 영향을 미칠 수도 있기에, 언어는 그만큼 인간 사유를 돕는 도구적 수단에 불과하다.

• (나)의 관점_ 언어는 사고의 명확성을 돕기 위한 도구적 수단에 불과하다. 즉 사고가 언어에 앞선다. …언어 도구주의 입장(언어 상대주의적 관점)

[다]

다음은 비슷한 연령대(20세~25세)에 있는 동일 국적의 성인 남녀 네 사람(A, B, C, D)의 몇 가지 인지능력을 측정한 결과를 도표로 제시한 것이다. 도표의 수치는 100점을 만점으로 했을 때, 네 사람이 측정항목 별로 획득한 점수를 나타낸 것이다.

인지능력 측정은 동일한 측정 도구를 이용하여 진행하였으며, 측정 환경에 차이를 유발할 수 있는 변수들을 최대한 통제하여 측정 대상자들이 거의 같은 환경에서 측정에 응할 수 있도록 하였다.

	A	B	C	D
언어구사력	90	88	15	30
수리능력	45	78	77	35
추리력	31	83	80	40
상상력	35	80	77	33
판단력	40	85	83	40

■ **논제 분석**

• 공통 주제_ 언어와 사고의 관계

- 관점_ (가)_ 언어 결정론적 입장(언어 절대주의적 관점), (나)_ 언어 도구주의 입장 (언어 상대주의적 관점)
- 논제_ 언어와 사고의 관계를 규정하는 상반된 관점을 (가), (나)에서 찾은 후, 이를 (나)에 대입하여 비교 · 분석하라.

■ (다)에 제시된 측정 결과를 분석 : 논제 서술 유형에 맞춰 논증 구성

- (B), (D)에서 알 수 있듯이, 언어구사력과 사고력은 서로 같은 방향으로 움직인다.
  → 이는 (가), (나)가 공통적으로 주장하는 것처럼, 언어와 사고가 서로 밀접한 관련성을 갖고서 상호작용함을 의미한다. 즉 (B)는 (가)의 인간의 사고 과정, 특히 고도의 논리적 사고 과정에서 언어가 매우 유용한 도구로 작용함으로써 사고력을 높인 경우라면, 이와는 반대로 (D)는 (나)의 언어에 대한 개념적 사고가 명확하지 않을 경우에 그에 따른 낮은 언어구사력이 사고력까지 제약하는 경우라고 할 수 있다. 어느 것이든, 언어와 사고는 불가분의 관계를 맺으면서 상호작용함을 보여준다.

- (A), (C)에 따르면, 언어구사력과 사고력은 서로 반대되는 인지능력을 보인다.
  → 이는 (가), (나)와는 달리 인간의 언어 수행 능력과 사고 행위는 완전히 별개의 능력으로, 언어 없이도 사고할 수 있음을 보여준다. 즉 언어의 영역을 관장하는 인지 능력과 사고의 영역을 관장하는 인지 능력은 독립적으로 존재할 수 있으며, 따라서 언어력이 뛰어나다고 해서 논리적 사고력이 뛰어날 것이라고 섣불리 단정해서는 안 되며, 반대로 논리적 사고력이 뛰어나다고 언어력까지 뛰어나다고 볼 근거는 없다. (A), (C)는 이것을 보여준다.

■ 예시답안

(다)의 측정 결과는 언어와 사고의 관련성을 놓고 다양한 시각 차이가 있을 수 있음을 보여준다. 먼저 (B)와 (D)처럼, 언어구사력과 사고력이 서로 같은 방향성을 갖는 것은 (가)와 (나)가 공통적으로 주장하는 것처럼, 언어와 사고가 서로 밀접한 관련성을 갖고서 상호작용함을 의미한다. 이때 (B)는 (가)처럼 인간의 사고 과정, 특히 고도의 논리적 사고 과정에서 언어가 유용한 도구로 작용함으로써 사고력을 높인 경우다. 반면 (D)는 (나)처럼 사고력이 떨어질 경우에 그에 따라 언어에 대한 개념적 사고가 명확하게 인식되지 않음으로써, 그만큼 낮은 언어구사력으로 이어지는 경우라 할 수 있다. 어

느 것이든, 언어와 사고는 불가분의 관계를 맺으면서 상호작용함을 보여준다. 한편 (A)와 (C)에 따르면, 언어구사력과 사고력은 서로 반대되는 인지 능력을 보이는데, 이는 (가)·(나)와는 달리 인간의 언어 수행능력과 사고 행위는 완전히 별개의 능력으로, 언어 없이도 사고할 수 있음을 의미한다. 즉 언어의 영역을 관장하는 인지 능력과 사고의 영역을 관장하는 인지 능력은 별개로 독립적으로 존재할 수 있다. 그렇기에 언어력이 뛰어나다고 해서 논리적 사고력이 뛰어날 것이라고 섣불리 단정해서는 안 되며, 반대로 논리적 사고력이 뛰어나다고 언어력까지 뛰어나다고 볼 근거 또한 없다. (A)와 (C)는 이것을 보여준다.

참고로, 이 문제는 논술 답안의 '맞고 틀림'의 문제에서 한 걸음 더 나아가, '적절하고, 더 적절함'의 문제, 즉 논증으로 제시되는 논거가 얼마나 더 타당하고 설득적이냐의 문제를 생각하게 하는 그런 문제다. 연세대와 건국대처럼 논점이 세분화되어 심층적으로 밀고 들어가고, 그렇게 해서 좀 더 깊은 사고력을 요구하는 '다면사고형'의 문제에서 다루는 논제가 그러한데, 이를 아래에 제시한 해설 및 예시답안과 필자의 예시답안을 비교함으로써 확인할 수 있을 것이다. 중요한 것은, 답이 맞고 틀리고의 문제가 아니라, 어디까지나 논거의 설득력에 달렸음이다.

■ 한겨레신문에 소개된 건국대 2014 기출문제 분석
<문제1>의 해결을 위해서는 먼저 (가)와 (나) 각각의 관점을 파악해야 한다. 관점이란 결국 제시문의 주장이나 견해를 의미하는 것이므로 언어와 사고의 관계에 대한 두 제시문의 주장을 비교한 후 두 제시문의 관점에서 (다)의 조사 결과를 분석해야 한다. 이때 (가)와 (나)의 관점 비교는 (다)를 분석하기 위한 예비 단계에 해당하므로 원고 분량은 (다)분석 내용에 더 집중하는 것이 좋다.
(가)제시문은 언어가 사고의 근원이자 본질이라는 이라는 주장을 담고 있다. 반면 (나)는 언어가 사고에 많은 영향을 미치는 것은 사실이나 언어가 사고의 본질은 아니라는 입장을 나타낸다. 두 제시문은 모두 언어와 사고가 밀접한 관련성을 가지고 있다고 보는 점에서 공통점을 갖지만 사고의 본질이 언어인가 아닌가라는 점에서 근본적인 차이를 나타낸다.
(다)는 (가)와 (나) 두 가지 주장을 뒷받침하는 조사 결과를 제시한다. 수리능력, 추리력, 상상력, 판단력이 언어구사력과 어떠한 상관관계를 맺는가에 따라 B와 D는 (가)의 주장을 지지하는 근거가 될 수 있는 반면, A와 C는 (나)의 주장을 뒷받침하는 근거가 된다.
(다)의 조사결과를 종합적으로 볼 때 **(가)의 주장은 충분한 근거를 갖기 어렵다는 결론을 얻을 수 있다.** (출처; 한겨레신문 2013. 12. 17)

언어의 부재가 사고의 부재를 의미한다는 [가]의 관점에서 언어는 사고를 정리하고 개념을 나누는 틀이 된다. 침묵이 언어의 부재가 아니라 언어 행위의 부재라면 언어는 사고를 정리하고 표현하는 모든 기호로 규정할 수 있다. 따라서 [다]의 인지 능력 측정에서 언어구사력과 수리 능력 항목이 언어 영역에 해당하며 추리력, 상상력, 판단력이 사고 영역에 해당한다. B와 D가 보여주는 모든 항목의 뚜렷한 양의 상관성과 A와 C가 보여주는 수리 능력과 사고 영역과의 양의 상관성은 언어 없는 사고가 불가능하다는 근거가 된다.

그러나 언어가 사고를 철저하게 지배하는 것은 아니라는 [나]의 관점에서 언어는 대상을 표현하는 수단이 된다. 생각을 표현할 적당한 말이 없는 상황은 언어가 어휘를 기반으로 존재한다는 의미로 해석된다. 따라서 [다]의 인지 능력 측정에서 언어구사력이 언어 영역에 해당하며 수리 능력, 추리력, 상상력, 판단력이 사고 영역에 해당한다. B와 D에서 언어구사력과 사고 수준은 양의 상관성을, A와 C는 음의 상관성을 보이므로 두 변수는 뚜렷한 상관성을 갖는다고 볼 수 없다. 더구나 A와 B는 모두 언어구사력이 사고 수준보다 높고, B와 C는 모두 사고 수준이 언어구사력보다 높다는 사실을 통해 언어와 사고가 일방적인 관계에 있지 않으며, **언어가 사고를 지배한다는 주장이 타당하지 않다는 근거가 된다.**

【문제9의 해설 및 예시답안】

〔문제2〕 ①제시문 (가)에 근거하여 ②제시문 (나)에서 설명하는 길가메시 왕의 **선택**과 **결정**을 논하시오.(800±80자)

(가) 강압(coercion)은 국가 간의 관계에서 군사력 사용의 가능성이나 다른 수단을 통해 상대방의 행동 변화를 만들어내는 전략 중의 하나이다. 강압은 폭력(brute force)과 구분되는 개념으로 이해하면 가장 적절하다. 폭력은 사용되어야만 실효를 발휘하지만, 이와 달리 강압은 피해를 입힐 수 있는 힘을 유보한 상태에서 그 목적을 달성해야 가장 큰 효과를 거둘 수 있다. 현실에서 강압과 폭력의 구분은 모호하지만, 그 차별화를 포기할 경우 항복을 포함한 모든 국가의 행위가 스스로의 선택에 의해서 이루어진다는 국제 정치의 프로세스를 설명할 수 없기 때문에 강압의 독자적 개념화는 중요하다.

강압은 그 목적에 따라 억지(deterrence)와 강제(compellence)로 나눌 수 있다. 억지란 상대방이 특정한 행동을 시작하지 못하도록 설득하는 것(dissuasion)이고, 강제란 상대방이 이미 하고 있는 행동을 중지시켜 원상회복시키거나 상대방의 의지에 반하여 특정한 행동을 시작하도록 설득하는 것(persuasion)을 의미한다. 강제의 경우 후자 즉 상대방의 의지에 반해 어떤 행동을 시작하도록 강요하는 것을 원상회복을 위한 강제와 구분하여 양보라 하기도 한다.

억지와 강제의 수단으로는 위협(threat)과 보상(promise)이 사용된다. 타인의 기대에 영향을 미쳐 그의 행동을 바꾸기 위해 제공되는 미래 행동에의 약속을 공약(commitment)이라고 할 때, 위협은 요구에 부응하지 않을 경우 불이익을 가하겠다는 공약이고, 보상은 요구에 부응했을 경우 이익을 제공하겠다는 공약이다.

억지의 경우는 상대방이 순응하지 않을 때 사용할 나의 수단을 제시하는 것이기 때문에 상대방이 요구에 순응할 때에는 어떤 구체적인 이익을 제공하지 않는 것이 일반적이다. 억지의 상황에서 상대방의 순응은 현상유지를 의미하는 경우가 많고, 이 경우 현상유지를 위해 보상을 제공한다면 유화(appeasement)나 굴복으로 보일 것이다. 따라서 <u>억지의 경우는 보상이라는 수단보다는 위협이라는 수단 즉 위협을 통한 억지라는 짝이 훨씬 자연스럽다.</u> 반면 강제의 경우는 보상의 역할이 보다 중요하다. 위협에 의한 강제에 순응하는 것은 명백한 굴복으로 여겨지기 쉽기 때문에 주변국가로서는 이를 받아들이기가 어렵다. 특히 원상회복을 위한 강제가 아니고 상대방의 양보를 요구하는 강제가 위협이라는 수단을 동원할 경우 이를 공갈(blackmail)이라 하는데, 공갈은 수탈이나 무력충돌로 곧잘 이어져 폭력과의 구분이 모호해지기도 한다.

<u>상대방의 행동을 요구하는 강제의 경우에는 이를 강요하기 위한 명분과 보상이 제공될 때 성공 가능성이 훨씬 높아진다.</u> 보상에 의한 강제의 경우 상대국의 지도자가 양보의 대가를 받음으로 해서 항복으로 인해 야기될 수 있는 정치적 손실과 비용을 감소시킬 수 있기 때문이다. 결국 저항의 대가를 높이는 대신 순응의 가치를 증대시킴으로써 상대 지도자는 패배에도 불구하고 상호 승리를 주장할 수 있는 근거를 갖게 된다. 이러한 점에서 보상에 의한 강제는 합의나 거래의 상황과 유사한 결과를 낳게 되므로 이를 특히 구분하여 유도(inducement)라고 부르기도 한다. 이상의 논의를 요약하면 다음 그림과 같다.

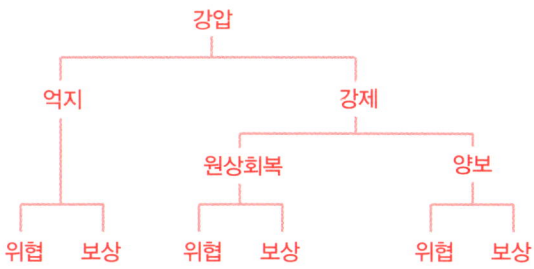

지문에 나타난 강압의 종류에 대해 정리하면

■ 강압(coercion)

• 국가 간의 관계에서 군사력 사용의 가능성이나 다른 수단을 통해 상대방의 행동 변화를 만들어내는 전략 중의 하나로, 사용되어야만 실효를 발휘하는 폭력과는 달리, 강압은 피해를 입힐 수 있는 힘을 유보한 상태에서 그 목적을 달성해야 가장 큰 효과를 거둘 수 있다는 점에서 폭력과 구분된다… 즉 <u>강압은 물리력을 가하지 않고 상대방의 행동 변화를 이끄는 효과적인 방법이다.</u>

- 강압은 이를테면 항복과 같은 상대방의 행동변화가 피 항복국가 스스로의 선택에 의한 것이라는 점을 강조하는 점에서, 그 대척점인 폭력과 구분된다.
  - **강압-억지(deterrence_억제)**
- 억지는 상대방이 특정한 행동을 **시작하지 못하도록** 설득하는 것(dissuasion_만류)… 사전적 개념
  - **강압-강제(compellence)**
- 강제는 상대방이 이미 하고 있는 행동을 **중지시켜** 원상회복시키거나, 상대방의 의지에 **반하여** 특정한 행동을 시작하도록 설득하는 것(persuasion_설득)…사후적 개념≠양보
  - **강압-억지-위협(threat)_** 요구에 부응하지 않을 경우 불이익을 가하겠다는 공약(commitment)으로, 상대방이 순응하지 않을 때 사용할 나의 수단을 제시하는 것이기 때문에 상대방이 요구에 순응할 때에는 어떤 구체적인 이익을 제공하지 않는 것이 일반적이며, 따라서 억지의 상황에서 상대방의 순응은 현상유지를 의미하는 경우가 많기에, 보상보다는 위협을 통한 억지가 더 적절하다.
  - **강압-억지-보상(promise)_** 요구에 부응했을 경우 이익을 제공하겠다는 공약
  - **강압-강제-양보-보상_** 보상에 의한 강제의 경우 상대국의 지도자가 양보의 대가를 받음으로해서 항복으로 인해 야기될 수 있는 정치적 손실과 비용을 감소시킬 수 있음은 물론, 상호 승리를 주장하는 명분 제공의 근거가 되기에 성공 가능성이 높아진다.

(나) 아주 먼 옛날에 통치자는 원격지에서 물자를 확보하기 위해 군사 원정을 조직했다. 예컨대 우루크의 왕 길가메시(기원전 3천 년경)는 머나먼 곳에 있는 삼나무 숲에서 목재를 얻으려고 여행을 준비했다. …… 그러나 희소 물자를 얻기 위한 약탈 원정은 위험부담이 큰 사업이었다. 전하는 바에 따르면, 길가메시는 삼나무 숲에서 돌아온 후 친구이자 동료인 엔키두를 잃었다. 다음 대목이 보여주듯이 엔키두의 죽음은 그가 적과의 거래를 거부한 데 대한 일종의 인과응보였다.

그리하여 (삼나무 숲의 주인) 훔바바는 항복했다.
훔바바는 길가메시에게 말했다.
"나를 풀어주게, 길가메시여
그러면 그대는 나의 주인이 되고 나는 그대의 종이 되리니.
그리고 나는 내 산에서 기른 나무들을 베어 그대의 집을 지으리."
그러나 엔키두는 길가메시에게 말했다.

"훔바바의 말에 귀 기울이지 말게
훔바바를 살려두어서는 안 되네." (「길가메시 서사시」 중에서)

그래서 두 영웅은 훔바바를 죽이고 우루크로 개선했다. 이야기에는 분명히 나와 있지 않지만 아마도 전리품으로 삼나무 목재를 가지고 돌아왔을 것이다.

훔바바를 살해한다는 결정은 매우 불안정한 역학관계를 반영한 것이었다. 길가메시는 삼나무 숲에서 오래 머물 수가 없었다. 이런 원격지에 그는 아주 잠시만, 그것도 간신히 적보다 우월한 군사력을 가질 수 있을 뿐이었다. 엔키두와 길가메시가 훔바바를 죽이지 않았더라면 원정군이 철수하자마자 훔바바는 이방인의 요구를 거부할 수 있을 정도로 권력을 회복했을 것이다. 분명한 것은 길가메시가 훔바바의 항복을 받아들였든 거부했든, 이런 실력행사로는 우루크에 충분한 목재를 공급할 수 없었을 것이라는 점이다.

통상적인 명령 구조 내에서 원격지로부터 희소 자원을 입수하기 위해서는 이보다 훨씬 신뢰할 만한 방법이 필요했다. 이쪽에서도 그 자원과 맞바꿀 어떤 물품을 보내겠다고 제시하는 것, 즉 약탈이 아니라 교역이었다.

■ 논제 분석

• 공통 주제_ 강압의 다양한 양상

• 관점_ 강압의 다양한 제 양상

• 논제_ (가)의 강압의 다양한 관점을 (나)의 사례에 대입해서 분석하고(선택을 분석하고) 평가하라(결정을 평가하라).

■ (가), (나)를 서로 연결해 논리적으로 서술하면 : 논제 서술 유형에 맞춰 논증 구성

• 희소물자를 얻기 위한 약탈 원정은 위험부담이 큰 사업이었다.

  → 국가 간의 관계에서 군사력 사용의 가능성이나 다른 수단을 통해 상대방의 행동 변화를 만들어내는 전략, 즉 물리력을 가하지 않고 상대방의 행동 변화를 이끄는 효과적인 방법인 '강압'의 필요성이 대두된다.

• 훔바바는 항복했다. … 하지만 훔바바를 살려두어서는 안 되네. 두 영웅은 훔바바를 죽이고 우루크로 개선했다.

  → 상대방이 특정한 행동을 시작하지 못하도록 설득하는 것, 즉 상대방이 권력을 회복하여 실력행사를 하지 못하도록 하는 사전적인 해결책으로서 훔바바 살해를 도모한다는 점에서 '강압-억지'에 가깝다.

• 훔바바를 살해한다는 결정은 매우 불안정한 역학관계를 반영한 것이었다. … 엔키

두와 길가메시가 훔바바를 죽이지 않았더라면 원정군이 철수하자마자 훔바바는 이
방인의 요구를 거부할 수 있을 정도로 권력을 회복했을 것이다.

→ 길가메시는 상대방인 훔바바가 이후에 힘을 축적하게 되면 당초의 요구에 부응
하지 않을 것이라고 확신했다. 즉 타인의 기대에 영향을 미쳐 그의 행동을 바꾸기
위해 제공되는 미래 행동에의 약속인 공약의 실행 불가능성을 인지하고 그에 따른
불이익을 가하겠다는 '위협'의 필요성을 인식했으며, 그 결과 훔바바를 살해한 것이
다. 이런 이유로 길가메시왕은 '강압-억지-위협'의 방식을 선택했다.

• (강압에 의한 억지는 물론) 위협에 의한 강제에 순응하는 것 역시 명백한 굴복으로
여겨지기 쉽기 때문에 주변국가로서는 이를 받아들이기가 어렵다. 특히 원상회복을
위한 강제가 아니고 상대방의 양보를 요구하는 강제가 위협이라는 수단을 동원할
경우, 이는 수탈이나 무력충돌로 곧잘 이어져 폭력과의 구분이 모호해지며, 그에 따
른 반발이 일어나게 된다. 엔키두의 죽음은 그가 적과의 거래를 거부한 데 대한 일
종의 인과응보였다고 보는 점, 분명한 것은 길가메시가 훔바바의 항복을 받아들였
든 거부했든, 이런 실력 행사로는 우루크에 충분한 목재를 공급할 수 없었을 것이
라는 점이 이를 뒷받침한다.

• 통상적인 명령구조 내에서 원격지로부터 희소 자원을 입수하기 위해서는 이보다 훨
씬 신뢰할 만한 방법이 필요했다. ··· 그 자원과 맞바꿀 어떤 물품을 보내겠다고 제
시하는 것, 즉 약탈이 아니라 교역이었다.

→ 상대방의 행동을 요구하는 강제의 경우에는 이를 강요하기 위한 명분과 보상이
제공될 때 성공 가능성이 훨씬 높아진다는 점에 비춰 생각할 때, 길가메시왕은 '강
압-강제-양보-보상'을 선택함으로써, 명분과 실리 모두를 챙겼어야 했다.

■ 문제 해결의 포인트

이 문제 해결의 가장 큰 포인트는, 길가메시의 선택이 '강압-억지-위협'의 방법이었는
가, '강압-강제-(양보)-위협'의 방법이었는가 하는 관점에 대한 가치 판단의 근거다. 이
때 그 근거를 판단함에 생각해야 할 포인트는 다음 두 가지다.

• 첫째, '**강압-강제-양보-위협**'의 관점을 따를 경우, 길가메시가 선택한 방법으로서
의 위협은 곧 '원상회복을 위한 강제가 아니고 상대방의 양보를 요구하는 강제가 위
협이라는 수단을 동원한 경우로서의 **공갈**에 해당'한다. 왜냐하면 길가메시는 삼나

무를 약탈한 후 이를 원상회복시켜 줄 마음은 추호도 없기 때문으로, 공갈이 재물을 빼앗거나 금전적인 이득을 취득하기 위하여 폭행 또는 협박하는 것임을 고려할 때(이런 이유로 공갈이 폭력과의 구분이 모호해진다고 하는 것이며, 대부분의 경우 공갈은 폭행으로 이어지지 않는다) 그렇다. 그런데 만약 길가메시가 훔바바를 공갈한 것이라면, 굳이 그를 죽일 이유는 없었지 않은가(죽여 버리겠다고 공갈치는 경우는 있어도, 공갈을 쳐놓고 사람 죽이는 경우는 드물다)?

• 둘째, (가)의 개념 정의 문구 중 '억지란… 상대방이 특정 행동을 **시작하지 못하도록** 설득하는 것'이냐, 또는 '강제란… **상대방의 의지에 반하여** 특정한 행동을 시작하도록 설득하는 것'이냐의 구절에 대한 사실적 판단 여부다. 이때 길가메시의 선택은 자칫 '상대방인 훔바바의 의지(즉 살려달라는 애원)에 반하여 특정한 행동을 시작하도록 설득하는('너를 어떻게 믿느냐! 그냥 조용히 죽어라.'는 식으로 설득하는)' 것이라고 해석하여 '강제'의 의미로 파악할 수 있겠지만, 이는 말 그대로 그리 설득적이지 못하다. 앞서 말한 것처럼, 그건 공갈로서의 위협이 아니기 때문이다.

따라서 길가메시의 선택은 상대방이 특정 행동, 즉 나중에 뒤통수치는 행동을 하지 못하도록 '조용히 죽어주라!'는 식으로 상대방을 설득한 것으로 보는 게 더 타당한데, 이는 다음 구절을 통해 미루어 짐작할 수 있다. 즉 (가)의 '억지가 **상대방이 순응하지 않을 때** 사용할 나의 수단을 제시하는 것'이라는 구절과, (나)의 '엔키두와 길가메시가 훔바바를 죽이지 않았더라면 원정군이 철수하자마자 훔바바는 **이방인의 요구를 거부할 수 있을 정도로 권력을 회복했을 것**'이라는 구절을 통해, 상대방인 훔바바를 죽이지 않고 살려두었다가는 후환이 따를 것임을 길가메시와 친구 엔키두는 충분히 인지하고 그에 맞는 선택을 한 것이다. 그리고 그 선택은 '상대방이 특정 행동을 시작하지 못하도록 설득하는 것'으로서의 억지의 방법이다.

즉 길가메시와 친구 엔키두는 훔바바가 겉으로만 살려달라고 애원하는 것이지, 속내로는 절대 순응하지 않을 것이라는 사실은 간파하고, 그가 후에 힘을 끌어 모은 후 뒤통수를 치는 것과 같은 특정 행동을 하지 못하도록 그를 죽인 것이다.

이상을 고려할 때, 길가메시의 선택은 '강압-강제-양보-위협'이라기보다는 '**강압-억지-위협**'의 방법이라고 보는 게 더 적절하며, 이때 (가)의 '설득하는 것'의 설득은 자기 자신을 합리화시키기 위해 또는 상대방에게 너 죽어줘야겠다고 하는 식의 강압에 의한 일방적인 의미의 설득으로 봐야 할 것이다. 즉 공갈로 죽여 버리겠다는 식의 강제로서의 위협이 아니라, 실제 상대방으로부터의 행동을 원천봉쇄하는 억지(억제) 행위로서의 위협이다.

다음은 길가메시의 선택이 '강압-강제-양보-위협'이라는 측면에서 서술한 답안이다. 비록 답안의 방향성은 약간 빗나갔지만, 논리적으로는 매우 뛰어난 답안이다. 특히 이 문제의 핵심이 개념을 이용한 사례의 비판적 평가에 있음을 정확하게 이해하고 서술한 점, 게다가 논리의 전개가 체계적인 점에서 그렇다.

▪ 학생 예시답안

(가)를 통하여 (나)의 길가메시의 행동을 들여다보면, 삼나무라는 희소 물자를 우르크에 보급하게 하는 공약을 맺으려 했다고 볼 수 있다. 이 경우에는 삼나무의 숲에 사는 사람들에게 행동의 변화를 '강압'한 것이므로 '강제'를 꾀했다고 볼 수 있다. (가)에 따르면 강제는 상대방의 양보를 요구하기에 '보상'의 역할이 위협보다 중요하다. 그러나 길가메시는 훔바바를 죽인다는 '위협'을 통해 강제를 성공시켰다. 이는 크게 두 가지 측면에서 비판받을 수 있다.

일단 길가메시가 행한 위협을 통한 강제, 즉 '공갈'은 훔바바를 죽인 후 물자를 약탈해간다는 폭력으로 이루어져 있기에 비판받을 여지가 있다. 그러한 공갈은 주변국의 반발을 불러올 뿐만 아니라 쌍방의 손실을 가져오며 보복의 위험을 내포하는데, 실제로 이 경우에는 친구인 엔키두를 잃게 되는 보복(인과응보)이 닥쳐왔다고 볼 수 있다.

또한 공갈은 장기적인 측면에서 보았을 때 충분한 결과를 내지 못하기에 비판받을 수 있다. 이 경우에서는 우르크에 충분한 목재를 공급하지 못한 것이 그에 해당된다.

따라서 길가메시는 위협이 아닌 '보상'을 통한 '강제'를 꾀하는 것이 바람직했음을 알 수 있다. 보상을 약속한 강제는 상대방에게 항복에 의한 손실을 최소화시켜주므로 길가메시의 우세한 군사력을 통해 쌍방에 이득이 되는 공약을 맺을 수 있었을 것임이 그 이유이다. 또한 이러한 유도는 지속적인 좋은 관계를 유지할 수 있게 하며 장기적으로 자원을 얻을 수 있게 하고, 무엇보다 엔키두를 잃었다는 결과를 가져오지 않았을 것이기에 바람직하다. 따라서 길가메시는 약탈이 아닌 교역을 선택해야 했다고 결론지을 수 있다.

▪ 필자 예시답안

(가)의 개념 정의에 근거할 때, (나)의 길가메시왕의 선택과 결정은 다음을 따랐다. 길

가메시왕은 희소 물자를 얻기 위한 약탈 원정은 위험부담이 큰 사업이었음을 인식했는데, 그에 따라 국가 간의 관계에서 군사력 사용의 가능성이나 다른 수단을 통해 상대방의 행동 변화를 만들어내는 전략, 즉 물리력을 가하지 않고 상대방의 행동 변화를 이끄는 효과적인 방법인 '강압'의 필요성을 인식하고 행동했다. 그 결과 훔바바는 항복했지만, 친구 엔키두는 훔바바를 살려두어서는 안 된다고 하였고, 결국 두 영웅은 훔바바를 죽이고 말았다. 이는 상대방이 특정한 행동을 시작하지 못하도록 설득하는 것, 즉 상대방이 권력을 회복하여 실력행사를 하지 못하도록 하는 사전적인 해결책으로 훔바바 살해를 도모한다는 점에서 '강압-억지'에 가깝다. 사실 훔바바를 살해한다는 결정은 매우 불안정한 역학관계를 반영한 것이었다. 즉 엔키두와 길가메시가 훔바바를 죽이지 않았더라면 원정군이 철수하자마자 훔바바는 이방인의 요구를 거부할 수 있을 정도로 권력을 회복했을 것이라고 우려했기 때문이다.

이런 이유로 길가메시는 상대방인 훔바바가 이후에 힘을 축적하게 되면 당초의 요구에 부응하지 않을 것이라고 확신했다. 즉 타인의 기대에 영향을 미쳐 그의 행동을 바꾸기 위해 제공되는 미래 행동에의 약속인 공약의 실행 불가능성을 인지하고 그에 따른 불이익을 가하겠다는 '위협'의 필요성을 인식했으며, 그 결과 훔바바를 살해한 것이다. 결국 길가메시왕은 **'강압-억지-위협'**의 방식을 선택한 것이다.

하지만 그러한 길가메시왕의 선택은 결코 현명하고 현실적인 결정으로 볼 수 없다. 무엇보다 (강압에 의한 억지는 물론) 위협에 의한 강제에 순응하는 것 역시 명백한 굴복으로 여겨지기에, 주변국가로서는 이를 받아들이기 어렵기 때문이다. 특히 원상회복을 위한 강제가 아니고 상대방의 양보를 요구하는 강제가 위협이라는 수단을 동원할 경우, 이는 곧잘 수탈이나 무력충돌로 이어져 폭력과의 구분이 모호해지며, 그에 따른 반발이 일어나게 된다. 엔키두의 죽음은 그가 적과의 거래를 거부한 데 대한 일종의 인과응보였다고 보는 점, 게다가 분명한 것은 길가메시가 훔바바의 항복을 받아들였든 거부했든, 이런 실력행사로는 우루크에 충분한 목재를 공급할 수 없었을 것이라는 점이 이를 뒷받침한다.

그렇기에 통상적인 명령 구조 내에서 원격지로부터 희소 자원을 입수하기 위해서는 이보다 훨씬 신뢰할 만한 방법이 필요했다. 이는 그 자원과 맞바꿀 어떤 물품을 보내겠다고 제시하는 것, 즉 약탈이 아니라 교역이었다. 즉 상대방의 행동을 요구하는 강제의 경우에는 이를 강요하기 위한 명분과 보상이 제공될 때 성공 가능성이 훨씬 높아진다는 점에 비춰 생각할 때, 길가메시왕은 **'강압-강제-양보-보상'**을 선택함으로써 명분과 실리 모두를 챙겼어야 옳았다. (※내용 설명을 다소 길게 가져감)

※이 문제는 개념 정의 및 그것을 사례에 적용하여 논술하는 문제의 전형으로, 논리적 사고력을 훈련하는 데 아주 좋은 문제다. 또한, 수능 추론 문제의 연장선상에 있는 문제이기도 하기에, 철저한 사례 분석과 연습을 해나가도록 한다.

【문제10의 해설】

▪글의 논증 구조

【(가)정약용 유학 사상의 핵심은 주체의 자유의지를 도입했다는 것이다. 하지만 그가 측은지심(惻隱之心)처럼 인간이 선천적으로 지니고 있는 도덕 감정을 부정한 것은 아니다. 다만 주체의 자율적 의지나 결단을 통해서만 도덕 감정도 의미를 지닐 수 있다는 점을 지적한 것이다.

(나)선천적인 도덕 감정을 긍정한다는 점에서 정약용은 주희의 논의를 수용한다고 볼 수 있지만, 그것 자체를 선이라고 보지 않는다는 점에서 그는 주희로부터 벗어나 있다. 어린 아이가 우물에 빠지려고 할 때 인간에게는 항상 측은지심이라는 동정심이 생기는데, 주희는 이 측은지심이 인간 본성의 실현이라고 강조한다. 따라서 그에게는 측은지심이 마지막 결과이고 인간 본성이 원인이 되는 셈이다. 이와 달리 정약용은 측은지심을 결과라고 생각하지 않는다. 오히려 인간의 윤리적 행위의 처음 원인이라고 생각한다. 그가 주희로부터 근본적으로 달라지는 부분이 바로 이 지점이다.

(다)정약용은 인간의 마음을 세 가지 차원에서 볼 수 있다고 주장한다. 본성, 권형, 행사가 그것이다. 우선 본성은 인간만이 가진 도덕 감정으로 천명지성(天命之性), 즉 '선을 즐거워하고 악을 부끄러워하는' 윤리적 경향을 말한다. 권형은 마치 소용돌이치는 물과 같이 선과 악이 섞여 있는 갈등상태에서, 주체적 선택과 결단을 할 수 있는 자유의지를 말한다. 행사는 주체가 직접 몸을 움직여서 자신의 선택을 행하는 것이다. 즉 선을 좋아하는 경향에 따른 실천을 말한다. 그러나 인간은 육체의 제약을 가지고 살아가는 유한한 존재이고 욕망에 흔들리기 쉽기 때문에, 본성이 아무리 선을 좋아하더라도, 실제로 선을 행하는 것이 그리 쉽지 않다.

(라)가령 우물에 빠진 아이를 구하기 위해 내가 죽을 수도 있는 상황에서 아이를 구하려는 의지를 포기하지 않을 수 있을까? 과연 내가 죽는다면 선과 악이 무슨 의미가 있느냐고 하면서, 아이를 구하는 것을 포기할 수도 있지 않을까? 정약용은 이런 상황에서도 아이

를 구하고자 하는 마음을 도덕 감정으로서의 본성이 그대로 기능하는 '도심(道心)'이라 부르고, 그렇지 않은 마음을 자신의 육체적 안위를 우선시하는 '인심(人心)'이라 부른다. 이와 같은 도심과 인심 중에서 주체는 확고하게 도심을 따라야 한다고 그는 강조한다. 】…
(해설_전제와 전제의 뒷받침)

【 (마)정약용은 측은지심과 같은 도덕 감정 자체를 문제 삼지는 않았다. 다만 그 감정은 윤리적으로 선을 행할 수 있도록 한다는 데 의미가 있으며, 그 도덕 감정이 **실천**에까지 이어져야 한다는 것을 강조한 것이다. 그러므로 유학 전통에서 정약용이 차지하고 있는 위상은 주체의 실천과 관련된 **자유의지**를 강조했다는 데에서 찾을 수 있다. …(중심 주장 글) 그는 이를 통해 주희가 강조한 내면적 수양을 넘어, 유학을 실천적 책임의 윤리학으로 바꿀 수 있었던 것이다. 】…(주장)

■ 글의 핵심 요약

전제1_ 정약용은 측은지심이라는 선천적 도덕 감정을 긍정하지만, 그것 자체를 인간 본성의 결과로서의 선의 실현이라고 보지는 않는다.

전제2_ 측은지심 같은 도덕 감정으로서의 윤리적 선을 행하는 행위는 그것이 올바른 결과로 이어질 수 있도록 실천으로까지 이어져야 하기 때문이다.

결론_ 이처럼 그는 도덕 감정에 대한 행위 주체의 실천 의지로서의 자유의지를 강조한다.

정약용은 선천적 도덕 감정 그 자체를 인간 본성에 따른 선의 실현이라고 보지 않으며, 도덕 감정이 행위 주체의 실천 의지인 자유의지를 통해 올바른 결과로 이어져야만 진정한 선의 실현이라고 본다. …**논증 요약**

주제어_ 자유의지
주제어_ 도덕적 실천 윤리로서의 자유의지의 중요성

■ 답안 해설

[문제36]

- ①=(가), (마)에 나와 있다.
- ③=(다)에 나와 있다.
- ④=(라) 도심과 인심 중에서 주체는 확고하게 도심을 따라야 한다고 그는 강조한

다.

- ⑤=(마) 유학 전통에서 정약용이 차지하고 있는 위상은 주체의 실천과 관련된 자유 의지를 강조했다는 데에서 찾을 수 있다.
- ②≠지문에 나와 있지 않다.

[문제37]

- ①≠(나) 선천적인 도덕 감정을 긍정한다는 점에서 정약용은 주희의 논의를 <u>수용한</u> <u>다고 **볼 수 있지만**</u>, 그것 자체를 선이라고 보지 않는다는 점에서 그는 주희로부터 벗어나 있다.
- ②≠(가) 주체의 자율적 의지나 결단을 통해서만 도덕 감정도 **의미를 지닐 수 있다** <u>는</u> 점을 지적한 것이다.
- ④≠(다) 본성이 아무리 선을 좋아하더라도, 실제로 선을 행하는 것은 **그리 쉽지** **않다**.
- ⑤≠도덕 감정이 선을 좋아하고 악을 부끄러워하는 마음이라는 것은 주희와 정약 용의 공통된 입장이다.
- ③=(마) 그 감정은 윤리적으로 선을 행할 수 있도록 한다는 데 의미가 있으며, <u>그</u> <u>도덕 감정이 **실천으로까지 이어져야**</u> 한다는 것을 강조한 것이다.

[문제38]

- ②=(다) 본성은 인간만이 가진 도덕 감정으로 천명지성(天命之性), 즉 '<u>선을 즐거</u> <u>워하고 악을 부끄러워하는</u>' 윤리적 경향을 말한다.
- ③=(다) 권형은 마치 소용돌이치는 물과 같이 선과 악이 섞여 있는 갈등상태에서, <u>주체적 선택과 결단을 할 수 있는 자유의지</u>를 말한다.
  → 따라서 '병'을 구할 것인지 대피할 것인지에 대한 **갈등 및 주체적 선택과 결정의** **과정**이 드러나 있으므로 '권형'에 해당한다.
- ④=(라) 이런 상황에서도 <u>아이를 구하고자 하는 마음을 도덕 감정으로서의 본성이</u> <u>그대로 기능하는 '도심(道心)'이라 부르고</u>….
  → 즉 '을'이 '병'을 구하기 위해 남은 것은 <u>도덕 감정으로서의 본성이 그대로 기능하</u> <u>는</u> 것이므로 '도심'에 해당한다.

438

- ⑤=(라) 그렇지 않은 마음을 자신의 육체적 안위를 우선시하는 '인심(人心)'이라 부른다.
  → 즉 '갑'이 '병'을 구하는 것이 불가능하다고 판단한 것은 자신의 육체적 안위를 우선시한 행동이므로 '인심'에 해당한다.
- ①≠(다) 행사는 주체가 **직접 몸을 움직여서 자신의 선택을 행하는** 것이다.

[문제39]

- ①=핵심 주제어다.
- ②, ③, ④=적절하다.
- ⑤≠'가령'은 독자의 이해를 돕기 위해 가정된 상황을 제시하는 표지로, 앞서 논의된 내용이 가정된 상황 속에서 어떻게 이해될 수 있는지 살펴가며 읽어야 한다. 따라서 ⑤와 같이 가정된 상황과 실제 사실을 구분해서 읽는 것은 적절하지 않다.

답 : 문제36 ②, 문제37 ③, 문제38 ①, 문제39 ⑤

【문제11의 해설】

■글의 논증 구조

【전통적 공리주의는 세 가지 요소에 기초하여 성립하는 기본적 윤리 이론이다. 첫째, 공리주의는 행동의 윤리적 가치가 행동의 결과에 의존한다는 **결과주의**이다. 행동은 전적으로 예상되는 결과에 의해서 선하거나 악한 것으로 판단된다. 둘째, 행동의 결과를 평가할 때의 유일한 기준은 바로 행동의 결과가 산출할, 계산 가능한 '**행복의 양**'이다. 이에 따르면 불행과 대비하여 행복의 양을 많이 산출할수록 선한 행동이 되며, 가장 선한 행동은 최대 다수의 최대 행복을 산출하는 것이다. 셋째, 행동을 하기 전 발생할 행복의 양을 계산할 때 개개인의 행복을 다른 누구의 행복보다 더 중요하지는 않다. 그래서 두 사람의 행복을 비교할 때 오로지 그 둘에게 산출될 행복의 양들만을 고려한다. 이는 공리주의가 전형적인 공평주의라는 사실을 보여준다.
이러한 공리주의에 대하여 반공리주의자가 제기하는 가장 심각한 문제는 공리주의가 때때로 **정의의 개념을 배제하는 결과를 초래**한다는 것이다. …(전제) 그는 위의 세 요소들을 실천하는 공리주의자인 민우가 집단 A와 집단 B 간의 갈들이 심각하게 진행되고 있는 나라를 방문했다고 가정한다. 민우는 집단 A의 한 사람이 집단 B의 한 사람을 심하게 폭행하는 장면을 우연히 목격하게 되었다. 민우가 만약 진실을 증언하면 두 집단의 갈등을 더욱 악화시켜 유혈 사태를 야기할 수 있지만, 집단 B의 무고한 한 사람을 지목하여 거짓 증언을 하면 집단 간의 충돌을 막을 수 있다. 증언하지 않을 때 생기는 불확실성은 더 위험하다. 이 같은 상황에서 전통적 공리주의자인 민우는 어떤 행동을 할 것인가?】…**(해설_전제와 전제의 뒷받침)**

【이와 같은 정의 배제 상황에 대한 공리주의자들의 몇 가지 대응 중 가장 주목할 만한 하나는 공리주 또한 정의의 개념을 포함할 수 있다는 것이다. 이것은 진실을 증언하는 사회와 그렇지 않은 사회를 먼저 가정하고 과연 어느 사회가 결과적으로 더 많은 행복을 산출하는 사회인가를 검토하는 것이다. 장기적인 관점에서 전자의 사회가 더 많은 행복을 산출하기 때문에 좋은 사회라는 결론이 도출된다. 그래서 <u>행복을 더 많이 산출하는 진실을 증언함으로써 정의를 바로 세우는 규칙을 만들고 그에 따라 행동하도록 개인의 행동을 제약한다.</u> …**(중심 주장 글)** 이와 같은 대응을 하는 공리주의자들을 **규칙 공리주의자**라고 한다. 】…**(주장)**

■ **글의 핵심 요약**

전제1_ 공리주의는 행동의 결과만을 고려하는 전형적인 공평주의의 관점을 따른다.

전제2_ 그렇기에 공리주의는 때때로 정의의 개념을 배제하는 결과를 초래한다.

결론_ 따라서 사회적 행복을 더 많이 산출하기 위해 개인의 행동을 일정 부분 규제하는 공정으로서의 정의의 규칙을 만들고 그에 따라 행동하도록 대응해야 한다.

공리주의는 행동의 결과만을 고려하기에, 때때로 정의의 개념을 배제하는 나쁜 결과를 초래한다. 따라서 사회적 행복을 더 많이 산출하기 위한 공정으로서의 정의의 규칙을 만들고 그에 따라 개인의 행동을 제약해야 한다. …**논증 요약**

주제어_ 전통적 공리주의와 규칙 공리주의

■ **답안 해설**

[문제44]

• ①=(첫째 단락) 행동의 결과를 평가할 때의 유일한 기준은 바로 행동의 결과가 산출할 계산 가능한 '행복의 양'이다. 이에 따르면 불행과 대비하여 <u>행복의 양을 많이 산출할수록 선한 행동이 되며</u>, 가장 선한 행동은 최대 다수의 최대 행복을 산출하는 것이다.

→ 전통적 공리주의 관점에 따르면, 몸살로 누워 있는 친구를 간호하는 것보다 교통사고로 죽어가는 운전자의 목숨을 구하는 것이 더 많은 행복의 양을 산출한다.

- ③=(첫째 단락) 행동을 하기 전 발생할 행복의 양을 계산할 때 <u>개개인의 행복이 다른 누구의 행복보다 더 중요하지는 않다</u>. 그래서 두 사람의 행복을 비교할 때 <u>오로지 그 둘에서 산출될 행복의 양들만을 고려한다</u>. 이는 공리주의가 전형적인 <u>공평주의라는 사실을 보여준다</u>.

  → 전통적 공리주의 관점에 따르면, 사람에 따라 혹은 친소 관계에 따라 행복의 무게를 달리 계산하지 않는다. 즉 공평주의의 관점을 따른다.

- ④=①과 같다.

- ⑤=(첫째 단락) 첫째, 공리주의는 행동의 윤리적 가치가 **행동의 결과**에 의존한다는 <u>결과주의다</u>. 행동은 전적으로 예상되는 결과에 의해서 선하거나 악한 것으로 판단된다. 둘째, <u>행동의 결과를 평가할 때의 유일한 기준은 바로 행동의 결과가 산출할 계산 가능한 '행복의 양'이다</u>.

  → ①, ④와 같은 맥락이다.

- ②≠'갑'이 전통적 공리주의 입장에서 선한 행동을 했다면, '갑'의 행동은 어느 특정한 사람의 행복을 우선시해서 행동하지는 않았을 것이며, 어디까지나 <u>자신이 행동한 일로 인해 얻어진 행복이 최대일 것이라는 판단 하에 결정을 내린 행동일 것이다</u>.

[문제45]

- ①≠피해자를 설득한다는 것은 곧 피해자가 온전히 피해를 감내해야 한다는 것인데, 이는 반공리주의자의 입장에서 볼 때 <u>정의의 개념을 배제하는 결과를 초래하는 것이다(둘째 단락 도입부)</u>. 따라서 반공리주의자가 예상하는 답이 아니다.

- ②≠(둘째 단락) 증언하지 않을 때 생기는 불확실성은 더 위험하다.

  → 반공리주의자의 입장에서 볼 때, <u>묵비권을 행사할 경우에 발생하는 불확실성은 더욱 위험 요인으로 작용하게 되고</u>, 이 역시 결과적으로 <u>정의의 개념을 배제하는 결과를 초래하는 것이다</u>. 따라서 이 역시 반공리주의자가 예상하는 답이 아니다.

- ④≠가해자와 피해자를 적극 화해시키는 것은 정의가 소홀히 다뤄진 부분은 없기에, 공리주의가 때때로 정의의 개념을 배제하는 결과를 초래한다고 볼 수 없는 사안이다. 즉 반공리주의자의 입장에서 볼 때는 전통적 공리주의자가 이런 생각을 지닐 것으로 생각하지 않을뿐더러, 이러한 생각이 행복이라든지 정의라든지 하는 공

리의 판단 준거가 된다고 생각하지 않기에, 예상하는 답으로 적절하지 않다. 그렇더라도 해석하기에 따라서는 다소 논란의 여지가 있는 선택지 지문이다.

- ⑤≠(둘째 단락) 진실을 증언하면 두 집단의 갈등을 더욱 악화시켜 유혈 사태를 야기할 수 있지만⋯

  → 가해자가 피해자를 폭행했다는 사실을 그대로 증언했을 경우에는 두 집단의 갈등을 야기하고 그에 따라 행복의 양이 줄어들기 때문에, 전통적 공리주의의 입장에서 취할 태도가 아닐 것이다. 아울러 반공리주의자들이 이런 행동을 예상하리라는 근거 또한 없다.

- ③=전통적 공리주의자인 민우는 최대 다수의 최대 행복을 추구하는 쪽으로 자신의 행동을 결정하려 할 것이다. 이런 맥락에서 볼 때, 지문에 제시된 사례에서 민우는 집단 B의 무고한 한 사람을 지목하여 거짓 증언을 함으로써 집단 간 충돌을 막으려 할 것이다. 즉 한 사람만 희생함으로써 많은 사람들이 행복을 느끼고 그 행복의 총합이 최대가 될 것이라고 생각하고 그에 따른 행동을 하려 할 것이다. 하지만 거짓 증언으로 죄 없는 사람에게 죄를 뒤집어씌우는 것은 정의에 어긋난 행동으로, 즉 최대 다수의 최대 행복의 추구가 정의의 개념을 배제하는 결과를 초래하는 것이다. 이런 이유로 전통적 공리주의를 비판하는 반공리주의자들은 민우가 정의를 고려하지 않은 채 단지 행복의 총합만을 생각하며 이 같은 행동을 하게 될 것이라고 예상할 것이다.

[문제46]

- ①≠(셋째 단락) 공리주의자들의 몇 가지 대응 중 가장 주목할 만한 하나는 공리주의 또한 정의의 개념을 포함할 수 있다는 것이다.

  → 즉 규칙 공리주의자들은 정의의 개념을 포함할 수 있다는 입장이지, 모든 규칙을 무조건적으로 따라야 한다는 것은 아니다.

- ②≠〈보기〉에 따르면, 의무론자는 **어떤 경우에도** 진실해야 한다고 하여, 선택지의 '예상되는 결과에 따라'와 상충한다.

- ③≠규칙 공리주의자만이 결과에 의존하여 행동을 결정한다고 하여, 결과의 중요성을 강조한다.

- ④≠규칙 공리주의자는 정의의 배제가 아니라, 정의의 개념을 포함할 수 있어야 한다고 주장한다.

- ⑤=의무론자는 결과와 무관하게 어떤 경우에도, 규칙 공리주의자는 '좋은 사회'라는 결과를 상정해 놓은 상태에서 그것에 의존하여 정의를 강조하고 있다는 점에서 차이가 있다.

답 : 문제44 ②,   문제45 ③,   문제46 ⑤

【문제12의 해설】

■ 지문 해석

남에게 자선을 베푸는 것은 인류를 이롭게 하기에 생겨난 일종의 본성이라고 사람들은 생각한다. 하지만 이는 언뜻 이상하게 들릴 수도 있을 것이다. 왜냐하면 다윈의 진화론에 따를 경우, 개인은 전체 종족의 이익이 아닌, 자기 자신의 이익을 위해 행동하려 하기 때문이다. 그러나 영국의 진화생물학자인 리처드 도킨스는 고통 받는 타인을 측은히 여기는 본성은 자연발생적으로 생겨난 것이라고 믿는다. 인간이 소규모의 씨족 단위로 살았을 때는 어려움에 처한 사람이 자신과 가까운 사람이거나 혹은 나중에 은혜를 되갚을 수도 있는 사람이었으므로, 타인을 측은히 여기는 것이 결국에는 자신에게 이득이 될 수 있었다. 이것이 서로의 관계가 훨씬 덜 긴밀한 현대 사회에서 누군가가 자선을 베풀 것을 요구하는 상황에 맞닥뜨릴 경우에도, 우리가 타인을 동정하는 감정은 여전히 우리의 유전자 속에 남아 있다, 고통을 받고 있는 그 사람을 결코 만나본 적두 없음에도 불구하고 말이다.

① 고통 받기를 바라지 않는 것
② 자선을 베푸는 것
③ 다른 사람들로부터 동정을 받는 것
④ 대안을 모색하는 것
⑤ 개인적인 이해를 추구하는 것

■ 글의 논증 구조

Some people believe that **giving to charity** is some kind of instinct, developed because it benefits our species in some way. …**(중심 주장 글)** At first, this seems like a strange idea: Darwin's theories of evolution presume that individuals should act to preserve their own interests, not those of the species as a whole. But the British evolutionary biologist Richard Dawkins believes that natural selection has given us the ability to feel pity for someone who is suffering). When humans lived in small clean-based groups, a person in need would be relative or someone who could pay you back a good turn later, so <u>taking pity on others</u> could benefit you in the long run. …**(뒷받침 글, 전제)** Modern societies are much less close-knit and when we see a heartfelt appeal for charity, chances are we may never even meet the person who is suffering — but <u>the emotion of pity is still in our genes</u>. …**(전제의 부연)**

전제1_ 타인을 측은히 여기는 동정심은 결국에는 자신에게 이득이 된다.
전제2_ 우리가 타인을 동정하는 감정은 여전히 우리의 유전자 속에 남아 있다.
결론_ 우리가 남을 돕는 행위는 호혜적 이타심에 따른 본성적 행동이다.

타인을 측은히 여기는 동정심이 결국에는 자신에게도 이득이 되며, 그러한 본성이 여전히 우리의 유전자 속에 남아 있다. 이처럼 우리가 남을 돕는 행위는 호혜적 이타심이라는 본성에 기인한다. …**논증 요약**

핵심 단어_ 동정심(charity, pity, instinct)

■ 문제 해결의 포인트

논증 글에 담긴 핵심 키워드를 일치시켜 파악하면 된다.

주장_ giving to charity
근거_ taking pity on others, the emotion of pity

정답 : ②

■ 지문 해석

인간의 탐욕의 결과로서 공유 자원에 일어나는 현상을 설명하기 위해 게릿 하딘은 목초지를 예로 들어 설명한다. 그 목초지에서는 모든 가축 소유주들이 무료로 자신의 가축들을 방목할 수 있도록 허용된다. 각각의 가축 소유주들은 자신의 이익 **극대화**를 추구하며, 그렇게 함으로써 가축을 한 마리 더 무리에 추가했을 때의 장단점을 고려한다. 장점은 가축 소유주가 추가되는 가축의 판매에서 나오는 이익 전체를 가진다는 것이다. 단점은 추가적인 방목이 목초지 악화의 원인이 된다는 것이다. 하지만 그 단점은 목초지를 사용하는 모든 가축 소유주들 사이에서 공유되기에, 개별 소유주는 단점의 불과 일부만을 떠안게 된다. 결과적으로, 장점이 단점을 **뛰어넘게(초과하게)** 되어 있다. 그에 따라 점점 더 많은 가축이 목초지로 몰려나와 결국 과도한 방목이 목초지를 완전히 망치게 되는 일을 피할 수 없다.

■ 글의 논증 구조

To describe what happens to common resources as a result of human greed, Garrett Hardin used the example of an area of pasture on which all the cattle-owners are permitted to graze their animals free of charge. Each cattle-owner seek **to maximize his gain** and in doing so considers the relative advantage and disadvantage of adding one more animal to the herd. …(**뒷받침 글2**) The advantage is that the cattle-owner receives the whole of the profit from the sale of the additional animal. The disadvantage is that the extra grazing contributes to the deterioration of the pasture. However, the disadvantage is shared among all the cattle-owners using the pasture, so the individual owner suffers only a fraction of the disadvantage. Consequently, the advantage is bound **to exceed the disadvantage.** …(**뒷받침 글1**) Thus, it is inevitable that more and more animals will be brought onto the pasture until overgrazing totally destroys the pasture. …(**중심 주장 글**)

전제1_ 공유지에서 각각의 가축 소유주들은 자신의 **이익 극대화**를 추구하려 한다
전제2_ 이는 장점보다 **단점이 훨씬 더 많은** 나쁜 결과를 가져온다.
결론_ 점점 더 많은 가축이 목초지로 몰려나와 결국 과도한 방목이 공유 자원인 목초지를 완전히 망치게 된다.

공유지에서 각각의 가축 소유주들은 자신의 이익 극대화를 추구하려 하고, 이는 장점보다 단점이 훨씬 더 많은 나쁜 결과를 가져오는데, 과도한 방목이 공유 자원인 목초지를 완전히 망치게 된다. …**논증 요약**

핵심어_ 공유지의 비극(what happens to common resources as a result of human greed)

■ **문제 해결의 포인트**

논증 글에 담긴 핵심 키워드를 대조 또는 일치시켜가며 파악하면 된다(여기서는 전제의 각 지문을 비교·대조해가며 파악하면 된다).

전제2_ to maximize his gain
전제1_ ≠ to exceed the disadvantage

정답: ③

【문제14의 해설 및 예시답안】

[문제 1] ① 〈가〉에 제시된 '공유지의 비극'에 대한 세 가지 해법이 어떻게 문제를 해결할 수 있는지 **설명**한 후, ② 이를 바탕으로 〈나〉에 나타난 '공유지의 비극' 상황의 해법을 **평가**하시오.(600자)

〈가〉
어느 마을에 공동으로 관리되는 목초지가 있었다. 사람들은 여기에 적당한 수의 양 떼를 풀어 기르면서 큰 문제없이 먹고 살았다. 그러던 어느 날 한 사람이 욕심을 내기 시작했다. 양을 더 많이 들여와 방목했다. 그의 수입이 늘자 다른 사람들도 앞 다투어 양을 더 방목했다. 내가 안 하더라도 어차피 다른 사람이 양을 풀 것이기 때문에 자신만 자제를 한다면 손해를 볼 것이라는 생각 때문이었다. 목초지는 곧 황폐해졌고, 주민들의 삶도 어려워졌다. '공유지의 비극'이 발생한 것이다.
공유지의 비극에 대한 전통적인 해법은 두 가지였다. 첫째는 <u>정부의 개입</u>이다. 정부가 목초지에 풀어놓을 수 있는 양의 수 등을 법률로 제한하는 것이다. 둘째는 <u>사적 소유권의 도입</u>이다. 목초지의 소유권을 적절하게 목자에게 배분하는 것이 이에 해당된다. 실제로 여러

나라에서 연안 어장을 지속 가능한 방식으로 활용하기 위해 법으로 어장 출입을 제한하고 있고, 인도 일부 지방은 수자원 이용권을 기업에 넘기기도 한다.

그런데 2009년 노벨 경제학상 수상자인 엘리너 오스트롬(Elinor Ostrom)은 이런 상식에 의문을 제기하였다. 정말 모두의 것은 아무의 것도 아닌 것일까? 사람들은 늘 공유 자원을 항상 남용할까? 그녀는 미국, 캐나다, 터키, 일본의 사례 연구를 통해 우리가 생각하는 것보다 많은 지역에서 주민들이 자발적으로 공유 자원을 오랜 기간 동안 잘 관리해 왔다는 사실을 발견하였다. 또한 이러한 자발적이고 공동체 기반 관리는 공유지가 타 지역 사람들에 의해 소유되면서 와해되곤 했다.

핵심 요약

'공유지의 비극'은 모두의 공동 소유인 공유 자원을 사적 이익을 추구하는 시장이나 개인의 자율에 맡겨두면 결국 자원이 고갈될 위험이 있다는 점을 강조한 개념으로, 이를 극복하기 위한 해법으로는 정부 개입, 사적 소유권의 도입, 공동체 기반 관리를 들 수 있다. 즉 정부의 규제와 개입을 통해 자원 배분의 효율성을 높이거나, 사적 소유권제도를 도입하여 개인의 합리적인 경제행위가 사회 전체적인 차원의 이익을 높일 수 있도록 유도하거나, 공동체 기반 관리를 통해 개인의 자발적이고도 자율적인 참여와 협력을 이끌어냄으로써 개인은 물론 공동체 전체의 발전으로 이어질 수 있도록 하는 것이 그것이다.

〈나〉

1930년대에 최초의 염화불화탄소류 화합물인 프레온이 합성되면서 냉장고의 냉매와 분사 추진체 등으로 널리 사용되기 시작했다. 인체에 독성이 없고 매우 안정적인 프레온은 대기 중에 방출되면 잘 분해되지 않고 성층권까지 도달한다. 그곳에서 강력한 햇빛과 반응하여 마침내 분해되면서 그 과정에서 성층권의 오존층을 훼손하게 된다. 오존층이 파괴되면 지표면에 도달하는 자외선의 양이 증가하여, 해양 먹이사슬의 시작점인 식물성 플랑크톤을 사멸시킬 수 있고 육상 식물의 광합성도 방해할 수 있다. 인간에게는 백내장이나 피부암 등의 질환을 유발할 수 있다.

이런 과학적 사실이 알려지고 대중매체나 시민단체의 활동을 통해 이에 대한 대응책의 필요성이 부각되면서, 1985년 유엔환경계획(UNEP)은 오존층 보호를 위한 빈 협약을 체결했다. 이 협약은 보다 강한 자발적 구속력을 가진 1987년 몬트리올 의정서로 발전하였고, 이런 국제적 협력의 결과 프레온의 사용은 급격하게 감소하였다.

핵심 요약

개인의 자유로운 프레온 사용이 지구 공동체 모두의 공유 자원인 오존층을 파괴함으로써 '공유지의 비극'이 발생하자, 이를 해결하기 위한 지구 공동체 차원의 다양한 공조와 협의가 이뤄졌고, 여기서 한 발 더 나아가 국제 차원의 자발적인 구속력을 가진 규제 방안이 수립되고 시행되면서, 이후부터 프레온 가스 사용은 급격하게 감소하였다.

■ 논제 분석

• 공통 주제_ 공유의 비극

- 관점_ (가)에 제시된 공유의 비극에 대한 세 가지 해법(쟁점)
- 논제_ (가)에 제시된 세 가지 해법이 어떻게 공유의 비극에 대한 문제를 해결할 수 있는지를 (나)의 상황에 대입해 평가하라.

■ 필자 예시답안

(가)의 '공유지의 비극'은 모두의 공동 소유인 공유 자원을 사적 이익을 추구하는 시장이나 개인의 자율에 맡겨두면 결국 자원이 고갈될 위험이 있다는 점을 강조한 개념으로, 이를 극복하기 위한 해법으로는 정부 개입, 사적 소유권의 도입, 공동체 기반 관리를 들 수 있다. 즉 정부의 규제와 개입을 통해 자원배분의 효율성을 높이거나, 사적 소유권 제도를 도입하여 개인의 합리적인 경제행위가 사회 전체적인 차원의 이익을 높일 수 있도록 유도하거나, 공동체 기반 관리를 통해 개인의 자발적이고도 자율적인 참여와 협력을 이끌어냄으로써 개인은 물론 공동체 전체의 발전으로 이어질 수 있도록 하는 것이 그것이다. …①

(나)는 개인의 자유로운 프레온 사용이 지구 공동체 모두의 공유 자원인 오존층을 파괴함으로써 일어난 '공유지의 비극'의 또 다른 예다. 그에 따라 이를 해결하기 위한 지구 공동체 차원의 다양한 공조와 협의가 이뤄졌고, 여기서 한 발 더 나아가 국제 차원의 자발적인 구속력을 가진 규제 방안이 수립·시행되면서, 이후부터 프레온 가스 사용은 급격하게 감소하였다. 이러한 (나)에 나타난 해법은 지구촌 국가들의 적극 참여를 통한 공유 자원의 자발적인 공동체 관리를 이끌어냄과 동시에, 국제정부라 할 수 있는 유엔의 적극적인 개입을 통해 공유 자원에 대한 공공성을 높인 결과다. …②

다음은 한양대가 발표한 예시답안과 학생 우수답안 및 그에 대한 평가로, 이를 통해 답안 작성의 방향과 준거를 가늠할 수 있을 것이다.

■ 한양대 제시 예시답안

'공유지의 비극'이란 공동으로 활용되는 자원이 남용될 경향을 의미한다. 이를 극복하기 위해 (가)에서는 정부의 개입, 사적 소유권의 도입, 공동체의 관리를 들고 있다. 정부가 나서서 개인의 탐욕을 불법으로 규정하고 통제하게 되면, '공유지의 비극'은 예방될 수 있다. 공유지의 소유권을 분할하여 판다면 개인은 자신이 독점적으로 소유한 목초지를 현명하게 사용하지 않으면 자신이 그 댓가를 치르게 되므로 이 역시 '공유지의 비극'을 막는 방안이 될 수 있다. 마지막으로 공유지의 공동체적 관리가 효율적으로 이루어질 수 있다면 정부가 법률을 통해 개입하지 않더라도 공유지의 비극은 막을 수 있다.

(나)에 제시된 상황은 '공유지의 비극'의 또 다른 예다. 지구 생명체 모두의 공동 자원인 오존층이 개인이 자

유롭게 사용한 프레온으로 파괴되면 결국에는 모두가 큰 피해를 입기 때문이다. 이에 대한 해결은 국제공조를 통한 자발적인 규제를 통해 이루어졌다. 이는 오존층이 지구 전체에 영향을 미치기에 지구 '공동체'가 자율적으로 대응한 것으로 파악할 수도 있고, 국제 '정부'라 할 수 있는 유엔의 노력을 통해 이루어졌다고도 판단할 수 있기에 (가)의 첫째 해법과 셋째 해법의 확장된 해법이 적용된 것으로 이해할 수 있다.

■ 학생 우수답안

(가)에 나타난 공유지의 비극을 해결하는 방법 중 하나는 정부가 개입하는 것이다. 공유지의 비극이 나타나는 근본적인 원인은 이득을 취하려는 인간의 끝없는 이기심이다. 따라서 정부가 강제적으로 공유지 사용에 제한을 두면 구성원의 한없는 이기심 발동을 막을 수 있다. 또한 공유지에 사적 소유권을 도입함으로써 해결하는 것도 가능하다. 공유지라는 사적 욕구 추구의 범위가 불분명한 곳에 사적 소유권을 도입하면, 이를 통해서도 인간의 이기심이 무한정 발동되는 것을 막을 수 있다. 마지막으로 공유지와 관련된 공동체의 구성원들이 자발적으로 관리하는 방법이 있다. 공동체 내부에서 작용하는 상호 간의 도덕적 윤리, 규범이 무분별한 공유지 사용을 억제하기 때문이다.

이러한 해법이 적용된 것이 (나)의 사례이다. (나)에서 사람들은 무분별한 프레온 사용으로 오존층이라는 공유지를 파괴하고 있다. 이를 해결하기 위해 UNEP는 (가)의 정부와 같은 역할을 하여 빈 협약을 체결한다. 오존층 보호를 위해 프레온 사용에 규제를 두는 것이다. 그리고 이는 자발적 구속의 성격을 띤 몬트리올 의정서로 발전하는데, 이러한 조치들이 실효성을 거뒀다는 점에서 두 협약은 적절한 대안이다. 그러나 (가)에 나타나듯 자발적 규제는 타 공동체에 의해 와해될 소지가 크므로, 의정서에 포함 안 된 국가들의 협조가 없을 경우 조치가 무의미해질 가능성이 있다는 문제점이 있다.

■ 학생 우수답안 평가

• '공유지의 비극'에 대한 설명이 적절하기는 하지만 좀 더 분명하게 직접적으로 제시할 필요가 있음.
• (가) 지문에 나타난 해결 방안에 대한 설명이 정확함.
• (나) 지문에 나타난 공유지의 비극 상황을 지적하고 있으며 그에 대한 해법을 (가)와 연결시키고 있으나 유엔이 갖는 국제적 준정부적 시위에 대한 언급이 부족함. 특히, 마지막 문장은 부적절함. (가) 지문은 자발적 구속이 공농체에 속하지 않은 '외부인'에 의해 와해되는 경우인데, 이는 유엔의 규제에 자발적으로 '참여한' 국가가 이 약속을 제대로 지키지 않을 가능성과는 다른 상황임.
• 총점: 48점/50점

【문제15의 해설 및 예시답안】

[문제1] 제시문 (가), (나), (다), (라)의 논지 차이를 **비교**하여 하나의 완성된 글로 작성하시오. [530~550자]

(가)
사회자가 외쳤다
여기 일생 동안 이웃을 위해 산 분이 계시다

이웃의 슬픔은 이분의 슬픔이었고
이분의 슬픔은 이글거리는 빛이었다
사회자는 하늘을 걸고 맹세했다
이분은 자신을 위해 푸성귀 하나 심지 않았다
눈물 한 방울도 자신을 위해 흘리지 않았다
사회자는 흐느꼈다
보라, 이분은 당신들을 위해 청춘을 버렸다
당신을 위해 죽을 수도 있다
<u>그분은 일어서서 흐느끼는 사회자를 제지했다</u>
군중들은 일제히 그분에게 박수를 쳤다
사내들은 울먹였고 감동한 여인들은 실신했다
그때 누군가 그분에게 물었다, 당신은 신인가
그분은 목소리를 향해 고개를 돌렸다
당신은 유령인가, 목소리가 물었다
저 미치광이 끌어내, 사회자가 소리쳤다
사내들은 달려갔고 분노한 여인들은 날뛰었다
<u>그분은 성난 사회자를 제지했다</u>
군중들은 일제히 그분에게 박수를 쳤다
사내들은 울먹였고 감동한 여인들은 실신했다
<u>그분의 답변은 군중들의 아우성 때문에 들리지 않았다</u>

핵심 요약
교묘한 여론 조작을 통해 점차 강해지는 선동과, 이에 현혹되어 맹목적으로 독재 권력에 순종하는 군중의 모습은, 인간이 비판적인 시각을 상실할 때 그만큼 자유의지와는 동떨어진 비합리적이고 감성적인 성향으로 표출되며, 그에 따라 인간 행동은 맹목적이고 무비판적이며 자발적인 복종으로 이어질 수 있음을 보여 준다.

- (가)의 논지_ 여론 조작을 통한 간접적이고도 교묘한 대중선동은 그만큼 인간을 무비판적이고 순종적으로 행동하게 만든다.
- 인간 행동을 유발하는 요인_ 여론 조작을 통한 교묘하고 간접적인 **대중선동**
- 그에 따른 결과_ 인간은 자유의지를 상실한 채 무비판적으로 동조하고 순종적으로 복종하게 된다.

(나)
미국의 심리학자 밀그램은 '징벌과 학습 효과' 실험의 참가자를 모집하였다. 그 실험은 교사와 학생 역할 그룹을 각각 모집한 후, 학생들에게 단어 암기 테스트를 하여 틀릴 때마다 점점 15볼트씩 높여서 전기 충격을 주는 것이었다.

전기 충격에 의한 암기력 향상 효과를 알아보겠다고 하였지만, 사실 이 실험의 목적은 다른 데 있었다. 교사 역할을 맡은 사람들이 전압을 높여가는 과정에서 실험 진행자의 요구에 어떤 태도를 보이는가를 연구하는 것이 숨겨진 목적이었다.

실험 진행자와 진짜 참가자인 교사 역할자가 안이 보이지 않는 방 밖에서 문제를 내면, 가짜 참가자인 학생 역할자는 사전에 밀그램과 약속한 대로 일부러 틀린 답을 말하였다. 교사 역할자는 학생 역할자가 틀리면 점점 강한 전기 충격을 주는 버튼을 눌렀다.

전기 충격을 주면 미리 준비된 학생 역할자의 비명 소리가 인터폰을 통해 들렸다. 120볼트일 때 학생은 너무 고통스럽다고 소리 질렀으며, 150볼트에는 실험을 멈추어 달라고 요청했다. 그리고 330볼트 이상에서 학생은 기절한 듯이 아무 소리도 내지 않았다. 흰색 가운을 입은 실험 진행자는 교사 역할자 옆에 앉아서 "아무런 답을 하지 않는 것은 틀린 답을 말한 것과 같으니 전압을 높여 계속 전기 충격을 줘라. 결과에 대해서는 걱정하지 마라. 책임은 내가 진다."고 격려와 압력을 행사했다.

실험 전에 밀그램은, 교사 역할자들이 150볼트 이상의 전기 충격을 주어야 할 상황이 오면 대부분 실험 진행을 거부할 것이라고 생각했다. 또 교사 역할자 중 450볼트 이상의 전기 충격을 주는 경우는 거의 없을 것으로 예상하였다. 높은 전기 충격으로 인하여 자칫 사람이 죽을 수도 있는 위험한 일을 하지는 않을 것이라 생각한 것이다.

그러나 실험 결과는 다음과 같았다. 실험에 참가한 40명 모두가 300볼트까지 전기 충격을 주었다. 그리고 이 중 26명은 450볼트까지 전기 충격을 주었다.

지문 설명

옳지 않은 권위에 대한 무조건적인 복종은 학습된 이성마저도 무력화시킨다. 즉 잘 학습된 이성일지라도 (칸트의 말처럼 실천적·도덕적 자아가 제대로 작동되지 않으면 이는) 옳지 않은 권위에 쉽게 복종될 수 있으며, 그 결과 더욱 야만적이고 비인간적인 폭력성으로 발현될 수 있다.

→ 한 마디로, 배운 사람들이 이성적이고 비가시적인 '구조적 폭력'을 앞장서서 더 무섭게 휘두를 수 있다.

- (나)의 논지_ 인간은 자유의지에 따라 자율적으로 행동하기보다는, 기계론적 본성에 따라 외부의 직접적이고 계획적인 권위 및 강제(이것을 '조작적 조건화'라고 하는데, 이는 체계적이고 선택적으로 반응을 강화시킴으로써 그 반응이 다시 일어날 가능성을 높이는 것을 말한다)에 쉽게 복종하고 맹목적으로 행동하는 태도를 보인다.
- 인간 행동을 유발하는 요인_ 직접적이고 가시적인 **외적 권위와 강제**
- 그에 따른 결과_ 인간은 기계론적·생물학적 본성에 따라 자발적이고 맹목적으로 복종하려 든다.

(다)

소크라테스가 사형 선고를 받고 마지막 순간을 기다리는 동안, 그의 친구인 크리톤이 그를 방문하고서는 도피할 수 있는 길을 마련해 줄 수 있다고 말하였다. 크리톤은 도피를 정당화할 수 있는 이유들을 다음과 같이 말하였다. 소크라테스는 무죄라는 것, 철학을 하면서 가치 있는 일을 계속할 수 있다는 것, 도피하는 길을 마련해 주지 않으면 그의 친구들은 의리가 없게 된다는 것, 그의 아들들을 포기해야 한다는 것 등이다.

그러나 소크라테스는 그러한 이유들이 감정적인 것들이고, 그의 도피를 정당화해 주기에는 충분하지 않은 것이라고 보았다. 그는 도피해서는 안 된다는 자신의 이유를 가지고 다음과 같이 맞섰다. 그는 언제나 <u>법에 대한 존중을 가르쳤기 때문에 그것을 지키지 않으면 그는 위선자가 될 것이라는 것, 만약 그가 싫어하는 법을 준수하지 않으면 그것으로 인해 모든 사람들이 법을 준수하지 않게 될 것이라는 것, 법을 지키겠다는 묵시적인 합의는 지켜야 한다는 것</u> 등이다.

소크라테스는 다른 한편으로 위와 반대되는 주장을 내놓기도 한다. 그는 재판을 받는 과정에서, 만약 재판에서 자신을 유죄로 판결 내리고 철학을 하지 못하게 한다면, 그는 그 판결에 승복하지 않을 것이라고 주장한다. 분명히 소크라테스는 어떤 판결은 단순히 너무나 부당하기 때문에 지지를 받을 수 없다고 생각하였다. 따라서 <u>부당한 판결에 따른 처벌을 피하려고 하지는 않았지만 그러한 판결에 승복해서는 안 된다는 것이었다.</u>

핵심 요약

소크라테스는 법을 잘못 적용하여 부당한 판결을 내린 것에 저항함으로써 끝내 사형 선고를 받았지만, 그럼에도 그는 공동체 질서와 법의 권위는 지켜져야 함을 이유로 들어 부당한 판결을 피하지 않고 받아들였다.

- (다)의 논지_ 인간은 어떠한 상황적인 어려움에도 불구하고, 강한 내적 신념과 의지를 갖고 옳은 것을 추구하는 행동을 보인다.
- 인간 행동을 유발하는 요인_ 강한 내적 **신념과 자유의지**
- 그에 따른 결과_ 인간은 끝까지 소신을 굽히지 않고 옳은 행동을 추구한다.

(라)

왜 젊은이는 이들의 노래와 몸짓에 열광하는가? 왜 젊은이는 이들의 노래를 열심히 따라 부르고, 몸짓을 흉내 내려 하는가? 왜 젊은이는 서태지의 옷, 스키모자와 같은 것을 직접 구하려고 하는 것일까?

현대 대중 사회는 다양한 매체를 활용하는 인간의 다양한 욕구를 수용하고 표출시킬 수 있는 능력을 가진 사회이다. 대중 사회에서 가장 중요한 역할을 하는 것은 무엇보다도 <u>대중 매체라 할 수 있다.</u> 오늘날 우리는 글, 그림, 영상을 모두 동원하여 의사를 소통하고 있다. <u>대중문화는 대중 매체가 만들어 내는 것으로서, 모든 사람에게 직접 간접으로 영향을 미친다.</u> 이에 반해 개인은 신문, 라디오, 텔레비전, 인터넷을 통하여 자신의 취미에 맞는 정보를 얻고, 여론의 형성에 참여할 수 있다. 그러나 대부분의 개인은 자본의 끊임없는 유혹을 받는다. 개인들은 같은 상표의 신발, 가방, 휴대 전화, 옷을 가지고 다른 사람과 일체감을 느끼거나 성취욕을 충족시킬 수 있다.

연예인은 일찍부터 대중문화의 기수가 되었다. 예를 들어, 1960년대 초 영국의 비틀즈는 전 세계 젊은이의 인기를 끌었다. 1950년대에는 미국의 영화배우 제임스 딘의 반항적인 모습을 우상처럼 여겼지만, 명문가의 아들처럼 단정한 머리 모양과 옷차림을 한 비틀즈의 모습을 우상처럼 여기며 모방하는 젊은이가 늘었다. 오늘날 노래 실력이 뛰어난 가수도 소속사가 홍보를 많이 할수록 더 널리 인정받을 수 있다. 이처럼 대중이 누리는 문화는 상품으로서의 성격을 가진다. 현대 대중사회가 개인의 다양한 욕구를 충족시키기 위해 소품종 대량 생산 체제에서 다품종 소량 생산 체제로 바뀌고 있으며 여기에도 자본의 치밀한 계산이 있다.

대중문화는 대중매체가 만들어 내는 것으로서, 모든 사람에게 영향을 미친다. 따라서 대중매체를 기업가나 국가 권력이 독점하지 못하게 견제할 필요가 있으므로, 여러 시민 단체에서 방송이나 신문을 분석하여 올바른 방향을 제시하고 있다.

핵심 요약

현대 대중문화에 강력한 영향력을 행사하는 대중매체가 자본의 이해에 맞춰 상품화되면서, 그에 따라 인간은 그 **대중매체**가 의도하는 특정 목적에 따라 행동하게 된다.

- (라)의 논지_ 현대 대중사회에서 인간은 대중매체가 의도하는 특정 목적에 따라 행동하게 된다.
- 인간 행동을 유발하는 요인_ 비가시적이고 간접적인 영향력으로서의 **대중매체**
- 그에 따른 결과_ 인간은 대중매체가 의도하는 특정 목적에 따라 행동하게 된다.

■ 논제 분석

- 공통 주제_ 인간 행동을 유발하는 요인
- 관점_ (가)_대중선동, (나)_외적 권위와 강제, (다)_신념과 자유의지, (라)_ 대중매체
- 논제_ (가)~(라)의 관점을 파악하고 그에 맞춰 논지를 서술한 후, 각각의 차이점을 비교하여 요약하라.

■ 필자 예시답안

(가)~(라)는 인간 행동의 유발 요인과 그 행위 결과를 다양한 관점에서 기술한다. (가)의 여론 조작을 통한 교묘한 대중선동이 인간 행동을 유발하는 동인으로 작용할

때, 인간은 자유의지를 상실한 채 무비판적으로 동조하고 순종적으로 복종하게 된다. (나)의 옳지 않은 권위와 외적 강제 역시 인간이 기계론적 · 생물학적 본성에 따라 자발적이고 맹목적으로 복종하도록 만드는 요인으로 작용한다. (라)의 현대 대중문화에 강력한 영향력을 행사하는 대중매체 또한 그러한데, 인간은 대중매체가 의도하는 특정 목적에 따라 행동함으로써 갈수록 상품화되고 물신화된다. 이처럼 (가), (나), (라)는 인간 행동이 외적 요인에 따른 것이라고 보는 반면, (다)는 그것이 인간의 신념과 자유의지에 따른 것이라고 본다. 즉 (다)에 따르면, 인간은 어떠한 상황적인 어려움에도 불구하고, 강한 내적 신념과 의지를 갖고 끝까지 옳은 것을 추구하는 자신 소신에 가득 찬 행동을 한다. 한편 (가)와 (라)는 비가시적이고 간접적인 요인이 인간 행동에 영향을 미친다고 보는 반면, (나)와 (다)는 가시적이고 직접적으로 영향을 미치는 점에서 차이를 보이는데, 이처럼 인간의 행동은 다양한 상황적 요인에 의해 영향을 받음을 알 수 있다.

[문제 2] ①제시문 (마)와 (바)의 논지를 통합적으로 고려하여 ②제시문 (가)와 (나)에 나타난 문제점을 **비판**하시오. [40점, 530~550자]

(마)

결정론에 따르면, 자연현상에서 일어나는 다른 모든 사건들과 마찬가지로 인간의 행위도 어떤 원인들에 의해 필연적으로 결정되어 있다고 한다. 그러나 인간은 자신이 하는 행위의 이유에 대해 생각할 수 있는 이성적 존재로서 자연의 인과관계에 지배받지 않는다. 자신의 의지로 스스로 행동을 선택할 수 있으며, 그렇게 하여 자기 자신을 만들어 간다.

또 인간은 유전이나 환경 같은 외부적 요인들에 의해 인성이 형성되기도 한다. 하지만 그러한 외부적 요인들이 잘못된 행동을 정당화시켜 주지는 않는다. 왜냐하면 잘못된 행동으로 이끄는 불리한 요인들을 자기 통제와 의지를 통해 이겨낼 수도 있기 때문이다. 인간이 동물과 구별되는 이유는 타고난 본능이나 인성을 이겨 낼 수 있는 자유의지를 가지고 있기 때문이다. 그러므로 인간의 행위를 결정론이나 필연의 산물로 여겨서 자유의지를 부정한다면, 인간에게 있어서 가장 숭고한 가치인 자유는 그 의미를 잃게 된다.

인간이 자유의지를 갖는다는 것은 자신의 선택에 스스로 책임져야 한다는 것을 의미하기도 한다. 우리가 잘못된 선택을 한다면 도덕적 비난을 감수해야 한다. 하지만 자유의지가 없는 동물이나 기계에 대해서는 도덕적 책임을 묻기가 어렵다. 예를 들어, 자동차가 시동이 걸리지 않거나, 사용하던 컴퓨터가 갑자기 작동하지 않는다면 누구나 당황하고 화가 날 것이다. 하지만 그렇다고 해서 자동차나 컴퓨터를 비난하거나 처벌해야 한다고 생각하지는 않는다.

핵심 요약

인간은 자유의지에 따라 스스로 선택하고 행동하는 과정에서 자기 자신을 만들어가는 이성적 존재로서, 이는 잘못된 행동으로 이끄는 불리한 외적 요인들을 자기 통제와 의지를 통해 능히 이겨낼 수 있음을 의미한다. 그렇기에 인간이 자유의지를 갖는다는 것은 자신의 선택에 스스로 책임을 져야 함을 의미하며, 따라서 우리가 잘못된 선택을 한다면 그 잘못된 선택에 대한 도덕적 비난을 감수해야 한다.

(바)

억압받고 있는 의견이 때로는 올바른 것인지도 모른다. 그 의견을 억압하려고 하는 사람들은 그 의견의 진실을 부정할 것이 분명하지만 그들의 판단만이 언제나 옳다는 보장은 어느 누구도 할 수 없다. 누구도 전 인류를 대신해서 문제를 결정하고 다른 모든 사람들의 판단력을 빼앗을 만한 권위를 가질 수 없다.

모든 토론을 침묵하게 하는 것은 인간의 절대 무오류성을 가정하는 것이다. 하지만 인간은 끊임없이 잘못 판단하고 잘못 행동하면서 살아간다. 사람들은 자신이 항상 옳은 것은 아니라는 사실을 잘 알고 있지만, 불행하게도 실제로 자신이 판단을 내릴 때에는 이를 거의 문제 삼지 않는다. 왜냐하면 자신이 잘못을 저지를 수 있는 가능성에 대해 예방책이 필요하다고 생각하거나, 자기가 확실하다고 느끼는 것이 잘못된 판단에 따른 것일 수도 있다는 사실을 받아들이는 사람은 거의 없기 때문이다.

가끔은 자신의 의견이 반박당하는 소리를 듣기도 하고, 또 잘못되었을 때 그것을 정정하는 데 어느 정도 익숙한 사람들은, 그들의 의견 가운데서 주위의 모든 사람들이나 그들이 항상 존경하고 있는 사람들과 공통된 부분에만 무조건적인 신뢰를 둔다. 왜냐하면 사람은 자신의 판단에 대해 확고한 자신을 갖지 못하면 못할수록 세상 일반의 절대 무오류성을 신뢰하기 때문이다. 그리고 각 개인에게 세상이란 그가 접촉하는 일부의 세계, 즉 그가 속해 있는 당파, 종파, 사회 계급을 뜻한다. 따라서 어떤 주제나 주장을 단순히 수동적이고 무비판적으로 받아들이지 않고 적극적으로 분석하고 종합하는 사고가 필요하다.

핵심 요약

인간은 일상생활에서 어떤 상황을 정확하게 인식하지 못하고 잘못 판단하고 행동하는 경우가 많은데, 그럼에도 사람들은 그것이 세상 일반의 보편적인 사실인 양 받아들이고 이에 맞춰 행동하며 살아가기 때문이다. 그러므로 어떤 주제나 주장을 단순히 수동적이고 무비판적으로 받아들이지 않고 적극적으로 분석하고 종합하는 사고가 요구되는데, 이는 그만큼 인간의 의사결정과 행위에는 비판적 사고가 필요함을 의미한다.

■ 논제 분석

• 공통 주제_ 자유의지

• 관점_ 자유의지를 추동하는 요인 : (마)_책임의식, (바)_비판적 사고

• 논제_ (마)와 (바)의 인간의 자유의지를 추동하는 요인을 통해, (가)와 (나)의 인간 행동을 그릇되게 하는 요인을 비판하라.

■ 필자 예시답안

(가)는 교묘한 여론 조작을 통해 점차 강해지는 선동과 이에 현혹되어 맹목적으로 독재권력에 순종하는 군중의 나약한 모습을, (나)는 옳지 않은 외부의 권위 및 강제에 쉽게 복종하고 맹목적으로 행동하는 인간의 비양심적이고 비인간적인 태도를 보여 준다. 이는 인간이 자유의지에 따라 자율적으로 판단하고 행동하기보다는, 그저 맹목적이고 무비판적이며 자발적으로 복종하려 드는 것이기에, 그만큼 (마)와 (바)의 관점에서 볼 때 잘못 판단하고 잘못 행동하는 경우다. (마)와 (바)에 따르면, 자유의지에 따라 스스로 선택하고 행동하며 살아가는 인간은 행위 결과에 대한 책임과 그에 따른 도덕적 비난을 감수한다. 그렇기에 인간의 행동에는 그만큼 비판적인 사고가 요구된다. 따라서 어떤 의사결정을 내리거나 행동을 하기에 앞서 그것을 단순히 수동적이고 무비판적으로 받아들이지 않고, 적극적으로 분석하고 종합해서 판단하고 행동하는 열린 자세가 필요하다. 하지만 (가)와 (나)에 나타난 행동은 그렇지 않고 자신들의 행동이 마치 세상 일반의 보편적인 사실인 양 받아들이고 이에 맞춰 행동하며 살아가려 하는데, 이는 자유의지에 따른 인간의 주체적 삶을 포기한 행동이자 비판적 사고가 결여된 그릇된 행동일 뿐이다.

【문제16의 해설】

▪ 글의 논증 구조

【20세기 미술의 특징은 무한한 다원성에 있다. 어떤 내용을 어떤 재료와 어떤 형식으로 작품화하건 미술적 창조로 인정되고, 심지어 창작 행위가 가해지지 않는 것도 '작품'의 자격을 얻을 수 있어서, '미술'과 '미술이 아닌 것'을 객관적으로 구분해주는 기준이 존재하지 않게 된 것이다. 단토의 '미술종말론'은 이러한 상황을 설명하기 위한 미학 이론 중 하나이다. 단어가 주는 부정적 어감과는 달리 미술의 '종말'은 결과적으로 모든 것이 미술 작품이 될 수 있게 된 개방적이고 생산적인 상황을 뜻한다. 그런데 이러한 다원성은 전적으로 새로운 상황일까, 아니면 이전부터 이어져 온 하나의 흐름에 속할까?
작품의 형식과 내용이 전적으로 예술가의 주체적 선택에 달려있다는 관점에서만 보면, 20세기 미술의 양상은 아주 낯선 것은 아니라고 할 수 있다. 르네상스 때 시작된 화가의 서명은 작품이 외부의 주문에 따라 제작되더라도 그것의 정신적 저작권만큼은 예술가에게 있음을 알리는 행위였다. 이는 창조의 자유가 예술의 필수 조건이 되는 시대를 앞당겼다. 즉 미켈란젤로가 예수를 건장한 이탈리아 남성의 모습으로 그렸던 사례에서 보듯, 르네상스

화가들은 주문된 내용도 오직 자신만의 방식으로 이미지화했다.

형식의 이러한 자율화는 내용의 자기 중심화로 이어졌다. 17세기의 네덜란드 화가들은 신이나 성인(聖人)을 그리던 오랜 관행에서 벗어나 친근한 일상을 집중적으로 그리기 시작했고, 19세기 낭만주의에 와서는 내면의 무한한 표출이 예술의 생명이 되기에 이르렀다. 이런 관점에서 보면 20세기 미술은 예술적 주체성과 자율성의 발휘라는 일관된 흐름의 정점이라고 할 수 있다. 】…(해설_전제의 뒷받침)

【그러나 단토가 주목한 것은 이러한 흐름과는 결정적으로 구분되는 20세기만의 질적 차별성이다. 이전 시대까지는 '미술'과 '미술 아닌 것'의 구분은 '무엇을 그리는가?' 또는 '어떻게 그리는가?'의 문제, 곧 내용 · 형식 · 재료처럼 지각 가능한 '전시적 요소'에 의존하여 가능했다. 반면, 20세기에는 빈 캔버스, 자연물, 기성품 등도 '작품'으로 인정되는 데에서 보듯, 전시적 요소로서는 더 이상 그러한 구분이 불가능해진 것이다. 이제 그러한 구분은 대상이 어떤 것이든 그것에 미술작품의 자격을 부여하는 지적인 행위, 곧 작품 밖의 '비전시적 요소'에 의존할 따름이다. …(전제_주장의 뒷받침 글) 현대미술이 개념 자체를 묻는 일종의 철학이 되고, 작품의 생산과 감상을 매개하는 이론적 행위로서 비평의 중요성이 부각된 이유가 여기에 있다. …(중심 주장 글)】 …(주장과 근거)

■ 글의 핵심 요약

전제1_ 20세기 미술의 특징은 무한한 다원성에 있다.

전제2_ 무한한 다원성은 르네상스 시대부터 예술적 주체성과 자율성의 발휘라는 흐름이 이어져온 결과다.

전제3_ 하지만 20세기만의 질적 차별성은 작품 밖의 '비전시적 요소'가 미술작품의 자격을 부여하는 지적인 행위로 작용한다는 것이다.

결론_ 현대미술이 철학적 개념을 담고, 감상을 매개하는 이론적 행위로서의 비평의 중요성이 부각된 이유가 여기 있다.

20세기 미술의 가장 큰 특징이자 질적 차별성은 작품 밖의 '비전시적 요소'가 미술작품의 자격을 부여하는 지적인 행위로 작용한다는 것으로, 현대미술이 철학적 개념을 담고, 감상을 매개하는 이론적 행위로서의 비평의 중요성이 부각된 이유가 여기 있다. …

논증 요약

• 주제어_ 20세기 미술의 특징
• 주제_ 20세기 미술의 연속성과 질적 차별성

■ 답안 해설

[문제21]

②≠(둘째 단락) 미켈란젤로가 예수를 건장한 이탈리아 남성의 모습으로 그렸던 사례에서 보듯, 르네상스 화가들은 주문된 내용도 오직 자신만의 방식으로 이미지화했다.

→ 즉 예술가의 자율적인 이미지 창출은 르네상스 때부터 보편적이었으나, <u>그 이전부터인지는 지문에서 확인할 수 없다.</u>

③≠(셋째 단락) 형식의 이러한 자율화는 내용의 자기 중심화로 이어졌다. 17세기의 네덜란드 화가들은 신이나 성인(聖人)을 그리던 오랜 관행에서 벗어나 친근한 일상을 집중적으로 그리기 시작했고….

→ 형식의 자율화는 14세기 이후의 르네상스 시대부터 **이미** 이루어졌다.

④≠(넷째 단락) 내용 · 형식 · 재료처럼 지각 가능한 '전시적 요소'에 의존하여 가능했다. 반면, 20세기에는 빈 캔버스, 자연물, 기성품 등도 '작품'으로 인정되는 데에서 보듯, <u>전시적 요소로서는 더 이상 그러한 구분이 불가능해진 것이다.</u>

→ 즉 현대미술에서 작품의 자격을 결정하는 것은 내용 · 형식 · 재료와 같은 '전시적 요소'가 아니라 작품 밖의 '비전시적 요소'다.

⑤≠(넷째 단락) 이제 그러한 구분은 대상이 어떤 것이든 그것에 미술작품의 자격을 부여하는 지적인 행위, 곧 작품 밖의 '비전시적 요소'에 의존할 따름이다. 현대미술이 개념 자체를 묻는 일종의 철학이 되고, 작품의 생산과 감상을 매개하는 이론적 행위로서 비평의 중요성이 부각된 이유가 여기에 있다.

→ 즉 현대미술에서 비평이 중요시되는 까닭은 작품에 자격을 부여하는 지적인 행위, 곧 작품 밖의 '**비전시적 요소**'와 관련된다.

①=(둘째 단락) 르네상스 때 시작된 화가의 서명은 작품이 외부의 주문에 따라 제작되더라도 그것의 **정신적 저작권만큼은** 예술가에게 있음을 알리는 행위였다.

→ 즉 화가들의 서명이 <u>예술가의 주체성을 표출하는 행위</u>임을 알 수 있다.

[문제22]

①=(셋째 단락) 이런 관점에서 보면 20세기 미술은 예술적 주체성과 자율성의 발휘라는 일관된 흐름의 **정점**이라고 할 수 있다.

→ 따라서 과거에 비해 예술가의 자율성이 더욱 두드러지게 나타남을 알 수 있다.

②=(넷째 단락) 20세기에는 빈 캔버스, 자연물, 기성품 등도 '작품'으로 인정되는 데에서 보듯, 전시적 요소로서는 더 이상 그러한 구분이 불가능해진 것이다.

→ 따라서 자연 그대로의 사물을 전시하는 것도 예술적 행위로 인정될 수 있다.

④=(넷째 단락) 그러나 단토가 주목한 것은 이러한 흐름과는 결정적으로 구분되는 20세기만의 질적 차별성이다.

→ 단토는 20세기 미술과 과거 미술 사이에서 결정적으로 구분되는 질적 **차별성**을 인식하였음을 알 수 있다.

⑤=(넷째 단락) 이전 시대까지는 '미술'과 '미술 아닌 것'의 구분은 '무엇을 그리는가?' … 더 이상 그러한 구분이 불가능해진 것이다.

→ 20세기 미술은 더 이상 '내용·형식·재료'와 같은 '전시적 요소'를 통해 '미술'과 '미술 아닌 것'을 구분하지 않는다. 과거의 내용과 형식을 그대로 따랐다 해도 미술작품의 자격을 부여하는 '비전시적 요소'에 의해 미술적 창조로 인정될 수 있다.

③≠단토에 따르면, '20세기 미술'에서는 미술을 정의하는 종래의 기준이 해체된 것은 맞지만, 그로 인해 예술작품 생산이 정체 상태에 이르렀다고 볼 근거는 없다. 단토가 말하는 미술의 '종말'은 오히려 비전시적 요소에 의해 미술작품의 소재를 확장한 것이기에 그만큼 개방적이고 생산적인 상태로 이끌었음을 뜻한다.

[문제23]

이 문제의 풀이를 위해서는 넷째 단락, "이제 그러한 구분은 대상이 어떤 것이든 그것에 미술작품의 자격을 부여하는 지적인 행위, 곧 작품 밖의 '비전시적 요소'에 의존할 따름이다."의 의미를 추론하면 된다.

→ 즉 현대미술은, '내용·형식·재료'와 같은 **전시적 요소**(즉 형식적 요소)에 의해 작품의 자격을 부여받은 게 아니라, 미술작품의 자격을 부여하는 **지적인 행위**라는 '**비전시적 요소(즉 작품의 해석과 비평과 같은 내용적 요소)**'에 의존하여 작품의 자격을 부여받는다.

②≠브라크의 〈과일 접시와 유리잔〉은 회화가 갖는 2차원적 고정관념을 탈피한 것이기는 하다. 그렇더라도 이는 여전히 '내용·형식·재료'와 같은 지각 가능한 전시적 요소에 의해 작품으로 인정된 예이지, 작품 밖의 비전시적 요소에 의존하여 미술작품의

자격을 얻은 것은 아니다.

③≠플록의 〈1950년 32번〉은 즉흥적 이미지를 창출함으로써 창조적 무의식과 초현실 세계의 표현을 시도한 작품이지만, 이 역시 ②와 같은 이유로 해당되지 않는다.

④≠칸딘스키의 〈콤포지션 VII〉은 순수 이미지의 언어적 가능성을 모색한 작품이지만, 이 역시 지적 행위인 '비전시적 요소'에 의해 미술 작품의 자격을 부여받은 것은 아니다.

⑤≠몬드리안의 〈브로드웨이 부기우기〉는 수직·수평의 율동적 흐름을 창출함으로써 뉴욕의 활기찬 생활과 음악적 리듬감의 표현을 추구한 작품이지만, 이 역시 지적 행위인 '비전시적 요소'에 의해 미술작품의 자격을 부여받은 것은 아니다.

①=일상품인 소변기가 미술작품으로 인정받은 것은 <u>이론적 해석에 따른 것이기에, 지적인 행위라는 비전시적 요소가 반영됐다.</u>

정답 : 문제21 ①, 문제22 ③, 문제23 ①

【문제17의 해설】

■ 글의 논증 구조

【비판적 존재론으로 유명한 독일 철학자 니콜라이 하르트만(Nicolai Hartmann)은 예술 작품의 존재 방식을 층이론(層理論)으로 설명하였다. 하르트만은 그의 저작 『미학』에서 예술 작품은 지각되는 실재적 재료인 '전경(前景)'과 비실재적이며 정신적 내포(內包)라고 할 수 있는 '후경(後景)'의 두 가지 구성 요소로 존재하고 있다고 설명한다. 전체적으로 볼 때 <u>예술작품의 전경은 감각적이며 실재적인 '형상'의 층이지만, 후경은 비실재적 '이념'의 층이라고 할 수 있다.</u>
이처럼 예술 작품의 존재 방식은 전경과 후경의 이층적(二層的) 구조로 되어 있다. 그런데 전경과는 달리 후경은 내용면에서 1층에서 4층으로 세분화되는 다층적 구조로 되어 있다. 후경의 여러 층은 유기적으로 존재하고 있으며 층 서열에 따라 앞 층에 의하여 다음 층이 영향을 받는다. 그래서 <u>감각적인 전경을 통해 이념적이고 정신적인 후경이 나타나는 것이다.</u>

[A]
초상화를 구체적인 예로 든다면, 전경은 화면이라는 2차원 공간에 칠해진, 우리가 눈으로 볼 수 있는 여러 가지 선과 색의 배치이다. 후경의 제1층은 묘사된 인물의 '외면적·물적'

계층이고, 제2층은 앞의 물적 계층을 통해서 나타나는 것으로 인물의 동작, 표정 등을 보여주는 '생명' 계층이다. 제3층은 앞의 생명 계층을 통해서 나타나는 것으로 인물의 성격, 내적 운명 등을 보여주는 '심적' 계층이고, 마지막 제4층은 심적 계층을 바탕으로 나타나는 것으로 인물의 본질, 이념, 작품의 의의 등을 보여주는 '정신적' 계층이다.

하르트만은 **예술작품의 존재 방식**에 대한 이러한 인식을 바탕으로 예술가와 감상자의 관계를 정립한다. 즉 예술가가 작품을 통해 전달하려는 정신세계인 후경은 전경으로 형상화되고, 감상자는 전경을 통하여 예술가가 표현하고자 한 후경을 알 수 있게 된다는 것이다. ···**(전제의 뒷받침)** 그래서 예술작품을 감상한다는 것은 작품의 감각적, 현상적 층인 전경을 통하여 정신적 층인 후경에 깊숙하게 들어가 예술가와 만나고 그와 정신적 대화를 나눌 수 있게 되는 것이라고 인식한다. 】···해설**(전제의 뒷받침)**
【하르트만에 따르면, **예술작품의 감상**은 감상자가 주체적으로 예술가의 정신적 세계와 만나서 대화하고 교감하는 것이다. 그리하여 결국에는 추체험*을 넘어서 새로운 제2의 작품을 창조하는 것이다. ···**(전제)** 예술작품의 감상이 단지 감각적인 쾌감만을 맛보고, 예술작품의 의미를 이해하고 그 가치를 논하는 데만 주안점을 둔다면 무슨 의의를 찾을 수 있겠는가. 감상은 감상자가 새로운 가치를 발견하고 자신의 정신을 살찌우는 것이어야 한다. ···**(중심 주장 글)** ···**(주장)**

■글의 핵심 요약

전제1_ 예술작품은 예술가가 작품을 통해 전달하려는 정신세계인 후경은 전경으로 형상화되고, 감상자는 전경을 통하여 예술가가 표현하고자 한 후경을 알 수 있게 된다. 즉 예술작품의 존재 방식에 대한 인식을 공유함으로써 예술적 감상은 가능해진다.

전제2_ 예술작품의 감상은 감상자가 주체적으로 예술가의 정신세계와 만나서 대화하고 교감하고, 그 과정에서 새로운 작품으로 창조적으로 해석하는 것이다.

결론_ 예술작품의 감상은 감상자가 새로운 가치를 발견하고 자신의 정신을 살찌우는 데 그 목적이 있다.

예술가와 감상자가 예술작품의 존재 방식에 대한 인식을 공유함으로써 예술적 감상은 가능해진다. 즉 감상자가 주체적으로 예술가의 정신세계와 만나서 대화하고 교감하는 과정에서 새로운 작품으로 창조적으로 해석하고 새로운 가치를 발견하는 데 예술작품 감상의 목적이 있다. ···논증 요약

- 주제어_ 예술작품의 존재 방식과 예술작품의 감상
- 주제_ 예술작품 감상의 목적과 의의(바람직한 예술 감상은 어떠한 것인가)

[문제18]

하르트만의 층이론을 중심으로 예술작품의 존재 방식을 설명하고, 바람직한 예술 감상은 어떤 것인지에 대해 설명하고 있다. 따라서 정답은 ③번이다.

[문제19]

[A]에서 후경의 제1층은 묘사된 인물의 외면적 · 물적 계층이라고 하였다. 그런데 ②는 인물의 표정에 대해 말하고 있으므로, 후경의 제2층과 관련이 있다. 따라서 정답은 ②번이다.

[문제20]

넷째 문단에서 예술가는 자신의 정신세계를 담은 후경을 전경으로 형상화 하고, 감상자는 전경을 통해 예술가가 표현하고자 한 후경을 알 수 있다고 했으므로 ㉠이 후경, ㉡이 전경이다. 그리고 둘째, 셋째 문단을 보면 전경이 하나의 층이고, 후경은 여러 층으로 이루어져 있다는 것을 알 수 있다. 따라서 정답은 ③번이다.

[문제21]

다섯째 문단에서 예술작품의 감상은 감상자가 예술작품을 통해 새로운 가치를 발견하고 정신을 살찌게 하는 것이라야 한다고 했다. 따라서 정답은 ③번이다.

정답 : 문제18 ③, 문제19 ②, 문제20 ③, 문제21 ③

【문제18의 해설】

■ 지문 해석

무대 위에 있는 동안 여러분은 매 순간을 그것이 처음 일어나는 것처럼 연기하면서 '나는 **지금** 존재한다.'라는 상태에 끊임없이 머물러 있어야 한다. 그것은 19세기의 배우였던 윌리엄 질렛이 '맨 처음의 환상'이라고 불렀던 것이다. 인생에서처럼 여러분이 맡은 인물들은 미래를 내다볼 수는 없다. 즉, 그들이 미래를 '알 수는' 없다. 한번은 어떤 사람이 20세기의 전설적인 배우였던 로렌스 올리비에 경에게 어떻게 그가 햄릿에 나오는 모든 그의 대사를 기억하는지 물었다. 그는 "나는 모든 대사를 기억하지는 않아요. 나는 그저 그 다음 대사를 기억할 뿐이죠."라는 말로 대답했다. 질렛과 올리비에와 같은 위대한 배우들의 동료들은 그들이 늘 연극 속의 사건에 의해 놀라는 것 같았다고 전하고 있다. 그들은 **현재**에 살았다. 무대 위에 있는 동안에는 비록 여러분이 그 다음 대사를 '알고 있고' 여러분이 맡은 인물의 연기를 셀 수 없이 여러 번 해왔다고 해도, 여러분이 그 다음에 무슨 일이 일어날지 진정으로 '알 수는' 없다. 다른 사람의 연기를 예상해 보는 것은 단지 여러분이 인위적인 인상을 주면서 지시된 움직임을 표현하는 것을 초래할 뿐이다. 따라서 여러분도 또한 <u>**현재**에 머무르면서</u> 순간순간 각 장면을 연기해야 한다.

① 현재에 머무르면서
② 여러분의 연기를 믿으면서
③ 관객을 그 장면으로 초대하면서
④ 감독의 지시사항을 따르면서
⑤ 여러분 동료의 연기로부터 추측하면서

■ 글의 논증 구조

While onstage, you must constantly remain in the state of "I am," <u>**playing each moment as if it were occurring for the first time**</u> ···(뒷받침 글2) — what the nineteenth-century actor William Gillette referred to as "the illusion of the first time." As in life, your characters cannot be foresighted. They cannot know the future. Someone once asked the legendary twentieth-century actor Sir Laurence Olivier how he remembered all his lines in Hamlet. He responded with "I don't. I simply remember the next one." Colleagues of great actors such as Gillette and Olivier report that they always seemed surprised by the events of the play. <u>They lived in the present.</u> While onstage, even though you know the next line and have performed your character's actions countless times, <u>you cannot truly know what will happen next.</u> ···(뒷받침 글1) Attempting to anticipate another person's actions will only result in your delivering indicated movements with artificial effects. <u>Therefore, you too must play each scene moment by moment, **remaining in the present**.</u> ···(중심 주장 글)

전제1_ 무대 위에 있는 동안 여러분은 매 순간을 그것이 처음 일어나는 것처럼 연기하면서 **현재 상태에 끊임없이** 머물러 있어야 한다.

전제2_ 무대 위에 있는 동안에 배우가 그 다음 대사를 '알고 있고 또 맡은 인물의 연기를 셀 수 없이 여러 번 해왔다고 해도, 그 다음에 무슨 일이 일어날지 진정으로 '알 수는' 없기 때문이다.

결론_ 따라서 배우는 **현재에 머무르면서** 순간순간 각 장면을 연기해야 한다.

무대 위에 있는 동안 배우는 그 다음에 무슨 일이 일어날지 진정으로 '알 수는' 없기에, 매 순간을 그것이 처음 일어나는 것처럼 연기하면서 현재 상태에 끊임없이 머물러 있어야 한다. 따라서 배우는 현재에 머무르면서 순간순간 각 장면을 연기해야 한다. …**논증 요약**

핵심어_ 연기의 현재성(play each scene moment by moment, remaining in the present)

■ **문제 해결의 포인트**
논증 글에 담긴 핵심 키워드를 일치시켜가며 파악하면 된다.

전제_ playing each moment as if it were occurring for the first time = lived in the present

결론_ play each scene moment by moment, remaining in the present

정답 : ①

【문제19의 해설】

■ **지문 해석**

바깥에서 그림을 그릴 때 내가 따르는 중요한 원칙 중 하나는, (그림을 그리기에) 너무 어렵거나 이상한 대상(subject)은 선택하지 않는다는 것이다. 이를테면 지붕의 각도가 특별한 집이나 헛간, 혹은 크기, 원근법(perspective), 디자인이 어딘가 부자연스러운 것처럼 보이는 대상(objects)은 가급적 피하려고 한다. 어떤 대상을 쳐다볼 때 그것이 혼란스럽다고 느껴지면, 그것을 그리려고 시도할 때는 더 혼란스러울 것이다. 나는 모퉁이가 반듯하지는 않지만 아름다운 헛간을 알고 있다. 그 헛간을 그토록 많이 그려보았음에도 불구하고, 어딘가 모르게 균형(perspective)이 맞지 않아 보인다. 만약 이 헛간을 정확하게 그려서 전시회에 내놓는다면, 원급법도 제대로 표현하지 못했다고 온갖 비난을 받게 될 것이다. 하지만 그럼에도, 이를 비난하는 사람들에게 그 헛간이 실제로 그런 식으로 지어진 것이라고 말하고 싶지는 않다. 이런 이유로, 나는 정확하지 않은 대상은 가급적 멀리한다.

① 너무 어렵거나 이상한 대상은 선택하지 않는다는 것
② 다른 사람이 이미 그린 대상은 그리지 않는다는 것
③ 상상력을 동원해서 대상을 그리는 것
④ 추상적인 관념(subjects)으로부터 필요한 정보를 얻는 것
⑤ 부정확한 그림을 정확한 그림으로 바꾸는 것

■ 글의 논증 구조

One of the main principles I follow when I draw outside is **not to select a subject that is too difficult or odd**. …(뒷받침 글) I try to stay away from houses or barns that have unusual angles of the roof, or objects that look incorrect in size, perspective, or design. If the subject is confusing when you look at it, it will be more confusing when you attempt to draw it. I know a beautiful barn where the corners are not at right angles. No matter how many times I have drawn it, the perspective does not look light. If I were to make an **accurate drawing** of this barn and put it in a show, I'm sure I would get all kinds of criticism for my poor perspective. I would not be there to tell my critics that the barn is actually constructed this way. So, I stay away from subjects that do not look right to me. …(중심 주장 글)

전제_ 내가 그림을 그릴 때 따르는 중요한 원칙은, 너무 어렵거나 이상한 대상은 선택하지 않는 것이다.

결론_ 나는 정확하지 않은 대상은 될 수 있으면 그리지 않는다.

너무 어렵거나 이상한 대상은 선택하지 않는 것이 내가 그림을 그릴 때 따르는 중요한 원칙이기에, 나는 정확하지 않은 대상은 될 수 있으면 피한다. …**논증 요약**

핵심어_ accurate drawing

논증 글에 담긴 핵심 키워드를 일치시켜가며 파악하면 된다.

전제_ not to select a subject that is too difficult or odd

결론_ stay away from subjects that do not look right

정답 : ①

【문제 20의 해설 및 예시답안】

〔문제2〕 ①〈가〉, 〈나〉, 〈다〉에 나타난 **예술의 본질**에 대한 견해의 공통점과 차이점을 밝히고, ②이들을 활용하여 〈보기〉에서 소개하고 있는 존 케이지와 앤디 워홀의 작품이 '**왜 예술인가**'에 대하여 논하시오. (1,000±100자)

〈가〉

현대 예술과 관련된 중요한 질문 중 하나는 '무엇이 어떻게 하여 예술이 되는가' 하는 점이다. 이것을 예술철학자 조지 디키는 '예술제도론'으로 설명한다. 그는 "예술작품이란 그것들이 제도적 틀이나 맥락 안에서 차지하는 위치의 결과로 예술이 된다."라고 말한다. 다시 말하면 예술로 불리는 사물과 그렇지 않은 사물을 구분하는 일에는 어떤 정해진 개념상의 공식이 작용하는 게 아니라 일종의 역동적 사회제도, 즉 '예술제'가 작동한다는 것이다. 제도로서의 예술계는 이미 대략적으로 확립되어 있는 사회적 실천, 그리고 느슨하게 조직되어 있는 사람들, 즉 예술가, 기자, 비평가, 예술사가, 예술철학자 등으로 구성된다. 디키의 견해에 따르면 하나의 사물이 예술작품이냐 아니냐를 결정하기 위해서 주목해야 하는 지점은, 예술을 지속적으로 존재하게 만드는 사회제도의 변화하는 맥락 속에서 사회적 실천과 결정들이 행하는 기능이다. 예술가란 자신이 무엇을 하는가를 이해하면서 예술작품을 만드는 일에 참여하는 사람이다. 예술작품은 예술계의 대중에게 전시되기 위해서 창조된 일종의 인공물이다 예술계의 대중이란 전시된 대상물을 어느 정도 이해할 준비가 되어 있는 사람들의 집합이다. 예술계란 예술과 관련된 모든 체계의 총합이다. 그리고 예술은 바로 예술계가 예술로 여기는 것이다.

사회학자 하워드 베커도 유사한 관점에서 예술에 대해 문제제기를 한다. 예술을 사회적 구성물로 이해하면서, 베커는 예술이라는 구성물은 다양한 행위자들을 (그 사회의 힘이 대상에 가치를 부여하는 것을 허용한 행위자들을 포함하여) 포괄하는 것으로 가장 잘 이해라 수 있다고 말한다. 이것은 예술가의 고유성과 천재성에 대한 생각에 의문을 던지는 것이다. 예술작품 그 자체보다는 이러한 사회적 과정들과 문화적 의미들이 주된 관심이 된다. 그는 사회과학은 어떠한 발견이라도 일시적인 것이며 전복될 수 있다는 과학적 기초에 의존하고 있지만, 미학적 전통은 명백한 신비적인 전제들에 근거하여 지적 관념을 발전시켜 왔다고 말한다. 그런데 이런 전제들은 그들의 규율 전통에서 너무나 중심적으로 자리 잡아 왔기 때문에 이를 수정하는 것이 위험한 일이 되어 버렸다. 예컨대 예술 시장과 유통 같은 개념이 그들의 미학적 정의 속으로 침투하는 것을 허용하지 않는다. 그러나 사회학자들은 이러한 관념이 미학자들의 심중에 존재하는 것이지 예술작품 자체에 들어있지 않다고 주장한다.

핵심 요약

예술은 사회제도의 산물이자 문화적 구성물의 총체로서, 예술가의 사회적 참여와 실천의식의 결과물인 예술작품은 동 시대의 가치를 반영하기에, 그만큼 사회적·문화적 상황과 맥락에 따라 가치 판단을 달리한다.

〈나〉

어떤 살인자가 있다고 하자. 그의 행동은 법적 도덕적으로 비난받지만 동시에 그것은 취미 판단의 대상이다. 영화나 소설에서는 종종 범죄자나 깡패가 주인공으로 나온다. 사람들은 일상생활에서는 혐오하면서도 영화나 소설에서는 그들을 지지하고 자기 동일화하기도 한다. 이것은 미적 판단이다. 그 근거를 칸트는 무관심에서 찾았다. 그것은 도덕적 지적 관심을 배제하는, 다시 말하면 괄호에 넣는 것이다. 사람들이 이러한 영화나 소설을 즐기는 것은 사실 문화적으로 그렇게 훈련을 받았기 때문이다.

<u>칸트의 미적 판단은 관심을 배제하는 것에 있다.</u> 칸트가 미적 경험이 무관심적이라고 하는 것은, 미적 경험의 대상이 대상 그 자체가 아니라 쾌를 주는 이미지이기 때문에 대상의 실제 존재와는 상관없다는 의미이다. 미적 태도(쾌(快)인가, 불쾌(不快)인가)가 도덕적 태도(선(善)인가, 악(惡)인가)와 다른 점은 바로 이 때문이다. <u>어떤 사물이 예술인가 아닌가는 그것에 대한 관심을 배제함으로써만 결정된다.</u> 그것이 자연물이든 기계적 복제품이든 아니면 일상적으로 사용하는 물건이든 상관없다. 그것에 대한 통상의 관심을 별도로 떼어놓고 본다는 것, 그러한 '태도 변경'이 어떤 사물을 예술이게 하는 것이다.

미적 판단에서는 사물이 허구라든가 악이라든가 하는 면은 배제한다. 그런데 그것은 자연스럽게 되는 일은 아니다. 사람들은 그렇게 배제할 것은 '명령받는' 것이다. 즉 사람은 그것에 익숙해지면 배제하고 있다는 사실 자체를 잊어버리고 마치 과학적 대상, <u>미적 대상이 그 자체로 존재하는 것처럼 생각하는 경향이 있다. 그러나 예술의 향유는 예술작품에 대한 지속적 경험에 의해 학습되는 것이다.</u>

핵심 요약

인간이 미를 판정하는 능력, 즉 미적 취미 판단은 대상의 개념에 의존하지 않고 인식 주체의 주관적인 판단력을 따르는 것이며, 따라서 인간 고유의 고급한 정신활동의 산물이자 미적 이념의 표현이 곧 예술이다.

〈다〉

러시아 형식주의자 슈클롭스키는 예술작품은 지각작용이 습관화되고 자동화되는 것에서 탈피하려는 '지각의 탈자동화'와 밀접한 관련을 맺는 것이라 말한다. 그에 의하면 <u>예술이란 사물을 알려진 대로가 아니라 그것이 인식되는 대로 사물에 대한 감각을 전달하는 것을 목표로 삼는다.</u> 예술의 기법은 대상을 낯설게 만들고, 형식을 어렵게 만들며, 감각작용의 과정은 그 자체가 하나의 심미적 목적이며 따라서 그것은 길게 지연되지 않으면 안 되기 때문이다. <u>예술은 대상의 기교성을 경험하는 한 방법이다.</u>

예술의 특성을 대상에 대한 '지각의 자동화'로부터 해방되는 것에 있다고 보는 슈클롭스키는 예술에서는 지각의 과정이 오래도록 연장되는 것이 심미적 목적이므로 '예술은 사물이 가공되는 것을 체험하는 방법이며, 이미 완성된 것은 예술에서 중요하지 않다.'고 말한다. 슈클롭스키에 따르면, 우리는 일상생활에서 마주치는 사물들을 보고 있다고 생각하지만, 사실은 보지 못하고 자동적으로 대응할 뿐이다. 그러므로 <u>예술은 이러한 대상을 우리가 이미 알고 있는 방식대로가 아니라, 우리가 새롭게 느끼는 그런 방법으로 담아내야 하는 목적을 가지고 있는 것이다.</u> '낯설게 하기' 기법은 대상을 이상하고 기묘한 것으로 왜곡시켜 그것을 이해하기 힘들게 하고 지각의 시간을 연장시키지만, 바로 이러한 <u>지각의 과정을 통해서 대상을 새롭게 환기시키는 것이 미학의 목적이다.</u>

핵심 요약

자동화된 개념적 지각 한계로부터 탈피하여 대상에 대한 인식을 낯설게 하는 과정을 통해, <u>대상의 본질적 내용을 새롭게 환기시키는</u> 것이 곧 예술의 본질이다.

■ **논제 분석**

• 공통 주제_ 예술의 본질

• 관점_ 공통점과 차이점

• 논제_ 〈가〉, 〈나〉, 〈다〉에 나타난 '예술의 본질'에 대한 공통점과 차이점을 밝히고, 이를 활용하여 〈보기〉의 작품이 왜 예술인지를 평가하라.

■ **〈가〉, 〈나〉, 〈다〉에 나타난 예술의 본질에 대한 견해의 공통점과 차이점을 밝히면 : 논제 서술 유형에 맞춰 논증 구성(1)**

• 공통점_ 예술의 본질은 대상이 지닌 보편적인 아름다움을 표현하고 창조하는 기술이자 지적 활동으로, 예술이 인간에게 어떤 식으로든 영향을 미친다는 점에서 공통된 관점을 지향한다.

• 차이점(1)_ 예술의 본질을 미학적 관점에서 살필 때, (나)와 (다)는 <u>예술가의 행위 능력</u>이 강조되는 반면, (가)는 대상 즉 예술작품 그 자체가 중심이 되는 점에서 차

이를 보인다. 이에 따를 경우 전자는 예술가의 미적 인식을 기반으로 한 감성적·직관적 진리 추구 및 그에 따른 행위로서의 성취된 삶의 표현이 강조되며, 후자는 예술작품이 갖는 객관적인 성질들에 주의를 집중한다. 즉 (가)에 따르면, 예술은 사회제도의 산물이자 문화적 구성물의 총체로서, 예술가의 사회적 참여와 실천의식의 결과물인 예술작품은 동 시대의 가치를 반영하기에, 그만큼 사회적·문화적 상황과 맥락에 따라 가치판단을 달리한다.

- 차이점(2)_ 예술의 본질이 예술가의 고유성과 천재성에 기인한다고 보는 점에서 (나)와 (다)는 인식을 같이하지만, 그렇더라도 (가)는 인간의 이성 능력을, (다)는 감성 능력을 더 강조하고 있는 점에서 차이를 보인다. 즉 (나)의 인간이 미를 판정하는 능력, 즉 미적 취미 판단은 대상의 개념에 의존하지 않고 인식 주체의 주관적인 판단력을 따르는 것이며, 따라서 인간 고유의 고급한 정신활동의 산물이자 미적 이념의 표현이 곧 예술이라고 본다. 이에 비해 (다)는 예술가는 자동화된 개념적 지각 한계로부터 탈피하여 대상에 대한 인식을 낯설게 하는 과정을 통해, 대상의 본질적 내용을 새롭게 환기시키는 것이 곧 예술의 본질이기에, 그만큼 새로움을 인식하고 받아들이는 감각적 수용 능력을 중요시한다.

〈보기〉
현대 작곡가 존 케이지의 가장 유명한 작품 중 하나는 1952년 뉴욕주 우드스틱에서 초연된 〈4분 33초〉이다. 작품의 연주를 위하여 피아니스트는 무대 위로 걸어 나가 피아노 앞에 앉는다. 그리고 건반 뚜껑을 열고서 정확히 4분 33초 동안 가만히 앉아 있는다. 그러고 나서 다시 피아노 뚜껑을 닫고 일어나 조용히 무대에서 걸어 나온다.
1964년 앤디 워홀과 그의 조수들은 브릴로라는 비누 회사에서 사용하던 포장용 상자들을 거의 똑같이 묘사한 작품들을 만들어 뉴욕 스테이블 갤러리에 전시했다. 워홀이 만든 상자는 슈퍼마켓 선반에서 흔히 볼 수 있는 것들이었다.
오늘날 존 케이지와 앤디 워홀은 20세기 네오 아방가르드의 가장 대표적인 예술가로 평가되고 있다.

■ (가), (나), (다)를 활용하여 〈보기〉에서 소개하고 있는 존 케이지와 앤디 워홀의 작품이 '왜 예술인가'에 대하여 논하면 : 논제 서술 유형에 맞춰 논증 구성(2)

- 〈보기〉의 두 작품은 현대 예술의 최전방을 개척한 아방가르드, 즉 실험주의적인 예술로서, 동시대 문화와 사회에 대한 날카로운 통찰력과 이를 청각·시각화해 내는 직관을 가진 뛰어난 작품이다. 이런 이유로 (가)에서처럼 '새로움'과 '혁신'이라는

포스트모더니즘의 시대 가치를 충실하게 반영함은 물론, 이를 통해 대중적인 지지와 함께 예술계로부터 폭넓은 인정을 받아냈다.

- 그 결과 두 작품은 예술에 대한 새로운 시각과 새로운 접근, 새로운 해석과 새로운 시도 등 '새로움'과 '고정관념의 타파' 면에서 높은 평가를 받고 있다. 이는 (다)에서 알 수 있듯이, 예술가가 끊임없이 대상을 낯설게 인식하고 환기시키는 과정을 통해 대상의 본질적인 속성을 새롭게 함으로써, 근본적인 예술적 가치를 이끌어낸 결과다.
- 그런 점에서 볼 때 두 작품은 (나)의 설명처럼, 인간 고유의 고급한 정신활동의 산물이자 미적 이념의 표현으로서 뛰어난 예술적 가치를 부여받는다. 예술작품은 예술가의 상상력 속에서 독립적으로 형성된 그 무엇을 현실세계에서 의미 있는 대상으로 구체화시킨 지적 활동의 결과물이란 점에 비춰 생각할 때, 그만큼 예술가의 주관적 인식 능력으로서의 강한 개성이 대중으로부터 보편적인 지지를 얻고 있음을 뜻하기 때문이다.

■ 필자 예시답안

예술의 본질은 대상이 지닌 보편적인 아름다움을 표현하고 창조하는 기술이자 지적 활동으로, 예술이 인간에게 어떤 식으로든 영향을 미친다는 점에서 (가), (나), (다)는 공통된 관점을 지향한다. 그렇더라도 각각은 다음 면에서 차이를 보인다.

먼저 예술의 본질을 미학적 관점에서 살필 때, (나)와 (다)는 예술가의 행위 능력이 강조되는 반면, (가)는 대상 즉 예술작품 그 자체가 중심이 되는 점에서 차이를 보인다. 이에 따를 경우 전자는 예술가의 미적 인식을 기반으로 한 감성적·직관적 진리 추구 및 그에 따른 행위로서의 성취된 삶의 표현이 강조되며, 후자는 예술작품이 갖는 객관적인 성질들에 주의를 집중한다. 즉 (가)에 따르면, 예술은 사회제도의 산물이자 문화적 구성물의 총체로서, 예술가의 사회적 참여와 실천의식의 결과물인 예술작품은 동시대의 가치를 반영하기에, 그만큼 사회적·문화적 상황과 맥락에 따라 가치 판단을 달리한다.

한편 예술의 본질이 예술가의 고유성과 천재성에 기인한다고 보는 점에서 (나)와 (다)는 인식을 같이하지만, 그렇더라도 (가)는 인간의 이성 능력을, (다)는 감성 능력을 더 강조하고 있는 점에서 차이를 보인다. 즉 (나)의 인간이 미를 판정하는 능력, 즉 미적 취미 판단은 대상의 개념에 의존하지 않고 인식 주체의 주관적인 판단력을 따르는 것이며, 따라서 인간 고유의 고급한 정신활동의 산물이자 미적 이념의 표현이 곧 예술이라고 본다. 이에 비해 (다)는 예술가는 자동화된 개념적 지각 한계로부터 탈피하여 대상에 대한 인식을 낯설게 하는 과정을 통해, 대상의 본질적 내용을 새롭게 환기시키는 것이 곧 예술의 본질이기에, 그만큼 새로움을 인식하고 받아들이는 감각적 수용 능력을 중요시한다. …①

(가), (나), (다)의 논지에 따를 경우, <보기>에서 소개하고 있는 존 케이지와 앤디 워홀의 작품은 예술적 가치를 인정받을 수 있는데, 그 이유는 다음과 같다.

먼저 <보기>의 두 작품은 현대 예술의 최전방을 개척한 아방가르드, 즉 실험주의적인 예술로서, 동시대 문화와 사회에 대한 날카로운 통찰력과 이를 청각·시각화해 내는 직관을 가진 뛰어난 작품이다. 이런 이유로 (가)에서처럼 '새로움'과 '혁신'이라는 포스트모더니즘의 시대 가치를 충실하게 반영함은 물론, 이를 통해 대중적인 지지와 함께 예술계로부터 폭넓은 인정을 받아냈다.

그에 따라 두 작품은 예술에 대한 새로운 시각과 새로운 접근, 새로운 해석과 새로운 시도 등 '새로움'과 '고정관념의 타파' 면에서 높은 평가를 받고 있다. 이는 (다)에서 알 수 있듯이, 예술가가 끊임없이 대상을 낯설게 인식하고 환기시키는 과정을 통해 대상의 본질적인 속성을 새롭게 함으로써, 근본적인 예술적 가치를 이끌어낸 결과다.

그런 점에서 볼 때 두 작품은 (나)의 설명처럼, 인간 고유의 고급한 정신활동의 산물이자 미적 이념의 표현으로서의 뛰어난 예술적 가치를 부여받는다. 예술작품은 예술가의 상상력 속에서 독립적으로 형성된 그 무엇을 현실세계에서 의미 있는 대상으로 구체화시킨 지적 활동의 결과물이란 점에 비춰 생각할 때, 그만큼 예술가의 주관적 인식 능력으로서의 강한 개성이 대중으로부터 보편적인 지지를 얻고 있음을 뜻하기 때문이다. …②

【문제21의 해설】

■ 글의 논증 구조

【어떤 경제 주체의 행위가 자신과 거래하지 않는 제3자에게 의도하지 않게 이익이나 손해를 주는 것을 '외부성'이라 한다. 과수원의 과일 생산이 인접한 양봉업자에게 벌꿀 생산과 관련한 이익을 준다든지, 공장의 제품 생산이 강물을 오염시켜 주민들에게 피해를 주는 것

등이 대표적인 사례이다.

외부성은 사회 전체로 보면 이익이 극대화되지 않는 비효율성을 초래할 수 있다. 개별 경제 주체가 제3자의 이익이나 손해까지 고려하여 행동하지는 않을 것이기 때문이다. 예를 들어,

[A]
과수원의 이윤을 극대화하는 생산량이 Q_α라고 할 때, 생산량을 Q_α보다 늘리면 과수원의 이윤은 줄어든다. 하지만 이로 인해 과수원의 이윤 감소보다 양봉업자의 이윤 증가가 더 크다면, 생산량을 Q_α보다 늘리는 것이 사회적으로 바람직하다. 하지만 과수원이 자발적으로 양봉업자의 이익까지 고려하여 생산량을 Q_α보다 늘릴 이유는 없다.

전통적인 경제학은 이러한 비효율성의 해결책이 보조금이나 벌금과 같은 정부의 개입이라고 생각한다. 보조금을 받거나 벌금을 내게 되면 제3자에게 주는 이익이나 손해가 더 이상 자신의 이익과 무관하지 않게 되므로, 자신의 이익에 충실한 선택이 사회적으로 바람직한 결과로 이어진다는 것이다. 】…**(해설_전제의 뒷받침)**

【그러나 전통적인 경제학은 모든 시장 거래와 정부 개입에 시간과 노력, 즉 비용이 든다는 점을 간과하고 있다. …**(중심 주장 글)** 외부성은 이익이나 손해에 관한 협상이 너무 어려워 거래가 일어나지 못하는 경우이므로, 보조금이나 벌금뿐만 아니라 협상을 쉽게 해 주는 법과 규제도 해결책이 될 수 있다. 어떤 방식이든, 정부 개입은 비효율성을 줄이는 측면도 있지만 개입에 드는 비용으로 인해 비효율성을 늘리는 측면도 있다. …**(근거)**】…**(주장+근거)**

■ **글의 핵심 요약**

전제1_ 전통적 경제학에 따르면, 외부성은 사회 전체로 보면 이익이 극대화되지 않는 비효율성을 초래할 수 있다고 본다.

전제2_ 전통적인 경제학은, 외부성은 모든 시장 거래와 정부 개입에 시간과 노력, 즉 비용이 든다는 점을 간과하고 있다.

결론_ 법규 규제를 통한 정부 개입은 비효율성을 줄이는 측면도 있지만, 개입에 드는 비용으로 인해 비효율성을 늘리는 측면도 있다.

전통적 경제학은, 외부성은 모든 시장 거래와 정부 개입에 시간과 노력, 즉 비용이 든다는 점을 간과하고 있다. 법규 규제를 통한 정부 개입은 비효율성을 줄이는 해결책이 될 수도 있지만, 개입에 드는 비용으로 인해 비효율성을 늘리는 측면도 있기 때문이다. …**논증 요약**

- 주제어_ 외부효과
- 주제_ 외부효과로 인한 비효율성의 문제에 대한 해결책과 문제점

■ 답안 해설

[문제29]

①=(둘째 단락) 개별 경제 주체가 제3자의 이익이나 손해까지 고려하여 행동하지는 않을 것이기 때문이다.

→ 즉 개별 경제 주체는 어디까지나 자신의 이익을 기준으로 행동하려 한다.

③=(넷째 단락) 전통적인 경제학은 모든 시장 거래와 정부 개입에 시간과 노력, 즉 비용이 든다는 점을 간과하고 있다.

→ 전통적인 경제학은 보조금을 지급하거나 벌금을 부과하는 데 따르는 비용을 고려한다.

④=효율성이 충족에 관한 내용은 지문에 나타나 있지 않다.

⑤=(첫째 단락) 어떤 경제 주체의 행위가 자신과 거래하지 않는 제3자에게 **의도하지 않게** 이익이나 손해를 주는 것을 '외부성'이라 한다.

→ 따라서 이익이나 손해를 주고받는 당사자들 사이에 그 손익에 관한 거래가 이루어지는 경우는 외부성에 해당되지 않는다.

②≠(둘째 단락) 외부성은 사회 전체로 보면 이익이 극대화되지 않는 비효율성을 초래할 수 있다.

→ 제3자에게 이익을 주는 외부성은 자신에게는 이익을 주는 것이며, 따라서 사회 전체로 보면 이익이 극대화하지 않는 비효율성을 초래할 수 있다.

[문제30]

〈보기〉는 제3자에게 손해를 주는 외부성의 사례로, 공장에서 생산량을 **줄이면** 공장의 이윤이 줄어들지만, 주민들의 입장에서는 (공장의 생산으로 유발하는 오염으로 인한) 피해가 감소하게 된다. 이 경우 공장의 이윤 감소보다 주민들의 피해 감소가 더 **크다면** 생산량을 **줄이는** 것이 사회적으로 바람직하다. …①의 해선

정답 : 문제29 ②, 문제30 ①

■ 글의 논증구조

【특정 상품에 대한 어떤 사람의 수요가 다른 사람들의 수요에 의해 영향을 받는 것을 <u>**네트워크효과**(network effect)</u>라고 말한다. 이러한 네트워크효과에는 **유행효과**와 **속물효과**가 있다. ···(전제)

어느 한 상품이 유행하게 되면 다른 사람들도 그 상품을 구입하려는 양상이 나타날 수 있다. 이렇게 소비를 결정하는 과정에서 <u>다른 사람들이 물건을 사는 것에 영향을 받아 그 물건을 구입하게 되는 것을 **유행효과**</u>라고 한다. 예를 들어 유행효과가 전혀 존재하지 않는 상황에서는 A 게임기의 가격이 20만 원일 때 5천 대, 15만 원일 때 6천 대로 수요량이 변한다고 한다. 그런데 유행효과가 존재하는 경우, 20만 원이었던 A 게임기의 가격이 15만 원으로 하락했을 때 게임기의 수요량이 6천 대가 아닌 8천 대로 늘어난다고 하자. 이는 가격이 떨어짐에 따라 게임기를 사려는 사람이 늘어나게 되고, 이들의 소비가 다른 사람들의 소비에 영향을 미쳐 새로운 소비가 창출된 결과, 수요량의 증가폭이 더욱 커지게 된 것이다. <u>이러한 유행효과는 유행에 민감한 소비자들이나 연예인을 동경하는 소비자들에게 더욱 두드러지게 나타난다.</u>

이와는 달리, 어떤 상품을 소비할 때 소수만이 소유하기를 바라는 심리가 깔려 있는 경우, 그 상품을 구입하는 사람들이 많아지면 그 상품을 구입하지 않으려는 사람들도 생기게 된다. 이렇게 소비를 결정하는 과정에서 <u>다른 사람들이 물건을 사는 것에 영향을 받아 그 물건을 구입하지 않게 되는 것을 **속물효과**</u>라 한다. 예를 들어 속물효과가 존재하지 않는 상황에서는 B 손목시계 가격이 3백만 원에서 1백만 원으로 하락했을 때 수요량이 1천 개 더 늘어난다고 한다. 그런데 속물효과가 존재하는 경우, B 손목시계의 가격이 1백만 원으로 하락했을 때 수요량의 증가폭이 5백 개에 그쳤다고 하자. 이는 가격 하락으로 인해 수요량이 증가하게 되어 남들과 차별화하고자 하는 심리가 충족되지 못해 그 상품을 사지 않겠다는 사람이 생겨나므로, 결과적으로 수요량의 증가폭이 감소하게 된 것이다. <u>이러한 속물효과는 상품의 희소성이 약화될 때 나타나기 때문에, 판매자들은 높은 희소성을 유지하기 위해 가격 할인이나 적극적인 판촉 활동을 자제하게 된다.</u> 】···(해설_전제 및 전제의 뒷받침)

【일반적으로 소비자들이 다른 소비자들과 독립적으로 소비를 결정한다고 생각하지만, 실제로는 위의 두 경우와 같이 여러 사람의 수요가 상호의존적으로 영향을 주고받기도 한다. 】···(주장_중심 주장 글)

■ 글의 핵심 요약

전제_ 특정 상품에 대한 어떤 사람의 수요가 다른 사람들의 수요에 의해 영향을 받는 현상을 네트워크효과라고 한다.

결론_ 소비자들이 다른 소비자들과 독립적으로 소비를 결정한다고 생각하지만, 실제로는 여러 사람의 수요가 상호 의존적으로 영향을 주고받기도 한다.

사람들은 독립적으로 소비를 결정한다고 생각하지만, 실제로는 특정 상품에 대한 어떤 사람의 수요가 다른 사람들의 수요에 의해 영향을 받는 네트워크효과가 일어나는 등 상호의존적으로 영향을 주고받는다. …**논증 요약**

- 주제어_ 네트워크 효과_ 유행효과와 속물효과
- 주제_ 소비의 상호 의존성

■ 답안 해설

[문제17]

①=첫째 단락에 나와 있다.

③=둘째 단락 마지막 부분에 나와 있다.

④=셋째 단락에 나와 있다.

⑤=셋째 단락 앞부분에 나와 있다.

②≠유행효과가 잘 나타나는 소비자의 특성에 대해서는 둘째 단락에서 언급하고 있지만, 유행효과가 어떤 문제점을 유발하는지는 나와 있지 않다.

[문제18]

①=② 참조

③=(나)상품의 가격이 P_3에서 P_4로 하락할 때, 속물효과가 존재하지 않는 경우 수요량은 Q_3에서 Q_4로 변화하게 된다. 그런데 속물효과가 존재하는 경우 다른 사람의 소비에 영향을 받아 (나)상품을 구입하지 않으려는 사람들이 생겨나므로 결과적으로 수요량은 Q_3에서 $Q_4{}'$로 변화한다.

④=(나)상품의 가격이 P_3에서 P_4로 하락할 때 수요량의 증가폭이 감소한 것은 셋째 단락의 내용과 관련지어 볼 때 타인과 차별화되고 싶은 소비자의 심리가 작용한 것이라 할 수 있다.

⑤=D_2와 D_4는 각각 유행효과와 속물효과가 존재하는 경우의 수요곡선이므로, 다른 사람들의 수요가 개인의 수요에 영향을 미쳤음을 알게 해준다.

②≠가격이 P_1에서 P_2로 하락할 때, 유행효과가 존재하지 않는 경우에는 수요량이

Q_1에서 Q_2로 증가하고, 유행효과가 존재하는 경우에는 수요량이 Q_1에서 Q_2'로 증가한다. 따라서 유행효과가 존재하는 경우, 존재하지 않는 경우에 비해 Q_2에서 Q_2'만큼 수요량이 더 증가하게 된다.

[문제19]

①=상품이 출시되었을 때 무료로 체험할 수 있는 행사를 실시하여 구매가 촉진되면 이에 영향을 받은 추가적인 수요가 발생하게 된다.

②=유명인들의 모습을 본 소비자들이 이에 영향을 받아 구매를 하게 되면, 이는 또 다시 다른 사람에 영향을 주어 수요를 증가시키게 된다.

③=해당 상품의 특성과 이미지를 유지하게 되면, 그 상품에 대해 다른 사람과 차별화하려는 심리를 지닌 사람들의 소비를 유도할 수 있다.

④=시장 판매량이 늘어나지 않게 관리하면 희소성을 일정하게 유지할 수 있으므로 차별화를 추구하는 소비자들의 소비를 유도할 수 있다.

⑤≠(가)는 유행효과, (나)는 속물효과가 나타나는 상품이다. 유행효과는 다른 사람의 소비에 영향을 받아 수요량이 추가적으로 증가하는 것이므로 **소비를 증가시키기 위한 판매** 전략이 필요하다. 속물효과는 남과 차별화하고자 하는 심리가 소비의 배경이 되므로 **상품의 희소성을 높게 유지시키기 위한** 전략이 필요하다. 따라서 묶음으로 구성하여 상품 구매 시 가격 부담을 줄이는 것은 희소성을 높게 유지시키는 전략과 관련이 없기에, (나)의 판매 전략으로 적절하지 않다.

정답 : 문제17 ②,   문제18 ②,   문제19 ⑤

【문제23의 해설】

■ 글의 논증 구조

【두 사람이 범행을 저질러 각각 독방에 수감되었다. 만약 두 사람이 모두 자백을 하지 않는다면 두 사람은 1년씩 감옥에 살게 된다. 하지만 한 명만 자백을 한다면 자백한 사람은 석방되고 자백하지 않은 사람은 10년형을 살게 된다. 둘 다 자백한다면 둘 다 5년형을 받게 된다. 죄수들이 각각 독방에 있기 때문에 서로 의논을 할 수 없는 경우 죄수들은 어떤

선택을 할까? 이 상황에서 모두 자백하게 된다는 것이 잘 알려진 '죄수의 딜레마'이다. 이는 상대를 배반하더라도 <u>자신의 이익을 극대화한다는 결정을 내릴 정도로 사람들이 이기적이라는 기본 가정에서 출발한 것이다.</u>

이러한 이론을 일반적인 사회 현상에 적용해 보자. 일정한 수의 사람들이 모여서 사회를 이루며 살아갈 때 사람들은 공동으로 돈을 내어 공공재를 형성하여 공익을 추구한다. 그런데 죄수의 딜레마에 기초한 이기적인 인간이라면 자신은 공공 서비스를 받는 것을 좋아하더라도 공공재의 형성에 협조하는 것을 꺼리는 것이 좋은 전략이라고 생각할 것이다. }···

(해설1)

【하지만 사회에서 사람들이 살아가는 역사를 살펴보면 <u>꾸준하게 공공에 대한 협조적 행위가 지속되어 왔고, 우리 역시 일상적으로 상대방과 공공에 대한 협조적 행위를 하며 살고 있음을 알 수 있다. 이는 상호 이타성이라는 행동 경향으로 설명할 수 있다.</u> ···**(중심 주장 글)** 상호 이타성이란 무엇이며, 이는 왜 발생할까? 상호 이타성이란 사람들이 협조에는 협조로, 적의에는 적으로 대응하는 경향을 말한다. 즉, 자신이 협조하지 않은 것을 보고 상대방이 이에 대응하여 행동할 것이라는 점을 고려하게 되면, 협조하지 않은 것이 궁극적으로 자신에게 유익하지는 않다는 것이다. <u>협조적인 행동은 이후에 협조로 보상받을 가능성이 많기 때문에 결과적으로 이로운 행동이 될 수 있다. 그렇기 때문에 상호 신뢰가 깨지지 않는 한 죄수의 딜레마의 결론과는 달리 협조적 행동을 하게 된다는 것이다.</u> ···**(전제_주장의 뒷받침 글)**】···**(주장+근거)**

【그렇다면 익명적 상황이나 미래에 상대의 반응이 있을 수 없는 1회적 상황에서는 어떻게 될까? 이를 설명하기 위해서 경제학자들이 간단한 실험을 하였다. 피실험자들에게 일정한 돈을 준 후, 이 돈을 그냥 가질 수도 있거나 공공재에 투자할 수도 있게 하였다. 투자한 돈은 사람 수보다는 작은 k배로 커지고, 커진 돈은 공공재 투자 여부와 관계없이 모두에게 똑같이 나누어진다. 이 실험에서는 1회 실행할 때와 실험을 반복한 때, 즉 미래에 상대의 반응을 알 수 없는 경우와 알 수 있는 경우 서로 다른 결과가 나왔다. <u>실험 결과 1회적 상황에서는 보통 40~60% 정도의 피실험자들이 공공재에 투자하는 것이었다. 반복 실험에서는 반복을 거듭할수록 투자하는 피실험자의 비율은 점점 감소하는 경향이 있었다.</u> 하지만 이 경우에도 투자가 완전히 없어지지는 않았다. ···**(해설2)**

■ 글의 핵심 요약

전제1_ 죄수의 딜레마 이론에 따르면, 인간은 자신의 이익을 위해 행동한고 가정하기에, 사람들은 공공재에 협조하기를 꺼릴 것이다.

전제2_ 상호 협조적인 행동은 이후에 협조로 보상받을 가능성이 많기 때문에 결과적으로 이로운 행동이 된다고 사람들은 생각한다.

결론_ 실제 사회적 상호작용에서는 죄수의 딜레마 이론과는 달리, 서로 협조하는 상호 이타적인 행동을 하려 한다.

죄수의 딜레마 이론과는 달리, 실제 사회적 상호작용에서 사람들은 서로 협조하는 상호 이타적인 행동을 하려 한다. 이는 그러한 행동이 이후에 협조로 보상받을 가능성이 많기 때문에, 결과적으로 이로운 행동이 된다고 생각하기 때문이다. …**논증 요약**

- 주제어_ 죄수의 딜레마와 상호 이타성
- 주제_ 죄수의 딜레마 이론과는 달리 나타나는 인간의 상호 이타적 행동

■ **답안 해설**

[문제1]

①=죄수의 딜레마와 상호 이타성의 개념을 정리한 후, 이를 바탕으로 논의를 전개하고 있다.

②=딜레마에 빠진 죄수가 어떤 선택을 할 것인지, 상호 이타성이란 무엇이며 이는 왜 생기는지에 대해 의문을 던지는 방식으로 논지를 전개하고 있다.

③=셋째 단락에 따르면, 우리가 일상적으로 죄수의 딜레마 이론에 입각한 이기적 행위만 하는 것이 아니라, 상호 이타성에 기반을 둔 행위를 하고 있다는 것을 알 수 있다. 따라서 일상적 행동양식을 근거로 죄수의 딜레마라는 특정 이론을 반박하고 있음을 알 수 있다.

④=넷째 단락에 따르면, 사람들은 자신의 이익만을 고려한 이기적인 행위를 하는 것이 아니라, 상호 이타성에 바탕을 둔 행위를 한다는 것을 보여주는 실험이 제시되어 있다. 따라서 구체적인 실험 결과를 통해 상호 이타성에 대한 견해의 타당성을 높인다고 볼 수 있다.

⑤≠지문은 상호 이타성의 관점에서 죄수의 딜레마 이론에 대해 반박하고 있다. 이 과정에서 실제 현상과 이론 사이에 차이가 있다는 점이 부각되고 있지만, 그러한 관점 차이에 대한 <u>절충을 시도한 근거는 없다</u>.

[문제2]

①=<보기>는 통신회사들끼리 서로 협조적 행위를 하는 것이 상호간에 도움이 된다는 것은 알고 있지만, 죄수의 딜레마 이론처럼 상대방이 배신할 경우 자신이 손해를 볼 수 있다는 생각 때문에 마케팅 비용을 줄이지 않고 있는 상황이다. 따라서 이는 <u>신뢰의 문제</u>에 해당한다.

③=(셋째 단락) 상호 이타성이란 사람들이 협조에는 협조로, 적의에는 적의로 대응하는 경향을 말한다. 협조적인 행동은 이후에 협조로 보상받을 가능성이 많기 때문에 결과적으로 이로운 행동이 될 수 있다. 그렇기 때문에 상호 신뢰가 깨지지 않는 한 죄수의 딜레마의 결론과는 달리 협조적 행동을 하게 된다는 것이다.

→ 마케팅 비용을 줄이기로 한 합의에 이동통신 회사들이 모두 협조적인 자세를 취한다면 이는 상호 이타성의 경향으로 설명할 수 있는 근거가 된다.

④=(첫째 단락) '죄수의 딜레마' 이론에 따르면, 상대를 배반하더라도 자신의 이익을 극대화한다는 결정을 내릴 정도로 사람들이 이기적이라는 기본 가정에서 출발한다.

→ 따라서 죄수의 딜레마 이론에 근거하면, 이동통신 회사들이 마케팅 비용을 줄이기로 합의를 했더라도 그것을 지키지 않는 것이 자신들의 이익을 극대화한다면 그 합의를 지키지 않으려 할 것이다.

⑤=(셋째 단락) 상호 이타성이란 사람들이 협조에는 협조로, 적의에는 적의로 대응하는 경향을 말한다. 즉 자신이 협조하지 않은 것을 보고 상대방이 이에 대응하여 행동할 것이라는 점을 고려하게 되면, 협조하지 않은 것이 궁극적으로 자신에게 유익하지는 않다는 것이다.

→ 따라서 상호 이타성의 경향에 따라 상대방이 자신의 행동에 대응하여 행동할 것이라는 점을 감안하면, 마케팅 비용을 줄이기로 합의한 것이 궁극적으로 자신의 이익을 위해 유익하다고 생각할 것이다.

②≠이동통신 시장의 포화 여부에 관계없이 상호 이타성은 발휘될 수 있다. 즉 이동통신 시장이 포화 상태가 아니더라도 이동통신 회사들끼리 협조적인 자세를 취할 수 있다.

→ 이동통신 시장이 포화되어 더 이상의 확대가 불가능하다는 것은 상호 이타성을 발휘하기 위한 전제에 해당한다고 보는 것은 적절하지 않다.

[문제3]

①≠(셋째 단락) 꾸준하게 공공에 대한 협조적 행위가 지속되어 왔고, 우리 역시 일상적으로 상대방과 공공에 대한 협조적 행위를 하며 살고 있음을 알 수 있다. 이는 상호 이타성이라는 행동 경향으로 설명할 수 있다.

→ 즉 공공에 대한 협조가 자신의 이익을 극대화하기 위해 이루어지는 것은 아니다.

②≠(넷째 단락) 반복 실험에서는 반복을 거듭할수록 투자하는 피실험자의 비율은

점점 감소하는 경향이 있었다. 하지만 이 경우에도 투자가 완전히 없어지지는 않았다.

→ 이를 통해 볼 때, 인간은 자신의 행위에 대한 보답이 예상되지 않는 상황에서도 이기적으로 행동하지 않고 이타적으로 행동할 수 있음을 알 수 있다.

③≠(넷째 단락) 반복 실험에서는 반복을 거듭할수록 투자하는 피실험자의 비율은 점점 감소하는 경향이 있었다.

→ 즉 공공이익을 우선시한다면 투자율이 항상 높은 수준을 유지해야 함에도 불구하고 실험이 반복될수록 투자율이 점점 떨어지고 있는 점에 비춰 생각할 때, 사람들은 공공의 이익을 우선시하는 경향보다는 자신의 물질적 이익을 최대화하려 하려 한다.

④≠지문의 실험을 통해 확인할 수 없는 내용이다.

⑤=(넷째 단락) 실험 결과 1회적 상황에서는 보통 40~60% 정도의 피실험자들이 공공재에 투자하는 것이었다. 반복 실험에서는 반복을 거듭할수록 투자하는 피실험자의 비율은 점점 감소하는 경향이 있었다. 하지만 이 경우에도 투자가 완전히 없어지지는 않았다.

→ 즉 1회 실험보다 여러 차례 실험을 했을 때 점점 투자율이 떨어지는 것은, 자신은 처음에는 선의를 가지고 투자를 했지만 그렇지 못한 사람이 있다는 것을 알게 되면서 자신도 투자를 꺼렸기 때문이다. 이를 통해 볼 때, 다른 사람들이 자신의 선의에 반하는 행위를 한다는 것을 알기 전까지는 상당수가 협조적인 행위를 하려는 경향이 있음을 알 수 있다.

정답 : 문제1 ⑤, 문제02 ②, 문제03 ⑤

【문제24의 해설】

■ 지문 해석

탁월한 우수성과 기발한 창의성 둘 다를 추구하는 예술가처럼, 훌륭한 기업은 지속성과 변화 사이의 **긴장**을 조성한다. 그들은 한편으로는 애초에 성공을 거둘 수 있었던 원칙들을 고수하지만, 다른 한편으로는 창의적인 개선 능력과 뛰어난 적응력을 통해 자신들의 방법을 수정하면서 끊임없이 진화한다. 하지만 요는 "몇몇 기업들은 변화하지 않았기 때문에 실패했다."는 식으로 단순하게 단정할 수는 없다는 것이다. 실제, 변화에 대한 일관되고 합리적인 근거 없이 끊임없는 변화를 시도하는 기업은, 전혀 변화하려 하지 않는 기업만큼이나 **붕괴할** 가능성이 높다. 그렇기에 (기업의 생존을 위해 나름의) 특정한 전략과 전술을 고수하는 것이 본질적으로 틀린 것은 아니다. 하지만 (기업의 생존과 발전을 위해서는) 그러한 실행 전략이 추구하는 근원적인 이유를 이해함으로써, 이를 통해 언제 원칙을 준수하고 또 언제 변화를 추구할 것인지를 정확히 알아야 한다.

■ 글의 논증 구조

Like an artist who pursues both enduring excellence and shocking creativity, great companies foster a tension between continuity and change. …(**뒷받침 글1**) On the one hand, they adhere to the principles that produced success in the first place, yet on the other hand, they continually evolve, modifying their approach with creative improvements and intelligent adaptation. (**뒷받침 글2_전제의 부연**) But the point here is not as simple as "some companies failed because they did not change." Companies that change constantly but without any consistent rationale will collapse just as surely as those that change not at all. There is nothing inherently wrong with adhering to specific practices and strategies. But you should comprehend the underlying why behind those practices, and thereby see when to keep them and when to change them. …(**중심 주장 글**)

전제1_ 훌륭한 기업은 지속성과 변화 사이의 긴장을 조성한다.

전제2_ 훌륭한 기업은 한편으로는 애초에 성공을 거둘 수 있었던 원칙들을 고수하지만, 다른 한편으로는 창의적인 개선 능력과 뛰어난 적응력을 통해 자신들의 방법을 수정하면서 끊임없이 진화한다.

결론_ 기업의 실행 전략이 추구하는 근원적인 이유를 이해함으로써, 이를 통해 언제 원칙을 준수하고 또 언제 변화를 추구할 것인지를 정확히 알아야 한다.

훌륭한 기업은 지속성과 변화 사이의 긴장을 끊임없이 조성하면서 발전한다. 이를 위해서는 기업의 실행 전략이 추구하는 근원적인 이유를 이해함으로써, 언제 원칙을 준수하고 또 언제 변화를 추구할 것인지를 정확히 알아야 한다. …**논증 요약**

핵심어_ 기업의 지속성과 변화 가능성(a tension between continuity and change in company)

■ 문제 해결의 포인트

논증 글에 담긴 핵심 키워드를 대조 또는 일치시키며 파악하면 된다(여기서는 전제의 각 지문을 비교·대조하며 파악하고, 그것을 통해 변화를 주저하거나 두려워할 경우에 'collapse' 할 수 있음을 추론하면 된다).

→ 이런 유형의 경우에는 글의 내용을 전체적으로 파악하고, 그에 적합한 단어를 채워 놓아야 한다.

전제1_ a **tension** between **continuity** and **change** in company

전제2_ On the one hand, they **adhere** to the principles…, on the other hand, they continually **evolve, modifying** their approach… **if not, then collapse**

정답 : ①

【문제25의 해설】

■ 지문 해석

비용 산출은 시간 계산을 근거로 한다. 즉 요구되는 인건비와 이에 소요되는 시간을 곱함으로써 도출된다(비용 산출은 노동 인건비 투입 당 시간 계산을 근거로 한다). 이때, **많은 복합적인 노동 요인(crafts)이 비용을 산정하는 데 관여함**을 알고 있어야 한다. 예를 들어, 어떤 대기업이 전기모터를 해체하기 위해 다음의 직원을 필요로 하는 경우를 생각해보자. 즉 덮개를 제거하기 위한 용접공, 전기 공급을 끊기 위한 전기기사, 작업대를 해체하기 위한 기계설치기사, 작업대로부터 모터를 떼어내 옮기기 위해 동원되는 잡부 등이다. 이러한 상황은 위의 네 가지 작업이 동시에 잡혀있기 때문에, 네 번째 작업을 수행하는 사람이 일을 하고 있는 동안에 적어도 세 명은 이를 지켜보아야 한다. 따라서 그만큼 비효율적임은 물론 높은 인건비를 수반한다. 원래의 비용보다 적어도 네 배, 만약 그 작업을 하는 한 사람이 제 시간에 나타나지 않을 경우에는 그 이상 들 수도 있다.

① 열악한 근무 여건으로 인해 야기되는 비효율성
② 사업에 있어서의 높은 인건비 조달에 따른 어려움
③ 집단으로 작업할 때 발생하는 노동 기술의 차이
④ 많은 복합적인 노동 요인이 비용 산정에 관여

⑤ 생산에 있어서의 인력과 장비의 불일치

■ 글의 논증 구조

<u>Cost estimates follow from time estimates simply by multiplying the hours re-</u>
<u>quired by the required labor rates</u>. …**(중심 주장 글)** Beware of coordination prob-
lems where multiple crafts are involved. …**(뒷받침 글1)** For example, one major
company has a policy that requires the following personnel in order to remove
an electric motor: a tinsmith to remove the cover, an electrician to disconnect the
electrical supply, a millwright to unbolt the mounts, and one or more laborers to
remove the motor from its mount. <u>That situation is fraught with inefficiency and</u>
<u>high labor costs</u>, …**(뒷받침 글2)** since all four trades must be scheduled together,
with at least three people watching while the fourth is at work. The cost will be
at least four times what it could be and is often greater if one of the trades does
not show up on time.

전제1_ 많은 복합적인 노동 요인이 비용 산정에 관여한다.
전제2_ 노동 작업의 중복은 그만큼 시간의 비효율성과 높은 인건비를 수반한다.
결론_ 비용 산출은 노동 인건비 투입 당 시간 계산을 근거로 한다.

많은 복합적인 노동 요인이 비용 산정에 관여하며, 특히 노동 작업의 중복은 그만큼
시간의 비효율성과 높은 인건비를 수반한다. 이처럼 비용 산출은 노동 인건비 투입 당
단위 시간 계산을 근거로 한다. …**논증 요약**

핵심어_ 비용 산출(Cost estimates)의 근거

■ 문제 해결의 포인트

논증 글에 담긴 핵심 키워드를 일치시켜가며 파악하면 된다.

전제1_ coordination problems where multiple crafts are involved
전제2_ That situation is fraught with inefficiency and high labor costs
결론_ Cost estimates follow from time estimates

정답 : ④

【문제26의 해설 및 예시답안】

〔문제3〕 제시문 ①[가]와 [나]의 소비이론의 차이점을 지적하고, 그 두 이론을 제시문 ②[다]와 [라]의 사례에 적용하여 설명하라. (1,000~1,200자)

[가]

나중을 위해 저축하기보다 지금 소비하는 성향을 소비주의의 뚜렷한 특징이라고 본다면, 소비주의는 부자보다는 가난한 사람들 사이에서 더욱 두드러진다. 사회적 지위에는 다른 모든 것과 마찬가지로 한계효용체감의 법칙(어떤 것을 더 적게 가지고 있을수록 이를 갖기 위해 더 많이 지불하려 한다)이 적용된다. 따라서 지위가 더 낮은 그룹의 사람들이 상층 그룹의 사람들보다 수입의 더 많은 부분을 경쟁적 소비에 기꺼이 쓰려 한다. 상층계급의 사람들은 이미 지위가 높기 때문에 지위를 더 얻고자 그다지 큰 희생을 하려 하지 않는다. 반면에 하층계급은 그렇게 한다.

대부분의 경쟁적 소비는 공격 전략에서 비롯된다. 예를 들어, 온 가족에게 평소보다 더 비싼 크리스마스 선물을 사준 사람을 생각해보자. 그가 더 관대하고, 더 사랑을 베푸는 사람처럼 보이겠지만, 그 사람의 행동은 결국 나머지 사람들에게 부담을 지우는 행위다. 이러한 공격 전략은 방어 조치를 부른다. 다음 해에 가족들 모두가 선물에 더 많은 돈을 써야 할지 모른다. 그들의 이런 행동은 남보다 한발 앞서기 위해서가 아니라 옛날의 위치를 되찾기 위한 노력일 뿐이다.

핵심 요약

사회적 지위 역시 한계효용체감의 법칙이 적용되기에 부자들보다 가난한 사람들의 소비 성향이 더욱 경쟁적으로 나타난다. 이러한 공격 지향의 경쟁적 소비는 결국 주변 사람들에게 방어적 조치에 따른 부담을 지우는 행위가 될 뿐인데, 이런 이유로 결국 이런 행동은 자신의 지위를 높이기보다는 예전의 위치를 되찾기 위해 노력하게 될 뿐이다.

→ 즉 만약에 내가 상대방에게 100만 원짜리 선물을 할 경우, 다음번에는 상대방이 이에 상응하는 돈을 지출하여 내게 선물할 것이므로, 이 같은 과시적 과소비가 결국에는 사회적 지위를 끌어올리기는커녕 예전의 위치를 되찾기 위한 노력만을 배가시킬 뿐이다.

다시 축약

상층계급으로의 사회적 지위 상승을 지향하는 하층계급의 공격 지향의 경쟁적 소비와 이에 대응하여 주변 사람들의 방어적 소비가 이어지면서 과소비가 과소비를 부르고, 결국에는 하층계급으로 주저앉게 된다.

[나]

한 집단이 계급 위계의 상층에 있는 집단처럼 보이길 원한다면, 짐멜이 말한 것과 같은 유행의 변화를 겪게 된다. "하층계급이 그들의 스타일을 모방하기 시작하자마자 상층계급은 이 스타일을 버리고 새로운 스타일을 채택한다. 이렇게 해서 다시 한 번 대중과 자신들을 구분하는데, 이런 식으로 게임은 돌고 돈다." 물론 이것은 위계의 정당함을 인정하고 개인이 상층계급을 모방함으로써 적어도 어떤 의미에서는 그 위계상에서 상승 이동이 가능하다고 믿는 사회를 가정한 경우이다.

그랜트 맥크랙컨은 종종 이것에 적용되는 이론의 명칭인 '트릭클다운(trickle-down)'이란 용어가 실제 적절한 것이 아니고 오히려 잘못된 인상을 준다고 지적하였다. 유행은 하층계급이 수동적으로 받아들이도록 흘러내리는 것이 아니라, 오히려 하층계급이 적극적으로 찾아서 상층계급을 모방하고 그들이 또 변화하도록 압박한다는 것이다. 그래서 맥크랙컨은 '뒤쫓기와 도망가기(chase and flight)'가 보다 더 알맞은 용어라고 제안하고 있다.

핵심 요약
유행(소비)은 상층계급에서 하층계급으로 흘러내리는 '트릭클다운' 현상으로 퍼지는 게 아니다. 오히려 하층계급이 적극적으로 상층계급을 모방함으로써 상층계급이 또 다시 변화(소비)하도록 압박하는 '뒤쫓기와 도망가기' 현상에 따른 결과이다.

[다]

어느 토요일 아침 그린위치 빌리지에 있는 딸아이의 음악학원 복도에 앉아 있는데 피아노 선생님인 줄리아의 목소리가 들린다. "저 그 가방 알아요."

나는 고개를 든다. 줄리아가 나한테 하는 이야기인가? 돌아보니, 과연 그녀는 내 핸드백을 뚫어지게 쳐다보고 있다.

하지만 왜? 줄리아는 여태 나에게 말을 걸어온 적이 없다. 내 핸드백은 비첸자에 있는, 자그마한 가죽상으로 시작해서 국제적인 명품 부티크 체인으로 사업을 확장한 회사가 만든 눈에 잘 띄지 않는 그런 종류의 이태리제 핸드백이다. 그 회사는 최근에 명품 브랜드를 만드는 다국적 재벌에게 인수되었는데, 그 전까지는 상품에 로고를 붙이는 것을 거부해왔다. 그들은 자기네 상품이 워낙 특이하여 로고가 필요 없다고 주장했던 것이다.

수 년 동안 나는 음악학원에서 늘 청바지에 티셔츠 차림인 줄리아의 모습을 보아왔다. 그녀는 똑똑하고 재치 있고 음악에 대하여 아주 진지하다. 그녀가 모차르트에 내해 이야기하는 것은 어울린다. 그러나 자신이 사기 어려운 가격대의 이태리제 핸드백에 대해 이야기하는 것은 어울리지 않는다.

줄리아는 정말로 이태리제 핸드백 이야기를 하고 싶어서 바이올린 교습생의 아버지와 나누던 말을 중간에 끊고 나에게 말을 건 것이었다. 줄리아는 나에게 내 핸드백이 마음에 든다는 이야기를 하고 싶은 것이 아니다. 줄리아는 나에게 자신이 그것을 알아본다는 이야기를 하고 싶은 것이다. 그녀는 나에게 그 핸드백 가격이 얼마이며, 그것을 어디서 살 수 있으며, 그것이 무엇인지 자신이 알고 있다는 사실을 이야기해주고 싶은 것이다. 아무런 브랜드 로고도 달고 있지 않은 비싼 이태리제 핸드백을 자신이 알고 있다는 이야기를 줄리아와 대부분의 사람들은 갖고 싶은 것들을 살 경제력을 갖추고 있지 못하다. 그들은 잡지, 텔레비전, 책 및 인터넷을 통해, 또는 실제로 구매하지는 않으면서 구경만 하고 다니는 방식이 쇼핑을 통해 명품에 대한 정보를 입수하고, 그런 지식을 활용하여 사람들을 평가하고 자신도 특정한 부류의 사람으로 비춰지기를 원한다.

핵심 요약
줄리아는 명품 핸드백을 구매할 경제적 여력이 없는 하층계급이다. 그럼에도 상층계급인 내가 갖고 있는 핸드백을 보고 그것을 잘 안다고 말하고 있다. 이는 줄리아가 구매 여력이 없어 실제로 구매하지는 않으면서도, 명품에 대한 정보를 입수하고, 이를 통해 사람들을 평가하고, 그렇게 함으로써 자신도 특정한 부류의 사람으로 비춰지기를 원한 데 따른 것이다.

[라]

미국의 곳곳을 다니다보면 도시지역이든 평원이 늘어선 시골이든 산악지대든 간에 도로를 질주하는 커다란 SUV를 무척 많이 보게 된다. 처음에는 특정한 부류의 사람들만 구입하여 일반 도로에서 눈에 잘 띄지 않던 이 큼직한 차들이 지금은 어찌나 많아졌는지, 그러한 크기의 차 또는 그러한 성능의 차가 전혀 필요하지 않은 사람들도 소형차나 일반 자동차를 구입하기 전에 망설일 수밖에 없는 지경이 되어버렸다. 자동차를 운전할 때, 앞에 이런 큼직한 SUV가 있을 경우 전방상황이나 신호등이 잘 보이지 않아 불편할 뿐만 아니라, SUV와 자동차 간의 충돌사고로 사망자가 발생할 경우, 목숨을 잃는 사람의 80퍼센트가 소형차에 탄 사람이어서 SUV에 비해 소형차를 운전하는 것이 이제는 상대적으로 꽤 위험한 일이 되어버렸다. 이제는 도로를 점거하다시피 많아진 SUV들이 도로를 너무나도 위험하게 만들어버려서, 다른 운전자들이 자신의 필요와는 상관없이 그리고 재정적으로 벅차더라도 더 큰 차를 구입하는 것을 고려해보아야 하는 상황이 도래했다.

핵심 요약

처음에는 특정 상류층만 구입했던 SUV가 많이 늘어났는데, 이에 따라 소형차를 운전하는 게 이제는 상대적으로 위험하게 됐다. 그 결과 자신의 필요와는 상관없이 벅찬 재정 부담을 안고서라도 더 큰 채(SUV)를 구입하는 것을 고려해야 하는 상황이 됐다.

■ **논제 분석**

• 공통 주제_ 소비의 두 양상

• 관점_ 과시소비 vs. 모방소비

• 논제_ (가)와 (나)의 '소비이론'인 과시소비 vs. 모방소비의 차이점을 밝히고, 두 이론을 (다)와 (라)에 적용하여 설명(평가)하라.

■ ①(가와 (나)의 소비이론의 차이점은 : 논제 서술 유형에 맞춰 논증 구성(1)

• (가)_ ㉠상층계급의 소비는 한계효용체감에 따라 줄어드는 반면, 하층계급의 소비는 상층계급을 지향하는 과시적 성향으로 인해 늘어난다.

㉡이에 따라 하층계급 내에서의 과소비만을 증가시켜 이들의 부담을 가중시킨다.

㉢이는 상층계급으로의 이동이 어려움을 내면적으로는 인정하기에, 과시적 소비를 통해서나마 그 욕구를 충족하고자 하는 일종의 대리만족과도 같다.

㉣그 결과, 소비가 계층을 고착화시키며, 그러한 소비는 사회 전체의 효용을 감소시

키는 負의 방향으로 나아간다.

- (나)_ ⊙하층계급의 상층계급에 대한 모방심리가 소비를 자극한다.

    ⓛ이에 따라 상층계급은 변화를 추구하여 다시 새로운 소비를 일으킨다.

    ⓒ이는 계층적 질서의 정당함을 인정하고, 상층계급으로의 이동이 가능하다고 믿는 데 따른다.

    ⓔ그 결과, 소비는 변화와 혁신을 가져오며, 그러한 소비는 사회 전체의 효용을 증가시키는 正의 방향으로 나아간다.

■ ②(가)와 (나)의 소비이론을 (다)와 (라)의 사례에 적용하여 설명하면 : 논제 서술 유형에 맞춰 논증 구성(2)

→ 하층계급의 경우에는 과시적 소비욕구와 모방구매 심리가 혼재하여 나타난다.

- (다)_ 줄리아는 (가)의 과시적 소비를 일으킬 가능성이 높다. …②-1
- (라)_ 하층계급의 SUV 구입은 (나)의 모방구매 심리가 어느 정도 작용한 것으로 보인다. …②-2
- (다)와 (라)_ 과시적 소비욕구와 모방구매 심리가 혼재되어 나타난다. …③

■ 문제 해결의 포인트

여기서 한 가지 알아두어야 할 것은, 이런 유형의 문제, 즉 '어떤 현안이나 문제점을 주어진 사례에 적용하여 설명하라'는 식의 문제는, 이 둘 간의 논리적 연관성을 풀어내라는 것이기에, 결코 객관식 문제의 답을 찾아내는 것처럼 접근해서는 안 된다는 것이다. 무슨 말인가 하면, 이런 유형의 문제는 마치 딜레마 상황처럼 이런 관점에서 생각하면 이렇게 보이고, 저런 관점에서 생각하면 저렇게 보이는 애매모호한(혹은 양자가 뚜렷이 대조되지 않고 병립되는) 관점을 주고서는 이것을 해결하라는 식의 문제라는 것이다. 왜냐하면 이런 상황일수록 그 논리성이 확연히 드러나 보이기 때문이다. 연대 · 고대 · 서강대 · 성대 등 상위권 대학의 논술 문제가 이런 유형을 띠고 있는데, 중요한 것은 논리의 일관성이지, 결코 섣부른 단정과 이를 뒷받침하지 못하는 어쭙잖은 논리 혹은 지나친 논리 비약에 있지 않음을 염두에 두어야 할 것이다.

이런 이유로, 두 예시답안을 통해 단 몇 글자의 수정 또는 첨언만으로도 그 뉘앙스가 얼마나 다를 수 있는지 확인할 수 있을 것이다. 그렇다고 해서 예시답안(1)을 잘못된 답으로(즉 (가)_모방소비, (마)_과시적 소비)라고 단정해서는 안 될 말이다. 어디까지나 논리성, 즉 논리적 인과관계를 살펴야 한다는 것이며, 이런 이유로 이것을 틀린 답안이라고 생각해서는 안 된다.

■ 필자 예시 답안(1)

(가)에 의하면, 상층계급의 소비는 한계효용체감에 따라 줄어드는 반면, 하층계급의 소비는 상층계급을 지향하는 과시적 성향으로 인해 늘어난다. 이에 따라 하층계급 내에서의 과소비만을 증가시켜 이들의 부담을 가중시킨다. 이는 상층계급으로의 이동이 어려움을 내면적으로는 인정하기에, 과시적 소비를 통해서나마 그 욕구를 충족하고자 하는 일종의 대리만족과도 같다. 그 결과, 소비가 계층을 고착화시키며, 그러한 소비는 사회 전체의 효용을 감소시키는 負의 방향으로 나아간다. (나)에 의하면, 상층계급에 대한 하층계급의 모방심리가 소비를 자극하는데, 이에 따라 상층계급은 변화를 추구하여 다시 새로운 소비를 일으킨다. 이는 계층적 질서의 정당함을 인정하고, 상층계급으로의 이동이 가능하다고 믿는 데 따른다. 그 결과, 소비는 변화와 혁신을 가져오며, 그러한 소비는 사회 전체의 효용을 증가시키는 正의 방향으로 나아간다. …①

(다)의 줄리아는 명품 핸드백을 구매할 경제적 여력이 없는 하층계급이다. 그럼에도 상층계급인 화자가 갖고 있는 핸드백을 보고 그것을 잘 안다고 말하고 있다. 이는 줄리아가 구매력이 없어 실제로 구매하지는 않으면서도, 명품에 대한 정보를 입수하고, 이를 통해 사람들을 평가하고, 그렇게 함으로써 자신도 특정한 부류의 사람으로 비춰지기를 원한 데 따른 것이다. 이런 관점에서 볼 때 줄리아는 (가)의 과시적 소비를 일으킬 가능성이 높다. 명품백이 곧 사회적 지위를 나타내는 것으로 여기고, 어떻게든 여기에 동참하고픈 욕구가 과소비를 일으킬 가능성이 높다. 하지만 이는 그녀의 경제적 상황을 고려하지 않은 것으로, 이런 식의 소비는 그녀를 더욱 곤궁하게 만들고 심적 좌절감만 가중시킬 뿐이다. …②-1

(라)에 의하면, 처음에는 특정 상류층만 구입했던 SUV가 급속히 늘어났는데, 이는 바로 소형차를 운전하는 게 상대적으로 위험하게 됐기 때문이다. 그 결과 자신의 필요와는 상관없이 벅찬 재정 부담을 안고서라도 더 큰 차(SUV)를 구입하게 됐다. 이런 관점에서 볼 때 하층계급의 SUV 구입은 (나)의 모방구매 심리가 어느 정도 작용한 것으로 보인다. 거리에 SUV가 넘쳐남에 따라 소형차의 위험이 높아져 부득불 이것을 구입할 수밖에 없다고 말하고 있다. 하지만 여기에는 상층계급을 따라하고 싶은 자기합리화

욕구가 어느 정도 작용한 것으로 봐야 할 듯하다. 그렇기에 재정적 부담을 무릅쓰고서라도 기어코 이것을 구매하고야 마는 것이다. …②-2

■ 필자 예시 답안(2)

①, ②-2는 예시답안(1)과 같음.

(다)와 (라)는 특히 하층계급에 있어 과시적 소비욕구와 모방구매 심리가 혼재하여 나타남을 보여준다. …③ (다)의 줄리아는 명품 핸드백을 구매할 경제적 여력이 없는 하층계급이다. 그럼에도 상층계급인 화자가 갖고 있는 핸드백을 보고 그것을 잘 안다고 말하고 있다. 이는 줄리아가 구매력이 없어 실제로 구매하지는 않으면서도, 명품에 대한 정보를 입수하고, 이를 통해 사람들을 평가하고, 그렇게 함으로써 자신도 특정한 부류의 사람으로 비춰지기를 원한 데 따른 것이다. 이런 관점에서 볼 때 줄리아는 (나)의 모방심리가 지나칠 경우 (가)의 과시적 소비를 일으킬 가능성이 높다. 명품백이 곧 사회적 지위를 나타내는 것으로 여기고, 어떻게든 여기에 동참하고픈 모방욕구가 과소비를 일으킬 가능성이 높다. 하지만 이는 그녀의 경제적 상황을 고려하지 않은 것으로, 이런 식의 소비는 그녀를 더욱 더 곤궁하게 만들고 심적 좌절감만 가중시킬 뿐이다. …②-1

【문제27의 해석】

■ 글의 논증 구조

【양자역학의 불확정성 원리는 우리가 물체를 '본다'는 것의 의미를 재고하게 한다. 책을 보기 위해서는 책에서 반사된 빛이 우리 눈에 도달해야 한다. 다시 말해 무엇을 본다는 것은 대상에서 방출되거나 튕겨 나오는 광양자를 지각하는 것이다.

광양자는 대상에 부딪쳐 튕겨 나올 때 대상에 충격을 주게 되는데, 우리는 왜 글을 읽고 있는 동안 책이 움직이는 것을 볼 수 없을까? 그것은 빛이 가하는 충격이 책에 의미 있는 운동을 일으키기에는 턱없이 작기 때문이다. 날아가는 야구공에 플래시를 터뜨려도 야구공의 운동에 아무 변화가 없어 보이는 것도 마찬가지이다. 책이나 야구공에 광양자가 충돌할 때에도 교란이 생기지만 그 효과는 무시할 만하다.

어떤 대상의 물리량을 측정하려면 되도록 그 대상을 교란하지 않아야 한다. 측정 오차를 줄이기 위해 과학자들은 주의 깊게 실험을 설계하고 더 나은 기술을 사용함으로써 이러한 교란을 줄여 나갔다. 그들은 원칙적으로 측정의 정밀도를 높이는 데 한계가 없다고 생각했다. 그러나 물리학자들은 소립자의 세계를 다루면서 이러한 생각이 잘못임을 깨달았다. '전자를 보는 것'은 '책을 보는 것'과 큰 차이가 있다. 우리가 어떤 입자의 운동 상태를 알려면 운동량과 위치를 알아야 한다. 여기에서 운동량은 물체의 질량과 속도의 곱으로 정의되는 양이다. 특정한 시점에서 특정한 전자의 운동량과 위치를 알려면, 되도록 전자에 교란을 적게 일으키면서 동시에 두 가지 물리량을 측정해야 한다.】…(해설_ 전제의 뒷받침)

【이상적 상황에서 전자를 '보기' 위해 빛을 쏘아 전자와 충돌시킨 후 튕겨 나오는 광양자를 관측한다고 해 보자. 운동량이 작은 광양자를 충돌시키면 전자의 운동량을 적게 교란시켜 운동량을 상당히 정확하게 측정할 수 있다. 그러나 운동량이 작은 광양자로 이루어진 빛은 파장이 길기 때문에, 관측 순간의 전자의 위치, 즉 광양자와 전자의 충돌 위치의 측정은 부정확해진다. …(전제1) 전자의 위치를 더 정확하게 측정하기 위해서는 파장이 짧은 빛을 써야 한다. 그런데 파장이 짧은 빛, 곧 광양자의 운동량이 큰 빛을 쓰면 광양자와 충돌한 전자의 속도가 큰 폭으로 변하게 되어 운동량 측정의 부정확성이 오히려 커지게 된다. …(전제2) 이처럼 관측자가 알아낼 수 있는 전자의 운동량의 불확실성과 위치의 불확실성은 반비례의 관계에 있으므로, 이 둘을 동시에 줄일 수 없음이 드러난다. 이것이 불확정성 원리이다. …(중심 주장 글)】…(결론+전제)

■ 글의 핵심 요약

전제1_ 전자와 같은 소립자를 보기 위해서는 전자의 빛을 쏘아 충돌시킨 후 튕겨 나오는 광양자를 관측해야 한다.

전제2_ 하지만 광양자의 충돌로 전자는 교란이 일어나 정확한 운동량을 측정할 수 없다.

결론_ 소립자의 세계에서 '운동량'과 '위치'를 동시에 정확히 측정하는 일은 불가능하다는 것이 불확정성의 원리다.

전자와 같은 소립자를 보기 위해서는 전자의 빛을 쏘아 충돌시킨 후 튕겨 나오는 광양자를 관측해야 하지만, 광양자의 충돌로 전자는 교란이 일어나 정확한 운동량을 측정할 수 없다. 이처럼 소립자의 세계에서 '운동량'과 '위치'를 동시에 정확히 측정하는 일은 불가능하다는 것이 불확정성의 원리다. …**논증 요약**

- 주제어_ 불확정성의 원리
- 주제_ 양자역학의 불확정성의 원리

①=(다섯째 단락) 운동량이 작은 광양자를 충돌시키면 <u>전자의 운동량을 적게 교란시</u><u>켜</u> 운동량을 상당히 정확하게 측정할 수 있다.

→ 운동량이 작은 광양자로도 전자는 운동량이 변하게 된다.

②=(셋째 단락) 측정 오차를 줄이기 위해 과학자들은 주의 깊게 실험을 설계하고 더 나은 기술을 사용함으로써 이러한 교란을 줄여 나갔다.

→ 즉 물리학자들은 측정 오차를 줄여 정밀도를 높이려고 노력한다.

③=(넷째 단락) 운동량은 물체의 질량과 속도의 곱으로 정의되는 양이다.

→ 질량이 변하지 않으면 속도가 높아질수록 운동량이 커진다. 즉 <u>속도에 운동량은</u><u>비례한다</u>.

④=날아가는 야구공에 플래시를 터뜨려도 야구공의 운동에 아무 변화가 없어 보이는 것도 마찬가지다. 책이나 야구공에 광양자가 충돌할 때도 교란이 생기지만 <u>그 효과</u><u>는 무시할 만하다</u>.

→ 따라서 플래시를 터뜨리는 것은 촬영 대상에 광양자를 쏘는 것이 된다.

⑤≠(다섯째 단락) 전자의 위치를 더 정확하게 측정하기 위해서는 파장이 짧은 빛을 써야 한다. 그런데 파장이 짧은 빛, 곧 <u>광양자의 운동량이 큰 빛을 쓰면</u> 광양자와 충돌한 전자의 속도가 큰 폭으로 변하게 되어 운동량 <u>측정의 부정확성이 오히려 커지게 되</u><u>다</u>.

→ 전자의 운동량을 측정하려면 <u>전자보다 광양자의 운동량이 **작아야**</u> 한다.

②≠(다섯째 단락) 전자를 '보기' 위해 빛을 쏘아 <u>전자와 충돌시킨 후</u> 튕겨 나오는 광양자를 관측한다고 해보자.

→ 대상을 매개물 없이 직접 지각할 수 <u>없다</u>.

③≠(다섯째 단락) 운동량이 작은 광양자를 충돌시키면 전자의 운동량을 적게 교란시켜 운동량을 상당히 정확하게 측정할 수 있다.

→ 대상이 작기는 하지만, 광양자를 이용하면 감지할 수 있다. 즉 측정할 수 있다.

④≠(둘째 단락) 광양자는 대상에 부딪쳐 튕겨 나올 때 대상에 충격을 주게 되는데,

우리는 왜 글을 읽고 있는 동안 책이 움직이는 것을 볼 수 없을까? <u>그것은 빛이 가하는 충격이 책에 의미 있는 운동을 일으키기에는 턱없이 작기 때문이다.</u>

→ 즉 전자는 책과 달리 의미를 전달하지 않는다. 또한 대상이 전달하는 의미의 해석 여부는 불확정성의 원리와 관계없다.

⑤≠(첫째 단락) 책을 보기 위해서는 책에서 반사된 빛이 우리 눈에 도달해야 한다. 다시 말해 <u>무엇을 본다는 것은 대상에서 방출되거나 튕겨 나오는 광양자를 지각하는 것이다.</u>

→ 책을 보는 경우와 전자를 보는 것은 모두 대상에서 반사되는 빛을 감지하여 이루어진다.

①=(셋째 단락) 측정 오차를 줄이기 위해 과학자들은 주의 깊게 실험을 설계하고 더 나은 기술을 사용함으로써 이러한 교란을 줄여 나갔다. 그들은 원칙적으로 측정의 정밀도를 높이는 데 한계가 없다고 생각했다. <u>그러나 물리학자들은 소립자의 세계를 다루면서 이러한 생각이 잘못임을 깨달았다.</u> (다섯째 단락) 운동량이 작은 광양자를 충돌시키면 전자의 운동량을 적게 교란시켜 운동량을 상당히 정확하게 측정할 수 있다. <u>그러나 운동량이 작은 광양자로 이루어진 빛은 파장이 길기 때문에, 관측 순간의 전자의 위치, 즉 광양자와 전자의 충돌 위치의 측정은 부정확해진다.</u>

→ 물리학자들은 측정의 정밀도를 높이면 측정 오차를 줄일 수 있다고 믿었지만, 소립자의 세계에서는 측정 오차를 줄이는 데 한계가 있다. 왜냐하면 '전자를 보는 것'은 소립자를 측정하는 것이기에, <u>대상을 교란하는 효과를 무시할 수 없기 때문이다.</u> "운동량이 작은 광양자를 충돌시키면 전자의 운동량을 적게 교란시켜 운동량을 정확하게 측정"할 수 있지만, <u>그것마저도 '전자 충돌 위치 측정'을 부정확하게 만들어 물리량을 정확하게 측정하기 어렵게 만들기 때문이다.</u>

[문제49]

①=ⓐ는 전자에 일정한 빛을 쏜 후에 측정한 값이다. 그러므로 광양자에 의한 교란이 일어난 후의 값이다.

②=운동량은 물체의 질량과 속도의 곱으로 정의된다. 운동량이 주어졌으므로 질량을 알면 속도를 구할 수 있다.

③=<보기>에서는 일정한 파장의 빛을 쏘아서 전자의 운동량을 측정하고 있다. 오

차 범위를 ⓑ보다 줄일 수 없다고 했으므로, ⓑ는 최소 오차인 셈이다.

④=광양자의 운동량이 큰 빛을 쓰면 전자의 속도가 큰 폭으로 변하게 되어 운동량의 측정이 부정확하게 되므로, 오차 범위를 줄일 수 없다.

⑤≠(다섯째 단락) 운동량이 작은 광양자로 이루어진 빛은 파장이 길기 때문에, 관측 순간의 전자의 위치, 즉 광양자와 전자의 충돌 위치의 측정은 부정확해진다.

→ 즉 긴 파장의 빛을 사용한다는 것은 운동량이 작은 광양자를 충돌시킨다는 뜻으로, 이는 전자의 운동량에는 영향을 덜 미치지만 전자의 위치 측정을 부정확하게 만든다. 그러므로 긴 파장의 빛을 사용하면, ⓒ에 나타난 전자의 위치 측정은 더 부정확하게 된다. 다시 말해, 측정 오차 범위가 커지게 된다.

정답 : 문제47 ⑤, 문제48 ①, 문제49 ⑤

【문제28의 해설】

■ 글의 논증 구조

【과학적 지식은 어떻게 생성될까? 이에 대한 설명은 과학 철학적 관점에 따라 달라질 수 있다. 그 중 하나가 경험적 검증 가능성에 의해 과학적 진술이 의미를 판가름하는 **논리 실증주의적 관점**이다. 연어의 회귀에 대한 연구 과정을 통해 과학적 지식의 생성 과정을 논리 실증주의적 관점에서 살펴보기로 하자.
과학자들은 연어가 어떻게 태어난 곳으로 돌아오는지 알고 싶었다. 인디언들은 초자연적인 힘에 의해 연어가 회귀한다고 믿고 있었는데, 과학자들은 이러한 설명이 경험적으로 검증될 수 없기 때문에 과학적 의미가 없다고 생각했다. 과학자들은 시각 가설, 지구 자기장 가설, 후각 가설과 같은 설명 방법을 생각해 냈다.
시각 가설을 검증하기 위해 과학자들은 미국 북서부 지역의 두 하천인 이사콰와 포크에 도착한 연어들을 각각 잡아 표시하였다. 그런 다음 잡은 연어들을 두 집단으로 나누어, 한 집단은 눈을 가리고 다른 집단은 눈을 가리지 않은 채 두 하천이 만나는 지점보다 하류인 담수에 방류하였다. 실험 결과, 포획된 곳으로 돌아오는 연어의 수는 두 집단 간에 별로 차이가 없었다.
과학자들은 비둘기가 지구 자기장을 이용하여 집을 찾는다는 것에 착안하여, 연어도 지구 자기장을 이용한다는 가설을 생각하였다. 그러나 실험 결과는 지구 자기장 가설을 지지해 주지 않았다.
과학자들은 뱀장어 연구에서 아이디어를 얻은 후각 가설을 검증하기 위해 시가 가설을 검증한 곳에서 같은 방법으로 실험하였다. 두 하천에서 연어를 잡아, 한 집단은 코마개를 하고 다른 집단은 코마개를 하지 않았다. 이 연어들을 방류한 후, 산란을 위해 담수를 거슬러 오르는 연어들을 처음 포획한 곳에서 재포획하였다. 그들은 코마개의 유무와 처음 포획한 장소에 따라 재포획된 연어들을 분류하였다. 과학자들은 연역된 결과와 이들을 비교한 뒤, 통계적으로 가설이 지지된다는 사실을 알았다. 】…(해설_전제의 뒷받침)
【많은 과학자들은 이와 같은 과정을 통해 새로운 지식을 생성한다. …(전제, 근거) 먼저 현재의 지식으로는 설명할 수 없는 의문스러운 현상에 직면한다. 의문은 설명하려는 욕구를 불러일으킨다. 그리고 현재의 유사한 사전지식에 기초하여 잠정적 설명을 창안한다. 그후, 잠정적 설명에 대한 검증 방법을 생각해낸다. 그리고 자료를 수집하고 이것을 잠정적 설명들로부터 연역된 결과들과 비교한다. 만일 가설이 지지되지 않는다면 이 과정을 순환적으로 반복하며, 새로운 과학적 지식은 이러한 순환적 과정의 결과로 생성된다. 이때 가설은 실험과 관찰에 의해 검증되므로 매우 중요한 의미를 지닌다. 논리 실증주의자들이 과학과 비과학을 구분하는 중요한 기준으로 **검증 가능성**을 설정하는 것도 이 때문이다. … (중심 주장 글)】…(주장+근거)

■ **글의 핵심 요약**

전제_ 과학적 지식은 다음 과정을 통해 새로운 지식으로 생성된다. 즉 가설을 세우고, 이 가설을 지지할 수 있는 자료들을 수집하고, 이를 가설과 비교하는 실험과 관찰들을 통해서 과학적 지식을 만들어내게 된다.

결론_ 새로운 과학적 지식을 생성하기 위해서는 검증 가능성을 열어두어야 한다.

과학적 지식은 다음 과정을 통해 새로운 지식으로 생성된다. 즉 가설을 세우고, 이 가설을 지지할 수 있는 자료들을 수집하고, 이를 가설과 비교하는 실험과 관찰들을 통해서 과학적 지식을 만들어내게 된다. 따라서 새로운 과학적 지식을 생성하기 위해서는 검증 가능성을 열어두어야 한다. …**논증 요약**

- 주제어_ 검증 가능성
- 주제_ 과학적 지식에서의 검증 가능성

■ **답안 해설**

문제54

②=사전 지식_ 뱀장어의 후각 가설, 잠정적 설명_ 연어의 회귀성에 후각 가설을 적용한 설명

③=검증 방법_ 가설에 따라 연어를 대상으로 실행하려고 한 실험 및 관찰 계획

④=자료 수집_ 실험 및 관찰 계획에 따라 연어를 대상으로 실제 실행한 내용들의 기록 및 녹화

⑤=이것_ 실제 연어를 재포획하면서 얻은 실험 결과, 잠정적 설명으로부터 연역된 결과_ 연어의 회귀성을 후각 가설로 미리 설명한 예상된 결과, 따라서 이를 비교하면 그 가설이 옳은 것인지 옳지 않은 것인지 드러나게 된다.

①≠현재의 지식으로 설명할 수 없는 의문스러운 현상은 연어가 자신이 방류된 곳으로 회귀하는 현상에 대하여 과학자들이 품게 되는 의문과 관련된 것이지, 인디언의 사고 방식과는 관계가 없다. 인디언들은 연어의 회귀가 초자연적인 힘에 의한 것이라고 믿고 과학적 의문을 품지 않기 때문이다.

■ 참고_ 논리실증주의

개념과 명제의 의의를 논리적으로 분석하고, 이들이 참으로 의미하는 바를 명백히 하는 한편, 거기 들어있는 의미 없는 비경험적·형이상학적 요소를 길러내는 과학적 검증 방법을 그대로 철학에 사용함으로써, 하나의 과학철학을 지향하려고 하는 학파다.

논리실증주의적 관점에서 과학적 지식의 생성 과정은 다음과 같다. 즉 가설을 세우고, 이 가설을 지지할 수 있는 자료들을 수집하고, 이를 가설과 비교하는 실험과 관찰들을 통해서 과학적 지식을 만들어내게 된다. 문제54는 각각의 생성 과정에 대한 적용을 묻는 문제다.

정답 : ①

【문제29의 해설】

■ 지문 해석

사회과학적 연구 방법은, 심지어는 입증이 필요한 분야라 할지라도, 그 증거가 과학적 검증을 위해 올바르게 사용되지 않는 경우가 자주 발생한다. 사회과학에서 많은 경우에, 증거는 특정 이론을 확증하기 위해서만 쓰이는데, 이는 증거를 통해 특정 이론을 뒷받침하는 긍정적인 사례를 탐구함으로써 가능해진다. 그러한 증거들을 발견하는 것은 어렵지 않지

만, 문제는 이것이 사회과학에서 자주 발생하는 딜레마를 초래한다는 점이다. 그 **딜레마**란, 두 개의 상충되는 이론이 있다고 할 때, 각각의 이론을 뒷받침하는 **긍정적인#**[1] 경험 증거가 제기될 수 있고, 그에 따라 정반대의 결론(즉 이론을 긍정하거나 부정)으로 귀결되는 상황이다. 그렇다면 두 이론 중에 어느 것을 채택해야 하는가? 여기에 증거에 대한 과학적 탐구의 효용성이 있다. 과학의 가장 큰 특징은 부정적인 사례(≒반증 사례)를 찾아 밝히는 것으로, 이를 통해 어떤 이론을 확증하기 보다는, 그 이론의 오류를 입증하는 방법(≒반증 가능성)을 찾는 데 있기 때문이다. 그렇기에 과학적 검증 가능성의 진정한 힘은 긍정에 있지 않고 부정에 있다. 즉 과학적 검증은 단지 이론을 확증시킬 뿐만 아니라, 증거에 부합하지 않는 이론을 기각(제거)하도록 만든다.

핵심 요약

서로 상충되는 이론이 존재할 때, 각각의 이론을 뒷받침하는 (긍정적인) 경험적 증거에 대한 부정적인(적절치 않은) 사례를 찾아 이를 과학적으로 검증하는 과정에서 이론의 오류를 입증하고, 그에 따라 증거에 부합하지 않는 이론을 옳지 않은 이론으로 기각함으로써, (대립되는) 이론은 확증된다. 다시 말해, 증거에 부합하지 않는 이론을 반증 사례를 들어 부정하는 과정을 통해, 과학적 검증은 타당성과 효용성을 갖는다.

① 그 이론을 뒷받침하지 않는 증거들을 무시해버린다.

② 긍정 경험 증거를 사용해서 오류를 밝힌다.

③ 상충되는 이론 간에 발생하는 논쟁을 증폭시킨다.

④ 증거에 부합하지 않는 것들을 제거한다.

⑤ 부정적인 사례로써 부적절한 것들을 기각한다.

■ 논증 구조

【Often in social scientific practice, even where evidence is used, it is not used in the correct way for adequate scientific testing. In much of social science, evidence is used only to affirm a particular theory — to search for the positive instances that uphold it. But these are easy to find and lead to the familiar **dilemma** in the social sciences where we have two conflicting theories, each of which can claim **positive#**[1] empirical evidence in its support but which come to **opposite conclusions**. How should we decide between them? Here the scientific use of evidence may help. For what is distinctive about science is the search for **negative instances** — the search for **ways to falsify a theory**, rather than to confirm it. 】···㉮
【The real power of scientific testability is **negative**, not positive. 】···㉯(중심 주장 글)【Testing allows us not merely to confirm our theories but to **weed out those(theories) that do not fit the evidence**. 】···㉰

■ 문제 해결의 포인트

- 먼저 글의 구조를 살피면, ㉮는 해설, ㉰는 전제(근거), ㉯는 결론(주장)이 된다. 따라서 글의 요지는 다음과 같다.

"과학적 검증의 진정한 힘은 긍정에 있지 않고 '부정'에 있는데, 왜냐하면 과학적 검증은 (반증 사례를 통해) 이론을 확증시킬 뿐만 아니라, _____ 하기 때문이다."

- 그런데 사례 ㉮의 마지막 문장에서 친절하게 '주장-근거'에 대한 단서를 직접적으로 명시했다. 따라서 각각을 대응하여 생각하면 답안에 대한 논리적 추론이 가능해진다. 즉

what is distinctive about science = the search for negative instances — The real power of scientific testability = negative

rather than to confirm it — not merely to confirm our theories

ways to falsify a theory (which **come to opposite conclusions** by searching negative instances) — weed out those(theories) that **do not fit the evidence** (by searching negative instances, that is, negative empirical evidence)

이렇게 해서 주어진 선택지를 밑줄 친 부분에 대입하면, 답이 어느 것인지 드러나게 되는데, 지문의 주장에 대한 근거인 ㉰는 다음과 같이 해석될 수도 있다.

Testing allows us not merely to confirm our theories (by using positive empirical evidence), but to weed out those(theories) that do not fit the evidence (by using negative empirical evidence).

즉 과학적 검증은 긍정 경험 증거를 통해 정상 이론으로 확정할 수도, 부정 경험 증거를 통한 반증 사례를 적용하여 이론을 반박하는 과정에서 대립되는 이론이 정상 이론임을 확증할 수도 있다. 말하자면, 과학 이론은 '검증'은 물론, '반증'을 통해서도 확정 가능하다.

어느 것이든, 주장 글과 그 근거가 되는 글에 담긴 서로 대립되는 각각의 내용을 맞춰 나가면서 추론하게 되면, 어렵지 않게 답을 찾을 수 있을 것이다. 즉 아래의 헷갈리는 두 선택지를 '주장-근거' 글에 맞춰 논리적으로 파악하면, 답을 찾을 수 있다.

과학적 검증의 진정한 힘은 긍정에 있지 않고 '부정'에 있는데, 왜냐하면 과학적 검증은 (반증 사례를 통해) 이론을 확증시킬 뿐만 아니라, 증거에 부합하지 않는 이론을 기

각(제거)하도록 만들기 때문이다. …**선택지 ④**

　과학적 검증의 진정한 힘은 긍정에 있지 않고 '부정'에 있는데, 왜냐하면 과학적 검증은 (반증 사례를 통해) 이론을 확증시킬 뿐만 아니라, '**긍정적**' <u>경험 증거를 사용하여 이론적 오류를 입증</u>하도록 만들기 때문이다. …**선택지 ②**

　• 지문에서 생각해야 할 것이 #¹의 positive empirical evidence의 '**positive**'이다. 이를 제거하고 empirical evidence만 명기하여도 문제될 것 없는데, 왜 굳이 이를 집어넣었을까? 이는 다음 두 가지 이유 때문으로 생각된다.

　첫째, 선택지의 답안 추론에서 함정을 유도하기 위한 의도적인 배치일 수 있다. 실제 ②를 선택한 학생들이 의외로 많았는데, 이는 그만큼 지문을 제대로 읽지 않고 어림짐작으로 답안을 찍는 학생들이 많다는 것이고, 따라서 이에 대한 노림수가 아닌가 생각된다.

　둘째, 논술 공부의 차원에서는 다음과 같이 생각될 수도 있다. #¹의 positive empirical evidence의 '**positive**'는 각각의 상충되는 이론에 대한 증거로서의 타당한 '긍정적인 경험 증거'를 말하는 것이며, 과학적 검증을 통해 입증되는 긍정적·부정적 증거가 아니다. 즉 당연한 얘기겠지만, 검증 이전 단계의 증거로서의 긍정적인 증거다(과학적으로 검증할 대상인 증거는 모두 어떤 이론을 뒷받침하는-in its support-긍정적인 증거며, 굳이 부정적인 증거를 과학적으로 검증할 이유는 하등 없지 않은가).

　따라서 이 'positive empirical evidence'라는 구절에 함몰되어 아무런 검토 없이 습관적으로 답을 찍어서는 안 되며, 어디까지나 전체 문맥에 맞춰, 다시 말해 전체 글에 담긴 '주장-근거'에 맞춰 적절한 답안을 추론할 수 있어야 한다. 또한 ③의 '대립되는 이론들 간의 논증을 강화시킨다'는 말 역시 적절치 않은 설명이다.

　정답 : ④

【문제30의 해설】

■ **지문 해석**

수학은 그것에 관심을 갖는(혹은 관여하는) 사람들에게는 매력적인 학문이지만, 그렇더라도 이를 과학에 적용하여 설명하기에는 그만큼 한계가 따른다. 보편적인 원리를 추구하는 과학은 실제에서는 (관계하는) 극히 소수의 사람들에게만 통용될 뿐이기 때문이다. 수학은 과학을 설명하는 데 가장 효과적인 의사소통 수단이 될 수는 있지만, 수학의 대척점에 있는 과학적 탐구의 결과물은 언어를 사용하지 않고서는 결코 과학적 성과로 도출될 수 없다. 그렇더라도 이는 **양면성(ambivalent)**을 갖는다. 과학 그 자체가 갖는 이론적인 면들은 언어로 표현될 수 없기에, 과학자들이 서로 의사소통할 때 그리고 과학자가 아닌 일반인들에게 그들이 원하건 원치 않건, 필요하건 필요하지 않건 간에, 그들이 과학적 성과를 설명하기 위해서는 모든 과학적 개념을 수학적으로 표기할 수밖에 없다. 하지만 일단 과학이 다른 학문 혹은 다른 분야와 소통할 때 이는 더 이상 과학이 아니며, 그렇기에 과학자는 수학적 표기가 갖는 명료함을 언어적으로 바꿔 표현할 수 있거나, 다른 전문가(이를테면 홍보담당자)의 힘을 빌려야 한다. <u>이때 과학자들은 수학적 명료함을 언어적으로 바꾸어 표현하는 과정에서 그의 의도와는 관계없이 발생하는 언어적 모호함과 비유적 표현을 불가피하게 감수하고 받아들여야만 하는데</u>(그렇기에 수학적 정확성을 추구하고자 하는 과학자 자신의 정체성을 규정하는 과학적 탐구의지(drive)를 불가피하게 일정 부분 꺾거나, 또는 그에 따른 피해를 감내해야만 한다는 것이다), 하지만 그렇게 하는 과정에서 **<u>그 자신이 뛰어난 지적 역량을 지닌 과학자임을 나타내는 많은 부분이 불가피하게 훼손될 수 있다</u>**(즉 수학적 명료성으로 기술된 과학적 성과를 언어적 표현으로 바꿀 때 일어나는 모호함이 그만큼 과학자가 이뤄놓은 과학적 성과와 그에 따른 명성 혹은 수학적 명료성으로 도출되는 과학적 객관성의 훼손할 수 있다). …**(중심 주장 글)**

① 과학적 성과를 잘 설명하기 위한 언어 사용 능력이 저하된다.

② 과학과 수학을 연계함으로써 과학에 대한 장벽을 극복하게 된다.

③ 수학을 잘 못하는 다른 사람들로 하여금 과학에 대한 적대감을 갖게 한다.

④ 과학과 그 과학을 이해하는 일반 대중들 간에 발생하게 될 간격을 메워야 하는 책무를 소홀히 하게 된다.

⑤ <u>그 자신이 뛰어난 역량을 지닌 과학자임을 나타내는 많은 부분(이를테면, 과학자로서의 명성이나 과학적 성과 등)이 불가피하게 훼손되는 것을 감내하고 받아들여야 한다.</u>

전제_ 과학적 성과를 언어적으로 표현하는 과정에서 과학이 갖는 수학적 명료함이 불가피하게 훼손된다.

결론_ 이는 과학자가 쌓아 올린 업적과 명성을 훼손하고, 과학자의 과학적 탐구 의지를 꺾는다.

과학적 성과를 언어적으로 표현하는 과정에서 과학이 갖는 수학적 명료함이 불가피하게 훼손될 수밖에 없는데, 이는 과학자가 쌓아 올린 업적과 명성을 훼손하고, 과학자의 과학적 탐구 의지를 꺾는다. …**논증 요약**

■ **문제 해결의 포인트**

앞 지문은 원문을 그대로 발췌하여 출제한 것이기에 글의 의미 파악이 어렵고, 또 관련한 지식을 요구하는 등 고도의 추론 능력이 필요한 문제다. 이런 문제의 경우에는 특히 다음 두 가지에 집중해야 한다.

첫째, 핵심 단어나 대립되는 개념을 내포하는 단어를 찾아낸 후, 그것에 집중하여 전후 인과관계를 따져 살펴야 한다. 따라서 먼저 지문 중간부의 'ambivalent(**양면성**)'의 두 관점이 무엇인지를 생각하면서 지문을 읽어 내려가야 한다. 그렇게 해서 전체 지문을 살피면, mathematical exactness(수학적 정확성)와 rhetorical vagueness and metapho(수사적 모호함)이라는 단어가 대립되어 나타나고, 게다가 'reverses his drive 이러저러' 하면서 연결되고 있음을 알 수 있을 것이다.

둘째, 지문에서 심하게 긍정하거나 부정하는 단어를 절대 놓치지 말고, 그것에 집중하여 전체의 의미를 파악해야 한다. **추론을 해나가는 데 핵심 단서**가 되기 때문이다. 하단부의 'When science speaks to others, it is no longer science 즉 과학이 더 이상 과학이 될 수 없다'는 문장이 그것인데, 따라서 이것의 의미를 곰씹어봐야 한다. 도대체 무슨 이유로 더 이상 과학이 아니라는 건지 위의 단어들과 조합해서 판단하면, 다음과 같은 추론이 가능해진다.

즉 과학자들이 노력해서 얻은 결과물에는 많은 수학적 언어가 담길 수밖에 없지만, 이것을 일반인들에게 설명하려면 그들이 이해하기 쉽게 언어로 풀어써야 한다. 하지만 이때 일어나게 되는 당초의 과학자의 생각 혹은 성과와 수학적 알고리즘을 언어적으로 표현할 때 발생하는 모호함으로 인해 당초의 의도와는 달리 전달되거나 또는 왜곡이 일어나게 되면, 이때 과학자는 어떤 생각이 들까? 그리고 이를 어떻게 받아들여야 할까? 이 문제의 핵심은 이걸 묻는 것으로, 이를테면 과학자가 그의 연구 과정에서 필연적으로 맞닥뜨려야만 하는 '딜레마'라고나 할까?

아무튼 그렇게 되면(thus), 과학자는 과학자로서의 자신의 정체성 또는 과학적 탐구 의지에 심각한 훼손이 발생하고 이를 감내해야 하는 상황으로 치달을 수 있음을 미루어 추론해내야 한다. 빈칸에 들어갈 내용이 이것인데, 그렇더라도 지문이 해석하기 불가능할 정도로 워낙 어려운 반면, 다른 선택지 문항이 내용적으로 그리 와 닿지 않기에 또한 맞힐 수 있는 그런 문제다.

②, ③, ④는 올바른 답이 아님을 쉽게 파악할 수 있을 것이고, 다만 '①degrading his ability to use the scientific language needed for good salesmanship' 즉 '과학적 성과를 좀 더 잘 설명하기 위해 필요한 과학적 언어 사용 능력이 저하된다'는 것에서 헷갈릴 수 있겠지만, 이 역시 '수학적 명료함과 언어적 모호함' 간의 상관관계 또는 상충 가능성 때문에 그렇다고 보기에는 논리적으로 이치에 맞지 않는다. 여기서 질문 두 가지,

첫째, 지문 내용 중 "과학은 과학이 아니다."라고 했는데, 전자의 과학과 후자의 과학은 각각 어떤 의미인가?

둘째, 예를 들어 황우석 교수는 과학의 진정성을 고민하는 과학자인가, 아니면 과학적(수학적) 테제에 대한 언어적 · 수사적 표현에 능숙한, 말하자면 salesmanship을 갖춘 홍보전문가(big mouth)인가, 그도 아니면 이 둘을 다 갖춘 우리 시대에 보기 드문 신지식인인가?

답 : ⑤

【문제31의 해설 및 예시답안】

〔문제1〕 제시문 〈가〉, 〈나〉, 〈다〉는 과학적 탐구에 대한 여러 관점을 나타낸다. 이 관점들의 공통점과 차이점을 논하시오. (1,000자 안팎)

제시문 〈가〉
최고의 탁월한 이성과 반성 능력을 지니고 있는 사람이 어느 날 갑자기 이 세상에 던져졌다고 상상해 보자. 그는 어떤 일들이 연달아 발생하는 것을 직접 관찰하게 된다. 그렇지만 그 이상의 어떤 것도 발견해낼 수 없을 것이다. 그는 이성적으로 추론해서 원인과 결과의 관념에 도달할 수는 없을 것이다. 왜냐하면 모든 자연의 작용을 이끌어가는 특별한 힘은 감각에 의해서는 결코 포착되지 않기 때문이다. 또한 한 사건이 다른 사건에 앞서서 일어났다고 해서 앞의 사건이 원인이고 뒤의 사건은 결과라고 결론짓는 것도 합당하지 않다. 그 두 사건의 결합은 임의적이고 우연적일 수 있다. 뒤의 사건이 일어나는 것을 보고 앞의 사건이 실제로 일어났다고 추론할 만한 근거가 없을 수도 있다. 요컨대 앞에 예로 든 그

사람이 계속 경험을 쌓아나가지 않는다면, 그는 어떠한 사태에 관해 추측할 수도 추론할 수도 없을 것이며, 그의 기억이나 감각에 직접 주어진 것을 넘어선 그 어떤 것에 대해서도 결코 확신할 수 없을 것이다.

→ 이성적 추론만을 갖고서 자연현상의 원인과 결과가 필연적인 인과관계를 맺는다고 단정을 지을 수는 없다. 오직 경험을 통해서만이 가능할 뿐이다.

이제 앞에서 말한 그 사람이 이 세상에서 좀 더 경험을 쌓고 오래 살아서 유사한 대상들 혹은 사건들이 연달아 일어나고 있음을 관찰했다고 상상해 보자. 이 경험으로부터 그가 얻게 되는 바는 무엇인가? 그는 한 대상이 드러나는 것을 보고 그것의 원인이 되는 다른 대상의 존재를 즉각 추리한다. 그러나 그가 경험을 총동원한다고 해도 그는 한 대상이 다른 대상을 산출하는 비밀스러운 힘에 대한 관념이나 지식은 전혀 가질 수 없다. 또한 어떠한 논리적 과정을 통해서도 원인이 되는 대상을 추리해내지 못할 것이다. 그럼에도 그는 고집스럽게 두 대상이 원인과 결과의 관계로 결합되어 있는 것처럼 생각한다. 그리고 비록 자신의 이해력이 이렇게 추리하는 데 아무런 역할을 하지 않는다는 것을 누군가 그에게 확신시켜주더라도, 그는 동일한 사고 과정을 계속해나갈 것이다. 그에게는 이런 결론을 내리게 하는 어떤 다른 원리가 있다.

→ 그럼에도 어떤 두 대상이 원인과 결과의 관계로 결합되어 있다고 생각하는 것은, 마치 두 대상이 필연적인 인과관계가 있는 것처럼 하나의 인상으로 지속적으로 각인되어 관념화되었기 때문이다. 그렇기에 자연현상의 인과관계는 단지 인식이 관념으로 습관화된 것일 뿐이며, 따라서 결코 논리적이거나 필연적이지가 않다.

핵심 요약

자연현상의 원인과 결과는 오직 경험을 통해서만 파악 가능할 뿐이며, 이성적 추론만을 갖고서 둘 간의 필연적인 인과관계를 맺는다고 단정할 수는 없다. 그럼에도 어떤 두 대상이 원인과 결과의 관계로 결합되어 있다고 생각하는 것은, 마치 두 대상이 필연적인 인과관계가 있는 것처럼 하나의 인상으로 지속적으로 각인되어 관념화되었기 때문이다. 이처럼 자연현상에 대한 인식은 어디까지나 습관화된 관념에 따른 것이기에, 그에 따른 논리적, 필연적인 인과관계는 부정된다.

■ 과학적 탐구에 대한 (가)의 관점

• 자연현상에 대한 인식은 어디까지나 습관적 관념에 따른 것이기에, 과학적 탐구에 따른 인과관계는 부정된다.

• 그렇기에 선험적인 이성적 추론의 정당성을 먼저 제거한 다음, 경험적 지식을 끊임없이 회의하는 과정에서 오류를 제거할 때만이 과학적 탐구는 가능해진다.

제시문 〈나〉

페타바이트* 시대에는 정보가 단순히 3, 4차원의 분류 체계를 넘어서서 차원이 무의미해지는 통계의 영역에 들어선다. 과거에는 데이터의 총체를 가시화할 수 있다는 통념에 사로잡혀 있었다면, 이제는 그러한 통념의 속박에서 벗어나는 완전히 다른 접근방식이 가능해졌다. 구글(Google)의 창업 이념은 "이 웹 페이지가 다른 웹 페이지보다 왜 더 좋은지 모른다."는 것이다. 통계 수치가 그렇다고 한다면 그것으로 충분하며, 의미론적이거나 인과론적인 분석은 필요 없다. 그렇기 때문에 광고나 웹 페이지의 내용에 대한 아무런 사전지식이나 가정을 하지 않고도 광고와 웹 페이지의 내용을 짝지어 줄 수 있다. 구글의 연구개발 책임자는 "모든 모델은 틀렸다. 그리고 점점 그것 없이도 성공할 수 있게 된다."고 말했다.
→ 구글처럼 엄청난 데이터를 처리하는 시대에는, 통계에 대한 인과론적 분석은 더 이상 의미가 없다.

이와 같은 사고가 광고계에 끼치는 영향도 크지만, 정말로 큰 변화는 과학계에서 일어나고 있다. 과학적인 방법이라는 것은 실험 가능한 가설의 토대 위에 세워진다. 이런 모델은 대체적으로 과학자 자신의 상상 속에서 가시화된 체계이다. 그리고 과학자는 실험을 통해서 이런 이론적인 모델들을 확인하거나 부정한다. 이것이 바로 과학이 수백 년 동안 수행되어 온 방식이다.
→ 이는 실험을 통해 가설을 세우고 이론을 정립시켜 왔던 그 동안의 과학적 방법을 무의미하게 만들었다.

과학자들은 상관관계를 인과관계와 동일시하지 않도록 훈련받는다. 단순히 X와 Y의 상관관계만을 토대로 그 어떠한 결론도 내려서는 안 된다고 생각한다. 대신 둘 사이를 연결시키는 근본적인 원리를 이해하려고 한다. 그리고 일단 모델이 형성되면 조금 더 확신을 갖고 데이터 군(群)들을 연결시킬 수 있게 된다. 그들에게 모델 없는 데이터는 무의미한 잡음일 뿐이다. 그러나 페타바이트 시대에 엄청난 데이터 앞에서는 '가설→모델→실험'과 같은 과학적인 접근은 구시대의 것이 된다. 페타바이트는 우리로 하여금 상관관계로도 충분하다고 말할 수 있게 해주며 우리는 더 이상 모델을 찾지 않아도 된다. 어떤 결과가 나올 것인가에 대한 가설 없이도 데이터 분석이 가능하다. 시시각각으로 빨라지고 커지고 있는 컴퓨터 클러스터(cluster)에 데이터를 입력시키면 과학이 지금까지 발견하지 못한 패턴을 통계 알고리듬(algorithm)이 발견해낸다.
→ 그 동안의 '가설→모델→실험'이라는 과학적 접근을 통해 상관관계와 인과관계 간의 차이를 반드시 규명해야 했다면, 페타바이트 시대의 엄청난 데이터 앞에서는 이러한 과정 없이 단지 상관관계만으로도 데이터 분석이 충분히 가능하게 됐다.

핵심 요약

구글처럼 엄청난 데이터를 처리하는 시대에는, 통계에 대한 인과론적 분석은 더 이상 의미가 없는데(왜냐하면, 그 많은 데이터가 갖는 다양한 인과관계를 파악하기란 현실적으로 불가능하기 때문이다), 이는 실험을 통해 가설을 세우고 이론을 정립시켜 왔던 그 동안의 과학적 방법을 무의미하게 만들었기 때문이다. 즉 그 동안의 '가설→모델→실험'이라는 과학적 접근을 통해 상관관계와 인과관계 간의 차이를 반드시 규명해야 했다면, 페타바이트 시대의 엄청난 데이터 앞에서는 이러한 과정 없이 단지 상관관계(즉 개연성)만으로도 데이터 분석이 충분히 가능해졌다.

■ **과학적 탐구에 대한 (나)의 관점**
- 통계처리에 따른 인과관계는 더 이상 의미가 없으며, 상관관계의 파악만으로도 충분히 분석 가능하다.
- 그렇기에 군이 배경지식이나 가설을 세우느라 시간을 허비하기보다는, 변화와 속도의 시대에 맞춰 시시각각으로 달라지는 통계자료를 시기와 상황에 적절한 시의성을 지닌 데이터로 변환 처리할 수 있을 때 진정한 과학적 탐구는 가능해진다.

제시문 〈다〉

우리가 원인이라고 부르는 것은 어떤 과정 속에서 재단 가능한 원인들 가운데 하나에 불과하다. 또한 재단 가능한 원인들의 수는 무한하며, 재단은 담론의 수준에서만 가치를 지닌다. "기차가 만원이어서 쟈크는 기차를 탈 수 없었다."는 문장 안에서 우리는 원인과 조건을 어떻게 분해할 수 있을 것인가? 그것은 이 작은 사건을 이야기할 수 있는 수많은 방식을 늘어놓는 일이 될 것이다. 그런데 기차를 타지 못하게 한 조건들을 어떻게 모두 열거할 수 있겠는가? 루이 14세는 세금 때문에 인기가 떨어졌다. 하지만 당시 프랑스가 침략당했더라면, 농민층이 더 애국적이었더라면, 혹은 루이 14세의 덩치가 더 크고 위풍당당했더라면, 그의 인기는 떨어지지 않았을는지도 모른다. 마찬가지로 우리는 모든 왕들이 루이 14세의 경우와 같은 단순한 이유로 인기가 떨어질 것이라는 단언을 경계한다.
→ 원인과 결과 사이에는 수많은 과정적 인과관계가 따르기에, 어떤 현상이나 사건을 단일한 원인으로 재단해 파악할 수는 없다.

역사가는 어떤 왕이 세금 때문에 인기가 떨어질 것이라고 확실하게 예측할 수는 없다. 반면 거기에 관해 생트집을 잡아 사실들이 존재하지 않는 척할 필요도 없다. 과거에 대한 우리의 지식에는 언제나 공백이 있기에, 역사가는 종종 아주 다른 문제에 직면하기도 한다. 그는 왕이 인기가 없었다는 사실만을 확인할 뿐 어떠한 자료를 통해서도 그 이유를 알 수가 없다. 만일 그가 그 원인이 세금 탓이었다고 결론을 내린다면, 그는 가설적 원인으로 거슬러 올라가고 있는 셈이다. 그런데 그는 과연 좋은 설명에로 거슬러 올라간 것일까? 세금이 원인이었을까, 아니면 왕의 패전이라든지 역사가가 상상 못하는 제 3의 원인이 있었을까? 세금은 불만의 그럴듯한 원인이기는 하지만, 다른 것들이라고 그만하지 않을 것인가? 농민들의 영혼 속에서 애국심의 힘은 어떠했던가? 패전 역시 세금 못지않게 왕의 인기 하락에 영향을 미치지 않았을까?

→ 그렇기에 역사가는 오직 직면한 사실만을 확인할 뿐, 그 사실에 대한 원인과 결과에 다른 의미를 더해가며 해석하려 들어서는 안 된다.

핵심 요약

원인과 결과 사이에는 수많은 과정적 인과관계가 따르기에, 어떤 현상이나 사건을 단일한 원인으로 재단해 파악할 수는 없다. 그렇기에 역사가는 오직 결과로서의 사실만을 확인할 뿐이며, 따라서 그 사실에 어떤 다른 다양한 원인이 결부되어 결과를 가져왔는지를 파악하기 어렵다.

■ **과학적 탐구에 대한 (다)의 관점**

• 현상과 사건에 대한 원인과 결과 사이에는 다양한 변인들로 인해 수많은 인과관계를 갖기에, 이를 단선적으로 파악해서는 안 된다.

• 그렇기에 그 원인과 결과 사이에 개재되고 개입되어 있는 많은 다른 변인들을 최대한으로 분석하고 파악할 수 있어야 하는데, <u>이를 위한 연구자의 폭넓은 학자적 지식과 신중한 연구 태도가 전제될 때</u> 과학적 탐구는 가능해진다.

■ **논제 분석**

• 공통 주제_ 과학적 탐구

• 관점_ 과학적 탐구의 다양한 관점으로서의 <u>세부 논점</u> 차이

• 논제_ (가), (나), (다)의 과학적 탐구에서의 다양한 관점 차이인 세부 논점을 찾아 밝히고, 각각의 공통점과 차이점을 요약·설명하라.

■ **문제 해결의 포인트**

연세대 논술 문제1번은 제시지문을 세 개 쥐어주고 이를 비교해서 서술할 것을 요구한다. 이런 이유로 학원가에서는 이를 두고 흔히 '삼자 비교'라고 부르는데, 양자 비교든 삼자 비교든 관계없이, 각각의 제시지문에 담긴 논의해야 하는 핵심 쟁점이자 하위의 소수제적 개념을 담은 세부 논점까지 심층적으로 파고들어 해석해가며 비교·분석해야 하기에 문제를 풀기가 무척 까다롭다.

그 이유는 논제가 포괄적이고도 개략적인 관점이 아닌, 관점의 상세로서의 의미를 갖는 세부 논점까지 답할 것을 요구하기 때문이다. 즉 포괄적이고 일반적인 물음을 담은

주제가 출제되는 게 아니라, ‘죽음’, ‘낭비’ 등과 같이 다분히 관념적이고 추상적이며 형이상학적인 물음으로 출제하는지라, 그만큼 논의의 포커스를 심층적이면서도 구체적으로 잡아나가야만 핵심 쟁점이 좀 더 확실하게 파악될 수 있다.

따라서 이런 유형의 문제는 비교의 기준이 명확해야 논의를 구체적으로 잡아가며 논증해나갈 수 있게 되는데, 당연히 이에 맞춰 관점 역시 구체성을 가질 수밖에 없다. 세부 논점을 찾아 밝혀야 하는 이유가 또한 이 때문이다. 이렇게 해서 학생들은 논제 해석 시에 ‘세부 논점’은 물론 비교 기준(이를 ‘비교 논점’이라고 하자)까지 찾아 밝혀야 하는 어려움이 따르게 된다.

즉 논제를 심층적으로 파고들어 논의해야 할 핵심 관점이자 쟁점으로서의 세부 논점을 파악해야 함은 물론, 제시지문 전체에 담긴 비교의 기준점까지 파악해야 한다. 하지만 말했듯, 이것을 찾아 개념적으로 서술하기가 무척이나 어려우며, 따라서 적어도 연세대 비교분석형 논제 서술형 문제의 경우에는 그만큼 논증을 깊고 세밀하게 전개해나가야 합격 답안에 근접할 수 있다.

■ 필자 예시답안

(가), (나), (다)는 과학적 탐구에 대한 다양한 관점을 나타낸다. (가)에 따르면, 자연현상의 원인과 결과는 오직 경험을 통해서만 파악 가능할 뿐이며, 이성적 추론만 갖고서 둘 간에 필연적인 인과관계를 맺는다고 단정할 수 없다. 그럼에도 두 대상이 원인과 결과의 관계로 결합되어 있다고 생각하는 것은, 마치 두 대상이 필연적인 인과관계가 있는 것처럼 하나의 인상으로 지속적으로 각인되어 관념화되었기 때문이다. 이처럼 자연현상에 대한 인식은 어디까지나 습관화된 관념에 따른 것에 불과하다.

(나)에 따르면, 다량의 데이터를 처리하는 시대에는 통계에 대한 인과론적 분석은 더 이상 의미가 없는데, 그 결과 실험을 통해 가설을 세우고 이론을 정립시켜 왔던 그 동안의 과학적 방법을 무의미하게 만들었다. 따라서 그 동안에는 과학적 접근을 통해 상관관계와 인과관계 간의 차이를 규명해야 했다면, 앞으로는 이러한 과정 없이 단지 상관관계만으로도 데이터 분석이 충분히 가능해졌다.

(다)에 따르면, 원인과 결과 사이에는 수많은 인과관계가 따르기에, 어떤 현상이나 사건을 단일한 원인으로 재단해 파악할 수는 없다. 그렇기에 역사가는 오직 결과로서의 사실만을 확인할 뿐이며, 따라서 사실에 어떤 다른 다양한 원인이 결부되어 결과를

가져왔는지는 파악하기 어렵다.

　이처럼 (가)와 (나)는 과학적 탐구에 따른 인과관계를 부정적·소극적으로 인식하고 있는 점에서 공통점을 보이는 반면, (다)는 다양한 인과관계가 과학적 탐구를 저해한다고 하여 차이를 보인다. 즉 (가)는 자연현상에 대한 인식은 어디까지나 습관적 관념에 따른 것으로 보고 과학적 탐구에 따른 인과관계를 부정하는 반면, (나)는 통계처리에 따른 인과관계는 상관관계의 파악만으로도 충분히 분석 가능하다고 본다. 또한 (다)는 현상과 사건에 대한 원인과 결과 사이에는 다양한 변인들로 인해 수많은 인과관계를 갖기에, 이를 단선적으로 파악해서는 안 된다고 본다.

　이런 이유로 (가), (나), (다)는 과학적 탐구를 위한 해결 방안에서도 차이를 보인다. (가)는 선험적인 이성적 추론의 정당성을 먼저 제거한 다음, 경험적 지식을 끊임없이 회의하는 과정에서 오류를 제거할 때만 과학적 탐구가 가능해진다고 본다. (나)는 군이 배경지식이나 가설을 세우느라 노력하기보다는 변화와 속도의 시대에 맞춰 시시각각으로 달라지는 통계자료를 시기와 상황에 적절한 시의성을 지닌 데이터로 변환 처리할 수 있을 때 진정한 과학적 탐구가 가능해진다고 주장한다. 한편 (다)는 원인과 결과 사이에 개재되고 개입되어 있는 많은 다른 변인들을 최대한으로 분석하고 파악할 수 있도록, 이를 위한 연구자의 폭넓은 학자적 지식과 신중한 연구 태도가 전제될 때 과학적 탐구는 가능해진다는 입장이다.

국립중앙도서관 출판시도서목록(CIP)

독한수능 독학논술 / 지은이: 김태희. -- 서울 : 지상사, 20
14
    p. ;   cm

ISBN 978-89-6502-161-2 13800 : ₩35000

논술[論述]

802-KDC5
808-DDC21   CIP2014001789

독한수능 독학논술

1판 1쇄 인쇄 | 2014년 2월 14일
1판 1쇄 발행 | 2013년 2월 21일

지은이 | 김태희
펴낸이 | 최봉규

책임편집 | 김종석
표지본문디자인 | 이오디자인
마케팅 | 김낙현

펴낸 곳 | 지상사
출판등록 | 제2002-000323호(2002년 8월 23일)
주소 | 서울특별시 강남구 연주로 79길 7(역삼동 730-1) 모두빌 502호
전화 | 02)3453-6111
팩스 | 02)3452-1440
이메일 | jhj-9020@hanmail.net
홈페이지 | www.jisangsa.co.kr

ⓒ 김태희, 2014
ISBN 978-89-6502-161-2 13800